INSTANT CRUCIAL

AUX ÉDITIONS ALBIN MICHEL

Les Génies de l'arnaque
80 chefs-d'œuvre de l'escroquerie

Tragédies à la une
La Belle Époque des assassins, par Alain Monestier

Possession
L'étrange destin des choses

Issue fatale
75 histoires inexorables

Le Carrefour des angoisses
60 récits où la vie ne tient qu'à un fil

Ils ont vu l'au-delà
60 histoires aux frontières du réel

Journées d'enfer
60 récits des tréfonds de l'horreur au sommet du sacrifice

L'Enfant criminel

Les Amants diaboliques

(suite page 521)

PIERRE BELLEMARE

Marie-Thérèse Cuny
Jean-Marc Épinoux
Jean-François Nahmias

INSTANT CRUCIAL

Les stupéfiants rendez-vous du hasard

Documentation : Gaëtane Barben

Albin Michel

Avant-propos

Voici soixante-quinze histoires où le hasard est roi. Pour être juste, personne n'a vu le hasard dans aucune de ces histoires. Chacun a imaginé une cause correspondant à sa philosophie de l'existence ; Dieu bien sûr, qui voit tout, prévoit tout, de toute éternité ; la fatalité qui rejoint le destin pour basculer plus aisément dans l'horreur ; la vie, le milieu, l'éducation, l'enfance meurtrie qui inconsciemment nous guident vers cette confrontation fatale. Pourtant, ces instants cruciaux ne sont dus qu'à cette chance ou malchance que nous avons tous d'être confrontés au meilleur comme au pire.

Afin d'être au plus près du quotidien, nous avons choisi de vous raconter des instants de la vie où le cocasse le dispute au drame, où la stupéfaction frôle l'incrédulité. Vous allez tour à tour connaître la réussite triomphante et la mort sordide, le sourire de l'innocence et les larmes du dépit. Chaque instant crucial marque le tournant d'une vie.

Pierre Bellemare

Fortune de mer

Quand on quitte sa mère pour aller naviguer et qu'on la laisse quinze ans sans nouvelles, Dieu peut choisir de vous rappeler à l'ordre d'une manière surprenante.

« Qu'est devenu Arnold ? Où est mon Arnold ? Reverrai-je jamais mon pauvre Arnold ? »

Inlassablement, depuis des années, c'est ce que se répète Mme Brownfield, une veuve anglaise aux cheveux grisonnants. La mer cruelle lui a pris depuis des années son mari, un brave capitaine qui était né en Angleterre, comme de bien entendu.

Puis, un triste jour, c'est Arnold, son grand garçon, son fils unique, un brun aux yeux bleus, qui à son tour est parti, quittant le Kent et cherchant fortune sur les flots. Voilà bientôt quinze ans que Mme Melinda Brownfield est sans nouvelles de lui. Bien sûr, il n'était pas très doué pour écrire, mais quand même, depuis le temps…

Mme Brownfield sent qu'elle vieillit et, tous les jours, elle prie le bon Dieu pour qu'il lui fasse la grâce de lui faire revoir Arnold avant de mourir.

À quelques mois de là, à l'autre bout du monde, vingt-deux marins quittent le port de Sydney, en Australie, pour s'embarquer sur un schooner nommé la *Seaflower*, autrement dit la *Fleur de mer*. On est au mois d'octobre, le vent souffle par rafales mais il ne s'agit que de rejoindre la baie de Collier sur la côte ouest de la grande île.

C'est le capitaine Cornlip qui commande et tout le monde connaît son expérience de la Grande Bleue. Tout le monde connaît aussi son goût prononcé pour le whisky, mais plus d'un capitaine, en Australie ou ailleurs, trompe son ennui en « lampant du tafia ».

Le début du voyage s'effectue sans encombre et le capitaine se sent si bien, au bout de trois jours de mer, qu'il descend dans sa cabine pour y retrouver sa bouteille et son verre, laissant la direction du schooner à son second. Le ciel est bleu, la mer est belle, comme dit la chanson.

Pourtant la *Seaflower* file vers son destin. Le vent cesse soudainement, l'horizon se charge de nuages menaçants. Les vingt-deux marins scrutent l'horizon. Que va-t-il se passer ?

Le navire est en panne et, du fond de son ivresse, le capitaine Cornlip sent que la catastrophe approche. Il apparaît sur le pont et chacun peut voir « qu'il a sa ration ». La nuit tombe, la *Seaflower* avance avec une lenteur désespérante. Elle parvient, un peu avant minuit, à rejoindre le détroit de Torres, qui sépare l'Australie de la Nouvelle-Guinée.

C'est un passage redoutable et plus d'un navire, frappé par la malchance, gît au fond pour n'avoir su le négocier convenablement. C'est dans cette passe périlleuse que la tempête frappe d'un seul coup. La voilure est soudain arrachée des mâts et d'énormes vagues, s'abattant par-dessus le bastingage, s'engouffrent dans les écoutilles et inondent la cale.

La *Seaflower* est irrésistiblement poussée vers des récifs de coraux qui affleurent dangereusement la crête des vagues. Cornlip, à présent complètement dessoûlé, sent que l'heure est grave. Malgré tous les efforts des marins, la *Seaflower* vient, au bout de trois heures, se fracasser sur les coraux.

« Sauve qui peut, hurle Cornlip, les canots à la mer ! » Des canots, il n'en reste plus guère... Les vingt-deux marins les prennent d'assaut en se disant que les requins ne doivent pas être très loin. À quelques encablures de là on distingue des récifs inhospitaliers. Chacun essaie de sauver sa peau.

Quand Cornlip, qui a quitté le dernier sa malheureuse *Seaflower*, parvient à s'agripper au rocher, il se met à faire le compte des survivants. Ceux qui ont réussi à s'arracher aux flots déchaînés ont de la peine à reprendre leur souffle.

Combien de ses pauvres gars seront restés au fond ? « Quinze, seize, dix-sept... » Il compte ses marins trempés, tremblants et muets de fatigue. « Vingt, vingt et un, vingt-deux. » Ce n'est pas possible. Tout le monde est là, épuisé mais vivant.

Pas un seul ne s'est noyé. Cornlip et les marins, devant ce miracle, se joignent en une fervente action de grâces, bien que beaucoup d'entre eux soient plus mécréants que bons chrétiens. S'ils savaient ce qui les attend, ils doubleraient sans doute la dose.

Pour l'instant Cornlip et ses vingt-deux hommes, transis et sans nourriture, attendent que la tempête se calme, puis ils se mettent à scruter l'horizon dans l'espoir de voir un navire susceptible de les récupérer. Trois jours passent. Trois jours sans manger ni boire, à cuire au soleil. Au bout du troisième jour quelqu'un s'écrie : « Navire à l'horizon ! » et tous se mettent à sauter, malgré leur épuisement, en agitant leurs vêtements. Après quelques minutes angoissantes ils constatent, fous de joie, que le navire se détourne de sa route. On les a vus. Ils sont sauvés.

Le navire qui les recueille est l'*Emerald*, qui fait route vers l'ouest. Le sauvetage se déroule sans incident. On se rapproche de la Nouvelle-Guinée et là, malgré la précision des cartes en usage à cette époque, l'*Emerald*, un vigoureux trois-mâts, se trouve pris dans un courant d'une violence inouïe contre lequel il est inutile de résister. Et l'inévitable survient : l'*Emerald* vient se fracasser sur des rochers pointus qui brisent sa coque en quelques secondes.

Les vingt-deux hommes de la *Seaflower* et tout l'équipage de l'*Emerald* se retrouvent en train de nager vers la côte. Quand ils parviennent à sortir de l'eau et à se compter, nouveau miracle : tout le monde est sain et sauf. Pas une seule perte en vies humaines. Mais il faut à nouveau scruter l'horizon pour y attendre une voile amie.

Cette voile amie c'est le *Little Deer*, un navire australien à voiles, comme de bien entendu. Trente-deux hommes sont à son bord. Et l'on recueille les vingt-deux hommes de la *Seaflower*, ainsi que les vingt-quatre marins de l'*Emerald*. Tout le monde, une fois de plus, se retrouve au sec mais à vrai dire un peu à l'étroit. Les conversations vont bon train et les marins croisent les doigts en se disant, malgré eux : « Jamais deux sans trois. »

Ils ne croient pas si bien dire car, au bout de quelques heures de route, un nouveau malheur s'abat sur le navire sauveur. Un incendie se déclare à bord du *Little Deer*. La violence des flammes, alimentées par une cargaison hautement inflammable – des ballots de tissu – provoque l'irréparable.

« Les canots à la mer ! » hurle le commandant du *Little Deer*. Tout le monde comprend que c'est la seule chose à faire. Mais ces canots ne sont pas faits pour contenir autant d'hommes et les malheureux qui n'ont pas pu y trouver de place se jettent directement dans la mer infestée de requins, après un rapide signe de croix. Le *Little Deer*, dans un craquement sinistre, s'enfonce, lui aussi, dans les flots.

Heureusement un navire australien, le *Woolf*, apparaît presque immédiatement à l'horizon. Détourné de sa route par une tempête, il se trouve là par hasard et, à son tour, récupère tous les marins naufragés des trois navires.

Tous ceux de la *Seaflower*, tous ceux de l'*Emerald*, tous ceux du *Little Deer*. Personne ne manque à l'appel, ce qui est absolument incroyable.

À bord du *Woolf*, les équipages se regroupent, chacun dans son coin, et les conversations vont bon train : « Je suis certain, dit un grand Écossais à barbe rousse, qu'il y a quelqu'un à bord qui nous porte la poisse.

– Pas de doute là-dessus, il y en a un qui a le mauvais œil.

– Et forcément, ce doit être un gars de la *Seaflower* puisque c'est à son bord que la guigne a commencé.

– Si on lui met le grappin dessus, on le flanque par-dessus bord, sinon la série de catastrophes va continuer. »

Les esprits bouillonnent et les officiers, conscients du malaise, se tiennent prêts à réagir en cas de grabuge.

Mais ils n'ont guère le temps de chercher à en savoir plus. La tempête, une de plus, se lève.

Pendant des heures le *Woolf* doit lutter contre les éléments déchaînés. Les équipages recueillis aident de leur mieux à résister aux éléments en furie mais, quand la tempête se calme, l'ampleur des dégâts est telle qu'il n'y a plus qu'une seule solution : il faut abandonner le navire avant qu'il coule.

Les marins de la *Seaflower*, plus que les autres, sont particulièrement abattus. Les vagues sont encore hautes et plusieurs matelots abandonnent le navire avec pour tout secours une planche ou un baril en piteux état qui les maintient à la surface des vagues.

L'eau est glacée et c'est ce qui retient un peu les requins dont on voit les ailerons se profiler parfois à la surface de l'eau. Ballottés par les vagues, les marins qui n'ont pu trouver place sur les canots luttent comme ils peuvent pour les éloigner. Ils s'épuisent pendant dix-huit heures d'affilée, jusqu'au moment où, nouveau miracle, un navire point à l'horizon. C'est le *Neptun*. Tous les rescapés se retrouvent à son bord.

Les officiers procèdent alors à l'appel : « Mulligan ?

– Présent !

– Flaherty ?

– Présent ?

– O'Burn ?

– Présent. » Et, une fois de plus, l'invraisemblable se produit. Personne ne manque à l'appel. Pas un des marins des quatre navires n'a disparu dans les naufrages successifs. Personne ne s'est noyé, personne n'a été dévoré par les requins. La situation devient étrange, incroyable, surnaturelle. Les marins s'attendent à voir des anges dorés leur apparaître dans le ciel chargé de pluie. Mais ils ne sont pas au bout de leurs peines.

Deux jours se passent. Alors que personne ne s'attend à rien, par un ciel sans nuages, le *Neptun* heurte un récif et coule en l'espace de quelques minutes. Tout le monde se retrouve une fois de plus à la mer.

Mais, dans ce nouveau coup du sort, l'attente n'est que de quelques minutes. Quand le *Neptun* heurte ce récif ignoré des cartes, un autre navire, le *Liberty*, est à portée de voix. Il lui suffit de s'approcher pour recueillir tout le monde et, une fois de plus, à l'appel on constate que les équipages de la *Seaflower*, de l'*Emerald* du *Little Deer*, du *Woolf* et du *Neptun* sont tous là, au grand complet.

Cette fois-ci, le pasteur du *Liberty*, un navire de ligne en provenance de Grande-Bretagne, décide d'organiser un service d'action de grâces auquel tous les marins se joignent avec ferveur.

Pourtant, après cette série interminable qui semble marquée par le doigt de Dieu, les naufragés perpétuels et les marins du *Liberty* se demandent quelle nouvelle catastrophe va leur tomber sur le dos. L'ambiance est plutôt morose.

Soudain, une mauvaise nouvelle court à bord : une passagère, une dame anglaise, est au plus mal. Le médecin se rend à son chevet mais, en ce temps de la marine à voile, sans radio ni antibiotiques, il fait les plus sombres pronostics quant à ses chances de survie.

On ignore les causes de sa maladie et chacun se demande si, au bout du compte, cette vieille dame distinguée ne serait pas porteuse d'une maladie contagieuse. Mais le médecin rassure les marins : « C'est une femme épuisée par le chagrin qui se laisse glisser. Elle n'a plus goût à rien.

– Arnold ! Où est mon Arnold ? répète la malade. Amenez-moi mon Arnold »

Elle sombre peu à peu dans le délire, se retournant sans cesse sur sa couchette, refusant d'avaler quoi que ce soit, fiévreuse, agitée et obsédée par son idée fixe. Vous l'avez reconnue, cette passagère qui veut revoir son « Arnold », c'est Mme Brownfield, la veuve anglaise dont nous avons parlé au début.

Désespérant de revoir son fils, cette dame, jouissant d'une certaine fortune, s'est finalement embarquée pour l'Australie, dans l'espoir d'y revoir, avant de mourir, le seul enfant qui lui reste.

Et c'est pourquoi la voilà, à deux doigts de la mort, en train de délirer sur le *Liberty*, priant le ciel de revoir une dernière fois son cher Arnold.

Pour la calmer un peu, le médecin et le capitaine du navire décident alors, afin de lui assurer une fin paisible, de lui jouer une comédie pleine de bonnes intentions. Mme Brownfield, dans ses quelques moments de lucidité, donne une description assez précise de son cher Arnold : « Il mesure près de sept pieds, c'est un beau gars de trente-cinq ans aujourd'hui, et ses yeux sont bleu-vert comme la mer l'Irlande. Qu'il vienne me voir afin que je puisse mourir en paix. » Comment accéder à ce désir, sans doute le dernier ? Comment lui amener son fils disparu Dieu sait où depuis quinze ans ?

Aussitôt on réunit tous les équipages qui se trouvent à bord et on sélectionne les grands bruns aux yeux clairs. Un des marins de la *Seaflower* correspond à peu près à la description du « cher Arnold » et le commandant du *Liberty* lui explique en deux mots la situation : « Ce n'est pas compliqué, cette dame anglaise n'en a plus pour très longtemps à vivre. Sa dernière joie serait de revoir une dernière fois son fils qui est parti naviguer il y a plus de quinze ans. Comme nous ne pouvons lui donner cette ultime consolation, ce serait bien de votre part de jouer le rôle du fils. Vous n'aurez qu'à entrer dans sa cabine et à lui dire : "Bonjour mère, je suis Arnold, votre fils", et à l'embrasser. Si elle vous pose des questions, vous répondrez ce qui vous passe par la tête. Ça n'a plus beaucoup d'importance. Il s'agit de lui assurer une fin paisible. »

Le marin, un beau gars posé, opine du bonnet. « Ah, dit le commandant, j'allais oublier : vous vous appelez, pour elle, Arnold Brownfield, vous êtes le fils de Mme Melinda Brownfield. »

À ces mots, le marin pâlit et se met à trembler.

« Que se passe-t-il ? demande le commandant.

– Mon commandant, c'est que… Arnold Brownfield, c'est mon vrai nom. Ça fait quinze ans que j'ai quitté ma mère dans le Kent et, comme je ne sais pas bien écrire, je n'ai jamais donné signe de vie. »

L'émotion de Mme Melinda Brownfield en retrouvant son fils plusieurs fois sauvé des eaux, à l'autre bout du monde, si loin de chez eux, est cependant trop forte pour son pauvre cœur et, deux jours plus tard, elle rend l'âme après avoir eu la joie de revoir son cher Arnold.

Un Arnold qui ne peut maîtriser ses larmes lorsque, selon la coutume, il voit le corps de sa pauvre maman glisser dans les flots avec une dernière bénédiction du pasteur.

Avec une cerise sur le gâteau

Ils sont cinq pour éliminer une vieille dame et lui prendre ses sous. Voyons les personnages. Grand-mère d'abord, la victime.

Simone, soixante ans le 16 août 1986, jour de son anniversaire justement, et dernier jour de sa vie. Une grand-mère classique, ronde, au visage souriant, à l'œil gai derrière ses grosses lunettes, avec des cheveux gris joliment permanentés ; une brave dame, disent les voisins. Avant d'être grand-mère, Simone a été mère, bien entendu : hélas, d'un gamin difficile, né en 1948. Le genre de gamin qui ne supporte pas que maman dise : « Ne mets pas tes doigts dans ton nez », « Tiens-toi bien à table », « Sois respectueux avec l'instituteur »... Le méchant cancre n'ira pas plus loin que l'école primaire. Adulte, il n'a pas changé. Front bas, regard en dessous, lèvres molles, profil de feignant. À quarante ans il parle encore de sa mère comme si elle encombrait sa vie – un comble !

À vingt-quatre ans, il a épousé une petite amie d'enfance qu'il avait mise enceinte. Sylvie, sa fille, est née en 1972.

Elle est là aussi, Sylvie : longs cheveux blonds frisés façon star de quartier, lèvres boudeuses. Vingt ans, le bel âge ? Nenni. Elle donne l'impression que les fessées lui ont manqué au bon moment.

Son frère, Robert, un an plus jeune qu'elle, lui ressemble, en brun ; le même visage façon bébé boudeur, lui aussi.

Grand-mère s'est occupée d'eux. Avec amour, bonheur, elle les a dorlotés, ils en avaient besoin : papa courait les bars, les filles et la débauche.

1985 : Sylvie et Robert ont respectivement treize et douze ans, ils menaient une vie de château chez grand-maman, et voilà que papa ressurgit. Il a divorcé, il a besoin de quelqu'un pour tenir sa maison. Au diable la grand-mère gâteau et son éducation !

Les enfants traînent, désormais. Sylvie dans la maison, à faire vaguement le ménage, Robert dans les rues de la ville. Plus personne ne les contrôle. Le père boit, il a une nouvelle petite amie, dont la profession est la plus vieille du monde.

Et pourtant l'argent manque.

Car les enfants ont grandi, et l'argent manque pour meubler la maison, les nourrir, boire et ne rien faire. L'argent manque toujours à ceux qui pensent qu'il doit être gagné par les autres et dépensé par eux.

Or grand-mère a trois sous de côté. Qu'elle dépense raisonnablement, vivant une retraite paisible entre son chien, sa télévision et les balades du dimanche. À quoi donc lui sert d'avoir des bons au porteur, planqués dans une banque ? À quoi lui sert sa maison pour elle toute seule ? Alors que son fils et ses deux enfants vivent dans un gourbi, et qu'il est dur de chercher du travail entre deux saouleries ? L'idée, la seule, est de récupérer les sous de « la vieille ».

C'est ainsi que le fils formulera la chose : « Ben, il nous fallait les sous de la vieille et sa maison. »

Et comme une qualité ne va pas sans les autres, il est lâche. Lâche et malin. Ce n'est pas lui qui doit mettre sa mère à mort. Ce sont les enfants. Après tout ils en profiteront comme lui, il ne se salira pas les mains, on ne le soupçonnera pas, il sera l'héritier prévu.

Difficile d'imaginer comment un père peut entamer avec ses deux enfants et leurs petits amis respectifs une conversation sur un tel sujet. Le président des assises s'est posé la question comme tout le monde. « Quand avez-vous abordé ce sujet ?

– Ben… comme ça, petit à petit, une idée qui passe par la tête…

– Si on butait la vieille ? »

Ça, c'est Sylvie qui le dit, sournoisement, en regardant ailleurs, l'air de ne dénoncer personne, sur le ton : « C'est papa qui l'a dit, pas moi. »

« T'étais d'accord !

– Si on veut… », boudent les lèvres de vingt ans.

Et le frère, Robert, était-il d'accord ?

« Ben oui, il a discuté avec nous. »

Et le petit ami ?

« Ben oui… »

Et la petite amie du frère ?

« On en a parlé tous ensemble… quoi… »

Tous ensemble, un adulte et quatre adolescents. Car, à l'époque de la mise à mort de grand-mère qui fait l'objet de cette discussion en commun, Sylvie a dix-sept ans, Robert seize ans, et leurs petits camarades respectifs vingt et dix-huit ans.

Les cinq conjurés, ayant décidé qu'il fallait « buter la vieille », organisent la mise à mort de grand-mère Simone. Il faut faire en sorte que grand-mère ait été victime de cambrioleurs assassins. Johnny imagine déjà les titres dans les journaux : « Une vieille dame lâchement assassinée et dépouillée de ses économies dans sa maison. Les coupables ne sont pas identifiés. »

Le jour choisi sera l'anniversaire de grand-mère, pour justifier une visite en bande.

Grand-mère est tout heureuse. Elle attend ses petits-enfants et leurs copains. Ils amèneront un gâteau. C'est la fête, en ce 21 juillet.

Grand-mère attend une bonne partie de la journée la visite des « gamins ». Elle a mis une jolie robe, soigné sa permanente, préparé un gâteau, et elle guette l'arrivée des enfants.

Comme toutes les grand-mères du monde, qui ne reçoivent que de rares visites, elle a aussi préparé un billet pour Sylvie et un billet pour Robert. Cinq cents francs chacun.

La journée s'étire, il fait chaud, c'est même la canicule un peu partout en Europe.

Dix-huit heures trente : la chaleur tombe à peine, enfin les voilà.

Sylvie et Robert embrassent grand-mère, les petits copains disent « Bonjour madame ». On échange des banalités, et grand-mère annonce fièrement que la tarte aux fruits les attend au frais.

Mais Sylvie brandit une boîte de gâteaux, achetés pour l'anniversaire de « mamie ». « Il faut manger d'abord les gâteaux, mamie, ne t'inquiète pas, on a bon appétit, on mangera tout. »

Avant d'arriver, ils ont pilé du Valium, la valeur d'une dizaine de cachets, dissimulé maintenant dans un éclair au chocolat. Avec une cerise confite au-dessus pour qu'on ne se trompe pas.

Le plateau est présenté à grand-mère dans le bon sens, la cerise à portée de main. Grand-mère mange le gâteau et avale la cerise, et les quatre assassins attendent qu'elle s'endorme. Mais grand-mère bâille simplement au lieu de s'écrouler dans son fauteuil. Changement de plan.

« Tu devrais t'allonger sur ton lit et faire un petit somme. »

Grand-mère va docilement s'allonger.

Que font alors les quatre jeunes monstres ?

« Ben, moi je lui ai mis un bâillon, pour pas qu'elle crie.

– Moi je lui ai tenu les bras pendant que Johnny lui faisait une piqûre avec de l'air pour que ça fasse une embolie dans les veines. Mais ça n'a pas marché. Alors on a essayé de l'étrangler avec une ceinture, ça n'a pas marché non plus. »

Johnny cherche autre chose, Robert aussi. Ils enragent de ne pas venir à bout de « la vieille ». Ils essaient de l'assommer avec un manche d'outil, puis de l'asphyxier avec une bombe lacrymogène, puis un tampon de chloroforme. Leur victime étouffe, larmoie, mais ne meurt pas. Le frère et la sœur, ne sachant plus qu'imaginer, vont chercher un couteau dans la cuisine. Robert retourne dans la chambre et tend courageusement le couteau à Johnny, qui tranche la gorge de grand-mère, sous ses yeux.

C'est fini. Le sang coule, il faut filer.

Une fois le crime commis, quelques babioles raflées, dix-neuf mille francs en espèces, des boutons de manchette, des vitres cassées, la porte défoncée pour faire croire à des cambrioleurs, la petite troupe s'enfuit et va fêter l'événement dans un café de la ville. L'héritage convoité : trente mille francs belges et une petite maison de brique.

Qu'est-ce qui n'a pas marché ?

L'instant où la gamine, Sylvie, d'un air boudeur a demandé à la pâtissière : « Vous avez pas une cerise, pour mettre sur ce gâteau ?

– Une cerise sur un éclair au chocolat ? »

Ah ! c'est qu'elle avait trouvé ça bizarre la pâtissière… et qu'elle s'est souvenue du jour, de l'heure, de ce moment où elle a retiré une cerise confite d'une tartelette aux abricots pour la poser sur un éclair au chocolat. Et de la tête de la gamine, celle qui traîne dans le quartier avec un drôle de punk, au lieu d'aller en apprentissage…

La cerise était rouge, confite. La pâtissière a regardé la cliente d'un air étonné : « Vous voulez juste la cerise ? »

Une cerise que l'on pose toute seule au milieu d'une demi-douzaine d'éclairs au chocolat noir… ça ne s'oublie pas.

Alors le médecin légiste a cherché et retrouvé sans problème une cerise stupide et rouge, bourrée de poudre de Valium. Complètement indigeste.

Et les aveux de la gamine stupide ont suivi.

Il y a toujours un instant où l'on est plus bête que d'habitude.

Le secret d'une âme

Une jeune femme est accusée d'infanticide. La cour d'assises la condamne à une lourde peine. Trente ans plus tard, elle meurt en révélant la vérité. Vérité qui fait monter les larmes aux yeux.

« Accusée, levez-vous ! » La voix du président est grave au moment de rendre le verdict d'une affaire douloureuse qui a mis toute la Bretagne en émoi.

« Attendu que… »

On entendrait voler une mouche, la salle d'audience de Rennes est pleine à craquer. La personnalité de l'accusée, une jeune fille du meilleur monde, appartenant à une famille très catholique, fascine ceux qui la connaissaient avant l'affaire, tout autant que les journalistes locaux et ceux accourus de Paris.

Yvonne Le Gloarec est là, toute droite, dans le box. Elle a à peine dépassé les vingt ans. On sait qu'elle se préparait à une carrière d'enseignante et rien dans son passé ne pouvait laisser prévoir une telle tragédie. Pourtant il n'y a aucun doute : Yvonne, alors que personne ne lui connaissait la moindre liaison, est accusée d'infanticide.

Pendant toute l'enquête, sagement assise au bord de sa chaise, elle ne cherche pas à nier les faits monstrueux dont on l'accuse. « Oui, c'est moi. J'ai accouché toute seule, dans le pavillon désaffecté au fond du jardin.

– Mais comment se fait-il que vos parents, que personne ne se soit aperçu de rien ?

– Je me serrais la taille avec des bandes Velpeau. Et puis l'enfant n'était pas bien gros. Je suis assez forte.

– Et le père de cet enfant, qui est-il ?

– Je ne peux pas le dire. C'est un homme qui est déjà marié et père de famille.

– Mais au moins l'avez-vous prévenu de cette naissance ?

– Non, nous avions déjà rompu.

– Pourquoi n'avez-vous rien dit à votre famille, à votre sœur ?

– Ma sœur… » Elle hésite un peu. « Ma sœur est déjà mariée, elle a assez de problèmes comme ça. »

Dans la salle, Madeleine, la sœur, est là, très pâle, avec un petit chapeau gris. Elle a les yeux rouges. D'avoir trop pleuré.

« Après la naissance, qu'avez-vous fait ?

J'ai pris l'enfant… » Yvonne hésite encore.

« Oui, vous l'avez pris, vous l'avez emporté dans la cuisine. Quelle heure était-il ?

– Il devait être environ deux heures du matin.

– Et vos parents vous laissent déambuler ainsi à deux heures du matin ?

– Je suis majeure. De toute manière je ne faisais aucun bruit. J'ai rempli une grande bassine d'eau… » Yvonne ne peut en dire plus. Elle s'effondre.

Dans la grande salle d'audience du palais de justice de Rennes, au moment où on en arrive à ce rappel des faits, la foule murmure. Le public, en majeure partie composé de femmes, est partagé. Avant même que le président n'ait réclamé le silence, on sent que l'horreur et la pitié sont les deux sentiments qui animent le public.

« Quand la bassine a été remplie… » Dans la foule, au premier rang, Madeleine, la sœur, vient de s'évanouir. On se presse pour la ranimer.

« C'est sa sœur, dit une dame en manteau de fourrure, celle qui est mariée.

– C'est elle qui a épousé le fils Ploeven ?

– Oui, celui qui est quartier-maître dans la Royale.

– Ils ont déjà cinq enfants. »

Et le procès suit son cours. La tâche des avocats de la défense est plus que difficile. Yvonne a tout avoué. Pendant toute l'enquête elle est demeurée pétrifiée, comme une statue de marbre, passant le plus clair de son temps à martyriser un petit chapelet de grenats, murmurant sans cesse : « Je vous salue Marie, pleine de grâce… »

« C'est une attitude qu'elle se donne pour impressionner le jury. Mais au fond c'est un monstre. Vous vous rendez compte ? Aller plonger cet enfant tout vivant dans une bassine d'eau…

– Il paraît même que l'eau était bouillante… Quelle horreur ! »

En définitive les avocats arrivent à sauver la tête d'Yvonne, en cette période où la peine de mort est encore appliquée. Elle s'entend condamner à vingt ans de prison. Au moment du verdict, son doux regard, bleu-vert comme la mer d'Iroise, survole avec une sorte d'indifférence la salle qui manifeste son mécontentement. Beaucoup attendaient la peine capitale.

Au premier rang : la famille. Le père, dont les cheveux sont devenus blancs en vingt-quatre heures quand on est venu arrêter sa fille, son Yvonne dont il était si fier. Madeleine, la sœur que les maternités ont vieillie avant l'âge. À ses côtés, la mère qui s'écrie : « Yvonne ! Non ! Pourquoi ? »

Pourquoi quoi ? Pourquoi as-tu fait ça ? Pourquoi te condamne-t-on ? Pourquoi refuses-tu de dire tout ce que tu sais ?

Yvonne disparaît, encadrée par deux gendarmes. Son départ est salué par des cris hostiles.

Dix-huit ans plus tard. Yvonne sort de la prison de Rennes. Elle est devenue une autre. Le monde a changé. La guerre est passée par là. Elle ne reconnaît plus rien. À la porte de la centrale, personne. Aucun des membres de sa famille ne l'attend. Ni ses parents (son père est mort de chagrin, sa mère est handicapée), ni sa sœur.

Madeleine, d'après ce qu'elle sait, en est à son septième enfant. Elle écrit à sa sœur, la criminelle : « Ma chère Yvonne. Après ce que tu as fait, tu restes bien sûr ma sœur pour l'éternité. Tu peux compter sur nous, mais je dois t'avouer que l'on ne parle pas de toi à la maison. Yvon me l'interdit. Je ne peux pas faire autrement. Tu le connais. »

Jamais Yvonne n'a répondu à une seule de ces lettres. Elle a préféré s'enterrer vive.

Pourtant quelqu'un est là pour l'accueillir quand elle apparaît au lourd portail de fer. Un prêtre, qui l'embrasse sur les deux joues : « J'ai une voiture, ma pauvre enfant, voulez-vous faire un tour en ville, voir un peu ce qu'est devenu notre monde depuis dix-huit ans, ou bien préférez-vous... ?

– Non merci, mon père. Inutile de me donner des regrets. Je sors d'une sorte de couvent, autant rejoindre la communauté aussi vite que possible.

– Pas même une visite à votre famille ? Si vous voulez, nous pourrions aller nous incliner sur la tombe de votre père.

– Inutile de perdre du temps. Mon père est dans mon cœur.

– Très bien, alors, allons-y. »

Et c'est ainsi que, après quelques minutes de liberté, Yvonne franchit les portes du couvent de Béthanie. Les portes d'une des nombreuses communautés qui existent en France et à l'étranger. À nouveau le silence se referme sur elle. Les mois passent...

« Ne tuez pas cette souris, ma sœur, ne la tuez pas ! »

C'est Yvonne, devenue « sœur Marie-des-Anges », qui vient de pousser un cri en voyant une petite moniale, le balai à la main, prête à massacrer une imprudente souris égarée dans la cuisine.

« Pourquoi donc, ma sœur ?

– Quand j'ai passé quelques mois seule dans ma cellule, une souris me tenait compagnie et c'est grâce à elle que je ne suis pas devenue folle. »

Mais la supérieure, arrivée silencieusement, intervient avec vigueur : « Sœur Marie-des-Anges, qu'est-ce que j'entends ? Vous savez très bien qu'ici personne ne parle de son passé. Que cela ne se reproduise plus !

– Pardonnez-moi, ma mère, c'était plus fort que moi. »

Pendant ce temps-là la souris a pris le large et s'est faufilée dans son trou... La sœur au balai se dit que ce n'est que partie remise. La curiosité la pousse : « Sœur Marie-des-Anges, vous avez été en prison, vous aussi ?

– Sœur Dominique, vous venez d'entendre la mère supérieure. Ici on ne doit pas parler de son passé.

– Oui, c'est vrai. Heureusement d'ailleurs, car toutes les petites sœurs en auraient à raconter. Des vertes et des pas mûres !

– Sœur Dominique, quel langage !

– Excusez-moi, malgré moi, malgré la grâce que le bon Dieu m'a faite en m'accueillant ici, je n'oublie pas vraiment Montmartre. Pourtant c'est à Montmartre que j'ai commencé à descendre la pente...

– Sœur Dominique, je crois que nous devrions aller à la chapelle et dire une bonne dizaine de chapelet pour nous faire pardonner. »

Les autres petites sœurs de Béthanie vaquent à leurs occupations. Elles aussi, elles en auraient à raconter. Mais justement, elles ne veulent rien dire car c'est pour oublier qu'elles ont trouvé refuge dans ce couvent. La plupart ont été marquées par la vie. Beaucoup se sont livrées à la prostitution, à la drogue. Beaucoup ont connu la prison.

D'ailleurs, toutes celles qui trouvent refuge au couvent n'ont pas la vocation de devenir religieuses. On les aide à retrouver un équilibre, une vie normale. Beaucoup, en sortant de ces murs, se marient, trouvent un emploi, refont leur vie. Beaucoup reviennent, en amies, pour garder le contact avec les « petites sœurs ».

« Sœur Marie-des-Anges, vous vous souvenez de mon arrivée ici ?

– Oui, sœur Dominique, c'était un soir de Noël, il pleuvait. Je vous revois très bien avec votre petite valise écossaise et votre ciré noir. Vous aviez les cheveux tout trempés.

– Et vous étiez en train de préparer la crèche vivante.

– C'est exact. Et nous n'avions personne pour faire la Sainte Vierge. Mais c'est vrai ! Sœur Bernadette a proposé que ce soit vous, la nouvelle arrivante, qui teniez ce rôle.

– Deux heures plus tard, j'étais là, habillée de blanc et de bleu avec un poupon dans les bras.

– C'était le fils de Mme Colisquer, un gros rougeaud. Il doit bien avoir quinze ans à présent.

– Je peux vous le dire à présent : quand je me suis vue avec cet enfant dans les bras, j'ai manqué m'évanouir. Pour moi c'était le signe que le Seigneur m'avait pardonnée.

– Sœur Dominique, pas le passé ! On ne parle pas du passé !
– Vous savez pourquoi je suis venue ici ?
– Sœur Dominique, on ne parle pas du passé, je vous en prie.
– À vous je dois le dire. J'ai été en prison parce que j'avais tué mon enfant. Alors ce petit Jésus, c'était le signe du pardon. »

Sœur Marie-des-Anges, ex-Yvonne Le Gloarec, devient toute pâle. Elle murmure avec peine : « Sœur Dominique, ne me parlez plus du passé. »

Sœur Dominique, après cette petite faiblesse, se le tient pour dit.

Les années passent. Sœur Marie-des-Anges vieillit doucement au cœur de la communauté. Étant donné son niveau intellectuel, sa douceur, son expérience, sa grande disponibilité, sa piété sincère, les mères supérieures qui se succèdent la sollicitent souvent : « Sœur Marie-des-Anges, nous aurions besoin d'une responsable pour remplacer sœur Madeleine qui se fait vieille.

– S'il vous plaît, ma mère, épargnez-moi cette responsabilité. Je veux rester la plus humble parmi les humbles. Je suis très heureuse avec mes petites besognes et l'amour de Jésus.

– Je n'en doute pas. Vous êtes un exemple pour la communauté. Mais demandez donc, dans votre prochaine prière, que le Seigneur vous éclaire. J'aimerais beaucoup qu'il vous souffle d'accepter. »

Jamais elle n'acceptera. Vient l'âge de la retraite. La mère supérieure ne lui demande plus d'endosser de nouvelles charges. Sœur Marie-des-Anges, après dix-huit années de prison, célèbre le quarantième anniversaire de son entrée dans la communauté. Elle a fait différents séjours dans plusieurs maisons en France et à l'étranger mais, en définitive, c'est en Bretagne, non loin de la mer d'Iroise, dont ses yeux ont la couleur, qu'elle souhaite remettre un jour son âme à Dieu.

Jamais elle n'a eu la joie de recevoir la visite de ses neveux et nièces. Tout le monde a oublié l'existence de sœur Marie-des-Anges. Tout le monde a oublié son véritable nom. Personne n'a jamais eu l'occasion de feuilleter à nouveau les comptes rendus du procès de l'infanticide de Rennes. Tout ça est si loin !

Un jour sœur Marie-des-Anges rend son âme à Dieu. Malgré les années, malgré ses beaux yeux las, elle sent venir sa fin prochaine et en profite pour mettre en ordre l'histoire de sa vie.

Quand, après qu'on a glissé en terre son pauvre corps devenu tout léger, les petites sœurs, bien émues, font le ménage de sa cellule, une enveloppe blanche glisse de son missel et tombe à terre. Sur cette enveloppe on peut lire, d'une belle écriture manuscrite un peu tremblée : « À remettre à notre mère, après ma mort. »

Mère Thérèse ouvre l'enveloppe et lit : « Au seuil de la mort, au moment de déposer mon âme entre les bras du Seigneur qui, je l'espère, voudra bien l'accueillir, j'éprouve le besoin, avec bien des scrupules, de dire toute la vérité. Personne ne sait, pour ne jamais me l'avoir demandé, pourquoi j'ai passé dix-huit ans de ma vie derrière les barreaux.

« Ceux qui croyaient le savoir auraient pu dire que j'avais mérité ce châtiment pour avoir, d'une manière horrible, en le trempant dans l'eau bouillante, fait disparaître l'enfant né de mes amours coupables.

« J'ai accepté cette responsabilité. Je revendique cette culpabilité car si j'ai avoué ce crime, c'était pour en laver la vraie coupable, une pauvre créature usée par les grossesses multiples et qui ne pouvait supporter l'idée d'un enfant de plus. À présent qu'elle est morte, elle aussi, je peux l'avouer : la mère coupable, c'était ma sœur.

« Il valait mieux que j'aille en prison à sa place car ses enfants et son mari avaient besoin d'elle. J'ai pris sur moi son crime. J'espère simplement que mon sacrifice, s'il ne l'a pas rendue heureuse, lui a permis d'oublier. Que le Seigneur m'en tienne compte. »

Une chance sur des milliards

Un jeune homme est mort. Stéphane Danant. Assassiné devant un bar à cinq heures du matin, pour une histoire de croissants.

Il vivait avec sa mère dans un petit appartement ancien sous les toits, encombré de toiles, de chevalets et de planches à dessin. Tout ici était consacré aux études du fils. La mère dormait dans la cuisine, sur un lit étroit, en face des fourneaux. Elle ne vivait que par lui, pour lui, travaillait comme caissière dans un grand magasin pour payer les études de Stéphane. Et Stéphane aussi travaillait la nuit pour suivre ses cours aux Beaux-Arts dans la journée. Une pauvreté bien organisée, tendue vers la réussite du fils.

Ils sont face à face, la mère et le policier. Elle, la cinquantaine lasse, portant dix ans de plus, noire de chagrin et de solitude au milieu des toiles, des esquisses, de la promesse du talent de son fils. Lui, le policier, jeune, écœuré par la bêtise du meurtre qu'il doit raconter à cette mère-là :

« Votre fils est entré dans le bistrot, il sortait de son travail à la boulangerie, son patron lui avait donné des croissants. Il a demandé un café, une fille était là, il lui a offert des croissants, simplement, par gentillesse, parce qu'il en avait trop. Un type est arrivé, il a déclenché une bagarre. Le patron n'est pas intervenu, mais il a tout vu. Le genre : "Si tu veux la fille, c'est cinq cents balles…" La fille proteste, son mac la roue de coups, votre fils veut s'interposer. Bagarre. Le patron les flanque tous à la porte, et là le type s'énerve, sort une arme et tire. La fille a filé, le type aussi, c'est le patron du bar qui a appelé la police, mais cet imbécile nous a fait perdre du temps. Il a cru malin de traîner le corps de votre fils sur un banc et d'appeler la police d'une cabine. »

Mme Danant écoute en silence. Une semaine est passée depuis la mort de son fils. Elle est toujours dans un état de stupéfaction morbide, dépressive. On dirait que les détails du meurtre ne l'intéressent même pas. Pourtant elle demande d'une voix lasse : « Alors c'est un proxénète ce meurtrier ? » Puis, sans attendre la réponse, pour elle-même : « Un mac..., un ver de trottoir... un proxo pourri. »

Étonnante cette réflexion dans la bouche d'une femme dont la vie se déroule à cent lieues du proxénétisme. Avec ses cheveux gris courts et sages, sa robe grise, la médaille qui orne son cou.

Le policier l'observe avec curiosité. Elle est assise sur une chaise en bois, devant les pinceaux qu'elle nettoyait, et qu'elle reprend, les rangeant inlassablement, le regard vague. Son fils et la peinture de son fils étaient toute sa vie.

« Par principe, madame Danant, je vous demanderai de regarder cette photo, au cas où votre fils l'aurait connu, une vengeance peut-être... Quoique le patron du bar soit formel maintenant, ils ne se connaissaient pas... Apparemment, c'est une bagarre stupide, l'autre avait bu... il n'était pas du quartier.

– Quant à la fille, elle n'a rien à dire évidemment ! Elle a peur, c'est normal. Une fille qui parle ne fait pas long feu sur le trottoir, on la boucle en maison de passe pour un moment... »

Mme Danant parle de tout cela avec un détachement triste, comme d'une fatalité ancienne et connue. C'est tout de même curieux. Mais le policier se dit que la télévision, les films ont déteint sur l'imaginaire des gens.

Ce qu'il sait de la mère et de la victime tient en quelques lignes. Mère célibataire, elle-même fille de l'Assistance publique, elle a élevé seule un fils unique.

Et le fils est mort, à trente ans. Après des années d'études, il allait enfin entrer dans une agence de publicité, faire du dessin, exercer un métier qui ressemble à autre chose que les petits boulots de nuit. Il avait un grand but : faire un stage de peinture à Sienne en Italie, et peindre, peindre. Toutes les toiles entassées dans le petit appartement sous les toits le prouvent : il peignait avec une soif inaltérable, avec avidité.

La photographie de l'Identité judiciaire que le policier tire de sa serviette n'a rien, elle, d'un tableau de maître. Le meurtrier – présumé, car il nie contre toute évidence – a réellement ce que l'on nomme la tête de l'emploi. Un vieux beau, au visage veule, au regard bleu sans âme, au menton flétri.

« Il était déjà fiché pour proxénétisme. Joueur, receleur à l'occasion, à son âge il aurait dû prendre sa retraite du trottoir. C'est le jeu qui le tient. Il est connu dans les clandés… les maisons de jeu clandestines… »

Mme Danant prend la photographie d'une main qui tremble d'émotion. Regarder le visage de l'assassin de son fils, c'est dur.

Elle prend ses lunettes, contemple le cliché. Face, profil. L'homme a les cheveux gominés, longs, coiffés en queue de cheval. Soudain Mme Danant ne tremble plus. Elle fixe maintenant le visage de l'homme. Sa voix s'est brusquement enrouée : « Comment s'appelle-t-il ?

– Bertz Marcel, soixante-quatre ans, né à Strasbourg, célibataire, profession commerçant… Il a pour couverture une carte de brocanteur, du vent. »

Mme Danant est si blanche tout à coup, elle a un tel regard que le policier reprend immédiatement la photo qu'il a du mal à arracher de sa main crispée.

« Je comprends vos sentiments, madame…

– Excusez-moi… c'est, c'est le choc… c'est… »

La pauvre femme fait quelques pas dans la pièce, se rassoit, se relève, regarde la verrière du toit, au-dessus d'elle, la lumière de ce printemps parisien qu'aimait tant son fils. Elle a du mal à retenir ses larmes. Du mal à parler. « C'est… l'idée de cet homme-là… tirant sur mon fils… Vous comprenez… C'est insupportable !

– Je comprends. Dites-moi seulement si, à votre connaissance, vous l'avez déjà vu, ou croisé dans l'entourage de votre fils ?

– Pardon ? Ah, oui… non, bien sûr que non, comment pourrais-je connaître un individu pareil ?

– J'entends bien, madame, mais votre fils… il travaillait la nuit… on ne sait jamais…

– Stéphane n'a jamais travaillé que chez des commerçants honnêtes, apprenti boulanger, vous vous rendez compte, pour un licencié en histoire de l'art ? Un second prix aux Beaux-Arts ? Il disait que faire le pain, c'était aussi de l'art. Il ramenait toujours des croissants, du pain de campagne, juste avant que je parte travailler, il riait de son nez couvert de farine, de ses ongles blancs d'avoir trituré la pâte… La peinture de la vie, il disait. »

Mme Danant ne s'arrête plus, elle parle, raconte Stéphane, se perd dans les détails, comme si elle voulait fuir cette photographie, le visage de cet homme qu'elle vient de prendre en plein cœur.

Puis s'arrête brusquement : « Pardonnez-moi, je ne me sens pas bien… »

Le policier se retire. Mission de routine, pénible et désagréable, auprès des familles des victimes. Comme il en exécute trop souvent.

Mais ce jour de mai 1975, quelque chose lui a échappé.

L'instant, le moment où il a tendu la photographie à cette femme, ce regard… S'il avait su comprendre cet instant-là…

Le jour de la reconstitution, personne n'avait demandé à Mme Danant de venir assister au simulacre du meurtre de son fils, dans ce bar de quartier, sur ce trottoir, devant ce banc public où était mort Stéphane à trente ans. Le seul homme de sa vie.

Elle a tiré sur Marcel Bertz, comme tirent les femmes affolées par les armes dont elles n'ont pas l'habitude. Un revolver de dame, disent les armuriers, mais de près et en tirant toutes les balles du chargeur, elle a accompli ce qu'elle voulait accomplir.

Le meurtrier de son fils est mort à son tour sur ce trottoir qui lui allait si bien.

Vengeance ? Oui, vengeance, mais plus encore.

Il y avait une chance sur des milliards et des milliards pour que cela arrive… Pour que Marcel Bertz, joueur et proxénète, ne tue pas un inconnu cette nuit-là, mais son propre fils. Sans le savoir.

C'était il y a trente ans. Mme Danant était jeune, elle avait compris trop tard qui était cet amant envoûteur et déjà prêt à la mettre sur le trottoir.

Trop tard parce qu'elle attendait un enfant de lui. Elle avait donc disparu dans l'anonymat d'une ville de province d'abord, puis à Paris. Paris, malheureusement, pour les études de Stéphane. Son fils, son artiste, la lumière de sa vie, un jeune homme brillant, doué, né d'une histoire minable, mais dont il ignorait tout. Paris où traînait encore, sur les trottoirs, son père inconnu.

Une sale chance sur des milliards, pour que, sans le savoir, ce père tue son propre fils.

Le regard de cette femme sur la photo du meurtrier. L'instant où elle a découvert le visage de celui qui avait assassiné le fils qu'il avait conçu trente ans plus tôt. Où elle a redécouvert les yeux, le front, la bouche d'un homme qu'elle avait follement aimé juste un printemps. Ce regard, personne ne pouvait deviner qu'il représentait bien plus que la vengeance. Une dépossession totale, de tant d'années de sacrifice et d'amour, pour une mère.

Contre quoi ? Quelques minutes de plaisir pour un géniteur de passage, trente ans d'absence, et quelques minutes de lâcheté minable.

« C'est à moi que j'en veux, a dit Hélène, le jour de son procès. À moi seule. »

Hélène Danant a fait trois ans de préventive. Puis fut acquittée. Hélène, qui ne s'appelle pas Hélène.

C'est une vieille dame maintenant et seule, depuis si longtemps.

Elle a droit à l'anonymat.

La caisse

C'est le noir complet. Jérôme Sébastiani vient de refermer le couvercle sur lui et de tirer le verrou intérieur. La caisse est vaste et il s'était préparé à ce qui va suivre, mais il ne peut empêcher l'angoisse de l'envahir : un cercueil, il a l'impression d'être dans un cercueil !

Jérôme Sébastiani se ressaisit aussitôt. Au bout de l'aventure, il y a six cents millions de centimes et six cents millions de centimes valent bien un petit séjour dans une boîte qui ressemble à un cercueil !

« Fais quand même attention, Dédé. C'est écrit "verrerie" sur la caisse !... »

Évitant tout mouvement, Jérôme Sébastiani se sent soulevé de terre, puis se retrouve couché sur le dos. Au bout d'un long moment de silence et d'immobilité, il sent un trépidement doux et régulier : il doit être sur le chariot mécanique. Bientôt il sera dans la soute de l'avion effectuant le vol régulier Paris-Marseille, départ à quatorze heures cinquante-cinq, ce 22 janvier 1989...

Dans l'obscurité qui l'entoure, Jérôme Sébastiani esquisse un sourire. Décidément, il est content de lui. C'est dur, bien entendu, et ce qui va suivre le sera plus encore, mais il faut savoir ce que l'on veut, quand on a pour ambition de devenir l'Arsène Lupin moderne !...

À vingt-six ans, Jérôme Sébastiani n'est vraiment pas

quelqu'un comme les autres. Il l'a montré dès l'école, où il s'est fait renvoyer un nombre impressionnant de fois. Depuis, il a vivoté de petits boulots, mais en fait, il n'a jamais eu qu'une passion : les exploits des cambrioleurs. Depuis qu'il est tout enfant, Jérôme s'est dit qu'il serait un jour voleur, mais pas n'importe lequel !

Pendant des années, il a cherché l'idée, l'Idée avec un grand I, jamais imaginée, jamais réalisée… Il s'est promis de ne faire, dans toute sa vie, qu'un seul vol, mais un vol tellement extraordinaire qu'il ferait date dans les annales et lui rapporterait la fortune.

La grande occasion est enfin arrivée un mois plus tôt, par l'intermédiaire de Philippe Meyer, un ancien camarade de classe, qui avait mal tourné. Lui, il fréquentait le milieu et faisait de temps à autre de petits coups. Jérôme n'avait jamais voulu se mêler à ces activités sans envergure, mais il avait fait part à son ami Philippe de ses ambitions.

Or, ce jour-là, ce dernier lui a dit, sur un ton de confidence : « J'ai un tuyau pour une grosse affaire. Seulement moi, ça me dépasse. Alors, puisque tu prétends que tu peux faire le coup du siècle, c'est le moment ou jamais ! »

Jérôme a ressenti un pincement au cœur. « Dis vite !

– Voilà… Il va y avoir un transfert entre un bijoutier parisien et sa succursale à Marseille. La camelote voyagera par l'avion régulier dans un sac postal. Y en a pour six cents briques… »

Pendant des nuits entières, Jérôme a réfléchi. Et puis l'illumination lui est venue : se faire enfermer à l'intérieur d'un bagage… Parmi les métiers qu'il a exercés épisodiquement figure celui de steward ; or il a pu constater que le personnel ne descend pour ainsi dire jamais en soute.

Philippe Meyer a été immédiatement très impressionné par l'idée et les détails ont été vite mis au point.

Jérôme a acheté une caisse de dimensions suffisantes. À l'intérieur il a procédé aux aménagements nécessaires : capitonnage, trous dans le couvercle, installation d'un loquet.

Philippe Meyer a expédié la caisse, depuis Paris, sous un faux nom, dans une villa de location à Marseille où il va attendre qu'on la lui livre. Sur l'emballage il y a : « verrerie, valeur déclarée cinq cent mille francs » et, dedans, il y a le nouvel Arsène Lupin.

Jérôme Sébastiani ressent une sensation d'ascenseur : on doit le hisser dans la soute. Il est encore une fois ballotté, puis s'immobilise. Pendant quelques minutes ce sont des coups sourds : sûrement les autres bagages qu'on installe et, enfin, une espèce de grondement : les employés viennent de refermer la porte.

Comme elles semblent interminables à Jérôme ces minutes qui précèdent l'envol ! Il s'efforce de se détendre entre les parois capitonnées… Enfin, il ressent une légère sensation de creux à l'estomac, tandis qu'il est plaqué en arrière contre une des parois : ça y est, on décolle.

Jérôme Sébastiani attend que l'avion ait pris son altitude de croisière… Voilà ! C'est le moment. Il fait jouer le verrou, pousse des deux mains et… il ne se passe rien. Le couvercle ne s'ouvre pas… Jérôme garde son calme. C'est sans doute qu'il est un peu faussé… Il renouvelle sa tentative avec plus d'énergie, mais la planche de bois capitonnée reste obstinément en place.

Il sent la sueur lui couler tout le long du corps. Et si le couvercle refusait de s'ouvrir, tout simplement parce qu'il est contre d'autres bagages ? Mais alors, comme les trous d'aération sont précisément dans le couvercle, cela veut dire aussi qu'il n'a plus d'air. Il a juste ce qu'il reste dans la caisse, et ce n'est pas suffisant pour une heure de trajet… Il va être asphyxié… Sa géniale idée n'était que la plus horrible des bêtises. C'est son cadavre que va recevoir Philippe Meyer dans la villa de Marseille. Il ne s'était pas trompé tout à l'heure : cette caisse est son cercueil !

Tant pis pour les diamants ! La vie avant tout, la vie ! Jérôme Sébastiani se met à crier, à cogner, à appeler au secours… Mais il le sait bien : personne ne vient jamais dans la soute à bagages pendant le vol.

Une dernière tentative. De toutes ses forces, il se jette sur le couvercle et… miracle, il cède avec un grand craquement. Il était bien faussé et non bloqué. Une bouffée d'air lui arrive au visage. Alors, dans une brusque détente de ses nerfs, il se met à éclater de rire.

Jérôme Sébastiani reprend ses esprits. Il cherche à tâtons sa torche électrique. Elle est là, juste à ses pieds. Il l'allume et passe la tête dehors… Il pousse un soupir de contrariété. Il n'avait pas imaginé cela. Il se trouve en face d'un entassement compact de valises et d'autres colis. Comment va-t-il pouvoir se déplacer là-dedans ? Car, dans tout cet amoncellement, il n'y a aucun passage. C'est une sorte de chaos avec des creux, des bosses dont certaines semblent en équilibre instable et oscillent dangereusement.

À quatre pattes, Jérôme Sébastiani se risque hors de sa caisse. Il s'avance aussi prudemment qu'il peut au sommet d'une suite de monticules chancelants qui tremblent sous son poids et sous les mouvements de l'avion. Et c'est là-dedans qu'il va devoir trouver le fameux sac postal !

Il déplace péniblement une première valise et il se met au travail, un travail de déménageur ou, plutôt, de mineur. Il creuse des galeries, il fore des trous. Les piles changent de tailles et de formes. Il opère lentement, avec précaution, car il craint à tout instant qu'un brusque mouvement de l'avion ne fasse s'écrouler les pyramides qu'il édifie autour de lui.

Une demi-heure a passé… On est à mi-chemin entre Paris et Marseille. Jérôme est couvert de sueur… Et soudain, il sent quelque chose de mou sous ses pieds : un sac. Il braque sa torche électrique : sur la toile beige, figure le sigle de la poste. Fébrilement, il tranche la corde avec son couteau. Il sent sous ses doigts des boîtes rectangulaires : il en ouvre une. Sous le faisceau de la lampe, il y a un miroitement : ce sont les diamants.

Déjà l'avion a piqué du nez et commence sans doute sa descente vers Marseille. En haut, au-dessus de lui, toutes les valises qu'il a déplacées s'agitent dangereusement. Il faut faire vite. Prendre les bijoux et regagner la caisse.

Un à un, les écrins sont ouverts. Jérôme Sébastiani en met le contenu dans ses poches, sans même vérifier. Dès que le dernier écrin est vide, il entreprend de regagner son point de départ.

C'est une progression encore plus périlleuse qu'à l'aller. L'avion est incliné vers l'avant. Il doit se retenir pour ne pas glisser. Mais enfin il y est. Sa caisse est là qui l'attend. Il s'y précipite comme dans un refuge. Il a réussi. Il s'installe et referme le couvercle.

Non, il ne le referme pas. Tout à l'heure, dans sa panique, il a disloqué le haut de la caisse. Il a beau s'escrimer, tirer à lui, cela ne ferme pas. Tout est disjoint.

Dès que les employés soulèveront la caisse, ils vont s'en apercevoir. Bien entendu, ils vont vouloir vérifier si le contenu n'a pas souffert et le découvriront, avec ses poches pleines de bijoux.

Il y a un choc qui le fait sursauter. L'avion vient de toucher le sol. Il n'y a pas un instant à perdre. Malgré le freinage, qui imprime à toute la cargaison un violent mouvement vers l'avant, il saute hors de la caisse.

Jérôme Sébastiani n'a aucun plan précis. Il sait qu'il doit se mettre ailleurs, n'importe où, et attendre. Il s'arrête dans un coin, dans le noir. Il se fait aussi petit que possible. L'avion s'est arrêté. Quelques minutes s'écoulent encore, et puis il y a un grand bruit. La lumière, la lumière du jour apparaît enfin. La porte de la soute vient de s'ouvrir…

Le déchargement se fait avec rapidité et méthode. Les unes après les autres, les piles de valises quittent la soute pour se retrouver en bas… La soute doit être à présent à moitié vide. Enfin, Jérôme Sébastiani le suppose, car il n'ose pas bouger la tête pour s'en assurer.

C'est alors qu'il remarque que le bruit des voix diminue rapidement, puis cesse tout à fait. On dirait que les employés sont partis… Il s'approche avec précaution de la porte de la soute, jette un regard prudent… Au loin, il aperçoit le train de petits chariots qui s'éloigne. Il est plein. Ils vont le débarrasser et revenir.

Il n'y a pas à hésiter… Il faut y aller, c'est sa seule chance. Il s'engage sur la passerelle qui est restée en place. Il arrive sur le sol. Au loin, il aperçoit la file des passagers qui gagne l'aéroport. Personne ne l'a vu. D'un pas rapide mais sans courir, il va dans leur direction. Si on l'arrête, si on lui pose une question, il dira : « J'avais oublié quelque chose dans l'avion. »

Mais personne ne le remarque. Et il franchit sans aucun problème les quelques centaines de mètres qui le séparent de l'aérogare de Marignane.

Dans le taxi qui le conduit à la villa où l'attend Philippe Meyer, Jérôme Sébastiani laisse éclater sa joie. Il a gagné. Il est le nouvel Arsène Lupin ! Pour son premier et son dernier vol, il a réussi un exploit d'une audace incroyable. Il s'imagine la tête que vont faire les policiers quand ils vont découvrir le sac postal sans les bijoux et la caisse vide...

La caisse... Nom de Dieu la caisse !... Jérôme Sébastiani perd tout à coup son sourire. Mais c'est un indice flagrant. C'est une véritable piste, c'est un boulevard, une avenue ! La caisse, on ne devait jamais la retrouver, elle devait être expédiée à la villa et il l'aurait détruite.

C'est pour cela que, quand il l'a fait faire sur mesure chez un fabricant spécialisé, il n'a pas jugé bon de prendre des précautions. Il l'a payée par chèque... un chèque à son nom... Jérôme Sébastiani, suivi de son adresse.

Dès lors, pour les deux complices, c'est la fuite, la fuite éperdue, improvisée, bâclée, la panique. Jérôme Sébastiani et Philippe Meyer sautent dans leur voiture pour passer la frontière la plus proche, celle avec l'Italie. Ils n'ont pas osé affronter la douane avec leur butin. Ils ont enterré les pierres précieuses dans le jardin de la villa.

Bien entendu, ils ne sont pas allés loin. Traqués, sans argent, sans personne pour les cacher, ils se sont fait arrêter bêtement à Milan au cours d'un banal contrôle d'identité.

En prison, Jérôme Sébastiani a eu tout le temps de méditer sur ce qui faisait la supériorité de son modèle Arsène Lupin : lui, non seulement il avait des idées brillantes et originales, mais il ne se faisait pas prendre.

Maman dort

Dans un appartement, quelque part en France, une petite fille ne parvient pas à réveiller sa maman étendue sur le canapé du salon. Elle a besoin d'aide. Mais maman dort…

Corinne se réveille. Il est quinze heures et elle vient de faire sa sieste comme d'habitude. Alors elle quitte son petit lit et cherche sa maman. D'habitude, Marie-Hélène, sa maman, est toujours occupée à quelque tâche ménagère. Corinne aime bien quand sa maman prépare un gâteau et elle aime aussi quand sa maman fait du repassage.

Mais pour l'instant maman ne fait rien et, au bout de quelques minutes, Corinne la trouve allongée sur le canapé du salon. Elle ne bouge pas. La télévision est éteinte.

« Maman ! » dit Corinne. Maman ne répond pas.

« Maman, maman ! » crie Corinne plus fort. Maman ne réagit pas. Elle a le visage tourné vers le mur et le bras qui pend mollement vers la moquette. « Maman ! » Rien, pas de réponse.

Corinne s'en va un moment, pour jouer avec sa poupée. C'est normal, elle n'a que trois ans et demi.

« Maman dodo ! Maman bobo ! » chantonne la petite. C'est sa façon à elle d'analyser la situation.

Au bout de quelques minutes, une demi-heure peut-être, Corinne revient dans le salon pour voir si sa maman est réveillée. Mais pas le moindre mouvement. Rien n'a changé dans la position de la jeune femme. Sa tête est toujours tournée vers le mur et sa main est toujours immobile, mollement alanguie sur la moquette.

Corinne ne sait plus ce qu'elle doit faire. Elle regarde autour d'elle mais seule la chatte de la maison semble vivante.

« Fanny, maman dodo », lui dit Corinne.

Miaou, répond la chatte, qui a peut-être son idée là-dessus

Au bout d'un moment Corinne, trois ans et demi, pense à quelque chose : quand maman a besoin de mamie, elle se sert de ce gros appareil blanc qui ressemble un peu au fer à repasser. Maman défend à Corinne d'approcher du fer à repasser qui brille, qui fume mais qui brûle. Au contraire, elle appelle souvent Corinne pour qu'elle parle à mamie dans le téléphone. Corinne ne sait pas encore dire « téléphone », mais comme elle entend souvent sa maman prononcer ce mot, elle l'adapte : pour elle c'est le « phéphone ».

C'est le « téléphone des fées ». Quand maman veut que Corinne parle à mamie, elle lui met le combiné sur l'oreille.

« Mamie ! dit Corinne.

– Comment vas-tu ? lui répond Mamie dans l'appareil. Tu es sage ? »

Pour l'instant Corinne en vient à la seule conclusion qui s'impose : elle doit appeler mamie pour lui dire que maman dort.

Corinne s'accroche à une chaise et, péniblement, la traîne jusqu'au guéridon sur lequel se trouve le téléphone. Elle y parvient au prix d'un gros effort et elle doit en faire encore un autre pour arriver à se hisser sur le siège. Seulement en s'agrippant au dossier, Corinne se retrouve à genoux, en équilibre instable mais au moins à la hauteur de l'appareil dans lequel mamie lui parle.

Une fois installée, elle reste perplexe : comment ça marche ? Elle revoit maman qui décroche la partie qui se trouve sur le dessus. C'est ce que fait Corinne et elle met son oreille contre le combiné. Rien. Il faut dire qu'elle tient l'appareil du mauvais côté. Mais comme elle est, malgré son âge, logique et tenace, au bout d'un moment elle retourne le combiné et perçoit la tonalité.

« Mamie ? Mamie ? » interroge Corinne. Mamie doit être occupée ailleurs car elle ne répond pas. Corinne repose le combiné. Puis elle le reprend et, à nouveau, entend la tonalité. À ce moment elle a la vision de maman. Mais c'est bien sûr :

avant de parler à mamie elle appuie sur les petits boutons de l'appareil. Et même qu'à chaque fois qu'elle appuie sur un petit bouton, ça fait une petite musique... *Ta ti tou ti ta tou.*

Une fois, même, maman, pour appeler mamie, a demandé à Corinne de composer le numéro – en lui tenant la main, bien évidemment. *Ta ti tou ti ta tou*... et, au bout du fil la sonnerie *dring... dring... dring*... avant que mamie parle : « Allô ? C'est toi ma poulette ?... »

Corinne se dit qu'elle n'a plus qu'à en faire autant. Et elle commence. Complètement au hasard. Au bout d'un petit moment elle se fatigue et pose le combiné sur le guéridon à côté de l'appareil. *Ta ti tou ti ta tou ta tou ti :* elle appuie sur les petites touches qui portent des numéros. Déjà elle reconnaît certains des chiffres de l'appareil, mais à quoi cela pourrait-il lui servir ? Fanny, assise au pied du guéridon, regarde Corinne et se demande sans doute ce qu'elle peut bien fabriquer.

Corinne tape sur les chiffres du téléphone et parfois elle entend une voix féminine qui sort du combiné : « Mamie ? crie Corinne, Mamie ? »

Mais la voix féminine lui répond aimablement : « Le numéro que vous avez composé n'est pas en service actuellement. Veuillez consulter votre annuaire ou votre documentation. » De toute façon ce n'est pas la voix de mamie.

Alors Corinne continue à taper. De temps en temps, elle remet le combiné en place. Elle descend de la chaise et va voir si maman bouge. Mais maman dort. Elle ne peut que dormir puisqu'elle ne bouge pas. Les mamans ça bouge toujours. Ça bouge, ça chante, ça fait couler les bains, ça savonne, ça débarbouille et ça gronde aussi les petites filles quand elles font des bêtises. Mais, en tout cas, ça fait toujours quelque chose, même après que les petites filles sont dans leur lit, après qu'elles ont fait leur prière.

Corinne, malgré son âge, a déjà du caractère et de l'initiative. Quand elle a une idée dans la tête, comme dit sa mère, elle ne l'a pas ailleurs. Comme maman dort toujours, Corinne remonte sur la chaise près du « phéphone ». Et elle recommence, après avoir décroché le combiné, à taper au hasard sur les touches, sans trop attendre, dans l'espoir de récupérer sa mamie qui, elle, saurait ce qu'il faut faire.

Soudain, miracle, une musique se fait entendre et une voix d'homme se met à parler, mais Corinne comprend très vite que ce n'est pas encore sa mamie qui répond : « Ici le bulletin météorologique départemental. Voici la situation d'aujourd'hui mercredi à quatorze heures. »

Corinne écoute un peu, elle entend qu'on lui parle de nuages et de soleil. Elle sait ce que veulent dire ces mots. On lui a dit qu'il n'est pas bien élevé d'interrompre les grandes personnes mais, pour une fois, Corinne sent que les circonstances l'exigent.

« Ma mamie n'est pas là ? » demande Corinne au monsieur. Mais il n'a pas l'air d'entendre car il continue imperturbablement. Puis une dame lui annonce : « Voici les prévisions pour les jours à venir. »

Corinne écoute tout jusqu'au bout. Elle espère que, quand ils auront fini, ils vont lui donner des nouvelles de sa mamie. Peut-être pourra-t-elle leur expliquer que « maman dort » et qu'elle ne sait pas quoi faire. Parce que, forcément, au bout d'un moment, une petite fille de trois ans et demi, même si elle n'a pas faim, ça a des petits problèmes à résoudre.

Pendant près d'une heure, Corinne continue de taper sur les chiffres du téléphone. Elle ne sait pas trop dans quel ordre il faut enfoncer les touches mais elle essaie un peu dans tous les sens.

Soudain, elle entend un son familier, une sonnerie, exactement comme au moment où mamie va décrocher. *Dring… dring… dring…* Ça dure longtemps. Mais Corinne attend car elle sait, elle est absolument certaine que cette fois, c'est mamie qui va répondre.

« Oui ? » fait une voix d'homme que Corinne ne reconnaît pas. En tout cas ce n'est sûrement pas mamie. Peut-être l'oncle Michel. Mais elle n'est sûre de rien. Elle reste muette, sans rien dire.

« Allô ? » redit l'homme au bout du fil, cette fois avec une nuance d'impatience. Et Corinne, surprise par le ton un peu bougon de cette voix inconnue, ne dit toujours rien.

« J'écoute, annonce le monsieur qui a l'air de s'impatienter plus sérieusement. Si vous ne répondez pas je raccroche ! »

Silence de Corinne qui avale sa salive.

« Pourquoi mamie ne répond pas comme d'habitude ? » pense-t-elle.

« Bon, si c'est une plaisanterie, elle n'est pas particulièrement de bon goût ! » fait le bonhomme à l'autre bout de la ligne. Mais, au fond, ce doit être un gentil bonhomme car il ajoute, dans un dernier effort pour établir la communication : « Si vous êtes dans une cabine publique, changez de cabine, je n'entends absolument rien. Désolé. » C'est sûr, il va raccrocher. Après tout, cet homme a certainement autre chose à faire qu'à rester suspendu au téléphone à cause de plaisantins.

« Mamie n'est pas là ? dit enfin Corinne.

– Qui ? dit l'homme.

– Mamie.

– Tu as quel âge ?

– Trois ans et demi.

– Trois ans et demi ? fait l'autre avec un accent d'incrédulité. Et tu téléphones toute seule à ta mamie ?

– Oui, maman dort.

– Et qui a fait le numéro ?

– C'est moi, ça fait longtemps que j'essaie.

– Pourquoi tu veux parler à ta mamie, mon poussin ? demande doucement l'homme.

– Maman dort, maman ne bouge pas.

– Ta maman ne bouge pas ? Ça fait longtemps ?

– Je sais pas, elle dort dans le salon, elle bouge pas. »

Soudain le correspondant de Corinne, Jean-Luc Després, sent une sueur froide lui couler dans le dos : c'est évident, il a, à l'autre bout du fil, Dieu sait où, une petite fille de trois ans et demi, seule dans une maison ou un appartement, avec sa maman, et celle-ci a vraisemblablement eu un malaise. Qui sait, elle est peut-être morte d'une crise cardiaque. Pas de doute, il faut intervenir, sinon la petite risque de demeurer enfermée pendant des heures, des jours peut-être avec, osons le dire, un cadavre.

« Comment tu t'appelles ? demande le monsieur au bout du fil.

– Corinne.

– Corinne comment ?

– Corinne je sais pas…

– Il n'y a personne avec toi ?

– Si, il y a Fanny !

– Ah, tant mieux, tu ne raccroches pas surtout, tu m'entends, Corinne, tu ne raccroches pas le téléphone, il faut encore que tu parles avec moi et ta mamie va venir. Tu veux appeler Fanny ?

– Oui.

– Appelle-la, mon poussin, mais surtout ne raccroche pas. »

Corinne, qui est une petite fille obéissante, obéit au monsieur qui a l'air gentil et qui lui a promis que mamie allait venir. Elle appelle. À l'autre bout de la ligne le monsieur l'entend : « Fanny ! Fanny !

– Elle t'entend ? demande le monsieur.

– Oui, fait Corinne, elle m'entend.

– Elle est loin de toi ?

– Non, elle est là, sur la moquette.

– Qu'est-ce qu'elle fait, Fanny ?

– Rien, elle se lèche le derrière.

– Quoi ? Elle se lèche quoi ?

– Le derrière !

– Mais c'est qui, cette Fanny ?

– C'est la minette. »

Bien qu'il ait conscience du drame qui se joue, le monsieur inconnu est pris d'un fou rire. Pourtant il se dit qu'il faut agir vite. Qu'une petite fille de trois ans et demi ça se fatigue vite, ça peut avoir des réactions imprévisibles.

« Ne raccroche surtout pas, mon poussin, ta mamie arrive. »

Corinne ne raccroche pas, elle aussi est contente d'avoir un correspondant.

« Graziella ! » crie le monsieur dans le téléphone. Graziella est son épouse. Elle est dans sa cuisine et tarde à répondre. Enfin elle apparaît dans le salon : « Qu'est-ce qu'il y a ? »

En quelques mots Jean-Luc lui explique : « J'ai là, au téléphone, une petite fille inconnue de trois ans et demi. Je ne sais pas où elle habite, mais j'ai l'impression qu'elle est enfermée chez elle et que sa maman est dans le coma, peut-être même morte.

– Et qu'est-ce qu'on peut faire ? dit Graziella.

– Prends la voiture, file à la gendarmerie, explique-leur que j'essaie de maintenir la communication le plus longtemps possible. La gamine ne sait même pas comment elle s'appelle. Qu'ils contactent les Télécom pour essayer d'identifier le poste d'où elle appelle. Il suffira d'appeler les pompiers les plus proches pour qu'ils interviennent sur place.

– Compris, répond Graziella, je file. » En quelques instants elle est à bord de la 4L familiale et fonce en direction de la gendarmerie.

Pendant ce temps-là, à tout hasard, Jean-Luc essaie par tous les moyens d'identifier l'endroit où Corinne est enfermée avec sa maman sans connaissance.

« Corinne, mon petit poussin, tu es bien, tu n'as mal nulle part ?

– Non, mais j'ai soif.

– Tu sais, je m'appelle Jean-Luc. Dis-moi, tu habites dans une maison ?

– Non, pas dans une maison. Mamie elle a une maison avec un grand jardin et un gros chien qui s'appelle Pétaron.

– Elle habite près de toi, mamie ?

– Non, on prend la voiture pour aller la voir.

– C'est loin ?

– Je sais pas, souvent je dors dans la voiture. »

Jean-Luc se désespère. Comment arriver à situer Corinne qui peut être n'importe où dans la France entière ?

« Qu'est-ce que tu as fait dimanche ? demande-t-il.

– Je suis allée à la plage avec maman et ma cousine Betty. »

La plage, c'est bien beau, mais la France possède des milliers de kilomètres de plages du nord au sud. Il faut un détail plus caractéristique.

« Il y a des arbres devant chez toi ?

– Oui.

– Comment ils sont ces arbres ?

– Ils sont grands avec les feuilles tout en haut.

– Tu sais comment ça s'appelle ces arbres ?

– Des paniers !

– Des paniers : ce ne serait pas plutôt des palmiers ? »

Ça fait penser au Midi. Pendant ce temps-là les gendarmes sont arrivés chez Jean-Luc, ils communiquent à leur PC tous les détails de la conversation. Les Télécom, avertis eux aussi, ne perdent pas leur temps. On finit par identifier le numéro d'appel de Corinne. Elle est dans les Pyrénées-Orientales.

Un appel aux pompiers qui, en quelques minutes, sont sur place. Leur coup de sonnette reste sans réponse, mais Jean-Luc l'entend à travers le téléphone. Comment dire à Corinne, trois ans et demi, d'aller ouvrir une porte trop haute pour elle et sans doute fermée à clef ? Les pompiers enfoncent le panneau et se précipitent dans le salon. Corinne étonnée les regarde et demande :

« Où est ma mamie ? »

Sur le canapé, devant la télévision, la maman de Corinne est toujours immobile, le bras posé sur la moquette. Quand un pompier veut vérifier son pouls, elle réagit, ouvre les yeux et s'étonne :

« Mais qu'est-ce qui se passe ?

– Vous n'avez pas eu un malaise ?

– Moi, mais pas du tout, je faisais la sieste et pour mieux dormir j'avais mis mes boules Quies… »

Le tueur de blondes boulottes

Depuis six mois déjà, en cette mi-juin 1989, les femmes de Lincoln, capitale du Nebraska, vivent dans la terreur. Enfin pas toutes les femmes, seulement celles que la nature a dotées de rondeurs et qui ont les cheveux clairs. Un meurtrier en série, « le tueur de blondes boulottes », comme on l'a surnommé, se déchaîne, en effet, sur la ville. Il en est à sa quatrième victime…

Judith Bellow pénètre dans le parking de son immeuble. Il n'est pas sinistre comme tant d'autres. Il est bien éclairé, ses murs sont de couleur vive. Il n'en reste pas moins qu'avec ses multiples recoins, c'est le lieu idéal pour un crime. Or, par malchance pour elle, Judith Bellow est une charmante, une délicieuse blonde boulotte…

Judith introduit la clé dans la portière. Elle ne doit plus avoir peur : dans quelques minutes elle sera sauvée ! Elle pousse un cri. Un homme est là… Il s'approche… Elle ne crie plus. Elle sait qu'elle est perdue. C'est lui. Elle ne s'était pas trompée.

Herbert Harrisson, récemment élu shérif de la ville, fait irruption dans le parking. Trente-cinq ans, les cheveux blonds et courts, il a un charme indéniable, qui a peut-être contribué à son élection. Mais ce 16 juin 1989, le shérif Harrisson regrette sincèrement d'avoir été élu. Car ce qui lui arrive est ce que peut redouter par-dessus tout un policier. Il répète à mi-voix, en grinçant des dents : « La cinquième ! La cinquième !... »

Un quart d'heure plus tard, tandis qu'on emmène le corps de la malheureuse à la morgue, Herbert Harrisson récapitule les premières informations qu'il a recueillies. La victime se nomme Judith Bellow, trente-neuf ans, sans profession, mariée, sans enfant. Le mari, Horace Bellow, est agent d'assurances...

Que dire, sinon que ce meurtre ressemble tragiquement aux quatre précédents ? Les autres femmes avaient entre trente et quarante-cinq ans, elles étaient d'un milieu aisé, elles ont été étranglées de la même manière. Pourtant, c'est alors qu'il va se produire quelque chose de légèrement différent.

Une femme, qui avait jusque-là contemplé la scène sans mot dire, s'approche. Elle est livide. Herbert Harrisson la dévisage : « Vous êtes une parente de la victime ?

– Non. Je suis, enfin j'étais sa voisine... Mais ce qui est affreux, shérif, c'est que Judith allait justement partir.

– Comment cela "partir" ?

– Elle allait quitter Lincoln pour Minneapolis où habitent ses parents. Le tueur la terrorisait. Elle voulait se mettre à l'abri et rester à Minneapolis jusqu'à son arrestation...

– Et son mari était d'accord ?

– Pas au début. Il trouvait ses craintes ridicules. Mais elle avait enfin réussi à le convaincre. Elle est venue m'annoncer la bonne nouvelle tout à l'heure et me dire qu'elle partait sans attendre. Et c'est en allant prendre sa voiture dans le parking... »

La voisine s'arrête, terrassée par l'émotion. Herbert Harrisson se dispose à s'en aller, pensant qu'elle n'a plus rien à dire, mais elle le retient par le bras.

« Attendez, shérif... Judith avait peur, mais une peur – comment dire ? – étrange. Elle ne cessait de dire : "Je suis sûre que je serai la prochaine victime"... Elle ne se sentait pas menacée seulement à cause de son physique, parce qu'elle était blonde, petite et plutôt forte, mais comme si c'était elle et elle seule qui devait mourir... »

Le shérif quitte le témoin un peu troublé. Cette tragique prémonition n'est effectivement pas banale. Mais il ne s'agit vraisemblablement que des angoisses d'une femme hypersensible...

C'est le lendemain que le shérif Harrisson interroge, dans son appartement, Horace Bellow, le mari de la victime... Un interrogatoire nécessité par les obligations de l'enquête et qu'il s'efforce de mener avec le plus de douceur possible.

Horace Bellow est un homme de quarante ans, qui doit habituellement être séduisant, avec sa stature élancée, mais ce n'est, pour l'instant, qu'un être brisé. « Je n'ai pas cru Judith. Je ne me le pardonnerai jamais ! Tout est de ma faute ! »

Herbert Harrisson prononce quelques mots polis qu'Horace Bellow n'écoute pas. Puis il aborde l'interrogatoire proprement dit. « Pour avoir une telle peur de l'assassin, votre femme avait peut-être une raison précise. Peut-être l'avait-elle rencontré d'une manière ou d'une autre. Vous ne vous souvenez pas d'une allusion, d'un détail qui pourrait nous aider ? »

Horace Bellow se prend quelque temps la tête dans les mains et regarde de nouveau le shérif. « Non... Franchement, je ne vois pas. Judith avait peur, très peur, mais c'est tout. »

Herbert Harrisson a un dernier point à évoquer. Lors des quatre meurtres précédents, le tueur a volé un objet à sa victime. Pour deux d'entre elles, leur montre, pour les deux autres, une bague.

« Excusez-moi d'évoquer un sujet pénible, monsieur Bellow, mais vous avez vu le corps de votre femme... Est-ce qu'il lui manquait quelque chose ? »

Le veuf a du mal à réprimer son émotion. « Oui. Elle n'avait plus son collier en or. Je le lui avais offert le mois dernier... pour nos quinze ans de mariage. »

Cette fois, le shérif Harrisson n'a plus rien à ajouter. Il prend congé et retourne à son bureau pour reprendre son enquête.

Mais curieusement, à partir de là, il ne se passe rien. Le tueur de blondes boulottes ne se manifeste plus. Le mois de juin 1989 s'écoule dans le calme plat. À la fin juillet, Herbert Harrisson, seul dans son bureau, tente de faire le point. Il faut agir. Dans la presse locale, on ne cesse de le critiquer. L'opinion n'est nullement rassurée par l'arrêt des meurtres. Elle réclame, elle exige, l'arrestation de l'assassin.

Depuis la mort de Judith Bellow celui-ci se tient tranquille : la seule question à se poser est : pourquoi ? A-t-il été effrayé par le dispositif policier mis en place ? Le shérif sait très bien que non. Ce genre de fou meurtrier a un besoin irrésistible de tuer. Aucune considération ne peut l'arrêter. Il recommence jusqu'à ce qu'il soit pris. Non, si le tueur de blondes boulottes ne tue plus, c'est qu'il ne peut plus le faire.

La première hypothèse est qu'il est mort. Mais comme on ne possède aucune donnée sur son signalement, il est impossible de le savoir. L'affaire s'arrêtera d'elle-même et l'on ne connaîtra jamais son identité. Il reste pourtant une seconde possibilité, c'est qu'il soit en prison pour une autre raison que les meurtres. À la réflexion, c'est la meilleure voie à suivre... Le shérif décide de demander au FBI d'enquêter sur toutes les personnes arrêtées aux États-Unis depuis la mort de Judith Bellow.

30 août 1989. Les recherches entreprises par le FBI n'ont rien donné. La situation en est toujours au même point. Le tueur de blondes boulottes reste introuvable et il n'a pas tué de nouveau. C'est alors qu'un homme d'une cinquantaine d'années, à l'aspect chétif, est introduit à sa demande dans le bureau du shérif.

« Je m'appelle Alosius Wagner, shérif. Voici ce que je viens de trouver chez moi... » D'un geste hésitant, l'homme dépose devant le policier quatre objets que ce dernier reconnaît immédiatement pour les avoir vus en photo dans son dossier : ce sont les montres et les bagues des quatre premières victimes.

« Qu'est-ce que cela signifie, monsieur Wagner ?

– Je vais vous expliquer, shérif. Je suis notaire à Lincoln et j'ai fait quelques placements avec lesquels j'ai acheté plusieurs maisons. »

Après des mois d'enquête infructueuse, après avoir été abreuvé de reproches par ses concitoyens et de sarcasmes par la presse, Herbert Harrisson n'est pas d'humeur à supporter ces préambules. Il se met à exploser. « Je me fiche de vos placements !... L'assassin !... Qui est l'assassin ?... »

Alosius Wagner tente de le calmer d'un geste. « Si je vous ai parlé de mes maisons, c'est que c'est important. Je les loue. L'un de mes locataires est décédé dans un accident d'auto et c'est en venant prendre possession des lieux que j'ai trouvé ces quatre objets. »

Du coup, le shérif Harrisson change de ton. Il demande fébrilement : « Son nom !

– Davis. John Davis… Je ne l'ai vu qu'une fois lorsqu'il a signé le contrat. Il m'a dit qu'il était mécanicien dans un garage. Il était âgé de vingt et un ans. Un jeune homme plutôt sympathique. Il m'a toujours régulièrement payé, en tout cas.

– Et rien dans son attitude n'a pu vous laisser supposer que… ?

– Rien, shérif. Mais ce n'est pas là le principal. Il y a bien eu cinq victimes, n'est-ce pas ? »

Le regard d'Herbert Harrisson revient sur son bureau, où se trouvent les quatre objets.

« C'est vrai… Et le collier en or de la cinquième, Judith Bellow, comment se fait-il que vous ne l'ayez pas trouvé ? »

Les yeux du notaire se mettent à briller. Il sait parfaitement l'effet que vont produire ses paroles.

« Je ne pouvais pas, shérif. Ce n'était pas possible.

– Comment cela : pas possible ?

– Parce que John Davis n'a pas tué cette femme. Elle a été assassinée le 16 juin, et il est mort le 13… Tenez : voici son certificat de décès. »

Le shérif contemple le papier que lui tend Alosius Wagner. Tout se met à tourner dans son esprit… Judith Bellow n'a donc pas été tuée par le tueur de blondes boulottes. Judith Bellow, qui avait pourtant si peur de mourir, qui sentait le danger si présent. Pauvre Judith ! Non, cette terreur n'était pas le fruit d'une sensibilité excessive, mais au contraire une preuve de lucidité. Le danger était bien tout près…

Du coup, la personnalité de ce John Davis ne l'intéresse plus. Déterminer qui était précisément ce jeune homme à la folie meurtrière est secondaire. Ce sera l'objet d'une enquête de routine. C'est l'autre assassin qui l'intéresse désormais. Et lui seul.

Une heure plus tard, il est chez Horace Bellow avec un mandat d'arrêt. Le mari de Judith tente de le prendre de haut. « De quel droit osez-vous ? Je vous interdis !… » Mais il y renonce bien vite. La date du 13 juin qui figure sur l'acte de décès rend toute échappatoire impossible. Il baisse la tête.

« C'est quoi, le mobile, monsieur Bellow ? L'héritage ? Une maîtresse ?

– Une maîtresse. Judith refusait le divorce. »

Le shérif Harrisson parle d'une voix froide : « Et le tueur de blondes boulottes s'est mis à frapper. Des blondes boulottes, exactement comme Judith ! Vous vous êtes pris à espérer que ce serait elle la prochaine victime. Seulement le hasard en a décidé autrement. Et Judith, au contraire, voulait à toute force quitter la ville et se réfugier chez ses parents. »

Horace Bellow baisse encore un peu plus la tête. « C'est vrai.

– J'aurais dû réfléchir davantage sur ce que m'a dit sa voisine : Judith éprouvait une peur étrange comme si c'était elle seule qui devait mourir… C'est de vous qu'elle avait peur, monsieur Bellow, même si elle n'en avait pas clairement conscience. Elle savait seulement qu'elle devait fuir. C'était le 16 juin. Si vous la laissiez se mettre à l'abri, tout espoir était perdu… Vous avez attendu votre femme dans le parking et vous l'avez étranglée. Ensuite, vous lui avez pris son collier, comme le faisait le tueur. Seulement, il était déjà mort. C'est un bien vilain tour qu'il vous a joué. »

Le shérif passe les menottes à Horace Bellow, qui garde un silence accablé. Et il lui lance tout en l'emmenant : « Malgré les apparences, vous n'aviez rien de commun avec le tueur de blondes boulottes, monsieur Bellow. Lui, ce n'était qu'un pauvre fou, vous, vous êtes un assassin, tout simplement. »

Où est Philip ?

Un jeune homme part à l'étranger pour son premier emploi. Il promet à sa mère de l'appeler au téléphone dès le soir même. Mais il n'appelle pas. Mystère...

Le 23 janvier 1958, Philip Timfield, un jeune Américain de Seattle, embrasse sa mère avec émotion. Elle aussi est tout émue de le voir partir : pour la première fois de sa vie, il quitte la maison maternelle et s'apprête à rejoindre le Canada, de l'autre côté de la frontière.

Il part au volant de sa propre voiture, une Chevrolet vert amande, et doit simplement suivre celle de son tout nouvel employeur : un certain M. Queaver. Destination : le bâtiment qui abrite les services gouvernementaux de Vancouver.

Philip, un garçon de vingt et un ans, est un petit brun à la moustache naissante, très sérieux ; c'est d'ailleurs, depuis le décès de son père et le mariage de son frère aîné, le seul soutien de famille de sa maman : Josephine Timfield.

À côté de celle-ci, au moment des adieux, Ann Lurmond, une jeune fille qui se considère comme la fiancée de Philip.

« Téléphone-moi dès que tu seras arrivé, recommande Josephine avec un pauvre sourire, et surtout sois prudent !

– Ne t'inquiète donc pas, je ne suis pas un petit garçon, je saurai me débrouiller », répond le fils.

Pour ces adieux émouvants la famille au complet a trouvé un petit moment de liberté. Ils sont tous là : Craig, le frère aîné, et son épouse. Carolyn, la fille cadette. Shirley, son autre sœur, et son mari, Mike Zerbrock. Tous lui souhaitent bonne chance pour ce travail aussi inespéré que mystérieux.

C'est en effet par une petite annonce publiée dans le *Seattle News*, le quotidien de l'État de Washington, que Philip, parmi de nombreux postulants, a été sélectionné pour une mission importante qui touche aux affaires de l'État : il s'agit pour lui de se charger du transport, entre les États-Unis et le Canada, des papiers secrets concernant les compagnies de raffinerie de pétrole et les sociétés s'occupant de mines d'uranium.

Philip promet : « Je te téléphone dès mon arrivée et je t'appellerai tous les soirs de la première semaine. Ensuite je t'écrirai au moins une fois par semaine, c'est juré ! »

Normalement, le soir même, le téléphone aurait dû sonner chez Josephine Timfield, mais elle a beau attendre jusqu'à une heure avancée de la nuit, aucun appel ne vient. Cette nuit-là Mme Timfield ne peut fermer l'œil.

Elle envisage toutes les hypothèses mais ce sont bien évidemment les plus monstrueuses qui dansent la sarabande dans sa tête : accident, crime. Cela ne ressemble vraiment pas à Philip de ne pas donner de ses nouvelles.

Rien non plus les jours suivants. Les autres membres de la famille, prévenus, confirment qu'eux non plus n'ont eu aucun signe de vie de Philip, ni appel téléphonique ni courrier. Cela devient inquiétant.

Josephine Timfield, au bout de deux semaines, n'y tient plus et, persuadée qu'un malheur est arrivé, se rend à la police de Seattle, où, après trois heures d'attente, elle parvient enfin à se faire recevoir par le lieutenant Lionel de Smith à qui elle expose sa certitude, car à présent elle en est certaine : « Mon fils a été assassiné, il faut que vous retrouviez celui qui a fait cela ! »

Dès que le lieutenant de Smith apprend, de la bouche de Josephine, que son fils Philip est âgé de vingt et un ans, il lui avoue l'impuissance des services publics à rechercher une personne majeure, pourvue d'une bonne situation. Pour la police il s'agit simplement d'un jeune homme négligent qui ne donne pas de ses nouvelles. Rien de plus.

« Au revoir, madame, je ne peux rien faire. Si vous avez du nouveau, faites-le-moi savoir et nous réexaminerons votre affaire qui, pour l'instant, j'ai le regret de vous le dire, n'en est pas une. » Et il raccompagne aimablement la pauvre Mme Timfield jusqu'à la porte de son bureau.

Quelques jours plus tard, le visage ravagé par l'inquiétude, Josephine Timfield, qui semble avoir vieilli de dix ans, accompagnée par Ann Lurmond, la jeune fille qui se considère comme la fiancée de Philip, se rend à nouveau à la police. Cette fois elle apporte avec elle la coupure du *Seattle News* qui a valu à Philip d'être engagé par le mystérieux M. Queaver : « Offre situation d'avenir à célibataire possédant voiture, libre de voyager. 600 dollars par mois plus primes intéressantes. » Hélas, une fois de plus le lieutenant de Smith ne peut rien faire. Pourquoi ces dames ne s'adresseraient-elles pas directement au *Seattle News* ?

C'est ce qu'elles font mais, au journal, nouvelle déconvenue. Le rédacteur en chef leur confirme qu'il ne peut absolument rien faire pour elles : « Nous ne pouvons déclencher aucune recherche sauf… si la police ouvre elle-même un dossier. » Elles en pleurent de rage et de déception.

Une semaine passe encore et soudain, inespéré et redouté tout à la fois, un élément nouveau : le téléphone sonne chez Josephine Timfield. C'est Ann Lurmond, en proie à la plus vive agitation : « Maman, dit-elle – car depuis longtemps elle nomme ainsi Josephine –, maman, j'étais en taxi tout à l'heure et j'ai vu la Chevrolet de Philip. Je suis certaine que c'est elle, il y avait cette petite trace de choc sur l'aile arrière qui date de notre pique-nique au bord du lac il y a un mois. » Mais ce n'est pas tout. Ann, le souffle court, continue : « En voyant le véhicule de Philip conduit par un inconnu, je l'ai suivi dans mon taxi. Quand l'inconnu s'est arrêté pour entrer dans un magasin j'ai appelé un agent de police, je lui ai expliqué toute l'affaire et le policier a interpellé l'homme qui conduisait la Chevrolet. Mais celui-ci, bousculant tout le monde, a tenté de prendre la fuite. Pour l'instant, il est au poste de police avec les menottes aux poignets. Il attend d'être interrogé par les inspecteurs. Je vous tiens au courant. » Et elle raccroche.

Quelques minutes plus tard, Ann se présente au domicile de Josephine, accompagnée de deux policiers. L'interrogatoire de l'inconnu a été plus que décevant. Oui, il conduit la voiture de Philip car celui-ci la lui a vendue. Il a d'ailleurs sur lui les papiers qui prouvent la légitimité de la vente. Vente effectuée au prix de deux mille dollars.

Ann précise que, d'après cet homme, M. Queaver, le nouveau patron de Philip, a demandé à celui-ci de vendre sa Chevrolet car, selon lui, elle n'était pas assez puissante pour le travail qu'il aurait à effectuer. L'homme ajoute même que Queaver et Philip ont pris la route pour un lieu nommé Black Mountain. Il décrit Queaver comme un homme très grand, corpulent, de type levantin, un colosse aux cheveux très noirs.

« Mais comment se nomme cet homme qui conduit la voiture de mon fils ? » hurle Josephine Timfield.

Avec réticence les deux policiers, devant l'état de nerfs de Josephine, lui donnent la réponse : « Ludwig Vallier ! » et ils lui fournissent même l'adresse de ce dernier.

Josephine remarque que cette adresse se trouve dans la périphérie de Seattle, à Hornet Bay, et elle se souvient que c'est justement dans cette partie de la ville que Philip avait rendez-vous avec son patron, le fameux M. Queaver, avant son départ pour Vancouver.

Toute la famille Timfield s'entasse dans la grande limousine du gendre et les voilà partis pour l'adresse donnée par la police. Sur place tout le monde surveille la maison indiquée tandis que Josephine, refoulant à grand-peine son émotion, sonne à la porte du dénommé Vallier. Bien qu'elle ne mesure qu'un mètre cinquante à peine, Josephine Timfield est prête à tout pour retrouver Philip.

Mais ce sont deux fillettes qui ouvrent la porte de la maison à la visiteuse. Avant que Josephine ait pu dire un seul mot, les deux gamines s'écrient : « Si vous venez pour louer l'appartement, vous ne pouvez pas visiter. Papa n'est pas là ! » Et elles font mine de refermer.

Josephine ne veut pas en rester là. Elle discute et, comme on lui demande son nom, elle lance le premier qui lui passe par la tête : « Je suis Mme Kramer. » Puis elle rejoint la voiture où les autres attendent.

Soudain, un couple arrive en conduite intérieure et, chargé de valises, se dirige vers la maison voisine. Josephine Timfield bondit hors de la voiture de son gendre et les aborde.

« Excusez-moi de vous déranger, dit-elle, mais j'ai un problème avec votre voisin, M. Vallier. Je lui ai vendu une voiture et il n'a pas terminé de la payer. Seriez-vous assez aimable pour me prévenir si jamais vous le voyez sur le point de déménager ? »

Le couple accepte sans méfiance et confie même son numéro de téléphone à Josephine. La famille de Philip, un peu rassurée, rentre enfin chez elle, épuisée.

Le lendemain matin, les voisins de Vallier appellent Josephine : « Nous avons bien l'impression que Vallier et sa famille vont partir. »

Josephine, prenant à peine le temps de les remercier, appelle la police. « Chère madame, lui répond-on, que voulez-vous que nous fassions, on ne peut pas arrêter quelqu'un qui déménage ! » Josephine, au bord des larmes une fois de plus, cherche désespérément de l'aide. La famille est au travail, aussi se rabat-elle sur Norman, un de ses neveux. Il arrive en voiture et tous deux se précipitent chez les Vallier.

De loin ils voient celui-ci, accompagné d'une femme : ils sont en train de charger des bagages dans la Chevrolet de Philip. Puis, accompagnés d'un garçon d'environ treize ans, ils démarrent. Pas de trace des fillettes. Norman, au volant de son propre véhicule, leur « file le train » comme on dit. Mais Vallier, se rendant compte qu'il est suivi, appuie sur l'accélérateur et fait tout pour les semer.

Pendant trois heures, malgré l'intense circulation du samedi, une sorte de rodéo a lieu dans les rues de Seattle. Josephine et Norman finissent par perdre la trace de la Chevrolet.

Mais soudain c'est le miracle : à un croisement ils retrouvent la voiture de Vallier. Celui-ci, excédé, décide de s'arrêter et sort de la Chevrolet. C'est un homme maigre, aux tempes grises, aux gestes nerveux. Il apostrophe Josephine : « Que me voulez-vous ? Qui êtes-vous ?

– Je suis Mme Kramer, répond Josephine sans perdre son sang-froid.

– Ah, c'est vous qui êtes venue pour visiter l'appartement ? Mais ce n'est pas une raison pour me suivre partout comme vous le faites. Que se passe-t-il ?

– Montez à l'arrière avec moi », dit Josephine.

Vallier obtempère, l'air inquiet.

Une fois qu'il est assis, Josephine annonce : « Je suis la mère de Philip Timfield. »

Vallier raconte alors qu'il a lui aussi répondu à l'annonce du *Seattle News* mais que, n'ayant pas de voiture, il avait vu sa candidature refusée. « Puis, ajoute-t-il, quelques jours plus tard j'ai reçu un coup de téléphone de Queaver qui m'annonçait que la voiture de votre fils était à vendre car celui-ci devait en acheter une plus puissante. C'est ainsi que j'ai racheté sa Chevrolet.

– Pourquoi déménagez-vous ? demande Josephine, à brûle-pourpoint.

– Vous allez trop loin, madame, je fais ce que je veux. D'ailleurs, tenez, voici le nouveau bail de ma nouvelle adresse. » Et Vallier montre à Josephine, décontenancée, un bail en bonne et due forme. Mentalement, elle note l'adresse qui y figure : 377 Little Daisy Gardens, Worstley Drive. Vallier sort de la voiture, reprend le volant de la Chevrolet et s'éloigne.

À partir de ce jour-là, avec un acharnement instinctif, Josephine Timfield, aidée de toute sa famille, monte une garde vigilante et incessante autour de Vallier et de sa famille, le harcelant de visites impromptues. Elle obtient même son numéro de téléphone, mais rien ne se passe. Vallier, à chaque rencontre, la renvoie sans ménagement.

Jusqu'au jour où Craig, le frère aîné de Philip, a l'idée géniale d'aller raconter toute l'affaire à *Faits divers*, une feuille de chou locale dont le titre donne à lui seul le style. La rédaction s'empare de cette histoire insolite. Vallier, deux jours après la parution, téléphone à Josephine pour lui fixer un rendez-vous.

Le lieu étant peu engageant, Craig s'y rend avec trois de ses ouvriers les plus costauds. Pas de Vallier. Les quatre hommes poussent jusqu'à Worstley Drive. Vallier, qu'il trouve chez lui, annonce qu'il mène lui aussi sa propre enquête et que Josephine aura enfin, sous peu, des nouvelles de Philip.

Les nouvelles arrivent, en effet, sous la forme d'une lettre signée « Les hommes du quartier ». Postée à Toronto, au Canada, elle arrive à *Faits divers*. « Les hommes du quartier » annoncent que Philip se porte bien et que « moins on se mêlera de ses affaires, mieux cela vaudra pour tout le monde ». Vallier, interrogé, se dit très inquiet. Verra-t-on jamais la fin du mystère ?

Oui, par le plus grand des hasards. Un jour, en faisant laver sa voiture, Craig, le frère aîné, lie conversation avec un inconnu à qui il raconte toute l'histoire. Celui-ci sursaute. C'est un nommé William Purdom et lui aussi, en son temps, a répondu à l'annonce du *Seattle News*. Lui aussi a rencontré le mystérieux M. Queaver.

« Comment est-il ? » demande Craig. Purdom décrit Queaver : « C'est un petit homme maigre aux cheveux gris et aux gestes nerveux. Il n'a pas l'air franc du collier. »

Pas de doute, Vallier et Queaver ne font qu'un. Purdom l'identifie même sur le fichier de la police. Sur ces entrefaites la radio annonce qu'on vient de découvrir, abandonné dans un fossé, un cadavre mutilé, sans doute celui d'un ancien boxeur porté disparu depuis quelques semaines.

Vallier, arrêté, avoue tout. Il voulait simplement se procurer une voiture. Le malheureux Philip, en signant le contrat de travail fictif qu'il lui présentait, lui avait donné un échantillon de sa signature. C'est celle-ci qui lui a permis de maquiller les papiers justifiant la vente de la Chevrolet.

Après quoi Vallier a tiré une balle de revolver dans la tête du pauvre Philip. L'arme est toujours dans la Chevrolet. Josephine Timfield n'a plus qu'à identifier le corps de son fils. Aucune mère ne pourrait se tromper même si, comme ce fut le cas, le cadavre n'avait plus ni tête ni mains.

Un an après son crime, Vallier est pendu.

Une question de prix

La première chose que fait Pamela Smith, femme de ménage de son état, lorsqu'elle entre dans le studio 34 de la résidence Bel-Air, à Los Angeles, est d'appuyer sur un bouton. Il est situé dans un des murs et commande l'ouverture du lit escamotable, qui s'encastre verticalement dans la paroi.

Le studio 34 est de loin le plus luxueux de l'immeuble : des meubles de style, des tapis d'Orient, des tableaux de maîtres. Mais cette richesse n'est pas sa particularité la plus étonnante… La résidence Bel-Air, dont il fait partie, abrite beaucoup de garçonnières que des messieurs aisés achètent pour y séjourner quelques heures ou quelques jours. Or, l'extraordinaire est que le propriétaire du studio 34 est une propriétaire. Pamela Smith l'a croisée quelquefois : une brune de trente ans, d'une beauté à couper le souffle. Et il n'y a aucun doute sur l'usage qu'elle fait de son studio… Pourquoi les gérants de la résidence tolèrent-ils cette industrie ? La réponse est dans l'opulence du décor…

Il est dix heures du matin, ce 3 septembre 1988, et Pamela Smith, femme de ménage, appuie donc sur le bouton… La première chose qu'elle se dit est que le lit descend trop vite. Ensuite, elle comprend que cela n'a rien d'étonnant, puisque son occupante est dessus. La superbe brune de trente ans est là, devant elle, nue. Mais elle ne coupera plus le souffle à personne. C'est le sien qui est coupé et pour toujours. Elle a un de ses bas autour du cou.

La victime ne sortait pas seulement de l'ordinaire par son physique, mais par sa personnalité : c'était une milliardaire ! Ou plus exactement la femme d'un milliardaire : Kate Graham était depuis cinq ans l'épouse de l'armateur Mike Graham, bien connu sur toute la côte Ouest.

Il va sans dire que lorsque le lieutenant Miller, chargé de l'enquête, apprend ces informations, il fait la grimace. Ce genre d'affaire peut ruiner la carrière d'un policier au moindre faux pas.

Mike Graham le reçoit peu après dans son bureau. C'est le type même du businessman, avec quelque chose de dur et de froid. Il est déjà au courant du meurtre, mais il est impossible de savoir ce qu'il ressent. Il se maîtrise parfaitement. La première question que le lieutenant Miller doit lui poser est la plus délicate de toutes : « Ce studio, vous en connaissiez l'existence ?

– Bien sûr. C'est moi qui le lui avais acheté pour qu'elle y reçoive ses amants. Elle en avait beaucoup. »

Le lieutenant est aussi abasourdi de cette réponse, prononcée d'un ton calme, que soulagé : au moins, il n'aura pas appris son infortune conjugale à l'armateur. Mais quand même, quel couple étrange !

« Et cet achat remonte à longtemps ?

– Deux ans. Que voulez-vous, j'ai soixante ans. Kate en avait trente… J'avais décidé de fermer les yeux.

– Je vois… Soupçonnez-vous quelqu'un de particulier ?

– J'ai un détective à mon service : Nick Ramsay. Il m'a fait, il y a trois mois, un rapport complet. Demandez-le-lui. Vous aurez le nom de tous ses amants… Enfin, s'ils n'ont pas changé. Moi, je ne veux plus entendre parler de cela. »

Avec Nick Ramsay c'est un changement d'ambiance total. Le détective est un homme jovial avec un début de brioche. Il n'a pas l'air du tout affecté par le tragique de la situation. « Une sacrée fille, je peux vous le dire ! Si elle m'avait proposé, je n'aurais pas dit non, mais c'est pas à moi qu'une chose pareille arriverait. »

Le lieutenant Miller arrête là ces considérations personnelles. « Vous avez dressé une liste de ses amants, paraît-il…

– Tenez… Vous verrez, elle ramassait à peu près n'importe qui. Les derniers en date étaient un marin, un étudiant et un avocat père de famille. Tous trois allaient régulièrement à la résidence Bel-Air. C'est peut-être parmi eux que vous trouverez votre homme. »

Avant de les interroger, le lieutenant Miller tient à connaître avec exactitude l'heure du décès. Le rapport du médecin légiste le renseigne sur ce point dès le lendemain : Kate Graham a été tuée dans la nuit du 3 septembre aux environs de deux heures du matin. Le scénario est facile à reconstituer. Son compagnon de cette nuit-là l'a étranglée pendant son sommeil et a dissimulé son corps derrière le lit escamotable pour retarder la découverte.

Peter Price, étudiant en physique à l'université de Los Angeles, est encore un gamin. Il est tout tremblant sur sa chaise, devant le bureau du lieutenant Miller. Le lieutenant Miller regarde ce visage couvert de taches de rousseur. Peter Price a vingt et un ans, mais il en paraît dix-huit. Il n'a vraiment pas l'allure d'un assassin, mais sait-on jamais ?…

« Depuis combien de temps connaissiez-vous la victime ? »

Le jeune étudiant avale sa salive. « Six mois… Je…

– Comment l'avez-vous connue ?

– Au théâtre. On était à côté.

– Et hier, à deux heures du matin, vous étiez à ses côtés ? »

Peter Price se lève en tremblant. « Ce n'est pas moi, je vous le jure ! Je n'aurais jamais fait une chose pareille… Kate était merveilleuse… J'étais chez mes parents hier. »

Le lieutenant Miller continue l'interrogatoire, mais il ne voit vraiment pas Peter Price en assassin… Au bout d'un quart d'heure, il met fin à l'entretien. Le témoin suivant, c'est-à-dire l'amant suivant, maître Josuah Clarke, forme pour le moins contraste avec l'étudiant… Kate Graham aimait la diversité.

Maître Josuah Clarke a la cinquantaine, les tempes grisonnantes, l'allure distinguée. « Comprenez-moi, lieutenant, j'aimerais obtenir de vous la plus grande discrétion. J'ai une femme et des enfants et, dans ma profession, ce genre de situation…

– Il ne s'agit pas ici d'être discret, maître, mais de dire la vérité.

– La vérité, c'est que je n'étais pas chez Mme Graham hier soir.

– Vous avez une preuve ?

– Au sens juridique du terme, non... Enfin, vous ne pensez pas qu'un homme dans ma condition aurait...

– Je pense tout de tout le monde, maître Clarke. »

Après le départ de l'avocat, le lieutenant Miller aimerait poser les mêmes questions au troisième homme de la liste : Patrick Higgins, trente-cinq ans. Mais pour l'interroger, il faudra attendre car il a quitté Los Angeles depuis quelques heures. Oh, rien de suspect, rien qui ressemble à une fuite précipitée : Higgins, qui est opérateur radio, a rejoint son poste sur l'*Amiral Benson*, navire faisant le transport des passagers entre Los Angeles et San Francisco. Le mieux est d'aller l'attendre là-bas.

Le lendemain 5 septembre 1988, le lieutenant Miller est donc sur le quai de San Francisco. Dès que la passerelle est lancée, il monte à bord, suivi de quelques hommes. Le capitaine l'accueille sur le pont, l'air surpris. « Qui vous a prévenu ? »

C'est au tour de Miller d'être surpris : « Mais prévenu de quoi ?

– Eh bien, que nous avons un homme perdu en mer : l'opérateur radio Patrick Higgins. »

Cette fois, le lieutenant Miller a deux certitudes : il approche du but et en même temps tout se complique terriblement...

« Comment cela s'est-il passé ?

– C'était la nuit dernière. Il devait prendre son poste à minuit. Après l'avoir attendu un moment, son collègue est venu me prévenir. Nous avons cherché dans tout le bateau : il était introuvable.

– Il y a eu mauvais temps ? Il a pu être emporté par une vague ?

– Pas du tout. La mer était parfaitement calme. »

Aidé par ses collègues de San Francisco, le lieutenant Miller examine l'identité de tous les passagers. Patrick Higgins se serait-il glissé parmi eux pour tenter d'échapper à la police ? A priori, il semble que non. Tous les voyageurs sont en règle. Aucun ne répond au signalement du marin disparu.

Reste l'équipage. La vérification se passe sans problème. Mais une fois que tout est terminé, l'un des marins vient trouver le lieutenant. « Je suis Tommy Ross, mécanicien. Je crois qu'il faut que je vous dise quelque chose. »

Le lieutenant, qui commençait à être envahi par le découragement, reprend espoir. D'un signe de tête, il invite le marin à poursuivre. « Il faut vous dire que Patrick Higgins, personne ne l'aime beaucoup. Il a un sale caractère. Il n'y a qu'avec moi qu'il parle. Bref, hier soir vers onze heures, on était ensemble dans le carré. Il avait l'air nerveux et même inquiet. Je lui ai dit : "Tu as des ennuis ?" Il m'a répondu : "Tommy, j'ai fait une bêtise et maintenant j'ai peur qu'il m'arrive quelque chose."

– Est-ce qu'il a précisé quoi ?

– Non. Je lui ai demandé, vous pensez bien. Il m'a répondu : "Je ne peux rien dire." À ce moment-là, il est parti. Il est allé sur le pont. Moi, j'étais un peu inquiet. J'ai été voir ce qu'il devenait. Eh bien, il était en train de discuter avec un type, un peu plus loin.

– Ce type, vous pouvez me le décrire ?

– Non. Il faisait nuit. Et puis il était de dos.

– C'était un marin ? Un passager ?

– Un passager. Il avait un pardessus, un chapeau mou. Je n'ai pas insisté, je suis rentré. C'étaient les affaires de Patrick, pas les miennes. Évidemment, si j'avais su… »

Deux jours plus tard, dans son bureau de Los Angeles, le lieutenant Brett Miller fait le point. Le cadavre de Patrick Higgins vient d'être retrouvé sur une plage au sud de San Francisco. Il portait une plaie au sommet du crâne. Il avait, de toute évidence, été assommé par le mystérieux inconnu au chapeau mou avant d'être jeté à la mer. Du travail net et sans bavure, du travail de professionnel.

Alors, pourquoi a-t-on engagé un tueur pour se débarrasser de Patrick Higgins ? Et qui ?… À force de réfléchir, le lieutenant Miller est certain d'avoir trouvé la vérité. D'abord, c'est bien Patrick Higgins qui a tué Kate Graham. C'est la seule explication à la phrase qu'il a dite : « J'ai fait une bêtise. » Mais quelqu'un d'autre savait qu'Higgins était le meurtrier et ne voulait pas qu'on le découvre. Quelqu'un qui avait commandité le meurtre à Higgins et qui l'a fait disparaître en engageant un second tueur.

Et ce « quelqu'un », assez riche pour se payer deux crimes, ce ne peut être que l'armateur Mike Graham.

C'est ce qu'explique un peu plus tard le lieutenant Brett Miller au chef de la police de Los Angeles à qui il a demandé une entrevue pour lui exposer le dossier.

« Voyez-vous, Mike Graham a réussi une performance presque unique dans les annales criminelles : faire tuer sa femme par son propre amant. Lorsqu'il a connu son infortune, M. Graham n'a pas du tout accepté de fermer les yeux. Bien au contraire, il a été profondément blessé. Il a offert ce studio à sa femme et il a décidé qu'elle y mourrait !... Il a été trouver celui de ses amants qui lui semblait le plus indiqué et il lui a proposé le marché moyennant une forte somme. Je suppose qu'Higgins devait la toucher sur le bateau. Mais Mike Graham ne pouvait prendre un tel risque. Au lieu de la somme promise, c'est un tueur qu'il a engagé. »

Le chef de la police de Los Angeles approuve de la tête. « Je suis entièrement d'accord avec vous, Miller. Seulement, tout ce que vous venez de dire restera entre nous. »

Le lieutenant Brett Miller bondit : « Vous voulez qu'on laisse tomber ? Uniquement parce que c'est un milliardaire ? »

Le chef de la police sourit. « Pas parce que c'est un milliardaire, mais parce que vous n'avez pas la moindre preuve, et que vous n'en aurez jamais ! L'assassin de Mme Graham est mort. Même si nous retrouvons le tueur qui l'a assassiné, cela ne vous apprendra rien. Graham est trop malin pour l'avoir contacté lui-même. Vous allez classer le dossier. Quand on est riche, on peut s'acheter un crime ; quand on est très très riche, on peut s'offrir un crime parfait. C'est une question de prix, Miller, tout bêtement une question de prix. »

Le Pirate

27 février 1988. C'est un samedi. Il est onze heures du matin. Pierre Dechaux est en train de faire son ménage lorsqu'on frappe à sa porte. C'est Raymond Manier, son voisin du dessous. Pierre Dechaux a un mouvement de recul. Pourtant son visiteur est tout sourire. Même son œil unique semble souriant.

« Vous voulez bien descendre un moment avec moi ?

– Descendre, mais pourquoi ?

– Je vous offre un verre. Florence est allée faire ses courses. Comme ça, on va pouvoir discuter. »

Après un moment d'hésitation, Pierre Dechaux accepte de le suivre. Il ne fallait pas. Bien sûr que non, il ne fallait pas !

Cela fait des années que Raymond et Florence Manier habitent dans ce F3 d'un grand ensemble de la banlieue parisienne. Au début, il n'y avait rien de spécial à dire sur eux : elle était caissière dans un supermarché, il était employé municipal. Et puis tout a basculé avec l'accident de Raymond.

Il rentrait à vélomoteur du bistrot. Il était saoul. Une voiture l'a fauché. Il n'a été blessé qu'à la face, mais de quelle manière ! Une joue emportée, une oreille arrachée et un œil en moins. Malgré les progrès de la chirurgie esthétique, il en est resté marqué à vie. On a pu recoller son oreille, mais sa peau n'avait plus le même aspect, avec en plus de vilaines cicatrices. Et, de manière inexplicable, il a refusé de se faire mettre un œil de verre ; il a préféré porter un bandeau noir, ce qui dans le quartier l'a rapidement fait surnommer « le Pirate ».

Pourtant, c'est intérieurement que Raymond Manier, le Pirate, a été le plus transformé. À la suite de son accident, il est devenu mauvais. Pas seulement brutal et emporté, pire que cela : malfaisant, dissimulé, calculateur, avide de faire le plus de mal possible aux autres aussi bien qu'à lui-même. Son mauvais caractère a fini par le faire renvoyer de son travail et, une fois au chômage, il est devenu plus méchant encore.

Il passait des heures devant la glace à regarder sa face de cauchemar et à ricaner de manière sinistre ; il allait tous les jours ou presque se faire faire des photos au Photomaton et il les laissait traîner partout dans l'appartement. Et surtout, il s'est mis à boire et à boire encore. Il est devenu violent. Une nuit, il y a eu des coups. La police est venue…

Pourquoi Florence, sa femme, ne l'a-t-elle pas quitté ? C'est la question que tout le monde se pose dans l'immeuble. Peut-être par pitié, peut-être par sens du devoir, peut-être pour les deux raisons à la fois.

Pierre Dechaux, le voisin du dessus, n'a jamais osé lui poser la question, il est bien trop timide pour cela, mais toutes les fois qu'il l'a croisée, il lui a adressé des regards compatissants.

Employé à la préfecture, célibataire, trente-cinq ans, cheveux blonds, lunettes de myope, Pierre Dechaux n'a rien de commun, c'est le moins qu'on puisse dire, avec Raymond Manier. Il est discret jusqu'à l'effacement, silencieux.

Et il y a une semaine, alors que Raymond était au bistrot, comme d'habitude, Florence a osé. Sentant qu'il ne ferait jamais le premier pas, elle s'est engouffrée dans l'ascenseur comme on se jette à l'eau, a appuyé sur le bouton du dessus et a sonné à la porte de ce célibataire si gentil et si poli qui faisait rêver toutes les femmes mal mariées du grand ensemble…

Ignorant sa surprise, son émoi, elle lui a donné la réponse à la question qu'il ne lui avait pas posée : « Je reste avec lui parce que j'ai peur. Si je lui disais que je veux divorcer, je crois qu'il me tuerait.

– Mais c'est affreux !

– Oui, c'est affreux ! Cet homme-là, c'est le mal. »

Alors, elle s'est mise à parler. Elle lui a confié ce qu'elle n'avait jamais dit à personne. Lui l'a écoutée, lui adressant de temps en temps des mots compréhensifs, affectueux.

Comment Raymond Manier a-t-il deviné que sa femme était là ? Ils ne l'ont compris ni l'un ni l'autre. Mais, au bout d'un moment, on a sonné et sa voix a retenti sur le palier : « Ouvre, Florence ! » Morte de peur, elle est allée ouvrir. « Ce n'est pas ce que tu penses. Nous discutons simplement. » Le Pirate les a regardés de son œil unique. « C'est possible. Mais cela ne change rien. » Pierre Dechaux s'est interposé entre Florence et lui. « Laissez-moi vous dire.

– Taisez-vous ! J'ai compris. Il y a longtemps que ma femme est amoureuse de vous. Alors, je vais divorcer. Florence, tu n'as jamais osé me le demander, mais tu n'attends que cela.

– Monsieur Manier, je vous interdis.

– Taratata... Je connais la vie ! Allez, je vous laisse tous les deux. Moi, je retourne au bistrot. Je ne rentrerai pas avant onze heures et je m'arrangerai pour faire du bruit dans l'escalier. »

Et Raymond Manier a disparu avec un sourire. Florence a eu un frisson des pieds à la tête. « J'aurais préféré qu'il se mette en colère. Mais cette froideur, cette douceur, c'est terrifiant !

– Qu'est-ce que vous croyez qu'il peut faire ?

– Je ne sais pas. Ce que je sais, c'est qu'il est capable de tout ! »

Bien entendu, la jeune femme n'est pas restée une seconde de plus. Elle est aussitôt redescendue chez elle et, depuis, Pierre Dechaux et elle se sont évités. Et la situation en est là, lorsque, ce 27 février 1988, Raymond Manier, le Pirate, va sonner chez son voisin du dessus.

Pas rassuré du tout, ce dernier le suit chez lui. Toujours aussi souriant, le regardant avec cordialité de son seul œil, Raymond Manier l'installe dans un fauteuil de la salle à manger. « Mettez-vous à votre aise. On va discuter tranquillement de toutes nos petites affaires.

– Quelles affaires ?

– Mon divorce et votre mariage avec Florence. Je vais vous dire ses goûts, ses manies, tout ce qui va vous être utile, quoi.

– Monsieur Manier !

– Bien, bien, d'accord ! Vous n'avez aucune intention de ce genre. Mais cela n'empêche pas de discuter. En attendant, vous n'allez pas refuser de prendre un verre. Ce serait me faire affront. »

Effectivement, ce serait un affront et il vaut mieux éviter cela. Pierre Dechaux acquiesce d'un signe de tête. Le Pirate sourit. « Ne bougez pas. Je vais à la cuisine. Je reviens dans un instant. »

Pierre Dechaux ne bouge pas. Il a tort. Une minute après, environ, une détonation épouvantable retentit. Raymond Manier baigne dans son sang qui s'échappe d'une plaie dans son dos. À ses côtés, un fusil de chasse. Il n'est pas mort. Il sourit. Oui, il sourit tout en se convulsant par terre. Il articule avec peine : « Je t'ai eu, mon salaud ! Va expliquer ça aux flics… »

Les flics, ils sont là dix minutes plus tard. L'inspecteur Angeli donne des ordres brefs à deux agents. Raymond Manier est mort. Tandis qu'on l'emmène sur une civière, juste avant qu'on ne le recouvre d'un drap, Pierre Dechaux a un dernier regard pour Manier : son sourire mauvais ne l'a pas quitté par-delà la mort. Son bandeau noir, légèrement déplacé, laisse voir une partie de son orbite creuse.

Pierre Dechaux tourne la tête. Florence est là. Elle ne dit rien mais ses yeux parlent pour elle. Ils expriment l'incrédulité, mais – il n'y a pas de doute – ils expriment également la reconnaissance ! Oui, Florence, elle aussi, est persuadée qu'il a tué son mari et elle lui dit merci de l'avoir fait.

L'inspecteur Angeli s'approche de lui. « Il va falloir me suivre, monsieur Dechaux.

– Je peux tout expliquer. Il s'est suicidé.

– Je ne doute pas que vous puissiez tout expliquer, mais vous allez le faire dans mon bureau. »

Pierre Dechaux baisse les épaules et suit l'inspecteur Angeli. Florence lui lance un regard d'encouragement. Il entend de nouveau les derniers mots du mort et revoit son sourire grimaçant… C'est vrai qu'il l'a eu et bien eu. Il est perdu.

29 février 1988… Cela fait deux jours que Pierre Dechaux a été arrêté pour le meurtre de Raymond Manier. L'inspecteur

Angeli lui répète encore une fois sa question : « Monsieur Dechaux, voulez-vous me dire la vérité ?

– Je vous l'ai dite : Manier s'est suicidé.

– Je vais vous lire le rapport d'autopsie : "La balle est entrée dans le dos, à la jointure du bras et de l'épaule gauche, sous l'omoplate. Elle s'est logée dans le poumon gauche, provoquant la mort par hémorragie." Il n'est déjà pas facile de se tuer avec un fusil de chasse, mais en se tirant dans le dos... Vous maintenez que c'est un suicide ?

– Oui... Je n'y comprends rien, mais c'est la vérité. Enfin il n'y avait pas mes empreintes sur la détente.

– C'est exact. Ni les vôtres ni les siennes.

– Alors !...

– Alors vous avez très bien pu les effacer, monsieur Dechaux. »

Il y a un silence. L'inspecteur Angeli soupire. « Allons ! vous avez tout intérêt à dire la vérité ! Manier était une brute, un monstre. Il martyrisait sa femme. De votre côté, vous avez un passé irréprochable. Votre geste peut même apparaître comme chevaleresque. Avec un bon avocat, c'est l'acquittement certain.

– Je ne l'ai pas tué.

– Il vous attire chez lui, sans doute avec de mauvaises intentions. Une dispute éclate dans la cuisine. Vous vous emparez de son fusil de chasse pour vous défendre et le coup part tout seul, tandis qu'il a le dos tourné. Ensuite, sous l'effet de l'affolement, vous effacez vos empreintes et vous parlez de suicide. Vous voyez comme c'est simple.

– Je vous supplie de me croire : je ne l'ai pas tué. »

C'est à ce moment que le planton apparaît dans l'entrebâillement et fait un signe à l'inspecteur. Celui-ci se lève, écoute ce que le policier lui dit à voix basse et regarde Pierre Dechaux avec étonnement.

« Aussi invraisemblable que cela paraisse, vous dites peut-être la vérité, monsieur Dechaux. »

L'inspecteur Angeli se rend dans le bureau d'à côté. Un gamin de sept ans environ l'attend, accompagné de sa maman. C'est cette dernière qui prend la parole.

« Je suis Mme Lavergne, la voisine de palier des Manier. Mon fils a un témoignage important à vous faire.

– Pourquoi seulement maintenant ?
– Parce qu'il avait peur.
– Bien, je t'écoute, mon bonhomme. »
Le gamin renifle bruyamment, et commence, sans oser regarder l'inspecteur en face. « Eh bien voilà. Le jour où M. Manier est mort, je l'ai vu dans sa cuisine. J'étais moi aussi dans la cuisine. Je l'ai vu par la fenêtre de la cour.
– Il était seul ?
– Oui. Il était tout seul.
– Et alors, qu'est-ce qu'il a fait ?
– Il a pris un fusil et il l'a mis dans son dos.
– Comment il tenait le fusil ?
– Il l'avait mis sur l'étagère. Et puis il a tiré.
– Comment ?
– Ça, je ne sais pas. Je n'ai pas bien vu. »
La reconstitution devait démontrer le mécanisme de l'extraordinaire suicide de Raymond Manier. Il a effectivement coincé son fusil entre son dos et l'étagère. Pour tirer, il s'est servi d'un couteau qu'il tenait au bout de sa main droite. Au coup de feu, il a été projeté en avant, le fusil est tombé par terre et le couteau a chuté sur l'étagère où étaient précisément rangés les autres couteaux. Sans le témoignage providentiel du petit Lavergne, la machination était parfaite. Bien entendu, Pierre Dechaux a été relâché aussitôt.

Il y a à cette histoire un épilogue qui, à défaut d'être original, a le mérite d'être vrai : Pierre Dechaux et Florence Manier se sont mariés. Nul ne sait ce qu'ils sont devenus par la suite : les couples heureux n'ont pas d'histoire.

La Vénus du bourg

Un homme aime sa femme. Sa femme prend un amant. Le mari aime bien l'amant. L'amant aime bien le mari. Comment tout cela finira-t-il ?

Richard Lemoine est un brave garçon, bien bâti, d'une intelligence normale. Il vient de finir son service militaire et il pense à s'installer dans la vie. Alors il cherche un travail et il en trouve un, dans une usine de conserves alimentaires, au cœur du Languedoc.

« Geneviève, qu'est-ce que vous faites de beau ce soir ? »

Geneviève est une collègue de travail de Richard, elle est plus jeune que lui et vient d'entrer dans l'usine où il travaille depuis maintenant deux ans. Pas plus que lui elle ne sort du lot des gens normaux. Ni jolie ni laide, gentille, charmante, soignée, tout ce qu'il faut pour faire une bonne mère de famille.

« Je ne sais pas encore trop, répond Geneviève, qui ne veut pas avouer qu'elle n'a pas de cavalier pour ce bal de la Saint-Jean.

– Si vous êtes toute seule, nous pourrions peut-être aller danser au village ? reprend Richard.

– Vous avez l'intention de m'emmener danser sur le cadre de votre bicyclette ?

– Non ! Ce soir j'emprunte la voiture de mon frère. »

Et c'est ainsi, banalement, que tout commence pour Geneviève et Richard. Après le bal de la Saint-Jean leurs relations deviennent plus intimes. D'abord ils se tutoient. On peut bien faire ça quand on a échangé quelques baisers et quand on a bu une bouteille de clairette. Ils prennent l'habitude de sortir tous les samedis soir. Et puis, comme souvent en province, les choses vont plus vite.

« Et si on se mariait ? » lance Richard.

Geneviève rit en se tortillant.

« Je te donnerai ma réponse avant la prochaine Saint-Jean.

– Eh, mais dis donc, ça va faire un an qu'on est sortis ensemble pour la première fois. Tu sais que chez moi tout le monde m'appelle Bibou ?

– Eh bien maintenant je le sais... Bibou. »

La réponse est oui. Bibou fait la connaissance de la famille de Geneviève et personne n'émet la moindre objection. Un mariage comme tant d'autres, en blanc pour Geneviève. La vie de Français moyens. Une petite fille naît chez les Lemoine.

Les années passent avec les bonheurs modestes et les malheurs courants de beaucoup de familles. Mais l'usine de conserves alimentaires ferme et Richard doit se trouver un nouvel emploi. Quand il regarde en arrière les années passées, il se dit que sa vie n'a pas été aussi brillante qu'il aurait pu l'espérer. Il a moins envie de se battre, il a moins envie de tout, il a moins envie de Geneviève.

« Richard, si tu veux, tu peux entrer à la mairie : ils embauchent. »

Bibou passe un petit concours et, comme il a un petit bagage primaire, comme il ne fait pas de fautes d'orthographe, il devient employé de mairie. Autre milieu, autres collègues. C'est à la mairie qu'il rencontre Léon Duverger, de dix ans son aîné.

« Léon, qu'est-ce que tu fais dimanche ? demande Richard. Tu ne viendrais pas à la pêche à la truite avec moi ?

– Si tu connais de bons coins.

– Mais il faut se lever de bonne heure. »

Et le dimanche suivant, Richard et Léon, laissant Geneviève seule à la maison, partent de bon matin pour une partie de pêche qui dure jusqu'au soir. Ils ont emporté un casse-croûte et quelques bouteilles pour faire passer le tout. Une excellente journée. Le soir, leurs paniers pleins de truites brillantes et gluantes, ils rentrent au bourg.

« Qu'est-ce que tu fais ce soir ? demande Richard.

– Rien de spécial, répond Léon. Tu sais, je suis célibataire. Je mets mes truites au frigo, je mange un reste de cassoulet et je me mets devant la télé.

– C'est pas bien gai. Après une journée pareille, tu ne vas pas finir seul comme un rat derrière une malle. Viens à la maison, j'ai trop de truites pour nous, Geneviève va les préparer, on les mangera ensemble. »

C'est ainsi que Léon vient, pour la première fois, dîner chez Richard et Geneviève. Ils sont d'ailleurs presque voisins et la soirée est aussi agréable que la journée.

Après les parties de pêche à la truite, selon les saisons, les loisirs de Richard et de Léon s'organisent. Il y a la saison de la chasse et les parties de pétanque et les soirées de billard et les soirées de tarot. L'un entraînant l'autre, ils se mettent même à jouer au tennis et font souvent équipe en double. Geneviève reçoit de plus en plus souvent Léon pour le dîner. Tout le village aime bien Richard, Geneviève et Léon.

Richard et Léon, bien que travaillant tous les deux pour la mairie, ne sont pas en contact tous les jours. Richard, après quelques années, décroche le poste de concierge, ce qui lui assure un logement à bon marché et permet au ménage Lemoine d'économiser.

À quelque temps de là, Geneviève, elle aussi, est engagée, comme femme de ménage, par la municipalité. Pas de doute : ils sont là jusqu'à la retraite et à l'abri du besoin. Leur fille, Viviane, qui vient de décrocher son BEPC, vit toujours avec eux mais travaille à la ville comme vendeuse. Elle prend le car le matin et revient le soir à heures fixes.

Léon, quant à lui, est chargé d'effectuer toutes sortes d'enquêtes pour le compte de la municipalité. Il a une voiture de fonction et il est assez souvent sur les routes.

Bien que Richard soit toujours plus ou moins dans les parages, un beau jour Geneviève, en son absence, reçoit Léon. Il lui applique sur les lèvres un baiser fougueux. Elle proteste mollement : « Léon, tu es fou ! Qu'est-ce qui te prend ? Si Richard arrivait. Un ami comme toi.

– Geneviève ! Ah, Geneviève ! répond Léon en haletant. Depuis le premier soir où je suis venu chez vous après la pêche à la truite, j'ai envie de toi. Et je sais que toi aussi tu as envie de moi. »

Geneviève, tandis qu'il la serre entre ses bras et la couvre de baisers, doit s'avouer qu'elle n'est pas insensible au charme de Léon. Plus mince que Richard, plus musclé, plus basané, plus typé, il a dix ans de plus que son mari mais il fait moins « popote ».

« Tu ne dis rien ? murmure Léon. Viens chez moi demain vers trois heures, c'est l'heure où Richard est occupé, nous aurons tout notre temps. »

Geneviève se dégage enfin de son étreinte. Elle tapote sa blouse en satin fermière pour en effacer les plis. Elle remet de l'ordre dans sa coiffure. Léon insiste : « Demain à trois heures, sans faute. Je t'attends. Je vais mettre du champagne au frais. Tu viendras ? »

« Je suis folle, se dit Geneviève, complètement folle. »

Toute la nuit elle se retourne, prise entre désir et remords. À ses côtés Richard dort du sommeil du juste. S'il savait : pauvre vieux. Ça va faire au moins cinq ans qu'il ne l'a plus prise entre ses bras la nuit. Après tout elle n'a que trente-huit ans, bientôt ce sera l'âge critique. C'est peut-être le grand amour qui s'offre à elle.

Le lendemain Geneviève a la tête ailleurs. Elle laisse brûler le rôti, oublie d'aller chercher les médicaments de Richard chez le pharmacien et sert deux pâtées au chat qui se demande ce qu'on célèbre.

À deux heures et demie elle sort de chez elle. Elle s'est un peu maquillée mais, étant donné la saison, elle a gardé sa tenue habituelle : une blouse à fleurs. Une touche d'eau de toilette au creux des seins.

« Je vais voir une amie ! » lance-t-elle en rougissant à une employée de la mairie qui n'en demande pas tant.

Et c'est ainsi que Geneviève et Léon deviennent amants. Le champagne aidant, ils sont assez contents d'eux. Ils décident qu'il n'y a pas de mal à se faire du bien et Geneviève se trouve toutes les excuses du monde pour laisser Léon se servir là où, depuis longtemps, Richard n'est plus venu, même pour les fêtes carillonnées.

Léon et Richard, cependant, continuent leur belle amitié et les parties de pêche et les parties de chasse et les boules et la pétanque. Léon est de la famille.

Mais un beau jour il a un grave problème : en effectuant une tournée il renverse une fillette sur le bord de la route. Bouleversé, il apprend avec horreur que cet accident, dont il est jugé seul responsable, laisse la pauvre gamine gravement handicapée.

À partir de ce moment-là son humeur se dégrade considérablement. Il fait une « déprime ». Le médecin préconise des antidépresseurs qui ne lui réussissent pas vraiment. Surtout qu'il a tendance à les faire descendre à grands coups de rosé du pays.

Geneviève ne reconnaît plus son Léon d'autrefois, si gai, si dynamique, si inventif. Pour comble de malchance, Richard, lui aussi, de son côté, se met à broyer du noir. Le soir il ne dit plus un mot. Elle se demande si par hasard il ne serait pas au courant de sa liaison. Mais non. Quand elle lui dit : « Ça ne va pas, mon Bibou, tu veux que je te fasse quelque chose de bon ?

– Non merci, ne te fatigue pas, je ne sais pas ce que j'ai : je n'ai plus de goût à rien. C'est peut-être mon retour d'âge.

– Mais ça n'existe pas pour les hommes, mon Bibou, et tu n'as même pas quarante-cinq ans ! » Richard pousse un gros soupir à fendre l'âme. Geneviève se trouve ainsi entre les deux hommes de sa vie, tous les deux en dépression. Léon doit faire un séjour à l'hôpital du canton. Elle va lui rendre visite, sans Richard.

« Il te fait la bise, explique-t-elle, mais il est trop fatigué pour venir. Je ne sais pas ce qu'il a. »

Mais dans les petits villages les secrets les mieux gardés finissent toujours par transpirer. Derrière les rideaux des fenêtres hypocrites, des yeux indiscrets finissent toujours par saisir un regard trop appuyé, un sourire qui manque d'innocence, un geste de la main qu'on a cru furtif. Quelqu'un, un ami qui veut du bien à Richard, lui lance un jour : « Ce n'est pas parce que tu es cocu que tu dois nous faire cette tête-là !

– Quoi, qu'est-ce que tu dis ? Répète un peu ! » fait Richard. Mais il n'y a pas dans cette réponse toute la fureur du mari outragé : il y a la lassitude de quelqu'un qui traîne une existence sans goût.

« Ce n'est pas parce que tu es cocu qu'il faut nous faire cette tête-là, reprend l'autre, presque avec douceur. Tu ne le savais pas ?

– Cocu, fait Richard, comme dans un état second. Geneviève ? Mais avec qui ? »

L'autre éclate d'un rire un peu forcé : « Mais avec ton bon copain Léon ! Avec qui d'autre ? On dirait que tu ne les vois pas, ils font presque ça sous ton nez. Tiens, l'autre jour, ma cousine Yvette qui était à la foire de Saint-Gendet les a vus ensemble… »

Et les détails affluent d'un seul coup, remontant le cours des années, transformant chacun des beaux souvenirs d'amitié de Richard, Geneviève et Léon en souillure dégoûtante, en pantalonnade grotesque.

Richard rentre chez lui écœuré, mais il veut en avoir le cœur net. Il ne croira à rien de ce qu'on vient de lui dire tant qu'il n'en aura pas la confirmation de la bouche même de Geneviève.

« Geneviève, regarde-moi dans les yeux et réponds-moi ! »

Geneviève n'a pas besoin d'entendre la question de Richard, elle comprend sur-le-champ qu'il est au courant de sa liaison avec Léon. Avec simplicité elle ne cherche pas à nier. « Oui, c'est vrai, j'ai fait une bêtise. Je ne sais pas pourquoi. Peut-être que tu ne me regardais plus, peut-être que je me suis dit que c'était ma dernière chance avant d'être une vieille femme… »

Richard, silencieux, baisse les yeux vers le sol. Il se dit qu'il a sans doute sa responsabilité dans l'affaire.

« Et puis Léon est si sympathique, continue Geneviève avec une innocence désarmante, si prévenant, si gai. Vous vous entendiez si bien. C'est comme un autre toi-même. »

Richard ne réagit pas devant l'énormité de la chose. L'ambiance est tendue mais aucune mauvaise parole n'est prononcée. Bibou va se coucher et, au moment où Geneviève se glisse à ses côtés entre les draps, il lui dit simplement : « Pardonne-moi. »

Geneviève fond en larmes et il l'entend à peine quand elle lui répond : « Pardonne-moi, mon Bibou, j'ai été complètement folle. »

Elle n'a pourtant pas la force de lui dire : « Je ne le referai plus. » À vrai dire elle n'est plus sûre de rien.

Le lendemain, bien que la mairie fonctionne, Richard, de plus en plus déprimé, est en arrêt de maladie. Il rejoint quelques amis qui le regardent par en dessous et il avoue : « Je vais me flinguer. » L'un de ceux qui entend cette confidence court prévenir Geneviève qui, à nouveau en larmes, murmure : « C'est ma faute. »

Le soir, quand Viviane, leur fille, rentre du travail, Geneviève lui fait part de l'inquiétante déclaration de son père. « Inutile de me dire pourquoi, commente Viviane la bouche pincée, j'ai compris depuis longtemps. » Et elle s'en va décrocher le fusil de chasse qui orne l'entrée pour le dissimuler sous son propre matelas. On ne sait jamais.

Deux jours plus tard, Léon sonne à l'entrée du pavillon des concierges de la mairie. Geneviève sort sur le seuil en essuyant ses mains à son tablier.

« Excuse-moi, Léon, dit-elle, je prépare un lapin.

– Je suis un salaud », fait Léon.

En même temps il sort de sa poche un gros revolver et le dirige vers son cœur. Une détonation fait trembler les vitres de la mairie. Certains visages apparaissent aux fenêtres. Richard, qui dormait sur le canapé du salon, surgit derrière Geneviève.

« Qu'est-ce qui se passe ? demande-t-il, comme à moitié endormi.

– Léon ! hurle Geneviève, devenue hystérique. Il vient de se tuer, là, juste devant moi. » Richard a le regard dans le vague : « Puisqu'il s'est tué, dit Richard, j'en fais autant. »

Encore tout chaud, le revolver gît au sol. Richard, sans hésiter, enjambe le petit grillage qui borde le gazon, s'approche du corps de Léon, s'empare de l'arme. Puis il se met à courir vers le parking. Geneviève, affolée, le suit en hurlant : « Non, Bibou ! Non ! »

Une seconde détonation. Richard s'écroule, lui aussi tué net par la balle qu'il vient de se tirer dans la poitrine. Les voisins attendent quelques minutes, puis se lancent dans de nouveaux commentaires.

Le fils prodigue

Victor fait toutes les sottises du monde. Sans doute son village n'est-il pas à la mesure de son jeune génie… Alors, un beau jour de 1944, il décide d'aller voir ailleurs.

Il faut dire qu'à la ferme Rougemont la vie n'est pas rose : « Victor ! Arrive ici ! C'est-y toi qu'as ouvert aux poules du père Guérin ? » Pas de doute, ça va encore chauffer à la ferme de la Vache-Rouge.

Victor Rougemont, dix ans, ne répond pas quand il entend son père l'appeler. Si ce n'est pas lui qui a ouvert aux poules, qui aurait pu faire ça ? Dans la commune de Saint-Junien il est le champion de toutes les bêtises possibles et imaginables. C'est plus fort que lui. Sa mère, Gabrielle, dit qu'il tient de l'oncle Oscar et son père ajoute qu'il tient aussi du grand-père Malin-grin, celui qui a fini à Cayenne.

Avec une telle hérédité, on ne cherche pas longtemps quand il s'agit de découvrir un coupable. Qui a décroché la corde qui permet de sonner la cloche de l'église ? Qui a peint la jument des Gibaudin en vert bouteille ? Sans parler d'autres énormités…

Parfois Victor signe ses propres méfaits. Comme le jour où sa mère le voit s'élancer de la fenêtre du grenier avec pour tout parachute le vieux parapluie du grand-père. Heureusement, si l'on peut dire, le vent est pour lui et le projette… directement dans la fosse à purin.

En l'astiquant dans l'abreuvoir sa mère lui distribue autant de taloches que de coups de gant de toilette. Et son père attend qu'il sente un peu moins mauvais pour lui appliquer sur les fesses un bon nombre de coups de ceinturon.

« Bande de vaches ! s'écrie Victor à l'intention des auteurs de ses jours. Je foutrai le camp d'ici, vous verrez. Vous entendrez plus jamais parler de moi. Et quand j'aurai fait fortune, je reviendrai ici, j'achèterai tout et je vous enverrai à l'hospice. »

Charmante nature ! Ces propos peu aimables lui valent un supplément de beignes et un dîner réduit à sa plus simple expression.

Il faut bien avouer que Victor, fils unique d'un couple déjà âgé, a le diable au corps. Et en cette année 1944, celle de la libération de la France, le fait d'entendre parler à tout bout de champ de résistants, de FFI, d'embuscades, de guerre enflamme encore davantage son imagination.

Un matin, Gabrielle, en se levant pour donner à manger aux poules, est tout heureuse de constater qu'elles sont, pour une fois, encore dans le poulailler. Victor ne les a pas libérées, il n'a pas ouvert la soue aux cochons, il n'a pas ouvert le robinet du tonneau de vin. Et ce manque de méfaits l'inquiète un peu.

« Victor ! Victor, lève-toi donc, il est l'heure de la soupe. » Normalement elle devrait, au quatrième ou cinquième appel, voir apparaître la tête hirsute de Victor à la fenêtre de la soupente. Mais rien. Victor, qui répond d'habitude à l'appel de son estomac plutôt qu'à l'amour filial, fait la sourde oreille.

Gabrielle, soudain en colère – elle en a l'habitude… –, se décide à aller chercher le gamin. Dès qu'il aura fini sa soupe, elle a du travail à lui faire faire : écosser les petits pois pour les bocaux de conserves, changer la litière des vaches, et après on verra. Il doit bien y avoir quelque devoir à finir… Elle monte à l'étage. Personne sur le matelas du gamin. Les draps et les couvertures n'ont même pas bougé.

« Où a-t-il bien pu se fourrer ? Victor ! Victor, tu m'entends ? s'égosille Gabrielle. Ne me fais pas courir parce que tu vas le regretter ! »

Le silence le plus complet lui répond. Gustave, le valet de ferme, n'a rien vu. À midi, quand le père, Honoré, revient des champs, Gabrielle lui annonce la nouvelle : « Victor n'est pas avec toi ? Je le cherche partout depuis ce matin. Impossible de mettre la main dessus.

– Bah, tant qu'il n'est pas là, c'est toujours ça de moins de dégâts ! fait le père, philosophe. Mais attends qu'il rentre ce soir pour le dîner, je vais lui en faire danser une belle de sarabande. Ça lui apprendra à s'esbigner comme ça sans nous prévenir. Il aura été avec les fils Lamberton se baigner à la rivière.

– Ça m'étonnerait, son maillot est encore à sécher sur le fil depuis hier.

– Tu crois peut-être que ça le gênerait de se baigner sans maillot, il est capable de tout. »

Et la journée passe. À la nuit tombée les Rougemont deviennent franchement inquiets. Ça n'est pas normal. Le père attrape sa bicyclette et va jusqu'au village tout proche pour prévenir les gendarmes : « Voilà : mon gamin, le Victor, a disparu. Sa mère se fait un sang d'encre. Si vous avez des nouvelles. C'est pas que je m'inquiète trop. Mais ça fait plusieurs fois, quand je l'étrille, qu'il nous menace de partir avec son balluchon. Si vous pouviez prévenir vos collègues. C'est de la mauvaise graine mais c'est le seul qu'on a : j'y tiens quand même. En tout cas, s'il remet les pieds à la maison, il va falloir qu'il donne une bonne explication. Sinon il va se retrouver avec les fesses plus rouges qu'à l'ordinaire. »

Et Honoré Rougemont rentre chez lui. Gabrielle, sous la lampe, sans lâcher son tricot, l'interroge : « Alors, qu'est-ce qu'ils en disent ?

– Rien ! Ils ne savent rien. Quelle vermine, ce gamin ! Je me demande de qui il tient ça. Certainement pas de mon côté. Cette année c'est le bouquet : quand je pense que l'institutrice ne veut plus le reprendre l'an prochain. Même le curé l'a fichu à la porte du catéchisme. Tu avoueras, tout de même. »

Gabrielle n'avoue rien du tout. Le soir, en se couchant, elle fait une petite prière pour qu'il ne soit rien arrivé à son enfant et le lendemain elle va mettre un cierge à la Sainte Vierge en bois doré du village.

Plusieurs jours passent. Les Rougemont, entre eux, ne parlent plus de Victor. D'un côté, on n'a pas retrouvé de cadavre, ni dans la rivière ni dans les bois. Les copains de Victor, le jour de sa disparition, l'ont simplement vu qui attendait, tout seul, au croisement du chemin communal et de la route nationale. Que pouvait-il aller faire par là ? Le facteur n'a rien vu non plus.

Six jours plus tard, Gabrielle, qui est occupée à nettoyer l'enclos des cochons, manque s'évanouir quand, sur le chemin qui mène à la ferme, elle voit s'avancer trois silhouettes : deux sont des gendarmes qui marchent en tenant leur bicyclette à la main ; entre eux, solidement encadré, voilà Victor, encore plus poussiéreux que d'habitude et le nez baissé, comme un voleur de lapins pris sur le fait.

Gabrielle se précipite : « Victor, te voilà. Tu en as une mine. D'où sors-tu ?

– Bonjour, madame, fait le plus gradé des gendarmes. Votre mari est là ?

– Il est en train de passer la charrue dans le pré du Pendu !

– Vous pouvez aller le chercher ?

– Je vais sonner la cloche : il comprendra qu'il est arrivé quelque chose d'important. »

Et voilà Gabrielle qui se pend à la grosse cloche suspendue devant la ferme de la Vache-Rouge. Elle est toute joyeuse mais la cloche tinte d'un air sinistre. En tout cas, là-bas, dans le pré du Pendu, Honoré Rougemont comprend qu'on l'appelle. Il lâche la charrue et laisse Finette, la jument, au beau milieu du sillon. Enfourchant sa bicyclette, le voilà qui pédale vers la maison.

Paf ! Sans dire un seul mot, sans poser la moindre question, Honoré vient d'assener à Victor une gifle à lui décrocher la mâchoire. Le môme se met à pleurer, à la fois de douleur et de honte.

« Ça t'apprendra ! fait Honoré en guise d'explication. Et maintenant, dis-nous donc où tu étais passé pendant que ta mère était à moitié morte d'inquiétude. Moi aussi, d'ailleurs, j'étais à moitié mort, sinon je t'en retournerais une dont tu te souviendrais. »

Le brigadier éprouve le besoin de dire quelque chose : « On l'a retrouvé à Orléans, il a dit qu'il voulait partir en Amérique. Enfin il a fini, au bout de quelques heures, par dire son nom et son adresse et c'est comme ça qu'on vous le ramène. Tu sais, Victor, tu es quand même un peu jeunot pour partir tout seul en Amérique. Et que deviendront tes parents sans toi, tu y as pensé ?

– C'est des vaches », répond Victor entre ses dents. Gabrielle arrête net le bras vengeur d'Honoré au moment où une deuxième taloche allait rougir la seconde joue du fils prodigue.

Ce soir-là, on ne tue pas le veau gras chez les Rougemont pour célébrer le retour du fugueur. On discute, on prend des résolutions de part et d'autre.

« Bien sûr, dit Honoré, la vie à la campagne n'est pas facile tous les jours, mais dis-toi bien qu'à ton âge, je ne mangeais souvent qu'un bout de pain avec un peu de lard et encore, pas tous les jours. Et l'hiver je n'avais pas de bonnes chaussures comme toi, seulement des sabots, avec de la paille. Et pas d'école. C'est le curé qui nous apprenait à lire. Tu as de la chance.

– Tu parles d'une chance ! » fait Victor.

Gabrielle lui passe la main dans les cheveux. Elle a fait du « pain perdu », histoire de célébrer un peu le retour. « Dis-nous comment tu t'es débrouillé pour aller jusqu'à Orléans. Ça fait plus de trois cents kilomètres. »

Victor raconte comment il s'est accroché à l'arrière de l'autocar et comment il s'est ensuite caché dans un camion rempli de cochons. Il a même volé un vélo.

« Et voilà, s'écrie Honoré, mon fils est un voleur ! Ah, il va falloir que je te dresse une bonne fois pour toutes. » L'avenir s'annonce plutôt sombre pour Victor.

Un mois plus tard, toutes les catastrophes semblent s'accumuler sur la famille. Finette la jument meurt inexplicablement et la tante Agathe, qui habitait à Vierzon, meurt aussi, de même que les grands-parents du côté de Gabrielle. Tout ça détraque la mécanique familiale. Le père, la mère doivent partir pour les enterrements. Quand ils rentrent à la ferme… Victor a de nouveau disparu.

À nouveau, Honoré prévient les gendarmes, à nouveau les jours passent. Mais cette fois-ci, rien. Plus jamais Victor ne réapparaîtra à la ferme.

Il faut dire qu'en cette période, la France connaît de grands mouvements de populations. Ceux qui sont partis en 1940 rentrent chez eux. Les convois américains passent quotidiennement devant la ferme de la Vache-Rouge. Parfois ils viennent se réapprovisionner en eau. Victor est fasciné par ces hommes en uniforme qui distribuent avec générosité chocolat, chewing-gum, soupe en sachet, cigarettes, et même du savon, ce qu'il apprécie moins.

Le père Honoré, après cette disparition, malgré ses manières brutales, vieillit brusquement. Il ne se console pas de l'absence du petit. Très régulièrement il va à la gendarmerie pour savoir « si l'on n'aurait pas du nouveau ». Plus les années passent, plus l'espoir s'amenuise. Un jour, ombre de lui-même, Honoré quitte cette vallée de larmes, lui aussi. Gabrielle reste seule à vivoter à la ferme dans la perspective d'une vieillesse solitaire.

Puis elle s'accoutume à l'idée. Tous ceux qui faisaient son univers ont disparu. Sa sœur, ses parents, son mari, son fils. Personne ne reste. Un jour, chez une voisine, elle rencontre une femme étrangère au village : « Tiens, Gabrielle, dit la voisine, je te présente ma cousine Rita, qui passe des vacances chez nous. » Gabrielle tend une main indifférente à la cousine. Celle-ci, avec une autorité toute professionnelle, s'en saisit et la retourne.

« Vous permettez ? Comme votre main est intéressante ! C'est un don que nous avons dans la famille. Dites-moi, je vous vois très seule. Vous êtes veuve ? »

Gabrielle acquiesce d'un signe de tête. Bien sûr qu'elle est veuve, ça se voit rien qu'à sa tenue. Et une femme de son âge à de fortes chances de l'être. Quelle idiote, cette cousine Rita !

« Vous avez un fils, continue la pythonisse.

– J'en avais un mais il a disparu il y a huit ans !

– Comme c'est curieux, comme c'est curieux… Je ne sais pas comment vous dire : je vois votre fils revenir. Oui, c'est même pour dans un avenir assez proche. Mais, en même temps, on me dit que vous ne le reverrez jamais. Excusez-moi si je suis brutale. »

Gabrielle fond en larmes : « Qu'est-ce que vous voulez dire ? Il va revenir mais je ne le reverrai pas. Alors il va revenir sans s'occuper de me dire comment il va ? Expliquez-moi ça. » La voisine, gênée, cherche à changer de sujet : « Et si je vous faisais une bonne tasse de café ?

– En tout cas, il n'est pas mort..., dit la voyante. Comment s'appelle-t-il ?

– Victor, pensez qu'il aurait eu dix-huit ans le 16 août.

– Faites-moi, confiance, on me dit "Victor revient", c'est certain. Mais, je ne sais pourquoi, vous ne le reverrez pas. »

Deux ans passent et un jour, au bout du chemin qui mène à la ferme de la Vache-Rouge, deux silhouettes apparaissent. Deux hommes jeunes qui viennent de descendre d'une voiture kaki. Ils avancent à pas lents. Mais cette fois-ci Gabrielle, assise sur le seuil de la ferme, ne se lève pas pour les accueillir. Ils s'approchent d'elle et l'un d'eux, avec un fort accent américain, demande : « Madame Rougemont ?

– C'est moi ! Qui êtes-vous ? » L'homme lui glisse un papier dans la main, puis les deux militaires, car ce sont des militaires américains, font demi-tour, regagnent leur voiture et s'en vont. Gabrielle n'a rien compris. Quand Gustave, l'ouvrier agricole, arrive quelques minutes plus tard, elle lui dit : « Deux hommes sont venus et m'ont donné ce papier. Qu'est-ce que c'est ? »

Sur le papier un seul nom : « Victor Rougemont. » Quel est ce mystère ? L'explication arrive, par courrier, quelques semaines plus tard. Sous la forme d'une lettre qui dit :

« Ma chère maman,

« Excuse-moi d'être venu, de t'avoir vue et de n'avoir rien dit. Après toutes ces années sans te donner de nouvelles, je ne savais plus quoi dire. Et j'ai eu l'impression que toi non plus tu ne me reconnaissais pas.

« Et oui, je suis venu avec mon collègue Jimmy. À présent je suis américain et je suis même pilote dans l'aviation. Comment cela est-il possible ? C'est simple : quand je suis parti de la maison la seconde fois, en 1945, j'ai réussi à aller jusqu'en Alsace et là, malheureusement, j'ai été pris dans un bombardement. On m'a retrouvé blessé, brûlé gravement, et l'on m'a hospitalisé.

« Quand je me suis réveillé j'étais dans un hôpital américain. Tout le monde voulait savoir qui j'étais mais, comme je ne voulais plus retourner à la Vache-Rouge pour recevoir des coups de ceinture du père, j'ai dit que je ne me souvenais de rien. Et les Américains m'ont gardé avec eux. Jusqu'au jour où l'un d'eux, le lieutenant Pringle, a demandé à m'adopter.

« J'étais fou de joie. Et avec lui, je suis devenu Sydney Pringle. J'ai fait mes études en Floride. Puis je me suis engagé dans l'armée et à présent je suis pilote. Je suis même marié. C'est à l'occasion d'une permission en Allemagne que j'ai pu venir jusqu'à la maison mais je n'ai rien pu dire. Je reviendrai dans quelques semaines, avec ma femme. Elle est américaine et se nomme Phyllis. Pardonne-moi pour tout ce silence. À bientôt. »

Décidément Victor a bien changé. Sa lettre, remplie de fautes, prouve qu'en dix ans il a peu à peu oublié le français. Mais enfin, il est revenu.

Quelques semaines plus tard, une autre voiture s'arrête à la Vache-Rouge. Sydney Pringle, ex-Victor Rougemont, en descend et se précipite vers sa mère pour l'embrasser, mais celle-ci lui touche le visage avant de dire : « Mon petit Victor, c'est toi, c'est bien toi ? Enfin je te revois. » Puis elle hésite et soupire : « Mais non, elle avait raison la voyante : tu es bien là et pourtant je ne te revois pas. Mon pauvre Victor, j'ai bien changé. Voilà pourquoi la dernière fois je ne t'ai pas reconnu. »

Elle ôte alors ses lunettes fumées et montre à son fils ses yeux d'aveugle.

Retour d'ascenseur

Sur une autoroute entre Boston et New York, une ambulance fonce dans la nuit brumeuse.

Une voiture s'est enroulée autour d'un énorme pylône. Enroulée est le terme, l'avant s'y est encastré, l'arrière s'est replié comme une feuille. Le feu a pris au réservoir, et un poids lourd qui la suivait a réussi à éviter le pire.

Après avoir freiné à mort, le chauffeur s'est attaqué à l'incendie du véhicule avec son extincteur. Tandis qu'un de ses collègues a prévenu la police de la route par radio, l'homme a arraché courageusement la portière de la Ford Mustang, et dégagé le conducteur pour l'étendre sur le bas-côté. Il est en piteux état, mais il respire encore faiblement.

Pour l'instant, il doit le peu de vie qui lui reste à l'efficacité du routier. L'ambulance est sur place très rapidement, et le médecin réanimateur se penche sur le mourant avec perplexité. Le regard du blessé est d'une fixité inquiétante, mais ses lèvres bougent comme s'il essayait de parler.

Réflexe ou conscience ?

« Ne vous agitez pas. Vous avez eu un accident, on va vous sortir de là. »

Le blessé essaie encore de remuer les lèvres, tandis que les premiers soins s'enchaînent avec calme dans le rugissement des sirènes. Oxygène, perfusion, suture rapide, les blessures sont si graves que le médecin marmonne :

« Il devrait être dans le coma… »

Mais l'homme essaie encore de parler. Dans l'ambulance qui

fonce vers New York, Il bredouille quelques mots inintelligibles, puis parvient à prononcer :

« Je vais mourir ?

– Mais non, vous n'allez pas mourir. Ne parlez pas ! Restez calme ! Nous arrivons à l'hôpital, tout ira bien. »

Il est rare qu'un blessé grave demeure à ce point conscient. Le médecin en déduit que, miraculeusement, le cerveau n'a pas été atteint. Piètre consolation au regard du reste. Le blessé a le thorax enfoncé et des contusions internes probablement terribles.

« Punition… »

Le médecin a bien entendu. L'homme a articulé clairement le mot « punition ». Puis :

« Je vais mourir… Tué ma femme.

– Calmez-vous, vous étiez seul, vous n'avez tué personne…

– Tué ma femme… Punition… »

Lorsque le blessé disparaît dans la salle des urgences de l'hôpital, pris en main par toute une équipe, le médecin réanimateur se demande ce qu'il faut penser de cette curieuse déclaration. Les motards de la police qui accompagnaient l'ambulance la consignent dans leur rapport.

« Vous croyez qu'il va s'en sortir ?

– Une chance sur dix. Guère plus.

– Vous pensez qu'il était lucide ?

– Les blessés disent souvent n'importe quoi sous le choc. Mais il paraissait obsédé par ce mot, punition, il l'a répété plusieurs fois. »

Dès le lendemain, le blessé de l'autoroute est identifié. Steven Hereford, marié, deux enfants. Employé dans une industrie alimentaire de fast-food.

Un policier en civil se présente très tôt à son domicile, dans la banlieue de New York, et s'adresse d'abord au gardien.

« Police. Mme Hereford. Vous connaissez ?

– Quinzième étage. Je vais la prévenir. On a un problème, l'ascenseur est en panne. »

Le gardien n'obtient pas de réponse dans l'appartement des Hereford.

« Elle est peut-être sous la douche. Il faut attendre que les ouvriers aient fini. On a dû couper tous les circuits, un type essaie d'atteindre la cabine par l'intérieur.

– Il y a quelqu'un dedans ?

– Apparemment non, on l'entendrait, et personne n'a fait fonctionner le signal d'alarme. Quelqu'un a appelé l'ascenseur ce matin, ça ne marchait pas. L'incident a dû se produire dans la nuit. »

Le policier monte les étages à pied. Il est au niveau du septième étage, où il reprend son souffle, lorsqu'il entend crier le dépanneur de l'autre côté du mur de l'escalier de secours. Sa voix résonne dans la cage d'ascenseur :

« Il y a quelqu'un là-dedans ! Une femme ! Elle est par terre, elle ne répond pas ! »

Au neuvième étage, le policier vient se renseigner auprès de l'équipe d'ouvriers.

« Qui est là-dedans ?

– On sait pas encore. La cabine est coincée entre le septième et ici. Un gars vient de nous dire que la femme avait l'air morte. »

Quelques instants encore, et la voix dans la cage d'ascenseur crie :

« Elle ne respire plus. Je regarde dans le sac à main ! »

Rebecca Hereford, épouse de Steven le blessé de l'autoroute, n'entendra pas la mauvaise nouvelle que venait lui annoncer le policier.

La cabine une fois débloquée, une défaillance du système électronique, un médecin examine le corps de la victime. Crise cardiaque.

Le concierge déclare à la police :

« Ça ne m'étonne pas. Elle ne prenait jamais l'ascenseur toute seule. Elle détestait ça. La plupart du temps elle grimpait les étages, ou alors elle s'accrochait à quelqu'un. Elle était claustrophobe, la pauvre femme. D'ailleurs ils ne devaient pas rester ici, ils cherchaient une maison. »

Trois jours s'écoulent, durant lesquels il se passe beaucoup de choses. D'abord, Steven Hereford est opéré à quatre reprises. Poumon, abdomen, jambe, bassin. Il tient toujours le coup.

Ensuite, un médecin légiste confirme la mort naturelle de son épouse. Asphyxie et crise cardiaque.

Les deux enfants du couple, en vacances chez leur grand-mère, apprennent le même jour qu'ils n'ont plus de mère, et que leur père est entre la vie et la mort.

Ensuite, un dossier arrive sur le bureau d'un procureur de l'État de New York. Il contient le rapport de la police de l'autoroute, où est mentionné le fait que le blessé aurait dit dans un état semi-comateux qu'il avait tué sa femme. Il y a aussi quelques papiers récupérés dans une sacoche de cuir, mais partiellement brûlés. Une photo de femme notamment, très jeune, brune, aucun rapport avec l'épouse blonde de trente-cinq ans, morte dans l'ascenseur.

Le cinquième jour, un enquêteur se présente à l'hôpital, dans le but d'interroger Steven Hereford, non seulement sur les causes de l'accident, mais sur sa déclaration à propos de sa femme.

Les médecins lui accordent quelques minutes d'entretien avec le blessé, avec les recommandations suivantes :

« En principe il n'est pas au courant de la mort de sa femme. Il est donc hors de question, s'il est innocent, de lui causer un nouveau choc. Ensuite, vous devrez poser vos questions de manière à ce qu'il puisse y répondre par oui ou par non. Il a un poumon perforé. Pas d'efforts inutiles. Son état n'est pas brillant du tout. Comment allez-vous procéder ?

– Je préférerais revenir plus tard. À moins que vous ne confirmiez le pronostic ?

– Il est mauvais. Il peut nous lâcher d'un jour à l'autre.

– A-t-il réitéré sa déclaration ? A-t-il parlé de la mort de sa femme ?

– À aucun moment, même sous anesthésie, ce que je ne devrais même pas vous dire de toute façon. Je trouve extrêmement déplaisant l'acharnement du procureur, face à un homme dans cet état.

– Tout de même, il a dit nettement : J'ai tué ma femme, et sa femme est bien morte… Le procureur voudrait donc avoir au moins une réponse à cette question : Avez-vous dit consciemment à un moment ou un autre, durant votre transport à l'hôpital, que vous aviez tué votre femme ? Ma mission s'arrête là pour l'instant.

– Et s'il vous répond oui ?

– J'enregistrerai cette réponse, et j'en poserai une deuxième avec votre accord. Êtes-vous directement responsable de la mort de votre femme ?

– Si c'est oui ?

– La réponse enregistrée, l'interrogatoire s'arrêtera là. L'enquête sera ouverte officiellement, et nous attendrons qu'il soit en état de s'expliquer.

– Et son avocat ? Il a droit à un avocat !

– Commis d'office, il attend votre décision, et avec votre accord il assistera à l'entretien. »

Le protocole de cet interrogatoire particulièrement surprenant ayant été établi, l'enquêteur, l'avocat, un médecin et une infirmière pénètrent dans la chambre du blessé. La première question est posée par le médecin, avec précaution.

« Vous m'entendez, Hereford ?

– Oui. J'entends.

– Bien, ne faites pas de phrases. Je suis ici avec un fonctionnaire au service du procureur. Cet homme va vous poser deux questions, vous pourrez y répondre simplement en disant oui ou non, intelligiblement. Pour cela je retirerai une seconde le respirateur de votre bouche, comme je viens de le faire à l'instant. Mais ne faites surtout aucun effort supplémentaire. Tout d'abord, si vous ne désirez pas répondre maintenant, dites non. Si vous désirez répondre, dites oui. Allez-y !

– Oui.

– Merci. L'assistant du procureur va vous poser la première question. »

Steven Hereford est lucide, son regard le révèle dans un visage pourtant affreusement tuméfié. Il respire avec une grande difficulté, le corps parfaitement immobile.

« Monsieur Hereford, vos réponses seront enregistrées. Vous parlez en présence d'un avocat que le procureur a nommé d'office afin de respecter vos droits. Je représente le procureur. Voici la première question : Avez-vous dit consciemment à un moment ou un autre, durant votre transport à l'hôpital, que vous aviez tué votre femme ?

– Oui.

– Voici la deuxième question : Êtes-vous directement responsable de la mort de votre femme ?

– Non. »

Étonnement général. L'assistant du procureur se rend compte un peu tard que cette deuxième question pouvait effectivement amener ce genre de réponse. Le problème réside dans le mot directement. Il souhaite donc reposer la même question en ajoutant : « directement ou indirectement ». Mais l'avocat s'y oppose. Le protocole comportait deux questions, pas trois. Les médecins s'y opposent aussi. Ils sortent de la chambre du blessé afin d'en discuter.

L'infirmière reste seule auprès de Steven Hereford. Quelques minutes plus tard, elle rejoint le petit groupe hors de la chambre.

« Il a parlé de lui-même. Sans que je l'interroge. Il a retiré le respirateur, et m'a dit :

– C'est l'ascenseur. Pas moi. Dites aux enfants que c'est l'ascenseur. »

Ce fut sa dernière déclaration. Steven Hereford est mort dans la même soirée, sans avoir dit autre chose.

Au moment de la mort de sa femme il était sur l'autoroute, écrasé contre un pylône. Comment pouvait-il savoir alors qu'elle était morte dans l'ascenseur ?

S'il le savait, c'est qu'il y était pour quelque chose. L'enquête a conclu, après un minutieux examen, que quelqu'un, lui de toute évidence, avait volontairement bloqué la cabine en marche.

Il avait donc fait monter sa femme dans l'ascenseur, refermé la porte, bloqué le système à l'aide d'une copie de la clé du système électronique, et s'était enfui. Le crime parfait, s'il ne s'était pas jeté contre un pylône. Parfait vis-à-vis de ses enfants, et parfait vis-à-vis de sa maîtresse, 22 ans, dont il était tombé amoureux fou, et à qui il avait affirmé qu'il était divorcé.

« L'ascenseur, pas moi… »

Sa femme souffrait d'une telle phobie de l'enfermement, qu'elle avait confié à des amis :

« Je ne tiendrais pas dix minutes enfermée quelque part. J'en mourrais. »

Alfred Hitchcock a dit un jour : « Le crime n'a rien d'extraordinaire en soi, ce qui me fascine ce sont les détails de ce crime. »

Une belle histoire pour le Monsieur Suspens du cinéma, que ce retour d'ascenseur.

Derrière son visage

Un homme jeune et brutal convoite la jeune fille qui vit dans la maison d'en face. Un soir il se glisse dans sa chambre. C'est pour cela qu'elle passera en cour d'assises.

L'histoire a pour cadre la Suisse, pays qu'on imagine à l'abri des passions et du sang…

Vladimir Petros est en train de gâcher du plâtre. C'est son métier. Il est sur son chantier, en Suisse donc, aux calmes paysages. Lui n'est pas calme : « Vise la gamine, t'as vu si elle est mignonne ! »

Le compagnon de chantier de Vladimir, Hugo, lève le nez du mur qu'il est en train de monter. « Où ça ?

– Là, en face, elle rentre chez elle.

– Tout ça n'est pas du mouron pour ton serin, Vladimir, c'est de la petite-bourgeoise qui vit chez papa-maman.

– N'empêche que je lui ferais bien son affaire. Attends un peu que j'aie l'occasion.

– Tu ne t'es pas regardé ! D'abord elle doit avoir à peine seize ans, ce serait du détournement de mineur. Pourquoi pas du viol, pendant que tu y es ? »

Vladimir reste silencieux. Du viol, il ne se l'avoue pas mais, au fond de lui, une poussée mauvaise caresse cette idée : le viol. Entendre la gamine supplier, résister, déchirer ses petits sous-vêtements qui doivent être bien sages, en coton, et forcer ce jeune corps encore intact.

Vladimir a vingt-neuf ans, un type slave assez prononcé, les pommettes saillantes, une grosse moustache. Il est musclé et tout en nerfs. Son travail de maçon est rude et il n'a pas un gramme de graisse superflue. Après tout il peut plaire aux femmes. Il leur plaît d'ailleurs, mais, au fond de lui, il est blasé. Il n'a plus envie de Gertrude, son amie attitrée, serveuse dans un bar mal famé de Lausanne. Ce qui lui plairait, c'est de sentir entre ses bras une petite fille bien élevée, pas maquillée, du genre très convenable.

« Tu dors ou quoi ? » Hugo fait brusquement redescendre Vladimir sur terre : « Le boulot n'attend pas. Tu auras tout le temps de rêver à ta gamine ce soir quand on aura fini. »

Le drame c'est que, une fois la journée de travail terminée, Vladimir et Hugo ne s'éloignent pas. Leur patron les loge sur place, dans un baraquement provisoire.

On est en plein été et les nuits de Suisse peuvent être torrides. Vladimir, ce soir-là, a du mal à trouver le sommeil. Aujourd'hui encore il a vu la petite jeune fille qui habite la maison d'en face : elle lui a même fait un léger signe de tête quand il l'a saluée d'un joyeux : « Bonjour ! »

Cette petite jeune fille, Héloïse Miilberg, est extrêmement bien élevée. Ses parents lui ont appris qu'on ne doit pas parler aux étrangers, mais après tout, quand un ouvrier vous salue gentiment, il n'y a pas de raison pour ne pas lui répondre.

Quoique, celui-là, le maçon du chantier d'en face, avec ses pommettes de Mongol et sa grosse moustache, Héloïse ne sait pas trop pourquoi, mais il lui fait un peu peur… Elle a raison.

« Bonne soirée, ma chérie, dit la maman d'Héloïse, ne te couche pas trop tard, nous rentrerons vers minuit. Il faut bien aller voir cette pauvre Mathilde. Ton dîner est prêt, tu n'as qu'à le faire réchauffer.

– Bonsoir maman, bonsoir papa. Ne vous en faites pas pour moi. Je vais écouter le concert de Karajan à la radio. À demain. »

Les parents d'Héloïse quittent la maison, montent dans leur jolie voiture et s'éloignent. La nuit d'été est pleine de senteurs.

En face de la maison, dans son baraquement, Vladimir, torse nu, ne parvient pas à trouver le sommeil. Il n'a pour tout vêtement que son slip et, sans y prêter attention, il voit les parents d'Héloïse s'éloigner. Ce soir-là il est seul. Hugo, son collègue, est allé en ville « faire une petite virée ».

« Tiens, les voilà qui sortent, pense-t-il. La petite n'est pas avec eux. Qu'est-ce qu'elle peut bien faire ? »

La réponse arrive assez vite. Une lumière s'allume, à l'étage, juste au-dessus de la véranda. Vladimir sait que cette fenêtre est celle de la chambre d'Héloïse. Combien de fois ne l'a-t-il pas vue, le matin ou le soir, penchée au-dessus de la petite balustrade fleurie, jetant des miettes aux oiseaux ou discutant avec une camarade qui passe dans la rue.

Vladimir attend. Les heures passent. Il distingue la silhouette d'Héloïse, mince, presque pas de poitrine, qui passe et repasse devant la fenêtre. Il entend, vaguement, de la musique classique.

« Elle écoute un concert. Ce n'est pas le genre "yé-yé". Je vais t'en faire de la musique, moi, ma poulette. »

Il est tard. Tout est calme. Pas un passant, pas une voiture. Sur la façade de la maison d'en face, éclairée par la pleine lune, Vladimir contemple, fasciné, la fenêtre d'Héloïse, grande ouverte pour laisser entrer un peu de fraîcheur. Il enfile un pantalon, met un tee-shirt et sort du baraquement.

« Si je grimpe le long de la glycine, pas de problème, j'arrive à la hauteur de la fenêtre en cinq sec. »

Sans plus réfléchir, Vladimir quitte l'enceinte du chantier. Après tout, si Hugo rentre maintenant, il lui dira qu'il est allé se chercher des cigarettes pour justifier son absence. Vladimir traverse la rue. Il saisit la glycine d'une main et tire un bon coup pour en éprouver la solidité. Un gros nuage passe et masque la lune.

Héloïse, étendue dans son lit de jeune fille, dort à poings fermés. Elle ne voit pas la silhouette nerveuse de Vladimir s'encadrer dans le rectangle de sa fenêtre.

Quand il la saisit, elle veut crier, mais Vladimir a commencé par lui fermer la bouche d'une main. De l'autre, il arrache le drap sous lequel la jeune fille dort, vêtue d'une petite chemise de coton à fleurs.

Vladimir n'est pas un violeur expérimenté, mais d'instinct il trouve les gestes qu'il faut. Héloïse se débat. Elle n'a jamais pensé qu'elle pourrait un jour être violée. Elle n'a jamais pensé à l'amour. C'est une pure jeune fille catholique et son éducation l'empêche d'envisager la tendresse autrement qu'avec le visage d'un beau jeune homme romantique et galant.

Mais pour l'instant, sans comprendre trop ce qu'on lui veut, elle a simplement le temps de voir, au-dessus d'elle, les pommettes saillantes, les grosses moustaches et les yeux fous de Vladimir, éclairés par la lune. Elle comprend soudain ce qu'il veut.

Elle se débat tandis qu'il lui maintient toujours la bouche fermée d'une main, la gifle à tour de bras. Elle le griffe, essaie de mordre, mais le corps musclé de Vladimir a l'avantage.

Quand enfin il parvient à ses fins, Héloïse s'évanouit. Vladimir profite d'un autre gros nuage pour redescendre de la chambre d'Héloïse en s'appuyant sur la glycine. Lorsqu'il regagne son lit, Hugo est déjà là.

« Ben, où étais-tu passé ?

– J'ai fait un tour, je n'arrivais pas à dormir.

– Tu sais, tout à l'heure, en passant devant la maison de la petite, j'ai entendu des bruits bizarres qui venaient de sa chambre. Si elle n'avait pas l'air si sage, j'aurais juré qu'elle était en train de se payer du bon temps avec un coquin.

– Toutes les mêmes, fait Vladimir. En façade, elles ont l'air d'anges et au fond, ce sont toutes des salopes. »

Le lendemain, les deux hommes, en reprenant le travail sur le chantier, voient une ambulance et une voiture de police s'arrêter devant le domicile d'Héloïse.

« Tiens, on dirait qu'il y a du grabuge, fait Hugo.

– Possible, répond Vladimir, c'est peut-être ce que tu as entendu hier. » Ils aperçoivent une civière qu'on sort de la maison.

« Mais dis donc, on dirait la gamine ! »

Vladimir ne regarde même pas. « Oui, c'est bien possible. »

Soudain, il se rend compte de la folie qu'il vient de commettre. Non pas qu'il regrette l'acte ignoble dont il est coupable, mais il réalise qu'il peut être identifié. Après tout, la petite le connaît de vue. L'aura-t-elle reconnu ? Malgré l'obscurité ? Un moment il songe à quitter le chantier et à fuir. Mais cette fuite serait l'aveu même de sa culpabilité. Autant s'en remettre à sa bonne étoile. Si on vient lui demander des explications, il n'aura qu'à nier. Tout, en bloc.

Une heure plus tard deux policiers suisses viennent l'arrêter. Malgré sa panique, Héloïse, dont il ignorait jusqu'à présent le nom, l'a formellement reconnu. Une analyse rapide de ses mains, une visite médicale et un examen de ses vêtements ne laissent planer aucun doute. C'est lui le coupable.

« Vladimir Petros, la cour vous condamne à dix-huit ans de prison ferme… » Et les gendarmes l'emmènent vers son destin.

Dans le prétoire, après toute la tension du procès, Héloïse et ses parents restent prostrés. La condamnation de Vladimir, survenue quelques semaines après le viol, leur laisse un goût amer. Héloïse, d'une certaine manière, est détruite, et cela, aucune condamnation, si lourde soit-elle, ne pourra le réparer.

« Maman, il faut que je te parle.

– Oui, ma chérie. Je t'écoute.

– Maman, je suis enceinte !

– Mon Dieu, mais de qui ? » La maman d'Héloïse, dans son désarroi, ne fait pas le rapprochement entre le viol de sa fille par Vladimir, deux mois auparavant, et la nouvelle de cette grossesse.

« Maman, mais tu le sais bien de qui ! hurle Héloïse. De lui, de ce monstre !

– Lui ? Quel malheur ! »

Depuis la nuit tragique, chez les Mülberg, deux mots sont bannis : on ne parle pas de « viol » et l'on ne prononce plus le nom de « Petros ».

Le soir même, autour de la table de la salle à manger, les Mülberg sont réunis : le père, fonctionnaire des chemins de fer, la mère, résignée. Il y a aussi l'oncle Friedrich et la tante Amélia. La question est : va-t-on garder l'enfant ?

Après avoir envisagé les diverses solutions proposées par la médecine, toute la famille, d'une seule voix, choisit de garder l'enfant. « On aura les moyens de lui donner une éducation convenable », dit le père. « Et ce petit être n'est pas responsable de cette tragédie, dit la mère. De toute manière l'Église est formelle là-dessus : "Tu ne tueras point." »

C'est ainsi que, neuf mois après avoir été violée par Vladimir, Héloïse met au monde un garçon. Mais, malgré les encouragements habituels de la famille, le cœur n'y est pas.

Personne ne songe à dire « Il a tes yeux ! » et encore moins bien sûr : « C'est le portrait tout craché de son père. » Car Héloïse, quand on lui met l'enfant dans les bras, scrute le visage du bambin, tout rouge et chiffonné, et ne se pose qu'une seule question : « Ressemblera-t-il au monstre ? »

C'est la question qu'elle va se poser pendant dix-huit ans. Jusqu'au jour où elle y répondra.

Héloïse, mère célibataire, est entourée de l'affection chaude mais un peu rigoriste de sa famille. On ne lui tient pas rigueur de sa situation, mais enfin, parfois, elle se demande si, pour ses parents, elle ne fait pas un peu figure de coupable.

« C'est un beau gamin », dit Mme Mülberg en contemplant Éric, celui qui est « quand même » son petit-fils. Héloïse, au moment de lui donner un prénom, fait un blocage. On lui propose tous les prénoms de la famille, tous ceux du calendrier, mais toujours elle renâcle. « J'aurais l'impression d'insulter un saint en donnant son nom à cet enfant. » Finalement elle accepte la proposition d'un cousin qui, en devenant le parrain de « cet enfant », lui donne son prénom.

Héloïse, dans les années qui suivent, accomplit son devoir de mère de famille avec beaucoup de conscience. Mais d'amour, point. Elle ne peut pas, c'est plus fort qu'elle. Et, à sa grande terreur, plus Éric grandit, plus elle reconnaît sur son visage les traits, qu'elle n'a jamais oubliés, de Vladimir Petros, son violeur. Les mêmes pommettes saillantes, les mêmes yeux un peu bridés, le même menton fendu d'une fossette.

« Regarde, maman, c'est lui.

– Mais non, ma petite fille, tu te fais des idées. Moi je trouve qu'il a plutôt l'allure de ton grand-père Émilien. »

Car Héloïse, si elle n'a fait qu'entrevoir Vladimir pendant la nuit d'horreur où il a abusé d'elle, a eu tout le temps de l'examiner à son aise pendant le procès. Parfois il jetait un regard vers elle. Regard froid. Parfois même il la contemplait avec une sorte de sourire. Revivait-il le viol ? Voulait-il s'excuser ? En tout cas, ces regards et ces sourires lui donnaient froid dans le dos.

« Regarde, maman, son regard. C'est le même ! Regarde, maman, quand cet enfant me sourit, je revois le rictus de son père aux assises.

– Ma pauvre chérie, tu deviens folle, Éric te sourit comme un enfant de cinq ans sourit à sa mère quand elle lui donne son goûter. Je suis certaine que ce sera un garçon très bien. Tu verras.

– Et moi, je suis certaine que c'est de la graine de violeur. Je vois son horrible père en lui. Que va-t-il se passer quand il sera adulte ? Va-t-il lui aussi violer de pauvres filles endormies dans leur lit ? »

Les années passent. Éric, enfant sans père, pousse plutôt bien que mal. Les parents d'Héloïse, quoique peu expansifs, accomplissent leur devoir de grands-parents avec conscience ; les oncles, les tantes, les cousins, toute la famille ouvre ses bras pour faire d'Éric « un enfant normal ». Une seule personne est réticente : Héloïse.

Un beau jour, un collègue de travail, employé comme elle à la bibliothèque de Lausanne, lui propose même de l'épouser. « Excusez-moi, Jean-Louis, vous ne pouvez pas comprendre. D'ailleurs vous savez que j'ai déjà un enfant.

– Mais moi aussi, vous le savez bien, j'ai déjà une petite fille.

– Je ne pourrai jamais vous épouser. N'en parlons plus. »

Héloïse a peur des hommes. C'est un peu normal, car le seul qu'elle ait jamais connu physiquement l'a traumatisée, définitivement. Le pire c'est que le soir, quand elle rentre chez elle, elle le retrouve, chaque jour plus présent.

Éric, à présent, va sur ses dix-huit ans. Héloïse n'a pu l'empêcher de vivre comme les garçons de son âge, d'aimer le rock'n'roll, de s'acheter une guitare. Il trouve même un travail de disc-jockey dans une boîte. Il a une petite amie, une jolie blonde : Ingrid. La vie normale. Il insiste pour laisser pousser ses moustaches. Héloïse proteste, tempête ; rien n'y fait. « Je ne veux pas te voir avec ça sous le nez, tu me rappelles ton père.

– Mon père ? Tu ne m'en parles jamais. À propos, c'était qui ?

– Tais-toi, je ne veux pas en parler. »

Un soir, deux policiers se présentent chez Héloïse. « Madame Mülberg ? C'est au sujet de votre fils.

– Oui, qu'a-t-il fait ?

– Oh, presque rien, mais nous l'avons vu en ville, au moment où il giflait une jeune fille. Une certaine Ingrid.

– Ah oui, je la connais. C'est ce que je craignais. Ça devait arriver.

– Rien de grave, une dispute d'amoureux. Dites à votre fils de passer nous voir demain. C'est simplement pour un petit entretien de routine.

– Oui, c'est ça, demain, je le lui dirai. » Héloïse pense à autre chose.

Le soir même, quand Éric rentre, sa mère ne lui transmet pas le message des policiers. Elle a préparé de la soupe d'écrevisses et de la poule au riz, les deux plats préférés d'Éric.

« Qu'est-ce qu'on fête ? dit-il, tout joyeux, en dégustant ce repas spécial.

– On fête… la fin d'un cauchemar », répond Héloïse.

Deux heures plus tard, Éric est mort, terrassé par les barbituriques que sa mère a mélangés à son repas. Pour l'empêcher de devenir un violeur. Vladimir, presque au même moment, sort de prison. Il ne saura jamais qu'il a eu un fils.

Héloïse, quand elle passe à son tour en jugement, est condamnée à dix ans de réclusion.

Histoire d'amour

La vie est faite d'une multitude d'instants. La mort est un instant unique. Et l'amour ?

Parler d'amour, c'est la chose la plus difficile au monde. La pudeur s'en mêle, les grandes phrases sonnent creux, les petits mots ont l'air superficiels.

Les adolescents, les Roméo et Juliette de ce siècle finissant ont leurs mots à eux pour parler d'amour. Comme ceux des générations précédentes, ils se cachent derrière des formules du genre : « elle me branche cette nana… »

Mais pas toujours. Les romantiques sont toujours là.

Roméo a quinze ans, il s'appelle Felipe, vit aux États-Unis à Patterson, près de San Francisco, avec ses parents, M. et Mme Garza, et son frère aîné John. Juliette a quatorze ans, elle s'appelle Donna Aschlock, et vit également à Patterson avec ses parents. Fille unique.

Deux lycéens qui ne se quittent plus depuis la rentrée scolaire de 1985. Les parents sont au courant. Felipe porte le cartable de Donna, Donna le tient par le cou, ils prennent tout leur temps pour rentrer l'après-midi, se promènent, parlent, se sourient, avalent des tonnes de pop-corn en regardant la mer.

Felipe a un petit air mexicain avec ses yeux noirs, ses cheveux drus ; et Donna, à la rondeur enfantine et blonde, au visage lisse, a un sourire à la Mona Lisa.

Ni l'un ni l'autre ne sont fanas de planche à roulettes ou de rock endiablé. Deux enfants calmes. Pour Donna, le calme est une obligation, elle est cardiaque. Pour Felipe, c'est un choix, semble-t-il. Il aime rêver, lire et discuter du monde.

Noël approche, Felipe rentre chez lui un soir, complètement abattu.

Donna va mal. Elle a dû quitter la classe pour l'hôpital de San Francisco. Les livres de Felipe pèsent une tonne dans son cartable. Plus rien ne va. Sans son amour, il traîne, boude le dîner, son regard a changé.

Maria, sa mère, essaie de lui parler : l'amour, à son âge, permet tous les espoirs ; il est si jeune, et Donna aussi. Elle reviendra, elle va guérir, elle reviendra sûrement.

« Maman, j'ai quelque chose à te dire ; c'est grave. »

Grave ? Tout est grave à cet âge. Maman sourit, car le grave s'arrange toujours à quinze ans.

« Si je meurs, je veux qu'on donne mon cœur à Donna. Elle en a besoin. Ses parents m'ont dit qu'elle attendait une greffe cardiaque. Ils ont peur, parce que c'est difficile et très long de trouver un cœur. Il lui faudrait un cœur de son âge, tu comprends ? Pas trop gros, et pas trop petit, comme le mien.

– Felipe, qu'est-ce que tu racontes ? Tu ne vas pas mourir ! On ne meurt pas comme ça à ton âge, tu es en bonne santé. Cette histoire te rend trop malade, sois raisonnable, Donna sera opérée, elle est bien soignée, ils vont lui trouver un cœur, ne parle pas du tien comme ça.

– Je veux être sûr, maman. Il faut que tu promettes. Si je meurs, il faudra lui donner mon cœur. Je le sais.

– Tu sais ? Mais qu'est-ce que tu sais ? De quoi parles-tu, Felipe ?

– Je sais pas, mais je sais. Il faut que je le dise à papa aussi. »

Le père grogne devant le romantisme exagéré de son fils : « Tu fais peur à ta mère avec ce genre d'histoires. Que tu aimes Donna, d'accord, mais ne dis pas de bêtises !

– Elle a besoin de mon cœur. D'ailleurs je le lui ai dit.

– À qui ? À Donna ?

– Oui. Je suis allé la voir à l'hôpital.

– Et tu as fait cent kilomètres tout seul ? Jusqu'à San Francisco ? Sans rien dire à personne ?

– C'était urgent.

– Felipe, tu m'inquiètes ! Je sais que ton amie a des problèmes, mais c'est l'affaire de sa famille et des médecins qui la soignent, pas la tienne !

– Si. Parce que si je meurs, il faut qu'ils sachent que mon cœur est pour elle. Et elle aussi. Je lui ai dit que si je mourais avant elle, elle vivrait avec mon cœur.

– Mais bon sang, Felipe, ce ne sont pas des choses à dire comme ça !

– Et tu les dirais comment, toi ? »

Ah, c'est vrai au fond. C'est son idée à ce garçon. Il aime, il donne son cœur, il le dit tout simplement.

« Et Donna, qu'est-ce qu'elle a répondu ?

– Elle m'a pas cru. Comme vous. Mais ça fait rien.

– Felipe, regarde ton père ! Regarde-le bien en face, tu ne vas pas mourir, et c'est beaucoup plus compliqué que ça. Pour donner un cœur à quelqu'un, il faut aussi être du même groupe sanguin ! Il faut des tas de trucs que j'ignore, c'est aux médecins de décider, pas à toi ! Et puis arrête avec ces idées morbides !

– Je suis donneur universel, papa. C'est inscrit sur mon carnet de santé au lycée. »

M. et Mme Garza sont émus plus qu'ils ne le laissent voir à Felipe. Cette idée tout de même, il y a de quoi impressionner des parents ! Un gamin de quinze ans qui parle de mourir avec tant de sérieux, de gravité, et une sorte de certitude tranquille.

Felipe a la même conversation avec son frère aîné John. Avec un détail en plus : « Je suis mineur, John, j'ai pas forcément le droit de décider pour moi-même. Il faudra que les parents soient d'accord. Toi tu as dix-neuf ans, tu peux me servir de porte-parole. »

John regarde son frère, sans savoir quoi répondre. Hausser les épaules ? Ce ne serait pas gentil. C'est encore un môme, qui s'est fourré tout un roman dans la tête. S'il jouait un peu plus au basket, au lieu de rêvasser à des histoires d'amour…

« Bon. D'accord, ça ne coûte rien !

– Merci John, je compte sur toi. »

C'est qu'il ferait peur à tout le monde, ce garçon, avec ses grands yeux noirs désespérés, et cette angoisse obstinée à quémander la certitude que s'il meurt… Même à John.

« Pas de quoi, mon vieux ! Allez, ta petite fiancée s'en sortira sans toi, n'aie pas peur.

– Mais j'ai pas peur. »

15 décembre 1985. Felipe Garza vient d'affirmer à son frère qu'il n'a pas peur de mourir pour son amour.

Quelques jours plus tard, ni papa ni maman ni John n'y pensent plus. Felipe a eu une bouffée de lyrisme, d'ailleurs lui non plus n'en parle pas davantage.

Donna Aschlock est toujours à l'hôpital presbytérien de San Francisco. Elle y passe Noël. Felipe retourne la voir, en bus, avec des fleurs, il se tient au courant de l'évolution de la maladie cardiaque auprès des parents de Donna. Il rentre chez lui tristement. Toujours pas de transplantation en vue. Que disent les médecins ? Qu'il faut attendre, patienter, des mois peut-être. Et en attendant, Donna, toute pâle au fond de son lit, sans forces, a un petit sourire qui s'éteint lentement, lentement. Comme son souffle qui n'est plus qu'un tout petit nuage assisté par tant de machines…

4 janvier 1986. Le matin, Felipe prend son petit déjeuner les yeux battus. Il n'a pas faim, un terrible mal de tête l'a pris dans la nuit. Une migraine qui s'aggrave, il ne voit plus clair, vacille en se levant de table, il a même du mal à marcher. Il se recouche.

Mme Garza s'affole, et il y a de quoi : le temps de téléphoner à un médecin, Felipe est entré dans un coma bizarre et ne parle plus. L'ambulance qui l'emmène à l'hôpital de Patterson hurle de toutes ses sirènes qu'il n'entend plus.

Le médecin ausculte, on s'agite autour de lui : radio, scanner, question aux parents : « Quel genre de symptômes ?

– Rien jusqu'à présent, il n'a jamais été malade. Ce matin, il avait mal à la tête, c'est tout. »

Et puis le grand silence. Le silence du terrible diagnostic : « Votre fils est en état de mort cérébrale. Rupture d'anévrisme.

– Mort ? Mais il respirait il y a dix minutes !

– Il respire toujours, il est sous respirateur artificiel, mais nous ne pouvons rien faire d'autre.

– On ne peut pas l'opérer ?

– Non. »

C'est dur, difficile, pénible, d'annoncer petit à petit à des parents que leur gamin de quinze ans est mort d'une veine qui s'est rompue dans son cerveau, provoquant une hémorragie interne, devant laquelle la chirurgie est impuissante.

« Il ne reprendra jamais conscience. C'est fini. »

Et le père et la mère se souviennent maintenant de cette phrase étrange qui les avait bouleversés quinze jours auparavant. « Je sais… », avait dit Felipe en parlant de sa mort éventuelle, de son cœur qu'il voulait donner à son amour. Alors qu'il n'était pas malade, que rien ne pouvait laisser supposer aux parents que ce garçon de quinze ans allait mourir d'un accident cérébral, réservé en général aux personnes très âgées, aux cardiaques, aux malades souffrant d'une tumeur au cerveau.

On ne meurt pas comme ça à quinze ans, disaient le père, la mère, le frère…

Felipe ne vit plus que par une machine. C'est sans espoir, a dit le médecin. Cérébralement, Felipe est mort. Mais c'est aux parents de décider du moment, de l'instant où l'on débranchera la machine, où son cœur cessera de battre pour toujours.

Il n'y a plus que lui, ce cœur, vivant, au bout d'une pompe.

Et là-bas à San Francisco, il y a Donna, quatorze ans, qui attend.

Mme Garza dit au médecin : « Il avait prédit sa mort. Le 15 décembre il nous a demandé de donner son cœur à sa petite amie. Elle attend une greffe cardiaque. Il n'est tout de même pas mort exprès ? Dites-moi qu'il n'est pas mort exprès ? Je ne le supporterais pas…

– Nul ne peut dire une chose pareille, madame Garza.

– Mais il n'était pas malade ! Nous l'aurions su ! »

5 janvier 1986, 6 janvier, 7 janvier… Trois jours durant lesquels la famille de Felipe, assommée de chagrin, ne parvient pas à prendre la décision. Les décisions. La première est de débrancher la machine. Et rien n'est plus difficile. On a le sentiment, alors, d'être celui ou celle qui décide de la mort de quelqu'un. Ce qui n'est pas exact, bien sûr, puisque ce quelqu'un est mort cérébralement. Mais il faut le temps d'assimiler la chose, le temps de pleurer, avant de supporter l'idée

que ce petit bouton ridicule va faire le silence dans la poitrine de son fils. Et le médecin dit alors :

« Nous n'allons pas débrancher le respirateur artificiel, si vous êtes d'accord pour le don d'organe. »

Cela aussi c'est difficile.

Felipe est transporté jusqu'à San Francisco, le 7 janvier 1986, à bord d'un avion sanitaire. Une ambulance attend Roméo pour l'emmener non loin de sa Juliette.

On a dit à Juliette que l'opération était pour le lendemain. Un donneur anonyme. Il était hors de question de lui annoncer la mort de Felipe à la veille d'une transplantation aussi importante, et hors de question de lui révéler l'identité du donneur.

Juliette a reçu le cœur de Roméo sans le savoir. Et l'opération, classique désormais, s'est parfaitement déroulée. Au réveil, l'état de Donna Aschlock était jugé satisfaisant. Le lendemain il était jugé critique. Un rejet est toujours possible… mais ce ne fut pas le cas. Après trois jours d'angoisse, le 10 janvier 1986, le cœur de Felipe avait redonné des couleurs à son amour. De l'appétit, l'envie de se lever, de marcher, de manger des glaces, et de revoir Felipe… Alors son père a décidé de lui dire. La mort et la vie de Felipe en même temps, dans sa poitrine.

Quelle étrange histoire d'amour. Quelle *love story*, dirent les journaux de San Francisco.

Felipe Garza, héros des médias durant quelque temps. Roméo.

Et Donna Aschlock, héroïne d'une histoire d'amour d'enfance. Qui vit depuis dix ans avec le cœur de son Roméo. Un autre amour pourra-t-il s'y glisser ? Mystère. C'est déjà si difficile de parler d'amour à deux. À trois, c'est encore une autre histoire…

Bonbons anglais

Vous attendez l'envoi, par la poste, d'un collier de perles de un million de dollars, mais en ouvrant le paquet, vous trouvez… des bonbons !

Cette histoire débute dans un palais royal et méditerranéen…

« Ma chère, il devient urgent de refaire le toit du palais.

– Mon ami, c'est évident, mais vous savez bien que notre budget ne nous permet pas de faire face à une telle dépense.

– Nous trouverons l'argent. Peut-on imaginer que le roi et la reine du Portugal vivent dans un palais qui prend l'eau ?

– Vous avez raison, mon ami, répond la reine. Mais j'y pense, ne pourrions-nous pas vendre le collier de perles que j'ai reçu de ma cousine pour notre mariage ? C'est une pièce superbe, les perles sont parfaites, mais vous savez que je n'aime guère le porter, sa forme m'engonce : on dirait que je n'ai plus de cou. Vendez-le donc.

– Excellente idée, ma chère… Ces perles vont nous permettre d'exécuter les travaux que le gouvernement nous refuse. »

Et c'est ainsi, en 1913, que le roi et la reine du Portugal vendent à la firme Milstein, de Londres, un magnifique collier de perles d'un orient admirable, en échange de plusieurs millions d'escudos.

En fait, sept cent cinquante mille dollars entrent dans les caisses royales. Mais Moise Milstein, l'acheteur, n'entend pas conserver précieusement ce chef-d'œuvre d'orfèvrerie. Il est commerçant tout autant qu'artiste et cherche un client suffisamment argenté pour lui racheter le collier en lui permettant de faire un bénéfice honnête.

Le duc de Cumberland, fils de la reine Victoria, serait intéressé et Milstein lui propose le collier moyennant un million de dollars. Le duc réfléchit avant de débourser une telle somme. Après tout, peut-être la duchesse ou bien la dame à qui il destine le collier n'a-t-elle pas, elle non plus, la forme de cou adéquate pour porter ce chef-d'œuvre.

Si bien que Milstein recherche rapidement un autre client. Son agent de Paris, la maison Crémieux, lui signale qu'un acheteur serait peut-être intéressé. Mais il faut, bien évidemment, lui montrer le collier. Celui-ci, soigneusement enveloppé dans un écrin, muni des sceaux en cire de la maison Milstein, est expédié, non pas par un homme de confiance, mais tout simplement par la poste, en recommandé.

Les jours passent. La maison Crémieux fait savoir à Milstein que le client ne s'est pas décidé et le collier reprend, toujours par la poste, le chemin de Londres. Dès que le petit paquet arrive chez Milstein, le bijoutier l'ouvre. Il constate tout d'abord une anomalie : il est bien scellé grâce à des sceaux de cire portant un double « M » : Moise Milstein. Cependant, au lieu de porter quatre sceaux de cire de chaque côté de l'enveloppe, le colis en comporte quatre d'un côté et neuf de l'autre.

Quand M. Milstein ouvre le précieux envoi, il trouve à l'intérieur de l'écrin… des bonbons, de ceux qu'on nomme « perles de délices ». La seule chose qui rappelle le collier nacré est la couleur du papier d'emballage. D'autre part, le poids exact des sucreries, vérifié par les douanes anglaises, est exactement celui des perles portugaises.

Comme de bien entendu, la police est immédiatement alertée. La Sûreté française – puisque c'est de Paris que la maison Crémieux a réexpédié les perles – et également la police anglaise, puisque ce sont les services postaux anglais qui, après le passage de la douane, se sont chargés de la transmission jusque chez Milstein… des « perles de délices ».

Les deux services travaillent de consert. Les perles étant en outre assurées par la grande compagnie Lloyd, les enquêteurs de cette société s'empressent aussi de se mettre en chasse.

Quant à la presse, elle se fait immédiatement et largement l'écho de ce vol sensationnel. Sait-on jamais ?

« Ces bonbons sont faits à base de sucre de betterave, c'est un produit qu'on utilise plutôt sur le continent qu'en Angleterre », déclare l'expert des laboratoires chimiques. L'expert qui, de son côté, examine les sceaux de cire, constate une différence notable entre les quatre sceaux d'un côté du paquet et les neuf sceaux de l'autre extrémité. « Les neuf sceaux sont plus clairs que les autres. » En effet, chez Milstein on a pour habitude de faire chauffer la cire avec une allumette, ce qui a tendance à lui donner un aspect un peu sale de noir de fumée. Les autres sceaux semblent fondus à partir d'une cire plus propre, comme si on l'avait fait fondre dans une cuillère, à l'abri du contact de la flamme.

C'est une technique qu'utilisent les postes françaises. Ces deux éléments laissent à penser que le vol a bien été perpétré de l'autre côté du « Channel », par ces « maudits mangeurs de grenouilles ».

La compagnie Lloyd offre alors, par voie de presse, une récompense de dix mille livres à qui donnera un indice sur les malfaiteurs.

Une lettre parvient peu après à Scotland Yard. Elle a été postée à Londres et dit en substance : « Messieurs, je suis graveur professionnel et, il y a peu de temps, j'ai reçu la visite d'un homme qui m'apportait un modèle de sceau à reproduire. Tout me laisse à penser que ce travail pourrait être en rapport avec le vol des perles de la couronne portugaise. Pour des raisons de sécurité je ne tiens pas à vous dévoiler mon nom, mais si ce renseignement vous intéresse, veuillez passer une petite annonce dans les colonnes de l'*Evening News* pour m'indiquer ce que je dois faire. Signé : le Graveur. »

Scotland Yard prend contact avec « le Graveur » et établit une surveillance autour d'un pub. Cette taverne, d'après le Graveur, est fréquentée par l'inconnu qui lui a apporté l'empreinte du sceau pour qu'il en exécute une copie.

On repère enfin l'homme, on le suit : c'est un joaillier, lui aussi. Il se nomme Isaac Grünschild. Comme par hasard sa boutique se trouve exactement dans la même rue que celle du fameux Moise Milstein. La piste semble intéressante.

Depuis la relation du vol dans la presse et surtout depuis l'annonce de la récompense de dix mille livres sterling offerte par la Lloyd, un peu partout dans le monde de la bijouterie les esprits s'échauffent. Chacun guette autour de lui un indice intéressant.

« Et si on essayait de remonter la filière ? »

Celui qui parle ainsi est un jeune bijoutier de Paris, nommé Gilbert Bronstein. Il est en début de carrière, dynamique et aventureux.

« Pourquoi pas… », répond son interlocuteur en réfléchissant et en laissant la fumée de sa cigarette monter au plafond. Cet interlocuteur est Jacob Wildenberg, lui aussi bijoutier, lui aussi parisien et cousin de Gilbert.

« J'ai une idée, fait Jacob. Ce qui fait la valeur de ce collier, c'est non seulement la qualité des perles mais aussi l'assemblage. Ce qui rend ce collier magnifique, c'est le rapport entre la taille respective des perles et la perfection de leur orient. Impossible de les dépareiller.

– Le collier est donc toujours entier. Du même coup il est pratiquement invendable, sauf pour un amateur très riche.

– Voilà ce qu'on va faire… », dit Jacob.

Et, suivant l'idée de Jacob, les deux cousins prennent le premier train en partance pour Anvers où ils connaissent un certain nombre de spécialistes, cousins ou amis, qui travaillent tous dans la joaillerie. Une fois à Anvers, ils ont vite fait de répandre un bruit qui ne tombe pas dans l'oreille d'un sourd. « Nous connaissons, disent Jacob et Gilbert, quelqu'un qui serait susceptible de s'offrir le collier de la reine du Portugal. Quelqu'un qui serait prêt à payer cinq cent mille dollars pour acquérir ces perles… Si par hasard quelqu'un connaît quelqu'un qui saurait où se trouve le collier… »

Bien sûr, ils ne répandent pas ce bruit dans les commissariats de la police belge, mais plutôt dans les bars fréquentés par le milieu des diamantaires et autres joailliers. Les résultats sont maigres. Les deux cousins n'obtiennent que de vagues rendez-vous dans des hôtels d'Anvers ou d'ailleurs.

On leur demande pourtant un jour de se rendre à Londres pour y rencontrer quelqu'un d'important. Ils prennent le bateau.

À Londres ils finissent par aboutir dans la boutique de l'homme qui a fait confectionner le sceau, Grünschild. Celui-ci leur fait part de quelques informations nouvelles : « Cette affaire est menée par Johnny Wimpett et Bob Macaulife, que vous connaissez sans doute de réputation. »

Les deux cousins acquiescent : « Ce sont ces insaisissables voleurs de bijoux qui semblent mêlés à toutes les grosses affaires ?

– Pas si insaisissables que ça puisque la police les a déjà arrêtés pour plusieurs gros coups. Ce sont ces vols spectaculaires qui ont fait leur réputation. Pour l'instant ce sont eux qui détiennent les perles portugaises. Vous prétendez connaître un acheteur éventuel ? Si c'est vrai, faites-le venir à Londres et il pourra examiner le collier à loisir. »

Les deux cousins, depuis qu'ils se sont mis en chasse, ont prévu ce moment et ils ont « dans leur poche » un pseudo-client. C'est un honorable bijoutier parisien nommé Georg Hirsch, que l'aventure amuse et intéresse.

Il accepte de courir le risque de cette rencontre insolite et douteuse. C'est lui qui joue le rôle de l'amateur malhonnête prêt à débourser, pour devenir l'heureux propriétaire des perles de la reine du Portugal, cinq cent mille dollars. C'est, rappelons-le, la moitié du prix proposé au duc de Cumberland…

Rendez-vous est pris avec Grünschild à la station de métro londonienne British Museum. Gilbert, Jacob et Hirsch y font la connaissance de Wimpett et Macaulife, les deux fameux voleurs. Il y a là aussi un certain Paul Munders, un Anversois qui a assuré le contact entre les deux aventureux cousins parisiens et les malfrats britanniques.

Tout le monde prend l'ascenseur qui permet d'accéder au niveau le plus bas de la station. Les portes s'ouvrent. Surprise !

« Haut les mains, police, suivez-nous ! »

Devant la porte béante de l'ascenseur toute une troupe de policiers anglais est là, prête à intervenir. Car, pendant l'enquête personnelle des cousins français, Scotland Yard, de son côté, n'est pas restée sans rien faire. De filature en filature elle a fini par repérer les visites chez Grünschild de personnages nouveaux, aussi bien celles des cousins que celles des malfrats.

Et elle intervient au meilleur moment car Wimpett et Macaulife ont dans leurs poches les fameuses perles. C'est alors seulement, après avoir interrogé tout le monde et avoir fait le tri entre les bons et les méchants, qu'on comprend comment le vol a eu lieu.

Grünschild, voisin de la bijouterie Milstein et confrère honorablement connu, a, quelques mois auparavant, eu vent de l'achat des perles. Il s'est ensuite tenu au courant des tentatives de revente du collier. C'est ainsi qu'il est, par des indiscrétions, informé de l'expédition du collier à la firme Crémieux de Paris. Dès cet instant il ne se pose qu'une seule question : comment s'en emparer ?

En tant que bijoutier, Grünschild sait que ces objets de valeur sont simplement expédiés par la poste. Et il connaît le postier, toujours le même, qui dessert sa boutique ainsi que la bijouterie Milstein. C'est dans la sacoche de cet honnête homme, un dénommé Butterfield, que va transiter le précieux collier. Il suffit d'intervenir au bon moment. En attendant, Grünschild fait confectionner par « le Graveur », à partir d'une empreinte, un faux cachet « Moise Milstein ».

« Hé, mon brave, venez donc boire un petit verre, par le temps qu'il fait ça vous fera du bien.

– Ah, vous êtes bien aimable, monsieur Grünschild, ça me donnera des forces pour finir ma tournée. »

Grünschild vient d'offrir un whisky au postier Butterfield. Pour boire un bon petit scotch, pas besoin de bar ni de glaçons, il suffit d'un simple verre et, pour que cela soit discret, ce whisky lourd de conséquences est offert dans le bureau même de Grünschild, contigu à sa boutique.

Tous les jours, pendant des semaines, Grünschild guette le passage de Butterfield. Tous les jours, il l'invite à venir déguster son petit breuvage quotidien dans son bureau, à l'abri des regards indiscrets. Cette patience finit par payer : Butterfield, mis en confiance, alléché par cet excellent alcool de grain, prend l'habitude, les jours ouvrables, de passer quelques minutes dans le bureau de Grünschild.

Un verre à la main, il prend surtout l'habitude, déplorable dans son métier, d'abandonner sa sacoche et son contenu sur le comptoir de la bijouterie. Et, chaque jour, à partir du moment où le collier doit revenir de Paris, réexpédié par la maison Crémieux, un complice jette un œil dans ladite sacoche.

Un beau jour les perles sont là, dans le gros sac de cuir orné d'un écusson doré : un joli petit paquet revêtu de son adresse : « Expéditeur : Maison Crémieux, Paris. Destinataire : Maison Milstein, Londres. »

En un tournemain, le paquet est ouvert, les perles rares remplacées par les « perles de délices », pour un poids strictement identique. Le cachet préparé par « le Graveur » permet en une minute de remettre des sceaux qui ont toute l'apparence des sceaux confectionnés par la maison Crémieux. Le tour est joué.

Au bout du compte les instigateurs de ce vol sensationnel, Wimpett et Macaulife, se voient infliger sept ans de prison. Grünschild en prend pour cinq ans. Munders, l'intermédiaire peu intuitif d'Anvers, se retrouve pour dix-huit mois derrière les barreaux. Butterfield est immédiatement radié des postes anglaises. Il paraît qu'il ne boit plus une goutte de whisky.

Un monde sans pitié

Il y a des regards que l'on n'oublie pas. Un regard d'enfant, à la seconde où on l'abandonne, c'est terrible.

Il s'appelle Jimmy. Il a quinze jours d'existence. Au-dessus de son panier d'osier, deux visages de femmes.

Mama Bo, nourrice de son état à Quincy, Illinois, États-Unis. « C'est cent cinquante dollars la semaine, plus les médicaments et les visites du médecin. Quatre semaines payables d'avance, et un certificat médical, je prends pas de gosses malades ! Et pas au-dessus d'un an ! Après un an, ça se complique, et j'ai plus l'âge de courir après... »

Mama Bo est énorme, genre colosse femelle, visage bouffi, aussi tendre qu'un camionneur.

La jeune mère est une blonde stéréotypée, yeux bleus, longues jambes, empestant le parfum bon marché. Kathy Weill exerce la profession officielle de barmaid. Un bébé quand on est barmaid, ce n'est pas une sinécure.

Kathy allonge les six cents dollars d'avance, embrasse son rejeton. « Je viendrai le voir tous les samedis.

– C'est ça... c'est ça, on lui dira... »

Mama Bo prend Kathy pour ce qu'elle paraît, une fille que ce marmot encombre pour courir le gibier de bar. Un jour ou l'autre, le petit Jimmy se retrouvera à l'Assistance, ou adopté, parce que la mère n'aura plus payé la pension, ou aura filé dans un autre État.

« Si vous avez l'idée de me le laisser en plan, dites-le tout de suite, y a des orphelinats pour ça, et des gens bourrés de fric qui n'attendent que lui pour l'adopter.

– Pas question ! je vais pas vendre mon gosse, tout de même ! »

Mama Bo, soudain, a le regard méfiant : « Qui parle de vendre ? J'ai dit adopter…

– Oui, bon, en tout cas, pour l'instant je gagne pas beaucoup mais je lui donne une chance à mon môme. »

Et Kathy embrasse son rejeton, reprend le bus, quitte ce petit bourg paumé de l'Amérique profonde, abandonnant entre les énormes bras de Mama Bo ce que l'on pourrait appeler un bébé kamikaze…

Le lendemain, Kathy ne se ressemble plus du tout. Tailleur strict, cheveux sages, souliers plats, elle vient faire son rapport au patron.

« J'espère que le gosse ne risque rien.

– Cette femme n'a jamais tué personne, agent Weill, elle vend… »

Le FBI surveille Mama Bo depuis plus d'un an. On la soupçonne d'avoir vendu en cinq ans une bonne douzaine d'enfants. Le problème est de réunir des preuves, et il n'y a rien de tel dans ces cas-là qu'un flagrant délit.

Jimmy est un « flag » à retardement. Race blanche, sexe masculin, aucun handicap, une bonne « marchandise » pour Mama Bo.

Il est né en prison, d'une mère prostituée et droguée. La moitié de la population mâle de Quincy, Illinois, pourrait prétendre à sa paternité. Orphelin à l'âge de dix minutes, sa mère est morte au moment de la délivrance. Aucune famille à l'horizon, l'orphelinat l'attend de toute façon. Mais pour servir d'appât au FBI et partir en mission chez Mama Bo, on a mobilisé pour lui une armée d'agents administratifs. Un juge, qui réclame un bulletin de santé hebdomadaire de l'enfant et le respect de ses droits, trois hommes en surveillance autour de la « crèche » de Mama Bo, deux avocats du département, un pédiatre des services de santé de l'Illinois, une assistante sociale, une table d'écoute, sans oublier quatre agents du FBI en relais jour et nuit, un poste d'observation avec lunettes à infrarouges dans la maison d'en face et des caméras vidéo.

Le système de Mama Bo, pour pouvoir vendre les pensionnaires que lui confient de jeunes mères en difficulté, mérite bien cela.

Elle augmente régulièrement la pension de l'enfant, cherche à épuiser financièrement et moralement les mères, et un jour, assez vite pour que les sentiments maternels ne prennent pas trop d'ampleur, la proposition mirifique arrive. Un arc-en-ciel dans le désespoir de ces filles, ou une récompense à leur initiative, car certaines sont complices. Entre cinq et dix mille dollars. Le marché est conclu, cinq fois sur dix…

Kathy, agent du FBI, a joué les mères susceptibles d'abandon.

Le problème est que le juge pour enfants, l'administration et toute la flopée de précautions légales ne laissent qu'un mois au FBI pour tenter le flagrant délit. Pas question de jouer avec la sécurité et les droits de Jimmy. Ses droits civiques sont imprescriptibles.

Le plan est le suivant : Kathy va revenir voir son « fils » dans deux semaines, accompagnée d'un prétendu fiancé, riche, texan, et réfractaire aux enfants qui ne sont pas de lui. En réalité un agent du FBI. Tous les deux vont jouer devant Mama Bo la scène du II. Le Texan refusant d'épouser sa barmaid si elle garde Jimmy.

Il n'y aura plus qu'à pleurer dans les bras de Mama Bo et à attendre la proposition, que normalement elle doit faire assez vite.

Mama Bo a toujours des clients sous la main. Sa propre fille lui sert d'agent. Infirmière dans une clinique privée, service de stérilité féminine… Le recrutement des clients n'est pas très difficile.

Quinze jours plus tard, le 20 décembre 1974, Kathy et son Texan viennent interpréter leur petite scène. Jimmy fait des pieds et des mains dans son panier pour attirer le regard de celle qu'il croit être sa mère et attendrir cet homme qui l'accompagne. Le Texan marmonne : « C'est ton problème, chérie. Si tu veux vivre au Texas avec moi… j'ai une famille, des relations… évidemment, tu peux continuer à payer la pension, mais enfin, le père de ce gosse t'a abandonné… oui ou non ? »

Et ça marche. Mama Bo, pourtant méfiante, se laisse prendre à l'accent balourd de ce faux Texan, à sa vulgarité, à ses mains alourdies de bagues qui traînent autour de la taille de Kathy, l'air de dire : « Je veux bien ramener une entraîneuse chez moi pour la bagatelle, mais le môme, pas question… »

Mama Bo plonge. Vingt mille dollars pour un petit mâle de race blanche, c'est du nanan. Elle attire Kathy loin du berceau et du Texan : « Je peux vous aider, mon petit… Venez me voir toute seule la semaine prochaine… on causera… »

Mama Bo a une filière rodée. Faux papiers pour le bébé, faux certificat de naissance, faux certificat de vaccination, un avocat marron dans sa manche. Kathy n'a pas grand-chose à faire, juste une décharge à signer, si l'idée lui venait un jour de réclamer l'enfant, ou de faire un procès… ou du chantage… on ne sait jamais.

Kathy a la larme à l'œil, mais le Rimmel n'a jamais convaincu Mama Bo de l'instinct maternel de certaines femmes.

« Vous n'allez pas rater la chance de votre vie… il a l'air plein aux as ce type…

– Mais Jimmy ? Mon bébé ?

– Votre Jimmy, il aura des parents qui n'attendent que lui depuis des années, une maison dans le Michigan, des études à l'université, tout ce qu'il faut à un gamin pour être heureux. Je connais la mère, bonne famille, éducation religieuse, c'est l'avenir rêvé pour un petit Jimmy… Qu'est-ce qu'il aurait avec vous ? Et qui vous dit que ce type va vous épouser ? S'il vous laisse tomber dans six mois, il ira où Jimmy ? À l'Assistance ? Ah, bien sûr, vous pourrez vous remettre au boulot, mais à trente ans, les bars, les clients, ça commence à fatiguer le tempérament… Croyez-moi, j'en ai vu des filles comme vous… Réfléchissez, mais pas trop longtemps. À propos, vos six cents dollars d'avance, c'est un peu court. Il nous a fait une jolie fièvre cette semaine, votre gamin, le toubib est venu trois fois… J'ai les factures. »

La semaine suivante, Kathy signe tout, accepte tout, pleure, se détourne au moment d'embrasser le petit Jimmy, et prend les cinq mille dollars (le reste est évidemment pour Mama Bo) que lui offre un couple de parents adoptants, qu'elle ne verra jamais, bien sûr.

Mama Bo ne sait pas que, sous le corsage de Kathy, un micro enregistre la transaction, que devant la fenêtre de son bureau une lointaine caméra filme pour l'éternité l'échange d'un bébé contre un paquet de dollars et l'instant crucial où Kathy signe la décharge, livrant Jimmy au hasard de l'existence.

Le FBI aurait bien voulu que Kathy se débrouille pour glisser un émetteur dans la couche-culotte de Jimmy, mais le procédé est trop risqué, impossible à réaliser.

Un dernier baiser pour Jimmy sur le pas de la porte de la nourrice. Filmé pour la postérité. Et Kathy regagne l'arrêt du bus qui doit la ramener en ville.

Et Kathy pleure toujours dans le bus. C'est sa première mission de ce genre, et là elle ne joue plus. Le petit Jimmy lui a fait un drôle d'effet, au moment de l'abandonner dans les énormes bras de Mama Bo. Un regard ! Cet enfant avait un regard… comme s'il comprenait qu'il était le jouet des grands depuis la minute de sa conception hasardeuse, comme s'il comprenait les risques qu'il avait encourus dans le ventre d'une mère droguée, sa naissance dans un hôpital de prison, ce cordon ombilical que l'on avait coupé, mort, en lui donnant la vie. Quelle vie ? Agent du FBI à quinze jours ? En un mois d'existence, Jimmy a vécu tout ce que l'humanité a de plus triste à offrir. Sans le savoir. Mais ce regard…

Quarante-huit heures plus tard il est récupéré dans un supermarché, alors qu'il passe d'un landau à un autre, dans l'anonymat d'un rayon de boîtes de conserve. Et Mama Bo, hurlant de rage, se retrouve menottes aux poignets, dans le bureau d'un procureur décidé à faire le ménage dans son secteur. Déterminer le nombre exact des enfants vendus, retrouver les mères vendeuses, les parents acheteurs, quand c'est possible, instruire les dossiers, décider du sort des enfants. Un beau gâchis de toute façon.

Alors Kathy va voir le procureur. Pour lui expliquer que, sur un regard, à l'instant où elle quittait ce petit Jimmy, elle a craqué. Jimmy lui a fait signe ce jour-là, à cette seconde-là ; elle a ressenti quelque chose qui n'a pas de nom. Elle essaie de le traduire en mots, mais c'est difficile. Un enfant a droit au respect, à l'honneur, à l'amour, un enfant comme Jimmy c'est le symbole de toute une société qui flanche. Jimmy c'est…

« Adopter Jimmy ? » Le procureur a un hochement de tête peu encourageant. « Tstt… tstt… Avec le métier que vous faites, célibataire… Pour une adoption, l'enquête est longue… N'agissez pas sur une émotion. Vous vous croyez liée à cet enfant parce qu'il a participé à une opération avec vous ; j'étais contre, d'ailleurs, je n'ai cédé qu'en raison de l'importance du réseau de cette femme, mais il y a eu des indiscrétions dans la presse, nous avons sur le dos une multitude d'associations, on nous a presque traités d'esclavagistes ! Vous et vos collègues, vous nous imaginez des scénarios de fous ! Jimmy est en sécurité dans un centre spécialisé. Les services de protection de l'enfance ne vous le confieront pas… surtout pas à vous !

– Mais enfin, pourquoi pas moi ?

– Mademoiselle Weill, je vous l'ai déjà dit ! Le diable vous emporte, vous et vos collègues ! Vous n'avez pas le profil d'une mère de famille. »

Jimmy a donc disparu dans l'anonymat d'un orphelinat de l'Illinois. Flic de choc à deux semaines, il doit avoir maintenant une vingtaine d'années.

Kathy n'avait même pas de photos, elles étaient dans un dossier. Kathy n'avait pas, paraît-il, le profil d'une mère de famille. Kathy était flic. Kathy ne se souvenait que d'une chose : ce regard, cet instant où ce bébé l'avait regardée au fond de l'âme.

Elle a bataillé cinq ans pour l'avoir, elle s'est mariée entretemps. Et elle l'a eu. Jimmy est maintenant l'aîné d'une famille de trois enfants, quelque part dans le vaste Illinois.

Jimmy est le fils d'un ex-flic du FBI.

Il y a des regards que l'on n'oublie pas.

L'indivision

Emery a soixante-quatorze ans et il en a assez de se courber sur la terre. Arsène, son frère, en a soixante-douze et il a une femme âpre au gain, la Renaude. Mais leur terre est en indivision.

Emery voudrait se reposer. La Renaude, sa belle-sœur, veut continuer à faire rentrer de l'argent.

« J'ai encore rencontré Emery ce matin au marché, dit Arsène. Il m'a encore attrapé par la manche pour me demander quand on allait se décider à vendre. Il me répète qu'il est fatigué et qu'à son âge il veut se reposer, cultiver ses rosiers et se laisser vivre.

– Tu parles d'un vieux fainéant, répond la Renaude. Et qu'est-ce qu'il va faire de ses journées si on vend les terres ? De toute manière, quand ton défunt père a réglé ses affaires il y a trente ans, il a été clair. On a eu chacun la moitié mais il a bien précisé qu'on ne pourrait pas vendre, sauf si tous les deux, toi et Emery, vous êtes d'accord.

– Mais, Renaude, je suis d'accord ! Tu ne penses pas qu'à soixante-douze ans j'ai droit aussi à un peu de repos. Je craque de partout quand il faut se baisser pour ramasser les patates.

– Mon pauvre Arsène, tu craques de partout, mais c'est justement la culture qui te garde en forme. Moi aussi je craque, mais je continue. Et, de toute façon, si nous vendons, de quoi vivrons-nous ?

– Mais on placera l'argent à la banque et ça nous fera un revenu qui nous suffira bien, réplique Arsène.

– Ah, ne me parle pas des revenus placés à la banque ! Et à la première crise tout s'en va en fumée. En plus il faudra tout déclarer. Pas question de vendre ! La terre c'est notre vie. Tant que je serai vivante, on ne vendra pas ! »

Pourtant ce n'est pas une jeunesse, la Renaude. Elle a cinq ou six ans de moins que son Arsène, mais elle est tellement fripée par le soleil qu'on ne peut plus lui donner d'âge. Quand elle ouvre la bouche, on voit qu'il lui manque une dent, qu'elle n'a jamais voulu faire remplacer : « À quoi ça me servirait d'avoir une dent de plus ? Personne ne viendra m'embrasser. »

Et le lendemain Arsène, sur la place du petit village, rencontre à nouveau Emery, son aîné. Et, à nouveau, le problème de l'indivision revient sur le tapis.

« Alors ? dit Emery.

– Toujours pareil, répond Arsène. Elle ne veut rien savoir !

– La garce, siffle Emery entre ses dents. Tu sais que je vais finir par me fâcher et quand je suis en colère... Enfin qu'est-ce qu'elle attend ? Que je crève ? À soixante-quatorze ans j'ai quand même le droit de me reposer et toi aussi, et elle aussi, elle n'est plus bien fraîche.

– Oh ! ne t'en fais pas pour elle, elle est increvable.

– Increvable ? Ce n'est pas prouvé. C'est la dernière fois, tu m'entends, que je pose la question : quand allons-nous nous débarrasser de ces fichus terrains ? Tu peux dire à la Renaude que je n'ai pas l'intention de me laisser faire. Elle me connaît, qu'elle se méfie... »

Et chacun rentre dans sa ferme. Les deux propriétés sont presque contiguës, près de l'église, chacune d'un côté du cimetière où le père qui réglait si mal ses affaires dort depuis trente ans du sommeil du juste.

Arsène se retrouve chez lui sans savoir ce qu'il doit faire. À nouveau il revient à la charge. En son for intérieur il sait qu'Emery a raison. À leur âge il est temps de poser la bêche et de remiser le tracteur. D'autres viendront, achèteront ces terres un peu ingrates et reprendront l'exploitation. Les deux frères et la Renaude pourront se laisser vivre, modestement mais tranquillement, uniquement occupés de participer aux concours de belote et aux vins d'honneur du village. C'est la logique qui veut ça. La logique oui, mais Renaude non.

Cette femme, née au village, est obsédée par l'argent. Pourtant, de l'argent, elle en a, sur son livret A et sur son compte en banque, mais c'est plus fort qu'elle : elle vit dans la hantise de manquer. Et donc pour elle la terre, sa terre, est une bouée de sauvetage contre la misère qu'elle redoute plus que tout au monde. Et puis elle n'est pas mécontente de pouvoir démontrer à son beau-frère qu'au fond c'est elle qui impose sa volonté à Arsène. Elle ne manque pas de préciser les choses quand elle rencontre Emery, au détour du cimetière ou au coin d'un champ.

« Ah, c'est vous, la Renaude ! »

Depuis qu'elle a épousé Arsène, jamais Emery n'a pu se décider à la tutoyer. C'est comme s'il refusait de l'admettre dans le cercle de famille. Et elle non plus ne le tutoie pas.

« Comme si vous ne me reconnaissiez pas ! Oui, c'est moi. Quand allez-vous cesser de nous casser les pieds avec cette histoire de vente ? Vous savez bien qu'il n'en est pas question. Ce n'était pas dans la volonté de votre père, et la volonté des parents c'est sacré !

– Mais qu'est-ce qu'il y a de sacré là-dedans ? Quand il a fait le partage, il était déjà vieux et il a suivi les conseils du notaire.

– Justement, le notaire savait ce qui était le mieux.

– Mais non ! Le notaire était loin de penser qu'il y aurait une sacrée bourrique comme vous pour vouloir, trente ans plus tard, continuer à s'escrimer comme une folle. Qu'est-ce que vous espérez, que vous allez emporter vos quatre sous avec vous quand vous filerez les pieds devant ?

– La terre, ça ne doit pas rester en jachère !

– Mais qui vous parle de jachère ! Dès que nous aurons trouvé un acheteur, quelqu'un d'autre viendra et, si ça se trouve, exploitera mieux que nous la propriété. J'ai entendu dire qu'un horticulteur serait intéressé. Vous vous rendez compte : si, au lieu de nos champs de patates, il y avait des fleurs, des arbres fruitiers, ça serait quand même plus beau à regarder que de voir vos vieilles fesses en l'air quand vous piquez du nez pour ramasser ce que vous pouvez.

– Ne vous en faites pas pour mes vieilles fesses, Emery, vous n'avez pas toujours dit ça et il y a eu une époque où elles ne vous déplaisaient pas tant que ça.

– Non mais vous êtes folle, c'est vous qui me couriez après et qui faisiez le siège de ma mère pour m'épouser. C'est au moins une calamité à laquelle j'ai échappé.

– Eh bien, c'est parfait. Vous avez échappé à cette calamité mais à présent, c'est moi qui tiens la situation en main et vous savez très bien, mon cher beau-frère, qu'Arsène n'en fera jamais qu'à ma tête. Je dis NON et tant que je dirai non, on ne vendra pas les terres. Et si vous ne voulez pas vous occuper de votre part, nous continuerons à travailler la nôtre.

– Fichue garce ! Si je n'exploite pas, comment est-ce que je vais payer les impôts et les taxes ?

– Ça c'est votre problème. Bon, je vous quitte ! Il faut que j'aille voir si le maïs n'a pas besoin d'un coup d'arrosage. »

Et la Renaude s'en va en maugréant : « Vendre la terre ? Plutôt crever ! Moi vivante, jamais on ne vendra. »

Il la regarde s'éloigner, son panier sous le bras. Elle boite bas depuis qu'elle a eu un accident de mobylette dans les années soixante, mais à part ça, comme dit Arsène, elle a l'air increvable. La nuit tombe déjà.

La nuit porte conseil, dit-on. Au matin sa décision est prise. Il sait qu'Arsène et la Renaude, comme tous les jours de la belle saison, sont déjà dans les champs, juste derrière le cimetière. Ils sont déjà courbés en deux en train de ramasser Dieu sait quoi.

Emery réfléchit toute la matinée, tournant en rond dans la grande salle de sa ferme. De temps en temps il marmonne : « La garce, la sale garce, elle veut ma peau. Eh bien, on va voir. » Il recommence à tourner en rond. Mais vers midi Emery a une petite faim. Un peu de jambon et un verre de vin feront l'affaire. Deux verres de vin, trois verres de vin.

Soudain il se sent mieux. Il faut qu'il y aille.

D'un coup d'œil au clocher il constate qu'il est quatorze heures. Telle qu'il connaît sa belle-sœur, il sait qu'elle sera encore courbée en deux dans les champs. Ils auront emporté un casse-croûte pour ne pas perdre de temps. Pas de danger qu'ils rentrent à la maison pour faire un bon repas et une petite sieste. Ce n'est pas le genre de la Renaude.

Emery avance en se parlant à haute voix : « Je vais lui dire : Renaude, écoutez-moi bien. Je veux qu'on vende. Avez-vous compris ce que je veux dire ? Si vous me dites une fois de plus que vous n'êtes pas d'accord, il va y avoir du sang. » Et il imagine que la Renaude, qui n'est pas folle, va lui répondre : « Emery, on va discuter. On n'est plus des enfants. Bon, d'accord, c'est vrai qu'on est tous les trois un peu fatigués. Après tout, vous avez peut-être raison. On va aller voir le notaire et lui demander ce qui serait le mieux. Peut-être, après tout, que vous pourriez vendre votre part et que nous pourrions continuer à exploiter la nôtre. »

Emery avance à pas lents sous le soleil qui lui tape sur le crâne. Peut-être n'aurait-il pas dû boire trois verres de vin après son déjeuner ?

Et soudain, la Renaude est là. Elle vient de se redresser derrière des herbes folles qui la dissimulaient. Elle est là, à deux mètres d'Emery. Mais c'est toujours la même Renaude, pas changée d'une virgule, l'air dur et le sourire narquois qui découvre sa même bouche de tous les jours. Et il lui manque toujours la même dent.

Dès qu'elle aperçoit Emery, la Renaude aperçoit le fusil. Brillant, celui qu'on utilise pour le sanglier. Elle ne se demande pas si son beau-frère part pour chasser le gros gibier. Elle comprend tout. Mais la Renaude n'est pas du genre à finasser, à gagner du temps, à parlementer. Elle attaque : « Alors, mon saligaud, vous venez pour me tuer ? C'est tout ce que vous avez trouvé pour résoudre vos problèmes, espèce de fainéant ? Eh bien, allez-y donc, tirez, tirez pour voir si vous en avez là où je pense ? » Et elle sourit, en faisant voir le trou dans sa denture.

Du coup, décontenancé, Emery qui s'attend à un peu plus de frayeur chez sa belle-sœur, ne sait plus quoi dire. Elle va encore se foutre de lui, l'insulter, elle le traite déjà de fainéant. C'est trop !

Boum ! Boum ! Deux détonations résonnent comme un roulement de tonnerre sur la plaine. À l'autre bout du champ, Arsène, occupé de son côté, n'a pas vu Emery arriver par le coin du cimetière. Quand il se relève pour voir d'où viennent ces deux détonations, il met un moment à comprendre.

Là où, peu avant, se tenait la Renaude, à deux cents mètres de lui, il ne la voit plus. Par contre, il voit Emery qui tient un fusil encore tout fumant. Arsène n'est pas une lumière mais il se doute de quelque malheur.

Laissant tomber sa bêche il se met à courir, à trottiner plutôt vers Emery qui, toujours immobile, regarde quelque chose à ses pieds. Arsène, en sueur, n'ose pas comprendre quelle est cette chose qu'Emery regarde. Quand il est enfin assez près, derrière les herbes folles il aperçoit les jupons en coton de la Renaude. Il aperçoit ses sandalettes et ses bas gris, et tout ça reste immobile, terriblement immobile.

« Ah, le cochon, pense Arsène en courant, il me l'a tuée ! Il me l'a tuée ! »

Il n'a pas besoin d'examiner la Renaude pendant trois quarts d'heure. Les deux grandes taches sanglantes qu'elle a sur la poitrine sont suffisamment éloquentes. Et il connaît assez sa femme pour savoir qu'elle est bien morte. Si elle n'était que blessée, il l'entendrait invectiver son assassin. Si elle se tait, c'est qu'elle est déjà dans l'autre monde.

Alors Arsène se rue sur Emery, sans réfléchir, sans penser au fusil. Et il lui envoie un énorme coup de poing en pleine figure. Le sang gicle. Emery laisse tomber son arme. Malgré son âge il a encore de la ressource et, soudain, ces deux vieillards, ces deux frères qui ont vécu plus de soixante-dix ans en bonne intelligence, se mettent à se taper dessus. « Il le fallait ! crie Emery.

– Fumier, assassin, me tuer ma femme… comme ça, comme un chien !

– C'était une chienne ! Je ne pouvais pas faire autrement. C'était elle ou moi. »

À présent, les poings meurtris, à bout de souffle, les deux frères se baissent pour ramasser des pierres qu'ils s'envoient en plein visage. Ils attrapent au sol des branches. Emery saisit le fusil et en assène un énorme coup sur l'oreille de son frère. C'est véritablement un combat de titans, de vieux titans envahis par la haine. Par l'envie de tuer.

Soudain Emery titube, fait quelques pas en arrière et tombe. Arsène, étonné, s'attend à le voir se relever. Mais son frère ne bouge pas. Et même on dirait qu'il ne respire plus. Sa poitrine, qui se soulevait tout à l'heure comme un soufflet de forge dans l'ardeur du combat, ne bouge plus d'un centimètre. Emery n'a plus besoin de reprendre son souffle : l'assassin est allé rejoindre sa victime, la Renaude, dans l'au-delà où, espérons-le, il n'existe pas de problèmes d'indivision.

Après avoir récupéré un peu, Arsène, le visage tout sanglant, s'approche de la Renaude. Un dernier rictus découvre son incisive manquante. Sa poitrine, inondée de sang, est immobile. Il tâte sa veine jugulaire comme il l'a vu faire à la télévision. Pas la moindre sensation de vie. Puis il se tourne vers Emery. Lui aussi, sans aucun doute, n'est plus de ce monde.

Alors Arsène, incapable de se charger des deux cadavres, se décide à aller chercher de l'aide au village tout proche. Quand il arrive au café, les clients se demandent s'il a eu un accident. Les pompiers récupèrent les deux corps et les gendarmes prennent des notes.

Arsène est mis en garde à vue pour une journée. L'autopsie dira s'il a tué son frère à coups de poing, ou bien si celui-ci est mort d'une crise cardiaque due à l'émotion et à la fatigue de la lutte.

On interdit pour l'instant à Arsène d'aller traîner ses guêtres de l'autre côté du cimetière, dans la partie où Emery cultivait amoureusement ses rosiers. Arsène s'en fiche. Pour la première fois depuis trente ans, il a la sensation d'être libre.

Le saut dans le vide

Une femme rêve d'aller visiter l'Europe. Son mari refuse depuis des années de lui faire ce petit plaisir. Alors elle décide d'utiliser les grands moyens.

« Je veux aller faire ce voyage en Europe, tu m'entends, Charlie, je veux faire ce voyage en Europe ! Tu me l'as promis quand nous nous sommes mariés et depuis quatorze ans, rien, tu n'arrêtes pas de trouver de nouveaux prétextes pour reculer la date.

– Mais Gloria, ma chérie, ce n'est vraiment pas le moment ! Tu oublies que nous sommes en pleine crise. Les affaires vont très mal. Ce n'est absolument pas maintenant qu'il faut faire un trou dans nos économies pour des voyages aussi lointains.

– Mais entre Houston et l'Europe il y a tous les jours des vols charters pour trois fois rien. Tiens, j'ai apporté tous les prospectus. Regarde : en trois semaines on peut faire l'Angleterre, les Pays-Bas, la France, l'Allemagne, l'Italie, l'Espagne, la Grèce et la Turquie.

– Tu es complètement folle, on va passer notre temps à faire et défaire les valises. On visitera les musées au pas de charge. On ne verra rien du tout.

– Je veux faire ce voyage en Europe, Charlie, et je veux le faire cette année. Tu m'entends ? »

Et la dispute continue, tard dans la nuit chez les Winneker, un couple aisé et d'âge moyen de Houston, Texas. Il y a des années que cela dure. Gloria rêve de visiter l'Europe. Charlie, qui est un peu près de ses sous, recule d'année en année le moment de faire cette dépense.

Gloria voit sur son visage les petites rides qui n'annoncent rien de bon : elle ne veut à aucun prix visiter l'Europe sous les traits d'une vieille dame. En fait, elle rêve des beaux Espagnols, des Italiens si galants, des Français charmants, des Grecs torrides.

Mais, une fois de plus, Gloria ne parvient pas à grand-chose. Par la fenêtre de son appartement elle regarde, du haut de son huitième étage, les lumières de Houston, une ville passionnante mais qui ne suffit plus à ses rêves.

En bas, dans la rue, les voitures filent dans la nuit en longues traînées lumineuses.

Gloria a soudain l'impression que toutes ces voitures vont vers l'aéroport et que tous ces conducteurs ont dans leur poche des billets d'avion qui vont leur permettre de visiter l'Europe. Eh bien elle aussi, dès demain, elle saura bien obliger Charlie à réaliser son rêve.

Charlie, le lendemain, est à son bureau, au siège de sa compagnie d'assurances. Devant lui, un couple de personnes âgées qui viennent pour discuter d'un nouveau contrat. La routine. Charlie leur explique les avantages certains qu'il y a pour eux à souscrire la formule « Avenir en or ». Les inconvénients, ils les verront bien assez tôt. Surtout s'ils ne lisent pas soigneusement les petites lignes au bas du contrat.

Le téléphone sonne.

« Oui ? fait Charlie. J'avais demandé à ne pas être dérangé. Je suis avec des clients importants. »

Le couple sourit d'aise. Sans deviner que, tous les jours, avec chaque client, Charlie utilise la même formule pour répondre au téléphone.

« Charlie, fait la standardiste, je suis désolée, c'est la police qui cherche à te joindre. Il vaudrait mieux, d'après eux, que tu rentres chez toi le plus vite possible.

– Mais pourquoi ?

– Ils n'ont pas donné d'explication. Ça concerne ta femme et c'est, ont-ils dit, extrêmement urgent.

– Excusez-moi, fait Charlie à l'adresse des "clients importants", un accident est arrivé à mon épouse. Je vais devoir vous quitter, la police me demande de rentrer chez moi immédiatement. Pourrions-nous remettre la suite de cet entretien à plus tard, demain si vous voulez ? Ou bien préférez-vous qu'un de mes collègues prenne ma place et continue à vous donner tous les détails ?

– Nous comprenons très bien, rentrez vite chez vous », dit l'homme.

Charlie ne les écoute déjà plus. Il saisit son attaché-case et les accompagne jusqu'à la porte. Un quart d'heure plus tard, il freine des quatre pneus devant son immeuble : un petit building du centre-ville.

Devant le bâtiment : des voitures de police, les pompiers. Une foule de badauds se presse, le nez en l'air. Des hommes, des femmes, la main en visière sur les yeux pour se protéger du soleil, regardent tous vers la même direction : le huitième étage, l'étage où demeurent Charlie et Gloria.

Bien évidemment, dès qu'il sort de son véhicule, Charlie est stoppé par un policeman aux allures d'armoire à glace.

« On ne passe pas, veuillez circuler !

– Mais je suis Charlie Winneker, je ne sais pas ce qui se passe. La police vient de me demander de rentrer d'urgence chez moi et j'habite ici.

– Ah vous êtes monsieur Winneker ? Sergent ! Voilà le mari ! »

Charlie sent des sueurs froides couler le long de sa colonne vertébrale : le mari ? Qu'est-ce que ça veut dire ?

Le sergent O'Maley s'approche, en civil, l'air désolé.

« Monsieur Winneker ?

– C'est moi, qu'est-ce qu'il y a ?

– C'est votre femme. Pour l'instant rien de grave. Ce sont des passants qui nous ont alerté. Regardez là-haut. »

Pour « regarder là-haut » Charlie doit, comme les autres, mettre sa main en visière. Et, horrifié, il aperçoit sur la corniche de l'immeuble, debout, en robe de chambre, Gloria. Tout indique qu'elle est prête à se jeter dans le vide. De cette hauteur ça ne pardonnerait pas. Charlie découvre alors que les pompiers attendent en bas avec une grande bâche tendue… au cas où.

« Gloria, dit Charlie entre ses dents, comme si elle pouvait l'entendre depuis là-haut, mais qu'est-ce que tu fous là ? Tu es folle ? Elle est complètement timbrée, ajoute-t-il à haute voix à l'adresse du sergent O'Maley. Excusez-moi, il n'y a pas d'autre mot. Vous vous rendez compte ! Nous nous sommes disputés hier soir pour la centième fois, parce qu'elle veut aller passer un mois en Europe, mais vraiment, en ce moment, ce n'est pas la période idéale.

– L'automne est toujours agréable en Europe, fait O'Maley, même s'il pleut un peu en Irlande.

– Je ne parle pas de météo ! s'écrie Charlie, les yeux toujours rivés sur la silhouette menue de Gloria, je parle de financement…

– Je vois ! rétorque O'Maley, ce qui déplaît à Charlie.

– Qu'est-ce qu'on peut faire ?

– Nous avons déjà appelé une psychiatre de l'hôpital, c'est la meilleure manière de procéder. Là où elle s'est installée, entre les deux fenêtres, nous sommes dans l'impossibilité de l'attraper par surprise. Il faut donc utiliser la manière psychologique et l'amener, par des arguments logiques, à revenir sur sa décision et à rentrer d'elle-même.

– Sa décision, quelle décision ?

– Nous lui avons parlé depuis la fenêtre du salon et elle a dit qu'elle était prête à se jeter en bas si vous n'alliez pas, ce matin même, acheter les billets pour votre fameux tour d'Europe.

– Mais elle est complètement folle.

– Vous avez des enfants ?

– Gloria a une fille, d'un premier mariage, mais elle est déjà mariée. Vous vous rendez compte ? J'ai épousé une cinglée. Elle est grand-mère et la voilà qui menace de se jeter dans le vide pour une histoire de voyage en Europe.

– Il ne faudrait pas trop traîner, fait remarquer O'Maley, parce que, malgré tout, elle se fatigue. Et puis, elle pourrait être prise de vertiges et tomber sans le vouloir. D'autant plus qu'au huitième étage le vent est plus fort qu'au sol : avec sa robe de chambre, elle pourrait être déséquilibrée. »

Charlie transpire à grosses gouttes. « Que dois-je faire ?

– À mon avis, le plus sage serait que vous montiez avec nous et, si vous pouvez garder votre calme, que vous lui promettiez solennellement d'aller acheter les billets qu'elle réclame.

– De toute manière, si j'achète ces billets, je sens que ce voyage sera un cauchemar.

– Là n'est pas la question. Tenez, j'ai déjà pensé à quelque chose. L'agence de voyages du rez-de-chaussée nous a donné deux formulaires de la TWA. Si vous les lui faites voir de loin, votre femme pourra croire que vous avez déjà pris les réservations.

– En une demi-heure ? Elle est trop maligne pour croire ça.

– Comme vous voudrez, en tout cas vous êtes le mieux placé pour la convaincre de rentrer dans l'appartement. Parlez-lui très calmement et tout ira bien. »

Les badauds deviennent de plus en plus nombreux. Certains se signent et récitent à voix basse des prières. D'autres se lancent dans des commentaires qui font froid dans le dos : « Si elle saute, elle va rebondir dans la toile des pompiers au moins jusqu'au deuxième étage. » « Moi, je te parie dix dollars qu'elle tombe à côté de la toile », fait un autre. « Vas-y ma cocotte, hurle une femme, saute donc ! Tous les hommes sont des salauds ! Et je m'y connais ! Saute donc, tu seras tranquille ! »

Charlie et le sergent montent au huitième par l'ascenseur rapide. L'appartement est déjà envahi de policiers et d'infirmiers en blanc. À la fenêtre du salon, une dame est penchée vers l'extérieur et elle parle avec Gloria qui est invisible de l'intérieur de l'appartement. « Votre mari arrive. Il a de bonnes nouvelles à vous annoncer. Ne bougez pas et ne regardez pas en bas. Respirez lentement. »

« Elle est passée par la fenêtre de la cuisine, explique un policier à Charlie, mais elle a pris soin de bloquer la porte avec quelque chose de très lourd. Impossible de l'approcher par là.

– Mettez-vous doucement à la fenêtre à côté de la psychiatre, conseille O'Maley. Souriez, et surtout pas un mot plus haut que l'autre. »

Charlie engage son buste à l'extérieur de la fenêtre. Machinalement il jette un coup d'œil en bas. Les voitures, les passants ont l'air minuscules. Un violent courant d'air le frappe au visage. Il ose à peine regarder sur le côté. Là, sur la corniche qui mesure bien un mètre de large (mais qu'est-ce qu'un mètre quand on est au huitième étage…), Gloria se tient figée, les yeux fixés droit devant elle, immobile comme une statue.

« Ma chérie », dit Charlie, mais sa voix s'étrangle et il est certain qu'elle ne l'entend pas, surtout avec le vent. « Ma chérie ! reprend-il presque en hurlant.

– Ne vous énervez pas », fait O'Maley dans son dos. La psychiatre lui demande à voix basse : « Vous êtes le mari ?

– Bien sûr que je suis le mari ! Vous pensiez que j'étais le plombier ? Ma chérie, calme-toi, je suis là. Tout va bien se passer.

– Si nous ne partons pas en Europe cette année, je saute dans le vide, lance Gloria après un rapide coup d'œil de côté. Tu m'entends ? Je saute dans le vide. J'en ai marre !

– Mais nous allons partir, dès la semaine prochaine. Je te comprends, j'ai eu entièrement tort de te refuser ce plaisir. »

Charlie sent qu'on lui glisse des papiers dans la main. C'est O'Maley qui a sorti les formulaires de TWA.

« Tiens, ma chérie, regarde, dès que j'ai su ce qui se passait, j'ai pris des billets open pour… Paris, regarde, je les ai là. » Et Charlie agite les billets à la fenêtre. Gloria tourne lentement la tête. « C'est vrai ? Tu les as ?

– Oui, il les a ! fait la psychiatre. Maintenant tout est réglé. On va vous aider à rentrer. Vous êtes d'accord ?

– D'accord, fait Gloria, mais s'il se moque de moi je saute !

– Non, un policier va vous indiquer ce qu'il faut faire. »

Charlie intervient tout en disparaissant. « Je t'attends à l'intérieur. »

Alors tout va très vite. Un policier, attaché à la ceinture par un harnachement spécial, se glisse par la fenêtre et s'approche tout doucement de Gloria jusqu'à la toucher. Dès qu'il est à portée, d'un seul mouvement il la prend solidement par le bras gauche et ils reviennent tous deux vers la fenêtre du salon, sans à-coups. En bas, les voitures, minuscules, continuent de défiler et les passants, comprenant que rien ne va arriver, presque déçus, se dispersent.

« Gloria, espèce de folle, mais qu'est-ce qui t'a pris ! s'écrie Charlie en serrant sa femme dans ses bras. Tu aurais fait ça ?

– Tu as vraiment pris les billets ? demande Gloria.

– Oui, enfin presque, mais c'est promis, nous partons la semaine prochaine.

– Eh bien, j'ai eu du mal mais j'y suis arrivée. Vous êtes tous témoins : Charlie Winneker, mon mari, ici présent, vient de s'engager solennellement à m'emmener faire le tour de l'Europe. Cochon qui s'en dédit ! »

Et elle éclate de rire. D'un rire qui paraît dément à tous. D'un rire inextinguible que personne ne partage.

« Mais qu'est-ce qu'il y a de drôle ? fait Charlie.

– Mon pauvre coco, je t'ai bien eu, répond Gloria. Tu ne t'imaginais quand même pas que j'allais sauter dans le vide pour cette histoire de voyage ?

– Mais enfin, tu étais prête à le faire, là sur la corniche. Tu aurais pu tomber.

– Pas si folle, j'avais pris mes précautions. »

Et Gloria, soudain, montre une corde qu'elle porte autour de la taille. Personne jusqu'à présent ne l'a remarquée car elle se confond avec la ceinture de sa robe de chambre.

« Tu vois, je ne risquais pas de tomber, je m'étais assurée, dit-elle en riant de plus belle.

– Excusez-moi, intervient O'Maley, mais pour être assurée il fallait que votre corde soit attachée à quelque chose. Apparemment, chère madame, vous aviez oublié de l'attacher. »

Gloria réalise alors qu'elle a effectivement négligé de fixer sa corde de sécurité et que depuis une heure elle joue avec sa vie. D'un seul coup elle glisse sur la moquette, évanouie.

Les infirmiers se précipitent.

« Laissez-moi faire, dit Charlie, je sais comment m'y prendre. »

Et il lui assène une paire de gifles magistrales à assommer un bœuf. On en entend l'écho jusque sur le palier. Gloria ouvre les yeux sous le choc. « N'aie pas peur, ma chérie, ajoute Charlie en la giflant à nouveau, je suis là. »

Le dernier baiser

Ah, l'instant du dernier baiser ! Le baiser d'adieu… Le baiser torturant de deux amants de télévision…

Amateurs de feuilletons télévisés, amoureux d'histoires d'amour compliquées qui n'en finissent pas, où les protagonistes se rencontrent, s'aiment, se déchirent, se séparent et recommencent au gré du scénariste et de l'audimat, frémissent passionnément. Guillermo, vingt-trois ans, superbe jeune macho au baiser brûlant, à l'étreinte redoutable, vient de passer à l'acte. Il a franchi le mur de la fiction.

Le ton utilisé par les journaux brésiliens, particulièrement ceux de Rio de Janeiro, est à peu près celui-là. Manchettes sur cinq colonnes pour le crime le plus médiatique de l'Amérique du Sud.

Il faut comprendre : le plus gros producteur de *novellas*, les feuilletons brésiliens, est brésilien. Les *novellas* sont l'équivalent des *soaps* américains.

La Globo, énorme productrice de feuilletons, filmés comme des romans-photos, écrits comme des romans-photos, possèdent d'immenses plateaux de tournage, où l'on enregistre en série des épisodes scénarisés en série, et dans lesquels les comédiens ne sont pas toujours des stars. Mais ils le deviennent par la magie de leurs aventures.

Ainsi, Daniela, vingt-deux ans, ex-danseuse, épouse d'un comédien et chorégraphe de comédie musicale, fille d'une scénariste de Globo, est-elle devenue en 1992 une star du *prime-time* brésilien.

Il s'agit de son premier « grand rôle » à la télévision : Daniela y est Yasmina, une belle jeune fille du peuple, dont trois garçons sont follement amoureux. L'un des trois est la star masculine : il tient le rôle d'un médecin, fiancé à la jeune fille. Hélas, les familles respectives ne sont pas d'accord. Mais c'est lui qui, au bout des cinq cents épisodes – ou plus, ou moins, selon l'audimat –, aura gain de cause et emportera la belle. Carrière assurée.

Entre-temps, Yasmina aura des aventures, et notamment avec un jeune, et beau, et sexuellement irrésistible conducteur d'autobus. Pour cet emploi un peu fruste, les producteurs ont donné sa chance à Guillermo.

Guillermo, vingt-trois ans, pas beaucoup de talent, des yeux un peu trop figés sur la même expression ! Mais un physique qui colle à la peau du rôle. Guillermo vient de province, il a commencé dans le métier en faisant du strip-tease masculin dans une boîte malfamée de Copacabana réservée aux travestis et homosexuels. Il continue à pratiquer son art, car le cachet du feuilleton, huit cents dollars par mois, ne suffit pas à entretenir sa jeune épouse, fille de richissimes commerçants de Rio, aimant s'encanailler, et qui a rencontré Guillermo, la demi-star montante, dans une boîte de nuit. Elle l'aime à en mourir. Mais ne joue pas dans le feuilleton. Dans le feuilleton c'est Daniela que Guillermo aime à en mourir.

Et Guillermo le prouve chaque jour sur le plateau. Il la serre contre lui avec conviction, l'embrasse avec fougue, en rajoute, paraît-il, selon les autres comédiens. Mais il veut réussir, Guillermo, il veut passer du troisième rôle au premier, bénéficier de tous les gros plans, faire craquer le public féminin... Devenir star à son tour. Peut-être aussi est-il tombé amoureux de la jolie Daniela – le bruit court sur le plateau, mais rien, rien n'est moins sûr...

28 décembre 1992, journée de tournage dans les studios de TV Globo. On enregistre une scène très importante, passionnée, dramatique, une scène de rupture. La dernière pour Guillermo.

Maman scénariste a décidé sur son ordinateur que sa fille star allait rompre avec son amant chauffeur d'autobus.

Daniela et Guillermo, alias Yasmina et Bira, s'enlacent donc pour la dernière fois, sur fond de dialogues stylisés : « Je ne t'aime plus, il faut nous quitter… – Je t'aime, ne nous quittons pas… »

Scène de rupture qui, selon maman scénariste, n'a rien, absolument rien de définitif, le principe étant de reprendre à intervalles réguliers l'histoire d'amour tragiquement interrompue et d'y rajouter un peu de sauce sur quelques épisodes de plus. Ainsi, il est possible que, dans une cinquantaine d'épisodes, le chauffeur d'autobus rencontre à nouveau et par hasard celle qu'il a aimée, laquelle lui retombera dans les bras sur un autre dialogue existentiel : « Je croyais pouvoir t'oublier… – Je ne t'ai jamais oubliée… »

Mais Guillermo n'en sait rien, lui. Comme tous les artistes, il doute des lauriers du futur.

Donc ce jour-là, pour tourner la dernière scène d'amour avec sa star, Guillermo est tendu, nerveux. Il joue la scène comme si c'était la dernière de sa vie. Il a même un talent fou, pour ce dernier baiser de scénario, plus vrai que nature… Et lorsque les projecteurs s'éteignent, ses partenaires le voient pleurer sur le plateau.

Toutes les suppositions sont alors permises. Il pleure parce qu'il craint de ne pas réapparaître sur le petit écran avant longtemps. Et si les téléspectatrices l'oublient et ne le réclament pas en expédiant des paquets de lettres à la Globo… finie la une des magazines. Deuxième supposition : il pleure parce qu'il a voulu profiter de la scène pour exprimer son amour fou, le vrai, pas celui du feuilleton, à Daniela qui alors l'aurait repoussé. Ou alors, troisième supposition, il pleure parce que le crime est programmé. Qu'il connaît parfaitement la suite de « son » scénario à lui, dernier épisode : la mort de la star.

Ce soir-là, sur le plateau désert, Daniela ne pleure pas, c'est une professionnelle des feuilletons. Elle téléphone à son mari, avec qui elle forme un couple dit idéal. Ils se sont connus deux ans auparavant sur un autre tournage de feuilleton, celui qui a lancé Daniela. Il est réalisateur et ils projettent de tourner ensemble une comédie musicale.

Daniela dit à son époux : « J'ai fini, je rentre à la maison. » Il est vingt et une heures. Daniela téléphone ensuite à une amie, au sujet d'un projet de travail, et quitte les studios.

Quelque quatre-vingt-dix minutes après ce dernier coup de téléphone, Daniela n'est toujours pas rentrée chez elle et son mari s'inquiète. Il se rend d'abord chez la maman scénariste, laquelle, n'ayant pas de nouvelles non plus, s'inquiète davantage. Rio n'est pas une ville sûre, la nuit. Pas même le jour…

Joint au téléphone, le réalisateur du feuilleton précise qu'il a vu Daniela sur le parking des studios, conversant avec deux camarades comédiens : une jeune fille et Guillermo. La jeune fille n'est pas rentrée chez elle, mais la maman trouve Guillermo au bout du fil. La voix calme, il répond tranquillement à l'inquiétude maternelle, en confirmant qu'il était bien sur le parking des studios avec Daniela et l'autre comédienne, et qu'il les a quittées au moment ou des « fans » leur réclamaient des autographes et des photos.

L'attente commence. La police est prévenue, un témoin parle d'une voiture sortie du parking des studios à l'heure présumée du départ de Daniela ; cette voiture portait d'après lui une plaque minéralogique bizarre, mal faite, apparemment trafiquée.

La police fait le tour du parking, des terrains vagues avoisinants, et c'est aux environs de minuit que l'on découvre, à peine dissimulé dans un fourré, le corps de la jeune femme.

Il s'agit d'une véritable mise à mort. Seize coups de poignard, ou de couteau. Seize… Après un examen plus approfondi, le légiste affirme qu'il s'agit en réalité de coups de ciseaux ! Quatre ont percé le cou, huit ont tailladé le thorax, quatre transpercé les poumons.

La première hypothèse est celle d'un crime sadique, voire rituel. Pas de viol, mais la jeune femme s'est débattue, la mort a dû être affreuse, douloureuse, c'est le cadavre d'une suppliciée que l'on transporte à la morgue.

À trois heures du matin, tous les témoins, camarades comédiens, la mère, le mari sont réunis dans les locaux de la police, où l'on confronte les récits pour déterminer l'heure du crime. Et savoir qui a vu en dernier la jeune femme vivante.

Guillermo s'enferre très vite dans des récits compliqués, changeant de scénario toutes les heures.

Quelques heures plus tard. Toujours en garde à vue dans les locaux de la police, Guillermo perd pied devant les témoignages qui le cernent et annulent ses mensonges les uns après les autres. Le lendemain midi, Guillermo cède, demande la présence de son avocat et raconte enfin une autre histoire : « Ma femme est enceinte de quatre mois, elle disait que Daniela m'avait ensorcelé, j'en étais amoureux fou, il fallait que je m'en débarrasse ; c'était une preuve d'amour pour ma femme, un pacte entre nous, j'avais juré qu'à la dernière scène, le dernier baiser serait vraiment le dernier, pour l'éternité. »

La nouvelle, annoncée le jour même dans les médias brésiliens, provoque une émotion énorme. Un nouveau feuilleton commence, sur la base du feuilleton télévisé, et les commentaires, hypothèses, suppositions et témoignages affluent dans la presse, chaque matin, réécrivant une autre histoire, où l'on parle de sexe, de magie noire, de pacte avec le diable, de crime sous influence.

Ultime révélation : la veille du dernier épisode, Guillermo et son épouse se seraient fait tatouer pareillement, à un endroit que la morale réprouve, un signe de pacte d'amour à mort, en forme de croix, paraît-il…

Mais Daniela est morte, sacrifiée. Elle était si jolie Daniela, pulpeuse, souriante, et sa maman scénariste fondait de si grands espoirs sur elle. Le feuilleton pourra-t-il tenir sur l'écran, sans elle ?

Mais oui. La dernière scène, au contraire, le fait rebondir.

La presse brésilienne a très vite annoncé, au début de l'année 1993, que la diffusion allait continuer, afin de satisfaire les « fans », et que le scénario serait aménagé de telle sorte que l'on y verrait Daniela, alias la célèbre Yasmina, dans une série de flash-back compliqués, et que lors du dernier épisode, Yasmina disparaîtrait enfin… mais comme par magie. On ne meurt pas vraiment dans les *novellas*…

Envolée, la jeune fille qui faisait rêver ! Mais audimat oblige, utilisation immédiate de la situation. Les sondages explosent.

Guillermo est en prison, son épouse aussi, chacun avec son tatouage pour toute image à contempler solitairement.

On ne sait toujours pas qui il aimait d'un amour aussi fou. Sa femme de chair, ou sa maîtresse en vidéo couleurs. Ou lui tout simplement…

Les yeux sans lumière

Suzy a de beaux yeux qui n'ont jamais vu la lumière. Elle se laisse guider par des hommes qui abusent de la situation. Un jour, un homme différent s'éprend d'elle.

« Bonjour mademoiselle, je viens pour m'inscrire au club de cibistes. »

Par cette simple phrase, Fernand Gouyon, un grand Normand, vient de signer, sans le savoir, son arrêt de mort.

Fernand est assis, timide, un peu au bord de sa chaise, dans le bureau du club des cibistes du Calvados, le club des Alouettes. Devant lui, une élégante rousse aux yeux d'un vert soutenu comme il n'en a jamais vu. Il est en extase. Cette jeune femme, vêtue d'un tailleur strict assorti à ses yeux, ne le regarde pas vraiment. Il s'en étonne mais, en l'observant plus attentivement tandis qu'elle frappe les touches de l'ordinateur, il comprend. « Mon Dieu, pauvre fille, elle est aveugle ! Quel dommage », pense-t-il.

Malgré son handicap, la jeune femme rousse à la beauté irréelle accomplit parfaitement les formalités. Elle tape les renseignements que Fernand lui fournit sur lui-même : « Gouyon, cinquante et un ans, célibataire, enfin, je veux dire "divorcé". 43, allée des Troènes.

– Bienvenue parmi nous, dit la rousse. Je suis Suzy Millardy, la secrétaire de l'association. Vous m'excuserez, mais j'ai un problème de vue.

– Ce n'est pas grave ! lâche Fernand, bêtement. Enfin, excusez-moi, je veux dire, ça ne me gêne pas. D'ailleurs, si vous ne l'aviez pas dit, je ne m'en serais pas aperçu. Je trouve que vous avez de très jolis yeux. Et votre chemisier est tout à fait assorti à leur couleur. »

Suzy sourit. Elle a l'habitude des compliments.

« Quel est votre QRZ ? » demande Suzy. Le QRZ, c'est le surnom que tous les cibistes choisissent pour s'identifier, quand, à bord de leurs véhicules respectifs, ils entrent en contact avec d'autres conducteurs, chauffeurs de poids lourds ou conducteurs de voitures particulières.

« Roméo, répond Fernand. Et vous, vous en avez un aussi ?

– Moi je ne conduis pas, mais quand je suis connectée ici on m'appelle "Myrtille".

– C'est joli, Myrtille, ça donne envie d'y goûter.

– Eh bien, vous ne perdez pas de temps ! fait Suzy en riant franchement. Mais ne vous fatiguez pas : je suis mère de famille. »

Du coup, Fernand « Roméo » ne dit plus rien. Il reste un moment à chercher ce qu'il pourrait bien dire de spirituel. Fernand est brun, bien bâti, plutôt bel homme mais pour l'esprit, il est obligé de faire un petit effort. Il a cinquante ans passés et Suzy vient à peine de franchir le cap de la trentaine. Mais bah, quand on aime on ne compte pas… les années.

Suzy n'a pas loin à aller pour rejoindre son domicile. Il est situé dans le même pavillon qui abrite le club des Alouettes. Ce soir-là, en rejoignant l'appartement où elle vit depuis deux ans avec Jérôme Garcia, elle dit simplement à celui-ci : « Une nouvelle recrue aujourd'hui : "Roméo". Il a une cinquantaine d'années. Tu connais ?

– Inconnu au bataillon. »

Fernand « Roméo » pourtant, ils vont le connaître. Suzy, tout d'abord parce que le nouvel adhérent ne manque aucune des sorties du club. Et souvent parce qu'il l'appelle pour lui dire des fadaises : « Bonjour "Myrtille", c'est "Roméo". Ça va, pas trop seule derrière l'ordinateur ? Je viendrai ce soir te dire un petit bonjour. » Car déjà « Roméo » tutoie « Myrtille » : entre cibistes, on forme une grande famille. Enfin c'est ce qu'il croit.

Le soir, sa journée de représentant terminée, « Roméo » vient parfois tenir compagnie à « Myrtille ». Il lui apporte un petit bouquet de fleurs, des fleurs odoriférantes. « Tiens, sens, c'est dommage que tu ne voies pas la couleur. »

Suzy renifle le bouquet que « Roméo » installe lui-même dans un petit vase, à côté de l'ordinateur. Elle vérifie l'emplacement exact du vase, pour ne pas le heurter et renverser l'eau sur la machine.

Au cours de ces visites, Suzy, heureuse d'avoir un interlocuteur attentif, se livre à quelques confidences. Mais « Roméo », discrètement, s'est déjà renseigné sur la belle rousse. Elle n'a jamais vu la lumière du jour. Mais sa beauté lui a valu d'être demandée en mariage à dix-neuf ans. Ce mariage, hélas, ne s'est pas fait sous une bonne étoile : « Peu après mon mariage, j'ai eu un bébé, un petit garçon. Mon mari et lui se sont tués dans un accident de la circulation. » « Roméo » reste sans voix. Que dire devant un tel coup du sort ?

« À vingt-deux ans, j'ai refait ma vie. Un nouveau mariage. Ça allait bien. J'ai eu quatre enfants. » Roméo, une nouvelle fois, reste sans voix. Comment une jeune femme aveugle peut-elle faire face à toutes les tâches ménagères d'une famille avec quatre enfants ?

« Mais, malgré les apparences, mon mariage est tombé à l'eau. J'ai été contrainte de divorcer.

– Pourquoi ?

– Je préfère ne plus en parler. J'ai trop souffert de cette séparation. »

« Roméo » n'insiste pas. Il est délicat. Et pour exprimer sa compassion il saisit la main de Suzy, mais celle-ci se dégage gentiment, sans faire de commentaires.

Dans les réunions de cibistes, Fernand découvre que, dans l'appartement au-dessus du bureau, Suzy, décidément marquée par le destin, vit avec Jérôme Garcia, un cibiste comme de bien entendu. Son QRZ c'est « Battling » et ça lui va bien car, avec son physique espagnol, il est bâti pour la boxe, son sport favori. Poilu, moustachu, tout en muscles. Et pas commode, paraît-il. « Ne va pas trop tourner autour de Suzy, lance un copain cibiste à Roméo, “Battling” a le coup de poing facile et efficace. »

Mais « Roméo » est amoureux, comme un fou. Comment ne pas l'être de cette pauvre créature, si douce, si belle, à qui la vie apporte tant de malheurs ?

Suzy, en dehors de ses activités du club des Alouettes, a des occupations professionnelles. Sur les marchés de Normandie, on la voit, plusieurs fois par semaine, vendre des chaussettes « en pur fil d'Écosse ». « Roméo » se fait son chevalier servant et l'accompagne, même si – en plus de son travail de réparateur en plomberie – il doit se lever à quatre heures du matin.

Il s'offre à remplacer Jérôme pour la corvée du déballage de la marchandise, monte le « barnum », installe l'étal. Il se débrouille très souvent pour être là à la fin du marché et recharger toute la marchandise dans la camionnette. Quand « Battling » arrive, tout le travail est déjà fait. Au fond c'est Jérôme qui profite de l'amour de « Roméo ».

Suzy, dans ces moments de confidences, laisse deviner son petit secret. Elle voudrait bien acheter un chien d'aveugle à une de ses amies. Mais il faut d'abord réunir les cinq mille francs nécessaires à l'achat de l'animal.

« Ne t'en fais pas, "Myrtille", à nous deux on y arrivera plus vite », dit Roméo.

Dans la vie de Suzy, « Roméo » apporte une note nouvelle. C'est le premier homme qui s'intéresse à elle avec tendresse. Sans le voir elle ressent sa présence, fidèle, assidue. Elle aime le contact de ses mains, l'odeur masculine de « Roméo ».

« Ma chérie, enfin ! » C'est tout ce que « Roméo » trouve à dire après que Suzy, un bel après-midi de printemps, s'est donnée à lui dans la petite maison à colombages qu'il possède aux environs de Lisieux.

Fernand « Roméo » a bien fait les choses. Il y est allé doucement. Il a préparé le terrain et il a réussi à mettre Suzy dans son lit.

« Ma chérie, je suis si heureux, je t'aime tellement. Fais-moi confiance : je ne suis pas comme les autres. Avec moi, tu peux être tranquille, c'est du sérieux. Je veux que nous vivions ensemble.

– Je ne sais pas si ça va être possible, mon grand fou, Jérôme n'est pas commode : il me considère un peu comme sa chose. Et tu sais, dans mon état, je n'ai pas beaucoup de possibilités pour lui résister. Surtout méfie-toi, c'est un sournois. Je le crois capable de tout. Parfois il me fait peur. »

« Roméo » rit en montrant ses biceps : « Hé, dis donc, chérie, tu as vu le mec ! Oh, excuse-moi, je ne l'ai pas fait exprès. Mais enfin, tu te rends compte que je ne suis pas un gringalet. Je n'ai pas peur de lui. Et puis, nous pouvons nous expliquer entre hommes. Il comprendra que je vais te rendre heureuse.

– Fais bien attention : quand il veut, il peut être très soupe au lait. Il m'a déjà poché un œil.

– Le salaud ! Toucher à tes pauvres yeux si beaux ! »

Effectivement les choses ne vont pas sans mal. « Si je te vois encore rôder autour de Suzy, lance Jérôme, je te fais la peau ! On ne te retrouvera pas. Je suis capable de te balancer par-dessus une falaise avec ta bagnole. C'est sans bavure. Tiens-le-toi pour dit. »

Mais Fernand hausse les épaules. Le principal pour lui n'est pas de régler des comptes avec « Battling » Jérôme mais d'amener définitivement la belle Suzy dans sa maison à colombages.

Suzy annonce un jour : « Fernand, je vais partir à Biarritz, pour ce chien d'aveugle. On me propose plusieurs bêtes. Je vais prendre l'avion à Caen.

– Je t'accompagne à l'avion, répond Fernand. Quand pars-tu ?

– Demain après-midi j'ai un vol avec correspondance à Paris.

– Et tu comptes rester absente combien de temps ?

– Deux jours, pour ne pas être trop fatiguée.

– En deux jours il va s'en passer des choses. Quand tu rentreras vendredi, ta vie va changer. Entre-temps je dois voir Jérôme. Il va me refiler tout un matériel pour un stand.

– J'espère que tu ne fais pas de bêtises. Méfie-toi de Jérôme, je t'en supplie.

– Ma Suzy, fais-moi confiance, je vais nous arranger un bonheur qui va durer des années. »

Au pied de la passerelle de l'avion, Fernand crie à Suzy : « À dans deux jours, ma belle. Je t'aime, je t'aime, je t'aime. »

Sans le voir, elle lui envoie un baiser. Ce sera le dernier.

Dès que l'avion décolle, emportant son amour, Fernand, excité comme un amoureux de vingt ans, file au volant de sa Ford, tout équipée d'antennes de cibi et de projecteurs variés. Il a des courses à faire. Puis il repart vers le club des Alouettes : il a rendez-vous avec Jérôme. Il a confiance en son argumentation. Elle est simple : « Écoute, Jérôme, Suzy a besoin de quelqu'un qui soit toujours près d'elle, quelqu'un qui la comprenne, qui l'aide. Après tout c'est une handicapée. Jamais elle ne verra, les médecins sont formels. Si tu l'aimes un peu, tu dois me la laisser car, admets-le, tu n'auras pas la patience de l'aider quand elle vieillira. » Que répondre à ça ?

Mais Fernand, quand il pénètre à minuit passé dans le local du club des Alouettes, a juste le temps d'apercevoir sur le bureau de Suzy le dernier bouquet de fleurs qu'il lui a offert le matin même. Il n'a même pas le temps d'ouvrir la bouche pour faire comprendre à Jérôme toutes les bonnes raisons qu'il a d'emmener sa chérie pour toujours.

« Espèce d'ordure ! » hurle Jérôme dès qu'il voit son rival entrer dans le bureau.

Fernand réalise soudain qu'il vient de sous-estimer son adversaire. « Battling », bien avant qu'il ouvre la porte, a pris sa décision. Il n'a pas convoqué Fernand pour discuter mais pour le mettre « hors d'état de nuire ». Fernand essaie de sortir en courant du bureau. Trop tard ! Un, deux, trois, quatre coups de pied-de-biche en acier lui fendent le crâne. En tombant il fait choir le vase avec le bouquet de fleurs.

Fernand, au sol, gémit doucement tandis que la vie s'échappe de ses lèvres si pleines d'amour.

« "Twist", il faut que tu me donnes un coup de main. » « Twist », c'est un autre cibiste qui, au moment du drame, était lui aussi dans la petite cuisine qui sert d'annexe au club.

« Twist », un grand maigre aux cheveux roux, se dandine en répétant le mot de Cambronne. Mais « Battling » ne perd pas son sang-froid : « Tu vas m'aider à foutre "Roméo" dans le coffre de sa voiture.

– Mais pourquoi tu lui as fait ça ? demande "Twist".

– Tu le sais bien pourquoi, cette ordure prétendait emballer Suzy et l'emmener vivre avec lui. Il n'a que ce qu'il mérite.

– Et qu'est-ce que tu vas en faire ensuite ?

– Je vais m'en débarrasser. En attendant, nettoie un peu ça, il y a du sang partout. »

« Twist », qui est aux ordres de « Battling », sait qu'il n'y a pas à discuter avec le patron. Il l'aide à porter « Roméo », cadavre définitif, jusqu'au coffre de la Ford de ce dernier. Puis

Jérôme se met au volant et démarre. « Twist » attrape un seau et une serpillière, commence à éliminer les traces du drame.

« "Cobra" ? "Cobra" ? Tu m'entends ? ici "Battling". "Cobra", réponds-moi. »

Tout en conduisant, très vite, sur la route mouillée de pluie, « Battling » a mis en route le système de cibi de la Ford de « Roméo ». Il négocie les virages d'une main, en même temps qu'il hurle dans le micro.

« Ici "Cobra", ici "Cobra", fait une voix dans le haut-parleur, j'appelle "Battling". Qu'est-ce qui t'arrive ?

– Je suis dans la purée de pois. J'ai besoin de toi. Il faut que tu me récupères à la sortie de Pont-l'Évêque d'ici une demi-heure. L'affaire "Roméo" a évolué. OK ?

– OK, "Battling", j'arrive, sortie de Pont-l'Évêque. »

Ce sont des touristes dans un hôtel qui, réveillés par des lueurs dans la nuit, préviennent. La gendarmerie se rend sur les lieux de l'incendie. Une Ford est en train de flamber dans la nuit. Les extincteurs entrent en jeu. L'incendie s'arrête. Sous la force du feu le coffre de la Ford s'est ouvert. À l'intérieur, une masse de chair carbonisée répand une odeur infecte.

« Ils ont sûrement tué un sanglier. C'est du braconnage ! »

Mais un examen plus approfondi du « trophée de chasse » donne la clef du problème. Dans sa hâte « Battling », avant de repartir à bord du véhicule de « Cobra », a oublié un détail : les plaques minéralogiques de la Ford. Identifier le propriétaire est un jeu d'enfant.

Du propriétaire, on arrive très vite au local du club des Alouettes.

« Vous connaissez Fernand Gouyon ? demande le capitaine qui enquête.

– Fernand ? Vous voulez dire "Roméo" ?

– "Roméo" ?

– Oui, son nom de code de cibiste. Il lui est arrivé quelque chose ? »

Jérôme ne lève pas les yeux en posant la question. Il se cure les ongles comme si son avenir en dépendait. S'il levait les yeux il verrait, juste devant lui, une grosse tache brune qui marque le gravier devant le perron. Quand il la remarque,

Jérôme voit que le capitaine de gendarmerie, lui aussi, considère cette grosse tache. On dirait du sang…

Dès que les gendarmes se sont éloignés, Jérôme attrape un tuyau d'arrosage et fait disparaître la marque noirâtre. C'est ainsi qu'il signe son crime. Au second passage de la maréchaussée, confondu par trop de preuves il ne lui reste plus qu'à avouer et à dénoncer ses complices, pour qui la fraternité des cibistes est allée au-delà du raisonnable.

Suzy, quand elle descend de l'avion qui la ramène de Biarritz, attend en vain un appel de Fernand, elle attend, en vain, de sentir sur sa main la main chaude et rassurante de celui qui voulait en faire la reine de sa vie. Une fois de plus le destin frappe impitoyablement celle qui traverse la vie sans la voir.

Une femme encombrante

Une femme qui descend la pente s'obstine à faire des scènes de jalousie injustifiées à son jeune amant. La chaleur est étouffante. Pourtant nous sommes en Angleterre. Pays flegmatique où les passions sont parfois ravageuses.

« Où étais-tu encore cet après-midi ? dit la femme d'une voix pleine d'exaspération.

– Tu le sais bien où j'étais, répond l'homme en tirant sur sa cigarette blonde. J'étais, comme tous les samedis après-midi, en train de jouer au foot avec mon équipe. Tu la connais mon équipe : les Blackpool Stars. Tu peux venir nous voir jouer quand tu veux. Tu commences à me les briser avec tes soupçons perpétuels.

– J'ai passé toute la matinée à arpenter le front de mer, dit la femme. Pas un fifrelin. Rien de rien… »

L'homme hoche la tête : « Tu ferais bien de te dépêcher. Au prix où est le loyer, on ne va pas pouvoir tenir ici. Tu ne t'imagines pas que je vais t'entretenir longtemps. Rien qu'avec ce que tu t'enfiles en gin, je pourrais vivre royalement.

– Oh, mon chéri, ça ira mieux demain, je vais bien trouver un petit pépère qui viendra passer une petite demi-heure avec moi.

– En tout cas, avant d'amener un micheton ici, tu feras bien de passer un coup de balai. Tu as vu les moutons qu'il y a sous le lit ?

– Oui, je ferai ça demain matin, j'ai trop mal aux pieds. Tiens ! Verse-moi donc un petit verre de gin, ça va me remonter. » L'homme soupire et sort la bouteille du buffet en bois blanc.

La femme, Myriam Cooper, une grande rousse osseuse aux dents mal plantées mais aux jolis yeux couleur myosotis, renifle dans un coin de la chambre.

Une pauvre chambre, située dans le sous-sol d'un immeuble sans confort, une location pour estivants désargentés, avec un lit de cuivre, une armoire et le strict minimum pour préparer un repas et faire ses ablutions. Myriam renifle à nouveau et se verse un verre de gin.

L'homme, son amant, Luigi Casaldo, malgré son pseudonyme italien, est lui aussi anglais bon teint et, lui aussi, quand on l'entend parler, ne peut renier ses origines plus que modestes.

« Je sais bien que tu ne jouais pas au football cet après-midi, reprend Myriam d'une voix éraillée. Je suis certaine que tu étais en train de batifoler avec cette petite garce de Linda, la nouvelle serveuse !

– Est-ce que c'est ma faute si le café de l'Albatros engage des filles pour la saison ? Tu ne crois tout de même pas que je fricote avec toutes les serveuses du restaurant..., répond Luigi d'un air excédé. Et puis, ma vieille, tu ne t'es pas regardée depuis un moment dans la glace ! Tu as vu l'allure que tu as ? Après tout si je m'envoyais Linda, j'aurais des excuses.

– Ce n'est pas avec l'argent que tu me donnes que je peux avoir l'air d'une star de cinéma ! dit Myriam en pleurant à présent à chaudes larmes.

– Même si tu avais tout l'argent du roi George, tu aurais toujours l'air d'une paumée hors d'âge ! À force de t'enfiler du gin à plein goulot, tu n'es même plus capable de pousser une goualante correctement ! Mais bon Dieu, qu'est-ce que je fais à me traîner une vieille peau comme ça alors que j'ai toute la vie devant moi ? »

Devant cette allusion à son âge – dix-huit ans de plus que Luigi qui en a vingt-quatre à peine –, Myriam, prise d'un accès de rage, lance son verre de gin à la tête de son amant.

Son geste inonde la chemise et le plastron immaculé de Luigi. Celui-ci saisit alors un marteau qui se trouve à portée de sa main et, de toutes ses forces, en assène un énorme coup sur la tête rouquine de Myriam qui s'écroule au sol.

Ayant soudain perdu toute colère, il se penche sur elle pour constater qu'il vient de tuer, en ce soir de mai, celle qui partageait sa vie depuis quelques mois.

Revenons un peu en arrière. Nous sommes en 1931, en Angleterre, et Myriam vit depuis peu avec le jeune Luigi. Elle ignore le vrai nom de son amant, mais elle non plus ne se nomme pas Myriam. C'est une Anglaise plate et maigre, dotée d'une voix canaille, qui danse et chante un peu dans les beuglants.

Les affaires ne sont pas toujours brillantes et, quand elle a besoin d'arrondir ses fins de mois, elle dit simplement à Luigi : « Darling, va donc boire une bière au pub, il faut que je fasse un peu de ménage », et Luigi, qui comprend tout à demi-mot, sort de leur chambre pour laisser à Myriam le temps de rééquilibrer les finances du couple avec un inconnu de passage.

Mais l'été 1931 s'annonce très chaud, Londres se vide et nos deux amoureux décident d'aller en saison à Blackpool, ville balnéaire et populaire qui offre tous les plaisirs à bon marché.

Luigi sait qu'il n'aura pas de peine à trouver une place dans la restauration. Myriam, à défaut de chanter dans quelque brasserie, espère faire bon nombre de rencontres fructueuses. Ils débarquent donc du train un beau matin, munis de pauvres valises, et ne tardent pas à se trouver un logement, dans le demi-sous-sol du 87, Tulip Street.

Le soir même, Luigi est embauché au café de l'Albatros et Myriam, vêtue de sa meilleure robe, coiffée d'un chapeau cloche, arpente la promenade du bord de mer en essayant de s'y faire des relations mondaines, aussi discrètement que possible car, elle est payée pour le savoir, la police britannique veille aux bonnes mœurs de la population.

Quelquefois, quand elle a mal aux jambes à force de parcourir le bord de mer, quand elle est lasse d'attendre le client, elle pousse la porte du café de l'Albatros. Ce n'est pas un établissement de grande classe et les femmes seules y sont admises. Elle s'assied et commande une demi-pinte de bière. Myriam vient se désaltérer mais surtout pour surveiller Luigi, pour examiner les serveuses qui sont toutes, elle en est certaine, prêtes à sauter au cou de son amant au regard de braise.

Et voilà pourquoi, après une vie pleine de déceptions et de déboires, Myriam Cooper, quarante-deux ans, sans profession, se retrouve morte, le crâne fracassé dans une chambre de location.

Luigi réfléchit un peu et finit par se coucher. Dès le lendemain, il se met en quête d'une malle assez grande et d'une brouette. Il ramène la malle sur la brouette au 87 Tulip Street et fourre la malheureuse Myriam à l'intérieur. Par-dessus il met, en vrac, la garde-robe de la pauvre fille. Puis il nettoie les traces de sang sur le sol, va régler ce qu'ils doivent à la propriétaire et se met à la recherche d'une autre adresse.

Ayant choisi une chambre, tout aussi modeste que la première, au 13 Mulberry Drive, Luigi, retroussant ses manches, charge Myriam dans sa malle sur la brouette, y ajoute sa propre valise et part dans les rues de Blackpool, malgré la chaleur, jusqu'à son nouveau domicile. Ce n'est pas un spectacle très rare à cette époque que ces déménagements à la force des bras.

Une fois la malle installée dans ce nouveau logis, Luigi fait un brin de toilette et se dirige vers le bureau de poste. Il expédie de là un télégramme adressé à la sœur de Myriam et qui dit en substance : « Désolée devoir annuler ton séjour à Blackpool. Je pars pour le continent avec contrat chanteuse inespéré. *Kisses*. Myriam. »

Le télégramme expédié, Luigi va, très normalement, prendre son service au café de l'Albatros. Le soir même il invite la jolie Linda, qui n'attend que ça, à danser jusqu'à une heure avancée de la nuit.

Linda connaît bien Myriam pour l'avoir vue plus d'une fois faire des reproches à son amant. Tout en dansant serrée contre le torse de Luigi, elle demande prudente : « Ta vieille ne va pas faire une crise de jalousie ?

– Ne t'en fais pas, la vieille a filé sur le continent pour aller chanter son répertoire sur la Côte d'Azur, nous sommes tranquilles pour un bon moment. » Et ils continuent à tourbillonner sur le parquet glissant.

Les jours passent. Mais, dorénavant, avec la chaleur de l'été, la pauvre Myriam, morte et enfermée dans sa malle, manifeste sa présence par une odeur de plus en plus forte et de moins en moins plaisante.

À peu près à la même époque, un inconnu se présente à la consigne de la gare de Blackpool et y dépose aussi une grande malle. Quelques jours plus tard, l'employé de la consigne, intrigué et dégoûté par l'odeur qui s'échappe de ses rayonnages, prévient la police et celle-ci, ayant procédé à l'ouverture du bagage, y découvre… un torse de femme.

Il s'agit, d'après les constatations du médecin légiste, d'une jeune femme d'environ dix-huit ans, assez bien nourrie et d'un milieu bourgeois. De plus elle était enceinte au moment de sa mort. On est incapable de déterminer les causes du décès qui a eu lieu vers le 30 mai, alors que Myriam est déjà depuis quinze jours dans l'autre monde et donc dans sa malle.

Quelques jours plus tard, à la gare Victoria, à Londres, le même scénario se renouvelle et on découvre les deux jambes qui manquent au torse de la femme enceinte.

Personne ne se souvient de l'allure de l'homme qui a déposé ces sinistres colis. La police est sur les dents. Les journaux se font largement l'écho de l'affaire. C'est pourquoi Luigi, confortablement installé dans sa chambre, est suffoqué en lisant dans son journal le gros titre suivant :

« Qui est la femme enfermée dans la malle sanglante ? »

Du coup, il ouvre précipitamment sa malle où il a enfermé sa Myriam et, presque avec soulagement, constate que celle-ci est toujours là, mais, il doit bien se l'avouer, avec une très, très mauvaise mine. Ce n'est donc pas Myriam ni son meurtrier que la police recherche. Cela dit, pense Luigi, la situation ne va pas durer éternellement.

La police effectue des vérifications au sujet de centaines de jeunes femmes déclarées disparues. Des spécialistes en criminologie du monde entier s'intéressent à l'affaire de la « femme sans tête ». On fait des investigations à New York, à Vienne, à Paris.

Un beau jour les policiers viennent demander à Casaldo s'il peut expliquer où est Myriam. Mais celui-ci, sans se démonter, s'étonne de leurs questions : « Myriam est partie en Europe.

Où ? Je l'ignore. Demandez donc à sa sœur. Et je vous signale que, d'après les journaux, vous recherchez une femme enceinte d'environ dix-huit ans, Myriam en a quarante-deux, sans compter les matinées. » Les policiers, convaincus par ce dernier détail, raient Myriam de leur liste et se retirent.

Mais, par le plus grand des hasards, la situation prend une tournure tout à fait inattendue. Par l'initiative d'une certaine Mme Leek, une veuve désœuvrée qui passe le plus clair de son temps à dévorer la rubrique des faits divers dans les quotidiens à grand tirage.

Elle aussi, avec des millions de Britanniques, se demande qui peut être l'assassin de la femme sans tête. Elle demeure non loin du 13 Mulberry Drive et se souvient d'avoir vu Casaldo, lors de son arrivée, poussant sa brouette chargée d'une malle.

Mme Leek trouve que ce brun, nouveau dans le quartier, a une tête qui ne lui revient pas mais, surtout, elle constate qu'en passant devant la fenêtre de ce monsieur, elle est assaillie par une odeur bizarre. Elle estime donc de son devoir de téléphoner à son journal favori, qui informe la police, laquelle, par routine, effectue donc une perquisition dans la chambre du garçon de restaurant.

« Venez voir, dit le constable, en ouvrant la malle d'une main, tandis qu'il se bouche le nez de l'autre. Il y a une femme ici. »

Force est de constater qu'il ne s'agit pas de la tête ni des bras de la femme sans tête. La police de Blackpool, comme l'annoncent dès le lendemain les gros titres, se retrouve avec deux malles sanglantes sur les bras.

Luigi, qui a quitté son travail sans prévenir personne, est ramassé en pleine campagne, dans les environs de Londres. Quand on l'arrête, il semble presque soulagé : « C'est moi le mec que vous cherchez », dit-il simplement tandis qu'on lui passe les menottes. Son destin semble tragiquement scellé mais, en ce bas monde, rien n'est jamais certain, surtout pas le pire.

Luigi Casaldo, malgré tout, possède une famille qui s'intéresse à son sort. Ses parents réunissent leurs modestes économies et, quand on demande au meurtrier s'il connaît un avocat, il donne le seul nom qu'il connaisse, celui d'un grand ténor du barreau, spécialiste des affaires sensationnelles : Herbert Sloane.

Les économies réunies par la famille de Luigi sont largement insuffisantes pour payer les honoraires de l'avocat, mais celui-ci est séduit par le côté sensationnel de l'affaire.

Il y voit un moyen de démontrer une fois de plus son talent dans une affaire qui semble désespérée : il accepte donc de défendre Luigi.

La cause semble entendue : le crâne fracassé de Myriam, l'arme du crime retrouvée dans les affaires de Luigi, tout en fait un condamné d'avance, « coupable comme l'enfer » comme disent les Britanniques.

Mais, selon la loi anglaise, l'accusation doit faire la preuve de la culpabilité de l'inculpé « au-delà de l'ombre d'un doute ». Et c'est justement cette « ombre d'un doute » que Herbert Sloane va réussir à créer pour y abriter son client.

Il arrive à persuader la cour du fait que la mort de Myriam est due à une chute accidentelle, provoquée par l'abus d'alcool, dans l'escalier qui menait à leur chambre en sous-sol. Il explique, avec beaucoup de conviction, qu'à partir de l'instant crucial où Casaldo découvre le corps sans vie de Myriam, son client n'agit plus que d'une manière illogique, motivée par la peur de la police. « Peur, messieurs les jurés, qu'expliquent les antécédents peu reluisants, quoique sans aucune trace de criminalité, de Casaldo. Casaldo a cru qu'on l'accuserait et cela seul l'a fait se conduire comme un coupable alors qu'il est innocent et victime d'un enchaînement de circonstances malheureuses. »

Au bout de deux heures Casaldo est acquitté et Sloane, en lui serrant la main, lui dit, comme par inadvertance : « Ne recommencez plus !

– Non, je ne recommencerai plus », répond Casaldo, avant de se perdre dans la foule et de vivre désormais une existence sous un nouveau nom, peut-être le vrai d'ailleurs.

L'assassin de la « femme sans tête », qui n'a jamais été identifiée, n'a jamais, quant à lui, été retrouvé. Il a accompli le crime parfait.

Le chien du divorce

Un mot de trop. Juste un mot de trop qui inscrit le mot « fin » dans une histoire de couple. Et qui inscrit aussi la mort.

Vingt ans de mariage. Une entente parfaite. Frederik et Carla Hausen forment un couple idéal et sans histoires. Et sans enfant.

C'est ce que disent les voisins et les amis, le patron de Frederik, industriel à Hambourg, la meilleure amie de Carla, tous gens de bonne foi, mais qui en réalité ne savent rien du couple. Personne ne sait jamais ce qui se passe réellement à l'intérieur d'un couple, sauf lorsque la faille devient publique. Un divorce par exemple. Frederik et Carla vont divorcer. Et les voisins, les amis, le patron, la meilleure amie vont apprendre la réalité des choses, car c'est un divorce qui va se conclure tragiquement.

Témoin principal de vingt ans de bonheur apparent, et d'un instant tragique pour y mettre fin : une femme de ménage.

Elles savent des choses, les femmes de ménage… bien des choses.

Carla est morte. Elle s'est suicidée, empoisonnée, comme ça, du jour au lendemain, et son chien Roméo l'a accompagnée dans la mort. Un matin de décembre 1982, dans la villa du couple, le silence, un grand silence a surpris Josepha.

Roméo n'a pas aboyé, lorsqu'elle a déposé son vélo contre la grille. Il n'est pas venu en courant renifler ses bottes pour s'assurer de son identité. Et Carla n'a pas ouvert la porte comme à son habitude pour dire à sa vieille femme de ménage :

« Josepha, dépêchez-vous, il fait un froid terrible, vous allez finir par attraper la mort sur ce vélo ! »

Le silence. Alors Josepha se sert de sa clef, elle accroche son imperméable dans le hall, ôte ses bottes et se dirige vers la cuisine. Personne.

M. Frederik n'est pas là, d'ailleurs sa voiture n'était pas dans le garage, il doit être déjà à son bureau. Mais madame ? Carla ? Pas de petit déjeuner sur la table, rien dans la bibliothèque, personne dans le salon... Josepha monte à l'étage des chambres. Il y a une chambre pour monsieur, une pour madame depuis le divorce. Car ils ont décidé, bizarrement, de demeurer au même endroit. Chacun dans son coin.

Josepha, elle, sait pourquoi. Elle n'a raconté ce « pourquoi » à personne, car elle est discrète et fidèle, et adore Carla depuis des années qu'elle est à son service.

Pour l'instant, elle frappe doucement à la porte de la chambre de sa patronne. « Carla ? Vous dormez encore ? Fatiguée ? Vous n'êtes pas malade au moins ? »

Elle ouvre, et le spectacle la rend malade.

La police vient très vite examiner le cadavre de Carla, tordue de douleur sur la moquette de sa chambre, les yeux révulsés, la bave aux lèvres. À ses côtés, le chien Roméo, un superbe berger allemand, au poil fauve, mort dans les mêmes conditions.

Frederik, le mari, enfin l'ex-mari, répond à un interrogatoire de principe. Aucune raison de le soupçonner, il est visible que Carla a préparé elle-même le poison, qu'elle l'a avalé d'elle-même et qu'elle en a mis dans la nourriture de son chien. La gamelle est encore là, le verre dont elle s'est servie également, et le poison vient d'une boîte de défoliant qu'utilisait le jardinier pour les mauvaises herbes.

Les deux autopsies de la maîtresse et de son chien révèlent en outre que Carla a pris, si l'on peut dire, des précautions pour s'éviter trop de souffrance, à elle-même mais aussi à son chien. Une bonne dose de tranquillisant à chacun.

C'est étrange comme spectacle, ce corps de femme, encore jeune, allongée en chemise de nuit, auprès du corps de son chien.

Un couple.

Josepha dit à la police en pleurant : « Elle l'adorait… Mais monsieur aussi l'adorait, ce chien… »

Frederik confirme. Roméo était un problème au moment du divorce : « Elle ne voulait pas que je le garde, je ne voulais pas qu'elle le garde, alors nous avons décidé d'essayer de continuer à vivre ensemble, après le divorce, pour avoir la garde du chien tous les deux. Tout allait bien, je ne comprends pas pourquoi elle a fait ça… Je ne comprends vraiment pas.

– Vous vous êtes disputés la veille ?

– Disputés ? Non, ce n'est pas le mot… »

Josepha intervient : « C'était pire qu'une dispute. Je connais Carla, je m'occupais d'elle déjà quand elle était jeune fille.

– Comment ça, pire ?

– Ils ne se disputaient plus, justement. Un mot par-ci, un par-là… quand ils dînaient ensemble… le reste du temps c'était l'indifférence totale. Carla en souffrait énormément. »

Josepha semble accuser un peu Frederik. Non pas d'avoir empoisonné sa femme, mais de l'avoir poussée au suicide en quelque sorte.

Frederik prétend qu'il n'y a pas de mobile à ce suicide.

Alors ?

« Votre femme était-elle déprimée ?

– "Déprimée" n'est pas le mot… encore une fois, la seule difficulté que nous avons connue au moment du divorce, c'est le chien… »

Josepha marmonne au policier : « Il a bon dos le chien…

– Ce qui veut dire ?

– Je me comprends.

– Et nous aussi on aimerait comprendre. Connaissez-vous, oui ou non, le mobile du suicide de votre patronne ?

– Ça changerait quoi que je vous dise mon opinion ? Pour que tout le quartier soit au courant !

– Si ce que vous allez dire met en cause son ex-mari, c'est important.

– Les hommes ne se rendent pas compte de ce qu'ils disent… Vous allez peut-être appeler ça un mobile, moi j'appelle ça une… une stupidité, pour être polie ! Je voyais bien qu'il ne fallait pas lui dire des choses comme ça… Pas en ce moment.

– Vous le dites, Josepha, ou on attend que vous écriviez un livre ?

– Bon… d'accord. C'était hier, M. Frederik est témoin, il était là… Je venais de leur apporter un apéritif, il était presque sept heures, je quitte mon service après le dîner, et le dîner ici est à sept heures… Alors j'ai entendu. Clara a dit à monsieur : "Je vais partir à la neige pour Noël, j'emmène Roméo avec moi." Et monsieur : "Pas question, il reste ici." Vous comprenez, ils se disputaient ce chien comme on se dispute un gosse… D'ailleurs, c'est ce que madame a dit : "Tu n'as pas la garde de Roméo…" Et monsieur a répondu : "Toi non plus…" Mais le plus grave, c'est ce qu'il a dit après… Ils ont discuté comme ça un moment, et puis monsieur s'est énervé. Jusque-là ils étaient toujours corrects tous les deux, même dans les discussions… Là, il s'est fâché et il a dit ce qu'il ne fallait pas dire… surtout pas… J'ai bien entendu, monsieur est témoin que je dis exactement ce qu'il a dit…

– Dites-le, Josepha… Vous m'accusez depuis le début, de toute façon, et la police s'impatiente. Alors dites-le. Si je suis un criminel, que tout le monde le sache !

– Vous avez dit d'abord : "Si tu avais eu un enfant, ce chien ne serait pas là…" Et ensuite : "Avoir un chien à la place d'un fils, c'est toi qui l'as voulu. Et moi non plus, je n'ai pas eu le choix. Maintenant il faut vivre avec. Nous sommes condamnés à vivre ensemble à cause de lui." Et alors Clara a pleuré. J'entendais plus rien. Quand je suis revenue dans la salle à manger, ils étaient à table, et Clara a dit : "Il y a vingt ans, c'est toi qui ne voulais pas d'enfant." Et monsieur a dit : "Il y a dix ans, c'est toi qui n'as pas pu… Ou veux-tu en venir ?" Là, elle a plus rien dit. Ils ont mangé en silence. J'ai débarrassé la table. Clara est sortie avec le chien dans le jardin, comme tous les soirs, et monsieur la regardait par la fenêtre, comme tous les soirs. Le soir, c'était elle qui sortait le chien, le matin c'était lui, ils avaient décidé ça comme ça… Et mon idée à moi, c'est que Clara a décidé de s'empoisonner quand monsieur a ouvert la fenêtre pour lui crier d'en haut : "N'oublie pas qu'il dort avec moi la semaine prochaine, c'est mon tour ! Tu m'entends, Clara ? C'est demain la semaine prochaine…" Et moi ça m'a fait mal au cœur. J'ai pris mon vélo, je suis partie en me disant : ça va mal finir, un mot de plus à propos de ce chien et ça va mal finir… Ben, il était déjà dit le mot de plus… »

Josepha, la femme de ménage, a bien du chagrin d'avoir perdu Clara, et c'est à Frederik qu'elle s'adresse maintenant : « Vous les hommes, vous ne comprenez jamais rien. Elle le voulait pour elle, comme un gosse, il fallait le lui laisser. Elle ne supportait plus ce partage, je le voyais bien. Alors, à mon idée, c'est là qu'elle est allée cherché le poison dans la cabane du jardin… Parce que vous alliez lui reprendre Roméo encore une fois, pour la semaine, et c'était ridicule, on n'a pas idée de divorcer à cause d'un chien, de revivre ensemble à cause d'un chien, et même de mourir à cause d'un chien… Ça vous aurait coûté beaucoup de dormir comme avant dans la même chambre ? »

Oui, beaucoup. Car Frederik avait rencontré quelqu'un d'autre. « Je voulais refaire ma vie, cette histoire de chien empoisonnait tout le monde. »

Et le policier demande, dans l'espoir de tenir un mobile plus sérieux à ce double suicide bizarre : « Et vous le lui aviez dit ? C'est donc pour ça qu'elle s'est suicidée ?

– Pas du tout, elle ignorait tout. D'ailleurs je retardais le moment de lui expliquer que j'allais quitter la maison, m'installer ailleurs et lui laisser le chien finalement… »

Voilà. Comme a dit Josepha : « Eh ben, vous avez fait du beau travail… Il valait mieux lui dire ça tout de suite, plutôt que de réclamer la garde du chien pour une semaine de plus ! Elle ne serait pas morte… Ça, j'en suis certaine… »

Un mot de plus sur ce chien… Qui représentait bien autre chose évidemment : l'enfant que Clara n'avait pas eu, celui que Frederik n'avait pas voulu, et enfin celui qu'ils avaient voulu ensemble et qui n'était jamais venu, parce qu'il était trop tard.

Pauvres chiens, qui portent en collier les frustrations de leurs maîtres… Trop souvent. Bien trop souvent, pour rester de vrais chiens.

Cendrillon

Juste un souvenir. Une image. Le symbole de l'enfance que l'on maltraite, qui resurgit brusquement du passé. Et devant cette image onirique, une arme.

La police est là, les voisins crient, toute la rue est en émoi – les gens aux fenêtres, les gosses grimpés dans les arbres, juchés sur le toit des voitures. Palerme, six heures du matin, soleil d'été sur un quartier pauvre.

On a tiré au revolver chez Salvatore. Sa femme Francesca est allongée dans le couloir de l'appartement. Vêtue de noir, son corps massif étrangement immobile, le visage pâle ; seuls les yeux, écarquillés de surprise, ont encore un éclair de vie. Le médecin vient de lui faire une piqûre pour soutenir le cœur, mais le pronostic est sombre.

Assise sur une chaise, une jeune fille au visage ingrat, l'air un peu stupide. C'est Rosa, vingt-deux ans, la nièce de la victime. Témoin principal. Debout à côté d'elle, titubant, Giuseppe, vingt-cinq ans, beau-fils de la victime : c'est lui qui a tiré. L'arme est un vieux revolver qui date de la guerre de 40, appartenant à son père, gardien de nuit dans une usine, et qui n'a donc pas assisté au drame.

Giuseppe est sous le choc, hébété. L'air un peu drogué même. Rosa a ce même regard un peu absent.

L'ambulance n'est pas encore arrivée, mais de toute façon cette femme va mourir. Giuseppe a tiré de face, les balles ont atteint sa belle-mère en pleine poitrine, en plein ventre, elle est tombée là et perd son sang depuis plus d'une heure.

L'histoire paraît simple : une victime, un assassin, un témoin.

Rosa la nièce a dit : « C'est Giuseppe qui a tiré. Il est devenu fou. » Giuseppe a montré l'arme d'un geste épuisé. Depuis, il se tient debout à côté de Rosa, stupéfait, le regard agrippé à celui de la belle-mère qui n'en finit pas de mourir, et de le fixer avec surprise et parfois des éclairs de haine. Étrange scène.

Rosa, le témoin, dit ceci : « Ma tante nous a fait boire du vin. Elle voulait qu'on se marie, Giuseppe et moi, mais lui il en veut une autre. Giuseppe ne s'entend pas avec ma tante Francesca. C'est la deuxième femme de son père. Giuseppe a perdu sa mère, elle est morte quand il avait dix ans. Ma tante Francesca l'a élevé, mais elle ne l'aime pas. Elle lui a toujours fait du mal, c'est une méchante femme. Elle lui prend sa paie, elle loue sa chambre dans la journée pour avoir de l'argent, elle dit toujours qu'elle a remplacé sa mère, mais c'est pas vrai. C'est pas vrai… »

Stupéfait, le carabinier demande : « On ne peut pas obliger un garçon à se marier ! Tu étais d'accord, toi ?

– Oh moi, j'aurais pas dit non, mais Giuseppe en veut une autre, alors… Mais ma tante me disait tout le temps : Tu vas l'épouser, je veux pas que l'argent de mon frère aille engraisser un autre feignant.

– Quel argent ? Tu as de l'argent ?

– C'est pas vraiment de l'argent, j'ai hérité de la boutique de mon père, je suis toute seule, moi non plus j'ai plus mes parents, alors elle voulait garder tout dans la famille…

– Tu dis qu'elle vous a fait boire du vin ? Pourquoi ?

– Pour les fiançailles. Elle avait décidé que c'était aujourd'hui, elle voulait que Giuseppe l'annonce officiellement à son père, quand il rentrerait du travail. Le vin, ça nous a rendus malades, on s'est endormis. Elle nous a enfermés dans la chambre, elle a tourné la clef.

– Enfermés tous les deux ? Mais pourquoi enfermés ?

– Parce qu'elle voulait qu'on couche ensemble. Comme ça j'étais déshonorée, et Giuseppe était obligé de m'épouser.

– Et vous vous êtes laissé faire ?

– On a compris après, quand on s'est réveillés. C'est le vin.

– Il est où ce vin ?

– Dans la cuisine. C'était fort. Giuseppe a bu deux verres, il s'est disputé avec sa belle-mère, j'ai pas tout compris, après il s'est senti malade, moi aussi, j'en avais moins bu, mais ça tournait dans ma tête, je me suis évanouie…

– Elle a mis quelque chose dans le vin ?

– Je crois. J'ai mal à la tête. On a dormi une partie de la nuit, elle a dû nous traîner dans la chambre tous les deux, elle est forte ! Moi, quand je me suis réveillée, j'arrivais pas à ouvrir la porte, et Giuseppe était encore saoul, enfin il avait du mal à parler et à se tenir debout. J'ai frappé à la porte, j'ai crié tant que j'ai pu, finalement elle est venue ouvrir. Comme mon oncle travaille la nuit, on pouvait demander du secours à personne. »

Nous sommes en 1977. Pas au Moyen Âge. Dans un pays européen. Pas au fin fond de l'Australie, où d'ailleurs une belle-mère ne se conduirait pas ainsi…

L'histoire paraît rocambolesque, mais cette femme va mourir. Et si les carabiniers commencent à comprendre que la victime a cherché le drame, le mobile reste tout de même vaseux.

« Giuseppe ? C'est vrai ce que dit Rosa ? Ta belle-mère voulait te marier de force ? »

Il a du mal à parler ce garçon. Et c'est vrai qu'il a l'air saoul, ou drogué – en tout cas, les yeux ne sont pas clairs. À part la haine qu'ils dégagent. Haine dans le regard de l'assassin, haine dans celui de la victime.

Le médecin s'occupe maintenant de l'assassin. Un coup d'œil à la pupille, examen rapide, diagnostic évident : « Drogué, effectivement. Alcool et amphétamines quelconques. Il faudrait une prise de sang. Mais il commence à récupérer. »

Giuseppe s'écarte enfin du corps de sa belle-mère, que personne n'ose déplacer. Elle est tombée de travers, une jambe repliée sous elle, les bras étendus, pantin énorme et terrifiant, couvert de sang. Et ce regard, qui seul vit encore, terrorise maintenant Giuseppe, qui recule, recule, va s'effondrer sur une chaise de la cuisine, se prend la tête dans les mains, ouvre la bouche pour dire quelque chose, et éclate en sanglots. Puis il se relève et se précipite pour aller vomir.

Le médecin ouvre sa trousse, prépare une piqûre : « Il ira mieux dans quelques minutes. Je m'en occupe. »

La sirène de l'ambulance, enfin, un brancard qui a du mal à passer dans les couloirs étroits, envahis par une foule de curieux. La police met de l'ordre, disperse les gens qui hurlent et s'insultent. Pas facile ici de faire régner le calme.

Giuseppe récupère lentement et semble réaliser un peu ce qui s'est passé. Rosa pleure à son tour, il la console. « C'est pas de ta faute… pleure pas, c'est pas de ta faute. Elle t'aimait pas non plus. Pleure pas, Rosa… »

Francesca est morte. Dans l'escalier sur le brancard, ou dans l'ambulance. Giuseppe est un assassin incontestable. Il s'explique enfin devant un inspecteur de police. « Un jour mon père m'a dit : Giuseppe, on a besoin d'une femme à la maison, je vais me marier avec elle, elle s'occupera de toi et de la cuisine. Elle s'est occupée de rien. Le ménage, la vaisselle, les ordures, c'était pour moi. Elle se moquait de moi, elle m'appelait "Cendrillon". À treize ans, j'en avais tellement marre d'être battu que j'ai voulu aller travailler dehors. J'ai fait l'apprenti maçon, elle venait tous les samedis sur les chantiers chercher ma paie. Elle louait ma chambre à la journée, des fois à l'heure, la nuit. Mon père la laissait faire, elle lui racontait des bobards. Que j'étais un voyou, que je lui manquais de respect, que je volais de l'argent à la maison. Et si je protestais, je prenais des coups. Ça a duré des années. Quand j'ai rencontré Maria, j'ai dit à mon père que je voulais me marier et quitter la maison. Lui, il s'en fichait, mais elle, elle a continué. La première fois qu'on en a parlé, elle s'est jetée sur moi, elle voulait me frapper, mais j'étais trop grand, je l'ai envoyée rouler par terre. Elle s'était mis dans la tête de me faire épouser Rosa. Pour l'argent, pour la boutique, pour avoir tout pour elle. Elle disait partout que Maria, la fille que j'aime, est une traînée, une putain. J'aurais voulu la tuer, mais j'y arrivais pas. Je suis parti de la maison, on a trouvé une chambre avec Maria et on s'est cachés, on voulait faire un enfant, se marier, et qu'elle nous embête plus. Et puis mon père est venu me chercher, il a dit comme ça : Ta belle-mère veut faire la paix, et moi je veux que tu reviennes à la maison, tu es mon fils, c'est honteux de te conduire comme ça avec elle. Viens lui parler. Fais-le pour moi. » Je suis venu hier soir, elle avait fait à manger pour tout le monde, elle faisait des mines. Et puis mon père a pris son travail de nuit comme d'habitude, elle a servi du vin, et puis Rosa est arrivée. J'ai commencé à me méfier, mais il était trop tard, je me sentais bizarre. Après, je me suis réveillé dans la chambre avec Rosa, sur le lit. Il faisait noir, on était dans la chambre de mon père. Je ne savais plus ce qui s'était passé.

– Tu as tiré sur elle. Tu t'en souviens quand même ?

– Un cauchemar, j'entendais Rosa qui criait après ma belle-mère, elle a ouvert la porte… je l'ai vue dans le couloir… » Giuseppe s'arrête. Puis tout à coup : « Quand j'étais gosse, il y avait un arbre dans le jardin de la maison de mon grand-père, elle a voulu qu'on l'abatte… » La phrase est si déplacée que l'inspecteur laisse parler Giuseppe avec étonnement. « … L'arbre est tombé, il était creux, j'ai ramassé un nid d'oiseau, il y avait deux œufs, minuscules…

– Qu'est-ce que tu racontes, Giuseppe ?

– … Un œuf était cassé, l'autre était tout rond, fragile, presque transparent. Je l'ai pris dans ma main, je l'ai mis dans mon mouchoir, je voulais le garder au chaud, pour qu'il vive, pour que l'oiseau vienne… c'est si joli l'œuf d'un petit oiseau, c'est si triste de voir la mère affolée qui tourne au-dessus de l'arbre, qui cherche son nid…

– Giuseppe, revenons à la nuit dernière. Rappelle-toi ce que tu as fait : tu as été prendre le revolver dans l'armoire de ton père, tu l'as chargé, Rosa dit que tu as fait tout ça calmement, et qu'ensuite tu es sorti de la chambre pour tirer sur ta belle-mère.

– Elle a écrasé l'œuf dans ma main. Elle a tué l'oiseau ! Je la déteste ! Je la déteste ! Elle était dans le couloir, je l'ai vue écraser l'œuf dans ma main !

– Tu n'as pas tiré sur ta belle-mère pour un œuf d'oiseau ! Rosa dit que tu es devenu fou parce qu'elle vous avait enfermés ! Tu l'as tuée dans le couloir, devant elle !

– Fou ? C'est possible. Dans le couloir ? C'est possible. C'est là que j'ai revu l'arbre qui tombait, le nid, la maman oiseau, et elle qui m'insultait, qui écrasait l'œuf en se moquant de moi… C'est dans le couloir, mais je revois l'arbre… Je l'ai tuée, c'est vrai ; oui, je sais que je l'ai tuée, et je suis content. C'est à cause de l'œuf. Quand elle a écrasé l'œuf… »

De la drogue, de la cocaïne mêlée au vin, voilà ce que la belle-mère avait inventé pour « obliger » Giuseppe à violer sa nièce Rosa, en les enfermant tous les deux dans la chambre conjugale ! Elle avait de belles relations à Palerme, cette virago acariâtre de soixante ans, pour se procurer ainsi de la cocaïne et rendre fou ce gamin qu'elle torturait depuis des années. Mais dans le délire de la drogue, dans ce couloir, devant cette femme mauvaise qui se moquait encore et toujours de lui, à cet instant-là, qu'a vu Giuseppe ?

La scène de son enfance. Le symbole.

Pour toutes ces raisons, et le témoignage de Rosa confirmant ses déclarations, Giuseppe a eu cinq ans de prison.

Son père l'a maudit au tribunal. Il n'a rien compris.

C'était à Palerme en 1977.

Incredibile, no ?

Les charpentiers du diable

Ce 15 mai 1991, Raymond Alberti a quitté tôt le matin Tours, où il habite, pour se rendre à son chantier de Saint-Cyprien-sur-Loire, à une vingtaine de kilomètres. Il s'agit d'une villa d'assez grandes dimensions, un peu à l'écart du village, qui doit servir de résidence secondaire à un Parisien. La construction est près de se terminer puisqu'on en est à la toiture. Raymond Alberti est entrepreneur ; il emploie trois personnes : deux ouvriers et un apprenti.

Il est sept heures trente. Raymond Alberti est arrivé sur les lieux. Il a un sourire de satisfaction. Ce chantier est quasi miraculeux en cette période où le bâtiment va si mal. Quant à la maison, elle a belle allure, avec ses murs en pierre du pays et son toit d'ardoise qui commence à se dessiner.

Le toit. Raymond Alberti s'approche encore. C'est curieux, il aurait juré qu'il n'y avait que cinq rangées d'ardoises lorsqu'ils sont partis la veille et maintenant... Il recommence mentalement : pas de doute, il y a sept rangées, deux de plus.

L'entrepreneur reste songeur. Cela lui fait penser à une vieille légende de la région : les charpentiers du diable. Au Moyen Âge, un riche marchand avait entrepris de se faire construire un palais au bord de la Loire. Mais il s'est trouvé brusquement ruiné, alors qu'il ne manquait plus que le toit. Le diable est venu le trouver. Il lui a proposé de terminer l'ouvrage en échange de son âme. Le marchand a accepté. Des dizaines de démons, les charpentiers du diable, ont travaillé toute la nuit et, au matin, le palais était recouvert des plus belles ardoises qu'on ait jamais vues. Le surlendemain, la Loire est entrée en crue et a enlevé palais et marchand. Certains soirs, dit-on, on peut entendre ses gémissements au bord du fleuve.

Raymond Alberti essaie de se raisonner, mais il n'y a rien à faire, il n'aime pas cela. Il est un peu superstitieux, il a toujours cru au surnaturel et les charpentiers du diable, non, il n'aime pas !

Raymond Alberti monte à l'échelle de l'échafaudage et jette un regard sur les deux rangées en trop : c'est du travail impeccable, du travail de professionnel. La seule explication est qu'il a dû se tromper. Tout à l'heure, quand ses ouvriers arriveront, il les interrogera, ils lui confirmeront son erreur et tout rentrera dans l'ordre.

Huit heures moins cinq. Pierre Marie arrive en sifflotant sur sa bicyclette. Pierre Marie, quarante-huit ans, est le plus ancien ouvrier de Raymond Alberti. Ils ont le même âge et ils travaillent ensemble depuis quinze ans. Raymond Alberti l'interpelle. « Salut, Pierrot ! Dis donc, viens voir un peu par ici. »

Pierre Marie monte à l'échafaudage. Le patron n'a pas le temps de poser la question. Dès qu'il est arrivé à hauteur du toit, il émet un sifflement : « Mince alors !... Il y a deux rangées en plus. »

Raymond Alberti et son ouvrier sont en train de commenter la découverte lorsqu'un pas résonne sur l'échelle et qu'un nouveau membre de l'équipe apparaît. C'est Paul Constant, l'ouvrier couvreur. À la question de son patron sur les deux rangées en trop, il est tout aussi affirmatif : « Pas de doute, il y en a bien deux de plus ! »

Arrive alors le dernier, Cyril Duprat, dix-huit ans, en contrat d'apprentissage. Il habite Saint-Julien même. Raymond Alberti l'aime bien. D'abord, parce que c'est un bon ouvrier, adroit et consciencieux ; ensuite, parce que c'est un brave garçon. Il est toujours inquiet sur son travail, trop même. Comme beaucoup de jeunes, il est terrorisé par le chômage.

Cyril Duprat paraît sur l'échafaudage. Il a une curieuse allure avec son immense taille et son visage poupin. Il sourit gentiment à tout le monde et s'arrête soudain, avec une expression de surprise : « Ah, les ardoises !... Il y a deux rangées de plus !

Ça me fait penser à une histoire que me racontait ma grand-mère : les charpentiers du diable. »

Raymond Alberti décide de clore cet incident, qui, il s'en rend bien compte, met mal à l'aise tout le monde. « Bon. Je n'y comprends rien et vous non plus, mais ce n'est pas une raison pour nous croiser les bras. Au boulot ! »

Cinq heures du soir. C'est l'heure de quitter le chantier. Un pot de peinture blanche à la main, Raymond Alberti s'adresse à ses ouvriers : « Vous êtes d'accord ? On en est à la dix-septième rangée. Mais pour qu'il n'y ait aucune discussion, je fais un trait sur la charpente à la hauteur de la dernière ardoise. On verra bien si demain le toit a avancé. »

Paul Constant, le couvreur, le moins impressionnable du groupe, a un petit rire. « Patron, les charpentiers du diable, vous allez devoir les payer double : tarif de nuit ! »

Le jeune Cyril intervient vivement : « Tais-toi ! Ne parle pas de ces choses-là !

– Tu ne vas pas me dire que tu y crois ?

– Non, mais quand même, il ne faut pas parler de cela. »

16 mai, sept heures et demie du matin. Raymond Alberti a conduit plus vite que de coutume entre Tours et Saint-Cyprien. Arrivé sur place, il gravit l'échelle prestement et s'arrête sur l'échafaudage… Il n'a pas besoin de compter. Sa marque blanche sur la charpente n'est plus visible. Elle est recouverte par l'ardoise.

Un bruit derrière lui : c'est Pierre Marie, son vieil ouvrier. Lui aussi est arrivé en avance pour savoir. Il compte en remuant les lèvres et s'écrie : « Dix-neuf ! Il y a dix-neuf rangées ! Deux de plus, comme la première fois ! »

Paul Constant et Cyril Duprat arrivent peu après et ont la même exclamation. Un long silence s'ensuit. Les quatre hommes restent à se regarder sur l'échafaudage, dépassés par cet événement inexplicable. Le patron finit par prendre la parole : « Bien. Je ne comprends pas plus que vous pourquoi on a fait cela, mais on peut essayer au moins de savoir comment. Est-ce que l'un de vous, en partant hier soir, aurait oublié ses outils sur le chantier ? » Un triple « non » lui répond. « Donc, il faut en conclure qu'un ouvrier couvreur est venu après nous sur le chantier avec ses propres outils, pour faire gratuitement ce travail. C'est complètement absurde ! »

Pierre Marie hasarde une hypothèse sans avoir trop l'air d'y croire : « C'est peut-être le propriétaire. »

Raymond Alberti hausse les épaules : « Il m'a déjà dit qu'il était incapable de planter un clou. Et puis, en ce moment, il est à Paris. »

Le silence retombe. Effectivement, tout cela n'a pas de sens…

16 mai, cinq heures du soir. Raymond Alberti prend congé de ses ouvriers et monte dans sa camionnette. Cyril, qui habite Saint-Julien même, s'en va à pied, tandis que Pierre Marie et Paul Constant s'éloignent côte à côte à bicyclette. Mais, après avoir fait cinq cents mètres, ils mettent pied à terre et refont le chemin en sens inverse. Tout à l'heure, pendant le déjeuner, ils ont décidé de découvrir ensemble la clef du mystère. Ils passeront la nuit sur le chantier et, si le mystérieux ouvrier revient, ils le démasqueront.

Ils n'ont pas voulu mettre dans la confidence le patron. Ils n'ont pas voulu non plus demander à Cyril de les accompagner : il est trop jeune et trop impressionnable.

Pierre Marie et Paul Constant arrivent au chantier. Ils dissimulent leurs bicyclettes dans les buissons, puis ils prennent place dans la maison même, juste sous l'échelle qui monte au toit. De là, ils sont invisibles et ils ne pourront pas manquer le couvreur mystérieux…

Les heures passent… Le soleil s'est couché. C'est donc qu'il ne viendra pas, car couvrir un toit la nuit, c'est de la folie, sans une installation d'éclairage compliquée et coûteuse. À moins que… Il faut en avoir le cœur net. Ils décident quand même de rester.

Les heures passent encore. Il est près de minuit. Rarement une nuit aura été plus obscure. Il n'y a pas de lune et c'est tout juste si l'on y voit à deux mètres. Pierre Marie chuchote soudain : « Écoute !… » Paul Constant tend l'oreille. Mais oui, il n'y a pas de doute : c'est bien un bruit de pas ! À une cinquantaine de mètres, à l'entrée du chantier, le gravier crisse d'une manière régulière. Le bruit se rapproche rapidement. Ce qui est extraordinaire, c'est que l'homme puisse se déplacer si vite dans l'obscurité, car on n'aperçoit pas la moindre lueur d'une lampe électrique.

Paul Constant chuchote : « Mais comment fait-il pour ne pas se casser la figure ?

– Chut ! Tais-toi ! Il arrive... »

Effectivement, l'inconnu vient dans leur direction. Cachés dans la maison, Pierre Marie et Paul Constant jettent un œil prudent : ils entrevoient une longue silhouette qui tient à la main des outils de couvreur. Elle s'arrête près de l'échelle, vers le tas d'ardoises à poser, en prend une grosse pile, la met sur son épaule et commence à monter vers le toit. Paul Constant agrippe le bras de Pierre Marie : « Tu as vu ?

– Oui, j'ai vu... C'est Cyril !

– Mais c'est incroyable ! Pourquoi ? »

Sans répondre à cette question, dont il ne connaît pas plus la réponse que son compagnon, Pierre Marie prononce brièvement : « Montons ! »

Les deux ouvriers, avec de multiples précautions, se hissent sur l'échafaudage. Depuis plusieurs heures, leurs yeux ont fini par s'accoutumer à l'obscurité et ils parviennent à distinguer la silhouette du jeune homme, quelques mètres plus haut sur le toit. L'apprenti a commencé une rangée d'ardoises. Sa pile d'un côté, ses outils de l'autre, il travaille avec une rapidité et une précision incroyables. Non seulement la nuit ne le gêne pas mais il va beaucoup plus vite que le jour. Paul Constant secoue la tête, l'air incrédule. Même lui, qui est ouvrier couvreur, qui ne fait que des toits et rien d'autre, ne ferait pas aussi bien.

Tous deux se mettent à crier : « Cyril !... Hé, Cyril !... Mais qu'est-ce que tu fais, bon Dieu ? »

Cyril a entendu... Il se redresse brusquement... Il se met debout, mais il ne semble pas dans un état normal : il vacille comme un homme ivre. Il se met en marche en titubant.

« Non, Cyril, pas par-là ! Tu vas... »

C'est trop tard. Sans un cri, le jeune apprenti vient de chuter dans le vide, la tête la première. Aussi vite que le permet l'obscurité, Pierre Marie et Paul Constant redescendent l'échafaudage. Cyril est tombé sur un tas de pierres... Paul Constant gratte une allumette : il a les yeux et la bouche grands ouverts. Il s'est tué sur le coup…

Quelques heures plus tard, le brigadier Morel, qui enquête sur la mort tragique du jeune Cyril Duprat, reçoit le docteur Laurent qui était le médecin de la famille et soignait le jeune homme. « Il est inutile d'inquiéter davantage les deux ouvriers, brigadier. Ils n'y sont pour rien. Leur seule erreur a été de le réveiller pendant sa crise de somnambulisme. Il a perdu l'équilibre.

– Parce qu'un somnambule peut construire un toit la nuit ?

– Absolument. La crise somnambulique rend capable de performances impossibles à l'état de veille. Bien sûr, il ne peut s'agir de conduites purement mécaniques, mais comme toute attention à autre chose a disparu, les gestes sont d'une précision extraordinaire. Et au réveil, le malade ne garde aucun souvenir.

– Mais pourquoi a-t-il fait cela ? Pourquoi s'est-il relevé la nuit pour continuer le toit ?

– Cyril manquait de confiance en lui… Il avait une peur bleue du chômage. Il voulait que le chantier soit terminé. Cela devait être devenu chez lui une idée fixe. Il n'y a pas d'autre explication. »

Saint-Cyprien-sur-Loire a enterré son jeune disparu… Dans le cortège, on a reparlé des charpentiers du diable. Quoi d'étonnant ? Le diable, le chômage, n'était-ce pas, dans le fond, terriblement proche ? Chaque époque a ses frayeurs. Et ses victimes.

Le ratage

La dame en tee-shirt et cardigan de laine qui apparaît dans le box des assises d'un tribunal de province a quarante-cinq ans. Une drôle de queue-de-cheval nattée au sommet d'un crâne rond, un nez en trompette, des joues rondes, ronde elle-même, l'air d'une mère de famille banale.

Pas jolie, pas laide pour autant, juste un personnage que l'on ne s'attend pas à trouver un jour accusé d'avoir longuement, minutieusement prémédité et télécommandé un assassinat.

Le maître d'œuvre, l'exécutant, qui la suit n'a pas l'air non plus d'un tueur. Quarante ans, ordinaire, militaire en retraite et pacifique, petit embonpoint, pas le genre corps d'élite, mais, comme le disent ses supérieurs, « un petit gradé dévoué ».

Des gens sans relief particulier. Avec, comme tout le monde, un passé. Nous les appellerons Marie et Sylvain.

Voyons d'abord les personnages.

Marie a travaillé en usine, s'est mariée, a divorcé, en accusant son ex-époux de l'avoir contrainte à des rapports homosexuels et échangistes ; le mariage avait tout de même duré six ans.

Munie d'un petit capital de divorce, elle a pris la direction d'un restaurant de routiers. Faillite de l'affaire, mais il est certains routiers qui n'ont pas de chance, Patrick par exemple.

Chauffeur routier sympa, il a fait étape dans le restaurant de Marie, est devenu son amant puis, dès la faillite, son concubin reconnu. Reconnu mais peu fréquenté. Le métier de routier est ainsi fait que les semaines sur les routes sont longues et, durant ce temps, Marie cherche un amant. Et le trouve. Cherche un travail et en trouve. La voici serveuse de nuit dans divers établissements où la prostitution se pratique à l'occasion, avec des militaires de passage. Le dernier amant au moment des faits est donc un militaire, et Marie ne fréquente quasiment plus le lit de son routier sympa. Lorsqu'il est de repos, il a même la garde des enfants de Marie.

Marie aime la fréquentation des hommes. Mais les range dans des tiroirs bien définis. Dans un tiroir, il y a le routier concubin, Patrick. Dans un autre tiroir, il y a l'amant régulier du moment. Dans un autre tiroir, il y a les hommes de rencontre. Et… dans un autre tiroir encore, il y a le copain de l'amant. Sylvain.

Celui avec lequel on ne « couche » pas. Le confident, celui qui écoute, comprend, connaît la vie, et qui est bien malheureux lui-même… Sylvain.

Marie l'a choisi comme pion. Comme agent d'exécution d'un plan d'assassinat, et comme l'homme semble brave et droit, il faut l'intoxiquer savamment.

Ce militaire de carrière est veuf, avec un petit garçon à élever. Le père et son enfant ne tardent pas à tomber dans le piège de l'amitié trop dévouée de Marie. Marie prend le papa et l'enfant sous sa protection. À trente ans, un homme veuf est une proie facile pour Marie, qui propose régulièrement de garder le petit, de faire la soupe, le ménage, de redonner un peu de vie familiale à ce foyer déserté.

Mais elle ne fera pas de Sylvain son amant. Pas question de mélanger les affaires et les sentiments.

C'est un ami, un ardent défenseur qu'il lui faut, et la différence d'âge entre eux va lui servir. Elle, quarante ans, pauvre femme exploitée ; lui, trente ans, chevalier Bayard…

Marie a donc son pion. Quel est son but ? Faire assassiner son concubin routier par le chevalier Bayard. Pour cela il faut donner de bonnes raisons à Sylvain. Par exemple, au fil des confidences, se plaindre que cet homme brutal a des attouchements libidineux envers la petite fille de Marie qui n'a que douze ans. Que c'est un être odieux qu'elle ne peut plus supporter – il la traite comme une moins que rien et considère ses enfants comme des domestiques. Intox, intox…

Régulièrement, durant plus d'un mois en tout cas, semble-t-il, l'intox fonctionne. Et voici qu'un jour Marie annonce qu'elle n'en peut plus de cette vie, et que Sylvain le bon copain doit l'aider à supprimer son concubin. Le concubin ayant une assurance-vie, deux même, s'il décède par accident, Marie bénéficiera d'une prime de consolation : presque un million.

C'est elle qui a modifié le contrat d'assurance-vie. Elle qui a signé une revalorisation en imitant la signature de son concubin. Elle l'a signé il y a un an, délai nécessaire avant que la victime puisse avoir un accident et que la bénéficiaire puisse toucher la prime.

Marie n'attendra donc pas plus longtemps. Ce jour fatal est un vendredi. Elle a convaincu Sylvain de ses malheurs, et le soir, en lui ramenant son petit garçon qu'elle a gardé dans la journée, elle lui dit abruptement : « C'est pour ce soir. »

Il prétend devant les assises qu'il ne voulait pas, mais… « Mais elle était trop malheureuse, je ne pouvais pas lui résister, j'ai accepté en me disant que je ne ferais le travail qu'à moitié. »

S'il est sincère cet homme, s'il a vraiment cru que l'on pouvait assassiner quelqu'un à moitié pour rendre service, la chose est curieuse, car il va réellement l'assassiner, mais au prix d'une équipée sauvage qui commence par un ratage monumental. Peut-être ce ratage-là est-il en fait le « à moitié » qu'espérait Sylvain.

Le plan de Marie doit se dérouler en cinq phases.

Un : la victime – le concubin – est à la maison pour la nuit, avec les deux enfants de Marie, dont sa petite fille de douze ans. Avant de partir travailler dans son club de nuit, Marie va servir à sa victime un café avec des somnifères.

Deux : elle le laisse seul, et va travailler pour se constituer un alibi, mais en laissant la porte ouverte.

Trois : Sylvain entre, assomme Patrick endormi dans son fauteuil devant la télé, et le transporte dans sa voiture.

Quatre : il installe Patrick sur le siège passager, prend le volant du véhicule et va jeter le tout du haut d'une falaise, pour que l'on croie à un accident.

Cinq : Marie récupère Sylvain sur la route, le ramène chez lui – et ni vu ni connu. Accident égal prime.

Ils ne sont pas amants, aucun lien ne sera fait entre eux, et il n'y a aucun danger, absolument aucun, puisque même la petite fille de Marie, douze ans… est, semble-t-il, au courant de l'opération, et assurera alibi et surveillance !

Marie aurait fait cela, elle aurait mis sa propre fille dans le scénario ? Elle aurait dit : « Ma chérie, mon copain Sylvain va venir assommer Patrick, préviens-moi quand ce sera fait, je t'achèterai une poupée avec la prime d'assurance » ?

Un soir de printemps, donc, Sylvain pénètre dans l'appartement où effectivement, Patrick, trente et un ans, somnole devant la télévision. Le candidat meurtrier est armé d'un souvenir africain, un pilon de bois solide. Il frappe l'homme endormi sur le divan, mais rate son coup. La victime se réveille, s'assied sur le lit et l'assassin, pris de panique, s'enfuit en courant.

Si la chose s'était arrêtée là, Patrick le routier serait toujours en vie, avec une affreuse bosse sur la tête. Mais il va réveiller la petite fille, le crâne plein de sang, à demi assommé, pour demander du secours.

L'enfant décroche le téléphone, appelle sa maman dans le bar où elle travaille, pour l'informer de la catastrophe.

Marie quitte son travail, retourne à l'appartement et, sous prétexte de soigner son concubin qui n'y comprend toujours rien, lui administre un nouveau somnifère. Parallèlement, elle relance son complice au téléphone. Il faut qu'il vienne l'aider : pour quoi faire ? « Pour le conduire à l'hôpital. »

En fait, Marie installe la victime comme précédemment sur le siège passager de sa propre voiture, prend le volant, intime à Sylvain l'ordre de la suivre dans sa propre voiture, et il suit.

Elle ne prend pas du tout la direction de l'hôpital. Le convoi des deux voitures reprend la route, et cela dure. Quatre heures en tout, dit l'accusation. Sylvain précise : « Je suivais comme un petit chien. J'étais à bout de forces. »

Lorsque Marie stoppe enfin le véhicule, c'est dans un endroit qu'elle connaît. Un petit chemin creux à l'abri des regards indiscrets, où elle a déjà vécu d'autres moments plus intimes et plus doux avec sa victime.

Le malheureux routier demande à faire ses besoins, tourne le dos à ses bourreaux et, là, Marie ordonne à Sylvain : « Il faut l'achever, c'est trop tard. »

Sylvain, toujours subjugué, dit-il, va chercher une barre de fer dans le coffre de son propre véhicule. Subjugué, réticent... mais armé tout de même.

Il frappe – il précisera au tribunal plus tard qu'il était « hors de lui ». Il frappe donc à plusieurs reprises, et la victime ne dit qu'un seul mot avant de mourir : « Pourquoi ? »

Sur ce, elle est abandonnée dans la campagne : agression anonyme.

Et Marie tente de toucher l'assurance dès le jour de l'enterrement de son concubin, sans aucun complexe, sûre d'elle, du silence de sa fille, du silence de son complice. Soupçonnée, bien sûr, mais sans preuves ; elle pense avoir accompli le crime parfait.

Un jour la gendarmerie abandonnera l'enquête, un jour elle aura le million de francs qui lui permettra de se refaire une santé sociale. Un jour Sylvain touchera sa part : cent mille francs.

Hélas, voici venir l'instant crucial.

Il est bête, mais bête !

Un soir, Sylvain regarde la télévision avec une amie. C'est un film policier. Sous leurs yeux, une scène de meurtre : un homme prend un bâton, frappe et tue. Gros plan sur la victime.

Sylvain hausse les épaules : « J'ai horreur des invraisemblances, c'est pas comme ça qu'on tue un bonhomme. » L'amie le regarde, stupéfaite : « Qu'est-ce que t'en sais ? T'as déjà tué, toi ?

– Non ! Bon... j'ai dit ça comme ça, je sais pas pourquoi... » Mais il est vert, et ses mains tremblent en éteignant cette fichue télévision... Et l'amie ressent quelque chose d'étrange... une certitude. Le genre de certitude qui passe d'un être à l'autre, un courant invisible, mais qui flanque la trouille dans ce cas-là... Qui vous hérisse le poil...

Et voilà. Fichu ! Raté ! Car l'amie raconte sa certitude à un gendarme de sa connaissance, et de semi-confidences en vérifications, la gendarmerie reconstitue le plan infernal conçu par Marie. Sylvain est arrêté, il avoue.

Vingt ans pour Marie, quinze ans pour Sylvain pour n'avoir été que le bras du crime, et non le cerveau.

Et les enfants dans cette histoire ? Que du malheur.

Le père et l'enfant

Il est dix heures du matin, ce 18 mai 1990, et Walter Sedor, six ans, est ravi. Non seulement c'est la première fois qu'il va à la pêche, mais c'est aussi la première fois qu'il prend l'avion. Un petit avion tout rouge avec une hélice qui fait un bruit terrible.

Il y a déjà une heure que le monomoteur de tourisme a quitté l'aérodrome de Winnipeg, au Canada. Au Canada, les distances ne comptent pas. Pour un week-end, on prend l'avion comme on prend chez nous la voiture.

Le jeune Walter est installé à l'arrière de l'appareil. Devant lui, il y a son père, Steve Sedor, et, aux commandes, un ami de son père, Ken Harrisson. Ils travaillent dans la même entreprise de Winnipeg.

En bas, sous l'avion, c'est la forêt, la grande forêt canadienne. Walter ne veut pas regarder par la vitre. Bien sûr, il est un grand puisque son père l'emmène à la pêche. Mais il a quand même un peu peur. Dans la forêt, il sait qu'il y a des ours. Dans le fond il a hâte d'être arrivé.

À l'avant, Ken Harrisson annonce : « Nous approchons. Dans un quart d'heure nous serons arrivés à Grand Rapids. »

C'est à cet instant précis qu'il se fait un grand silence… Sur le moment, le gamin est plutôt soulagé. Le bruit du moteur finissait par l'assourdir.

Mais l'inquiétude le prend brusquement. Le pilote est en train de dire : « Nous avons calé. Je n'arrive pas à redémarrer. »

Sur le moment, le petit Walter Sedor reste muet. C'est quand son père se met à crier qu'il se met à crier lui aussi.

Walter est assis dans l'herbe mouillée. Une seule pensée lui vient à l'esprit : où est son père ?

Il se lève pour aller le chercher. Car, par miracle, Walter n'est pas blessé. Il n'a rien, pas une égratignure, pas une brûlure. Il est juste un peu étourdi. La première chose qu'il voit, c'est l'avion qui brûle, là-bas. Il a percuté un gros rocher. Le gamin court dans cette direction. Il appelle : « Papa ! Papa ! » Mais il s'arrête aussitôt, avec un cri joyeux. Non, son père n'est pas dans l'avion en flammes. Il est là, allongé près d'un arbre. Walter se penche sur lui. Il voit qu'il fait la grimace. « Tu as mal, papa ? »

En entendant la voix de son fils, Steve Sedor tourne la tête, ce qui lui arrache une grimace plus douloureuse encore. Il tente de bouger mais n'y parvient pas. Il fait signe à l'enfant de s'asseoir à côté de lui. Et il se met à lui parler en s'efforçant de sourire. « Oui, Walter, je me suis fait mal. Je crois qu'il va falloir que je me repose. Mais surtout ne t'inquiète pas. Maman va venir te chercher dans un autre avion. En attendant, il faut me promettre que tu ne bougeras pas, que tu ne t'éloigneras pas d'ici.

– C'est promis, papa.

– Bien. Maintenant, Walter, va vers l'avion. Ne t'approche pas trop du feu, mais ramène tout ce qui pourra être utile. » Steve Sedor a deux ou trois respirations difficiles et ajoute : « Tu sais, je crois que le monsieur qui pilotait est mort dans l'accident. Tu es grand, tu peux comprendre cela ? » Walter hoche la tête avec gravité. « Alors maintenant, vas-y et reviens vite. »

Walter, docilement, s'en va en courant vers l'avion. Il n'a plus peur, maintenant que son père est là. Il n'aura qu'à faire ce qu'il lui dira jusqu'à ce que maman vienne le chercher.

Près de l'avion, à côté de sa canne à pêche brisée, il trouve son pull-over rouge. En le brandissant triomphalement, il revient vers son père, qui ne bouge toujours pas. Du regard, il lui fait signe de s'approcher. Il parle si bas que Walter l'entend à peine. « Écoute bien… Quand tu entendras un moteur dans le ciel, tu monteras à un arbre ou sur un rocher et tu agiteras ton pullover. Tu as compris ? »

Walter secoue la tête d'un air décidé. « Oui, papa ! »

Steve Sedor fait un mouvement pour se redresser sur les coudes, mais n'y parvient pas. « Walter. Il faut que je te dise que maman ne viendra peut-être pas tout de suite. En attendant, il faudra que tu boives de l'eau. Après la pluie, il doit y en avoir dans les creux des rochers. Maintenant, je vais dormir, je vais dormir très longtemps. Mais tu n'auras pas peur, n'est-ce pas ? »

L'enfant réfléchit… Il plisse le front… Il y a visiblement quelque chose qu'il n'ose pas dire. À la fin, il se décide : « Papa, s'il y a des ours, tu te réveilleras ? »

Avec difficulté, son père parvient à articuler : « Oui… Maintenant, laisse-moi dormir… Va voir s'il y a de l'eau près de l'avion. Et surtout, rappelle-toi : ne t'éloigne pas. »

Docilement, Walter Sedor quitte son père. Il lui a dit que l'eau pouvait se trouver dans les creux des rochers. En voici justement un. Il entreprend de l'escalader. Oui, c'est vrai, il y a de l'eau dans plusieurs trous au sommet. Il boit avec délectation. Il avait soif. Et puis, il est très bien, ce rocher. D'en haut, il voit parfaitement le ciel. Quand l'avion de maman viendra, c'est ici qu'il ira agiter son pull-over pour lui faire signe.

Walter Sedor reste quelque temps en haut de son rocher. Quand il redescend, il fait presque nuit. Il regarde les arbres qui l'environnent. Ils sont très hauts, très épais. En s'efforçant de ne pas penser aux ours, il revient vers son père. Il est allongé au même endroit. Il ne bouge pas. Walter aurait envie de lui parler. Mais il n'ose pas. Il dort…

L'enfant se demande ce qu'il doit faire. Après tout, le mieux est de l'imiter. Il confectionne pour eux deux une couverture de branchages. Il s'allonge près de lui, tourne la tête, dit doucement : « Bonne nuit, papa. » Et il s'endort, épuisé, mais confiant.

Quand Walter Sedor se réveille, il fait plein jour. Il se sent beaucoup mieux. Il jette un coup d'œil à côté de lui. Il espérait que son père se serait réveillé. Mais non, il dort toujours. Walter est un peu déçu mais pas trop étonné. Son père lui avait bien dit qu'il allait dormir longtemps. De toute façon, il n'a rien à craindre puisqu'il est là. S'il y a des ours, il se réveillera, il l'a promis. La meilleure chose à faire est d'aller sur le rocher, où il y a de l'eau et d'où il pourra voir arriver l'avion.

Walter Sedor escalade le rocher. Il reste plusieurs heures, les yeux levés vers le ciel, son pull-over rouge à la main. Mais il n'y a pas d'avion, maman n'est pas au rendez-vous. Il pleut un peu. Pour passer le temps et aussi parce qu'il a soif, le gamin boit dans les trous du rocher. Il commence aussi à avoir faim.

Il ne doit pas être loin de midi, quand il voit… Là-bas, du côté de l'avion, les buissons ont bougé. Il s'aplatit en haut du rocher et il continue à regarder.

Oui… On dirait… une forme brune… Il y en a même plusieurs… Maintenant Walter voit distinctement : ce sont deux ours, un grand et un petit. Walter tremble comme une feuille. Tout à coup, il se sent désespérément seul, perdu dans cette grande forêt. Et maman qui ne vient pas avec un avion et papa qui ne se réveille pas !

Mais pourquoi son père ne se réveille-t-il pas ? Il l'avait promis. Walter lui a toujours fait confiance. C'est la première fois qu'il ne tient pas sa promesse.

Walter Sedor continue à suivre les ours du regard. Heureusement, eux ne le voient pas. Pour l'instant, ils tournent autour de l'avion comme s'ils cherchaient quelque chose.

Et puis, sans raison apparente, le plus gros s'éloigne et le petit le suit à rapides enjambées. En quelques secondes, ils ont disparu.

Walter se redresse sur son rocher. Il regarde son père toujours allongé près de son arbre, sous sa couverture de feuillage. Il a un sourire dans sa direction. Il savait bien qu'il pouvait lui faire confiance. Si papa n'a pas bougé, c'est qu'il savait qu'il n'y avait pas vraiment de danger. Ces ours-là n'étaient pas méchants.

Walter Sedor attend pourtant le soir pour quitter son rocher. Il court s'installer près de son père, le seul endroit où il se sente en sécurité. Il examine sa couverture de feuillage. Il remet quelques branches que le vent avait déplacées, lui souhaite bonne nuit et s'endort. Demain, c'est sûr, maman viendra.

Walter s'endort, encore une fois confiant.

Le troisième jour arrive et ressemble aux deux précédents. Il ne se passe rien. C'est le lundi 21 mai 1990. Steve Sedor est toujours immobile sous sa couverture de branchages et, là-haut, assis sur son rocher, la tête tournée vers le ciel, le petit Walter cherche désespérément l'avion de sa maman.

Sa maman, Mme Sedor, a déjà donné l'alerte et la Canadian Royal Air Force a mobilisé douze appareils militaires, auxquels se sont joints huit avions civils... Mais la région où l'accident a eu lieu est extrêmement sauvage et recouverte d'une forêt très dense.

Trois jours passent encore et voici que, le jeudi 24 mai, en fin de journée, alors que le soleil n'est pas très loin de se coucher, il y a un bruit de moteur et un point qui apparaît, là-haut, dans le ciel. Walter Sedor se met debout sur le rocher et agite de toutes ses forces son pull-over en criant : « Maman, maman !... »

Mais le bruit diminue puis disparaît. Alors, pour la première fois, Walter se met à pleurer : maman ne l'a pas vu. Il essaie quand même de lui trouver des excuses : c'est vrai qu'il ne faisait plus très clair. Ce sera pour demain matin.

Et le lendemain, effectivement, d'autres avions viennent, en plein jour cette fois. Certains décrivent même des cercles au-dessus de lui, mais eux non plus ne s'arrêtent pas.

Les jours passent encore. Quinze jours. Oui, quinze jours. Et Walter Sedor vit toujours. La faim le dévore, il est affreusement amaigri, mais il vit.

Tous les matins, comme un automate, il exécute les consignes de son père : il monte sur son rocher, boit un peu d'eau dans les trous et attend, avec son pull-over rouge à la main.

Sans son père, toujours allongé sous les branchages, Walter aurait sombré dans le désespoir ou se serait perdu dans la forêt. Mais son père lui a dit d'avoir confiance, il a dit que maman viendrait, donc maman viendra. Papa ne peut pas mentir.

Au milieu de la grande forêt canadienne, Walter Sedor résiste et résistera jusqu'à la limite de ses jeunes forces. La présence muette et immobile de son père et la confiance absolue qu'il a en lui le soutiennent. Il n'est pas seul.

C'est le 2 juin, quinze jours après l'accident, qu'Harvey Evans, jeune officier de l'aviation canadienne, décolle de l'aéroport de Winnipeg pour une mission de reconnaissance. Une des dernières. On va abandonner les recherches, malgré l'insistance de Mme Sedor. C'est inutile. En admettant que l'appareil ne se soit pas désintégré au contact de la forêt, personne ne pourrait survivre dans un milieu aussi hostile.

Consciencieusement, le pilote accomplit de vastes cercles au-dessus de la zone qu'on lui a demandé de prospecter. Brusquement, en bas, sur la droite, il y a un éclair, un reflet de soleil dans une vitre ou quelque chose de métallique. Il descend et il distingue, dans une trouée entre les arbres, une forme qui agite quelque chose de rouge.

Le pilote envoie immédiatement sa position et, quelques heures plus tard, un hélicoptère de l'armée débarque une équipe de sauveteurs.

En les apercevant, le bambin court vers eux en titubant.

Tandis qu'il est emmené dans l'hélicoptère, une partie de l'équipe restée sur place dégage le corps du pilote, carbonisé dans l'appareil, et ramène celui de Steve Sedor. Les médecins constateront plus tard qu'il était mort vraisemblablement tout de suite après l'accident.

Mais pour son fils, il vivait, il était là, il le protégeait et c'est lui et lui seul qui l'avait sauvé.

La petite fille aux yeux clos

Sirène, angoisse, dans les rues tièdes de Rome encore endormie, une ambulance fonce vers une clinique privée. À l'intérieur, une petite fille aux yeux clos. Près d'elle, son père, l'industriel Romero Faberrizzi. La quarantaine, bel homme, autoritaire et d'une nervosité bien compréhensible. L'infirmier a du mal à le calmer. Sa petite fille chérie, adorée, gâtée, est dans le coma. Un coma qui n'en est pas un, le médecin des urgences a déclaré d'un air stupéfait : « Elle dort profondément. Je ne peux rien dire d'autre. Aucun signe d'empoisonnement, ni de maladie, pas de fièvre, tension normale, pouls normal, réactions musculaires normales, elle dort ! »

Ornella a neuf ans. Elle est née en 1964, nous sommes en 1973.

Enfant vive et intelligente, élevée dans la douceur ouatée d'une nursery ultramoderne, sous la surveillance d'une gouvernante suisse, cette enfant est délicate. Délicate dans le sens morphologique. Une ossature fragile, une peau transparente et pâle, mais un caractère bien affirmé.

Elle a fermé ses grands yeux noirs, la veille du 4 juillet 1973, vers sept heures du soir. Après avoir refusé de dîner.

L'enfant ne présentant aucun signe de maladie quelconque, la gouvernante a estimé qu'il s'agissait d'un caprice habituel, et l'a laissée s'endormir. Vers vingt heures, elle a tenté de la réveiller pour lui faire avaler quelque chose. Sans résultat. Ornella dormait profondément, le visage calme. À vingt et une heures, la gouvernante, dans l'incapacité de réveiller la petite fille, s'est tout de même inquiétée. Le corps inerte, la fillette se laissait secouer sans aucune réaction. Pas la moindre plainte, pas le plus petit grognement. Les parents étant absents ce soir-là, elle a appelé le médecin de famille, qui n'a rien compris à cet état inexplicable et a décidé de la faire hospitaliser vers vingt-trois heures.

Entre-temps, le père, de retour d'une réception, a semé la panique autour de lui. Sa fille, son trésor unique et adoré ! Que lui avait-on fait, qu'avait-elle mangé ? Tout le personnel au garde-à-vous a subi un interrogatoire serré, qui n'a fait qu'épaissir le mystère.

Dans la clinique privée dont il connaît le directeur, même comportement hystérique du père d'Ornella.

Les radios ne révèlent rien, l'examen clinique non plus. Le médecin est perplexe, et la gouvernante n'a qu'une seule explication : « Sa mère est partie ce matin pour leur propriété au bord de la mer. Mme Faberrizzi est enceinte et souffrait trop de la chaleur de Rome. Ornella n'a pas supporté le départ de sa mère. Ornella ne supporte pas, de toute façon, que sa mère soit enceinte. Elle voulait absolument partir avec elle, sa mère lui a dit pour la calmer qu'elle reviendrait dans un mois avec son petit frère, et je crois que tout vient de là… Elle n'avait pas réalisé qu'elle allait avoir un petit frère. »

M. Faberrizzi hausse les épaules avec impatience. « Vous dites des bêtises ! Ma fille est dans le coma, vous n'allez pas me faire croire que c'est par jalousie ? Sa mère est enceinte de huit mois, Ornella a eu le temps de comprendre, non ? C'est ridicule ! »

Mais le médecin, lui, écoute avec intérêt l'opinion de la gouvernante. « Quand sa mère lui a annoncé son retour dans un mois avec un petit frère, Ornella s'est effectivement calmée, elle n'a plus pleuré, elle a laissé partir sa mère, elle est restée silencieuse jusqu'au déjeuner. Puis elle m'a posé des questions. Elle voulait savoir si sa mère avait dit la vérité à propos de la venue d'un petit frère. Je lui ai expliqué de mon mieux, puis nous sommes allées faire des achats, elle était calme en apparence. Rentrée à la maison, elle s'est mise dans un coin avec une poupée, elle l'habillait et la déshabillait sans cesse, mécaniquement. À dix-huit heures je lui ai donné son bain, elle chantonnait quelque chose, sans paroles, une sorte de litanie agaçante. Je lui ai dit d'arrêter, elle a demandé à se coucher, j'ai pris sa température, mais j'étais sûre qu'elle boudait, et rien d'autre. »

Le père est exaspéré : « Un coma ? Pour une bouderie ?

– Je regrette de vous le dire, monsieur, mais Ornella est trop gâtée, elle est excessivement égoïste, elle refuse de partager ses jouets avec les autres enfants, je l'ai toujours remarqué. Depuis deux ans que je m'occupe d'elle, je crois la connaître mieux que vous.

– Vous quitterez mon service, de toute façon ! »

Les heures passent, les examens s'accumulent, M. Faberrizzi, homme d'affaires important, et qui possède des parts dans cette clinique privée, a tout fait pour que chacun s'en souvienne. Mais le soir venu, la médecine, privée ou non, doit bien se rendre à l'évidence. Tout est normal chez Ornella. Électro-encéphalogramme compris. Elle dort.

Ce qui a le don de faire hurler son père : « Elle dort ! Elle dort ! Vous vous fichez de moi ? C'est un diagnostic, ça ?

– C'est une façon de parler. En fait, elle s'est réfugiée dans un sommeil profond, à la suite d'un choc psychologique. Elle a réalisé l'arrivée imminente d'un autre enfant qu'elle.

– Vous voulez aussi me faire croire que ma fille est folle ? Jamais elle n'a eu de troubles de ce genre. Et ce n'est pas la première fois que nous lui parlons du bébé ! Je veux, j'exige un autre diagnostic ! J'irai aux États-Unis s'il le faut ! J'emmène ma fille, vous êtes des incapables !

– Monsieur Faberrizzi, elle ne risque rien, elle est sous perfusion, vous prenez des risques inutiles… Je suis d'accord avec la gouvernante, il ne peut s'agir que de cela ! Un choc. Elle va dormir quelque temps, ce ne sera pas long… »

Romero Faberrizzi est difficile à convaincre. Il a appelé au chevet de sa fille le ban et l'arrière-ban des sommités médicales, il a joué de son influence, de sa fortune, de ses amis, pour obtenir la réponse suivante : le cas d'Ornella apparemment n'est pas unique dans les annales. On en a répertorié deux ou trois en Europe, quelques-uns aux États-Unis. Coma de réaction. Comment le nommer autrement ? Certains enfants ont réagi presque de la même manière à l'annonce de l'arrivée d'un frère ou d'une sœur. Aucune médecine, aucun spécialiste, nul magnétiseur ne peut tirer l'enfant de son coma « volontaire ». Il faut attendre.

Une semaine, puis deux, puis trois.

Comme il était impossible de cacher l'état de sa fille à Mme Faberrizzi, elle est revenue à Rome et le médecin de famille est maintenant aussi inquiet pour elle que pour Ornella.

Car la mère se sent coupable. Sous le choc, morte d'inquiétude pour sa fille, elle ne dort plus, passe le plus clair de son temps à son chevet, alors qu'elle doit accoucher bientôt.

La situation est hallucinante. Dans cette famille profondément catholique, on a multiplié les messes et les actions de grâces, mais Ornella garde les yeux clos, imperméable au monde extérieur, aux prières comme à la médecine.

Puis vient le jour où Mme Faberrizzi est prise de douleurs violentes et s'évanouit. Il faut l'arracher au chevet de sa fille et la transporter dans une autre chambre de la même clinique. Là, le médecin accoucheur comprend très vite que la malheureuse souffre en fait depuis des heures et n'a rien dit à personne. Elle divague complètement, comme dans un cauchemar, bredouille des phrases d'où il ressort qu'elle ne veut pas de son enfant à naître, qu'il a tué sa fille chérie et que, s'il voit le jour, c'est Ornella qui va mourir !

Or la situation est réellement dramatique, car Mme Faberrizzi savait qu'elle risquait des complications pour ce deuxième accouchement et qu'il lui faudrait subir une césarienne. De plus, elle a refusé de se laisser examiner la veille, alors qu'elle était manifestement à terme et, pour supprimer les premières douleurs, elle a avalé des calmants !

En somme elle a tenté de ne pas accoucher. Et, en somme, c'est une tentative de meurtre, tragique, car elle risque sa vie autant que celle du bébé à naître.

27 août 1974. Ornella est dans une chambre, dans son coma « de révolte », sa mère dans une autre, en danger de mort.

Il est dix-neuf heures trente. Le père effondré commence à comprendre que le comportement de sa femme éclaire celui de sa fille. Une forme d'hystérie. Et, à son tour, il se sent coupable. D'avoir trop travaillé, de ne pas s'être assez occupé des autres… Le monde de M. Faberrizzi s'écroule. Lui qui prenait la vie comme une perpétuelle soirée mondaine a vieilli d'un coup, il n'a plus de points de repère, autour de lui la vie et la mort jouent un ballet infernal.

À vingt et une heures, le bébé paraît sauvé de justesse et placé en réanimation. Il lutte pour la vie. La mère est encore endormie. Ornella est toujours dans le coma.

C'est un curieux espace-temps où Romero Faberrizzi va d'une porte à l'autre, d'une infirmière à l'autre, Ornella, sa femme, le bébé…

Puis, à vingt-deux heures, la première nouvelle tombe : « Le bébé n'a pas survécu. La mère est faible, on lui fait des transfusions. » Et, à vingt-deux heures trente, la deuxième nouvelle : « Ornella a ouvert les yeux. »

Jusqu'ici, tout était explicable – plus ou moins… Mais qu'Ornella sorte du coma presque à l'instant où le petit frère dont elle ne voulait pas est mort… Cela, c'est inexplicable. Coïncidence… c'est le seul mot à notre disposition.

Oh, cela ne s'est pas fait d'un coup, comme un miracle, ou une malédiction… Elle a d'abord ouvert les yeux, paupières lasses sur un regard vide. Puis quelques tressaillements, un ou deux mouvements, enfin un mot, un embryon de phrase : « Je veux… »

La petite fille gâtée n'a pas formulé le reste. Le réveil total a été constaté quarante-huit heures plus tard. Sans autres séquelles qu'une faiblesse bien naturelle. Elle s'est réalimentée normalement les jours suivants.

Et sa mère s'est rétablie lentement. Plus question d'avoir d'autres enfants.

Voilà, et c'est ainsi que la vie de la petite fille gâtée d'Ornella Faberrizzi a pu reprendre son cours.

Lui a-t-on expliqué ? Mais quoi ? Que lui expliquer ? Qu'elle aurait réussi à empêcher sa mère d'accoucher ? Qu'elle aurait réussi à ne pas avoir de petit frère ? Qu'elle l'a tué par coma interposé ?

C'était en 1974. Ornella est maintenant largement en âge d'être mère à son tour…

L'est-elle ?

Il ne faut pas chercher d'explication logique à cet instant crucial du 27 août 1974 qui a réuni deux enfants entre la vie et la mort. Jusqu'ici, personne n'a osé la formuler.

L'horoscope

23 octobre 1987. Le commissaire Gustav Ritter, de la police de Francfort, a été appelé sur les lieux d'un crime. Gustav Ritter, quarante ans, est un policier qui inspire spontanément confiance. Il a la carrure large, le geste sûr.

Pourtant, pour l'instant, le commissaire Ritter est loin d'avoir son assurance habituelle. Il est agenouillé sur la moquette d'un petit studio du centre de Francfort, près du corps d'une jeune femme étendue sur le dos, les yeux et la bouche ouverts, le corps dans une position désarticulée. Il redresse la tête en direction d'un homme en complet-veston, une trousse à la main : « Votre avis, docteur ?

– Fracture des vertèbres cervicales. En l'absence de toute ecchymose, il ne peut s'agir que d'un coup porté à main nue.

– Comme les autres ?

– Exactement. C'est le même assassin. Cela ne fait aucun doute. »

Un autre personnage s'approche du commissaire. C'est son adjoint, Rudy Hermann. Il forme un contraste saisissant avec son chef et, à eux deux, ils auraient le physique idéal pour des duettistes de cinéma. Rudy Hermann est un petit brun à lunettes presque toujours mal rasé qui donne l'impression de ne jamais tenir en place.

« Voici sa carte d'identité, commissaire : Elke Lenau, née le 24 octobre 1962 à Cologne, profession couturière. Ça lui aurait fait tout juste vingt-cinq ans demain, pauvre petite ! »

Le commissaire Gustav Ritter pose ensuite quelques questions à la concierge de l'immeuble. En pure perte. Elle n'a rien vu, rien entendu. Elle ne sait rien de la vie privée d'Elke Lenau. Ce qu'elle peut dire à son sujet, c'est qu'elle n'a jamais fait parler d'elle : pas de tapage nocturne ni quoi que ce soit de ce genre. Et le commissaire Ritter quitte les lieux avec un nouveau meurtre sur les bras. Cela fait la cinquième femme assassinée à Francfort en moins d'un an. Mais ce n'est pas encore cela le plus grave. Le plus grave, c'est la personnalité de l'assassin ; une personnalité qui n'est forcément pas comme les autres.

« Hermann, arrêtez immédiatement de lire cet horoscope ! »

Rudy Hermann referme le journal qu'il était en train de regarder. C'est vrai qu'il a cette manie qui déplaît souverainement à son chef : l'horoscope. En rentrant au bureau, il s'était permis d'y jeter un coup d'œil, mais Ritter ne l'a pas supporté. Rudy Hermann esquisse un sourire.

« Vous avez tort, commissaire. Les horoscopes, c'est plein de choses vraies. Par exemple, au mien, ils disent : "Vous risquez d'avoir des ennuis avec les natifs du Scorpion."

– Fichez-moi la paix avec ces âneries !

– Ce ne sont pas des âneries. Elke Lenau, la victime, était du 24 octobre, c'est-à-dire Scorpion. Et pour ce qui est de nous causer des ennuis… »

Gustav Ritter, sans répondre, sort des feuillets de son dossier, il les consulte les uns après les autres, les repose rageusement et tape du poing sur son bureau. « Rien à faire, Hermann, rien à faire ! Il doit tout de même y avoir quelque chose !

– Je n'arrête pas de réfléchir, commissaire. Mais je ne trouve pas.

– C'est un fou, d'accord ! Mais ce genre de fou qui tue en série obéit toujours à une certaine logique. Il tue des blondes ou des brunes, des maigres ou des grosses, des jeunes ou des vieilles. Mais pas celui-là ! Lui, c'est n'importe quoi ! Ou alors, c'est qu'il aime la variété. »

Le commissaire reprend ses feuillets.

« La première : quarante-six ans, brune, un mètre cinquante-huit, soixante kilos, du genre potelé donc, femme de médecin, pavillon dans la banlieue résidentielle. La deuxième : ouvrière, vingt-deux ans, grande blonde maigrichonne, mariée avec un émigré turc, F4 dans une HLM. La troisième : châtain, entre deux âges, employée de banque, mariée, cinq enfants, mère de famille irréprochable et sans histoire. La quatrième : une prostituée teinte en rousse assassinée dans son Eros Center. Et maintenant, cette Elke Machinchose qui nous tombe dessus. »

Gustav Ritter pousse un énorme soupir et prend d'autres feuillets sur son bureau.

« Et pourtant, c'est bien le même homme ! Les crimes sont signés. Premier rapport du médecin légiste : "Mort immédiate consécutive à une rupture des vertèbres cervicales due à un coup porté à main nue." Le deuxième rapport dit la même chose, le troisième et le quatrième aussi. Et tout à l'heure, dans le studio, le bon docteur nous a dit : "Aucun doute possible : fracture des vertèbres cervicales. Il s'agit d'un coup porté à main nue..." Hermann, est-ce que vous pouvez imaginer que dans la ville de Francfort, cinq karatékas aient été pris successivement de folie meurtrière ?

– Non, je ne le pense pas.

– Alors, c'est un assassin à répétition qui tue sans aucune raison. Cela veut dire que personne n'est protégé. Cela veut dire que toute la population féminine de Francfort est une victime possible. Bientôt, ce sera la panique. Et pour nous, l'échec, le désastre. »

Rudy Hermann n'avait jamais vu le calme et solide commissaire Ritter dans un état pareil.

« Nous allons reprendre le dossier. Nous allons bien finir par trouver.

– Rien, Hermann. Nous ne trouverons rien ! Nous avons tout essayé : les opinions politiques, religieuses, l'activité des parents pendant la guerre, la vie amoureuse, la famille, les voisins, les amis, les ennemis. Zéro sur toute la ligne ! Les quatre victimes n'ont aucun point commun.

– Peut-être qu'Elke Lenau va nous permettre de découvrir la vérité.

– Je vous fiche mon billet que ça sera la même chose : des heures, des jours, des semaines d'interrogatoires dans le vide.

D'ailleurs c'est votre boulot, ça ! Qu'est-ce que vous attendez ? Vous devriez déjà être parti ! »

Rudy Hermann file sans demander son reste, tandis que le commissaire claque violemment la porte derrière lui. Ce n'est évidemment pas le moment d'en faire la remarque, mais son horoscope avait bougrement raison : qu'est-ce que la native du Scorpion peut lui apporter comme ennuis ! »

6 novembre 1987. Quatorze jours ont passé depuis l'assassinat d'Elke Lenau. Depuis, aucune sixième victime ne s'est ajoutée à la liste, mais c'est toujours le noir complet, le mystère le plus absolu. Pourtant ce matin-là, en arrivant à son bureau, Gustav Ritter voit son adjoint Rudy Hermann dans un intense état d'excitation. Il était venu avant lui pour examiner le dossier de l'assassin de Francfort. Mais ce n'est pas le dossier que Rudy Hermann est en train de lire en cet instant, c'est l'horoscope, son éternel horoscope. Le commissaire pousse un cri. « Rangez-moi cela immédiatement !

– Non, commissaire ! Écoutez-moi… J'ai voulu regarder le dossier des femmes assassinées, et je n'ai rien trouvé, encore une fois. Alors j'ai été prendre mon horoscope pour me changer les idées. »

Le commissaire Ritter ricane. « Et vous avez trouvé la solution dans votre horoscope. »

Gustav Ritter s'arrête brusquement de ricaner, car la réponse de son adjoint est de celles qui laissent bouche bée : « Vous ne croyez pas si bien dire ! »

Rudy Hermann tapote son journal du doigt : « La réponse est là, commissaire. Dans l'horoscope ! Jusqu'ici, ni vous ni moi n'avons fait attention à la date de naissance des victimes. »

Le commissaire hausse les épaules. « Il n'y a aucun rapport. Elles ont entre quarante-six et vingt-cinq ans.

– Je ne parle pas de l'année, je parle du jour.

– Justement. Elles ne sont pas nées le même jour. Cela aussi je l'ai vérifié.

– Pas le même jour, mais à très peu de chose près : entre le 24 octobre et le 1er novembre. En astrologie, cela veut dire qu'elles appartenaient toutes au premier décan du Scorpion. Je sais bien que c'est peut-être une coïncidence, mais tout de même ! »

Le commissaire Ritter reste un moment silencieux.

« Effectivement, c'est troublant. Mais dans ce cas, comment l'assassin connaissait-il la date de naissance de ses victimes ?

– Comme je réfléchis depuis tout à l'heure, j'ai un petit peu d'avance sur vous, commissaire. Il s'agit donc d'un fou qui veut se venger des femmes Scorpion du premier décan. Ce peut être un voyant qu'elles auraient été consulter ; mais tout aussi bien un employé de mairie qui prend au hasard un nom dans les listes d'état civil. Je crois que la meilleure chose à faire est d'interroger les proches. »

Gustav Ritter n'a pas attendu ce conseil. Il a déjà pris son téléphone et cherché dans ses fiches le numéro de téléphone de la première victime, la brune potelée de quarante-six ans, mariée à un médecin. Quelques instants plus tard, le veuf est au bout du fil. « Excusez-moi de vous importuner, docteur. J'ai une question à vous poser : est-ce que votre femme avait consulté un voyant ? Réfléchissez bien. C'est très important ! »

La voix du médecin est émue. « Ce n'est pas la peine de réfléchir. Ma réponse est oui. Elle avait consulté, non pas un voyant, mais une boutique qui vous fait votre horoscope par ordinateur. Elle n'avait pas osé me le dire et j'ai retrouvé l'horoscope dans ses papiers après sa mort. Cela m'a frappé parce qu'on lui prédisait une longue vie de bonheur. »

Avec la seconde victime, c'est la même chose : elle s'était fait faire son horoscope par ordinateur. Et la troisième aussi, et la prostituée rousse également ; ses collègues confirment qu'elle avait été interroger l'avenir dans la même boutique, entre deux clients. Pour Elke Lenau, ce n'est même pas la peine de questionner qui que ce soit : l'horoscope, rédigé en écriture informatique, figure en bonne place dans ses papiers personnels.

Il ne reste plus au commissaire et à son adjoint qu'à se rendre à la boutique indiquée. C'est un magasin du centre de Francfort, vivement éclairé, qui proclame sur sa façade en lettres lumineuses : VOTRE THÈME ASTRAL POUR 50 MARKS. Ils sont accueillis par la patronne, l'air aimable et le sourire commercial. Mais ce n'est pas elle qui les intéresse. Ils ont tout de suite repéré celui qu'ils cherchaient : c'est l'employé, là-bas, un homme de trente-cinq ans environ, aux cheveux très courts et au regard un peu exalté.

Les deux policiers, après avoir montré leur carte à la patronne, la prennent à part. Le commissaire Ritter désigne l'employé du menton : « Qui est-ce ?

– Rolf Fisher. Je l'emploie depuis un an. Mais pourquoi me demandez-vous cela ?

– Est-ce qu'il a fait du karaté ?

– À l'armée, oui, sûrement. Il était soldat avant. Mais ils ne l'ont pas gardé. Ils l'ont réformé pour déséquilibre mental. C'est vrai qu'il est un peu bizarre, mais c'est un très gentil garçon.

– Un très gentil garçon qui, lorsqu'il était contrarié pour une raison ou pour une autre, choisissait un nom sur vos listes et allait tuer ! »

La patronne ouvre de grands yeux. « Rolf ! Ce n'est pas possible ! Il ne ferait pas de mal à une mouche.

– C'est vrai, pas à une mouche. Mais à un scorpion… »

Quelques heures plus tard, les deux policiers ont les aveux de l'assassin, un déséquilibré qui voulait se venger de sa petite amie qui l'avait abandonné, une native du Scorpion, premier décan. Après son départ, menottes aux mains, Gustav Ritter et Rudy Hermann se retrouvent seuls dans leur bureau.

« Toutes mes félicitations, Hermann ! Vous allez avoir de l'avancement. »

Rudy Hermann a un sourire modeste : « Je le savais, commissaire.

– Comment cela : vous le saviez ?

– Mais oui, commissaire : c'était dans mon horoscope. »

Témoin unique

Une image furtive. Quelques secondes d'une scène cruciale, enfouie dans la mémoire d'un témoin, et qui n'arrive pas à s'en souvenir. C'est frustrant quand il s'agit d'un meurtre !

Trois policiers entourent Hélène Minsky. Ils se relaient sans discontinuer depuis des heures pour lui arracher le moindre renseignement à propos d'un crime dont elle a été le témoin, un dimanche matin 24 septembre 1975, à onze heures du matin, à Jérusalem.

Les policiers sont nerveux et Hélène n'en peut plus : « Je ne sais rien de plus, il m'a menacée, mais j'ai eu si peur que je suis incapable de me rappeler son visage. Je suis descendue de ma voiture, j'avais des provisions dans les bras. J'ai aperçu la silhouette d'un homme vêtu de clair, cet homme est tombé, j'ai entendu les détonations en même temps qu'il tombait. Je ne comprenais pas bien ce qui se passait, j'étais surprise, je me suis retournée...

– Qu'est-ce qui vous a fait vous retourner ?

– Je ne sais pas, le hasard, ou un bruit, c'est là que j'ai aperçu l'homme avec une arme.

– Quel genre ?

– Pistolet, revolver... je ne suis pas spécialiste.

– Concentrez-vous sur l'homme. Vous ne l'aviez pas vu avant ? Juste avant ? Il n'est pas sorti d'une voiture ? Il n'a pas surgi sur ce parking d'un seul coup ?

– Non, sûrement pas. Il devait se cacher, je suppose. Il m'a regardée, il a agité le revolver dans ma direction, alors je me suis baissée instinctivement, j'ai entendu une détonation, j'ai cru qu'il tirait sur moi, et j'ai eu si peur que je me suis évanouie.

– Ça, on sait ! Ça ne nous avance pas !

– Je suis tombée dans les pommes, et alors ? Je ne suis pas flic, moi, ni gangster, et je ne suis pas une superwoman, je suis prof de musique. En plus je n'ai aucune mémoire, je ne me souviens jamais de la tête des gens qu'on me présente, alors celui-là, vous pensez !

– Il vous a menacée, vous l'avez vu de face ! Ça ne s'oublie pas !

– Pour moi si ! »

Elle n'en peut plus, Hélène. Depuis cette histoire, la police harcèle ce témoin unique d'un règlement de comptes. L'homme qu'elle a vu tirer a assassiné un agent américain sur une enquête dite délicate ; il était sur le point d'aboutir. Sa mort remet tout en question, et Hélène est le seul maillon... Elle doit coopérer. Il le faut, il le faut...

Or elle ne demanderait pas mieux, cette pauvre Hélène, mais un brouillard étrange enveloppe la scène qu'elle a vécue. Elle ne se souvient que d'une chose : d'avoir lâché son paquet de provisions, avec une douzaine d'œufs, une bouteille de lait ; elle a vu la bouteille rouler sous la voiture, le lait se répandre sur le ciment du parking, ce qui n'est guère intéressant pour l'enquête.

Ce qui est intéressant, c'est le visage du tireur.

Car la mort de ce policier, de cet agent américain, semble vraiment importante. Des tas de gens se sont déplacés pour interroger Hélène. Depuis le moment où elle a prévenu la police de ce qui venait de se passer sur ce parking désert, devant un immeuble à peine achevé, quasiment vide d'occupants, on ne la lâche plus.

« Dites-vous bien que ce type, lui, vous a vue. Il ne va pas vous oublier...

– Mais je n'ai rien à voir avec cette histoire !

– Vous êtes aussi gênante pour lui que vous êtes importante pour nous... Ce n'est pas le genre d'homme à oublier un visage. Mais si vous refusez de coopérer par peur des représailles, vous jouez le mauvais numéro. Lui ne peut pas laisser un témoin vivant, et nous, nous ne pourrons pas vous protéger des années !

– Mais qu'est-ce que je vais devenir ? Si seulement je pouvais… J'ai regardé toutes vos photos, j'ai répondu la même chose à des milliers de questions… Je l'ai vu, je sais que je l'ai vu, mais je ne le vois plus… c'est flou.

– D'accord. On vous fait une proposition, il faut que vous soyez consentante, car la loi nous l'interdit. L'hypnose.

– Vous croyez à ce genre de truc ?

– Il arrive que des témoins aient enregistré un détail inconsciemment et n'arrivent pas à le restituer consciemment.

– Vous allez m'endormir ? Qui va faire ça ?

– C'est un spécialiste, n'ayez pas peur. Et un médecin. Il a déjà travaillé pour nous. Ça peut donner quelque chose. »

Hélène est finalement d'accord. Tout, pourvu que cette histoire finisse. Sans compter que se sentir menacée en permanence, c'est terrible à vivre. Elle sent bien que la police ne lui dit pas tout, que cette affaire a des aspects qui dépassent le simple crime de droit commun… C'est impressionnant, terrifiant… On sort acheter une bouteille de lait et des œufs, et on se retrouve dans une histoire de dingues !

Hélène a trente-cinq ans, elle est célibataire, professeur de solfège, et très impressionnable. De l'avis du médecin chargé de l'expérience, c'est également une hypersensible au caractère immature. Intelligente mais encore enfant, elle se laisse facilement dominer. Pour lui, c'est un sujet idéal. Aucune barrière psychologique importante, pas de refus de coopérer – au contraire.

Hélène a accepté le protocole de l'expérience destinée à reconstituer la scène vécue par elle, ainsi peut-être sortiront de sa mémoire des détails fugitifs : la couleur d'un vêtement, les traits d'un visage.

Le médecin utilise un objet brillant, une sorte de tige flexible ornée d'une boule lisse à son extrémité. Il imprime à cet appareil un léger balancement et commence : « Vous allez vous endormir, vous vous sentirez reposée, détendue, vous rêverez ce que je vais vous dire, vos paupières vont battre et se fermer, tout votre corps se détend, vous dormez… À présent vous êtes en voiture, vous venez de faire des courses, il fait beau n'est-ce pas ? Il fait beau, Hélène ?

– Il fait beau.

– Vous allez garer votre voiture sur le parking, vous quittez la route, il y a d'autres voitures sur la route ?

– Il n'y a pas de voitures.

– Vous êtes maintenant sur le parking. Vous arrêtez le moteur. Vous regardez autour de vous, vous voyez quelqu'un ?

– Un homme qui marche.

– Est-il loin de vous ?

– Il n'est pas loin.

– Décrivez-le, Hélène…

– Il est grand, il a chaud, il s'essuie le front, il a l'air d'hésiter, il vient vers moi, non, il recule…

– Il a vu quelqu'un derrière vous, Hélène, il y a quelqu'un derrière vous, un autre homme, concentrez-vous, vous avez compris qu'il y a quelqu'un d'autre, vous allez vous retourner… vous allez forcément vous retourner… »

Hélène s'agite un peu, sa tête cherche d'un côté puis de l'autre comme si elle repérait l'emplacement des deux hommes.

Elle a pris conscience de la présence du tueur avant qu'il tire. C'est un résultat mais il est mince… et inutile. Le visage, va-t-elle pouvoir le décrire ? Personne n'y croit vraiment.

Or, Hélène va étonner tout le monde. Elle va faire mieux que décrire le visage de cet homme. L'instant crucial où elle a aperçu le tueur est non seulement imprimé dans sa tête, mais enregistré avec l'image et le son !

« Je l'ai déjà vu en arrivant, oui, il est sorti d'une voiture bleue, une américaine avec une plaque jaune, il m'a vue arriver aussi, il remonte dans sa voiture, c'est ça, il remonte dans sa voiture au moment où je me gare, je prends mes paquets, je me penche sur le siège arrière, je le vois à travers la vitre…

– Son visage, Hélène ? Vous voyez son visage ?

– Non, ses cheveux… des cheveux longs et raides…

– Son nez ?

– Un vilain nez, rond, en boule.

– Que fait-il maintenant ?

– Je ne le vois plus.

– Vous avez pris vos paquets, vous vous redressez, vous sortez de la voiture, vous êtes debout sur le parking, vous ne voyez plus la voiture bleue, vous ne voyez que l'homme qui a chaud, qui s'avance vers vous, il recule maintenant, attention, l'autre est derrière vous, vous vous retournez…

– Non, j'entends tirer. Il tire !

– Combien de fois ?

– Trois fois ! Trois fois, l'homme tombe, il crie quelque chose !

– Qu'est-ce qu'il crie ? Il appelle au secours, un nom ?

– Il appelle quelqu'un, il crie… Midget ou Bridget…

– C'est l'homme qui tombe ? C'est lui qui crie : Midget ?

– Je n'entends pas très bien, Midget ou Bridget, il tombe, il est par terre. J'ai peur, je me retourne…

– Que fait l'autre homme ?

– Il tend son pistolet, il va me tuer ! Il va me tuer !

– Non, calmez-vous, il ne peut pas vous tuer, vous vous cachez derrière votre voiture, il tire mais il ne peut pas vous atteindre… Vous êtes par terre…

– J'ai mal au genou, le lait coule, je vois ses pieds, il avance, il court vers moi, je vois ses pieds, je vois ses pieds…

– Il vous croit morte, Hélène, vous êtes évanouie, il s'en va. Vous entendez un bruit ? Vous entendez la voiture qui s'en va ? Hélène, vous entendez ? »

Hélène ne répond plus. Elle semble retombée dans son évanouissement de la veille. Les secondes passent, dix, vingt, trente secondes, puis Hélène s'agite à nouveau et le médecin la réveille doucement.

Hélène se redresse en se frottant le genou, orné d'une belle éraflure. Elle ne sait absolument pas ce qu'elle a raconté.

En écoutant l'enregistrement de son témoignage, elle est vivement déçue : « Je n'ai pas bien vu son visage, en fait, ça n'a servi a rien…

– Détrompez-vous, et vous avez fait mieux… vous avez dit son nom…

– Moi ? Mais je ne le connais pas !

– L'agent le connaissait, lui ! Ils avaient rendez-vous, très certainement, et il a crié son nom au moment où il a compris que l'homme tirait sur lui. C'est logique. Il a été surpris, il ne s'attendait pas à rencontrer un ennemi, de toute évidence ! »

À l'issue de cette expérience, qu'ils trouvent parfaitement concluante, les policiers ramènent leur témoin unique à son domicile, avec interdiction de sortir, un garde devant sa porte, un autre à l'intérieur. « Soyez tranquille, c'est l'affaire de quelques jours. Le temps de loger ce type…

– Vous savez vraiment qui c'est ?

– Grâce à vous, oui.

– Ce drôle de nom ?

– C'est un surnom, mais nous savons à qui il appartient.

– Vous êtes sûr ? J'ai peut-être mal entendu.

– Une coïncidence comme celle-là est impossible. Soyez tranquille, le surnom, la voiture, la description, nous avons ce qu'il nous faut, on vous tiendra au courant. Ne sortez pas seule, n'ouvrez à personne, faites ce que les gardes vous diront de faire, à bientôt ! »

Quatre jours durant, privée de cours, officiellement malade, certificat à l'appui, Hélène est restée cloîtrée chez elle, en compagnie de deux gardes du corps renfrognés.

Au bout de ces quatre jours, un officier de police en civil est venu la délivrer. « Voilà, c'est terminé. L'affaire est close. Vous n'avez plus rien à craindre !

– Vous l'avez arrêté ? Il y aura un procès ? Je devrai témoigner ?

– Pas exactement… mais vous n'avez plus rien à craindre. En fait, l'homme a été tué au cours de son arrestation…

– Tué ? C'était qui ? Un gangster ?

– Je suis désolé… Je ne suis pas autorisé à vous communiquer les détails de l'enquête… Et vous devriez éviter d'en parler aussi…

– Éviter d'en parler ? Mais si quelqu'un d'autre est au courant ?

– Ce quelqu'un n'est pas important. Et pour votre tranquillité personnelle, oubliez tout ça.

– Mais pourquoi ?

– Sécurité, miss… Mais ne craignez rien pour vous. Personne d'autre que la police et vous ne sait qui a désigné l'assassin, et il est mort. »

Manifestement, l'officier n'avait ni l'envie ni l'autorisation d'informer l'unique témoin de cette affaire bizarre.

Comment les journalistes l'ont-ils su, alors ?

Des années plus tard, on a parlé d'un règlement de comptes au sein de services de renseignements étrangers. Une histoire qui mêlait politique, renseignement et corruption, dans laquelle on ne savait plus qui était la véritable victime… mais où l'on savait parfaitement qui était l'unique témoin : Hélène Minsky.

Ce n'est pas elle apparemment qui a raconté sa vie aux journalistes – elle a toujours refusé de leur accorder une interview, pour sa propre sécurité. Et pourtant, tout ce qui concerne les études sur l'hypnose réalisées par un certain médecin, lui-même signalé par les initiales, « Dr D.L. », a été reproduit, et Hélène n'a pas nié ce fait.

Le témoignage d'Hélène avait pourtant été recueilli confidentiellement.

Mais les fuites ne sont-elles pas toujours confidentielles ?

Les belles maisons

17 juillet 1989. Un petit garçon se promène dans les rues d'un quartier résidentiel de Berkeley, près de San Francisco. Il a dix ans, il est brun, aux yeux noisette, vêtu d'un blue-jean et d'un tee-shirt rose « University of Berkeley »…

« Mon bonhomme, hé, mon bonhomme ! J'ai perdu mon petit chien. Tu ne voudrais pas m'aider à le retrouver ? »

Le gamin regarde l'homme qui vient de sortir d'une grosse voiture noire. Il hésite. Son père lui a dit de ne jamais suivre des inconnus, mais pour retrouver un petit chien, ce n'est pas pareil. Il emboîte le pas à l'automobiliste et se retrouve dans la grosse voiture. À l'intérieur, il y a d'autres messieurs. Elle démarre en trombe.

Francis Richardson, quarante-cinq ans, est en train de lire le journal du soir devant la terrasse de son immense propriété de Berkeley, donnant sur la baie de San Francisco. Francis Richardson est milliardaire, armateur plus précisément. Ses navires sont amarrés par dizaines sur le port d'Oakland tout proche et des dizaines d'autres sont aux quatre coins du monde, avec les chargements les plus divers. Sa femme et lui ont un garçon, Stanley, âgé aujourd'hui de dix ans.

« Excusez-moi, monsieur, c'est un appel pour vous. » Francis Richardson se retourne : c'est son majordome avec un téléphone portatif sur un plateau.

« Qui est-ce ?

– Je ne sais pas, monsieur. La personne a dit simplement que c'était urgent. »

Agacé mais intrigué, le milliardaire prend le récepteur. Au bout du fil, une voix déformée.

« Monsieur Richardson ? Un million de dollars… Vous avez bien cela à la banque ?

– Qui êtes-vous ?

– Ne m'interrompez pas. Je vais vous faire un portrait : dix ans, brun, yeux noisette, blue-jean et tee-shirt rose "University of Berkeley". Cela ne vous dit rien ?

– Mais…

– Taisez-vous. Votre fils est avec nous, monsieur Richardson ! C'est nous qui l'avons kidnappé. Il est en bonne santé et il le restera… à condition que vous versiez le million de dollars. »

L'homme s'apprête sans doute à raccrocher, mais il ne le fait pas car Francis Richardson a une réaction absolument inattendue et même ahurissante : il éclate de rire. Au bout du fil, l'homme est tellement surpris qu'il retrouve sa voix normale : « C'est tout l'effet que cela vous fait ?

– La plaisanterie est de mauvais goût. Je ne vous conseille pas de recommencer !

– Mais votre fils…

– Mon fils est en train de jouer sur la pelouse, à dix mètres de moi ! Allez, bonsoir ! »

Et Francis Richardson raccroche. Il continue quelques instants encore à ricaner et puis il devient soudain grave. « Et si cela voulait dire ?… »

Son fils Stanley s'est arrêté de jouer. Il se dirige vers lui. Il n'a pas été enlevé, bien sûr. Mais si ce n'était pas un mauvais plaisant… s'il y avait bien eu kidnapping et que les ravisseurs se soient trompés d'enfant ?…

Francis Richardson compose le numéro de la police. Il ne veut pas croire que, dans un autre foyer, des parents attendent vraiment leur fils parce qu'il a été confondu avec Stanley Richardson, le fils du milliardaire.

Douglas Bennet est en train de regarder la télévision dans son trois-pièces misérable d'Oakland. Trente-cinq ans, le teint rose et l'estomac proéminent, Douglas Bennet exerce la profession de docker. Pour l'instant, il est vautré dans son fauteuil, une boîte de bière à la main. C'est l'heure du match de base-ball, son sport favori. Dans son dos, Mme Bennet, une petite brune à l'aspect assez insignifiant, pousse un soupir : « Quand même, Jimmy ne rentre pas ! Qu'est-ce qu'il peut bien faire ? »

M. Bennet lance un rugissement en rapport avec une péripétie du match. Sa femme insiste : « Tout de même, il est déjà neuf heures du soir ! Tu pourrais t'inquiéter. Aussi, avec la manie qu'il a depuis quelque temps d'aller traîner dans les quartiers riches. "Pour voir les belles maisons", qu'il dit. »

Nouveau rugissement de Douglas Bennet.

« Enfin, tu m'écoutes, Douglas ?

– Oui, je t'écoute. Je peux te dire que, quand Jimmy rentrera, il va connaître la pointure de ma pantoufle. Allez Oakland ! »

Une demi-heure a passé. La mi-temps est arrivée. Mais au lieu des publicités, c'est le speaker de la chaîne qui apparaît à l'image. « Voici un message urgent : un jeune garçon aurait été enlevé par erreur. Ses ravisseurs l'auraient confondu avec le fils du milliardaire Francis Richardson. Son signalement est le suivant : dix ans, brun, yeux noisette, blue-jean et tee-shirt vert "University of Berkeley". Toute personne ayant des renseignements est priée d'appeler le lieutenant Oswald au numéro… »

Douglas Bennet a bondi. Instantanément sa physionomie a changé. Il n'a plus rien de l'homme avachi, abruti par la bière. Il se précipite vers le téléphone. Mme Bennet est toute pâle, elle aussi.

« Écoute, ça ne peut pas être Jimmy. Son tee-shirt est rose. »

Sans répondre, Douglas Bennet compose le numéro.

« Lieutenant Oswald, j'écoute…

– Ici M. Bennet. Notre fils Jimmy n'est pas rentré.

– Il correspond au signalement ?

– Oui, à part que son tee-shirt est rose et pas vert.

– Gardez tout votre calme, monsieur Bennet. C'est bien votre fils. Nous avions glissé cette erreur exprès pour être sûrs de reconnaître les vrais parents.

– Est-ce que vous avez des nouvelles ?

– Non… Attendez… On me fait signe que M. Richardson m'appelle sur une autre ligne. Il a du nouveau. Ne quittez pas. »

Douglas Bennet et sa femme, à l'écouteur, entendent la voix du lieutenant Oswald dans le lointain. Le policier revient au téléphone.

« Mauvaise nouvelle, monsieur Bennet. Les ravisseurs ont entendu le message à la télévision et ils ont rappelé M. Richardson. Ils maintiennent leurs exigences. Si M. Richardson ne leur verse pas un million de dollars, ils menacent de… tuer votre fils ! »

Douglas Bennet serre les dents.

« Qu'a répondu M. Richardson ?

– Il a… il a dit non. Il paraît que c'est une question de principe. Il est contre le fait de verser des rançons. Il ne l'aurait pas fait s'il s'était agi réellement de son fils. Enfin, c'est ce qu'il dit… Monsieur Bennet, gardez votre calme. Nous allons retrouver les ravisseurs et délivrer Jimmy.

– Je suis très calme. Demain matin, j'irai discuter avec M. Richardson et je saurai le convaincre ! »

18 juillet 1989. Il y a une foule de journalistes devant la luxueuse propriété du milliardaire Francis Richardson à Berkeley. Une voiture s'arrête. Douglas Bennet descend, escorté d'un policier, tandis que les flashes crépitent dans la bousculade générale.

« Vous ne voulez vraiment pas que je vienne avec vous, monsieur Bennet ?

– Non, lieutenant. Je veux y aller seul. Je veux une conversation d'homme à homme. »

Et, sans répondre aux innombrables questions des journalistes, Douglas Bennet disparaît dans l'allée de la villa. Quelques minutes plus tard, il est devant le père de Stanley. Le dialogue entre les deux hommes s'engage sans préambule.

« Vous devez payer, monsieur Richardson.

– Je suis désolé. Je l'ai dit au policier. Je suis contre le versement de rançons. Si Stanley avait été enlevé, je n'aurais pas payé.

– Mon fils a été enlevé à cause du vôtre ! Ce n'est pas Jimmy Bennet qu'on a voulu enlever, c'est Stanley Richardson. Vous devez payer !

– En aucun cas… Je suis désolé.

– Je veux bien ne pas insister. À une condition : c'est de connaître l'opinion de votre fils.

– Il n'en est pas question. Laissez Stanley en dehors de tout cela ! »

À ce moment, la porte du living s'ouvre brutalement. Le jeune Stanley Richardson fait irruption.

« J'ai tout entendu, papa ! Il faut… »

Il n'a pas le temps d'en dire davantage. Douglas Bennet a bondi sur lui. En même temps, il a sorti un revolver de sa poche. Il serre l'enfant contre lui. Il lui applique le canon sur la tempe.

« Restez où vous êtes !… Si vous faites le moindre geste, je tire !… Vous savez que je le ferai… Je le ferai parce que je n'ai pas le choix !

– Oui… Je vous crois.

– Vous savez aussi ce que j'attends de vous. Je vais mettre vos grands principes à l'épreuve, monsieur Richardson ! »

Lorsque Douglas Bennet reparaît à la grille de la propriété, il y a un cri de stupeur. Il s'adresse aux journalistes, tout en se dirigeant vers sa voiture et en plaquant ostensiblement l'arme sur la tempe de Stanley : « J'enlève le fils de M. Richardson. Il le reverra si les ravisseurs libèrent le mien. S'ils tuent Jimmy, je tuerai Stanley ! »

Le lieutenant Oswald et les autres policiers qui sont là n'osent rien tenter… Douglas Bennet monte dans sa voiture et démarre en trombe.

Une petite cabane dans un coin de l'arrière-pays californien. L'endroit est peu connu et difficilement repérable. C'est là que Douglas Bennet allait jouer aux cow-boys et aux Indiens quand il était gamin. C'est là qu'il s'est caché avec le jeune Stanley. L'enfant est assis en face de lui, l'air nullement impressionné. Douglas, son revolver glissé dans la ceinture, a ouvert un transistor, qui donne fréquemment des informations sur l'événement. Malheureusement, pour l'instant, il n'y a rien de nouveau. Le petit Stanley sourit. « C'est chouette, ce que vous avez fait, monsieur ! »

Douglas Bennet ne répond pas. Il le regarde avec un sentiment de malaise.

« Dites, c'est vrai qu'on se ressemble avec Jimmy ?

– Oui… terriblement…

– Vous savez, papa paiera. Il a des sous. »

M. Bennet est sidéré par le calme de l'enfant. « Tu n'as pas peur ?

– Non. Pourquoi ? C'est formidable, c'est comme à la télé ! »

Quelques heures s'écoulent. La tranquillité du gamin finit par gagner Douglas. Ils parlent comme de vieux amis ou, plus précisément, comme un père et un fils, oubliant la situation dans laquelle ils se trouvent. C'est la radio qui les ramène à la réalité. « Flash spécial. On apprend que M. Richardson vient de payer la rançon et que Jimmy Bennet a été libéré… »

Stanley bat des mains. « C'est formidable ! Alors, vous me reconduisez à la maison ? »

Le visage de Douglas Bennet s'est illuminé. Mais il se ferme tout aussitôt. « Non. Pas encore.

– Pourquoi ? C'est pas juste ! Vous avez dit à papa que s'il payait, on rentrerait. Je l'ai entendu !

– C'est peut-être un piège. On rentrera quand j'aurai entendu la voix de Jimmy. Pas avant. »

Il y a encore une longue attente, plus crispée celle-là. L'homme et l'enfant ne se parlent plus. La nuit tombe. À intervalles réguliers, la radio lance des appels à Douglas Bennet pour qu'il libère Stanley, mais toujours pas de Jimmy. Et, puis, à vingt heures trente, la petite voix retentit enfin : « Allô, papa ?… C'est moi, Jimmy… Tu me reconnais ? Je vais très bien. Il faut que je te dise que tu reviennes avec le petit garçon parce que son papa et sa maman l'attendent. Maman et moi, on t'embrasse. »

Les policiers attendaient évidemment eux aussi Douglas Bennet à la villa Richardson et l'ont arrêté dès qu'il a libéré Stanley. Mais tout s'est arrangé pour lui. Non seulement Francis

Richardson n'a pas porté plainte, mais il a payé la caution réclamée et Douglas Bennet a pu rester en liberté jusqu'au jour de son jugement, qui s'est terminé par un acquittement.

Stanley et Jimmy ont fait connaissance et se sont revus. Mais pas longtemps. Et, contrairement à ce que l'on pourrait croire, ce sont M. et Mme Bennet qui ont mis le holà. Après tout, ils n'avaient pas forcément tort. L'expérience venait de leur donner raison. C'est dangereux, quand on est un fils de docker, d'aller traîner dans les quartiers riches « pour voir les belles maisons ».

Opération délicate

M. et Mme Winfield habitent dans la banlieue de Chicago avec leurs deux filles, Emily et Alexandra. Ce soir ils écoutent la radio avec Alexandra, seize ans, la plus jeune. L'émission « Cent dollars la question » est vraiment amusante et tous les trois attendent sans impatience le retour d'Emily, dix-neuf ans, qui est allée à une « party » avec des camarades de l'université. Elle a pris sa toute nouvelle voiture et doit être accompagnée par Harry, un des garçons de sa classe. Soudain on sonne à la porte. Qui cela peut-il bien être ?

Mme Winfield, qui est en train de préparer des boissons fraîches, sort de la cuisine et va ouvrir. Elle est légèrement étonnée et aussi un peu inquiète en voyant les uniformes des agents de police qui sont sur le seuil de la maison. Ils sont revêtus de cirés noirs qui luisent sous la pluie. « Madame Winfield ? demande le chef.

– C'est moi. De quoi s'agit-il ?

– Vous avez bien une fille nommée Emily ?

– Bien sûr.

– Qui est-ce, Mary ? demande Philip Winfield depuis son fauteuil.

– Philip, s'écrie Mme Winfield, viens voir, c'est à propos d'Emily ! » Elle crie presque. « Il lui est arrivé quelque chose. »

Le chef des policiers, au lieu de répondre, vient d'enlever sa casquette. Mme Winfield est soudain absolument certaine qu'on va lui annoncer une nouvelle terrible.

« Où est Emily ? demande M. Winfield en mâchonnant sa pipe.

– Elle est à l'hôpital, dit le policier. Elle a eu un accident.

– Nous arrivons tout de suite ! » Les Winfield décrochent leurs imperméables suspendus dans l'entrée, saisissent sur une tablette les clefs et les papiers de la voiture – celle de Philip.

« Je crois qu'il vaut mieux que nous vous emmenions là-bas avec notre voiture, fait le policier. Nous vous ramènerons ensuite.

– Comment va-t-elle ? demande Mary Winfield.

– On ne peut rien vous dire. C'est une sale affaire. »

Alexandra, la sœur d'Emily, s'est mise à pleurer en s'accrochant à sa mère. Philip Winfield, tout pâle, a du mal à parler.

« Que s'est-il passé ? Elle a eu un accident ? Pourtant elle conduit très prudemment.

– Elle n'a pas eu d'accident. Elle a été attaquée par une bande d'on ne sait quoi. Ils l'ont laissée sur le bord de la route et c'est une patrouille de chez nous qui l'a récupérée. »

Mary Winfield s'accroche au bras du policier : « Elle est vivante ? »

Le policier monte dans la voiture sans répondre.

Quand les Winfield arrivent à l'hôpital, recroquevillés par le chagrin, ils ont compris, et c'est directement à la morgue qu'on les emmène pour qu'ils reconnaissent le corps d'Emily. Ou du moins ce qu'il en reste.

Dans les jours qui suivent la presse s'empare de l'événement. En ces années d'après-guerre, on ne parle pas encore de drogue ni de sectes, mais Emily pour son malheur se retrouve en première page. La police, relevant des indices précis, arrête ses assassins, trois jeunes bourgeois désaxés.

Ils avaient remarqué Emily alors qu'elle avait déposé son camarade chez lui, l'avaient suivie dans leur voiture et bloquée sur une petite route. Ils l'avaient ensuite obligée à descendre de voiture et lui avaient fait subir les pires horreurs. Puis ils l'avaient tuée, en lui faisant éclater la tête à coups de brique, pour l'empêcher de témoigner contre eux.

Les trois monstres, ahuris de leur propre crime, se retrouvent tout penauds devant les juges. Philip et Mary Winfield assistent aux débats. Ils examinent les photos prises sur place par l'équipe du médecin légiste. Ils entendent, médusés, les trois récits du crime, puis les conclusions des spécialistes.

Quand on leur dit qu'Emily « hurle sous les coups », Philip et Mary, qui ont l'air d'avoir vieilli de dix ans en quelques semaines, entendent réellement la voix si fraîche et si pure d'Emily... Philip a les nerfs trop fragiles. Il n'y résiste pas.

D'autant plus que les assassins de sa fille, étant donné leur jeune âge, ne sont pas condamnés à mort. Quelques années de pénitencier à peine. Le corps martyrisé d'Emily, lui, est couché sous l'herbe verte du cimetière méthodiste. Les Winfield n'arrivent pas à retrouver leur équilibre. Surtout Philip. Mary, elle, occupée par l'éducation d'Alexandra, se remet plus vite sur les rails. Philip fait une dépression nerveuse. Il doit quitter son travail.

Le voilà en cure de sommeil. Mais dès que cessent les perfusions, dès qu'il rentre chez lui, les cauchemars le poursuivent. De jour, de nuit, il rejoue dans sa tête la dernière nuit d'Emily telle qu'il a pu la reconstituer au cours de l'enquête et du procès.

Il revit la poursuite et il imagine Emily terrorisée au volant de sa voiture, l'arrêt brutal, les sourires terrifiants sur les visages des trois sadiques gorgés d'alcool. Emily qu'on arrache à son véhicule. Emily qui essaie de dominer sa peur. Emily qui ne veut pas supplier. Emily à qui on arrache ses vêtements de fête. Emily qu'on frappe, qu'on maintient au sol, Emily qui hurle, qui finit par crier « Pitié ! », pour essayer d'émouvoir ses bourreaux. Emily qui souffre sous les coups, Emily sanglante, Emily pantelante. Emily agonisante... Emily mourante...

« Emily ! Emily ! » Au milieu de la nuit, Philip s'éveille en sueur. À ses côtés Mary sursaute. Encore une fois un cauchemar. Toutes les nuits Philip revit le martyre de sa fille et hurle son besoin de vengeance. Et voilà bientôt deux ans qu'elle est morte. Il faut faire quelque chose.

« Professeur, je n'en peux plus ! »

Pour la vingtième fois, chez vingt praticiens différents, Philip essaie de trouver le calme. Il a tout essayé pour fuir sa hantise. Les calmants, la cure de sommeil, le sport à outrance, et même, sous contrôle médical, la morphine. Plus d'autres substances moins recommandables. Rien ne parvient à le sortir de son angoisse et de son obsession.

Le professeur Strely, derrière son bureau, tient en main des feuillets manuscrits : « J'ai lu votre lettre qui me paraît un peu désespérée. Que voulez-vous que je fasse pour vous ?

– Vous le savez bien, étant donné votre spécialité. »

Dans un coin du cabinet, Mary, figée sur son fauteuil, ne dit pas un mot. Au fond d'elle-même elle ne sait pas ce qu'elle doit espérer : si le professeur refuse d'intervenir elle sait qu'elle a en perspective devant elle de longs mois de drame, des années peut-être. S'il accepte, comment retrouvera-t-elle son mari au sortir de la clinique ? Car le professeur Strely, originaire de Zurich, est un spécialiste de la chirurgie du cerveau dont la réputation s'étend à New York.

« C'est simple, professeur. J'ai tout essayé, la mort d'Emily est gravée en moi depuis que j'en ai appris les détails. Tous les jours, que je veille ou que je dorme, j'en revis tous les épisodes horribles. Si vous n'intervenez pas, il ne me reste plus qu'une solution. Mettre fin à mes jours. »

Mary bondit de sa chaise : « Non, Philip ! Tu ne peux pas dire ça ! »

Après quelques jours d'observation et de nombreux examens, le professeur Strely convoque les Winfield et leur annonce sa décision : « Mon cher monsieur, vous entrez en clinique dès lundi prochain. Je pense, en effet, que l'opération est votre seule chance de trouver le repos.

– Merci, professeur. Je suis certain que vous réussirez. »

Deux mois plus tard, dans une maison de repos située sur les bords de l'Hudson, Philip récupère et cicatrise après l'opération de l'éminent professeur zurichois. Une toute petite cicatrice, mais lourde de conséquences. Philip qui a repris des couleurs et du poids semble délivré de son obsession morbide.

Aujourd'hui le professeur Strely reçoit un groupe de collègues américains et européens : « Messieurs, je vais vous faire rencontrer un patient d'un genre un peu spécial. C'est à sa demande que j'ai effectué sur lui la lobotomie dont je me suis fait une spécialité.

– À sa demande ? intervient, incrédule, un visiteur canadien.

– Oui, ce patient voyait là le seul moyen de le délivrer d'une obsession qui l'aurait sans doute conduit à s'autodétruire. J'ai beaucoup hésité mais aujourd'hui, avec le recul, je peux vous le présenter. D'ailleurs il est au courant de votre visite et accepte bien volontiers de témoigner de son état actuel. »

« Monsieur Winfield, comment vous sentez-vous aujourd'hui ? » Philip, qui contemple des bateaux à voile effectuant une régate sur le fleuve, répond, sans pratiquement quitter le spectacle des yeux : « Je me sens parfaitement libéré. Je dors bien. Je crois, professeur, que vous avez réussi un miracle. Mon épouse, qui était là il y a un instant, ne me reconnaît plus. D'ailleurs, dès que je vais quitter la clinique je compte reprendre mes activités professionnelles. Notre vie familiale pourra reprendre son cours normal. La mort d'Emily a repris dans mon esprit les dimensions qu'elle doit avoir. C'est un chagrin, bien sûr, mais ce n'est plus cette menace de mort, cette autodestruction, qui me menaçait. »

Les médecins présents posent quelques questions à Philip concernant son état d'esprit actuel : « Que ressentez-vous ?, Avez-vous envie de lire ?, Vous intéressez-vous aux nouvelles du monde ?, Êtes-vous gai ou triste ? »

« Je me sens bien, léger, dans un univers très simple, débarrassé de mes souffrances », répond Philip.

Le professeur conclut à l'intention de ses confrères : « Seuls comptent les faits concrets du présent. Son passé est rangé dans un tiroir bien fermé à clef. »

Quelques jours plus tard les Winfield, Philip, Mary et Alexandra se retrouvent à la maison, entourés de quelques familiers qui sont là pour fêter le retour de Philip à la normale. Son directeur est là aussi pour lui annoncer que sa place l'attend dans la compagnie d'assurances qui l'emploie.

Sur la cheminée, dans un cadre d'argent, trône la photo d'Emily. Elle porte la robe de soie rose du jour de son assassinat. Chacun la contemple avec un soupir silencieux. Tout le monde observe le visage de Philip qui s'avance et, saisissant la photographie, pose un baiser délicat sur les lèvres de son enfant disparue. Mary ne peut retenir ses larmes, mais tout aussitôt ceux qui ont le plus de sang-froid s'efforcent de faire diversion.

C'est vrai, cette fois, Philip garde son équilibre. Tout est rentré dans l'ordre.

Pourtant, au cours des mois qui suivent, Mary note dans le comportement de son mari des nuances subtiles. Bien évidemment il a changé à son avantage et plutôt mille fois qu'une. Plus de crises de larmes, plus d'idées suicidaires, plus de cris étouffés dans son oreiller, plus de désir de vengeance. Ils dorment tranquilles.

Philip, qu'un psychiatre a qualifié autrefois d'émotif-actif, affiche dorénavant un calme olympien, un flegme qui n'a jamais été le sien pendant toutes les années qui ont précédé leur malheur.

Lui qui s'enflammait en suivant à la radio les retransmissions des matches de son équipe favorite de football, les Dodgers, les écoute désormais avec une froideur toute britannique. On dirait qu'il s'agit d'un match de cricket entre les équipes de l'Inde et du Béloutchistan. Parfois Mary regarde Philip et se demande : « Qu'est-ce qu'on a bien pu lui retirer ? »

Le professeur Strely, au moment de l'intervention, lui a pourtant expliqué, sur les radiographies, avec un gros stylo rouge, l'opération envisagée. « Il ne s'agit en vérité que d'enlever une toute petite partie, à peine plus grosse qu'un petit pois. » À présent c'est fait et Mary a retrouvé son bonheur. Cependant elle se pose certaines questions. Philip ne s'est-il pas transformé beaucoup plus profondément ?

Au cours de l'hiver suivant, Philip, accompagné d'Alexandra, se rend à une petite fête de famille chez la tante Flora. Mary est déjà là-bas, chez sa sœur, depuis la veille. Philip conduit avec prudence car les routes qui entourent Chicago sont souvent couvertes par l'épais brouillard qui monte du lac Michigan. C'est à peine si l'on distingue les feux tricolores. Malgré son sang-froid et la concentration du conducteur, soudain la voiture fait une embardée.

« Tiens, on dirait que j'ai crevé.

– Je vais t'aider ! propose Alexandra.

– Dans ta robe du soir ? Tu serais belle en arrivant chez Flora ! »

Il se gare sur le bas-côté et constate que deux de ses roues sont complètement à plat. « Nous voilà bien ! Il faut que j'aille jusqu'à un téléphone pour demander une dépanneuse. »

À peine Philip a-t-il prononcé ces paroles que la voiture est entourée par quatre hommes jeunes à la mine patibulaire. Ils ouvrent les portières et en arrachent Alexandra qui se met à hurler. L'un d'eux plaque sa main, qu'on devine épaisse et pleine de cambouis, sur la bouche de la jeune fille qui se débat avec l'énergie du désespoir. Elle parvient à libérer ses lèvres qui saignent déjà un peu et lance un cri inhumain : « Papa, au secours ! Aide-moi, papa, je t'en supplie. »

Mais, immobile près de son véhicule, Philip ne bouge pas. Il contemple sa fille, que les garçons entraînent vers un petit bois, et murmure, presque à mi-voix, comme pour lui-même : « N'aie pas peur, Alexandra, je vais aller téléphoner. Attends-moi là. Ce n'est rien. Ils veulent simplement plaisanter. Ce n'est pas grave… »

Mort d'un parieur

Bientôt l'an 2000. Le compte à rebours est commencé.

Idée reçue sur l'an 2000 : nous serons au siècle de la modernité dans toute son apothéose. Dans nos civilisations européennes, nul n'a en principe le droit à présent d'être stupide. De croire aux fantômes, au surnaturel, aux horoscopes, aux sorciers, à des malédictions ou à des enchantements quelconques. Or, c'est le contraire, semble-t-il. L'irrationnel reprend du poil de la bête de loup-garou.

Quoi de plus irrationnel que d'avoir peur de traverser un cimetière la nuit ? Les morts ne tirent personne par les pieds !

Dans le bistrot d'un village en novembre 1986, trois individus de sexe mâle, en pleine fleur de l'âge et bien imbibés, ont une discussion à ce sujet.

Henri, menuisier, quarante ans. Léopold, garagiste, quarante ans. Et Yvon, cantonnier, quarante ans. Yvon, le cantonnier, sert d'homme à tout faire pour la mairie et s'occupe notamment de l'entretien du cimetière. D'ou cette plaisanterie douteuse à l'intention de son camarade Léopold : « Je parie que t'as encore la pétoche de traverser le cimetière en pleine nuit.

– Ne recommence pas avec ça, Yvon…

– Pourquoi pas ? T'as jamais tenu le pari quand on était mômes ! Henri et moi on l'a fait !

– Et ça prouve quoi ?

– Ça prouve, ça prouve qu'on n'a pas la pétoche, voilà ! Qu'on est des hommes, pas des gamins ou des vieilles bigotes !

– Laisse tomber, Yvon… »

Henri, le menuisier, attaque à son tour, il en rajoute : « T'as peur de quoi ? Des petites lueurs vertes ou bleues sur les tombes ? De Dracula ? »

Henri le menuisier fait des cercueils, comme son père en faisait, et depuis que ces trois-là se connaissent, c'est-à-dire depuis la communale, cette histoire de pari revient régulièrement sur le tapis de leurs conversations de bistrot. Tout cela parce que Léopold, à l'âge de douze ans, a eu une peur bleue dans le cimetière du village.

À force de l'entendre raconter, tout le village la connaît, cette peur bleue. Pari tenu, les gamins devaient traverser lentement, à petits pas, la grande allée du cimetière, tourner autour de l'unique monument qui abrite les restes d'une grande famille du voisinage, y décrocher une fleur artificielle pour preuve de courage, et revenir de même jusqu'à la grille. Le tout surveillé de loin par les autres.

Or, Léopold a flanché sur le parcours, il est revenu en courant, blême de peur, jurant qu'il avait vu sortir une flamme violette devant lui, qui le pourchassait...

Trente ans plus tard, les trois copains en sont toujours là.

« Je te parie ce que tu veux ! Tiens, le portail de ton garage, en hêtre massif, gratuit ! » Henri, le menuisier, avance une donne de quelques milliers de francs... Quant à Yvon, le cantonnier, qui n'a rien de tel à mettre sur le tapis, il propose le thème : « J'ai un rosier à planter sur la tombe des Granger, pour la Toussaint. Un trou de trente centimètres, c'est pas compliqué... Si tu fais le trou, tu gagnes ton portail ! »

Le patron du bistrot trouve l'affaire amusante. « Je paie la tournée au retour, propose-t-il. Champagne pour tout le monde. »

Léopold renâcle toujours. La peur du cimetière se discute difficilement. Comme la peur de l'avion, la peur du noir, celle des ascenseurs ou des précipices. De plus, Léopold, le garagiste, est resté marqué par l'aventure de son enfance. Cette fameuse lueur violette dont il a eu si peur et qui l'a fait rentrer chez lui essoufflé, mort de terreur à douze ans. « T'as vu un feu follet... Tout le monde sait que ça existe les feux follets dans les cimetières, ou sur les marécages. »

Le pire dans cette histoire stupide, c'est l'alcool. Sans l'alcool, Léopold ne se serait pas laissé convaincre de tenter le diable… Mais au bout de plusieurs tournées, la perspective de ne pas payer le nouveau portail de son garage lui semble attirante. Après tout, il n'a plus douze ans, après tout, creuser trente centimètres de terre à la bêche, pour un rosier, ce n'est pas le bout du monde… Et s'ils sont assez bêtes pour lui payer son portail…

« Je parie !

– Bon, alors tout de suite ! »

Quelques tergiversations encore, puis tout le monde est d'accord. Le patron du bistrot va chercher une bêche dans sa remise. Yvon, le cantonnier, dessine l'emplacement du rosier sur un bout de papier. Et Léopold s'en va, suivi par les parieurs, qui devront demeurer bien entendu à l'extérieur du cimetière, puisque le pari ne vaut que si Léopold est seul parmi les morts…

Nuit noire bien entendu, petit crachin… Les trois hommes s'engagent sur la route luisante, Léopold portant la bêche. Le patron du bistrot attend leur retour triomphant, ou catastrophique. Bien entendu les deux parieurs, Henri et Yvon, encouragent le challenger à leur manière : « T'arrête pas devant la tombe de Charles, il va te tirer par les pieds… » « T'entends le vent ? À la Toussaint le vent tue les poussins… » Et autres blagues douteuses.

Léopold, que le vent frisquet de la nuit a un peu rafraîchi, commence à réaliser la bêtise de l'expédition, et sa peur aussi. Qu'il essaie de contourner : « On va m'accuser de violation de sépulture, c'est pas bien…

– Tu fais rien de mal, tu plantes un rosier que je devais planter demain, de toute façon ! »

Ils sont un peu ivres, d'une ivresse qu'ils n'estiment pas dangereuse, mais qui l'est cependant. Qui l'est toujours puisqu'elle conduit un homme normal, père de famille, garagiste de son métier, à accomplir ce pari stupide.

Léopold ressent un malaise à l'entrée du cimetière. Une sorte de tournis, dû à l'alcool peut-être, mais aussi à la peur et, qui sait… au pressentiment que quelque chose de grave le menace.

« Je veux pas y aller… Je veux plus.

– Eh ! Oh ! On n'a pas fait tout ce chemin pour rien… »

Le cimetière est tout de même à quelque huit cents mètres du bistrot du village.

« Allez, vas-y, trouillard !

– Mais vas-y, bon sang ! T'as les foies ? »

Les encouragements, les épithètes douteuses finissent par pousser Léopold au-delà de la grille. Elle grince cette grille, comme toutes les grilles de cimetière… Et pour plus de sûreté, les deux complices la referment derrière lui. Ils surveillent la progression de Léopold dans l'allée principale. La démarche est hésitante.

Yvon, le cantonnier, a le fou rire : « Je lui ai pas dit que j'avais préparé un caveau dans l'allée à droite, il va avoir une de ces trouilles… »

Henri, le menuisier, a l'humour difficile. Trop de chopines… « On va le voir revenir en courant, avec la courante… »

Ils attendent. Au loin dans la nuit noire, Léopold a disparu, il a pris l'allée de droite, comme convenu. Le bruit du vent dans les cyprès, un chien qui hurle au loin, pas de lune…

« T'entends quelque chose ?

– Rien. Et toi ?

– Rien. Il doit être pétrifié…

– On lui donne combien de temps ?

– La terre est meuble, il en a pour dix minutes, un quart d'heure…

– Si on allait voir ?

– Ah non, c'est pas de jeu…

– Eh ! J'ai parié un portail, moi !

– Il va pas le faire… je te dis qu'il va revenir en courant… »

Au bistrot, le patron attend. Les quelques consommateurs attardés, ayant appris l'enjeu de la soirée, attendent aussi. Cela fait marcher les affaires.

Devant la grille du cimetière, Henri et Yvon commencent à s'inquiéter… Les minutes leurs paraissent longues… « T'avais dit un quart d'heure maxi.

– On lui donne cinq minutes en plus. Il a pas l'habitude de bêcher… »

Cinq minutes plus tard, toujours rien. Aucune silhouette ne se profile à l'horizon de l'allée principale.

Yvon sort une torche électrique et prend la décision : « On y va… Si ça se trouve, il nous a eus, il a filé par le petit mur et nous a plantés là… »

Les deux compères suivent l'allée principale, tournent à droite et aperçoivent en même temps la silhouette de Léopold, debout, face à la tombe qu'il était chargé d'affronter. Yvon l'appelle en chuchotant. « Oh, Léopold ! T'as fini ? »

Pas de réponse. La silhouette immobile semble plantée là, dans le noir, comme un épouvantail.

Les deux hommes s'approchent doucement, une dernière blague venant à l'esprit du cantonnier Yvon : faire sursauter Léopold. S'il ne les a pas entendus arriver, ce serait drôle…

Plus rien n'est drôle.

À la lueur de la torche électrique, le spectacle que découvrent les deux parieurs est hallucinant.

Léopold a les yeux ouverts, fixes, les bras ballants, les épaules légèrement affaissées, les jambes un peu fléchies…

« Léopold ! Qu'est-ce que t'as ? Léopold ! Réponds ! »

Henri secoue l'épaule de son camarade, et Léopold tombe brusquement de côté.

Léopold est mort. Seule la bêche soutenait son corps. Le manche s'était enfilé sous sa veste de toile, le maintenant provisoirement en position verticale. Mais il est mort : la bouche figée, les yeux agrandis de peur, devant le trou qu'il avait fini de creuser.

L'explication ? La voici, telle que les gendarmes et le médecin l'ont établie.

Léopold a creusé. Après son dernier coup de bêche, il s'est relevé de telle manière que sa veste a emmanché l'outil, son menton a dû cogner, et là… c'est la peur qui l'a finalement emporté. Sentant une résistance inattendue, imaginant Dieu sait quoi… il est mort d'une crise cardiaque. Sur place. Mort de peur, c'est certain. Mais mort aussi d'une faiblesse cardiaque qu'il ignorait, associée à l'alcool, à l'effort, au froid de novembre et à l'instant crucial où, voulant se relever, le manche de l'outil a glissé sous son vêtement et l'a pris brutalement au menton.

Qu'a-t-il cru en mourant, ce pauvre Léopold ? Que le diable le tirait par la barbichette ?

On a beau dire aux gens que l'on peut mourir de peur, il s'en trouvera toujours pour sous-entendre, d'un air entendu évidemment : « N'empêche, il a bravé les morts… » « Moi, je vous dis que c'est pas normal… une nuit de Toussaint… » « Et puis il avait un pressentiment, il l'a dit… » « Moi, je vous dis que le bon Dieu l'a voulu… » « Moi, je vous dis qu'il a blasphémé… » « On parie pas comme ça sur les morts, c'était son heure… »

Voilà. On en parle encore dans le bistrot du coin…

Et nous sommes à l'aube de l'an 2000… mais si, mais si…

Le destin de Rudy

Nous sommes au mois d'août 1990. À l'hôpital Saint-Joseph, à Munich, les journalistes font le siège d'une petite chambre sévèrement gardée par le personnel. Et il faut bien reconnaître que si la presse s'est déplacée en nombre, dans cet hôpital de Munich, c'est qu'il y a de quoi. Un concours de circonstances exceptionnel, comme on en rencontre rarement dans toute une carrière.

Le jeune homme de vingt-quatre ans qui repose derrière la porte blanche, jusqu'ici fermée à toute visite, s'appelle Rudy Brenner. Il vient de subir l'amputation des deux jambes à la suite d'un accident du travail particulièrement horrible. Il était ouvrier dans une carrière et un bloc de pierre s'est détaché, lui broyant les membres inférieurs. Le sauvetage a été dramatique. Il a fallu faire appel à l'armée pour dégager le malheureux, qui est resté plusieurs jours entre la vie et la mort.

Pourtant, ce qui ne serait qu'un fait divers comme tant d'autres vient de se doubler d'une coïncidence incroyable. La femme de Rudy a reçu, le jour même de son accident, une lettre en provenance d'Australie. Une lettre qu'elle a dû relire plusieurs fois avant d'en comprendre vraiment la signification. Elle émanait d'un notaire de Brisbane et elle disait tout simplement ceci : « M. Eric Kohler est décédé le 10 mars dernier. D'après ses dernières volontés, son légataire universel est son petit-neveu Rudy Brenner, résidant actuellement en Allemagne. »

Suivait la nomenclature des biens du défunt grand-oncle,

constitués essentiellement d'une chaîne de supermarchés. En tout, au bas mot, un million de livres sterling… la fortune.

Dès lors, on comprend pourquoi les journalistes de Munich et d'ailleurs sont si nombreux à se presser devant la chambre de Rudy Brenner. Un tel malheur, suivi, à quelques heures près, d'un revirement du sort aussi exceptionnel, c'est incroyable.

Les journalistes se bousculent autour de la femme de Rudy, Carlotta Brenner, qui les repousse comme elle peut. Dans leur esprit, les titres de leur article sont déjà tout trouvés : « Le cul-de-jatte milliardaire », « Il perd les jambes mais gagne la fortune »…

Oui, décidément, un beau sujet de papier ! Pourtant, personne ne peut, et pour cause, imaginer la réaction que va avoir tout à l'heure le mutilé qui repose sur son lit. Pour cela, il faudrait connaître toute l'histoire de Rudy Brenner, qui est beaucoup plus extraordinaire encore que tout ce qu'on peut imaginer.

Le médecin vient d'autoriser les journalistes à entrer dans la chambre de l'hôpital Saint-Joseph où repose Rudy Brenner, accidenté du travail, amputé des deux jambes.

C'est un garçon de vingt-quatre ans, très brun, mais peut-on savoir vraiment à quoi il ressemblait avant ? Il est d'une blancheur à faire peur, de grosses gouttes de sueur coulent sur son visage. Ses yeux sont creusés, ses lèvres sont grises. En apercevant les journalistes, qui se précipitent vers lui en même temps que sa femme, il a un réflexe de stupeur… et puis de panique. Les flashes crépitent tous en même temps. Tandis que Carlotta s'élance vers lui en pleurant de joie et d'émotion, de tous les côtés de la pièce à la fois, des mots, des phrases, des questions retentissent. « Vous êtes riche, monsieur Brenner. » « C'est la fortune, Rudy ! » « Vos premières déclarations pour mon journal ! »

Mais le blessé n'a pas la réaction qu'attendaient les journalistes. Loin de se montrer coopératif, il prend son drap à deux mains et s'en recouvre le visage. Et hurle : « Allez-vous-en ! »

Les médecins et les infirmières interviennent d'ailleurs pour chasser les membres de la presse. Leur malade a subi un grand choc et il faut le laisser tranquille.

Oui, bien sûr, c'est normal. Et, dès le lendemain, la presse de Munich, qui relate l'événement, se montre compréhensive.

Pour la circonstance, les journaux ont même fait leur enquête. Le grand-oncle Kohler a émigré juste après la guerre et n'a jamais donné de nouvelles aux siens, qui ne savaient même pas dans quel pays il était allé. En Australie, il a fondé un petit commerce et il s'est si bien débrouillé qu'il s'est retrouvé à la tête d'un véritable empire de la distribution.

Et les articles sont illustrés, non seulement du visage de Rudy sur son lit d'hôpital, mais aussi des photos de lui plus anciennes, quand il avait dix-sept ans, qu'ils ont été chercher chez ses parents.

Dans l'opinion, ce fait divers hors série ne passe pas inaperçu. Les lecteurs se passionnent pour cette histoire où le tragique côtoie le merveilleux. Mais, dans l'ensemble, ils sont un peu déçus du manque d'informations sur les réactions du héros. Que pense-t-il de tout cela ? Est-il heureux, est-il au contraire désespéré ? Les gens écrivent à leur quotidien ; ils veulent savoir.

Mais quand les journalistes se présentent maintenant à l'hôpital Saint-Joseph, ils trouvent porte close. Le personnel a des consignes très strictes pour ne laisser entrer personne. C'est la volonté formelle de Rudy Brenner. Il refuse toute interview, toute photo. Sa femme, Carlotta, qu'on guette des heures, ne veut pas en dire davantage. « Laissez-moi. Je n'ai rien à vous dire. Mon mari veut qu'on le laisse tranquille. »

Du côté des parents de Rudy, c'est le même son de cloche. Ils semblent avoir eux aussi des consignes de leur fils. Plus question d'accueillir les visiteurs, de répondre aux questions, de sortir l'album des photos de famille : c'est le silence total.

Et les jours, les semaines passent. Rudy Brenner, l'amputé milliardaire, l'accidenté du travail au fabuleux héritage, reste muet et invisible. À la fin de septembre 1990, il quitte l'hôpital dans une chaise roulante poussée par sa femme, de nuit et par une porte dérobée. Personne n'a pu le voir.

Un mois a encore passé. Nous sommes maintenant au début novembre 1990. Dans la neige, deux journalistes d'un hebdomadaire allemand à sensation, un reporter et un photographe, font le pied de grue devant le pavillon de Rudy Brenner dans la banlieue de Munich. Une habitation plutôt cossue pour un ancien ouvrier carrier, mais évidemment rien en comparaison de celle qu'il habitera bientôt. Grelottant, les deux hommes maudissent les consignes de leur patron : on reste sur le coup et on finira bien par avoir quelque chose.

Car jusqu'à présent, les résultats ont été décourageants, pour ne pas dire nuls. Pas une seule fois l'invalide ne s'est montré dans le jardin de la villa, ni même à la fenêtre. Sa femme Carlotta sort une fois par jour pour faire les courses. À part cela, rien : les rideaux fermés, le silence. Excepté les parents de Rudy, qui sont venus une fois, tous les visiteurs ont été impitoyablement refoulés. Au début, ils étaient nombreux à se présenter à la porte : journalistes, associations caritatives, quémandeurs de toutes sortes. Maintenant, ils se font de plus en plus rares ; ils sonnent deux ou trois fois et repartent sans insister.

Ce jour-là, tandis que les journalistes battent la semelle de l'autre côté de la rue, quelqu'un se présente devant le pavillon de Rudy. Les deux hommes l'observent avec un sourire : encore un qui s'est déplacé pour rien. Soudain, le reporter pousse son compagnon du coude : « Hé, qu'est-ce que tu paries que lui, il arrive à entrer ? »

L'autre rigole : « T'es pas fou, non ?

– Eh bien, regarde un peu… »

Effectivement, après avoir sonné sans obtenir de réponse, l'homme se met maintenant à tambouriner à la porte en criant quelque chose. Le photographe en reste bouche bée. « Eh ben, lui alors, on peut dire qu'il est gonflé ! »

Mais ce n'est pas fini. La porte s'entrouvre. Une courte conversation s'engage et l'homme entre dans la maison.

Le photographe considère son compagnon avec une expression de stupéfaction un peu inquiète. Mais l'autre se met à rire. « Non, c'est pas de la sorcellerie. Ce gars qui vient d'entrer, je le connais. Je l'ai déjà interviewé pour un reportage.

Il est commissaire principal. J'ai l'impression qu'on n'a pas fini de parler de Rudy Brenner. »

Le commissaire principal qui vient d'entrer dans le pavillon qu'habite Rudy Brenner et sa femme s'est assis en face de Rudy. Celui-ci est recroquevillé dans son fauteuil roulant. C'est peut-être son accident qui l'a vieilli si rapidement, ou l'annonce de son incroyable richesse. Il paraît quinze ans de plus que son âge. À moins que ce ne soit une autre raison. En tout cas, une chose est visible : Rudy a peur…

Le commissaire attaque l'entretien d'une voix posée. « C'est étonnant le destin, monsieur Brenner. Pourquoi est-ce à vous que sont arrivés ces deux événements extraordinaires ? Pourquoi a-t-il fallu que la presse publie votre photo et surtout celle où vous aviez dix-sept ans ? Enfin, je ne parle pas de la presse allemande, mais de la presse grecque, car un hebdomadaire de fait divers a raconté votre histoire là-bas aussi. »

L'invalide se recroqueville encore un peu plus… Il s'essuie la sueur qui dégouline sur son visage. Le commissaire poursuit imperturbablement. « Et ce qui est pire pour vous, monsieur Brenner, c'est que les parents de la jeune Efi Papadopoulos ont lu l'article et vous ont reconnu.

Rudy pousse un petit cri. Sa femme se précipite. « Qu'est-ce que c'est que cette histoire ? Je n'ai jamais entendu le nom de cette fille !

– Votre mari la connaît bien, lui. Ils ont eu une liaison ensemble, à Mykonos, l'île où elle habitait. Une liaison presque officielle, puisque les parents de la jeune fille étaient au courant. Mais qui s'est mal terminée. On a retrouvé Efi étranglée et le garçon avait disparu… C'était il y a huit ans. Rudy Brenner avait dix-sept ans, comme sur la photo qu'on a publiée. Voilà pourquoi il avait tellement peur des journalistes et surtout des photographes.

– C'est faux ! C'est à cause du choc qu'il a subi. N'est-ce pas, Rudy ? Eh bien, dis quelque chose ! »

Mais Rudy ne dit rien. Alors le commissaire continue : « Après son meurtre, votre mari était rentré chez lui et avait réussi miraculeusement à échapper aux recherches. Le destin vient d'en décider autrement. Je suis saisi d'un mandat d'arrêt international, monsieur Brenner. Rassurez-vous, vous ne serez pas extradé. L'Allemagne n'extrade pas ses ressortissants. Et, étant donné votre infirmité, vous n'irez pas en prison, mais à l'hôpital. »

Il y a un véritable cri de Carlotta : « Rudy, enfin, dis quelque chose ! »

Et l'infirme prend enfin la parole : « Que veux-tu que je dise ? Qu'est-ce qu'on peut dire ? »

Qu'est-ce qu'on peut dire : c'est le problème que se sont posé aussi les journalistes quand ils ont appris la vérité. Les mots manquaient, devant cet incroyable jeu de balance du destin. Certains ont évoqué la volonté divine, d'autres ont parlé d'un véritable match entre la chance et la malchance. L'accident, l'héritage, la révélation du crime : la malchance l'avait emporté par deux buts à un.

Reconnu coupable, Rudy Brenner a été condamné à quinze ans de réclusion, à purger dans un hôpital. À l'heure actuelle, il y est encore, en attendant d'entrer en possession de ses millions d'Australie, car il n'y avait aucune raison pour qu'il en soit dépossédé.

Alors, à quoi pense-t-il, dans son fauteuil roulant, au fond de sa conscience et dans sa solitude, Carlotta ayant, depuis, demandé et obtenu le divorce ? Nul ne peut le savoir, mais une chose est sûre : ce ne sont pas des pensées ordinaires, car personne, peut-être, n'a connu la même chose avant lui.

Pour l'amour d'Aurore

À la frontière glacée entre Alaska et Canada, tout un monde étrange de chasseurs, de trappeurs, de chercheurs d'or circule. Souvent ils ne sont connus que par des surnoms : « Trompe-la-mort », « Fend-la-bise », « le Balafré ».

Aventuriers, demi-fous, amoureux de la solitude. Quand l'un d'eux lance le cri qui jette ses chiens sur la piste, les chasseurs esquimaux se demandent : les reverra-t-on ou bien, comme beaucoup, laisseront-ils leurs os blanchir sur la banquise ?

Parfois, d'autres arrivent : qui sont ces étrangers au village ? Étrange trio. Il est rare, dans ces années qui suivent la Seconde Guerre mondiale, de voir un couple de trappeurs accompagné d'une femme dans les plaines du nord de l'Alaska. D'autant plus que cette jeune femme est d'une beauté irréelle qui laisse rêveurs les Esquimaux. Comment comparer son teint de porcelaine et ses yeux, d'un bleu profond, avec les faces plates et cuites par le froid de leurs propres compagnes ? S'agit-il vraiment d'une femme ou d'un esprit sorti de la toundra ? Les deux hommes qui l'accompagnent sont aux petits soins pour elle.

Les deux trappeurs sont bien différents : Victorien, un colosse au poil roux de près de deux mètres ; et Sean, un petit brun trapu. Ils sont bien de ce monde impitoyable de chasseurs. Quand le petit brun sourit, les habitants du village sont éblouis : pratiquement toutes ses dents de devant sont en or. C'est pourquoi, très vite, les Esquimaux le surnomment : « L'homme qui a sa fortune dans la bouche ».

Au magasin général, enfoui sous la neige glacée, le tenancier, lui aussi, reconnaît au premier coup d'œil les hommes d'expérience quand ils passent leurs commandes. « Il nous faut deux haches, deux kilos de thé, dix kilos de sucre, des haricots secs, dix kilos de carbure, deux lampes, dit le rouquin qui a l'accent français.

– Une centaine d'hameçons, une caisse de dynamite, deux scies à main », ajoute le petit brun. Il doit être d'origine irlandaise. Le marchand prépare les paquets de la commande : rien que des objets indispensables pour survivre dans le Grand Nord, rien de superflu, des outils pour faire face à la nature terrible et impitoyable, tout ce qu'il faut pour mener à bon port leurs traîneaux et leurs attelages de chiens malaouites.

« Vous payez comment ?

– En dollars américains », dit le rouquin. Il extrait de grosses liasses de ses poches.

La jolie dame qui les accompagne ne dit rien, elle sourit et approuve à tout ce qu'ils disent. Qui sont-ils ? Amis ? L'un des deux est-il son mari, l'autre son frère, tous les deux ses amants ? De toute manière, sous ces latitudes tout le monde s'en fiche.

En tout cas ils semblent s'entendre parfaitement pour prendre soin d'elle. Quand le blizzard se calme un peu, dans la cabane qu'ils occupent provisoirement tous les trois, on entend la jolie dame chanter un air mélancolique de la lointaine Europe. Les vieilles Esquimaudes, qui passent leurs journées à attendrir la peau de phoque en la mâchouillant, rient beaucoup en entendant cette musique étrange. Elle a un prénom imprononçable : Aurore. Comment les hommes blancs peuvent-ils prendre du plaisir avec une créature qui ressemble plus à une poupée en ivoire de morse qu'à une vraie femme, huilée à la graisse de phoque ?

Un beau matin, les trois inséparables, Victorien, le grand rouquin, et Sean, le petit brun, emmitouflés dans de triples épaisseurs de peaux de phoque, lancent le cri qui met en branle leur traîneau sur la piste glacée, vers le nord. Aurore, la jeune femme délicate, sous une triple épaisseur de peaux de renard, est assise sur le traîneau, la « traîne à chiens » comme ils disent là-bas. Les deux hommes courent à côté du traîneau. Très vite, la brume glacée les avale.

Au bout de quelques semaines, le trappeur roux revient, seul. À pied, sur des raquettes. Combien de miles a-t-il parcourus ainsi ? Mystère ? Le marchand du magasin général lui demande des nouvelles de ses compagnons, mais le roux se contente de passer une nouvelle commande. « Donnez-moi deux caisses de cinq cents cartouches. » Il montre d'un geste le fusil qu'il tient à la main. Apparemment c'est son seul bagage. Le marchand reconnaît le calibre pour la chasse aux ours. Le trappeur roux, une fois sa commande préparée et soigneusement enveloppée dans des caisses en bois, se met en quête d'un traîneau. Il fait très vite affaire avec le vieux Kopapik, qui lui en cède un, ainsi que six chiens. Le trappeur accepte sans discuter le prix demandé.

Puis il charge ses achats sur l'engin. Le lendemain, Kopapik constate, à son grand étonnement, que l'« homme à la barbe de feu » a disparu avec le traîneau et les chiens… sans le payer. Cela ne se fait pas chez les « vrais hommes de la banquise ». Tout le village discute de cet événement extraordinaire pendant plusieurs jours.

Quelques semaines plus tard, un grand trappeur roux apparaît de l'autre côté de la frontière, au Canada. Il est seul et arrive dans le poste de la montagne du Caribou. Il attend quelques jours la venue d'un acheteur de peaux. Quand celui-ci arrive, le trappeur roux sort de son igloo et lui vend très vite un superbe lot de renards blancs. « Puis-je savoir qui vous êtes ? »

Le trappeur roux lève un regard étonné. Il n'a pas l'habitude qu'on lui pose des questions. Mais l'interlocuteur, un homme blanc, a des arguments : « Je suis de la police montée, c'est un simple contrôle de routine.

– Je m'appelle Victorien Lesueur et j'arrive de l'autre côté de la frontière.

– Quels sont vos projets ?

– Je n'en sais encore rien », grommelle le grand rouquin dans sa barbe. Il tient son fusil à la main. Pourtant il n'y a pas le moindre ours à l'horizon.

« Je vois que vous êtes équipé pour le gros gibier. Vous savez que vous ne pouvez pas chasser sur le territoire canadien, sans avoir auparavant fait une demande.

– Oui, j'y penserai, si mes projets se précisent. » La physionomie du trappeur reste fermée. Pas le moindre sourire.

« Je ne repars que dans quatre jours, fait l'homme de la police montée. En attendant je loge chez Oshevik, au bout du village. » Lesueur fait signe qu'il sait où se trouve l'igloo d'Oshevik, mais se dispense de tout commentaire. Le lendemain, il a disparu.

Les petits hommes aux yeux bridés constatent qu'avant de s'évanouir dans le désert blanc, il s'est servi et leur a « emprunté » quelques provisions – poissons mis à sécher, hameçons qui vont désormais leur faire cruellement défaut.

Désormais les hommes de la police montée vont avoir des nouvelles régulières de Victorien Lesueur, le trappeur roux. De mauvaises nouvelles car ce sont les Esquimaux qui se plaignent. On démolit leurs pièges, on vole leurs prises. Parmi ces gens dont l'igloo n'est jamais fermé, dont la règle de vie est la confiance et la solidarité, c'est l'étonnement.

Le capitaine Coffield dit à son subordonné : « Mulligan, il faut voir d'un peu plus près ce que ce Lesueur a dans le ventre.

– Ce bonhomme ne m'a pas l'air très franc du collier. De plus, les Inuits racontent qu'on l'a vu, il y a quelques mois, en compagnie d'un autre trappeur et d'une femme. Depuis, on n'a plus jamais aperçu les deux autres…

– On va voir ça de près. Où serait-il exactement ?

– Du côté du lac de l'Ours-Malade. Prenez quatre hommes et partez demain.

– Pas loin de deux cents miles. Dès que j'arrive à le situer ou à prendre contact, je vous envoie un message radio. »

Le lendemain, la patrouille de la police montée s'enfonce à son tour dans l'immense forêt glacée où seule la boussole et l'expérience permettent de retrouver son chemin. Parfois des chasseurs esquimaux invitent les hommes blancs à venir partager le poisson cru que les vrais hommes se passent de bouche en bouche après avoir coupé au ras de leurs lèvres la ration qu'ils vont mâcher lentement.

« Le trappeur roux était là il y a trois jours. Il a détruit nos pièges et volé nos prises. » Toujours la même chanson…

Au bout de dix jours les policiers arrivent devant une cabane fraîchement construite. En rondins d'épicéa, recouverts de glace. Ils n'ont pas le temps d'approcher.

Une voix lance de l'intérieur : « Que venez-vous faire chez moi ? » Pas de doute, c'est bien l'accent français de Victorien Lesueur.

« Quelques questions à vous poser.

– Fichez-moi le camp ! Rien à vous dire. Veux pas de vous chez moi. »

Rien d'accueillant. On voit même le canon d'un fusil qui brille au soleil. Mulligan, le chef de la patrouille, n'a pas le temps de réfléchir. Une détonation, une douleur fulgurante dans l'épaule. Pas de doute, il est touché. Les autres policiers tirent en direction de la cabane tout en se repliant vers un abri derrière les arbres. Il faut soigner Mulligan.

« Ce n'est rien, dit le blessé. Essayez plutôt de me bloquer ce salopard. »

Quand, une heure plus tard, les policiers s'approchent de la cabane, elle est vide.

Le capitaine Coffield appelle sur la radio : « Comment va Mulligan ?

– Pas trop de dégâts. Il va se remettre.

– Mais enfin, qu'est-ce que ce cinglé de rouquin peut bien avoir dans la tête ? Il doit bien savoir qu'en tirant sur un "monté" canadien, il est parti pour des ennuis plus gros qu'un iceberg. Il y a quelque chose de louche là-dessous.

– Oui, d'autant plus qu'on ne sait pas ce que sont devenus ses compagnons d'autrefois. On parle d'un Irlandais avec toute la mâchoire en or et d'une femme très belle d'environ vingt-cinq ans qui serait arrivée d'Europe. »

Désormais, entre Victorien Lesueur et le capitaine Coffield, c'est une poursuite impitoyable. Lesueur, chasseur solitaire, parvient toujours à se faufiler entre les mailles. Facile pour un homme d'expérience parfaitement adapté au pays et qui semble dépourvu de scrupules. Comment le retrouver dans une contrée trois fois comme la France ? Pêche-t-il pour survivre sur les rives d'un lac ? La police a le choix entre des milliers de possibilités.

Malheureusement pour lui, dans cette immensité où le thermomètre peut descendre à moins trente-neuf, les nouvelles se propagent à une vitesse surprenante. On finit par repérer le géant roux non loin de la mer de Beaufort. La rumeur lui attribue un comportement de moins en moins correct. Il continue à dépouiller les indigènes pour augmenter sa collection de précieuses fourrures.

À présent que Victorien Lesueur s'est rendu coupable d'un acte d'agression caractérisé contre un membre des forces de l'ordre, le capitaine Coffield est habilité à se saisir de sa personne. Une équipe est formée avec la mission de passer les menottes aux poignets du rouquin insaisissable.

Deux traîneaux, lourdement chargés de matériel, et huit hommes s'enfoncent dans la taïga inhumaine. Parfois la progression est bloquée par des murs de glace formés par le vent. Parfois ils bénéficient de l'hospitalité de chasseurs inuits qui les invitent à un festin. « Vous avez de la chance, ce soir nous avons fait dégeler des estomacs de caribou pleins d'herbes. » Coffield et ses hommes savent que cette farce est constituée par l'herbe, à demi digérée, que le caribou a broutée avant d'être abattu. Ils apprécient moyennement ces repas plus que rustiques. Mais ils les dégustent dans l'odeur infecte des lampes remplies d'huile de phoque.

Un beau jour la police montée arrive aux abords d'une cabane puissante ressemblant à un blockhaus fortifié. La prudence commande de ne pas prendre de risque.

« Lesueur, c'est la police ! Sortez les mains en l'air ! Vous êtes coincés. La seule issue est de vous rendre. » Coffield n'entendra jamais la réponse, touché par une balle en pleine tête. Pour les autres policiers la situation est grave. Par radio, ils contactent le quartier général.

« Mettez le paquet, il faut avoir cet enfant de salaud ! »

Le lieutenant Warner, qui a repris le commandement de l'opération, donne des ordres rapides. « Pas de quartier, faites-lui sauter la carafe. »

À grands coups de dynamite, les policiers essaient d'entamer l'épaisse carapace de glace qui protège la grosse cabane. Mais

Lesueur connaît son métier. Sa construction semble inexpugnable. C'est à peine si l'épaisseur glacée est entamée.

Pour bien faire comprendre qu'il n'est pas prêt à se rendre, de temps en temps une balle capable de tuer un grizzli vient se loger dans un bouleau ou un saule, au ras des oreilles d'un policier. L'avantage n'est pas du côté des forces de l'ordre.

« Lieutenant Warner, nous ne pouvons pas rester plus longtemps ici.

– Pourquoi ?

– Nous n'avons plus de dynamite pour lui faire sauter le portrait et, d'autre part, il nous reste à peine assez de poisson pour nourrir les chiens si nous voulons rentrer au QG.

– Bon, on lève le camp. Maintenant ses jours sont comptés. Même si on le laisse tranquille pour le moment, il ne perd rien pour attendre. Toute la police montée du Canada est sur son dos. »

Et Warner, la rage au cœur, ordonne à ses hommes de prendre le chemin du retour avec, sur un traîneau, le corps raidi du capitaine Coffield. Une dernière détonation salue, comme avec ironie, leur départ. Que diable peut bien vouloir ce Lesueur ? Est-il devenu fou à force d'entendre les hurlements du blizzard ?

Une semaine plus tard, une autre patrouille de la police montée, à cent cinquante kilomètres de là, tombe sur le traîneau de Lesueur. Ils n'ont même pas à se donner le mal de l'identifier car, dès qu'il les aperçoit, le trappeur fou commence à leur tirer dessus comme s'il s'agissait de vulgaires caribous.

Un tireur d'élite l'abat d'une balle en pleine tête. On rattrape son traîneau un peu plus loin.

Où allait-il ? D'où venait-il ? Questions sans réponse pour la police montée qui dispose du corps, du traîneau, de la charge de fourrures. Ils servent à indemniser des Esquimaux victimes des manières expéditives de Lesueur. Mais la police continue de se poser des questions. Qu'avait-il donc dans sa tête en flammes pour se conduire ainsi ?

La réponse ne vient que deux mois plus tard. Par hasard, au bord d'un des milliers de lacs perdus dans la forêt, à quatre-vingts miles de l'endroit où Lesueur a poursuivi sa carrière de trappeur fou, on découvre une cabane silencieuse. Rien qu'à la manière dont elle est construite et fortifiée, la police reconnaît la manière Lesueur.

À l'intérieur, une surprise les attend : une femme est là, solitaire. Elle est assise sur un siège de rondins, couverte de fourrures. Elle est morte depuis longtemps, doublement glacée.

Le chef de la patrouille annonce la nouvelle par radio au commandant du QG. « Que pensez-vous de cette découverte ?

– Il semble qu'il s'agisse de cette fameuse beauté brune qui accompagnait Lesueur et son ami, l'Irlandais Sean, ou du moins ce qu'il en reste. »

Dans les papiers qu'on trouve à l'intérieur de la cabane, on découvre la solution et on reconstitue l'histoire. La belle jeune femme, Aurore Bellamy, vient d'arriver d'Europe. C'est l'épouse de l'Irlandais. Lesueur, le géant roux, partenaire de l'Irlandais, s'enflamme dès qu'il l'aperçoit. Il est sans doute payé de retour. Même par trente-neuf au-dessous de zéro les passions bouillonnent. Il s'ensuit une bagarre qui tourne mal. L'Irlandais reste sur la toundra glacée, en attendant que les loups nettoient ses os.

Les deux amants, désormais unis par cette passion criminelle, décident de disparaître dans le Grand Nord. C'est pourquoi Lesueur évite tout contact avec la police. Quand une balle l'abat, la belle infidèle, Aurore, restée seule au fond d'une cabane isolée, incapable de survivre, meurt de faim et de froid.

Bizarrement, dans un sac en peau d'orignal, on trouve… le dentier en or de son défunt mari. Sans doute le seul bien qu'il lui laissait et que Lesueur n'a pas voulu abandonner aux loups.

Descente aux enfers

Une jeune femme sérieuse et calme, Judith, est l'heureuse épouse d'un garçon dynamique et impulsif, Matthias Guennot. Ils se complètent à merveille. Il est dynamique et propriétaire d'un magasin de musique, la Clef de Sol, qui lui donne toute satisfaction. Mais un matin, en arrivant à son travail, il a une mauvaise surprise. Et quand il rentre chez lui pour le déjeuner, son visage exprime son désarroi.

« Tu en fais une tête, mon pauvre Matthias. Qu'est-ce qui se passe ? »

Judith met la dernière main au déjeuner qu'elle vient de préparer avec amour pour son mari et ses deux enfants : Barnabé, trois ans, et Alexandre, cinq ans.

Judith est une parfaite maîtresse de maison. Elle sait s'organiser et ne se laisse jamais décontenancer par aucun événement. Matthias, son mari, malgré ses trente-huit ans, est toujours le fonceur qui s'emballe pour toutes les idées nouvelles. Mais, par contre, il se laisse facilement décourager par les mauvais coups de la vie. Et, aujourd'hui, Matthias fait une drôle de tête.

« Réponds-moi, Matthias. Quel est le problème ?

– La boutique ! Je n'ai pas voulu te téléphoner avant. J'ai préféré attendre de rentrer. De toute manière j'ai eu pas mal de choses à faire ce matin. Tu parles d'une tuile !

– Je ne comprends rien à ce que tu racontes. Que se passe-t-il ?

– J'ai été cambriolé cette nuit.

– Pas possible. Malgré l'alarme et le rideau de fer ?

– Ils sont passés par-derrière. Je ne comprends pas comment ils ont réussi à déconnecter l'alarme. De toute façon, ces trucs ne sont jamais fiables.

– Et il y a beaucoup de dégâts ?

– À vue de nez, comme ça, ils ont emporté pour plusieurs briques de matériel, sans compter les disques, les cassettes et les instruments de musique. Surtout des guitares électriques. »

Judith encaisse le choc et éprouve le besoin de s'asseoir. « Que dit la gendarmerie ?

– Ils sont venus, sans trop se presser. Ils ont vaguement relevé des empreintes mais ils ne me laissent pas trop d'espoir de récupérer ce qui est parti. Si ça se trouve, c'est déjà de l'autre côté de la frontière ou à Paris.

– De toute manière, tu étais bien assuré. J'ai réglé la prime il y a un mois. Donc, pas de problèmes. Même si on perd un peu. Ce sont les inconvénients du métier. Tu as pu faire réparer ? Il ne faudrait pas que la même bande ou une autre revienne pour continuer leur travail ce soir.

– Ah, tais-toi ! Ne parle pas de malheur. Oui, j'ai appelé le spécialiste qui m'a posé l'alarme. J'en ai profité pour lui dire ce que je pensais mais il me garantit que, cette fois-ci, ça devrait dissuader n'importe qui de pénétrer à l'intérieur.

– Et si tu achetais un chien pour le laisser à l'intérieur pendant la nuit ?

– Oui, c'est une bonne idée. »

Matthias, un peu consolé, donne un petit baiser à Judith. Cette épouse si efficace qui prend toujours les bonnes décisions et ne panique jamais... Comme elle sait lui remonter le moral. Matthias se sent mieux. Pour un temps...

« Judith, viens vite ! Ça y est ! Ils ont encore recommencé.

– Recommencé quoi, Matthias ?

– Ils m'ont encore cambriolé, les salauds.

– Malgré l'alarme nouvelle ? Et malgré Forban ?

– Ils ont anesthésié Forban avec une bombe. Quant à l'alarme, les voisins m'ont dit qu'ils l'avaient entendue sonner au milieu de la nuit et que ça les avait empêchés de dormir. Il paraît que c'était assommant ce truc qui braillait.

– Et ils en ont pris pour combien ?

– J'ai l'impression que c'est encore pire que la dernière fois. Je venais justement hier de recevoir toutes mes commandes de Noël.

– Ils devaient être au courant. Tu veux que j'appelle l'assureur ?

– Oui, mais il va faire la gueule.

– Après tout c'est pour ça qu'on paie les primes. »

L'assureur, très mécontent de ce second sinistre, vient sur les lieux, examine le système de sécurité, les fermetures, épluche les factures, regarde Matthias d'un air soupçonneux et dit, d'un air entendu : « Au fond, ce vol juste au moment des fêtes, ça ne tombe pas trop mal pour vous. C'est comme si toutes vos ventes étaient faites d'un seul coup. »

Matthias lui répond sans réfléchir : « Vous voulez que je vous flanque mon poing sur la gueule ? »

Cette année le bilan de la Clef de Sol est négatif et le moral de Matthias s'assombrit. Le quartier, très populaire, lui semble un piège et il se réveille au milieu de la nuit en rêvant que des loubards vident, par camions entiers, tout ce qui reste dans la boutique.

Judith appelle le médecin qui conseille des tranquillisants. La descente aux enfers commence.

« Judith, au secours ! Je deviens fou. Ça y est, ils ont recommencé. Cette fois-ci c'est la catastrophe. Ils ont tout embarqué. Figure-toi qu'ils sont entrés dans la cour derrière le magasin ; ils ont défoncé le mur avec un 4 × 4 volé qu'ils ont abandonné sur place. »

Et Judith, qui reste silencieuse devant la nouvelle de la catastrophe, entend Matthias, son Matthias, pourtant si exubérant et dynamique, sangloter à grosses larmes à l'autre bout du fil.

L'assureur, lui, garde son sang-froid : « Monsieur Guennot, je suis désolé mais cette fois-ci nous ne pouvons pas vous rembourser toutes vos pertes. D'ailleurs, malheureusement pour vous, nous avions précisé dans le dernier avenant à votre contrat que nous considérions votre cas comme un "haut risque".

– Oui, je sais, vous allez me dire que je me suis installé dans une banlieue pourrie. Mais à qui voulez-vous que je vende des batteries de rock et des guitares électriques si je ne suis pas à proximité des acheteurs potentiels ? »

Matthias, depuis quelque temps, ne peut plus s'exprimer sans hausser le ton.

Quand il rentre chez lui pour le dîner, sa décision est prise : « Judith, je liquide l'affaire. Je vais voir ce que je vais pouvoir récupérer, une fois toutes les dettes payées. Et après j'aviserai. J'essaierai de me recaser. Peut-être au rayon musique de Carrefour. À moins que je trouve un job comme pianiste de bar. Il va bien falloir vivre.

– Ne panique pas, Matthias, tu vas t'en sortir. Nous allons nous en sortir tous les deux. Je suis certaine que les choses vont se remettre. »

Mais les choses ne se remettent pas. Matthias reste sans travail.

« J'en ai marre, Judith, je me sens complètement vidé. Tiens, passe-moi le scotch, j'ai besoin d'un remontant.

– Fais attention, tu sais que l'alcool ne te met pas en forme. Ne prends pas trop de whisky, je sers le dîner dans un quart d'heure.

– Bah, c'est tout ce qui me reste, il faut bien que je me console.

– C'est gentil pour moi ! Alors je compte pour du beurre ? » Et Judith se fait câline, caressant les cheveux frisés de Matthias. « Tu sais ce que je vais faire, mon chéri ?

– Non, quoi ? Tu vas jouer au Loto ?

– Je vais reprendre mon boulot de chimiste à l'Institut de recherche agronomique. J'ai demandé un rendez-vous au directeur et il m'a dit que je pouvais réintégrer leur équipe quand je veux.

– Oh, évidemment, Madame Mention-Très-Bien, pour toi pas de problème : tout le monde est prêt à t'accueillir à bras ouverts. Ta mère avait raison quand elle te déconseillait de m'épouser !

– Mais non, mon grand fou. Je n'aurais pas supporté une bête à concours. Avec toi la vie est pleine d'imprévus. »

Judith, en fait d'imprévus, est loin de s'attendre à ce que le destin lui réserve.

Tandis qu'elle reprend, brillamment, sa carrière de chimiste, interrompue par son mariage et la naissance des deux garçons, Matthias, lui, sombre dans la dépression nerveuse. Décidément, personne ne veut l'employer, ni dans la musique ni ailleurs. À présent Judith est sur ses gardes : toute trace de whisky a disparu de la maison.

« Ça nous fait faire des économies, affirme-t-elle, et ce n'est pas bon pour ton foie. »

Heureusement qu'elle est là pour faire bouillir la marmite. Matthias, quand il est calme, se tient informé : « Ça marche au laboratoire, tu es contente ?

– Oui, le directeur me laisse entendre que, l'année prochaine, je pourrais bien être chargée d'une série de recherches sur les oléagineux. Un gros projet à l'échelon international. J'aurai sans doute besoin de partir aux États-Unis.

– Quoi ? hurle Matthias. Tu vas me laisser en plan avec les mômes pendant que tu iras te faire tripoter par les Amerloques ! Il n'en est pas question ! Et moi, pendant ce temps-là, qu'est-ce que je fais ? Je reste ici à torcher les mouflets.

– Arrête de dire des bêtises. Barnabé et Alexandre ne sont plus des bébés. Ils se débrouillent très bien pour leur âge. Ils sont très raisonnables.

– Tout le portrait de leur mère. Raisonnables ! Je suis tombé sur une famille de raisonnables !

– Et puis si tu as besoin d'aide, tu sais que maman peut venir ici d'un coup de voiture. Elle doit d'ailleurs se charger de tout ce qui est lessive.

– Et ta mère en plus pour couronner le tout ! Tu crois que j'en ai pas assez comme ça ?... »

Judith, sentant venir la crise, préfère se taire. Elle emmène les deux garçons se coucher. Mais quand elle revient au salon, Matthias, qui a continué seul à se plaindre du destin injuste qui l'accable, est au comble de l'exaspération. Il saisit un vase précieux, cadeau de sa belle-mère, et le pulvérise sur le mur... Judith, angoissée, le voit en proie à ce démon qu'elle connaît trop bien : la violence.

« Ma cocotte, qu'est-ce qui t'arrive ? lui demande quelques jours plus tard sa collègue du labo, Mlle Ranson.

– Rien, je suis rentrée dans une porte en me levant cette nuit.

– Fais voir ça. Dans une porte ? Mais comment tu as fait ton compte ? Et qu'est-ce que c'est que ce gros bleu que tu as sur la jambe ? C'est toujours la même porte ?

– Oui, tu sais, en ce moment, je suis un peu distraite, je me cogne partout. »

Mais, au labo, les collègues finissent par se dire que vraiment Judith, si précise dans son travail, si posée, si efficace, ne peut pas être aussi maladroite chez elle. Le directeur la convoque : « Dites-moi, madame Guennot, je ne voudrais pas être indiscret et me mêler de ce qui ne me regarde pas mais, enfin, depuis quelques mois, je ne peux m'empêcher de remarquer que vous semblez victime d'une curieuse série de malchances et d'accidents. Et aujourd'hui cette fracture. Je ne crois pas beaucoup à votre version et aux escaliers glissants. Puis-je faire quelque chose pour vous aider ? Avez-vous des problèmes personnels ?

– Vous êtes très gentil, monsieur le directeur, mais je préfère ne pas en parler.

– C'est votre mari ?

– Il est très nerveux depuis qu'il a déposé son bilan. Mais je vais y arriver. En ce moment il perd un peu les pédales, il a toujours été violent. Alors, vous comprenez, comme je suis la seule à faire rentrer de l'argent dans la maison, il se voit réduit au rôle d'"homme au foyer" et il est comme un lion en cage.

– Il vous frappe ? »

Judith soupire sans répondre.

Le fait est que Matthias, enfermé dans l'impression que le monde entier le rejette, devient de plus en plus agressif. À présent il rend Judith et les garçons responsables de son malheur : « Mais qu'est-ce qui m'a pris de me marier ! Bon Dieu ! Est-ce que j'avais besoin de me coller sur les bras une femme qui me regarde de haut et deux mômes qui bouffent comme quatre ! Pourquoi ne suis-je pas resté à taper sur ma batterie et à m'éclater avec les copains ? » Il cherche la bagarre mais Judith garde son sang-froid : « Excuse-moi de changer de

conversation, mais, si tu as le temps, demain il faudrait que tu regardes l'évier, le joint fuit et toute l'eau tombe en dessous.
– Mais tu ne vas pas continuer à me courir avec tes histoires d'évier ! Tiens, regarde ce que j'en fais de ton évier. »

Et d'un grand coup de pied de judoka, Matthias fait sauter les robinets. Un geyser jaillit jusqu'au plafond de la cuisine. Judith, sans rien dire, descend à la cave pour couper l'arrivée d'eau. Elle remonte aussitôt, toujours aussi calme : « Ce n'est pas très malin de démolir la maison, mais demain tu en profiteras pour changer le joint quand tu ressouderas les robinets. »

Le soir même, une fois de plus, quand Judith rentre chez elle, l'atmosphère est au drame. En son absence sa mère est venue dans leur villa pour s'occuper des deux garçons et Matthias est au comble de l'énervement. De toute évidence il a trouvé de l'alcool. Mais, après tout, il lui suffit de traverser la rue pour aller au café d'en face.

Un mot de trop et Matthias lui décoche un coup de poing sur la tempe.

Judith, ce soir-là, décide de dormir sur un fauteuil dans la chambre des garçons. D'ailleurs, elle ne trouve pas le sommeil. Sur le mur est accrochée une photographie qui la représente au bras de Matthias, par une journée ensoleillée, peu avant leur mariage. Comme tout a changé ! « Ai-je commis l'erreur de ma vie en l'épousant ? se demande Judith en se frottant la joue avec un tampon d'alcool camphré. Comment aurais-je pu deviner la métamorphose de ce garçon qui me faisait tellement rire ! Est-ce sans espoir ? » En regardant Alexandre et Barnabé qui dorment paisiblement, chacun dans son petit lit, Judith sent une sueur froide dégouliner le long de sa colonne vertébrale. Et si Matthias allait s'en prendre à eux ? « De quoi est-il capable ? Chaque nouvel accès de colère semble pire que le précédent. »

La scène suivante lui donne raison.

« Tu les vois tes mômes ? Tu les vois ? » Matthias tient d'une main crispée chacun des garçons par un bras. « Tu sais ce que je peux en faire ? Tu me connais. Ça serait vite fait. Hop ! On n'en parle plus et, si tu continues à prendre tes airs de princesse, de Madame Je-Sais-Tout, de femme admirable mariée à un monstre, je vais t'en donner, moi, des raisons de regretter de m'avoir épousé ! Je n'ai pas peur d'être dans la rubrique des faits divers. »

Le soir même Judith, par prudence, se tient prête à réagir. « Trop c'est trop, dit-elle à sa mère au téléphone. S'il s'en prend aux garçons, je ne le laisserai pas faire. »

C'est pourquoi, trois jours plus tard, lors d'une nouvelle scène, elle est prête. Soudain Matthias attrape le chalumeau à gaz qui lui sert à bricoler et, allumant la flamme, se met à hurler : « Tu vois ce chalumeau ? Si tu continues, je flambe les mômes ! Tu m'entends ? »

Judith entend. À tâtons, sans regarder elle tend la main derrière elle, ouvre le tiroir de la table de la cuisine. Là, elle sait ce qu'elle va trouver, car elle l'a déposé elle-même la veille : un long marteau.

D'un geste précis Judith saisit le marteau et frappe Matthias en plein front, frappe, frappe, frappe. Les garçons, muets d'horreur, sont couverts du sang de leur père qui s'écroule et se tait enfin. Ils se précipitent et enserrent les jambes de leur mère de leurs petits bras.

Au procès de Judith, la femme efficace, tout le monde est venu dire son martyre, sa patience, son désespoir. Même sa belle-famille, même ses collègues. Mais Judith, digne, trop digne, trop pudique, n'a pas versé une larme en attendant l'annonce du verdict. Trop organisée, elle reconnaît avoir caché le marteau la veille du drame. Cinq ans, dont trois avec sursis.

Un beau-frère à surprises

Dans le bureau de l'agence matrimoniale, une jeune femme de la campagne attend avec émotion qu'on lui présente un candidat sérieux au mariage. Il est derrière la porte et la directrice vient de lui faire l'éloge de celui avec lequel elle va peut-être finir sa vie. En fait, c'est bien de cela qu'il s'agit.

Adeline est émue et elle tortille son mouchoir. Ses mains sont moites. Pourtant ce n'est pas la première fois qu'elle rencontre un « monsieur bien sous tous rapports ». Mais cette fois-ci elle ressent une émotion plus forte. Comme une angoisse qu'elle n'arrive pas à dominer. C'est sans doute ce qu'on nomme l'« intuition féminine »…

La directrice arbore un sourire onctueux : « Mademoiselle Adeline, je vous présente Stanislas, dont je vous ai parlé. »

Adeline a du mal à trouver le regard de l'homme qui, debout devant elle, s'incline légèrement. Elle voudrait se lever, mais on lui a appris qu'une femme n'a pas à se lever devant un homme à peine plus âgé qu'elle. Elle murmure : « Très heureuse…

– Tout le plaisir est pour moi. »

La marieuse intervient : « Je vous laisse faire connaissance. Je vous rappelle que, malheureusement, je ne peux pas vous laisser plus de vingt minutes. J'espère que vous les mettrez à profit pour vous donner envie de vous revoir en dehors de chez nous. »

Adeline et Stanislas sont seuls.

« Pas trop déçue, chère mademoiselle ?

– Pas du tout. Au contraire. Et vous ? Je ne suis pas une beauté, comme vous pouvez le voir.

– Vous êtes très... plaisante. Vous n'avez jamais été mariée ?

– C'est cela. Manque de chance. J'ai dû remplacer ma mère quand elle est morte et m'occuper de mon père, de mes deux frères. À présent j'ai envie d'un peu de bonheur... De rendre heureux un homme qui soit tout pour moi.

– J'espère mériter d'être celui-là... »

Et la conversation continue. Quand la directrice de l'agence vient annoncer que les vingt minutes sont écoulées, Stanislas et Adeline déclarent d'une seule voix que cet entretien semble très positif et qu'ils ont décidé de faire plus ample connaissance lors d'un petit dîner en tête à tête.

Ce petit dîner est assez réussi. Stanislas, mince, un peu dégarni, avec ses lunettes qui lui donnent un air si « convenable », plaît beaucoup à Adeline. Elle écrit bientôt à ses deux frères :

« Cher Aubin, cher Martial,

« Cette fois-ci je crois que le moment est arrivé. Grâce à l'agence Doux-Foyer, dans laquelle je m'étais inscrite il y a déjà six mois, j'ai rencontré un monsieur charmant. Il se nomme Stanislas Vertillon et il est le patron d'une petite entreprise de bâtiment à Bondy. Il m'a l'air sérieux et me plaît bien. Il n'a pas d'enfant, ce qui est rare de nos jours, et, en définitive, nous allons nous marier. »

En juillet 1968, Aubin, Martial, leurs épouses et leurs enfants voient arriver Adeline, leur petite sœur, « la petite » comme ils l'appellent toujours malgré ses trente-cinq ans. Derrière elle, descendant du train, Stanislas, l'homme de sa vie, aux mains fines, étrangement féminines.

La noce est gaie et on débouche un nombre respectable de bouteilles de champagne. Martial et Aubin, qui ne sont pas du genre bavard, considèrent leur beau-frère de loin, sans essayer d'en savoir davantage. Quand les jeunes mariés sont repartis, les deux frères d'Adeline échangent des impressions en tirant sur leurs pipes : « Il n'est pas très causant le beau-frère.

– Du moment qu'il est causant sous les couvertures. » Et de rire. Micheline, la femme de Martial, intervient : « Dites donc, vous deux ! Les enfants vous écoutent.

– Enfin, il a un bon métier et pas de trous à ses semelles, c'est déjà ça. »

Au cours des mois suivants, les deux frères reçoivent régulièrement des nouvelles des nouveaux époux. Adeline nage dans le bonheur, à petites brasses, comme on peut nager quand on a trente-cinq ans passés. Sans faire de vagues. Si elle a des problèmes, elle n'en laisse rien paraître. Elle fait des projets d'avenir. Et, aux vacances d'été, Martial et Aubin apprennent tout. « J'ai un service à vous demander, mes deux grands : Stanislas et moi, nous avons décidé de bâtir. Il a acheté un terrain et nous avons les plans d'un pavillon. Mais il nous faudrait, pour l'emprunt à la banque, votre garantie. »

Elle montre les plans. « Regardez, nous avons prévu deux chambres d'amis. Et puis, il faut penser à l'avenir. Stanislas et moi n'avons pas l'intention d'avoir des enfants. Il dit que ce serait un risque étant donné mon âge. Alors, la seule famille qui me restera, ce sont les vôtres. Si un jour Frédéric ou Madeline veulent continuer leurs études à Paris, Stanislas et moi nous pourrons les héberger dans ce pavillon. C'est une sorte d'investissement familial. »

Aubin et Martial, Micheline et Marie-Jo réfléchissent. « De combien s'agit-il ?

– Cent mille francs.

– Et sur combien d'années ?

– Sur vingt ans. » Toute la famille se penche sur les feuilles où figurent les remboursements des intérêts et du capital.

Adeline sait trouver les arguments convaincants : « De toute manière, ne vous en faites pas. Stanislas gagne pratiquement dix mille francs par mois. On ne se prive de rien. Il n'y aura pas de problème pour les remboursements. »

Aubin prend la décision : « Eh bien, si c'est pour ton bonheur, allons-y. Il faut bien que la famille serve à quelque chose. Quand doit-on signer ? »

Adeline leur saute au cou. « Vous êtes des anges ! Stanislas, viens vite ! Aubin et Martial sont d'accord pour donner leur aval. Tu peux leur dire merci. »

Stanislas, de loin, fait un sourire qu'il veut le plus cordial possible. C'est tout. Marie-Jo en est choquée : « Y a pas à dire, c'est pas un expansif. »

Au cours des mois qui suivent, la famille – c'est la moindre des choses – est tenue au courant de l'édification du pavillon de banlieue qui, d'après les photos qui parviennent dans le Cher, ne manque pas d'allure. On dirait un petit hôtel particulier.

Martial et Aubin, pas plus que leurs familles, n'auront hélas l'occasion de venir pendre la crémaillère.

Lors de l'installation du couple dans son nouveau nid d'amour, Adeline prend quelques jours de congé pour tout ranger et tout installer. Il faut dire que Stanislas est du genre à ne rien jeter et le pavillon tout neuf est encombré de valises et de cartons. Un capharnaüm que Stanislas entreposait dans la cave de son appartement de célibataire. Il est vraiment incapable de se séparer des vieilleries qui sentent le moisi.

Adeline, elle, au contraire, aurait tendance à se débarrasser de tout ce qui encombre. Tout à la joie d'organiser son nouveau foyer, elle trie et jette à tour de bras. Elle éventre les cartons poussiéreux, ouvre les valises aux serrures rouillées. Et remplit les poubelles devant leur jardinet. Stanislas rentre tard. Inutile de l'ennuyer avec les détails de ce « grand nettoyage de printemps ».

Mais un soir, en arrivant au pavillon, Stanislas, surpris, constate qu'Adeline, toujours si joyeuse, n'est pas sur le perron pour l'accueillir. Elle est assise dans leur futur salon. D'un seul regard il comprend qu'il vient de commettre une erreur.

Erreur fatale. Fatale pour qui ? La décision de Stanislas est prise en une seconde. Car il aperçoit ce qu'Adeline, les yeux rougis par les larmes, tient à la main. Un gros dossier qu'il connaît bien et qu'il s'efforce d'oublier depuis plusieurs années. Quand on veut tout oublier, on ne conserve pas de traces de son passé dans des valises...

Les époux Vertillon, ce soir-là, ont une discussion plus qu'orageuse. Adeline passe de la stupeur incrédule au dégoût le plus total. Comment croire que celui qu'elle a épousé cachait un tel passé derrière une façade si convenable ? Elle brandit les documents qu'elle vient de découvrir : ses cheveux se dressent encore sur sa tête. Stanislas, devant l'évidence des faits qui l'accablent, se défend mollement. « Pardonne-moi ma chérie...

– Ne m'appelle plus "ma chérie". Comment as-tu pu dissimuler ton passé à ce point ?

– Mais je t'aime, ma chérie, insiste Stanislas, sans élever le ton. Si je t'avais tout avoué, aurais-tu songé un instant à m'épouser malgré mon passé ?

– Je n'en sais rien. Peut-être... J'aurais pu y réfléchir.

– De toute façon, c'était il y a si longtemps. Je suis un autre homme aujourd'hui. C'était la guerre, j'étais à peine un gamin à l'époque. C'est une erreur de jeunesse. La prison a fait de moi un autre...

– Un autre homme ? Je me demande... Vingt ans sans voir une femme. Je me demande si ça ne t'a pas marqué de manière définitive. Avoue que j'ai de quoi me poser des questions. Et puis ces vingt ans, tu les avais mérités, tu ne peux pas dire le contraire... »

Un vilain jour de février, quelques mois après la fin des travaux, là-bas dans le Cher, Aubin et Martial voient Stanislas débarquer chez eux. Martial s'étonne : « T'es tout seul ! Où donc est la petite ?

– Eh bien, c'est justement ce que je venais vous demander. Vous ne l'avez pas vue ? Elle a disparu.

– Disparu ? Ça ne lui ressemble pas. Mais qu'est-ce qui s'est passé ? Vous vous êtes disputés ?

– Absolument pas. Mais je crois que, peut-être, je ne répondais pas exactement à ses appétits. Depuis quelque temps j'ai l'impression qu'elle avait un amant. À mon avis elle a filé avec lui. »

Aubin proteste : « La petite, partir avec un amant ? Impossible ! Ce n'est pas son genre. Tu t'es renseigné à son travail ? Tu as signalé sa disparition à la police ?

– Évidemment, mais j'ai pensé qu'elle vous donnerait des nouvelles. Si jamais elle se manifeste, soyez gentils, dites-lui que je lui pardonne et que je l'attends. On ne parlera de rien et, si elle revient, tout sera oublié. »

Marie-Jo soupire : « La petite, partir avec un amant... Vraiment, ça me la coupe. »

Jamais plus Martial ni Aubin, ni personne de la famille, n'entendra parler de « la petite ». Ils se mettent à rêver qu'elle est peut-être en Amérique, au Canada, heureuse, ayant refait sa vie avec un autre homme. Mais enfin, elle pourrait donner des nouvelles... Des nouvelles ils en auront... deux ans plus tard.

« Martial, Aubin, venez vite, venez voir ! »

Au milieu de la cour qui sépare les deux pavillons occupés par les deux frères et leurs familles respectives, Marie-Jo, un journal à la main, hurle comme une folle. Elle a laissé tomber son vélo et toutes les provisions des sacoches ont glissé sur le sol.

Les deux frères, médusés, n'en croient pas leurs yeux en lisant les gros titres. « Après le meurtre de trois personnes, arrestation d'un entrepreneur en peinture, Stanislas Vertillon. »

La suite de l'article donne des détails atroces. Leur beau-frère vient d'assassiner un couple de retraités à qui il avait emprunté de l'argent, plus la bonne, pour supprimer un témoin gênant. Pas de doute : on a retrouvé chez lui des preuves accablantes du vol qui a suivi le crime. Du coup, les deux frères et leurs femmes s'interrogent : « La petite ? Est-elle vraiment partie ? » Aubin, les larmes aux yeux, répond : « Je ne crois pas. »

Désormais ils suivent l'enquête avec passion. Et ils découvrent avec horreur la vraie personnalité de leur beau-frère. Assassin à dix-neuf ans d'un associé qui était par ailleurs son « petit ami », le charmant Stanislas, avant de rencontrer « la petite », vient de passer vingt ans en prison. Il ne s'en vante pas. Pourtant, le peu de goût qu'il a pour les dames ne l'empêche pas de s'inscrire dans une agence matrimoniale. Pour le malheur de « la petite », dont on retrouve bientôt le squelette dans la cave du pavillon. Elle repose là en compagnie d'un autre cadavre, décomposé. Stanislas avoue qu'il n'a pas trouvé d'autre solution pour l'empêcher de révéler tout ce qu'elle avait découvert en faisant le « nettoyage de printemps ».

Stanislas est condamné une nouvelle fois. À la perpétuité. Martial et Aubin essaient d'oublier le destin tragique de « la petite ». Mais aujourd'hui le passé leur saute à nouveau à la gorge : après dix-neuf années de silence, les banques leur réclament, par voie d'huissier, le paiement des traites que Stanislas, du fond de sa prison, ne paie plus. Avec les intérêts cumulés, Martial et Aubin, pour s'être portés garants, vont devoir vendre leurs propres maisons pour régler les trois cent cinquante mille francs empruntés par l'assassin de leur sœur…

Sa dernière cause

16 septembre 1985. Le téléphone sonne dans la luxueuse étude de maître Orlando, l'un des avocats les plus en vue de Turin. Luigi Orlando, quarante-cinq ans, grand et mince, respire la distinction avec ses cheveux déjà gris qui lui donnent un charme incontestable. Maître Orlando décroche le téléphone avec impatience. « Je vous ai dit que je ne voulais pas être dérangé, Alba. »

La voix de la secrétaire a l'air contrariée. « Je sais, maître... mais c'est le père Leoni, le supérieur du cours Saint-Joseph. Il insiste. »

À contrecœur, maître Orlando appuie sur une touche et la voix du religieux se fait entendre. « Désolé de vous déranger, maître Orlando, mais il faudrait que vous veniez tout de suite. »

Maître Luigi Orlando a une grimace. « Il s'agit de mon fils ?

– Oui.

– Qu'est-ce qu'il a fait encore ?

– Je préfère vous le dire de vive voix.

– C'est grave ?

– Très... »

Oui, c'est très grave. Plus grave encore qu'il n'y paraît.

Après avoir donné rapidement des instructions à sa secrétaire, l'avocat s'engouffre dans sa voiture. Il faudra toujours que Fabio lui fasse perdre son temps ! Et, en plus, il doit aller tout à l'heure à la prison pour une affaire particulièrement délicate.

Le père Leoni, en le recevant dans son bureau, n'a pas les

manières compassées qui sont habituellement les siennes. Il serre froidement la main de l'avocat et lui désigne un siège. Fabio Orlando est assis à ses côtés, les mains sur les genoux, la tête rentrée dans les épaules. C'est une grande asperge de dix-neuf ans au visage sans intérêt qui n'exprime rien de vraiment définissable. Luigi Orlando, après avoir jeté un bref regard à son fils, s'adresse au supérieur. « Je vous écoute, mon père. »

Le père Leoni a un instant de recul devant l'énormité de ce qu'il va dire. « Tout à l'heure, après la messe, Fabio a… renversé le crucifix de l'autel… »

Maître Orlando ne semble pas bouleversé par cette révélation qui a l'air de tellement émouvoir le religieux. Il se tourne néanmoins vers son fils avec une mine sévère. « Qu'est-ce qui t'a pris, hein ? Pourquoi tu as fait cela ? »

Fabio Orlando secoue la tête sans oser regarder son père. « Je ne sais pas.

– Bien entendu. "Je ne sais pas", comme toujours ! Tu ne sais jamais rien et tu ne sauras jamais rien, mon pauvre Fabio ! » L'avocat se tourne vers le supérieur.

« Mon père, si le crucifix est endommagé, vous serez remboursé. D'autre part, je vais faire un don pour votre institution. »

Le père Leoni a un sourire contrarié. « Je vous remercie, maître. Mais, malheureusement, cela ne change rien pour Fabio. Le geste qu'il a commis est impardonnable. J'ai pris la décision de le renvoyer sur-le-champ. »

Luigi Orlando se lève. « Évidemment. Je comprends. »

Il jette de nouveau un regard vers son fils, toujours prostré.

« Maintenant, il va falloir que je trouve une autre école, comme si je n'avais que cela à faire ! Allez, fais ta valise ! Je dirai au chauffeur de venir te chercher. »

Et, en s'efforçant d'oublier ce contretemps déplaisant, maître Luigi Orlando se dépêche de se rendre à la prison. Pour un peu, ce bon à rien de Fabio lui aurait fait perdre le fil de ses pensées. Il a pourtant minutieusement préparé son dossier, et c'est la première fois qu'il va rencontrer son client. C'est primordial le premier contact avec un client, surtout un jeune, comme ce Marcello Pannini, accusé de meurtre. Avec un jeune, si le courant ne s'établit pas tout de suite, la défense est pratiquement perdue d'avance.

En rentrant dans la cellule, Luigi Orlando a retrouvé la totalité de ses moyens. Et maître Orlando est un grand avocat.

Marcello Pannini, dix-neuf ans, est le type même du petit voyou qu'on peut rencontrer dans les rues de Turin et des autres grandes villes. Lorsque l'avocat s'assied à côté de lui, il a un mouvement agressif. « Qu'est-ce que vous me voulez ?

– Je viens pour t'aider, mon petit… Tiens, tu veux une cigarette ? »

Le jeune homme accepte et maître Orlando en allume une à son tour.

« Cette vieille dame, quand tu es entré chez elle, tu venais uniquement pour la voler, n'est-ce pas ?

– Oui.

– Tu ne voulais pas la tuer mais simplement la menacer avec un couteau. Seulement, elle a eu peur et elle a crié. C'est cela ?

– Oui… C'est ça… Je ne voulais pas la tuer, je vous le jure.

– Je te crois, Marcello. Maintenant, parle-moi de tes parents. »

Le jeune assassin lève des yeux étonnés. « Mes parents ? Qu'est-ce que vous voulez que je vous dise ? Mon père, il est saoul pratiquement tous les soirs et ma mère, vu qu'on est douze à la maison… »

Luigi Orlando s'approche de lui. « Dis-moi, Marcello, j'ai lu dans ton dossier qu'il y a un an, tu avais mis le feu chez toi. Pourquoi as-tu fait cela ?

– Je ne sais pas.

– Mais si, tu le sais. Tu as fait cela parce qu'on ne s'occupait pas assez de toi, parce que tu étais malheureux et que tu voulais qu'on t'aide. »

Marcello Pannini reste un moment silencieux et éclate brusquement en sanglots. « C'est vrai, monsieur. C'est vrai ce que vous dites. »

L'avocat lui pose la main sur l'épaule. « Ne t'inquiète pas, mon garçon, je vais te sortir de là. »

En rentrant à son étude, Luigi Orlando trouve sur son bureau un mot de sa secrétaire : « Prière de rappeler votre femme. »

Luigi Orlando est vaguement inquiet. Sa femme Lisa, qui mène de son côté une vie mondaine et très indépendante, ne téléphone pour ainsi dire jamais au bureau. Au bout du fil, effectivement, la voix de Lisa n'a pas le ton assez snob qui lui est coutumier. « Luigi, je suis terriblement inquiète. Le petit s'est enfui. »

L'avocat ne s'émeut pas outre mesure. « Comment cela, enfui ?

– Eh bien, en revenant de l'institution avec le chauffeur, il est parti. Voilà.

– Cela ne prouve rien. Il sera allé faire un tour. C'est tout.

– Non. Il a pris l'argent qui était dans la commode et aussi… ton revolver dans la table de nuit. »

Maître Orlando pousse un profond soupir. « Bon. Je suis quitte pour aller trouver le commissaire Colonna. Quelle journée ! »

Le commissaire Umberto Colonna reçoit Luigi Orlando peu après. Il y a longtemps déjà que les deux hommes, que leurs professions respectives ont amenés à se rencontrer, sont devenus amis. À l'arrivée de l'avocat, le commissaire Umberto affiche un large sourire, mais il l'interrompt en constatant l'air soucieux de son visiteur. « Des ennuis, Luigi ?

– Oui. Cet imbécile de Fabio a encore fait des siennes.

– Grave ?

– Non. Des enfantillages, comme toujours. Il a été flanqué à la porte de son institution et il s'est enfui de chez nous. »

Le commissaire Colonna hoche la tête. « Une fugue, quoi… C'est de son âge.

– Oui, l'ennui c'est qu'il a emporté pas mal d'argent et mon revolver. »

Au mot « revolver » le commissaire fait la grimace. « Ça, j'aime moins… Je vais donner des ordres. »

Luigi Orlando a un petit geste de la main. « Je t'en prie, ne fais rien de trop voyant. Dans ma situation, je dois éviter ce genre de publicité… Je connais pas mal de gens qu'un scandale sur mon compte arrangerait bien.

– Mais tu ne crains pas une… bêtise de sa part ?

– Allons donc ! Je connais bien Fabio : c'est un velléitaire, un mou. Il est comme cela depuis qu'il est gosse. Il reviendra de lui-même ce soir ou demain matin. »

Pourtant, ni le soir, ni le lendemain matin, Fabio Orlando ne revient au domicile de ses parents. Ce n'est que trois jours après que l'avocat a des nouvelles de son fils. Sous la forme d'un coup de téléphone du commissaire Colonna à son bureau. La voix est blanche. « Fabio vient d'être arrêté. »

Maître Orlando explose : « Arrêté ? Mais tu es fou ! Tu m'avais promis.

– Il a tué un de mes hommes, Luigi... »

Il y a un long silence dans le bureau de l'avocat, et puis un bredouillement : « Comment ?... Comment est-ce possible ?

– Une patrouille l'a repéré dans une rue de Turin. Elle a voulu l'appréhender, mais il s'est débattu, il a sorti son arme et il a tiré. Voilà comment c'est possible. Pour l'instant, il est à mon commissariat. »

Il y a encore un silence et maître Orlando répond dans un souffle : « J'arrive. »

Fabio est assis sur une chaise, prostré. Il a exactement la même expression que lorsqu'il était dans le bureau du père Leoni après avoir renversé le crucifix ; la seule différence est qu'il a maintenant les menottes aux poignets. Luigi Orlando contemple cette image avec effarement. Pour la première fois de sa vie il se sent totalement désemparé. Il demande pauvrement : « Pourquoi as-tu fait cela ? »

Fabio hausse les épaules. « Je ne sais pas...

– Mais enfin, Fabio, ce n'est pas possible ! Tu ne pouvais pas être dans ton état normal. Tu as eu à ce moment-là un trouble psychique quelconque, une perte de conscience.

– Non, j'étais dans mon état normal. Enfin, comme je suis d'habitude, c'est-à-dire pas grand-chose ou plutôt rien du tout. »

Luigi Orlando ne sait que dire. Il finit par demander : « Veux-tu que je te défende ? »

La réponse est immédiate. Pour la première fois, Fabio Orlando exprime un point de vue catégorique, avec toute la force dont il est capable : « Non ! Continue à t'occuper des autres !... »

C'est donc un avocat récusé et un père brisé qui se présente à la barre, comme simple témoin, au procès de Fabio Orlando, le 25 février 1986. Le Tout-Turin se presse pour assister à ce moment pathétique.

À son arrivée, un murmure parcourt la salle. Luigi Orlando a prodigieusement vieilli : la silhouette longiligne est devenue voûtée, la chevelure grise, qui avait charmé tant de prétoires, est maintenant toute blanche, et la voix, naguère tonnante, incisive, est méconnaissable lorsqu'il prononce : « Pardon, Fabio… »

L'accusé regarde son père. Chacun attend qu'il dise quelque chose, mais il se tait. Maître Orlando pousse un soupir et se tourne vers la cour.

« Je suis le seul coupable, monsieur le président… Je ne me suis jamais intéressé à Fabio, bien que ce soit mon fils, ou plutôt à cause de cela. Je n'ai pas compris qu'il essayait, à sa manière à lui, maladroite, désespérée, d'établir un contact avec moi. »

Dans un silence total, l'avocat poursuit : « Pourtant, ces signes avant-coureurs qui précèdent les catastrophes, je les connaissais et je les distinguais immédiatement, mais chez les autres, seulement chez les autres… J'ai défendu un jeune criminel qui avait mis le feu à la maison de ses parents pour attirer leur attention sur lui : cela, je l'avais tout de suite compris. Pourtant, lorsque Fabio a fait la même chose avec ce geste absurde de renverser le crucifix, je n'ai rien vu. »

Et dans une émotion portée à son comble, Luigi Orlando conclut : « Je tiens à annoncer publiquement que je renonce au barreau. Je n'ai jamais été, contrairement à ce que je croyais, un bon avocat. Les individus ne m'intéressaient pas. Seules m'intéressaient les causes brillantes, celles qui me permettaient de me mettre en valeur. »

Le verdict a été rendu le lendemain. Malgré la pathétique déposition de son père, Fabio Orlando a été condamné au maximum : réclusion à perpétuité.

Maître Luigi Orlando avait perdu sa dernière cause.

Car il a tenu parole, il a démissionné. Désormais sans occupation professionnelle, abandonné, en outre, par sa femme qui avait demandé et obtenu le divorce, il s'est marginalisé rapidement, comme il arrive souvent, de nos jours, dans les grandes villes. On a perdu sa trace jusqu'à l'hiver dernier où on l'a retrouvé, mort d'épuisement et de froid, près d'une décharge publique.

Lorsque l'enfant paraît

La naissance d'un enfant, l'instant où il quitte le ventre de sa mère pour affronter le monde, c'est un moment unique.

Imaginons que vous êtes née, car vous êtes une fille, le 29 février 1948. Des tas de gens sont nés ce jour-là. Des tas de gens qui ont actuellement, sauf incident et mauvais sort, quarante-sept ans.

Vous avez donc quarante-sept ans, vous êtes répertoriée dans une mairie, sur le registre d'un état civil. Date, heure et lieu de naissance, mère et père.

Rectification : vous êtes née d'une mère seulement, votre père est inconnu. Ce sont des choses qui arrivent régulièrement de nos jours, mais en 1948, une mère sans mari est une fille-mère, et une fille sans père est cataloguée comme bâtarde.

La société est encore, à cette époque, moralement contraignante sur le sujet. Heureusement, nous n'en sommes plus là.

Quant à l'heure et au lieu de votre naissance, c'est une autre histoire. L'heure, encore… tout le monde ne saurait être précis, elle pourrait ne pas figurer. Mais le lieu ?

Or, le lieu c'est toute VOTRE histoire, si vous êtes née CE 29 février 1948, dans les circonstances que je vais décrire.

Et il est possible que vous lisiez en ce moment votre propre histoire.

Le problème, c'est qu'on ne vous a peut-être jamais raconté cette histoire, pour des raisons qui n'appartiennent qu'à votre famille.

Donc, nous vous appellerons Marie, c'est un beau nom ordinaire qui arrange tout le monde.

Le 29 février 1948, votre future mère, celle qui vous porte depuis presque neuf mois, prend une décision grave.

Nous l'appellerons Pierrette. Pierrette est ouvrière dans une usine d'armement de la ville de A. Elle n'a guère les moyens de vous élever. Pas le temps non plus. Si elle arrête de travailler, elle ne pourra pas se nourrir, donc vous nourrir.

Il faut rappeler à ceux qui en douteraient que nous sommes en 1948, juste après la guerre, et que les « acquis sociaux », comme on dit maintenant, ne sont encore pas acquis !

Pierrette, votre mère, a donc pris la grave décision d'aller accoucher secrètement dans la ville de B., à une heure de train de son lieu de résidence. Elle a retenu une chambre dans une maternité privée, chez le docteur X. Là, elle sait qu'elle pourra mettre son enfant au monde anonymement dans de bonnes conditions, et le confier ensuite à l'Assistance publique. Après quoi, courageusement, elle retournera travailler dans la ville de A., et elle essaiera d'oublier que la vie des ouvrières de son temps n'est ni gaie ni facile, et parfois même désespérante.

Pour que son voyage soit le plus court et le moins gênant possible pour son travail, elle a calculé la venue au monde de son enfant au plus juste. Ce dimanche 29 février est une date limite.

Pierrette est donc dans le train, en troisième classe. Le train roule. Elle a des sueurs. En face d'elle, les voyageurs du dimanche ne lui prêtent guère attention. Ils ne remarquent pas non plus que cette jeune femme enveloppée d'un manteau gris a soudain le visage livide…

Pierrette se lève et se dirige vers les toilettes du wagon. Quelque chose de terrible lui arrive – douleurs, contractions, le travail vient de commencer. Elle devrait alerter quelqu'un, tirer sur la sonnette d'alarme, prévenir les voyageurs ; bref, de nos jours, ce ne serait pas un drame si terrible. Mais l'habitude du secret est prise. Il faut qu'elle accouche à la clinique de la ville de B. Il faut que ce maudit train arrive à B. En attendant, elle va s'enfermer dans les toilettes pour y souffrir en silence. Un accouchement ne se fait pas en quelques minutes ; après les premières douleurs, elle a le temps… D'ici une heure, une fois sur le quai de la gare de B., elle pourra demander de l'aide pour gagner la clinique. Là-bas, personne ne la connaît.

Pierrette serre les dents. Cette fois, les choses se précisent, elle a perdu les eaux. Et, contrairement à ce qu'elle espérait, les contractions s'accélèrent… s'accélèrent… le bébé va naître. Est-ce le mouvement du train ? Ou a-t-elle mal calculé les jours ?

Pierrette accouche accroupie sur les toilettes du wagon, sans même pouvoir s'allonger, dans cet endroit exigu. Et, pour ceux qui s'en souviennent, les toilettes d'un train de province à cette époque n'ont rien à voir avec celles d'un TGV actuel, ni même d'un omnibus actuel. Ce sont des toilettes rudimentaires. On y voit défiler le ballast…

Et lorsque l'enfant paraît… l'enfant disparaît tout aussitôt !

Pierrette n'a pas eu le temps de réagir, même pas eu le temps de comprendre, est-ce un garçon ou une fille, elle n'en sait rien, SON enfant a disparu dans le vide !

C'est épouvantable, un véritable cauchemar, et toutes les mères doivent fermer les yeux de terreur devant une image pareille.

Pierrette est seule, enfermée dans ces toilettes, malade, affolée, perdant son sang, essayant de reprendre ses esprits et ses forces. Le train arrive en gare de B., et elle se rend avec difficulté auprès du chef de gare. Pliée de douleur et d'angoisse mortelle. Cette pauvre jeune femme explique tout cela au chef de gare, qui la regarde avec effroi. Un nouveau-né tombé sur une voie ferrée à la première minute de sa naissance, tandis que le train roulait… Est-ce possible ?

Les gendarmes, prévenus, cherchent donc un petit cadavre le long de la voie. Pierrette est évidemment incapable de situer l'endroit. Une femme qui accouche dans la douleur et qui subit un tel choc n'a pas assez de lucidité pour cela. C'était il y a dix minutes ou un quart d'heure… elle ne sait pas exactement. Elle est restée un moment prostrée, figée de terreur. Combien de temps ?

Bien entendu, la malheureuse jeune femme ne peut plus cacher son état de fille-mère et, de plus, un gendarme la regarde un peu de travers… N'aurait-elle pas provoqué elle-même l'accident ? Une mère qui ne veut pas reconnaître son enfant, qui a décidé de le confier à l'Assistance publique, a peut-être aussi décidé de régler le sort du bébé définitivement ! Cela paraît tellement incroyable ! D'un autre côté, si c'était le cas, on ne voit pas pourquoi elle aurait prévenu le chef de gare et la maréchaussée.

Donc les gendarmes fouillent le secteur, sur des kilomètres, un panier d'osier devant servir de cercueil au malheureux bébé, si on le retrouve… Car sur cette voie, d'autres trains vont passer, ou sont déjà passés, et le temps de prévenir tous les gardes-barrière…

Ne craignez rien, vous qui lisez, si c'est de vous qu'il s'agit, et si vous connaissez votre histoire, vous êtes en vie. Donc, il s'est passé *quelque chose.*

Revenons à l'instant crucial où vous quittez le ventre de votre mère. Le cordon ombilical a cédé, vous tombez sur la voie. À quelques centaines de mètres du point d'impact, un chien se promène. C'est un chien classique du genre fox-terrier approximatif, appartenant à Mme Buicourt, garde-barrière de son état. Mme Buicourt entend son chien aboyer énergiquement. Avec une insistance bizarre. Elle l'appelle : « Mirza !… Viens ici, Mirza… Qu'est-ce qu'il y a ? »

Disons que le chien s'appelle Mirza et qu'il refuse d'obéir. Il aboie de plus belle, l'air de dire : « Viens donc voir par ici, j'ai trouvé quelque chose ! » Mme Buicourt avance en direction des aboiements de son chien. Elle l'aperçoit sur la voie ferrée, une patte en l'air, à l'arrêt. Or le train express va passer. Mme Buicourt n'a plus que dix minutes environ pour fermer sa barrière.

Mais Mirza refuse toujours d'obéir. Alors elle va le chercher pour le ramener par le collier.

Et il est là, le « gibier » découvert par Mirza. Entre les rails exactement, sur le ballast, la tête sur une traverse de bois.

C'est un nouveau-né, tout nu avec son cordon. Une petite fille. Vivante. Qui ne porte à la tête qu'une très légère blessure. Si elle était tombée sur le rail métallique, elle ne s'en serait peut-être pas sortie, mais elle a roulé entre les rails et sa tête a heurté une traverse, arrêtant là sa chute.

La garde-barrière ramasse l'enfant en tremblant et l'examine de plus près. Elle vit, cette petite fille, elle pleure un peu, c'est un vrai bébé, ce n'est pas un cauchemar !

Mme Buicourt ramène en courant l'enfant et Mirza dans sa petite maison de garde-barrière. D'abord elle ferme sa barrière, puis soigne la plaie, lave l'enfant, l'enveloppe dans un lange improvisé, puis dans une couverture. Après quoi, elle court annoncer la nouvelle au maire du village voisin.

Pendant ce temps, les deux gendarmes chargés de retrouver l'enfant arrivent au village, croisent la garde-barrière, et tout le monde s'explique. La petite fille est installée dans le panier d'osier et prend le chemin du retour vers la gare de B., où l'attend sa mère en larmes.

Persuadée qu'on allait lui ramener le corps de son enfant défunt, Pierrette subit un deuxième choc en voyant arriver ce nouveau-né lavé, langé et braillant son désarroi devant une situation aussi décourageante pour une arrivée dans l'existence.

La mère et l'enfant sont donc transportées ensemble à la maternité prévue pour l'accouchement. Et la suspicion recommence. On interroge Pierrette sur les circonstances exactes de l'accouchement, on lui pose mille questions, le parquet ouvre une information. L'enfant est déclaré provisoirement sous le nom du saint figurant ce jour-là au calendrier. Marie Romain… Et de parents inconnus. C'est la loi pour un enfant trouvé. Jusqu'à ce que l'enquête détermine exactement les circonstances du drame.

Les déclarations de la mère sont-elles exactes ?

Elles le sont. Toutes.

En particulier ce détail, très important. On se demandait si la mère n'avait pas coupé elle-même le cordon ombilical, laissant ainsi tomber volontairement le bébé.

Eh bien non, Marie… Votre maman n'avait même pas de quoi couper ce cordon, à part ses dents. Et, de toute façon, les spécialistes l'ont confirmé, un cordon ombilical peut se rompre de lui-même. Ce fut le cas, notamment vu le poids tout ce qu'il y a de plus convenable que vous affichiez à la naissance : six livres.

Un beau bébé. Je parie, Marie, que vous êtes la seule au monde dans ce cas-là. Joli record.

Il me reste à dire que votre maman a pu vous reconnaître officiellement quinze jours après cette naissance extraordinaire, lorsque l'enquête du parquet fut définitivement close. Finalement, c’est elle qui vous a adoptée. Vous aviez tellement manifesté le désir de rester sa fille. Votre arrivée en ce monde était un tel miracle ! Que le courage lui a manqué définitivement de vous confier à d’autres. Et il faut espérer que la vie s’est montrée ensuite plus clémente avec elle, et avec vous. Et que vous n’avez pas peur des trains.

Le chauffard

Hélène et Raymond Garcin filent sur les routes d'Espagne en ce début septembre 1988. Il fait très beau, l'été se prolonge et la cohue des vacanciers a déserté la région depuis la fin du mois d'août. Oui, pour le couple, tout s'annonce bien. D'autant que c'est son voyage de noces.

Hélène et Raymond se sont mariés le 1er septembre à Perpignan. La cérémonie a été parfaitement réussie. La famille et les amis ont été on ne peut plus généreux pour les cadeaux. Justement, Raymond, au volant, évoque avec animation les souvenirs de leur mariage. « Tu te rappelles la robe de ta tante Isabelle ? On aurait dit un pot de fleurs. »

Raymond Garcin rit fort, il est longtemps secoué de hoquets qui le font se pencher sur son volant. Hélène, la tête tournée de son côté, le regarde avec tendresse. Comme il est beau, comme il est spirituel, son Raymond !

Il faut dire que Raymond Garcin est représentant de commerce. Alors, question conversation et rigolade, il ne craint personne. Hélène Garcin regarde la route ensoleillée qui se déroule rapidement devant elle. Dans vingt jours, ils seront de retour à Perpignan. Ils iront habiter dans un premier temps chez ses parents à lui, et elle n'aura pas besoin de travailler. Car Raymond, avec son métier, gagne bien sa vie. Il a même pu s'acheter une voiture, une magnifique Renault blanche d'occasion.

Hélène n'y connaît rien en automobiles mais elle a tout de suite trouvé celle-ci merveilleuse. Raymond, d'ailleurs, ne permet à personne d'y toucher. Il l'entretient, il la bichonne. C'est quelque chose, pour lui, sa voiture.

Le soir tombe vite en septembre. La nuit a remplacé tout doucement le jour. Tout à l'heure, ils seront dans leur hôtel, sur la Costa Brava ; tout à l'heure, leur lune de miel commencera vraiment. Raymond Garcin accélère l'allure. Le chemin est plus long que prévu. Ils doivent absolument être arrivés avant dix heures du soir.

Ils sont dans la rue principale d'un gros bourg. Elle est toute droite. Elle étale un long ruban luisant sous les réverbères. Il a plu tout à l'heure, le sol est encore gras. Raymond appuie encore sur le champignon. Il peut bien se permettre une petite pointe de vitesse : il n'y a personne. Hélène lui dit avec un ton de tendre reproche : « Fais attention, il y a un panneau "vitesse limitée à quarante-cinq" et on est à cent vingt. »

Raymond Garcin s'esclaffe : « C'est "quarante-cinq" en espagnol. Et moi, je ne comprends pas l'espagnol ! »

Tandis que sa femme a un gloussement interminable, Raymond continue à rire intérieurement. Très bon, ça, « quarante-cinq en espagnol » ! Je la replacerai à mon retour. Cela va faire rire les collègues.

« Mais il est fou celui-là, avec ses phares ! »

Un gros camion arrive en sens inverse, phares allumés. Raymond Garcin lâche quelques gros mots, il serre à droite. Hélène pousse un cri. Il y a un choc léger, comme s'ils venaient de toucher le trottoir. Le poids lourd continue sa route. Son grondement se perd dans la nuit.

Raymond Garcin s'est arrêté. Il est pâle de rage.

« Ah, si je le tenais celui-là ! Je suis sûr que la voiture en a pris un coup. »

Il sort et examine le côté droit du véhicule.

« Voilà… Qu'est-ce que je disais ! Toute l'aile est enfoncée. Elle est fichue. Tu te rends compte de la note de carrosserie ? »

Et soudain il se tait. Hélène le voit s'éloigner. Brusquement, elle sent qu'il se passe quelque chose d'anormal. Elle se met à crier : « Raymond, mon chéri, qu'est-ce qu'il y a ? Raymond, ne me laisse pas seule, j'ai peur ! »

Raymond Garcin, à pas lents, se dirige vers une forme allongée sur la chaussée. Il distingue d'abord un vélo rouge brisé.

Une des roues, restée en équilibre, continue à tourner. À côté, il y a un corps allongé.

« Ça alors, c'est pas de chance ! On peut dire que je n'ai pas de pot. »

Il se penche. C'est un adolescent dans les seize ans. Un petit brun, comme ils sont tous en Espagne. Il a la tête en sang. Il ne bouge plus… C'était cela, le bruit qu'il avait entendu. Ce n'était pas le trottoir. Un cri, derrière lui, le fait se retourner. C'est Hélène. Elle se penche à son tour. Elle se tient le visage avec les mains, la bouche ouverte. Raymond la prend à témoin.

« C'est la faute de l'autre avec ses phares. Je ne pouvais pas le voir. Et puis, je n'allais pas si vite. »

Hélène ne répond pas. Elle murmure, comme pour elle-même : « Partons ! » Et puis elle se met à pleurer. Elle est secouée de sanglots convulsifs. Entre ses larmes, elle continue à répéter : « Partons ! Partons vite ! »

Raymond examine rapidement la situation. Il doit faire quelque chose pour Hélène. Oui, c'est cela, il faut revenir à la voiture. Il jette un coup d'œil au cycliste : il ne bouge toujours pas. Il est mort. Il regarde autour de lui : l'avenue est déserte. Depuis l'accident, aucune voiture n'est passée. À l'endroit où ils se trouvent, il n'y a pas d'habitation, seulement des bâtiments industriels fermés.

Personne n'a rien vu. Alors pourquoi hésiter ? L'accident n'est pas de sa faute. Il n'y est pour rien. Cette histoire, cela regarde les Espagnols. Qu'ils se débrouillent entre eux !

Raymond Garcin entraîne sa femme, l'installe sur le siège arrière, saute au volant et démarre sur les chapeaux de roue. Il embraie… Première. Seconde. Troisième. Quand même, on dira ce qu'on voudra, sa voiture a de sacrées reprises ! Bientôt, il est revenu à cent vingt, sa vitesse de croisière.

Derrière, très loin derrière, la roue du vélo rouge s'est arrêtée, tandis qu'un long filet, rouge également, coule sur la chaussée mouillée…

Septembre 1988. Dans leur hôtel, sur la Costa Brava, Raymond et Hélène Garcin se livrent aux joies de la gastronomie. Même si, de temps en temps, Raymond critique de manière plaisante la cuisine espagnole, le jeune couple fait honneur aux repas. C'est que les baignades, forcément, ça creuse et puis, des jeunes mariés, n'est-ce pas… il faut comprendre…

Les hôteliers comprennent fort bien et les servent avec des mines attendries. Vraiment, ça fait plaisir d'avoir des clients comme eux ! Toujours de bonne humeur, toujours à rire à propos de tout et de rien, le monsieur surtout. Tous les deux, ils sont vraiment resplendissants de santé.

Hélène a mis toute une journée pour se remettre du choc de l'accident. Mais son mari a trouvé les mots qu'il fallait pour lui redonner le moral. « Il faut oublier tout cela, chérie. Nous sommes en voyage de noces. Ce qui compte, c'est nous. Ne pensons qu'à nous. »

Il a ajouté avec un air contrarié : « Le seul ennui, c'est qu'il va falloir renoncer à la voiture pendant notre séjour. Il n'y a pas eu de témoins, bien entendu, mais on ne sait jamais. Pas question de faire réparer dans un garage espagnol. Pas question non plus de rouler avec une aile enfoncée, c'est trop repérable. »

Mais il a conclu avec un sourire enjoué : « Ça ne fait rien, chérie, comme ça, nous ferons un peu de marche à pied. »

Leur lune de miel se poursuit donc sur cette plage tranquille de la Costa Brava, à demi déserte en ce mois de septembre. Mais les meilleures choses ont une fin et il faut bien rentrer. Le 20 septembre, M. et Mme Garcin reprennent leur Renault blanche et le chemin de la France.

À vive allure, ils roulent vers la frontière. Raymond a évité de reprendre la même route qu'à l'aller. C'est par délicatesse vis-à-vis de sa femme : elle est tellement sensible. Et puis, de toute manière, on ne sait jamais, c'est plus prudent.

À la frontière, Raymond Garcin laisse éclater sa bonne humeur. Il se penche vers Hélène : « Quand même, on dira ce qu'on voudra, ça fait du bien de revenir dans un pays civilisé ! »

En souriant, il tend ses papiers au policier espagnol. Mais celui-ci ne les lui rend pas, comme il s'y attendait, après y avoir jeté un coup d'œil distrait. Au contraire, il les garde à la main et se met à faire le tour du véhicule. Raymond pâlit. Voilà qu'il s'arrête devant l'aile droite et l'examine longuement.

Le policier revient vers le conducteur. « Je suis désolé, monsieur. Suivez-moi avec votre femme au bureau du commissaire. »

Raymond Garcin tente de le prendre de haut. « C'est que je n'ai pas que ça à faire, moi ! On m'attend. J'ai du travail. »

Peine perdue. Poliment, mais fermement, le policier les conduit au poste-frontière. Le commissaire est à son bureau. Quand le policier lui tend les papiers, il a un léger sursaut. Il considère les deux Français en face de lui. « Monsieur Garcin, je vous arrête pour conduite dangereuse, homicide par imprudence et non-assistance à personne en danger. Madame Garcin, je vous arrête pour non-assistance à personne en danger. »

Raymond Garcin est redevenu parfaitement maître de lui. Depuis le moment où le policier leur a demandé de les suivre, il a eu tout le temps d'examiner la situation. L'accident n'a pas eu de témoin, il en est sûr. Alors, il faut nier, carrément, sans hésitation. Les Espagnols doivent arrêter toutes les voitures qui ont un enfoncement à l'aile droite, mais ils n'ont aucune preuve... Il répond, sur le ton de la bonne foi outragée : « Je ne comprends pas ce que vous voulez dire. C'est cette aile abîmée, sans doute ? Nous avons été emboutis sur un parking par un inconnu. Bien sûr, il n'a pas laissé son nom. Ah, si je le tenais, celui-là ! »

Le commissaire lui lance un regard où Raymond Garcin lit, à sa stupeur, du mépris et même du dégoût. « Je sais ce que vous pensez, monsieur : l'accident n'a pas eu de témoin... Eh bien si, il y en a eu un : votre victime. Je vais vous dire ce qui s'est passé après que vous l'avez abandonnée sur le trottoir. Il n'est pas mort sur le coup. Environ un quart d'heure après, une voiture s'est arrêtée et l'a recueilli. Il était encore conscient. Il a pu dire : "Un couple de Français dans une Renault blanche... L'homme et la femme sont sortis de leur voiture. Ils sont venus vers moi. Ils se sont penchés... Mais ils sont repartis..." L'accidenté est mort peu après son arrivée à l'hôpital. Il avait plusieurs fractures, mais les médecins sont formels : aucune n'était mortelle. Il est mort à cause de l'hémorragie. Si on l'avait secouru avant, si vous l'aviez secouru, il serait encore en vie. »

Raymond Garcin est tout pâle. Hélène s'est pris la tête dans les mains.

« Il s'appelait Luis Maria Morales. Il avait seize ans. »

Raymond et Hélène Garcin ont été incarcérés à la prison de Barcelone. À leur procès, l'avocat qu'ils avaient fait venir de France a tout tenté pour les disculper : les phares qui avaient ébloui Raymond, le cycliste qu'il ne pouvait pas voir.

Raymond Garcin lui-même a essayé d'apitoyer ses juges : « Nous sommes des jeunes mariés, vous ne pouvez pas nous condamner. Si je ne rentre pas en France, je vais perdre mon emploi. Et que va devenir ma femme ? »

Mais ils ont eu beau faire et beau dire, rien ne pouvait effacer cette image dans l'esprit des juges : un homme et une femme se penchant devant le corps ensanglanté d'un adolescent et le laissant là, pour continuer à profiter de leur voyage de noces.

Raymond Garcin a été condamné à un an de prison pour conduite dangereuse et deux ans de prison pour non-assistance ; Hélène Garcin, de son côté, à deux ans pour le même motif. C'était le maximum de la peine. Plus une lourde amende et des dommages et intérêts considérables.

En quittant le prétoire, Raymond Garcin a lancé, d'une voix pathétique : « Ma vie est brisée ! »

Jusqu'au bout, il ne s'est intéressé qu'à sa vie à lui. Jamais à celle des autres.

Cherche maman désespérément

Une jeune lady anglaise possède ce que l'on nomme une « forte personnalité ». Fantasque, indépendante. Égoïste, même. Jolie, armée d'un regard couleur de violette, riche, elle veut vivre sa vie, à sa guise, en ne respectant plus rien des bonnes manières qui font l'orgueil de sa famille et du monde où on l'a élevée. Un beau jour elle décide de partir…

Quelques années auparavant, en 1945, sa mère s'étonnait : « Virginia, ma chère, depuis votre retour de Londres je ne vous reconnais plus.

– Mais oui, mère, j'ai changé. Tout le monde change. Il y a eu la guerre, je ne sais pas si vous avez remarqué ce détail ?

– Vous vous moquez de moi, Virginia. Ces quatre années dans l'armée vous ont complètement transformée.

– À un point que vous ne pouvez imaginer. J'ai enfin compris l'existence. La vie est trop courte pour être gaspillée. La beauté disparaît comme la rosée au soleil. C'est pourquoi je vous annonce que je quitte l'Angleterre et que je pars vivre au Kenya. Une terre libre, sauvage, peuplée d'animaux indomptés. Tout comme moi. »

Lady Walstone, par la fenêtre du salon, examine le parc de leur manoir, les terrasses, les statues, la pièce d'eau, les bois touffus qui bordent la propriété.

« Et de quoi vivrez-vous, Virginia, si je peux me permettre cette question ?

– Mais tout simplement de la part d'héritage que père m'a laissée en quittant ce bas monde.

– Votre part ? Mais il n'y a pas de liquidités. Pour réaliser ce qui vous revient, il faudrait vendre une partie du domaine.

– Eh bien vendez, mère chérie ! Vendez et ne vous mêlez plus de mon existence. »

Lady Walstone considère sa fille aînée avec un étonnement muet. Est-ce bien elle qui a mis au monde un tel monstre d'égoïsme ?

« Vous oubliez que je dois encore assurer la fin des études de votre sœur Diana ?

– Débrouillez-vous, mère chérie. Chacun pour soi et Dieu pour tous ! »

Mais Lady Walstone ne se laisse pas impressionner. Elle parvient, en hypothéquant ce qui peut l'être, à emprunter la somme nécessaire pour donner à Virginia la part de l'héritage paternel qui lui revient. Et celle-ci, nantie d'un revenu confortable, prend le premier bateau pour l'Afrique australe. Mère chérie ne juge pas utile de venir lui souhaiter un bon voyage à Liverpool.

Une fois arrivée à destination, Virginia, au bout de quelques mois, donne des nouvelles, épisodiquement : « Mère chérie, je vous informe que je suis en pourparlers pour créer un hôtel de grand style à Mombasa. Un ensemble très original qui fait complètement défaut ici. »

Deux ans plus tard : « Mère chérie, après tous les ennuis que j'ai eus pour tenter de créer l'hôtel que je projetais de construire, je viens d'acheter quelques milliers d'hectares pour me lancer dans la culture du café. »

La lettre suivante annonce son mariage : « Mère chérie, vous serez sans doute heureuse d'apprendre que je viens de me marier. Dorénavant je suis Virginia Butterfield. Bill, l'honorable Butterfield, mon mari, n'appartient pas à ce que vous considérez comme votre monde, puisqu'il est simplement directeur des douanes de Mombasa, mais il monte à cheval comme un dieu, possède une moustache couleur de feu et fait absolument tout ce que je désire. Je suis heureuse et j'espère que vous vous portez bien. »

Mère chérie, autrement dit Lady Walstone, reste médusée. Elle expédie à Mombasa ses félicitations et une malle pleine d'argenterie en guise de cadeau de noce. Virginia remercie poliment : « Mère chérie, merci pour ces quarante kilos d'argenterie. Heureusement qu'ici nous ne manquons pas de personnel pour astiquer toutes ces vieilleries. Bill et moi allons quitter Mombasa pour Nairobi où j'espère que la vie mondaine sera plus intéressante que sur la côte. À propos : je vais donner un héritier à Bill d'ici la fin de l'année. »

Virginia, là-bas, malgré les inconvénients de la grossesse, rayonne de bonheur. Elle explique à toutes ses relations : « Je vais l'appeler Errol, comme Errol Flynn. Je le vois déjà, je le sens déjà, un vrai sportif aux cheveux rouquins. Nous l'enverrons faire ses études à Oxford. »

Bill Butterfield, le mari, un éternel verre de whisky à la main, approuve toutes les décisions de Virginia. Mais le destin en décide autrement.

« C'est une belle petite fille », annonce le médecin quelques mois plus tard, juste après que Virginia a donné le jour à son premier enfant.

« Une fille, vous voulez rire !

– Mais non, regardez, une belle petite bonne femme qui a déjà des cheveux. Une ravissante brunette. Tout le portrait de sa mère.

– Posez-la dans son berceau, je la verrai plus tard. »

Mais, même plus tard, Virginia ne s'intéresse à son enfant qu'à intervalles plus ou moins réguliers. Elle la confie très vite à une nourrice noire. Et ne prend même plus la peine de l'appeler par son prénom. « Comment va la gamine ? demande-t-elle à la nourrice.

– Elle n'est pas très bien ce matin. Elle a mal au ventre.

– Sûrement rien de grave ! affirme Virginia tout en se polissant les ongles. Si elle ne va pas mieux demain, nous appellerons le médecin. »

L'enfant pousse cependant, tant bien que mal, et devient très vite une jolie petite brune aux yeux couleur de violette qui rit facilement. Virginia donne, par courrier, des nouvelles à la grand-mère : « Mère chérie, voici quelques photographies de Melanie que Bill a prises l'été dernier. Décidément je n'arrive pas à m'intéresser à cette gamine. Je voulais un fils et, même au bout de trois ans, c'est plus fort que moi. D'ailleurs, entre parenthèses, je suis à nouveau enceinte et je compte bien que cette fois ce sera un Errol, roux et bien bâti. »

Lady Walstone expédie une timbale, un hochet et une cuillère en argent aux armes de la famille et aux initiales de Melanie. Mais elle est outrée de l'attitude de Virginia.

Outrée sans être surprise. Depuis longtemps elle se dit que Virginia est une fille sans cœur. Sept mois plus tard, une nouvelle lettre arrive du Kenya, toujours aussi laconique : « Mère chérie, je suis décidément marquée par le destin. Mercredi dernier, 16 mars à dix-sept heures, j'ai donné le jour à une seconde fille. Mais au moins elle ressemble à son père et sa chevelure promet d'être du plus beau roux. Nous l'avons baptisée Beatrice comme la mère de Bill. »

Lady Walstone, une nouvelle fois, envoie un hochet d'argent accompagné d'une timbale et d'une cuillère aux armes des Walstone. Elle se demande si elle verra un jour ses deux petites-filles lointaines. C'est pourquoi, quelques mois plus tard, elle prend son stylo de grande marque et jette quelques mots sur du papier à lettres mauve : « Ma chère Virginia. J'aimerais assez connaître Melanie et Beatrice et je pense qu'il serait temps aussi que je fasse la connaissance de l'honorable Butterfield, votre époux. Un changement d'air ferait du bien aux petites. Je vous suggère donc que vous veniez tous passer quelques semaines à Walstone's Mansion. Vous verrez tous les changements. »

Virginia répond au bout de quelques semaines : « Mère chérie. Je ne pense pas que, cette année encore, nous puissions venir vous rendre visite. De toute manière je dois vous prévenir que, malgré tous mes efforts, je n'arrive pas à m'habituer à la présence de Melanie. Cette enfant m'est complètement étrangère. J'en rêve la nuit et je ne parviens pas à surmonter le dégoût qu'elle m'inspire pour avoir pris la place du petit Errol que j'attendais. »

Lady Walstone relit cette lettre sans comprendre. Elle appelle sa plus jeune fille, Diana : « Lisez cette lettre. Virginia seraitelle devenue folle ?

– Son attitude est incompréhensible, avoue Diana, incrédule.

– Cette idée fixe de donner naissance à un nouvel Errol Flynn ! On dirait qu'elle est en plein délire. » Diana réfléchit puis conclut : « Après tout, dans la généalogie des Walstone, les originaux ne manquent pas. Et certains ont même fini leur vie dans des camisoles de force. »

Les lettres suivantes en provenance du Kenya ne sont plus signées de Virginia, c'est son mari, Bill, qui tient sa belle-mère informée : « Si invraisemblable que cela paraisse, Virginia est obsédée par Melanie. Elle ne peut plus la voir, ne serait-ce que quelques instants. Elle en rêve la nuit et, le mois dernier, j'ai dû la faire hospitaliser. Mais dès son retour à la maison elle est retombée dans une profonde dépression. La seule solution est donc de confier Melanie à des personnes de confiance qui ne demandent qu'à lui donner l'affection que Virginia est incapable de lui assurer. J'ai en conséquence décidé de confier la petite à un couple ami, Susan et Timothy Jenkins, des fermiers sans enfant qui désirent l'adopter. »

Lady Walstone, en apprenant cette nouvelle, pense s'évanouir. Quoi ? Virginia veut abandonner sa fille aînée sous prétexte qu'elle espérait un nouvel Errol Flynn. Est-elle complètement aliénée ? La grand-mère répond par télégramme : « Choquée par annonce abandon Melanie. Espère par retour courrier annonce annulation décision inqualifiable. Prête à m'opposer par tous moyens légaux à cette folie. Signé : Marquise douairière Walstone. »

Mais Virginia et son époux, au fond de leur Kenya sauvage, ne tiennent aucun compte de la légitime indignation de la marquise. Celle-ci, sur son papier mauve, présente des arguments plus détaillés. Elle offre de prendre Melanie avec elle pour en assurer l'éducation loin de sa mère indigne. Diana, la sœur de Virginia, qui est à présent adulte et qui est encore célibataire, fait même une contre-proposition : elle offre d'adopter Melanie.

Bill répond par télégramme : « Décision irrévocable. Melanie depuis hier définitivement adoptée par famille Jenkins. Affaire classée. Signé : Butterfield. »

Lady Walstone, assistée par les meilleurs hommes de loi, se lance alors dans une bataille juridique. Mais rien n'y fait. La marquise douairière, à bout d'arguments, fait savoir à Virginia qu'elle la renie définitivement et qu'elle vient de refaire son testament. Toute la part d'héritage qui devait revenir à Virginia ira directement à Melanie la mal-aimée… Melanie désormais Jenkins.

Celle-ci, inconsciente de tous ces déchirements, petite fille ballottée par le destin, n'est pas au bout de ses peines.

Ce jour elle écoute sa nouvelle maman : « Melanie, mon trésor, nous allons faire un beau voyage. Tu vas voir le Kenya comme jamais tu ne l'as vu. »

Susan Jenkins tient sa nouvelle petite fille entre ses bras. Melanie est accrochée à son cou et essaie de comprendre ce que lui explique « maman Susan ».

Pourtant Melanie est passée de sa vraie famille à sa famille d'adoption sans trop de problèmes. Elle qui ne recevait guère de caresses de Virginia est, au contraire, submergée de tendresse par Susan et Timothy qui ont dû renoncer définitivement à avoir un enfant de leur propre sang.

Timothy Jenkins, à son tour, explique à Melanie : « Maman Susan et toi vous allez faire un grand voyage jusqu'au lac Victoria, dans un bel avion tout blanc. Tu vas être au-dessus des nuages. Tu verras des éléphants, des girafes courir au-dessous de toi. Et des lions. Et des singes. »

Deux jours plus tard Timothy accompagne Susan et Melanie jusqu'à l'aéroport. Le temps est splendide et le voyage ne doit durer qu'une heure à peine. Les passagers vêtus de couleurs claires se séparent de ceux qui les ont accompagnés en se promettant de se revoir très bientôt. L'avion décolle dans le vrombissement joyeux des deux moteurs...

Le téléphone sonne dans le bureau de Timothy Jenkins quand celui-ci regagne son exploitation agricole, Victory Lodge. Un domestique indien décroche : « Sahib, c'est l'aéroport ! »

Timothy prend l'appareil sans méfiance, juste avec un petit pincement au cœur. « Monsieur Timothy Jenkins ? fait une voix masculine.

– C'est moi.

– Votre épouse a bien pris le vol 421 à quatorze heures ?

– Oui, je viens de l'accompagner, avec notre fille.

– Nous avons perdu le contact avec l'appareil. Tout porte à croire qu'il a eu un accident. Nous vous tiendrons au courant, mais il vaudrait mieux que vous veniez à l'aéroport. » Timothy saute dans sa voiture et se rend dans un état second au bureau de la compagnie.

Quand il arrive à destination, le responsable lui dit simplement : « Nous venons de recevoir un message radio. Pour une raison inconnue l'appareil s'est écrasé dans la brousse à une centaine de miles du mont Kenya. Une équipe de secours vient de partir pour essayer de retrouver des rescapés. »

Le lendemain, Timothy, effondré, apprend que Susan, si heureuse d'être enfin maman d'une petite Melanie, est définitivement privée de toute joie. Son cadavre a été découvert à quelque distance de l'appareil. Melanie, elle, fait partie des rescapés, mais son état nécessite une hospitalisation assez longue.

Timothy se met immédiatement en route pour aller rendre visite à sa fille, car c'est bien sa fille à présent, pour la deuxième fois orpheline. Il la trouve couverte de pansements mais, à la vue de « papa Timothy », Melanie, aux jolis yeux violets, fait un mouvement de bras joyeux dans sa direction.

Au bout de six semaines Melanie regagne Victory Lodge, le domaine Jenkins dans la brousse. Elle retrouve ses animaux familiers, la tendresse de sa « nanny » noire, Pamela, mais personne n'ose lui dire que « maman Susan » ne reviendra pas et tous les soirs, sous la véranda, elle attend jusqu'à l'heure du dîner en regardant la route qui mène à la ville, dans l'espoir que sa seconde maman reviendra.

Pour entretenir cette illusion, Timothy demande chaque jour que le couvert de son épouse soit dressé comme si elle était simplement un peu en retard.

À présent c'est lui, le veuf, qui se sent dépassé par les événements. Comment, déjà surchargé de travail avec les soucis de son exploitation agricole, va-t-il pouvoir s'occuper efficacement de la pauvre Melanie qui, jour après jour, réclame sa « maman Susan » ? Surtout dans l'état où elle est.

Jusqu'au jour où une lettre parvient à Victory Lodge. Elle est de Diana, la tante de Melanie, la sœur de Virginia :

« 24 Sloane Street Londres.

« Cher monsieur Jenkins,

« Je sais que ma démarche peut vous paraître incongrue, puisque aujourd'hui, en toute légalité, vous êtes le père officiel de Melanie, ma nièce. Pourrais-je cependant me permettre de vous rendre une visite le mois prochain afin de voir la petite ? Ma mère et moi-même avons appris le deuil cruel qui vous frappe. Peut-être l'éducation de Melanie vous pose-t-elle des problèmes ? Si quelqu'un peut vous aider, ce ne peut être que sa famille naturelle.

« Avec l'expression de mes sentiments les meilleurs.

« Diana Walstone. »

Timothy, presque par politesse, répond que Victory Lodge est entièrement à la disposition de Diana.

Celle-ci, le mois suivant, en débarquant chez Timothy, pousse un cri. Melanie, rescapée de l'accident d'avion, porte sur le visage les traces des brûlures reçues dans le crash. Seuls ses yeux couleur de violette rappellent la beauté de sa mère indigne.

« Il faut l'opérer, vous en conviendrez, constate Diana.

– Chère mademoiselle, j'en suis bien conscient. Je ne l'ai pas adoptée pour m'en désintéresser. Mais il lui faudrait hélas une présence maternelle que le destin semble lui refuser.

– Je dispose d'une certaine fortune personnelle. Si vous n'y voyez pas d'inconvénient, je suis toute prête à lui servir à mon tour de maman, surtout pour les prochains mois qu'elle va passer en chirurgie réparatrice.

– Vous êtes ici chez vous, pour aussi longtemps que vous le désirez. »

En définitive Melanie, après deux années passées à l'hôpital, a retrouvé un visage charmant. Il était temps car, la semaine prochaine, sa chère tante, Diana Walstone, deviendra la nouvelle Mme Jenkins et sa troisième maman. Melanie sera jolie pour la cérémonie.

Sept semaines et demie

C'est l'histoire d'une seconde où la vie et la mort de deux êtres se sont croisées. L'instant unique où la vie a gagné. Mais pour qui ?

Mary Rose, trente-quatre ans, attend un bébé. Son mari, Joshua, trente et un ans, attend un bébé lui aussi.

Ce sera une fille, ils le savent déjà, elle s'appellera Cindy, ils l'ont décidé. Sa grand-mère et son grand-père maternels sont extrêmement heureux, leur première et unique descendance est en train de croître dans le ventre de leur fille, comme tous les bébés du monde.

Nous sommes en juin 1986, et sur l'écran de l'échographie Cindy avoue encore son âge, vingt semaines…

Voilà, c'est une histoire classique de gens qui s'aiment, qui veulent un enfant, qui l'attendent avec impatience et qui préparent toutes ces choses qui font le bonheur des mamans américaines et de toutes les mamans des pays riches : une chambre rose, un berceau, des peluches, et des tiroirs de brassières et de pyjamas douillets.

C'est une histoire qui ne peut d'ailleurs se dérouler que dans un pays riche. L'Amérique en l'occurrence. Où la médecine et la technologie de pointe permettent des exploits.

Mary Rose, la maman, qui a déjà trente-quatre ans, a bénéficié d'un traitement relativement classique pour pouvoir obtenir ce premier enfant. Un peu d'hormones, du repos, des examens de contrôle réguliers, afin d'éliminer tout risque de naissance difficile ou de fausse couche. Dans un pays du tiers monde, Cindy n'aurait jamais existé. Ni à l'état de fœtus ni à la naissance. Sa maman serait restée une femme sans enfant.

Donc tout va bien, en ce début de printemps, à l'hôpital ultramoderne de Santa Clara, en Californie.

Mary Rose rentre chez elle en serrant l'échographie contre son cœur. La première photographie de sa fille sur laquelle le bébé est en quelque sorte « reconnaissable ». Les précédentes ne montraient pas grand-chose. Celle-ci va figurer dans l'album de famille. À cinq mois on est encore un fœtus, mais on pèse cinq cents grammes, on mesure vingt centimètres ! Et on sait déjà que l'on est une fille !

Juin 1986. Mary Rose a une drôle de sensation. La tête lui tourne encore. Vertige passager probablement, qui ne l'inquiète pas outre mesure, car une femme enceinte ressent tellement de sensations différentes, en général bénignes.

4 juin. Mary Rose perd l'équilibre et n'a que le temps de s'allonger pour ne pas tomber. Cette fois elle a eu peur. Que se passe-t-il ? Le bébé ?

Nouvel examen, tout va bien. Le bébé n'est pas en cause. Et apparemment la future maman se porte bien aussi. Tension, cœur : tout est normal. Mais après un interrogatoire un peu plus poussé, le médecin apprend pour la première fois que vertiges et pertes d'équilibre sont de vieilles connaissances pour Mary Rose. « Pourquoi n'en avez-vous pas parlé ?

– J'ai mis ça sur le compte de ma nervosité, puis du traitement hormonal, et enfin de la grossesse…

– Depuis combien de temps avez vous ces vertiges ?

– Je ne sais plus… »

Trois mois ? Six mois ? Mary Rose semble avoir des pertes de mémoire. Mais elle sourit, insouciante, à peine inquiète : « Pas de médicaments, de toute façon ! Je ne veux pas prendre de risques pour mon bébé !

– C'est promis ! Seulement des examens. »

La future maman entre au service de neurologie de l'hôpital de Santa Clara. Tests. Des tas de tests, qu'il serait fastidieux d'énumérer mais qui sont destinés à déterminer s'il existe une cause pathologique à ces manifestations désagréables et qui vont en s'aggravant. En effet, du jour au lendemain, Mary Rose a eu le « tournis », comme elle dit, plus de quatre fois, et semble avoir du mal à garder l'équilibre. Puis Mary Rose a eu de violentes migraines, de fortes douleurs qui lui prennent la tête et la rendent quasiment aveugle. C'est venu d'un coup, brutalement dans la nuit. Elle a du mal à parler également, son élocution devient difficile. En l'espace d'une semaine, son visage s'est creusé de souffrance, et dans son regard se lit une angoisse immense. Elle ne parle presque plus.

Les visages se font graves autour d'elle, le scanner l'attend. Allongée sur le brancard des urgences, elle sourit peureusement à son mari, en serrant ses deux mains contre son ventre. Elle a peur, Mary Rose. On a beau lui dire que le bébé va bien, cette fichue angoisse ne la quitte pas. Toute son énergie est concentrée sur cet enfant. Elle l'a tant voulu, tant désiré et tant attendu déjà.

Joshua, lui, est sûr et certain que le bébé est en bonne santé, le médecin le lui a juré. En même temps qu'il lui faisait part d'un doute, bien plus grave : « Nous craignons pour la mère. Le scanner nous dira, je l'espère, que nous nous trompons, mais il est possible qu'une lésion au cerveau soit l'explication de cette dégradation subite. »

Joshua se tait devant sa femme, bien entendu. Lui faire peur maintenant ne servirait à rien.

6 juin. Le soleil se couche en Californie. Joshua est assis en face du médecin, il est effondré, terrorisé devant le verdict. « Une tumeur ? Mary Rose ? Une tumeur au cerveau ?

– Elle existait peut-être depuis longtemps, nous n'en savons rien, en tout cas elle s'est développée très vite. Il faut opérer d'urgence, et je ne peux pas vous promettre que nous la sortirons de là. Si c'est le cas, j'ignore dans quel état. Elle peut rester paralysée, ou handicapée. Je ne vous cache pas que ce genre d'intervention est extrêmement délicat. La tumeur est trop mal placée pour vous promettre une chirurgie sans risque. Mais il faut tenter l'opération. C'est sa seule chance !

– Sinon ?

– Elle est condamnée à brève échéance.

– Combien de temps ?

– Je ne peux pas répondre à cette question. Mais l'évolution est tellement rapide… N'attendez pas. Il faut vous décider. Ce soir elle a déjà fait deux comas successifs. Elle nous échappe…

– Et le bébé ?

– Le bébé ne souffre pas pour l'instant, mais… si vous envisagez un avortement thérapeutique en cas d'échec de l'opération, je vous comprendrai… Nous ne pouvons ni la faire accoucher prématurément par les voies naturelles, ni pratiquer une césarienne. La mère ne tiendrait pas le choc, le fœtus non plus.

– Mais si ma femme meurt pendant l'opération, le bébé va mourir aussi !

– Il n'est pas viable. Même en couveuse il est encore trop petit pour avoir l'espoir d'être mené à terme artificiellement… »

La vie de Joshua a basculé complètement en l'espace de quelques jours. Finis le bonheur tranquille, l'attente béate. L'avenir est un tunnel si sombre tout à coup qu'il est désemparé, perdu, lamentablement perdu.

Mary Rose lui souriait encore ce matin, elle était consciente et lui montrait son ventre avec inquiétude. Or le soir même, il a retrouvé sur un lit de réanimation un corps presque sans vie, entouré de tout l'arsenal horrible de la survie. Mary Rose est à demi comateuse.

Déjà, avant même d'opérer, il a fallu employer les grands moyens. Calmer la douleur, diminuer la pression terrible de cette tumeur sur le cerveau. Employer pour cela des médicaments qui ne conviennent pas du tout au bébé à long terme. Et l'on presse Joshua de prendre une décision rapidement. L'opération ne peut plus attendre. Sauver peut-être la mère et l'enfant, ou perdre les deux. Le choix épouvantable est là. Et ce n'est même pas un choix, c'est un ultimatum.

Alors Joshua signe tous les papiers. Et Dieu sait que les chirurgiens américains prennent des précautions dans ces cas-là. L'autorisation d'opérer s'accompagne d'une bible qui prévoit d'avance toutes les possibilités de recours de la part du patient contre son chirurgien.

Puis les parents de Mary Rose s'en mêlent. Ils ont peur, à juste titre, que leur fille ne supporte pas le choc opératoire. « Pourquoi ne pas laisser faire la nature ? Pourvu qu'elle ne souffre pas… Si elle doit mourir en même temps que son enfant, et sans s'en rendre compte, Dieu l'aura voulu…

Mais Joshua ne traite pas directement avec Dieu, il traite avec la médecine, et la médecine a dit que le seul espoir était d'opérer.

Mary Rose est donc opérée le 7 juin 1986.

Et ne se réveille pas. Plus exactement, elle passe du demi-coma à l'anesthésie, pour atteindre le coma profond. Celui dont personne ne sort, celui qui indique tragiquement sur un écran : « Cerveau mort définitivement. »

Mais le corps, lui, continue de vivre. Grâce à la pompe cardiaque, au respirateur, à ces machines qui maintiennent artificiellement en vie le corps humain.

Pour quoi faire ? Pour le futur bébé. Qui n'est pas mort, lui.

Et Joshua a un autre choix à faire. En pleine douleur, en plein chagrin, il doit dire aux médecins ce qu'il souhaite faire du fœtus vivant dans le corps de sa mère défunte.

Veut-il tenter de le faire vivre ? C'est possible, en maintenant Mary Rose dans des conditions d'assistance totale, en la nourrissant, en la faisant respirer jusqu'à ce que le bébé soit viable.

Cette fois les parents de Mary Rose refusent tout net. C'est trop pour eux. Cet acharnement sur leur fille leur est insupportable. L'idée de cet enfant toujours vivant dans le ventre de sa mère défunte !

« Joshua, dites aux médecins d'arrêter ! Qu'ils débranchent le respirateur ! Ne vous laissez pas influencer ! C'est horrible !

– Mais votre petite-fille est vivante, elle n'a que vingt semaines, mais elle vit, et c'est sa mère qui la fait vivre !

– Elle est morte, Joshua ! Dieu l'a voulu. Notre fille n'existe plus, elle est sans cerveau et sans âme. Laissez-les en paix toutes les deux. »

Mais Joshua le veut, cet enfant. D'abord pour Mary Rose qui s'est endormie, pour la dernière fois devant lui, avec un geste qui l'a bouleversé. Elle a montré doucement du doigt à son mari la rondeur de son ventre. Comme pour lui indiquer silencieusement de préserver son contenu. De prendre soin de cet être vivant qui lui échappait, à elle. Comme si elle avait pu dire : « Joshua, prends soin de notre fille. »

Ce geste-là, Joshua ne peut pas l'oublier. Ensuite il veut son enfant, comme une revanche sur la mort de la mère. Il veut lutter, il veut la vie. Il veut tordre le cou à ce destin tragique. Aller au bout du bout de l'espoir.

Alors il ne traite toujours pas avec Dieu, Joshua, mais encore avec la médecine.

« Vous dites qu'elle peut vivre ? Ma fille peut vivre et naître normalement ?

– Physiquement, nous n'avons pas de problème majeur. L'idéal serait d'atteindre la trente-quatrième semaine, mais même prématurément, nous pouvons y arriver. En fait, tout dépendra du développement du cœur et des poumons de l'enfant. »

Joshua a tous les pouvoirs. Sur sa femme morte, et sur son enfant vivant.

« Si vous me donnez une petite fille, j'aurai accompli le dernier bonheur de ma femme. Je veux que cette enfant naisse. »

Et les parents de Mary Rose s'inclinent devant la volonté de leur gendre. Ils n'y croient pas. Ils attendent le verdict du ciel, et prient.

Une fois la décision prise, Joshua s'engage dans cette nouvelle histoire d'amour avec une volonté et une patience extraordinaires. Il vient tous les jours à l'hôpital, s'installe à côté de sa femme, lui prend la main et se penche sur son ventre. Doucement, avec tendresse et conviction, il parle au bébé. Il lui raconte des histoires, lui fait entendre de la musique, lui parle de sa mère. Il fait le travail de l'amour, tout seul, tandis que les appareils font le reste. Les appareils donnent de l'oxygène, irriguent le cœur, nourrissent la mère, qui nourrit son enfant… et lui le père, il donne la vie extérieure. Cindy n'entendra plus jamais la voix de sa mère, mais celle de son père ne la quitte pas. En osmose avec elle, Joshua parle pour Mary Rose et pour lui, et pour Cindy.

Un long monologue, un fil ténu entre l'enfant et son père, une étrange grossesse.

Le père caresse ce nid mystérieux où palpite l'enfant à venir. Il compte les coups de pied, écoute battre le cœur. Les infirmières prennent le relais quand il s'endort de fatigue. Elles aussi continuent de parler à Mary Rose et à son enfant.

Tout autour de Mary Rose qui n'a plus d'« âme », comme disent ses parents, la vie continue et fait son œuvre de création.

Les semaines passent. Inlassablement, le sablier égrène les semaines de la petite fille, qui dit à son père : « J'ai vingt-cinq semaines, papa. »

Vingt-six semaines… vingt-sept semaines… vingt-huit, vingt-neuf, trente semaines et demie…

Puis le médecin arrête le sablier. « Nous avons atteint sept semaines et demie d'assistance médicale intense, sans inconvénient. Le bébé va bien, le cœur, les poumons se sont développés au-delà de nos espérances, nous pouvons le faire naître maintenant. Il vaut mieux ne pas prendre le risque d'atteindre les trente quatre semaines. Vous allez être père. »

Joshua caresse une dernière fois le ventre de sa femme, l'embrasse pour lui dire adieu. Car, à l'instant où naîtra l'enfant, dès que le cordon sera coupé, le respirateur de sa mère sera débranché. Joshua l'a voulu ainsi, en accord avec les médecins, puisqu'il le faut. Symboliquement, il sera veuf et père de famille presque à la même seconde.

Elle est née ce matin, le 31 juillet 1986, la petite Cindy.

Après une césarienne sans histoire. Le médecin accoucheur de cet enfant du miracle, le troisième cas de ce genre aux États-Unis, a annoncé fièrement devant une bonne centaine de caméras californiennes : « L'enfant va très bien. Elle pèse deux kilos, mesure quarante centimètres et respire normalement. Aucun problème. »

Longue vie à Cindy. Huit ans déjà ? Comme le temps passe…

31, rue Thiers

4 avril 1987. Une longue colonne noire suit un corbillard dans les allées d'un cimetière du Mans. En tête, un homme d'une quarantaine d'années, en grand deuil. Il est de haute taille, blond aux yeux bleus. Lui tenant la main, une petite fille vêtue de bleu marine. Elle est blonde comme lui, avec de longs et beaux cheveux. Elle n'a pas l'air triste, l'air absent plutôt. Elle est très pâle.

L'inhumation se déroule rapidement et l'assistance se disperse. L'homme et la petite fille se retrouvent, peu après, seuls à la maison. Pour eux, c'est vraiment maintenant que le deuil commence. Il y a cinq jours, en effet, Denise Lacroix est décédée brutalement, laissant seuls son mari Georges et sa petite fille Nathalie, onze ans. L'enfant, qui n'avait pas pleuré pendant tout l'enterrement, éclate en sanglots.

« Je m'en veux ! J'ai des remords !

– Il ne faut pas ! Il n'y a aucune raison.

– Si. Je n'ai pas été assez gentille avec maman. Je la revois le soir dans la cuisine lorsqu'elle m'a embrassée la dernière fois. J'aurais dû la serrer contre moi ! J'aurais dû…

– Il ne faut plus penser à cela, Nathalie ! Promets-moi de ne plus jamais y penser. »

Nathalie se raidit et regarde son père droit dans les yeux.

« Je te promets d'y penser toujours ! »

21 octobre 1987. C'est un mercredi. Nathalie profite de cette belle journée pour aller promener Sultan. Sultan est un labrador de six ans et il n'est pas facile pour une bête de cette taille de vivre en appartement. C'est pourquoi M. Lacroix le sort tous les samedis et dimanches matin, Nathalie, elle, se réservant le mercredi.

Nathalie est pensive. Cela fait un peu plus de six mois que sa mère est morte. Elle éprouve toujours autant de chagrin. Malgré les efforts de son père, elle ne parvient pas à s'adapter à la nouvelle situation. Et puis, il n'y a pas que cela : il y a cette scène terrible, la dernière fois où elle a vu sa mère. Ce baiser qu'elle lui a donné dans la cuisine, avant d'aller se coucher. Pourquoi ce souvenir l'obsède-t-il à ce point ? Parce que c'est la dernière vision qu'elle a de sa mère, sans doute. Sans doute… Pourtant Nathalie a la sensation qu'un détail lui échappe. Un détail qui a une importance capitale.

D'habitude, Nathalie emprunte un itinéraire bien précis avec Sultan. Mais cette fois, prise par ses pensées, elle ne s'est pas souciée du chien. Sans lui avoir mis de laisse, elle le suit machinalement.

Sultan a d'ailleurs l'air de savoir parfaitement où il va. Il se dirige vers un quartier résidentiel du centre de la ville. Il se comporte avec beaucoup d'assurance : s'arrêtant au feu rouge, prenant à droite, puis à gauche suivant un trajet compliqué. De temps à autre, comme Nathalie tarde un peu, il s'assied pour l'attendre.

La petite fille prend brusquement conscience qu'elle se trouve dans une rue où elle n'est jamais allée. Elle s'adresse au chien, qui poursuit son chemin d'une démarche frétillante : « Mais où est-ce que tu m'emmènes, Sultan ? »

Tout à coup, Sultan pénètre dans un immeuble. C'est une construction bourgeoise du début du siècle. Nathalie est tellement surprise qu'elle marque un temps avant de se lancer à sa poursuite. « Sultan, ici tout de suite ! »

Mais l'animal ne l'écoute pas. À sa suite, la fillette entre dans le hall. Il est déjà dans l'escalier. Elle appelle, mais pas trop fort pour ne pas alerter la concierge : « Sultan !… »

C'est un bel escalier de marbre avec un tapis rouge. Nathalie arrive au premier étage. Sultan est là, sur le paillasson de la porte de droite. Il agite frénétiquement la queue en poussant de petits gémissements, comme il le fait quand il est content.

« Sultan, qu'est-ce qui se passe ? »

Nathalie a un sentiment bizarre. Comme tout cela est étrange ! On dirait que c'est là que son chien a voulu l'amener. Mais pourquoi ? Elle n'est jamais venue dans cette partie de la ville. Et elle est sûre de n'y connaître personne.

À onze ans, on est curieux. Nathalie ne résiste pas à la tentation. Sans réfléchir à la gravité de son geste ni à ses conséquences, elle sonne. Il y a un moment d'attente, des pas qui se rapprochent. Nathalie est maintenant effrayée. Elle voudrait s'en aller. Mais il est trop tard. La porte s'ouvre.

« Vous désirez ? »

C'est une grande femme blonde d'une trentaine d'années qui vient d'apparaître sur le seuil. Elle est vêtue avec distinction et elle est très belle. Nathalie cherche désespérément un mensonge, mais le chien ne lui en laisse pas le temps. En un bond joyeux, il a sauté sur l'arrivante et danse autour d'elle en aboyant. La femme est tellement surprise qu'elle manque de tomber à la renverse. Elle finit par retrouver ses esprits.

« Qu'est-ce que cela signifie ? »

Nathalie est complètement déboussolée elle aussi. Elle agrippe son chien et le tire par le collier en bredouillant quelque chose comme : « Je me suis trompée… Excusez-moi… »

Elle disparaît à toutes jambes en tirant Sultan derrière elle. En franchissant la porte de l'immeuble, elle lève pourtant les yeux pour voir le numéro. « 31 »… Un peu plus loin, elle regarde sur une plaque le nom de la rue. C'est la rue Thiers. « 31, rue Thiers. Qu'est-ce que cela peut bien vouloir dire ? »

Le soir, lorsque son père rentre, Nathalie Lacroix l'interroge sans attendre. Elle lui lance à brûle-pourpoint : « 31 rue Thiers, cela te dit quelque chose ? »

Georges Lacroix est totalement pris de court. Il cherche ses mots, mais y renonce. Il balbutie : « Qui t'a parlé de Catherine ?

– Personne… Catherine, c'est une grande blonde ?

– Comment sais-tu tout cela ? »

Alors, Nathalie explique ce qui s'est passé, comment elle a suivi Sultan jusque sur le palier du premier étage. Tandis qu'elle parle, M. Lacroix reprend peu à peu contenance. Il finit par déclarer : « Écoute, Nathalie, dans un sens, je suis content de ce qui est arrivé. Cela ne pouvait pas continuer ainsi. Il valait mieux que tu saches. Alors, voilà. Catherine est une dame très gentille qui m'aime beaucoup et moi aussi je l'aime beaucoup… C'est pour cela que, de temps en temps, nous avons envie de nous voir.

– Quand cela, papa ?

– Eh bien, le samedi et le dimanche matin, quand je vais promener Sultan. Tu comprends maintenant pourquoi Sultan t'a emmenée là-bas… Lui aussi, il la connaît bien Catherine. Et il l'aime bien ! »

Nathalie reste songeuse. Son front se barre de plusieurs rides.

« Mais alors, papa, quand tu disais que tu allais avec Sultan dans le parc, ce n'était pas vrai ?

– Bien sûr, mais…

– C'était un mensonge ?

– Je sais : j'ai eu tort, Nathalie.

– Mais il y a longtemps que tu fais ça ! C'est depuis… bier avant la mort de maman ! »

Georges Lacroix ne répond pas. Il regarde sa fille avec désespoir. Celle-ci le fixe avec une incroyable dureté.

« Tu as menti aussi à maman… Pourquoi allais-tu la voir quand maman était là ? Tu n'aimais pas maman, tu l'aimais elle ! »

Georges Lacroix ravale sa salive.

« Écoute, Nathalie, je viens de décider une chose : Catherine va habiter ici, comme cela il n'y aura plus de mensonge entre nous. Elle t'aime beaucoup, tu sais. Elle me parle souvent de toi. Elle me demande de tes nouvelles. Tu es contente, Nathalie ? Tu veux bien que la gentille dame vienne ici ?

– Non !

– Nathalie, sois raisonnable. Tu as vu comme Sultan l'aimait ? S'il l'aime, c'est qu'elle est gentille. Les chiens ne peuvent pas se tromper.

– Si, les chiens peuvent se tromper ! Le voisin du dessous est méchant et pourtant son chien l'aime. Je ne veux pas qu'elle vienne à la maison !

– Cela suffit ! Catherine viendra : je l'ai décidé ! »

6 juin 1990… Cela fait un peu plus de trois ans que Mme Lacroix est morte. Enfin, la première Mme Lacroix car, depuis six mois, il y en a une seconde. Georges a épousé Catherine. Cette dernière a tout fait pour se faire aimer ou du moins accepter de Nathalie, mais ses efforts ont été vains. Ni les cadeaux ni les attentions quotidiennes n'ont pu faire fléchir la haine de l'enfant. Car c'est bien de haine qu'il faut parler. Une haine ouverte, totale. Ne pouvant s'en prendre directement à la maîtresse de son père, Nathalie s'est vengée sur le chien. Sultan est devenu son souffre-douleur, à tel point qu'il a fallu le donner à des amis.

Ce 6 juin 1990, Nathalie Lacroix est en train de faire ses devoirs dans sa chambre. Elle est installée devant un bureau à cylindre qui était autrefois celui de sa mère et qu'elle a obtenu de garder pour elle, comme d'ailleurs d'autres objets…

Nathalie est à présent une jolie jeune fille de quatorze ans qui paraît plus que son âge. Elle serait assurément ravissante si elle n'avait cet air un peu dur qui la vieillit. Nathalie s'arrête au milieu de ses devoirs. Tiens ! Elle n'avait jamais remarqué ce petit décrochement dans le tiroir, à côté de l'encrier. Elle y passe le doigt et – surprise ! – un ressort se déclenche et un tiroir secret apparaît. À l'intérieur, il y a un carnet jaune.

Nathalie s'en saisit. Pour l'instant, elle est plus intriguée qu'émue. Elle ouvre à la première page et reconnaît l'écriture de sa mère. En haut, il y a une date : « 1er mars 1987. » Nathalie sursaute. C'est un peu moins d'un mois avant la mort de sa mère. Au fait, de quoi est-elle morte ? Elle se rend compte soudain qu'on le lui a toujours caché. À présent, Nathalie redoute ce qu'elle va découvrir. Mais il est trop tard. Elle commence à lire.

« *1er mars.* Je suis pratiquement certaine de ne pas me tromper. Il faut absolument que j'aie une discussion avec Georges. Je la redoute énormément, mais cela ne peut plus durer…

« *9 mars.* Je sais tout. Il m'a tout dit. Elle s'appelle Catherine. Il l'aime et il m'a demandé le divorce. Je dois prendre sur moi et accepter. Penser à Nathalie. C'est cela qui doit me guider…

« *15 mars.* Je n'en peux plus. Je n'arrive pas à renoncer à Georges. C'est au-dessus de mes forces ! »

Nathalie, blême, tourne rapidement les pages pour arriver à la dernière.

« *29 mars.* J'ai pris ma décision. Ce sera pour cette nuit. Nathalie ne se rendra compte de rien… »

Nathalie pousse un cri. Maintenant elle comprend tout ! Elle revoit la terrible scène de la cuisine, avec le détail qui lui échappait. Juste avant de venir l'embrasser, sa mère est allée prendre un verre d'eau sur l'évier. Elle lui a tourné le dos et elle a fait un geste que Nathalie n'a pas vu. À présent, elle en est sûre. C'est à ce moment-là qu'elle a avalé les comprimés mortels. Elle s'est suicidée sous ses yeux !

Comme une folle, la jeune fille fait irruption dans le salon où se trouvent son père et sa belle-mère. Elle leur lance : « Je veux aller dans un orphelinat ! »

Stupeur des Lacroix… Georges réagit le premier : « Mais enfin, qu'est-ce que cela veut dire ?

– Cela veut dire que je n'ai plus de parents. Ma mère est morte il y a trois ans et toi, tu viens de mourir !

– Tu as perdu la raison ?

– Comment as-tu pu vivre en sachant que tu étais directement responsable du suicide de maman ? Comment as-tu pu retourner le samedi et dimanche suivants chez cette femme, avec ton chien ? Comment as-tu pu l'installer ici et m'imposer sa présence ? »

Nathalie Lacroix se tourne vers sa belle-mère. « Et vous, comment avez-vous pu accepter de vivre avec un homme responsable de la mort de sa femme ? Comment avez-vous pu vivre sous le toit de la morte, coucher dans sa chambre, dans son lit, dans ses draps ?

– Nathalie !… »

Mais Nathalie a déjà claqué la porte..

Nathalie Lacroix, n'étant pas orpheline au sens juridique du terme, n'est pas allée dans un orphelinat, mais elle a été placée en pension dans son lycée et elle n'a, depuis, jamais revu ni son père ni sa belle-mère… Et il faut dire qu'on peut la comprendre.

Miracle au fond des yeux

Martina Rodriguez aime Alvaro et, pour cette jeune fille espagnole, Alvaro sera certainement son mari. Mais ils ne sont pas riches. Un jour, Alvaro offre à Martina un bijou triplement précieux. Elle l'accepte avec les larmes aux yeux.

En 1936, Martina est une belle brune aux longs cils de velours. Elle vit avec ses parents près de Valladolid et chante toute la journée, qu'il pleuve ou qu'il vente. Ses sœurs la plaisantent sans arrêt : « Tu as avalé un rossignol ce matin, *guapa* ?

– Non, je pense à Alvaro, je compte les jours jusqu'à la noce.

– Quelle impatience ! Pour être la femme d'un commis voyageur. Chante aujourd'hui, demain tu pleureras peut-être ! »

Mais Martina se moque des propos venimeux de ses sœurs. Elle est heureuse. Le soir même elle retrouve Alvaro sur la place du village. Il tient un petit paquet dans la main : « Pour toi, ma belle.

– Pour moi ? Qu'est-ce que c'est ?

– Regarde. » Martina déchire le papier. À l'intérieur, un écrin de velours. Dans l'écrin, sur un lit de satin blanc, une médaille.

« C'est de l'or ? »

Aussitôt elle regrette d'avoir posé cette question. Peu importe que la médaille soit ou non en or. Du moment qu'elle vient d'Alvaro, elle est précieuse pour Martina.

« Oui, c'est de l'or. Regarde ce que c'est. »

Martina examine la médaille : elle représente une image de la Vierge Marie entourée de ce simple texte : *Sanctissima Virgen del Pilar*.

« Oh, ma Vierge préférée ! C'est toujours elle que j'invoque quand je prie pour toi.

– Tu sais, je l'ai fait bénir par Don Martino, le supérieur du monastère.

– Je la garderai toute ma vie, mon amour. Dorénavant ce sera mon bien le plus précieux. » Et Martina, profitant de l'ombre du soir, pose ses lèvres sur celles d'Alvaro avant de s'enfuir pour rentrer chez elle.

La Vierge del Pilar doit veiller sur les amoureux, en tout cas sur ces deux-là, car leurs projets se concrétisent et, quelques semaines plus tard, devant le village en fête, Martina devient l'épouse du bel Alvaro qui rayonne de bonheur parmi tous leurs amis réunis.

Un nommé Franco dont personne n'a entendu parler vient de déclencher une opération de conquête militaire pour détruire la République rouge. Mais la guerre civile qui commence leur semble bien lointaine.

Alvaro ne perd pas son temps et, très rapidement, Martina peut annoncer aux deux familles qu'elle attend un enfant. Est-ce bien le moment de mettre au monde un petit innocent ? Martina, tous les matins, invoque la Vierge del Pilar en portant sa chère médaille à ses lèvres pour qu'elle protège sa jeune famille.

« Au revoir, ma chérie, à ce soir.

– À ce soir, mon amour. Ne rentre pas trop tard. Je vais profiter de la journée pour aller à Valladolid. Il faut que j'achète le trousseau de ton fils.

– Mais ma mère t'a déjà donné tout ce que je portais quand j'étais bébé.

– Oui, je sais. Mais je veux du neuf. » Et les deux jeunes gens échangent un baiser d'amour heureux.

La journée de Martina à Valladolid est plutôt chargée. Elle passe la matinée sur le marché, rencontre une amie avec laquelle elle déjeune d'un chocolat et de *churros* croustillants qui sentent l'huile d'olive. Puis elle court encore les magasins, choisissant les petits vêtements dont elle rêve pour son enfant.

« Je prends tout en blanc car je ne sais pas si ce sera un garçon ou une fille. Il me suffira de changer la couleur des rubans. Mais j'ai demandé à la Vierge del Pilar qu'elle m'accorde un garçon. »

La vendeuse approuve et fait les paquets en souriant. Martina consulte sa montre-bracelet. Avant l'autobus qui doit la ramener chez elle il lui reste un peu de temps. Ce qu'il faut pour se rendre à Notre-Dame-des-Angoisses. Elle veut y allumer un cierge, bien que la Vierge des Angoisses lui semble moins efficace que celle del Pilar. C'est ce qu'elle fait après avoir déposé ses emplettes auprès d'un pilier.

Mais brusquement un orage change les projets de Martina. Impossible de sortir de l'église. Des trombes d'eau déferlent sur la ville. Et il semble que cela va durer toute la nuit. Quand elle arrive enfin à la gare, le dernier train est parti.

« Mais enfin je dois absolument rentrer à Las Cuevas !

– Désolé, mademoiselle… excusez-moi… je veux dire “madame”. Si vous prenez le train de vingt heures quinze jusqu'à Palencia, vous pourrez peut-être attraper un autobus, ou prendre un taxi. »

Martina n'hésite pas : elle prend ce dernier train, mais, arrivée à destination, elle doit encore déchanter : le dernier autocar est parti. Pas de doute, elle va devoir passer la nuit à l'hôtel. C'est ce qu'elle fait. Elle n'est pas au bout de ses peines.

Le lendemain matin, au moment où elle veut régler la note, Martina s'aperçoit que son porte-monnaie a disparu. Elle cherche vainement dans ses différents colis. Impossible de payer. Le patron ne semble pas partager les problèmes de la pauvre jeune femme, malgré son état de grossesse évident.

« Ma petite dame, il va falloir trouver une solution.

– Que voulez-vous que je fasse ! J'ai dû me faire voler quand j'étais en train de prier à Notre-Dame-des-Angoisses. Mais non, j'ai payé le train ! C'est dans le train qu'on a dû me le prendre… »

Le patron de l'hôtel hausse les épaules. « Alors, qu'est-ce qu'on décide ? J'appelle la Guardia Civil ?

– Oh non, surtout pas ça. Mon mari doit déjà être mort d'inquiétude. Je pourrais peut-être revenir pour vous payer demain avec lui.

– On me l'a déjà fait ce coup-là, ma belle. Il faut trouver autre chose. À propos, qu'est-ce que c'est que cette médaille que vous avez au cou. C'est de l'or ? »

Instinctivement Martina porte sa main à son cou. « Oh non, pas ma médaille. Je ne peux pas vous donner ma médaille. Elle est bénie. Et c'est un cadeau de mon mari.

– Alors j'appelle la Guardia. »

Martina, refoulant ses larmes, détache le ruban de velours qui retient sa médaille et, faisant glisser celle-ci sur le comptoir, demande : « Ça vous suffira ? »

Le patron saisit la médaille, la porte à sa bouche et y donne un coup de dents qui serre la gorge de Martina.

« Tenez, je suis bon prince. Je vous rends la monnaie. » Et il pousse quelques billets vers elle. Muette de chagrin, Martina les met dans la poche de sa veste. Il ne lui reste plus qu'à prendre l'autobus pour rentrer chez elle.

« Alvaro, mon chéri, pardonne-moi, je n'ai pas pu faire autrement. Il me menaçait d'appeler la Guardia Civil.

– Calme toi, mon cœur. Il a eu de la chance que je ne sois pas là.

– Mais si tu avais été là, j'aurais pu payer et je n'aurais pas été obligée de me séparer de ma médaille.

– Mais j'y pense : il n'est peut-être pas trop tard. Je pars pour Palencia. Je vais essayer de la récupérer ta médaille.

– Ah, si tu pouvais faire ça ! Elle me serait encore plus précieuse. »

Martina se remet à espérer. Mais, pour l'instant, alourdie par le bébé à venir, elle n'a plus la force de rester debout. Et Alvaro met sa voiture en marche.

Il a vite fait de retrouver l'hôtelier sans cœur. Celui-ci commence par prendre les choses de haut : « Mais non, je ne me souviens de rien. Une femme enceinte, dites-vous ? Qui n'a pas pu payer ? Ça ne me dit rien.

– Ça s'est passé hier soir, vous n'avez pas pu l'oublier. Si vous voulez que je vous rafraîchisse la mémoire… » Alvaro n'a pas l'air de plaisanter. L'hôtelier change d'attitude et ouvre sa caisse : « Ah oui, cette petite médaille. En effet. Vous voulez la racheter ?

– Je veux la reprendre en vous payant la note de ma femme. »

En définitive, moyennant quelques centaines de pesetas supplémentaires, Alvaro reprend possession de la médaille. Oui, c'est bien elle : *Sanctissima Virgen del Pilar*. Il y a même une drôle de marque, comme si on l'avait mordue.

L'émotion de Martina en reprenant possession de sa médaille est difficile à décrire. Alvaro, par délicatesse, s'abstient de lui dire à combien sa nuit d'hôtel revient en définitive : une vraie nuit de palace.

Et le grand jour arrive. Jour de gloire et jour de douleur : Martina donne naissance, un peu déçue, non pas à un garçon mais à une petite fille, brune comme sa mère. Tout se passe bien et l'enfant reçoit le prénom, logique, de… Pilar.

Au bout de quelque temps on s'aperçoit que ses yeux auront sans doute la couleur de ceux d'Alvaro, un gris-vert qui lui vient de sa grand-mère galicienne.

Les voisines entourent la petite Pilar et s'extasient : « Quel regard elle a !

– Arrêtez de l'embrasser, vous allez lui coller des poils de moustache », réplique la grand-mère. Et les commères sortent en riant. L'une d'entre elles, pourtant, reste en arrière. Son lorgnon à la main elle examine attentivement les yeux de l'enfant : « Martina, viens voir ! Les yeux de Pilar… on dirait… Non, ce n'est pas possible. As-tu une loupe ? » Non, il n'y a pas de loupe à la maison, mais le docteur Narvalo en a sûrement une. Un gamin est chargé de la ramener.

« Regarde, c'est incroyable ! Martina, les yeux de ta fille… C'est un miracle. »

Martina, qui ne comprend rien, se penche, loupe en main, vers le berceau.

« Jésus, Marie, Joseph, ce n'est pas possible ! »

La grand-mère s'affole : « Mais qu'est-ce qu'elle a cette enfant ?

– Catalina, regarde toi-même. Dans les yeux de la petite… »

Et Catalina, malgré ses yeux fatigués, lit, incrédule, dans l'œil droit de Pilar… des lettres : VIRGEN. Pas de doute, c'est le mot *Vierge* qu'on lit sur la pupille de la petite fille. Sur l'autre œil le miracle continue : D L PILAR. À part le « E » qui manque, on lit *del Pilar* : Martina est blême : « *Virgen del Pilar*, comme sur ma médaille. Comme sur la médaille que j'avais donnée à l'hôtelier. C'est un signe de Dieu. »

Un signe de quoi ? Personne ne peut répondre. Les femmes se signent. Puis on court chercher le curé. En attendant tout le monde examine à nouveau, avec l'aide d'une lampe, les yeux de Pilar qui, cette fois, se met à brailler.

Le curé arrive bientôt en soulevant sa soutane pour aller plus vite. On lui explique rapidement les choses.

« Il faut se méfier. C'est peut-être l'œuvre du démon. »

En disant cela il jette un regard soupçonneux à Martina. Une fois de plus on soulève les paupières de Pilar qui hurle. Pas de doute : *Virgen* à droite, *d l Pilar* à gauche. Le curé s'éponge le front. On expédie le gamin à l'église pour que la bonne du curé lui donne de l'eau bénite.

La nouvelle se répand dans le village. Bientôt la maison est envahie par les voisines qui entourent le berceau et s'agenouillent. En chœur elles récitent des Notre-Père et des Ave Maria. On allume des cierges. Il n'y a plus moyen d'entrer dans la chambre de Martina et de Pilar. Sur le seuil, Catalina, la grand-mère, refoule les nouveaux arrivants.

Là-dessus Alvaro rentre de sa journée de représentant. La foule qui se presse l'inquiète : « Qu'est-ce qui se passe ?

– Un miracle, Alvaro. Ta maison est bénie de Dieu.

– Qu'est-ce que vous racontez ? Je n'y comprends rien. »

Il entre péniblement en bousculant un peu les femmes qui envahissent la maison. Perdues dans leurs oraisons elles ne le remarquent pas. Martina lui explique en deux mots l'incroyable nouvelle. Et Pilar, une fois de plus, doit ouvrir ses yeux tout grands. Alvaro a du mal à croire ce qu'il lit pourtant de ses propres yeux : *Virgen del Pilar*.

Dès le lendemain, le docteur Narvalo, venu récupérer sa loupe, examine lui aussi les pupilles merveilleuses. Il demande alors qu'on libère un coin de table et, sur une liasse de feuilles blanches, il établit un rapport circonstancié de ce qu'il vient de constater. On fait signer comme témoins plusieurs hommes du voisinage. Quelqu'un suggère : « On prévient le maire ?

– Je crois qu'il vaut mieux laisser les communistes en dehors de ça. Pourtant, il faut laisser les croyants admirer cette merveille. Voilà ce que je vous propose pour que ce don de Dieu soit un témoignage universel... »

Et, dans les jours qui suivent, devant une Martina dépassée par les événements, le docteur Narvalo installe chez lui, dans le patio de sa maison, une sorte de reposoir dans lequel Pilar trône. Quand elle ne dort pas, les chrétiens émerveillés se penchent sur son visage pour essayer d'apercevoir l'inscription miraculeuse. S'ils y parviennent, ils se retirent renforcés dans leur foi. Un tronc installé par le docteur est là pour recueillir les oboles...

Mais nous sommes à présent en 1937 et la république règne au village. Toutes ces manifestations attirent l'attention des autorités qui, bien éloignées de croire au miracle, veulent cependant constater les choses.

Vicente Pardo, le responsable de la cellule républicaine locale, survient un jour chez le docteur Narvalo. Son revolver lui bat la cuisse. Dame ! les nouvelles de l'avancée franquiste échauffent les esprits. Pour disperser les fidèles, il tire un coup de feu en l'air et toutes celles qui encombraient le patio s'enfuient en caquetant comme des poules effrayées par un renard.

Vicente s'approche de Martina qui vient de prendre Pilar dans ses bras.

« Qu'est-ce que c'est que cette histoire de "miracle de la médaille" ?

– Regarde toi-même. » Elle lui tend la loupe.

Vicente, à son tour, se penche sur l'enfant miraculeuse en écarquillant les yeux.

« *Sangre de Dios !* » souffle-t-il entre ses dents. Quand il se redresse, il est rouge de colère. « C'est un truquage ? »

Martina le regarde sans comprendre. « Un truquage ? Sur la tête de ma fille... c'est un miracle. Je n'y peux rien.

– Il n'est pas question de tolérer ça en ce moment. Il faut que ta fille disparaisse, tu m'entends ?

– Qu'elle disparaisse ?

– Oui, débrouille-toi. Par n'importe quel moyen. Tu m'as compris. Dès demain. Sinon il pourrait lui arriver malheur. Vous avez vingt-quatre heures pour quitter le pays. Sinon, je ne réponds de rien. »

Martina comprend. Les atrocités de la guerre civile qui ensanglante l'Espagne sont dans tous les esprits. Des horreurs, commises par les deux camps. De toute évidence l'Espagne rouge ne peut se permettre de voir les yeux de Pilar témoigner pour l'autre camp.

Vicente reprécise, en quittant la maison du docteur : « Vingt-quatre heures, pas une de plus ! Et vous docteur, nous en reparlerons ! » Vicente confisque le tronc des oboles.

Dès le lendemain, Martina, Alvaro et Pilar disparaissent et partent se réfugier chez de lointains parents dans les Pyrénées. Plus personne au village, même après le triomphe final du franquisme, n'entendra parler d'eux. Catalina disparaît sans avoir révélé le lieu de leur retraite. Seul demeure le rapport établi par le docteur Narvalo. Celui-ci ne peut plus rien dire : il a été fusillé avec quelques autres.

Pilar, dit-on, ayant grandi en essayant de dissimuler son regard derrière des lunettes fumées, aurait, depuis, trouvé refuge au fond d'un couvent mexicain où personne ne peut plus examiner ses yeux miraculeux.

La preuve par deux

L'un s'appelle Julius, l'autre Jeremie, ils sont allemands, frères jumeaux, et donc âgés de vingt-six ans tous les deux à quelques minutes d'intervalle. De vrais jumeaux. Des jumeaux qui pratiquent la ressemblance au-delà du physique, qui la prolongent dans le costume, le comportement, les manies, le rire, les grimaces. Deux garçons qui jouent en permanence à être deux pour ne faire qu'un. Ils ont énervé leurs professeurs, épuisé leur mère à force de blagues classiques du genre : « C'est moi Julius, pourquoi tu m'appelles Jeremie ? »

Jusqu'au jour où une de leurs blagues a très mal tourné. Mais était-ce une blague ? Sûrement pas.

Julius et Jeremie travaillent à la mine, en plein cœur de la Sarre ; ils habitent un petit logement de fonction dans une petite ville de province, où ils mènent une petite vie. Le soir, ils traînent un peu dans les deux bars du coin. Leur habitude de draguer ensemble fait en général fuir les jeunes filles, et ils n'ont guère de succès amoureux. Beauté médiocre, visage fade, et discours relativement stupide : « Vous venez souvent ici ? » « On vous paye un verre ? » « Ça vous dirait de rigoler un peu ? »

En réalité, personne ne les connaît vraiment. Ces deux-là se ressemblent trop et en font trop pour qu'une fille s'attarde à faire la connaissance de l'un d'eux en particulier. Il est vraisemblable qu'ils ne le désirent pas non plus, peut-être ont-ils des difficultés à exister séparément. Peut-être y a-t-il entre eux une compétition, une jalousie qui les empêche de choisir celui qui va séduire le premier, donc celui qui devra céder la place. C'est extrêmement compliqué parfois, la vie des jumeaux. Amour total, haine totale : certains balancent éternellement entre les deux.

Les témoins de cette lamentable histoire ont en tout cas la même description des deux garçons : « Toujours ensemble, pas méchants, mais pas très malins. »

L'histoire en question s'est déroulée en deux temps.

Premier temps : un dimanche, tard dans la nuit, une jeune femme se présente au commissariat de police, échevelée, en larmes. Elle accuse les deux frères de l'avoir violée ! Déposition en règle, interpellation dès le lendemain, et voilà les jumeaux assis devant un policier enquêteur. Ils sont pâles tous les deux, mais arrogants, et nient tous les faits : « On l'a juste ramenée chez son petit ami ! » « C'est elle qui ment ! Elle avait promis de passer un moment avec nous ! »

Le policier essaie de se faire expliquer le déroulement de la soirée, d'abord par Julius.

« Elle faisait de l'auto-stop, on s'est arrêtés, on lui a demandé où elle allait.

– Qui a décidé de la prendre dans la voiture ?

– Ben nous !

– Oublie le "nous" ! Je te demande lequel de vous deux conduisait !

– Ben c'était moi !

– C'est toi qui as voulu la prendre en stop ?

– Ben on..., c'est tous les deux...

– Mais qui a décidé ?

– Tous les deux ! Je sais pas moi... hein, Jeremie ?

– Ben oui... pourquoi il aurait décidé sans moi ?

– D'accord, elle est montée, elle voulait aller où ?

– Se balader, qu'elle a dit !

– Mais après, elle a plus voulu !

– Cette jeune fille faisait du stop la nuit pour aller se balader ? Vous vous moquez de moi ? Elle travaille, ce n'est pas une prostituée, et sa mobylette était tombée en panne !

– Ben, elle a dit ça, alors nous... on a dit d'accord, et puis après elle a dit qu'elle voulait qu'on la ramène chez son petit ami !

– Vous l'y avez conduite directement ?
– Sûr ! On l'a emmenée chez son petit ami !
– Cette jeune femme dit que vous vous êtes arrêtés dans la forêt à l'entrée de la ville, qu'elle a protesté, mais que vous avez bouclé les portières de la voiture et que vous l'avez violée ! Et qu'ensuite vous l'avez déposée dans le centre-ville !
– C'est pas vrai, on l'a déposée devant chez son fiancé !
– On n'est pas des violeurs !
– Vous l'avez violée tous les deux ! Elle vous a parfaitement décrits !
– C'est pas vrai ! D'abord elle nous plaisait même pas ! C'est elle qui a dit comme ça : “Si vous me ramenez chez moi, je vous promets de l'amour !”
– De l'amour ?
– C'est comme ça qu'elle a dit ! Après, elle a pas voulu, alors on l'a ramenée chez son petit ami ! »
Le policier ne les croit pas du tout.
« Elle a subi des examens médicaux ! Elle a réellement été violée ! Elle s'est présentée à la police immédiatement et vous a décrits ; elle a donné le signalement de la voiture, et même son numéro ! Vous l'avez réellement prise en auto-stop, entre vingt-deux heures et vingt-deux heures trente ! Elle est arrivée chez nous à vingt-trois heures, complètement bouleversée ! Et vous voulez que je vous croie innocents ?
– On savait même pas l'heure, mais on lui a rien fait !
– Elle ment ! C'est pour nous faire des ennuis !
– Pourquoi vous ferait-elle des ennuis ? Vous la connaissez ?
– Bah non… elle était là sur la route, elle faisait du stop, quoi ! Nous, on la connaît pas !
– Alors, si tu ne la connais pas toi, Julius, et toi non plus, Jeremie, pourquoi vous chercherait-t-elle des ennuis ?
– On sait pas ! On n'a rien fait !
– On n'a rien fait ! On sait pas !
– Elle ment !
– Elle ment ! »
Et ainsi de suite. Les deux jumeaux nient avec acharnement. Pourtant l'enquête avancera dans un seul sens, celui de la culpabilité.

Finalement le procès a lieu, et ils sont condamnés à dix-huit mois de prison. Ce n'est pas beaucoup, mais il a été difficile au tribunal de déterminer avec certitude lequel des deux garçons avait brutalisé la jeune femme le premier, lequel l'avait violée en premier, et même si les deux étaient coupables au même titre d'un même délit. Pas simple, si l'on considère qu'en matière de viol, c'est la parole de la victime contre celle de l'agresseur… Pas de témoins, et des preuves matérielles inexistantes, dans ce cas précis. Il était par exemple impossible de déterminer le code génétique du ou des agresseurs, le viol n'ayant pas abouti complètement et, de toute façon, s'agissant de frères jumeaux, le résultat pouvait être douteux. Toutefois, même dans ce cas, viol abouti ou non, il ne pouvait s'agir de simple tentative : le délit était qualifié de viol avec violences.

Les deux frères font aussitôt appel du jugement et sont laissés en liberté sous contrôle judiciaire. Une nouvelle audience est rapidement fixée. Elle doit avoir lieu six mois plus tard, en décembre 1978.

En attendant, comme c'est souvent le cas, l'entourage des deux garçons les considère comme définitivement coupables. Les quelques copains de soirée qui les fréquentaient jusque-là les évitent soigneusement.

À la mine, tout se sait. Julius et Jeremie tentent de se justifier auprès de leurs camarades de travail, mais les explications qu'ils fournissent ne sont pas plus convaincantes que lors de leur premier interrogatoire. Pourquoi cette jeune femme les accuserait-elle sans mobile ?

Deuxième temps de l'histoire : la veille de l'audience d'appel.

Les jumeaux ont disparu. Ils ont quitté leur lieu de travail normalement, on les a vus monter dans leur voiture. Ils ne se présentent pas le lendemain devant le tribunal et un avis de recherche est lancé.

Une vingtaine d'heures plus tard, une autre jeune fille se présente à la police de Sarrebruck. Elle a dix-sept ans, s'appelle Marina, est employée de maison et vient de vivre un cauchemar.

« Ils étaient deux, je ne les connais pas du tout. J'attendais le bus au centre-ville. La voiture s'est arrêtée devant moi, j'étais seule à ce moment-là à l'arrêt du bus ; un des garçons est sorti de la voiture, il m'a prise par le cou et m'a entraînée à l'intérieur du véhicule. Et puis la voiture est repartie. Ils m'ont ligoté les mains avec une écharpe, ils m'ont bâillonnée avec une autre écharpe, ils ont fermé les portières à clef et on a roulé. On a roulé de six heures du soir environ jusqu'au lendemain soir ; on roulait à travers le pays, on est passés dans des villes, on ne s'arrêtait nulle part, et ils parlaient, ils parlaient, ils n'arrêtaient pas de parler. Je ne savais jamais lequel des deux parlait, je les confondais, j'avais si peur, ils se ressemblent tellement… Ils disaient tout le temps : "On va leur prouver qu'on n'est pas des violeurs, et toi tu leur diras qu'on n'est pas des violeurs…" Ils avaient un pistolet chacun, ils le sortaient de leurs poches et le rangeaient, et recommençaient… Chaque fois je me disais : ils vont me tuer, lequel va me tuer, pourquoi me font-ils ça… je ne comprenais pas, j'aurais bien voulu leur parler, essayer de discuter, mais j'avais ce bâillon sur la bouche, et j'avais même du mal à respirer. J'ai cru m'évanouir je ne sais combien de fois. Par moments je me disais : ils vont s'arrêter pour prendre de l'essence dans une station-service. Mais ils ne l'ont pas fait, il y avait deux jerricanes dans le coffre, une seule fois ils ont arrêté la voiture pour remettre de l'essence, et on est repartis. Je ne sais même plus par où ils sont passés, il faisait nuit.

« Très vite ils ont parlé de la mort. Je me demandais alors s'ils parlaient de la mienne ou de la leur. L'un disait : "La mort c'est la seule chose qui pourrait nous séparer, si tu mourais avant moi." Et l'autre répondait : "La seule solution c'est de mourir ensemble… Il faudra que la mort nous prenne ensemble, au même moment. Les autres meurent tout seuls, nous on n'est pas comme les autres." Parfois ils s'adressaient à moi, mais je ne pouvais pas répondre. Ils disaient : "Qu'est-ce que tu penses de la mort, toi ? Tu veux mourir toute seule ou avec quelqu'un ? Quand tu mourras, est-ce que tu auras peur de te trouver toute seule de l'autre côté ?" Et puis ils reparlaient de cette histoire de viol. Ils me menaçaient : "On ne va pas te violer, mais ne fais pas l'imbécile ! Si tu cherches à t'échapper, on peut te tuer aussi… Alors pas d'embrouilles !" Ils disaient aussi : "La preuve. C'est la preuve. C'est la seule manière de leur donner la preuve qu'on est innocents."

« Finalement ils ont arrêté la voiture sur un parking, dans un bois, je ne sais pas où exactement, mais il y a des bancs de pique-nique et un panneau qui indique un sentier de promenade, je l'ai vu après… Il était huit heures du matin environ, j'avais envie de vomir, j'étouffais, alors ils m'ont retiré l'écharpe de la bouche. Tout était silencieux, ils tenaient les revolvers dans leurs mains, ils regardaient les arbres. J'ai dit : "Je voudrais m'en aller, s'il vous plaît, laissez-moi partir…" Le garçon a répondu : "Ta gueule !" L'autre s'est retourné, il a mis le pistolet sous mon nez, juste devant ma bouche, et il m'a regardée. J'avais si peur à cet instant-là que je me suis mise à prier à voix haute. Il m'a donné un coup sur la bouche pour me faire taire. Cette peur ! Si vous saviez comme j'avais peur ! Le garçon qui était à l'arrière à côté de moi est passé sur le siège avant. Ils l'avaient fait plusieurs fois dans la nuit. Chaque fois, je me disais : ça y est, il va me violer, ou me tuer. Mais il ne se passait rien, il ne me touchait même pas. Ils parlaient, parlaient. À me tourner la tête. La mort, le viol, je ne comprenais pas tout.

« Quand il est passé devant pour la dernière fois, je ne savais plus quoi penser. Le jour n'était pas encore levé, il faisait froid et humide sur ce parking. Est-ce qu'ils allaient réellement me violer et me tuer ? Et puis… je les ai vus faire ensemble… Ensemble, ils se sont regardés, ils étaient de profil devant moi, ils ont levé leurs pistolets ensemble, ils ont mis le canon contre leurs têtes, ils s'imitaient comme des singes… Ça durait, ça durait… Celui qui était au volant relevait un peu la tête, il tendait le cou, et l'autre faisait pareil. Il arrangeait sa cravate, et l'autre arrangeait sa cravate. Je ne sais pas qui a dit : "On va fermer les yeux, et quand on aura fermé les yeux, on compte, comme on a dit…" Ils ont fermé les yeux, et le coup de feu est parti presque aussitôt. Les coups de feu… parce qu'ils sont tombés sur le côté en même temps.

« Le bruit a été terrible dans la voiture, j'ai hurlé, et puis j'ai arraché l'écharpe qui me tenait les poignets, j'ai ouvert la portière de l'intérieur, et je suis sortie… Ils ne bougeaient plus… Alors j'ai couru jusqu'à l'allée principale, j'ai dû me perdre pendant un moment avant de retrouver la route. Je cherchais une cabine téléphonique, finalement j'ai arrêté la voiture d'un facteur, mais je n'arrivais pas à lui raconter, j'étais comme folle… Il voulait aller voir si les deux garçons étaient vraiment morts, il me regardait comme si c'était moi qui les avais tués… Enfin il a compris et m'a ramenée en ville… Lorsque la police est arrivée sur le parking, en plein bois, Julius était bien mort, mais pas Jeremie. Une balle chacun, mais Jeremie avait raté son coup. Il n'est mort qu'à l'hôpital, sans avoir repris connaissance. »

Du témoignage de Marina, la police a déterminé la raison de ce double suicide.

Les jumeaux voulaient prouver qu'ils étaient capables de passer des heures avec une jeune fille sans la violer. « Toi tu leur diras qu'on n'est pas des violeurs… »

Mais rien ne prouve leur innocence. Et toutes les hypothèses sont permises. Jeremie a violé, et Julius s'est déclaré solidaire – ne pas avouer, ne pas témoigner contre son frère. Ou Julius a violé, et Jeremie a décidé de ne pas dénoncer son frère lui aussi. Ou alors ils ont réellement violé tous les deux, en tout cas tenté de violé, sans y parvenir. Car le témoignage de la première jeune femme est détaillé, celui-ci : « Ils ont tenté de me violer l'un après l'autre, mais ils n'ont pas réussi à conclure. Comme s'ils étaient impuissants… »

La voilà peut-être l'explication double du double suicide… La double impuissance : ni Julius ni Jeremie ne pouvaient être un homme unique en son genre, et le prouver. Dans ce cas, peut-on les considérer comme innocents ?

Pas simple de vivre avec son double… Plus simple peut-être d'en finir avec lui.

Les dieux aiment l'amour

Quand Yukato, un jeune homme japonais, tombe amoureux d'une ravissante hôtesse de l'air, il doit obtenir, pour l'épouser, l'autorisation de son père. Mais quand le père refuse ce mariage trop bourgeois, Yukato sait quelle est la seule décision qui s'impose à lui. Pourtant, tout avait si bien commencé…

Dans l'avion qui relie Tokyo et Osaka, un élégant jeune homme lit le *Yomiuri Shimbun* et plus spécialement la page financière. C'est à peine s'il remarque la présence de l'hôtesse de l'air.

Quand celle-ci lui demande s'il désire boire quelque chose, Yukato Shimuza reste un instant sans répondre. Avec un sourire délicieux elle renouvelle sa question : « Puis-je vous offrir du thé ? »

Yukato a du mal à reprendre sa respiration. Dans son uniforme strict cette jeune fille, japonaise évidemment, brune évidemment, lui semble une apparition, comme une fée bienfaisante dans les contes que lui lisait sa mère autrefois.

« J'aimerais connaître votre prénom. »

Yukato a lancé ça sans prendre le temps de réfléchir ni de respirer. Quel manquement à la politesse !

« Fumiko ! répond la jeune fille avec simplicité. Excusez-moi, il faut que je m'occupe des autres passagers. »

Dès l'atterrissage à Osaka, Yukato, au moment de quitter le Boeing, salue la jolie Fumiko comme si elle avait personnellement piloté l'appareil. Les autres hôtesses remarquent le manège et se mettent à glousser ostensiblement. Fumiko, qui rosit sous son maquillage, les foudroie du regard.

« Rejoignons-nous au bar, s'il vous plaît, murmure Yukato.

– Je ne devrais pas… »

Comme tout semble facile. Yukato, jusque-là jeune homme timide et studieux, se sent pousser des ailes. Fumiko, de son côté, le contemple avec une joie qu'elle ne cherche pas à dissimuler. Le vrai coup de foudre nippon.

« Voici ma carte, mademoiselle. J'espère que nous aurons le plaisir de nous revoir ici ou à Tokyo.

– J'habite à Osaka, je partage un studio avec une amie. Mais je suis sur la ligne régulière Tokyo-Osaka. Je vous ai déjà remarqué et je crois que nous nous reverrons.

– Si vous le permettez, je vous téléphonerai… Nous pourrions dîner ensemble. »

Yukato et Fumiko sont des jeunes gens d'après la guerre. Émancipés et libres de leurs mouvements. C'est du moins ce qu'ils pensent.

Au bout de quelques mois de petits dîners, de soirées au cinéma, d'après-midi passées à canoter ou à jouer au tennis, de visites de musées en tous genres, Yukato pose la question que Fumiko attend : « Fumiko, accepterais-tu d'être mon épouse et la mère de mes enfants ?

– J'en serais très honorée et j'accepterais avec plaisir, mais es-tu certain que M. Shimuza, ton père, donnera son accord ? Après tout, je n'ai pas de fortune et, dans ta position, il me semble qu'il préférerait te voir épouser une jeune fille de ton milieu. »

Yukato reste un instant sans rien dire. Tout à son bonheur depuis presque un an, il réalise soudain que M. Shimuza, le puissant propriétaire des Shimuza Industries, n'est pas encore au courant de son idylle.

« Eh bien, dès ce soir j'annoncerai la nouvelle à mon honorable père. En attendant je crois que nous devrions aller faire une offrande aux ancêtres pour qu'ils me donnent la force de l'affronter. »

Le soir même, rentré au domicile paternel, Yukato, attend avec impatience le retour du redoutable auteur de ses jours : Tadao Shimuza. Celui-ci réintègre fort tard son foyer, à bord d'une puissante limousine conduite par un chauffeur. Son épouse et son fils le saluent profondément et attendent pour lui faire le compte rendu de la journée et lui exposer leurs problèmes.

« Et toi, Yukato, qu'as-tu à me dire ? »

Mme Shimuza, la mère de Yukato, sourit en silence.

« Père, j'ai une importante nouvelle à vous annoncer. »

Yukato se lance mais papa Tadao ne laisse aucune émotion filtrer entre ses lourdes paupières. Il attend la suite.

« J'ai rencontré une jeune fille et nous nous aimons. Je désire l'épouser. »

Comment pourrait-on exposer les choses plus simplement ?

« Est-elle d'une famille honorable ? » Le père conserve toujours son expression figée. On dirait qu'il est sculpté dans du bois laqué.

« Son père a donné sa vie pour l'empereur, répond prudemment Yukato.

– C'est tout à son crédit. Mais j'entends : sa famille est-elle aussi puissante que la nôtre ? Tu sais que je ne te permettrai jamais d'épouser une jeune fille pauvre. »

Cela fait plus de vingt ans que Tadao Shimuza surveille l'éducation de son fils pour en faire le digne héritier des millions de yens de la firme Shimuza, spécialisée dans le commerce de la viande de baleine.

« Yukato Shimuza, poursuit-il, peut espérer une union avec une des familles les plus riches de Tokyo, que dis-je de Tokyo, du Japon ! Et il est inutile que tu envisages de faire entrer dans notre famille une jeune fille, si jolie soit-elle, qui ne serait pas de notre milieu financier. » La discussion est close.

Yukato, par acquit de conscience, informe Fumiko de l'attitude de son père. « Alors nous ne pourrons jamais nous marier, conclut-elle, avec un sourire mouillé de tristesse. Je n'ai aucune fortune et mon salaire d'hôtesse me permet à peine de faire vivre ma mère. »

M. Shimuza, informé de ce détail touchant, confirme sa décision : « Mon très cher enfant, il faut renoncer à ce mariage. Cette jeune personne sera peut-être heureuse de rester dans ton affection. Même quand tu seras marié avec une autre. Cela n'empêche pas les sentiments. Elle représentera un havre de douceur et beaucoup d'hommes que je connais ont ainsi un double ménage. Personne ne s'en porte plus mal. Si elle t'aime vraiment, c'est une solution qui ne présente que des avantages. Elle… comment se nomme-t-elle, à propos ?

– Fumiko Shigefusa.

– Shigefusa ? Comme le grand sculpteur ?

– Exactement.

– Excellente lignée. Dommage qu'elle soit ruinée ! Je disais donc qu'elle n'aura pas à te donner d'enfants. Elle gardera plus longtemps sa beauté. »

Et ainsi, pendant une heure, Tadao Shimuza explique à son fils atterré les avantages de l'adultère organisé. Mais Yukato a lu des romans occidentaux. Il sait que l'amour existe et il ne veut épouser qu'une seule jeune fille : Fumiko, fortune ou pas.

« Jamais je n'épouserai un de vos sacs d'or. Jamais je n'épouserai personne d'autre que Fumiko. Même si je dois tout quitter. Même si je dois…

– Si tu dois… quoi ? »

Soudain le visage impassible de Tadao Shimuza se transforme. On dirait que des flammes vont lui sortir des narines. Yukato voit devant lui l'image de Shoko-O-Kamakura, l'un des juges de l'enfer, prêt à passer son sabre au travers des humains.

Yukato n'insiste pas. Sa décision est prise.

« Fumiko, ma chérie. Je suis désespéré… mon père refuse absolument notre mariage. Il ne veut même pas faire ta connaissance. »

Mais Fumiko, en entendant ces mauvaises nouvelles, ne semble pas trop émue. Elle a même une étincelle joyeuse dans ses yeux noirs. « Yukato, j'ai une bonne nouvelle à t'annoncer. Ma compagnie me propose de m'affecter dorénavant à la ligne Tokyo-San Francisco.

– Mais c'est épouvantable ! Qu'allons-nous devenir ?

– Tu ne comprends pas ? C'est pourtant simple. Ton père refuse que nous nous mariions. Fais semblant de lui obéir. Et même, pour lui prouver ta docilité, propose-lui de quitter le Japon. D'aller par exemple… à San Francisco. Pour y développer votre succursale et les exportations vers les États-Unis… »

Deux jours plus tard Yukato sollicite une nouvelle conversation avec son père et remet la question de son mariage sur le tapis, ou plutôt sur le tatami. M. Shimuza perd à nouveau son sang-froid et menace son héritier unique : « Je t'interdis de revoir cette Fumiko, sinon… !

– Et comment pourrez-vous me l'interdire ?

– Très simplement. Dès demain je t'expédie à l'étranger.

– Je n'irai pas !

– Dès le mois prochain tu pars… pour la Corée. »

Yukato frémit. « La Corée… Je serai vite rentré.

– Non, pas la Corée ! San Francisco. Tu auras moins de facilité pour revenir. »

Et c'est ainsi, dès le début de l'année suivante, que Yukato et Fumiko, au gré des vols internationaux, connaissent enfin des jours heureux. Tout à leurs amours. Amours cachées faute de mieux, à l'autre bout du monde. Fumiko attend des jours meilleurs : « Après tout, les choses se calmeront peut-être.

– Mais, ma chérie, mon père est encore jeune. Il peut vivre jusqu'à quatre-vingt-dix ans ou plus. Crois-tu que nous devrons attendre d'en avoir soixante-dix pour nous épouser ? D'ailleurs je veux avoir des enfants de toi.

– Mais je peux t'en faire sans être mariée.

– Jamais de la vie ! Te déshonorer ! Je veux que tu sois la prochaine Mme Shimuza aux yeux du monde entier. »

Hélas pour nos deux amoureux, Tadao Shimuza, le vieux renard, ne tarde pas à se poser des questions. Il les pose même à son épouse, la souriante Harumi : « C'est bizarre. Depuis que Yukato est à San Francisco il semble avoir complètement oublié sa Fumiko. Au téléphone il ne mentionne même plus le sujet. C'est louche. »

Et le vieux Shimuza mène sa petite enquête. En quelques jours il apprend à sa grande fureur que « Mlle Fumiko Shigefusa a été affectée à la ligne Tokyo-San Francisco ». Dans la semaine qui suit il exige le retour de Yukato.

Celui-ci, à nouveau séparé de la femme qu'il aime, tente une fois de plus de convaincre son père. Inutile d'insister. Permission refusée. Et pour un Japonais respectueux des valeurs familiales, ce refus équivaut à une impossibilité absolue de trouver le bonheur.

Alors Yukato, un beau matin, quitte la demeure paternelle. Il sait où il va enfin trouver le repos. Quelques heures plus tard, des paysans voient un jeune homme escalader les pentes du mont Mihara.

C'est dans le cratère de ce volcan en activité, entre deux éruptions, que les amoureux désespérés se jettent. Comme les bouffées de lave et de gaz mortels arrivent toutes les trois heures, Yukato s'approche en toute quiétude. Shoko-O-Kamakura, le juge des enfers, n'attend que lui.

« Fumiko, Fumiko, je t'aime. Adieu mon amour ! » C'est en poussant ce cri que Yukato se lance dans le cratère brûlant où il espère trouver le repos éternel.

Mais quelqu'un l'a vu : « Takashi ! Soichiro ! Regardez, un amoureux vient de se jeter dans le cratère. » Les hommes qui ont assisté au drame savent que, si un homme se jette dans la gueule du Mihara, ce ne peut être qu'un amoureux.

« Vite, enfilez les combinaisons ! C'est le moment où jamais ! »

L'homme qui prend les décisions est le professeur Kamazaki, de l'université de Tokyo. Par un hasard extraordinaire il est en ce moment sur les pentes du cratère. Yukato, tout à son chagrin, n'a pas remarqué sa présence.

L'équipe de l'université est justement là pour tester un nouveau type de combinaison ignifugée capable de résister à la chaleur et aux fumées les plus toxiques. En quelques minutes les deux équipiers enfilent les combinaisons imperméables et mettent leurs casques. Ils arrivent au bord du cratère et jettent un œil en bas.

Le corps de Yukato, inerte, repose sur une corniche fumante quelques mètres plus bas.

On fait descendre un crochet qui, après plusieurs essais, finit par trouver une prise dans les vêtements et même dans la chair du suicidé. On tire sur la corde et doucement, doucement on remonte le désespéré. Déjà des grondements annoncent la prochaine éruption du « volcan des Amoureux ». Il était temps.

L'équipe des universitaires transformés en sauveteurs jette littéralement Yukato dans la jeep et fonce vers l'hôpital le plus proche. Brûlé et sanglant, il respire encore. Cependant il n'y a pas une seconde à perdre. Mais les dieux aiment l'amour…

C'est au chevet de Yukato que M. et Mme Shimuza font la connaissance de la très jolie Fumiko, arrivée par le premier avion de San Francisco. Elle est si jolie, et Yukato la regarde avec tant d'amour sincère que Tadao Shimuza, le père intransigeant, donne son consentement au mariage. Mme Shimuza sourit silencieusement, comme d'habitude.

L'héritage infernal

Sans qu'on s'en doute, au-delà des mers, une parente éloignée, très éloignée, inconnue, vient de mourir. On l'enterre avec toute la pompe que méritent ses vertus et surtout son immense fortune. Une lettre arrive au fin fond de l'Allemagne.

Mais revenons un peu en arrière.

À Philadelphie, Priscilla Parnell, la veuve millionnaire du roi de la pâte à papier, tire sur la sonnette qui appelle sa femme de chambre. Celle-ci arrive, sans trop se presser. La maison est immense et l'escalier bien long entre l'office et le boudoir de madame.

« Madame désire ?

– Daisy, servez-moi un verre de porto, je ne me sens pas bien. J'ai comme une douleur là. » Et la vieille dame, tout de noir vêtue, fait voir son bras gauche.

« Tout de suite, madame, j'espère que ce ne sera rien.

– C'est bizarre, la douleur des autres, ce n'est jamais rien ! »

La femme de chambre s'éloigne à petits pas vers le salon tout proche. Quand elle revient avec le verre et la bouteille de porto sur un plateau d'argent, sa patronne a pris un air penché dans son fauteuil à oreillettes.

« Madame ! Madame ! Ça ne va pas ? » Daisy se pend au cordon de la sonnette, elle décroche le téléphone intérieur : « Vite, vite, madame se trouve mal. » Mais il est déjà trop tard et la richissime Priscilla Parnell, née Schulman, vient de rendre son âme à Dieu.

Les funérailles sont grandioses, avec symphonie funèbre exécutée par l'orchestre de la ville, long cortège de voitures fleuries et discours vantant les mérites de cette bienfaitrice.

Mais Priscilla, mariée sur le tard à M. Dennis Parnell, n'a pas connu les joies de la maternité. Toute sa colossale fortune cherche un héritier. Ça ne devrait pas être si difficile à trouver. Dès l'annonce du décès, les journaux américains font savoir que les éventuels héritiers sont priés de se faire connaître.

Pour être certain de n'oublier personne, cette annonce est répercutée par les quotidiens européens. Particulièrement les quotidiens de l'Europe du Nord et des pays anglophones.

C'est ainsi qu'un beau jour de 1932, en Allemagne, Rainer Schulman, le soir, à la veillée, après avoir fini de sarcler son champ de pommes de terre, ouvre son journal en fumant sa pipe en porcelaine, ornée d'un joli petit couvercle de métal.

« Tiens, Inge, regarde : on a une cousine qui vient de rendre son âme à Dieu. »

Inge, son épouse, une femme ronde et rose, fait le signe de la croix : « Une cousine ? Et qui ça, mon Dieu ? Une Wallser ou une Schulman ?

– Une Schulman.

– C'est cette pauvre Heli, je lui ai trouvé mauvaise mine au dernier marché.

– Mais non, tu ne la connais pas. Écoute : "À Philadelphie, Mme Priscilla Parnell, née Schulman, la richissime veuve du défunt Dennis Parnell, vient de décéder paisiblement d'une crise cardiaque. Faute d'héritier direct, on recherche toutes personnes qui pourraient lui être apparentées. Mme Parnell est originaire d'une famille de Basse-Saxe, en Allemagne. Écrire au cabinet : Horwell, Buster and Co, 356 Amelia Drive, Philadelphie, Pennsylvanie, États-Unis d'Amérique."

– Ah bon, elle était originaire de chez nous ? Nous sommes peut-être cousins. »

Matthias Schulman, le neveu de Rainer et d'Inge, s'est approché de la table. « Mon oncle, vous devriez écrire là-bas pour dire que vous existez. Si ça se trouve vous allez hériter du magot. »

Inge approuve : « Matthias a raison. D'ailleurs est-ce que tu n'avais pas une arrière-grand-mère prénommée Priscilla ? Tu sais : les prénoms se transmettent dans les familles. »

Les deux ouvriers agricoles, Willi, le gros barbu, et Leo, le maigre à petites moustaches, se sont aussi approchés. Sans le dire ils se mettent à rêver : d'augmentations de salaire, de lits plus confortables, d'une nouvelle paire de souliers.

« Quand vous écrirez, mon oncle, il faudra joindre une copie de la page de la Bible. »

Leo demande : « Pourquoi ça, Matthias ? »

Inge intervient : « Espèce d'idiot, tu sais bien que c'est la page où, depuis deux cents ans, tous les Schulman inscrivent les noms de leurs épouses et de leurs enfants.

– Oui, je crois que ça vaut la peine. »

Rainer Schulman est d'accord. « En effet, c'est une bonne idée. Inge, en allant en ville demain, rapporte-moi une rame de papier fin, une bouteille d'encre violette et des nouvelles plumes Sergent-Major pour le porte-plume. »

Et le samedi soir, Rainer, sous la lampe, d'une belle écriture allemande et donc gothique, en tirant un peu la langue, recopie son arbre généalogique. Il l'expédie à l'adresse indiquée par le journal avec ce simple mot : « Messieurs, je soussigné, Rainer Schulman, propriétaire foncier à Elchingen, Basse-Saxe, âgé de cinquante-quatre ans, époux légitime d'Inge Schulman, née Wallser, demeurant au domaine de Lindenwall, pose ma candidature par la présente à l'héritage de feu Mme Priscilla Parnell née Schulman, décédée le 14 novembre 1932 à Philadelphie. »

Par prudence, Rainer Schulman, avant d'expédier sa lettre, y fait apposer la signature du bourgmestre et un beau cachet de cire. Les deux ouvriers agricoles, tout heureux de participer à ce rêve, apposent laborieusement leurs signatures comme témoins.

Willi souffle à Leo : « Espérons qu'ils ne nous oublieront pas dans la distribution. »

À partir de ce moment tout le monde guette le facteur… Les semaines passent.

Un beau jour le père Burckardt, le facteur, arrive un peu essoufflé en bas de la terrasse.

« Y a une lettre d'Amérique ! » Car, comme de bien entendu, tout le village est au courant de cette grande aventure : l'héritage de la cousine, ou plutôt de la tante d'Amérique. Inge prend l'enveloppe et la retourne sous tous les angles. Le facteur attend, curieux de savoir : « Alors, ce sont de bonnes nouvelles ?

– Je n'en sais rien. Je dois attendre que Rainer revienne pour l'ouvrir. Il est allé couper du bois. »

Et la lettre reste là, posée sur le vase qui contient des fleurs, au milieu de la salle à manger. En attendant le retour du chef de famille.

Quand Rainer ouvre la lettre, en prenant bien soin de ne pas trembler, tout le monde est autour de lui : *Dear Rainer Schulman* « Quelle barbe ! La lettre est en anglais ! Il va falloir trouver quelqu'un pour la traduire. » Inge propose : « L'institutrice a travaillé en Angleterre pendant deux ans.

– Ah non ! Elle ne sait pas tenir sa langue. Tout le pays va savoir de quoi on hérite.

– Alors il faut demander à la comtesse ! »

En attendant, sans bien comprendre le texte, toute la famille repère en bas de la lettre un chiffre : 27 000 000, suivi d'un signe bizarre, un « S » majuscule coupé par une barre. Vingt-sept millions en chiffres ça se lit. Quand la comtesse, avec une complaisance amusée, accepte de traduire la lettre d'Amérique, elle perd aussi un peu de son impassibilité : « Vingt-sept millions de dollars, mon brave Rainer, je ne sais si vous en verrez la couleur, mais si vous héritez vous pourriez acheter sans peine notre château, nos fermes, nos terres. Ça ferait de vous le nouveau seigneur du pays. En admettant que cela soit à vendre.

– Et alors, madame la comtesse, c'est nous qui héritons ?

– Pas encore. La lettre dit : "Cher monsieur Rainer Schulman, suite à votre correspondance, et sous bénéfice de vérification de vos droits légitimes, nous avons le plaisir de vous faire savoir que nous enregistrons vos prétentions à l'héritage de feue Mme Priscilla Parnell, née Schulman. Au dernier relevé l'héritage, hors droits de succession, se monte à une somme de vingt-sept millions de dollars américains, somme à laquelle viendront s'ajouter divers terrains et un portefeuille d'actions. »

Quand Rainer rentre chez lui, dans la petite carriole tirée par Mitsi, la jument couleur de marron d'Inde, il a un peu de mal à respirer. « Vingt-sept millions de dollars ! Vingt-sept millions de dollars ! Il faut que j'aille demander à la banque de Hanovre combien ça fait en marks allemands. »

Une fois rentrés dans la ferme, les Schulman restent un peu pétrifiés par ce don du ciel. Ils n'arrivent pas à imaginer ce qu'ils pourraient faire avec tout cet argent. Les seules choses qui leur viennent à l'esprit sont des petites choses. À la mesure de leur vie de tous les jours : « On pourrait racheter le pré de la mère Klein, celui qui descend jusqu'à la rivière. Ça serait commode pour faire boire les vaches.

– Tu as raison, Rainer. Avec vingt-sept millions de dollars…

– Et puis je t'achèterai un collier de perles avec des boucles d'oreilles assorties.

– Et pour toi une belle montre avec une grande chaîne pour le dimanche.

– Et pour Matthias ? Qu'est-ce qui te ferait plaisir, Matthias ?

– Un fusil automatique. Une carabine américaine, pour la chasse et puis… Et puis j'aimerais avoir ma ferme à moi, pour me marier, fonder une famille, avoir des enfants. »

Du coup les Schulman s'arrêtent de faire des projets. Où va-t-on à ce train-là ? Après tout, même vingt-sept millions de dollars ça doit avoir une fin. Même avec ça on ne doit pas pouvoir tout acheter…

À la banque de Hanovre, en répondant à la question de Rainer Schulman, l'employé qui répond ose une question indiscrète : « Pourquoi vingt-sept millions de dollars ?

– C'est un héritage que j'attends…, répond Rainer, en poursuivant son rêve intérieur.

– Si vous voulez bien vous asseoir, monsieur le directeur va vous recevoir immédiatement. »

Le directeur commence à regarder Rainer d'un air un peu hautain. Lorsqu'il apprend les détails de l'aventure, il change d'attitude : « Si je peux me permettre, dès que vous aurez touché cette somme, je vous conseillerais de nous la confier et de vous contenter de dépenser les revenus.

– Vous êtes fou ou quoi ? »

Rainer semble soudain réveillé. Il poursuit, l'air révolté : « Quand je toucherai mon héritage, je n'ai pas l'intention de changer de bons dollars américains pour des marks allemands qui fondent comme du beurre au soleil.

– Si vous voulez bien, nous en reparlerons lorsque la chose sera faite, monsieur… excusez-moi, je n'ai pas bien saisi votre nom…

– Rainer Schulman, d'Elchingen.

– Schulman, mais bien sûr ! Ma belle-sœur est aussi mariée à un Schulman. »

Rainer a déjà la main sur le bouton de la porte. « Votre beau-frère est aussi un Schulman ? Vous ne lui direz rien, je suppose, secret professionnel !

– Non, bien évidemment. Pourquoi lui en parlerais-je ?

– Mais parce que c'est un Schulman, lui aussi. Après tout il a peut-être droit à une part d'héritage.

– Vous croyez ? » Quand Rainer quitte le banquier, quelque chose lui dit qu'il ne va certainement pas tenir sa langue et qu'ils risquent d'être au moins deux à se partager les vingt-sept millions de dollars. Resteraient treize millions cinq cent mille dollars.

Matthias, le neveu, qui, en prévision de l'héritage, vient déjà de s'acheter sa magnifique carabine américaine automatique, est encore plus pessimiste : « C'est peut-être pire encore. Il n'y a pas que vous en Allemagne à vous appeler Schulman. Avec la publicité qu'ils ont faite dans les journaux, les candidats à l'héritage vont sûrement être nombreux. »

Du coup, tout le monde a le moral au plus bas : on voit s'éloigner le pré de la mère Klein, Matthias voit disparaître la ferme où il aurait créé une famille, les ouvriers agricoles se disent qu'il faudra que leurs souliers fassent au moins une saison de plus… Sombre dimanche. Inge leur remet un peu de baume au cœur : « De toute manière, même s'il y a beaucoup de Schulman, tous n'auront pas les mêmes droits. Il y a Schulman et Schulman, ce sont les plus proches parents qui hériteront. Et si ton arrière-grand-mère se prénommait elle aussi Priscilla, ça prouve sans doute que nous sommes assez bien placés. »

Quelques semaines plus tard, le facteur apporte à nouveau une lettre d'Amérique. C'est encore la firme Horwell, Buster and Co qui fournit les dernières précisions :

« Cher monsieur Rainer Schulman,

« Nous avons le plaisir de vous faire savoir que vous êtes définitivement reconnu parmi les bénéficiaires de l'héritage de

Mme Priscilla Parnell, née Schulman. Dès que le décompte de la part qui revient à chaque héritier aura été calculé, nous vous ferons parvenir la somme correspondante, déduction faite de nos honoraires et des droits de succession prélevés par le Trésor américain. Soyez assez aimable pour nous fournir de toute urgence l'intitulé d'un compte bancaire où nous serons susceptibles de vous virer la somme correspondant à ce qui vous revient. »

Du coup l'espoir revient chez les Schulman. Rainer s'en va jusque chez la mère Klein pour tâter le terrain et savoir ce qu'elle voudrait pour son « bout de terre qui ne lui sert pas à grand-chose ».

La mère Klein, qui n'est pas sourde, a entendu parler de l'héritage Schulman et elle met la barre assez haut. Même avec des marks dévalués c'est une jolie somme. Rainer se rend une nouvelle fois à la banque pour ouvrir le compte bancaire demandé. Il en télégraphie l'intitulé à Horwell, Buster and Co.

Quelques semaines plus tard, l'argent arrive enfin. Accompagné d'un commentaire : « Suite à répartition héritage Parnell entre les ayants droit, soit 4 123 Parnell et 3 076 Schulman, nous avons le plaisir de vous faire parvenir la somme de mille deux cent trente-six dollars américains virés ce jour au compte n° 328 de l'agence », etc.

Rainer est effondré en apprenant la nouvelle : 1 236 dollars. C'est tout ce qu'il reste des vingt-sept millions de dollars de cette pauvre Priscilla… Inge trouve que c'est quand même une jolie somme qui permettra d'acheter une nouvelle baratte et quelques petits suppléments. Mais Matthias, le neveu, s'enferme dans sa chambre avec sa carabine automatique américaine.

Le lendemain à l'heure du petit déjeuner, la mère Klein entend un coup de feu. C'est un peu tôt pour la chasse. Elle jette un coup d'œil par sa fenêtre : « On dirait que ça vient de chez les Schulman. » Un autre coup de feu retentit. Ça l'intrigue, ça l'inquiète même : « Mais qu'est-ce qu'ils font là-bas à tirer comme ça ? » Les coups de feu se succèdent à présent, réguliers. Il lui semble même entendre des cris et les vaches qui meuglent. Sinistrement. La mère Klein ,attrape son fichu et sort sur le chemin qui mène chez les Schulman. Il faut qu'elle sache.

C'est sur le raidillon qu'elle trouve Willi, le domestique barbu, tout ensanglanté : « Appelez les gendarmes ! Matthias est devenu fou. Il massacre tout le monde. »

On entend encore des coups de feu. La mère Klein repart en courant vers le village. Mais déjà d'autres personnes arrivent et aussi deux gendarmes à bicyclette.

À la ferme Schulman on retrouve Rainer et son épouse Inge, tous les deux tués d'une balle de carabine américaine automatique en pleine poitrine. Leo, l'autre domestique, est étendu dans l'étable au milieu des dix vaches, toutes abattues à coups de carabine. Leo a une balle dans le dos. Il respire encore. À l'hôpital il explique : « C'est Matthias. La déception l'a rendu fou. »

Le lendemain on retire du puits où il s'est jeté Matthias, l'ange de la mort, noyé. Qui va hériter des 1 236 dollars ?

L'aveu

Ils croient se connaître. Jusqu'au moment de l'aveu.

C'est un instant hors du temps, effrayant. Quelques minutes, et toute une vie bascule et sombre.

Un feu qui brûle dans la cheminée, deux fauteuils de cuir anglais, une femme. Une femme qu'un homme regarde intensément depuis quelques minutes.

Atmosphère d'aisance, soirée tranquille, jolie maison entourée d'un jardin, aux environs de Genève, non loin du lac. Il pleut légèrement en ce soir d'automne des années soixante-dix.

L'homme regarde sa femme avec une telle insistance qu'elle se retourne et demande : « À quoi penses-tu ?

– Rien, je te regarde.

– Pas comme ça, tu me ferais presque peur.

– Je te fais peur ?

– Non, je plaisante, mais tu penses forcément à quelque chose de grave.

– Grave ? Oui. Mais si je te le disais, tu aurais vraiment peur.

– Johann ! Arrête ! C'est ridicule ! »

Johann se tait. Stephanie, son épouse depuis cinq ans, reprend son livre un instant abandonné. De quoi aurait-elle peur, en effet ? Johann est agent de change, ils sont amoureux, heureux, paisibles…

Mais c'est la première fois qu'il la regarde ainsi. Un étranger tout à coup. Et il recommence quelques jours plus tard.

Une soirée chez des amis. Stephanie a une jolie robe, on la complimente, et soudain elle sent peser sur elle, comme l'autre soir, le regard de Johann. Du fond de la pièce où il se trouve, il fixe sa femme avec une expression d'interrogation silencieuse, ou de menace… C'est si étrange que Stephanie a un frisson. À son tour elle dévisage son mari, mais il se détourne rapidement.

Et puis un autre soir encore, à table. Le regard de Johann surprend sa femme alors qu'elle grignote tranquillement un fruit.

« Mais qu'est-ce que j'ai ? Qu'est-ce qu'il y a, enfin, Johann ?

– Mais rien, je t'assure…

– Ah non, ne joue pas à ça ! Tu vas me dire une fois pour toutes ce qui te prend depuis quelque temps. C'est insupportable à la fin. J'ai l'impression par moments que… tu voudrais me tuer sur place !

– C'est ridicule.

– Possible, mais c'est l'impression que tu me donnes. Tu me flanques la trouille ! Tu es malade, Johann ? Il est arrivé quelque chose ? Quelque chose que tu n'oses pas me dire ?

– Tiens… je croyais que je te faisais peur ! Et voilà que tu te préoccupes de moi ?

– J'ai peur parce que je ne t'ai jamais vu ainsi. Tu me regardes… bizarrement.

– Tu as peut-être raison.

– Raison ? Comment ça j'ai raison ? Raison d'avoir peur de toi ?

– N'en parlons plus. »

Johann se lève et disparaît dans le jardin. Il va marcher. Depuis quelque temps il marche souvent seul. Le malaise est installé dans ce couple tranquille, sans enfants, aisé. Un malaise inexplicable, qui fait dire à Stephanie devant sa mère : « J'ai la sensation de découvrir brutalement un autre homme. Il faut qu'il parle, il a sûrement quelque chose. »

Évidemment Stephanie pense à des choses logiques. Ennuis d'argent, de métier, ou ennuis de santé. Johann a dépassé la quarantaine, ne se plaint jamais de rien, mais il est vrai qu'il a abandonné le sport ces derniers mois. Vrai aussi qu'il a maigri, que son visage est devenu celui d'un homme anxieux, stressé : quelque chose le ronge. Ou alors il la trompe ? Il ne l'aime plus et ne sait pas comment le dire ? C'est peut-être le plus dur à supposer pour une jeune femme comme Stephanie. Leur histoire est une histoire d'amour, il n'a pas pu changer d'amour en cinq ans ! Sans que rien l'ait laissé supposer.

Un soir, s'armant de tout son courage, Stephanie prend la décision d'entrer dans le vif du sujet. Il parlera, il le faut. Leur vie est empoisonnée depuis presque trois mois.

Elle a préparé son discours d'avance et ouvre la bouche pour dire la première phrase, mais c'est lui qui parle : « Stephanie, je dois te faire un aveu. Ce n'est pas facile. Je voudrais que tu m'écoutes attentivement, et que tu n'aies pas peur. Surtout, n'aie pas peur, promets-le. »

Le début n'est guère encourageant. Le premier réflexe dans ces cas-là est justement d'avoir peur… Et Stephanie a peur. Un mouvement de recul. Johann le perçoit nettement et s'empresse d'ajouter : « Tu ne dois pas avoir peur, car je ne te veux aucun mal, de toute façon. Il faut que cela soit clair entre nous. Jamais je ne te ferai de mal ! Tu m'as compris ?

– Oui.

– L'autre jour, tu as remarqué que je te regardais bizarrement. "Bizarrement", c'est que tu as dit. Or je te regarde de la même façon depuis cinq ans, depuis que nous nous sommes rencontrés. Je te regarde comme ça parce que tu me rappelles quelqu'un. Tu ne le savais pas, tu ne l'as pas remarqué au début. C'est ainsi. Je t'ai épousée parce que tu lui ressemblais. »

Johann réfléchit un moment en silence, puis se jette à l'eau : « Tu me rappelles quelqu'un que j'ai tué. »

Ça fait un choc. Tout d'abord on n'y croit pas, on a mal entendu, on cherche à digérer l'information brute… Le mot « tué » a une résonance insolite entre deux personnes qui se parlent de choses sans importance d'habitude. Tuer… c'est un autre monde. Puis on trouve une explication plausible. Stephanie demande avec angoisse : « C'était un accident ? Tu as tué… quelqu'un dans un accident ? C'est ça ? »

C'est forcément ça…

« Non. J'ai réellement tué une femme qui te ressemblait. Je l'ai assassinée, Stephanie… c'est un meurtre. Légalement un meurtre. On appelle ça comme ça.

– Je ne te crois pas ! Ce n'est pas possible, explique-toi, tu n'es pas un… enfin tu ne peux pas être un meurtrier, un gangster ou un bandit quelconque… je ne te crois pas.

– Écoute-moi attentivement. Je te répète que j'ai tué une femme qui te ressemblait et que je t'ai épousée parce que tu lui ressemblais. C'est ça qui est important.

– Comment ça "important" ? Ce n'est pas moi qui suis importante là-dedans, c'est ce que tu dis : "J'ai tué !" Pourquoi ? Comment ? Quand ? Enfin c'est une histoire de fou, Johann !

– C'est la vérité. Je ne peux pas t'en dire davantage, mais il fallait au moins que je t'avoue ça… Je n'en pouvais plus. Je n'en peux plus de te voir là en face de moi, vivante, insouciante. Tu marches, tu manges, tu dors, tu ris à côté de moi, et tu ne te doutais de rien. Ça ne pouvait pas durer. Je préfère que tu aies peur de moi, finalement. Que tu aies envie de t'enfuir ! Ce serait plus normal.

– Mais tu es devenu fou, Johann ? Tu sais ce que tu racontes ? Évidemment que j'ai peur. Évidemment que j'ai envie de me sauver ! Qu'est-ce qu'on va devenir ?

– Rien. Nous sommes mariés. Nous allons rester mariés.

– Ah non. Si tu as tué quelqu'un, tu dois te dénoncer, c'est ton problème, pas le mien, moi je ne peux pas vivre avec quelqu'un qui… Enfin, laisse-moi partir, ce soir, je veux aller dans ma famille, je ne veux pas continuer à parler de cela avec toi.

– Il faut que tu restes ici.

– Pourquoi ? Mais pourquoi ? Tu as peur que je te dénonce ?

– Oui.

– Mais je ne sais rien ! Je ne sais même pas si c'est vrai ! Laisse-moi partir !

– Pas question. J'aurais dû me douter que tu ne comprendrais pas. Maintenant c'est trop tard ! Je vais te dire le reste, il faut que tu saches tout. Absolument tout. Tu décideras après !

– Non. Je refuse ! Je ne veux pas… »

Trop tard en effet. Comme une bête apeurée, Stephanie cherche à s'enfuir, car c'est un cauchemar, tout a basculé en cinq minutes. Le téléphone, la porte, les clefs de la voiture, son regard affolé cherche à fuir, mais Johann se met devant la porte. Il n'y a personne pour la sortir de là. La maison est isolée, pas de domestique, crier ne servirait à rien, et pourtant elle crie.

Un réflexe. Et Johann la gifle si violemment qu'elle s'évanouit.

Il est environ dix heures du soir.

Une heure plus tard, Johann a bouclé la porte de sa maison, il est dans un avion. Le premier qu'il ait trouvé. Un long-courrier.

Il était agent de change, il avait une maison, une femme, des amis, des habitudes, il n'a plus rien. Il est parti avec une valise.

Et si l'histoire est connue, c'est que son épouse a pu la raconter.

Stephanie s'est réveillée dans le noir : la maison était vide, elle était enfermée à l'intérieur. Morte de peur, choquée, elle a dû passer par une fenêtre. La voiture de son mari n'était plus là. Les clefs de la voiture de Stephanie avaient disparu aussi. Elle a dû repasser par la fenêtre, chercher le double pour pouvoir filer en ville.

Il lui a fallu du temps pour s'expliquer en pleine nuit au premier commissariat. Puis elle est allée dormir à l'hôtel et, le lendemain matin, la police la regardait encore de travers. Une scène de ménage, une manière pour un mari qui en a marre de disparaître ?

Vérifier son récit et l'identité du mari a pris du temps aussi. Contrôler les départs à l'aéroport, également. Johann avait pris dans la nuit un avion à destination de Londres et Washington.

Né en Autriche, Johann avait commencé sa carrière comme comptable dans un établissement financier important. Il avait vécu quelque temps aux États-Unis, pour une formation en université. C'est là que l'histoire avait eu lieu. Une drôle d'histoire, qui a demandé du temps à Stephanie, à sa famille, à un enquêteur privé, pour la reconstituer.

Un pique-nique, une promenade en barque sur un lac, une jeune fille qui ne savait pas nager. C'était dans les environs de Philadelphie.

Un accident, officiellement. Le corps de la jeune fille fut retrouvé le même jour. Enquête succincte. Johann ne fut jamais inquiété, puisque c'était un accident. Des témoins avaient vu la barque chavirer et Johann plonger vainement pour aider sa compagne.

Stella B., vingt-trois ans à l'époque, employée de banque, ressemblait à Stephanie, c'est vrai. Johann avait déclaré à l'époque à la police : « Ne sachant pas suffisamment nager, je n'ai pas pu porter secours à ma camarade. »

En Amérique on l'avait cru. On ne connaissait pas bien Johann. En Autriche, on ne l'aurait jamais cru. Il avait fait les championnats juniors dans son école. Nageur remarquable...

Mais l'affaire était prescrite depuis près de vingt ans.

Stephanie a obtenu le divorce. On a pu retrouver Johann qui s'était installé à New York et y vivotait sans permis de séjour. Minablement et sans espoir. Il a avoué sans difficulté à l'avocat du divorce le meurtre de sa jeunesse. Il ne risquait plus rien, de toute façon. Et il en crevait d'envie depuis des années. Un meurtre passionnel, un crime de jaloux. Il était amoureux fou de cette jeune fille, et elle s'était moquée de lui... Alors un petit tour en barque, on danse, on rit, on bascule, et on noie sous l'eau avec une facilité déconcertante... La victime était si mince... Il l'a noyée plus facilement qu'un chat.

Johann et Stephanie ont donc divorcé. Johann n'a jamais voulu revoir sa femme, ni lui parler. C'étaient les conditions. Dans la lettre qu'il a adressée au juge genevois, Johann disait de sa femme : « J'aurais dû savoir qu'elle n'était pas capable de partager mon remords. Elle n'a rien compris, je ne lui en veux pas. Dites-lui cependant que, si j'ai tué cette jeune fille, si je l'avoue avec soulagement maintenant, c'est que j'ai compris ce qui s'est passé à l'époque. Au début nous nous disputions, je voulais qu'elle me demande pardon de m'avoir trompé ; tout a commencé par une sorte de chahut dans la barque, et puis elle est tombée... C'est à ce moment-là que la fureur m'a aveuglé, une sorte de besoin de vengeance instantané. L'occasion m'était offerte, je l'ai saisie. Voir son visage mourir sous l'eau alors que je l'empêchais de remonter à la surface en la tenant par ses vêtements, ce fut horrible. Mais fascinant. Chaque fois que je plongeais, je croyais réellement que le jeu était fini, et que j'allais l'aider à remonter.

« En fait, la dernière fois, c'était trop tard. Je me suis comporté comme un assassin conscient, j'ai égaré les recherches de mes camarades dans un autre secteur, j'ai fait en sorte que l'on croie vraiment à mes efforts et à mon incapacité à nager. J'ignore si je voulais la mort de Stella, mais les choses se sont passées ainsi, je n'y peux rien désormais. Pourtant je l'aimais. Stephanie lui ressemblait tellement qu'elle m'a fascinée dès notre première rencontre. Ce mariage a été à la fois mon bonheur et ma perte. Mon poison pendant cinq ans. »

Le 8 noir, pair et manque

La villa Santa Isabel à une cinquantaine de kilomètres de Rio de Janeiro est un petit paradis. « La plus belle du Brésil », a coutume de dire sans modestie son propriétaire, Eleazar Carvalho.

Il est difficile de vérifier une pareille affirmation, mais il est certain que c'est un lieu admirable, digne des fabuleux domaines de l'époque coloniale. L'époque coloniale est passée depuis un certain temps puisque nous sommes en 1993, mais il en subsiste certains vestiges comme l'empire d'Eleazar Carvalho, à la fois armateur et négociant.

Eleazar Carvalho, soixante ans, ne s'occupe plus de ses affaires depuis quelques années déjà. Il s'est retiré dans la villa Santa Isabel afin de profiter de sa fortune. Son principal souci est désormais de collectionner les œuvres d'art et principalement les objets d'Amérique précolombienne.

S'il ne s'occupe plus de ses affaires, Eleazar Carvalho a reporté dans sa vie privée son habitude de diriger. Eleazar est célibataire, n'ayant jamais voulu s'encombrer d'une femme et ayant toujours préféré les maîtresses, qui n'ont pas leur mot à dire et dont on peut se séparer sans problème.

Pour l'instant, il n'y a pas de maîtresse en titre. Eleazar Carvalho vit seul avec sa nièce Ligia Santos et un de ses neveux, Adolfo Dias. C'est sur son invitation qu'ils sont venus habiter à la villa Santa Isabel. Ligia Santos et Adolfo Dias sont fiancés car Eleazar Carvalho a décidé de les marier. À vrai dire, on ne sait guère quel est le sentiment des deux jeunes gens sur cette union. Mais ni l'un ni l'autre n'a émis la moindre objection, les fiançailles puis le mariage étant la condition sine qua non pour obtenir l'héritage.

C'est le même pouvoir absolu qu'Eleazar Carvalho exerce sur sa nombreuse domesticité. Mais, là encore, personne ne se plaint : les gages sont les plus élevés de la région.

Georgina Alves, charmante brunette de vingt ans, a pour tâche principale de servir les rafraîchissements au maître des lieux. À dix-huit heures, ce 26 février 1993, elle arrive sur la terrasse donnant sur le jardin tropical avec le jus de mangue glacé qu'Eleazar Carvalho prend chaque jour à la même heure.

Comme à son habitude, le milliardaire est assis dans son rocking-chair. Il semble assoupi, mais ce n'est qu'une apparence. Georgina Alves pousse un cri perçant. Son plateau d'argent lui échappe des mains tandis que le verre et la carafe en cristal explosent sur le dallage de marbre. Eleazar Carvalho est mort. Ses yeux bleus ouverts semblent exprimer une grande surprise. Dans son flanc gauche, un très bel objet est planté à travers la robe de chambre de soie. C'est un stylet en or au manche très long orné de dessins compliqués et colorés. Un poignard inca. Eleazar Carvalho a été assassiné avec l'une de ses plus précieuses pièces de collection. Vraiment un meurtre pour milliardaire !

Vingt heures. Le commissaire Antonio Amaral, de la police de Rio de Janeiro, arrive devant le perron de la villa. Le commissaire Antonio Amaral, cheveux bruns frisés, fine moustache, a toute la distinction voulue pour s'occuper de ce meurtre mondain.

C'est une jeune femme de vingt-cinq ans aux cheveux noirs qui vient l'accueillir. « Je suis Ligia Santos, la nièce… du disparu. »

Le commissaire s'incline respectueusement et suit Ligia Santos qui le conduit sur la terrasse. Eleazar Carvalho est toujours à la même place. La jeune femme parle d'une voix émue. « J'ai demandé qu'on ne touche à rien. Je pense que c'est ce qu'il fallait faire… »

Le commissaire Amaral a un sourire aimable. « Vous avez parfaitement agi, mademoiselle. »

Il saisit délicatement le stylet avec un mouchoir. Il a un hochement de tête de connaisseur. « Belle pièce inca. Cet objet appartenait à votre oncle sans doute ? »

Ligia Santos baisse la tête. Elle a l'air terriblement gênée : « Non. C'était à moi. Mon oncle me l'avait donné. Je l'utilisais comme coupe-papier. »

Le commissaire jette un regard surpris à la jeune fille. Celle-ci semble plus troublée encore.

« Mais en fait c'était un poignard mexicain qui servait pour… les sacrifices humains. »

Ligia plisse le front de contrariété. « Je croyais l'avoir perdu, mais on me l'a volé. Depuis hier, je le cherchais en vain. Maintenant, je comprends. »

Le commissaire Amaral n'insiste pas. Il est évident que le fait que l'arme du crime appartienne à la jeune femme la rend a priori suspecte, mais il est galant homme. S'il a la certitude que Ligia Santos est bien la coupable, il sera temps de le lui dire.

« Avez-vous une idée de ce qui a pu se passer ? »

Ligia se mord les lèvres. « Je ne vois vraiment pas, commissaire. C'est monstrueux ! Tout le monde aimait mon oncle. »

Il y a un raclement de gorge discret. C'est Georgina Alves, la soubrette, qui se tenait à quelques pas derrière. « Je vous demande pardon, mademoiselle Ligia, mais il faudrait dire à monsieur le commissaire au sujet de monsieur. »

Ligia Santos jette un regard noir à sa domestique : « Que voulez-vous dire ? »

Georgina Alves rougit mais poursuit néanmoins : « Eh bien… Il arrivait à monsieur de vous importuner. Tous les domestiques en ont été témoins, mademoiselle Ligia. »

Cette fois, l'attitude du commissaire Amaral change légèrement. Il regarde la nièce de la victime d'un air plus professionnel : « C'est intéressant cela… Racontez-moi un peu. »

Ligia Santos perd complètement ses moyens : « C'est révoltant ! C'est indécent ! C'est… »

Georgina intervient de nouveau : « Monsieur courait après tous les jupons, mais il était amoureux de Mlle Ligia. C'est même pour cela, à mon avis, qu'il voulait qu'elle épouse son cousin Adolfo, car il était prévu qu'ils resteraient tous les deux à la villa. »

Ligia a l'air révoltée. « Comment peut-on imaginer des choses pareilles ! »

Georgina ne se trouble pas. « J'ai vu monsieur essayer de vous prendre sur ses genoux et vous l'avez giflé. Ce n'est pas de l'imagination, mademoiselle Ligia. »

Cette fois la nièce de la victime reste sans voix. Le commissaire Amaral parle à sa place : « Vous êtes en train de lire... Vous avez votre coupe-papier pour couper les pages. Votre oncle survient. Il tente des gestes déplacés. Vous vous débattez et, en vous défendant, vous le frappez. Avouez que les choses se sont passées ainsi, mademoiselle. À la limite, il s'agit presque de légitime défense. »

Ligia a un cri : « C'est faux ! C'est un mensonge ! »

Une voix retentit alors dans le dos des protagonistes : « Normal... Cela devait finir comme ça. »

L'arrivant est un jeune homme de vingt-cinq ans, vêtu avec recherche et même avec snobisme. Il s'approche du corps. Le commissaire Amaral l'arrête d'un geste : « Monsieur ?

– Ah, pardon... Je ne me suis pas présenté : Adolfo Dias, neveu de la victime.

– Vous n'avez pas l'air de beaucoup le regretter. »

Adolfo Dias a un léger sourire : « Pas plus que quiconque ici. Il avait tous les défauts, sauf la pauvreté bien entendu. »

Il se tourne vers sa cousine. « Je crains que notre mariage ne soit à l'eau, mon ange. »

Il accentue son sourire en direction du commissaire. « Il faut vous avouer que Ligia et moi nous détestons cordialement. Mais comme, sans mariage, pas d'héritage, nous étions bien obligés de jouer la comédie. »

Le commissaire Amaral, qui n'apprécie guère le personnage, demande sèchement : « D'où venez-vous ?

– Je rentre de Rio où j'ai joué à la roulette comme chaque jour que Dieu fait. Il faut bien cela pour dépenser la fortune du tonton.

– Et que vouliez-vous dire par : "cela devait finir comme ça" ?

– Le vieux a encore voulu ennuyer la pauvre Ligia. Elle s'est défendue et elle a rudement bien fait !

– Parce que vous étiez au courant ?

– Tout le monde était au courant. Il était complètement toqué de Ligia.

– Et vous acceptiez cette situation ? »

Adolfo regarde le corps de son oncle : « Évidemment !... Vous ne devinez pas pourquoi ? »

Il y a un cri. C'est Ligia qui éclate en sanglots.

« Mais je ne l'ai pas tué ! Ce n'est pas vrai ! »

Tout en retournant à Rio après avoir demandé aux deux jeunes gens de ne pas s'éloigner, le commissaire Antonio Amaral résume pour lui-même la situation. Le neveu est une crapule cynique, parfaitement capable d'avoir assassiné le milliardaire, après avoir pris le coupe-papier de Ligia pour lui faire endosser le meurtre. Mais les choses sont sans doute plus simples : c'est la jeune fille qui a frappé son oncle pour se défendre de ses assiduités.

Il n'espère pas grand-chose des empreintes. Le coupable, quel qu'il soit, les a sûrement effacées. Et, effectivement, le laboratoire lui confirme que le poignard inca est vierge de toute trace.

Il n'a pas grand espoir non plus en se rendant au casino de Rio pour vérifier l'alibi d'Adolfo Dias. Et pourtant, ce qu'il apprend est si fantastique qu'il retourne immédiatement à la villa Santa Isabel.

Adolfo affiche une mine assurée, mais on le sent sur ses gardes. Ligia assiste, muette, à la scène.

« Monsieur Dias, rappelez-moi votre emploi du temps au moment du meurtre.

– Je ne sais pas quand le meurtre a eu lieu exactement. J'ai été au casino après déjeuner et j'ai joué jusqu'à dix-neuf heures. J'ai dîné avec des amis et je suis arrivé ici vers vingt et une heures où je vous ai trouvé.

– Donc, vous avez joué à la roulette du début de l'après-midi à dix-neuf heures ?

– Je viens de vous le dire.

– Et vous n'avez rien remarqué de spécial ? »

Une vague inquiétude passe sur le visage élégant du jeune homme. « Non. Je ne vois pas ce que vous voulez dire.

– C'est étonnant parce qu'il s'est passé, vers dix-huit heures dans la salle de la roulette, quelque chose de vraiment peu banal. Vous ne voyez toujours pas ? »

Les traits d'Adolfo Dias se tendent. Il y a un long silence. À la fin, il répond avec brusquerie : « Non. Je n'ai rien remarqué. »

Le commissaire a un sourire. « À la table numéro trois, il y a eu une série incroyable : le même numéro est sorti six fois de suite. Et comme plusieurs joueurs le jouaient en même temps, la banque a sauté. Les joueurs des autres tables ont quitté leur place pour suivre l'événement… C'était le numéro huit. Bien sûr, vous n'êtes pas obligé de me croire. Appelez le casino : vous verrez bien. »

Adolfo Dias va au téléphone et, après une brève conversation, raccroche le combiné.

« Vous avez raison : le 8 noir, pair et manque. »

Il a un sourire triste. Brusquement, il ne ressemble plus au jeune provocateur qu'il tentait d'être.

« Voyez-vous, ce qui m'a perdu, c'est que j'avais plus de sens moral que je ne pensais. Je vous ai dit que cela m'était égal de me marier avec Ligia pour toucher l'héritage. Eh bien, ce n'est pas vrai, cela me révoltait. Je ne l'aimais pas, elle ne m'aimait pas. Je voulais qu'elle soit heureuse avec un autre et moi avec une autre. Et puis la conduite de ce vieux cochon avec elle me répugnait. »

Adolfo s'arrête un instant. Ligia regarde son cousin, comme si elle le voyait pour la première fois. Elle semble bouleversée.

« Alors, j'ai volé son coupe-papier. Je savais qu'on l'accuserait mais je savais aussi que, vu les circonstances, elle aurait toutes les excuses et qu'elle serait vraisemblablement acquittée. »

Adolfo se tourne vers sa cousine.

« Dans le fond, j'ai peut-être fait cela plus pour toi que pour moi. Nous aurions pu vivre notre vie chacun de notre côté. Mais le numéro 8 en a décidé autrement. »

Le détective aux cheveux blancs

16 mai 1988. La nature est en fête dans ce petit village de Provence. Le temps est idéal pour le mariage qui va avoir lieu tout à l'heure. Le marié vient de la ville, de Marseille. La mariée, c'est Odette, la fille des Latour.

Il y a longtemps déjà qu'Odette n'habite plus le village, où ses parents sont toujours cultivateurs. Elle est partie pour Marseille dès qu'elle a eu vingt ans. C'est là qu'elle a rencontré celui qu'elle épouse aujourd'hui : Félix Bernard.

Dans la maison de ses parents, Odette passe sa robe de mariée. Elle est fébrile : comment Félix va-t-il la trouver ? Car elle a voulu lui faire la surprise de sa toilette. Il est huit heures du matin. Félix doit arriver dans une heure.

Neuf heures sonnent, neuf heures trente, dix heures : toujours rien. Dans sa robe de mariée, Odette Latour arpente nerveusement sa chambre. Mais enfin, que se passe-t-il ? La cérémonie à la mairie devrait déjà commencer. Pourquoi Félix est-il en retard ?

Dix heures et demie. On a essayé d'appeler chez Félix Bernard, mais personne ne répond. La famille Latour est dans l'angoisse. On s'est renseigné auprès des gendarmes. Mais aucun accident n'a été signalé sur le trajet entre Marseille et le village.

La future mariée est en larmes quand le téléphone sonne enfin. Ce sont de nouveau les gendarmes. « Nous avons des nouvelles de M. Bernard. »

Odette pousse un cri déchirant : « Il a eu un accident. Il est mort !

– Non, ce n'est pas cela… Il a été arrêté.
– Arrêté ! Mais mon Dieu, pourquoi ? »
Le gendarme hésite un instant et finit par répondre : « Pour meurtre. »

Si, par une extraordinaire coïncidence, Félix Bernard vient d'être arrêté le jour même de ses noces, les circonstances qui ont conduit à son arrestation sont peut-être plus extraordinaires encore. Pour les connaître, il faut remonter six mois en arrière.

Novembre 1987. Félix Bernard, vingt-sept ans, représentant de commerce, établi à Marseille depuis plusieurs années, semble parfaitement heureux avec sa femme Anne-Marie, qu'il a épousée il y a cinq ans déjà.

Pourtant, depuis une semaine, la santé d'Anne-Marie est inquiétante. Elle a toujours été vive, débordante de santé. Elle ne s'est jamais plainte de quoi que ce soit, alors que son métier d'infirmière est souvent fatigant, surtout le service de nuit.

C'est en rentrant du travail qu'Anne-Marie se sent mal pour la première fois. Une lassitude générale, des nausées, un malaise indéfinissable. Félix lui conseille de se reposer, en lui disant que cela va passer. Mais l'état d'Anne-Marie ne s'améliore pas, bien au contraire. On fait venir le médecin de famille, qui, ne voyant pas bien de quoi il s'agit, prescrit des antibiotiques.

Les jours passent et l'état d'Anne-Marie Bernard continue à s'aggraver, tandis que sa maladie reste toujours mystérieuse. C'est alors que le couple Bernard reçoit la visite d'un autre médecin, le patron d'Anne-Marie à l'hôpital, le docteur Lertin.

Le docteur Lertin est venu de sa propre initiative en apprenant l'état de santé de son infirmière. C'est un personnage. Il a soixante-cinq ans, les cheveux tout blancs, le visage buriné. Dans son service, il est unanimement apprécié, malgré une forte autorité qui n'est pas exempte de rudesse.

Or, de son côté, le docteur Lertin estime beaucoup Anne-Marie Bernard. Parmi toutes ses infirmières, c'est sans doute celle en qui il a eu toujours le plus confiance.

Après avoir grogné un « bonjour » au mari, il se rend sans plus d'explications auprès de la jeune femme. Il l'examine longuement et quitte la chambre préoccupé. Il s'adresse à voix basse à Félix. « Je ne vous cacherai pas que l'état de votre femme est inquiétant. Je ne vois pas exactement ce qu'elle a. Je pense que le mieux serait qu'elle vienne dans mon service. »

Félix Bernard fait la moue : « Écoutez, ne pourrait-on pas attendre un peu ? Je préfère continuer à soigner Anne-Marie chez nous. L'hôpital, c'est son lieu de travail. Elle se sentirait sûrement déprimée de s'y trouver comme malade.

– Bien. Mais je reviendrai demain. Et si elle ne va pas mieux, d'accord ou pas, je l'emmène. »

Le lendemain, il est trop tard : Anne-Marie Bernard est morte. Le médecin de famille met le décès sur le compte d'une intoxication alimentaire, mais à vrai dire, sans grande certitude.

À l'enterrement de sa femme, Félix Bernard est l'image même de la désolation. Le docteur Lertin, qui assiste aux obsèques, lui, ne peut s'empêcher d'être troublé.

Cette mort lui déplaît. Il trouve que le médecin de famille a été un peu vite en signant le certificat de décès. Il se reproche de n'avoir pas été plus énergique quand il a demandé au mari d'emmener la jeune femme à l'hôpital. Bien sûr, cela n'aurait peut-être rien changé. Il était sans doute déjà trop tard.

À moins… à moins qu'elle ne soit morte précisément à cause de ce qu'il a dit à Félix Bernard. Oui, plus il y réfléchit, plus cette mort lui paraît suspecte. L'attitude du mari, qui tenait absolument à soigner sa femme lui-même, est décidément étrange.

Dans quelques semaines, le docteur Lertin aura soixante-cinq ans et s'en ira à la retraite. Alors, en quittant le cimetière, il a pris sa décision : il sait comment il va occuper ses loisirs. Il va se reconvertir en détective privé, il va essayer de tirer au clair les causes de la mort d'Anne-Marie Bernard.

Janvier 1988. Dès le lendemain de son départ de l'hôpital, le docteur Lertin monte dans sa voiture et se rend au domicile de Félix Bernard. Il se gare à quelque distance de son immeuble et attend. Il ne sait pas exactement ce qu'il cherche. Il compte sur la chance.

Vers onze heures du matin, il voit Félix sortir de chez lui. Il tient à la main une petite valise. Cela n'a rien d'étonnant. Il part sans doute pour un de ses voyages de représentant de commerce. Le docteur n'a pas un instant d'hésitation. Dès que la voiture de M. Bernard démarre, il part à son tour, sans savoir où cela pourra le conduire.

Le docteur Lertin s'apprêtait éventuellement à traverser une partie de la France, mais, à son grand étonnement, au bout de quelques kilomètres, la voiture s'arrête. On est toujours à Marseille, dans un autre quartier de la ville. Félix Bernard entre dans un pavillon et n'en ressort pas.

L'ancien médecin attend toute la journée au volant. Le soir, il décide de rentrer chez lui et de revenir le lendemain matin.

Le lendemain, à sept heures, la voiture du représentant de commerce est toujours là. Le docteur Lertin sent que, dès le départ, il vient de faire une découverte importante. Il suffit de continuer la surveillance sans relâche.

C'est ainsi que, les deux jours suivants, le médecin voit une jeune femme, une jolie brune, sortir du pavillon, puis Félix lui-même, puis tous les deux, bras dessus bras dessous comme un vieux couple.

Le troisième jour, enfin, Félix Bernard monte dans sa voiture, sa valise à la main. La femme, sur les marches du pavillon, lui fait des signes d'adieu.

Le docteur Lertin a eu tout le temps de mettre son plan au point. Il attend une petite heure et sonne à la villa d'à côté. Une femme d'un certain âge lui ouvre. Elle a l'air méfiant, mais l'allure respectable et débonnaire du médecin aux cheveux blancs la rassure. Le docteur Lertin semble très ennuyé.

« Je suis désolé, madame, j'arrive de l'étranger. Je croyais que c'était ici qu'habitait mon ami Félix Bernard. »

La femme secoue la tête. « Vous ne vous trompez pas de beaucoup, c'est le pavillon à côté. »

Le médecin hasarde une question. C'est le seul moyen de savoir la vérité. S'il se fait claquer la porte au nez, tant pis pour lui. « Et vous pensez que sa femme est chez elle en ce moment ? »

La voisine n'a pas l'air surpris. Elle répond sans hésitation : « Bien sûr. Elle ne travaille pas. »

Et elle ajoute, sans qu'il ait besoin de rien lui demander : « C'est un couple charmant, Odette et lui. M. Bernard est représentant de commerce et on ne le voit pas beaucoup. Mais depuis trois ans qu'ils se sont installés ici, je suis ravie. Ce sont des voisins très bien. »

En rentrant chez lui, le docteur Lertin a du mal à réprimer son excitation. Ainsi, Félix Bernard avait une double vie ! Depuis trois ans, il avait une maîtresse et, profitant de son métier de représentant de commerce, il passait quelques jours tantôt chez elle, tantôt chez sa femme.

Bien sûr, c'est un indice. Mais ce n'est pas encore suffisant pour prouver sa culpabilité. Il décide de continuer à observer tous les faits et gestes de Félix Bernard.

Pendant plusieurs semaines, c'est une tâche fatigante et inutile. Manquant plusieurs fois de se faire repérer, l'ancien médecin le suit dans tous ses déplacements. Il ne note rien de spécial, à part ses visites régulières chez sa maîtresse Odette, qui ne lui apprennent plus rien.

Pourtant, un jour de mars 1988, il voit Félix Bernard entrer au siège d'une importante compagnie d'assurances et en ressortir au bout d'une demi-heure, l'air satisfait. Peut-être cela n'a-t-il aucun rapport avec l'affaire, mais le docteur décide d'en savoir plus. Encore une fois, il doit payer d'audace. Il n'y a pas d'autre moyen. Il entre dans l'immeuble et demande à voir un responsable. Après s'être présenté, il entre dans le vif du sujet.

« J'ai eu l'occasion d'examiner Mme Bernard lors de sa maladie. Je dois vous dire qu'elle m'a paru suspecte. Mais n'étant pas le médecin traitant, ce n'est pas moi qui ai eu à délivrer le certificat d'inhumer. J'aimerais savoir si vous avez déjà payé la somme à son mari, car je pense pouvoir convaincre la famille d'Anne-Marie Bernard de réclamer une enquête. »

Le cadre de la compagnie paraît très contrarié. « Pourquoi n'êtes-vous pas venu plus tôt ? Je viens justement de verser son dû à M. Bernard : deux millions…

– Et quand avait-il souscrit l'assurance ? »

L'assureur a l'air de plus en plus ennuyé. Il doit être en train de se dire qu'il aurait dû se rendre compte lui-même du côté suspect de cette affaire. Il soupire : « Deux mois avant la mort de sa femme, en septembre 1987. »

Cette fois, le docteur Lertin en sait assez. Tout est clair dans son esprit. Félix Bernard mène une double vie depuis trois ans, mais elle finit par lui peser. Il souscrit pour sa femme une grosse assurance-vie, l'empoisonne et, à présent, il va sans doute épouser sa maîtresse. Il faut agir et faire vite. Pour cela, ainsi qu'il l'a dit à l'assureur, il doit convaincre la famille d'Anne-Marie de porter plainte.

Il le fait le lendemain même. Les parents d'Anne-Marie, bouleversés, l'écoutent en silence. Quand il a terminé son exposé, ils sont en larmes. Mais ils sont décidés : oui, ils vont porter plainte.

La plainte suit son cours. Elle a été déposée en mars 1988. Le magistrat chargé de l'instruction entend plusieurs fois le docteur Lertin et, par un hasard extraordinaire, il décide d'arrêter Félix Bernard le 16 mai 1988, le jour même de son mariage avec Odette.

Pour Odette Latour, le drame est complet car, ainsi que le démontrera l'enquête, elle n'était nullement au courant de la double vie de son futur mari.

L'enquête a, au contraire, apporté toutes les preuves voulues. L'exhumation d'Anne-Marie Bernard a mis en évidence une quantité d'arsenic impressionnante.

Malgré ses dénégations, Félix Bernard a été inculpé de meurtre et il est passé en jugement l'année suivante. Reconnu coupable, il a été condamné à vingt ans de prison.

Dans la salle, un homme aux cheveux blancs, au visage buriné, s'est levé calmement à l'annonce du verdict. Le docteur Lertin allait pouvoir profiter de sa retraite.

Touche pas à mon coffre

Quand on est camionneur et américain, il ne faut pas rentrer chez soi sans avoir prévenu. Sinon, ça peut vraiment être un moment difficile à vivre. C'est la base de tous les vaudevilles. Et de quelques tragédies…

Julius Morrison sifflote au volant de son camion. Pas un petit camion de rien du tout. Un monstre de trente mètres de long, équipé d'au moins vingt pneus plus hauts qu'un homme, tout brillant de chromes, hérissé de pots d'échappement verticaux. Quand il traverse le désert du Colorado ou les plaines du Missouri, Julius se sent le roi de l'univers. Il tue le temps en plaisantant sur la « Citizen Band ».

« Ici "Gros-Loup-Gris". Qui sera à Washiki Motel pour casser une graine vers une heure ? »

À part son boulot de camionneur, Julius Morrison n'a qu'une passion : la photographie. Et dans la cabine de son poids lourd, plusieurs appareils ultra-sophistiqués, suspendus à portée de main, se balancent au rythme du voyage. Dès qu'il aperçoit un coucher de soleil un peu féerique, un cheval mustang ivre de liberté, un condor planant dans le ciel, Julius Morrison décroche un de ses appareils, toujours prêts à l'emploi et, sans même arrêter son camion, mitraille à tout va.

Missia Morrison, son épouse, n'apprécie qu'à moitié. « Dès qu'il arrive à la maison, après huit jours d'absence, Julius fait toujours la même chose, dans l'ordre : il caresse le chien, il se précipite dans sa chambre noire pour développer ses pellicules, il m'entraîne dans la chambre pour voir si ça fonctionne toujours et enfin il enlève ses santiags ! »

« Alors, Missia, tout s'est bien passé pendant mon absence ?

– Parfait ! Comme d'habitude. La machine à laver est tombée en panne. On est venu récupérer la télé couleurs sous prétexte que les traites ne sont pas payées.

– Ah, les chiens ! Je leur ai expédié un chèque de Las Vegas. Ah non ! Tiens : il est encore là, dans la poche de mon jean. Rien d'autre ?

– Ah si : la police est venue pour demander si l'on savait où est ton frère et la pile de factures à payer est montée jusqu'au plafond.

– Comme d'habitude. Tiens ! Regarde mon bras.

– Qu'est-ce qu'il a ton bras ?

– Un nouveau tatouage : le sigle de l'American Photography Association. »

Quand Julius fait jouer ses biceps, le sigle prend des airs gondolés. Missia lève les yeux au ciel et pousse un soupir de découragement… Julius ne remarque rien : « Chérie, tu as l'air assez en forme ce soir. Je ferais bien un petit rouleau de diapos avec toi.

– Dans quelle tenue ?

– Comme d'habitude, mon amour, tenue d'Ève ! »

Et Missia se déshabille, sans enthousiasme, pour aller s'étendre sur le canapé payé à crédit. Julius, dans un état d'excitation indescriptible, saute dans tous les coins du salon, variant les éclairages, ouvrant et fermant les stores vénitiens.

« Super, Missia, souris ! Mieux que ça ! Encore ! Va mettre tes chaussures vertes. Celles qui ont des paillettes. »

Missia s'exécute avec, sur le visage, la moue désabusée de quelqu'un qui a huit jours de lessive en retard et qui attend autre chose de la vie.

« T'en as pas encore assez de me prendre sous tous les angles ? Je n'en peux plus de me voir suspendue à des punaises dans tous les placards.

– Plains-toi. Je pourrais en prendre d'autres et tu ne serais pas contente. Mais, ma chérie, il n'y a que toi que j'aime.

– Oui, mais tu ne m'aimes que sur papier glacé. Méfie-toi. Ça peut te jouer des tours. »

Une fois la séance de pose terminée, Julius soulève un chromo qui orne le mur de la chambre à coucher. Derrière cette vue du Grand Canyon du Colorado, un coffre est fixé dans le mur. Dans le coffre, il y a au moins six appareils photo. Des plus perfectionnés. Allemands et japonais. Une petite fortune. Tout l'argent de Julius y passe. Plus les bijoux du couple. La bague de fiançailles de Missia, la chevalière en or léguée par le père de Julius. Missia demande : « Et si on sortait un peu ce soir ? J'irais bien danser au Country Club. Ce soir ils ont Lee Mulligan et ses cow-boys chantants. C'est une occasion unique.

– Désolé, mon chou. Mais ce soir on fait une séance de photos de nuit avec le club. On doit essayer de nouvelles émulsions et différents filtres. Je viens d'acheter un flash ultrasophistiqué. Ça promet d'être très intéressant.

– Bon, eh bien je prendrai la Ford et j'irai avec Janice et Barbara, en filles.

– Comme tu veux, mon amour, mais ne bois pas trop si tu conduis.

– Si je bois trop, je me ferai reconduire... » Morrison, qui tripote son tout dernier flash, ne saisit même pas l'allusion.

Deux jours plus tard, un nouveau contrat lance une nouvelle fois Julius sur la route. Direction : l'Idaho.

Et la même routine continue. Après tout... Julius est heureux ainsi. Les copains, la cibi, les arrêts dans les motels où l'on peut plaisanter avec les serveuses. Elles n'ont pas leur langue dans leur poche. Et la photo, toujours, partout.

Mais cette fois-ci cette passion de la photographie va coûter cher à Julius : alors qu'il est lancé sur une route plate et droite, il voit soudain surgir devant lui un troupeau de chevaux sauvages. Presque sans ralentir il attrape son appareil photo pour mitrailler les superbes animaux.

Dans le mouvement la bretelle de l'appareil se coince dans le volant du bahut et avant qu'il ait eu le temps de réagir, les trente tonnes d'acier chromé sortent de la route. Elles vont s'écraser contre un rocher qui se trouve là. Les mustangs filent.

« *Mayday ! Mayday !* SOS ! SOS ! Ici “Gros-Loup-Gris”. Je viens de me crasher sur un putain de rocher. Impossible de repartir ! »

Effectivement la calandre du camion est complètement enfoncée sous le choc et la roue avant prend des airs penchés. Julius considère son appareil photo avec colère. S'il ne se retenait pas, il le pulvériserait sur la route. Mais pas question, ça représente un bon paquet de dollars.

Une fois le camion remorqué jusqu'au garage le plus proche, une fois l'explication orageuse avec le commanditaire du transport et la compagnie d'assurances terminée, Julius fait le bilan : « Quatre jours à attendre. Je rentre à la maison. »

Un autre routier compatissant propose : « Je passe par chez toi. Si tu veux, je t'emmène. Dans deux jours je reviens par ici. Je te ramène pour récupérer le bahut. » Pas d'hésitation. Autant rentrer chez soi. Le copain complaisant demande avec un peu d'étonnement : « Tu ne téléphones pas à ta femme ?

– Non, en ce moment elle doit être en ville pour faire les courses de la semaine. Elle ne rentre que vers dix heures du soir. Allons-y. »

Huit heures plus tard, Julius met la clef dans la porte de son pavillon de banlieue. Apparemment Missia est absente. Elle a pris le 4 × 4. Bizarrement le chien n'est pas là. Elle l'aura emmené, sans doute pour le faire toiletter.

Julius, mélancolique, n'a pas, aujourd'hui, le cœur à développer ses rouleaux de pellicules. Qui sait s'il aura réussi à prendre les chevaux en plein élan. Quant à entraîner Missia dans la chambre à coucher, inutile d'y penser puisqu'elle n'est pas là. Il se verse un verre de whisky et allume la télévision, pour passer le temps. Ou plutôt il va allumer la télévision. Mais son geste reste en suspens.

« Qu'est-ce que c'est que ce bruit ? » On dirait qu'il y a quelqu'un à l'étage. Sûrement pas Missia. La porte d'entrée était fermée à double tour.

« Ça serait le bouquet qu'on vienne me cambrioler ! Justement aujourd'hui. »

En jetant un coup d'œil dans la cuisine, Julius voit flotter au vent le rideau de cretonne qui orne la porte. Pas de doute : quelqu'un a brisé la vitre et a ensuite ouvert avec la clef qui était sur la serrure.

Julius monte l'escalier en essayant de faire le moins de bruit possible. Il y a de la moquette sur les marches mais ce qu'il craint c'est que le cuir de ses santiags toutes neuves ne trahisse sa présence. Pas question de les enlever. Ça lui prend au moins dix minutes à chaque fois…

Arrivé sur le palier, Julius constate que la porte de la chambre est ouverte. Il jette un œil et voit un homme, de dos. Pas d'hésitation. Le Grand Canyon du Colorado est décroché du mur. Le coffre est largement ouvert. Et tous les appareils ont déjà disparu. Le reste aussi d'ailleurs…

Julius sent la colère lui monter au cerveau. Il marmonne : « Ah, mon cochon, tu profites de mon absence pour me piquer mon matos ! »

Le regard de Julius cherche une arme, n'importe quoi qui puisse lui permettre de neutraliser le cambrioleur. Sur une sellette devant la chambre, un « objet d'art ». La coupe qu'il a remportée deux ans auparavant au concours régional de photographie. Pour une série de clichés de Missia vue à travers le rideau de la douche.

Julius attrape la coupe qui est vissée sur un beau morceau de marbre vert foncé.

« Tu veux que je t'aide ? »

Le cambrioleur se retourne, c'est un petit gringalet au teint basané avec des moustaches. Tout le contraire de Julius. Mais le gringalet, bien qu'il ait l'air surpris, ne semble pas décidé à répondre. Il saute la tête en avant, en direction de l'estomac de Julius.

Julius fait « Oumf ! ». Il a le souffle coupé. Sa colère redouble. Surtout quand il voit le gringalet attraper le sac de plage qui contient tous ses précieux appareils, ses zooms, ses filtres et tout le reste. Dans un désordre indescriptible. Mais Julius ne prend pas le temps de philosopher. Il attrape le voleur par la ceinture. L'autre, d'un coup de poing bien appliqué, écrase le nez de Julius. Qui n'a pas lâché son trophée. Hélas…

C'est quand il voit le gringalet étendu raide que Julius reprend son calme. La satisfaction de l'avoir stoppé lui laisse comme un mauvais goût dans la bouche. L'autre a l'air vraiment sonné. Il ne bouge plus. Julius tâte la carotide, comme il l'a vu faire à la télévision. Pas le moindre frémissement sous ses doigts. Il a l'air mort. Pas étonnant, on dirait que le bloc de marbre du trophée photographique lui a fait un gros trou dans le crâne. Et tout ce sang qui coule sur la moquette rose.

« Allô, la police, vous pouvez venir au 2178 Mesquita Drive ? Je suis Julius Morrison. Je viens de surprendre un cambrioleur chez moi. J'ai l'impression qu'il est mort. »

Quand la police arrive sur les lieux, avec ses sirènes et ses feux clignotants bleuâtres, le gringalet n'a pas bougé d'un pouce. Il y a simplement un peu plus de sang sur la moquette rose du palier. Le sergent et ses hommes examinent le corps.

« Pas de doute, il est bien mort.

– J'ai vu rouge. Surtout quand il m'a foncé dans le chou.

– On va voir s'il était armé. Ça vaudrait mieux pour vous. »

Le gringalet n'était pas armé. On ne trouve d'ailleurs aucun papier dans ses poches. Simplement des clefs de voiture. Elle ne doit pas être garée trop loin. Julius, qui s'est versé un double whisky, contemple les spécialistes qui prennent des mesures, ceux qui font des photographies.

Le sergent commente : « Évidemment il est entré par effraction, par la porte de la cuisine. Ça jouera pour vous. Mais pour l'instant je vais devoir vous emmener.

– Chef, regardez ça ! » Un des policiers brandit ce qu'il vient de trouver dans une des poches intérieures du blouson du gringalet. Une photo. Il y jette un œil et siffle entre ses dents.

« Pas mal la poupée ! » fait le sergent. Julius lui arrache la photo des mains.

« Ah non, c'est pas vrai ! » Et il lance son verre contre le mur. Le whisky jaillit dans tous les sens. Julius fracasse la sellette du palier, lance un coup de pied dans la porte de la chambre. Sa santiag passe à travers le panneau.

« Hé là ! Qu'est-ce qui vous prend ? »

Un des policiers pose sa main sur l'épaule de Julius qui lui décoche un uppercut très professionnel. Le flic va valdinguer dans l'escalier en se tenant la mâchoire. Une fois arrivé en bas, il se met à couiner comme un goret. Les autres policiers se précipitent. Ils sautent tous en chœur sur Julius qui remplit l'air d'un chapelet de jurons à faire rougir un singe. Et même plusieurs…

Le sergent récupère la photographie des mains de Julius. Ou du moins ce qu'il en reste. « Vous la connaissez ? »

La bave aux lèvres, Julius répond dans un hoquet : « Mais c'est Missia ! Ma femme. C'est moi qui ai fait ce cliché ! » Missia, sur la photo, est dans une tenue très sommaire. Très suggestive.

« Ah oui ? C'est étonnant… »

En examinant de près le dos de la photographie, on découvre un élément très intéressant : un plan de la villa des Morrison. Très détaillé. L'entrée principale, l'escalier qui monte à la chambre. Le plan de la chambre aussi. Et une croix à l'endroit où, sur le mur, le Grand Canyon du Colorado est, normalement, accroché.

« Vous croyez que c'est elle qui a fourni le plan de votre villa ?

– Ça me semble évident. Vous ne pouvez pas m'enlever ces menottes ?

– Pas question pour l'instant. Voie de fait sur agent de la force publique. Ça vous donnera le temps de vous calmer. »

C'est à ce moment précis que Missia rentre de la ville. Elle gare le 4 × 4 devant la porte du garage. Et ne semble pas surprise de trouver la villa ouverte. Mais la présence d'un véhicule de police lui fait froncer les sourcils.

« Tu es là ? » Elle a crié dans le hall. Pas de réponse : « Tu es là, mon amour ? » C'est à ce moment-là qu'elle aperçoit le sergent, Julius et les autres représentants de l'ordre qui descendent du premier étage.

« Je te croyais dans l'Idaho… Qu'est-ce qui t'arrive ? »

Julius se sent repris par une sainte colère : « Tu le demandes ? Espèce de… » Missia prend l'injure en plein visage. Mais elle ne perd pas son sang-froid.

« C'était ton amant, avoue !

– Mon amant ? Qui ?

– Le macchabée, là-haut.

– Quelqu'un… quelqu'un est mort ? »

Le sergent fait un signe de tête affirmatif : « Oui, j'aimerais que vous me disiez si vous le connaissez. »

Sur le brancard qu'on descend de l'étage, une forme est enfermée dans un sac de plastique. Un homme vêtu de blanc ouvre la fermeture à glissière. Missia n'a pas besoin de regarder. Elle murmure, comme un aveu, un prénom. « Joshua ! Julius !

C'est toi qui l'as tué ? Pourquoi ? » Julius ne répond pas, il essaie en vain de dégager ses mains des menottes.

Le sergent prend des notes d'un air indifférent.

« Si je comprends bien, c'est vous qui lui aviez indiqué comment cambrioler votre propre maison. Dommage pour vous que vous ayez fait ce plan sur votre propre photo.

– Oui, d'accord, c'est moi. Je l'ai rencontré en boîte. On devait filer à l'autre bout du pays. Vous admettrez que tout l'argent que représentent ces appareils photo est aussi à moi. Julius porte toujours la clef du coffre sur lui. Impossible de l'ouvrir sans l'aide de Joshua.

– Accompagnez-nous au poste central, demande le sergent.

– Tout de suite. Vous permettez, je redescends dans une minute. »

Quelques instants plus tard, quand Julius monte dans la voiture des policiers, Missia, surgit : « Attendez un peu ! » Et, sous le regard ahuri des hommes en uniforme, au moment où on le pousse dans le véhicule, elle mitraille Julius avec un petit 24 × 36 à flash incorporé.

« Tiens, chéri, tu vois, moi aussi je peux faire des photos. »

Une femme dans un trou

Vers la fin du mois d'août 1957, Mlle Josephine Barton, une demoiselle d'un certain âge, vêtue d'un strict tailleur de tweed et abritée sous un parapluie souris, franchit la porte du poste de police de Derby, dans les Midlands. Le constable qui se tient debout derrière la banque du poste la salue aimablement : « Bonjour ! Que puis-je pour vous ?

– Je voudrais voir le commissaire principal. Je viens signaler la disparition de ma nièce. »

Une fois installée, la vieille demoiselle entre dans le vif du sujet : « Je suis Mlle Josephine Barton, née le 14 novembre 1899 à Derby, je demeure au 42 Camelia Crescent et je viens signaler la disparition soudaine de ma nièce, Jennifer Barton, âgée de vingt-deux ans. C'est la fille de mon défunt frère, Archibald Barton, et de son épouse, tous les deux tués pendant les bombardements du Blitz sur Londres en 1940. Depuis cette époque je me suis chargée de recueillir cette enfant et de l'éduquer du mieux que j'ai pu.

– Excusez-moi, mais, à vingt-deux ans, votre nièce Jennifer n'est plus une enfant. C'est même une adulte, libre de ses mouvements. Avez-vous une idée de ce qui a pu se passer ?

– Aucune idée. Jennifer s'était couchée de bonne heure lundi dernier et moi je me suis rendue au temple. Nous confectionnons des layettes pour les femmes hindoues.

– Et quand avez-vous constaté sa disparition ?

– Le lendemain matin. C'est elle qui se lève la première et prépare le thé, le porridge et les œufs au bacon du petit déjeuner. Mardi matin donc, personne. Je suis allée dans sa chambre. Le lit était défait et elle avait disparu.

– A-t-elle emporté quelque chose ? Une valise, des vêtements ?

– Pas de valise, simplement son tailleur écossais, ses chaussures vertes et, bien évidemment, son sac à main.

– Avait-elle de l'argent liquide ?

– Très peu, je lui donnais tout ce qu'il lui fallait au fur et à mesure. Je suis chargée de gérer les biens laissés par ses parents et, depuis sa majorité, Jennifer préfère que je continue à m'occuper de ses avoirs.

– Combien pouvait-elle avoir ?

– À peine trois ou quatre livres, plus un peu de monnaie.

– Et vous avez attendu pratiquement une semaine pour signaler sa disparition ?

– Je ne pouvais pas me précipiter dès le premier jour. Vous m'auriez ri au nez. J'ai téléphoné à des cousines d'Écosse. J'ai fait le tour de ses amies du collège. Personne ne l'a vue depuis qu'elle m'a embrassée avant d'aller se mettre au lit, lundi vers vingt-deux heures.

– Vous avez contacté l'hôpital ? Nous allons voir s'il y a eu des accidents ou si l'on a reçu quelqu'un à... (le constable hésite un peu)... à l'institut médico-légal. »

Mlle Barton rentre chez elle. En fait elle va devoir attendre encore pas mal de jours avant de savoir ce qui est arrivé à Jennifer, sa chère nièce à qui elle répétait sans cesse : « Jennifer, mon petit, méfie-toi des hommes. La plupart ne sont que des bons à rien. Il n'y a qu'une seule chose qui les intéresse. Et cette chose est ton bien le plus précieux. Tu vois ce que je veux dire ? Une fois que tu l'as donnée à quelqu'un, si tu t'es trompée dans ton choix... tu en subiras les conséquences. »

Jennifer, élevée dans un cocon, rêve pourtant au prince charmant. Mais quelle allure ça peut avoir un prince charmant ? Tante Josephine ne la laisse jamais aller au bal avec ses camarades. Aucun garçon n'a jamais été admis à franchir le seuil du 42 Camelia Crescent.

Quelques semaines plus tard, à Stanton, à trente kilomètres de là, Mme Muggerfield et son mari, Elias Muggerfield, deux retraités de l'enseignement, profitent bourgeoisement de leur retraite en écoutant la radio dans leur salon douillet. Tous les fauteuils sont recouverts de têtières en dentelle. Elias parcourt son quotidien. Mme Louisa Muggerfield brode avec patience un bouquet de myosotis pour en faire un coussin. Tout à coup elle garde son aiguille en l'air : « Tu n'entends rien ?

– Si, j'entends les *Variations sur un thème rococo* de Tchaïkovski.

– Mais non ! Je veux parler de ce drôle de bruit !

– Tchaïkovski : un "drôle de bruit" ?

– Mais non ! Cet espèce de grincement. »

Elias Muggerfield se lève péniblement et tourne le bouton de la radio. Dans le silence soudain, tous les deux écoutent : « J'entends le bruit du vent dans les branches, les voitures sur la route. Ah, mais si, tu as raison. Tais-toi !

– Mais je ne dis rien ! » Et tous les deux se mettent à écouter le « drôle de bruit ». Un grincement, faible, par saccades, entrecoupé de silences.

« Tu crois que c'est un animal ?

– On dirait une girouette qui se balance dans le vent.

– Non, ça n'aurait pas ce rythme. On dirait quelque chose qui frotte sur la pierre.

– J'ai comme l'impression que ça vient de la cave, ou même du jardin. »

Et les voilà tous les deux descendant à la cave. Mais là, dans le silence rendu encore plus épais par l'obscurité, ils entendent encore le « drôle de bruit ». En tout cas pendant une minute ou deux. Puis, plus rien. Un tour d'inspection dans le jardin derrière leur pavillon n'apporte aucun élément. Leur maison est mitoyenne du pavillon voisin, construit exactement sur le même plan. Une grosse haie de thuyas sépare les deux gazons.

Le gazon vert et bien entretenu des Muggerfield n'a pas son pendant dans la villa voisine. Là, les herbes folles poussent un peu partout et le sol disparaît sous les feuilles mortes. Dans un coin un gros tas de terre fraîche, comme si une gigantesque taupe avait soulevé deux mètres cubes de terreau.

« Tu connais les gens qui habitent ici, Louisa ?

– Comme toi : cet homme maigre et roux, qui a tout l'air d'un Écossais, avec ses yeux inquiétants.

– Bon, de toute manière, il n'y a pas de quoi fouetter un chat. C'est un bruit si léger qu'on ne peut guère le qualifier de "nuisance".

– Je reprendrais bien une bonne tasse de thé. »

Et les Muggerfield rentrent chez eux.

Un mois plus tard, en ratissant son gazon avec patience, sinon avec amour, Elias Muggerfield a un claquement de langue agacé : « Ttt ! S'il commence à expédier ses cochonneries chez nous, ça ne va plus. »

En effet, près de la haie de thuyas qui sépare les deux maisons, un morceau de papier maculé de graisse dérange le paysage d'Elias Muggerfield. Il plante les dents de son râteau dans cet objet incongru. Le morceau de papier est plié en quatre, assez soigneusement. D'un air un peu dégoûté, Elias Muggerfield le déplie, en se demandant à quel usage il a pu servir avant d'atterrir chez lui.

À l'intérieur un texte est tracé, en lettres bâtons, comme si l'on avait écrit avec le bout du doigt trempé dans du cambouis.

« Louisa, regarde : je viens de trouver un message dans le jardin. »

Et tous les deux déchiffrent ce texte inquiétant : « Je suis prisonnière dans un trou sous la cabane. Appelez la police s'il vous plaît. »

« Qu'est-ce qu'on fait ?

– Mais enfin, Elias, on prévient la police ! »

Elias sort sa petite Austin du garage et va jusqu'au bureau central de la police, par acquit de conscience.

« Je vous ai amené le message pour que vous puissiez constater la réalité des faits. » Le constable opine du bonnet : « Nous venons tout de suite. »

Une fois sur les lieux, après avoir examiné le pavillon voisin depuis le jardin des Muggerfield, les policiers décident de sonner chez le rouquin aux yeux inquiétants.

Effectivement, dans le jardin à l'abandon, il y a une sorte de cabane. Chez les Muggerfield, l'espace qu'elle occupe correspond à un massif de rhododendrons qui se trouve juste sous les fenêtres de leur salon.

Chez le voisin personne ne répond. En escaladant la haie commune, les policiers sautent dans le jardin et se dirigent vers la cabane en bois. Les Muggerfield, depuis leur jardin bien entretenu, suivent les opérations. Louisa intervient : « Écoutez, messieurs ! Ce grincement que nous entendons mon époux et moi, je l'entends encore. »

Tout le monde se tait un moment : *Crrr ! Crrr ! Crrr !* C'est bien vrai, on dirait un bruit d'objet métallique sur de la pierre. Les policiers essaient d'ouvrir la cabane en bois du voisin et, comme elle est fermée avec un cadenas, ils font sauter celui-ci.

L'intérieur du cabanon offre le spectacle d'un appentis à outils mal tenu : des roues de bicyclettes, un établi, des bidons d'huile et de liquides divers, des outils, des pots en terre dans lesquels des fleurs sèchent tristement.

« Silence ! » C'est l'officier de police en chef qui vient de parler.

Crrr ! Crrr ! Crrr !

« Ça vient du sol. » En effet, à demi dissimulée sous une toile pleine de graisse, on découvre une grosse plaque de fonte ronde, genre plaque d'égout.

« Levez-moi ça ! Quelqu'un a une torche ?

– Il y a une baladeuse accrochée au mur. »

On soulève la plaque : au-dessous, un escalier de bois, raide, style échelle de meunier.

« O'Flaherty, allez voir en bas ! »

O'Flaherty descend prudemment, la baladeuse à la main. Ça semble assez spacieux. Il disparaît comme dans une cave.

« Chef ! Regardez ce que j'ai trouvé. »

En bas des marches les policiers voient apparaître une jeune femme brune aux yeux verts, le visage maculé de terre, vêtue d'une robe pleine de taches…

Une fois qu'elle est remontée à la surface, suivie d'O'Flaherty, les policiers l'emmènent, mais elle semble à demi endormie. O'Flaherty fait son rapport : « C'est assez grand là-dessous, il y a l'électricité, un réchaud, une table, un fauteuil, un lit et un seau hygiénique.

– Que faisiez-vous là-dessous, mademoiselle ?

– C'est lui, c'est cet homme qui m'a enfermée. Il m'avait demandé de creuser.

– C'est ce grincement qu'on entendait. Mais comment êtes-vous arrivée là ? Et d'abord, qui êtes-vous ?

– Je suis Jennifer Barton, de Derby. Je ne sais pas pourquoi je suis ici. »

Au poste de police, après une bonne tasse de thé, Jennifer raconte son histoire : « Au mois d'août de l'année dernière, j'étais dans mon lit en train de lire un poème de Tennyson quand on a frappé à la fenêtre. J'ai ouvert et un homme était à l'extérieur, sur le balcon. Il est entré. Il m'a demandé de l'écouter et, tandis qu'il me parlait, il m'a pris les mains et a commencé à les palper en me fixant dans le blanc des yeux. C'était la première fois de ma vie qu'un homme me tenait les mains de cette manière-là. Sa peau était chaude et il me caressait gentiment. Puis il a commencé à remonter le long de mes bras et il m'a serrée contre lui et il m'a embrassée… Il m'a dit que nous étions faits l'un pour l'autre. J'étais comme dans un rêve. Il m'a dit qu'il me voyait tous les jours et que je serais heureuse avec lui…

– Et vous l'avez cru ?

– Je n'avais pas peur. J'étais bien. Puis il m'a demandé de m'habiller et nous sommes sortis de la maison. Ma tante était absente ce soir-là. Là, il m'a fait asseoir devant lui sur sa motocyclette. Je sentais sa chaleur contre moi et il m'a emmenée ici.

– Et vous n'avez pas songé à prévenir votre tante ?

– Si, mais je me disais que pour la première fois de ma vie j'étais entre les bras d'un homme. Il était gentil et très doux. Je n'avais pas envie que ça cesse.

– Et il vous a amenée jusqu'à la maison ? Vous êtes devenue sa maîtresse ?

– Je crois que oui. » Les policiers qui sont dans la pièce se regardent interloqués : comment peut-on être aussi innocente ? « Le médecin nous éclairera sur ce point. Votre tante, dès que nous l'avons prévenue, a porté plainte. Vous avez été séquestrée, après tout.

– Oui, dès le début il m'a interdit de sortir du pavillon. Mais il me traitait bien. Jusqu'au jour où il m'a expliqué qu'il allait me faire subir une "initiation" afin d'être certain que j'étais bien digne d'être sa femme pour la vie.

– Et c'était quoi cette initiation ?

– Eh bien, quand il partait pour ses affaires, il me faisait descendre sous la plaque de fonte du cabanon. Au début ce n'était que pour un jour, puis deux, puis trois. Il me faisait remonter deux fois par semaine, en pleine nuit, pour que je prenne une douche.

– Et l'initiation ?

– Je devais être très patiente, très obéissante. Ah oui : il me demandait de creuser la cave pour l'agrandir. Quand je montais pour prendre ma douche, il sortait la terre et la vidait dans le jardin.

– Et vous n'avez jamais eu envie d'appeler au secours ?

– Si, mais il me mettait des sparadraps sur la bouche. Alors j'ai volé un morceau de papier, j'ai écrit mon message et, sans qu'il me voie, je l'ai jeté chez les voisins. »

Le kidnappeur amoureux, un certain Andy Collins, rentre chez lui sans méfiance et il est aussitôt emmené au poste de police. Son étrange regard gris met les policiers mal à l'aise. La version de Collins est différente de celle de Jennifer : « J'avais compris que la tante de Jennifer était une névrosée qui l'empêchait de vivre à cause de sa propre peur des hommes. C'est pourquoi j'ai décidé de la libérer.

– En l'enfermant sous la plaque d'égout ?

– Elle n'avait pas l'habitude de la liberté. J'avais peur que, pendant mon absence, elle ne sorte en ville et ne fasse une mauvaise rencontre. Elle est incapable de dire non.

– Vous en avez fait votre maîtresse ?

– Non ! Je l'initiais simplement, par étapes, à la découverte de nos corps. » Les policiers, une fois de plus, se font des grimaces avec une forte envie de rire.

« Et pourquoi lui faisiez-vous creuser la cave ?

– Pour l'occuper pendant mon absence, pour agrandir son espace vital. »

Lors du procès, les intentions nébuleuses du kidnappeur n'apparaissent pas clairement aux juges. Jennifer évite son étrange regard gris. Il fascine toutes les femmes qui assistent aux débats et qui regardent avec gourmandise ses grandes mains carrées couvertes de poils roux. Quel pouvoir possèdent-elles ? De quelles caresses sont-elles capables ? Il est condamné à deux ans de prison pour séquestration.

Jennifer, désormais, ne désire plus cohabiter avec sa tante Josephine. De toute manière celle-ci ne se sent plus capable de « surveiller » l'éducation de sa nièce. On lui propose donc d'aller vivre dans une pension pour célibataires qui lui servira de famille.

C'est en sortant de ce foyer un matin que Jennifer est abordée par un petit blond à moustache : « Mademoiselle Barton, vous vous souvenez de moi ? Je m'appelle Rick Howell. Je suis policier au commissariat de Stanton. J'étais là quand on vous a sauvée. J'aimerais beaucoup vous inviter à dîner un soir prochain. »

Six mois plus tard ils se mariaient.

Un chapeau de gangster

Un geste. L'espace d'un instant, un simple geste, qui change tout.

Un homme ôte son chapeau, et c'est un autre homme.

Suisse. Vert pays des vaches, du chocolat et des coffres-forts. Un atelier de serrurerie aux environs de Zurich. Une petite maison de trois étages, avec un département chimie, un département soudure, un département études, un département essais. Six personnes y sont employées. Le patron, ingénieur chimiste, se consacre au bureau d'étude. Son assistante, également chimiste, organise les essais, le reste du personnel est affecté à des tâches diverses. Parmi le personnel, Hans Deubel. Engagé depuis deux ans, comme homme à tout faire : mécanicien, chauffeur, livreur, gardien.

Si la chimie et la mécanique se croisent dans cet atelier, c'est qu'il s'agit de tester des produits, des gaz ou des explosifs susceptibles de protéger un coffre-fort suisse. Le voleur ouvre la porte du coffre et reçoit dans les yeux de quoi l'aveugler. Par exemple. Ou alors le coffre-fort s'autodétruit devant ses yeux, et ce qu'il en reste ne peut être récupéré que par un spécialiste.

Nous en savons peu, en fait, sur les techniques de recherche de cet atelier zurichois, et pour cause : son patron convoite le marché des banques, comme celui des particuliers, et ne tient pas à dévoiler ses techniques.

Hans bricole dans sa remise. Lorsqu'il n'a pas de tâches précises à accomplir pour son patron, il bricole. La mécanique est sa passion. Il a refait par exemple le moteur de la camionnette de livraison, des petites choses de ce genre qui rendent service.

Le patron est dans sa tour d'ivoire, au dernier étage, à faire des plans sur la comète des coffres-forts suisses. Son assistante, Birgit, est au rez-de-chaussée, elle planche sur une séance d'essai consacrée à un nouveau gaz détonant.

Il est midi. Heure du déjeuner. Birgit, la quarantaine célibataire, ne rentre pas chez elle pour déjeuner. Un petit en-cas lui suffit, qu'elle prend en général dans un bureau voisin, transformé en cantine. Hans l'y rejoint la plupart du temps. Lui non plus ne rentre pas déjeuner, ils sont donc souvent seuls, dans cette pièce de vingt mètres carrés, leurs sandwiches sur une table de Formica, devant des assiettes et des verres en carton.

Hans a une manière fort compliquée de se nourrir. Des principes. Manger cru, ne pas mélanger cru et cuit, ne pas mélanger protéines et lipides… Il tient parfois des discours de nutritionniste avancé à Birgit, qui n'en a cure.

Au fond, ce type lui déplaît un peu. Physiquement, rien à dire : des traits réguliers, relativement soigné de sa personne, mais un nez un peu long, un peu trop pointu, des yeux un peu trop étirés vers les tempes, quelque chose d'aigu dans tout cela, comme un oiseau… Par contre le menton est veule, plat, mou, sans consistance…

Birgit mange son sandwich en lisant le journal. Hans mange ses carottes et son céleri cru à petites bouchées méthodiques…

Birgit se dit : « Tiens, il a un nouveau chapeau… bizarre ce chapeau… on dirait un chapeau de gangster des années trente… Quelle mode… Ces jeunes font n'importe quoi… Il se prend pour Al Capone aujourd'hui, d'habitude c'est Gatsby le Magnifique avec sa casquette ! »

« Bon appétit, Birgit.

– Merci, merci Hans. Vous aussi… »

Birgit replonge dans son journal. Elle lit un fait divers dramatique. Cambriolage d'une poste de quartier : le coffre-fort a été vidé, un agent de police, qui tentait d'intercepter le cambrioleur au moment où il s'enfuyait avec son butin, a été tué d'une rafale de mitraillette. Le gangster s'est enfui, il n'y a pas de témoins. Mais il a dû abandonner son arme sur place, une vieille mitraillette trafiquée.

Birgit observe la photo du coffre-fort de la poste, ouvert au chalumeau. Un travail de cochon. Le commentaire de la police rapporté par le journal dit : « L'homme est bricoleur, il a réussi à déconnecter le système de surveillance, mais c'est un soudeur débutant. On distingue sur le métal du coffre des "perles de soudure", nous n'avons donc pas affaire à un professionnel. »

« Quelles nouvelles aujourd'hui, Birgit ? »

Birgit lève les yeux sur son voisin de table, prête à répondre, puis elle se mord la lèvre. Dieu sait pourquoi, quelque chose la tracasse. Ce nouveau chapeau, par exemple… C'est ridicule, Hans n'a rien d'un gangster : « Oh, pas grand-chose, répond-elle, je regardais l'horoscope, et la météo. Ce printemps est décourageant… » Et elle replie le journal, termine son sandwich, en annonçant qu'elle va boire un café.

Hans achève son déjeuner macrobiotique tout seul. Il a encore à mâchonner de la pomme, du soja, et autres bricoles censées lui donner une santé d'extra-terrestre.

Birgit traverse la petite cour de l'immeuble pour se rendre au café d'en face et longe l'atelier de bricolage de Hans. Rien à faire, elle ne peut pas s'empêcher de jeter un œil par la baie vitrée, sale, couverte de poussière. Difficile d'y voir quelque chose. Il y a là-dedans un bric-à-brac invraisemblable. Tous les rebuts métalliques des essais de coffre, une vieille mobylette, la camionnette de livraison, des étagères à outils.

Birgit hausse les épaules pour chasser l'idée qui la poursuit. « Hans n'est pas un cambrioleur, Hans ne manipule pas de mitraillette, Hans travaille ici depuis deux ans, c'est le patron qui l'a engagé, il avait des références sérieuses, on ne prend pas n'importe qui dans un atelier qui fabrique des serrures de sécurité et des systèmes de protection compliqués… Hans avait forcément un casier vierge. Comme les autres employés. Mais cette histoire de chapeau neuf, ces perles de soudure dont parle la presse… Où a-t-elle déjà vu des perles de soudure ? Ah oui… »

Birgit en a vu sur le portail de l'atelier, justement. Le patron a demandé à Hans, il y a bien six mois de cela, de souder une partie de la grille du portail, et de repeindre.

Birgit passe à nouveau le portail de l'immeuble et observe l'endroit de la soudure. Du travail approximatif, en effet, mais recouvert par la peinture antirouille, cela n'a guère d'importance. Après tout, Hans n'est pas un soudeur professionnel…

Birgit accélère le pas et retourne dans son bureau en se traitant d'idiote.

Le lendemain, dans la cantine improvisée, elle parcourt le même journal, lequel rappelle les faits de la veille, en ajoutant que l'enquête progresse : « L'homme n'a pas hésité à tirer de sang-froid sur le policier qui n'était pas armé. L'arme trafiquée indique qu'il s'agit d'un bricoleur particulièrement doué. Un travail de précision, dont un amateur serait incapable. Une empreinte digitale a pu être repérée sur le coffre, mais son propriétaire ne figure pas au fichier du grand banditisme. Les enquêteurs se perdent en conjectures concernant la personnalité de ce tueur, dont ils espèrent cependant déterminer rapidement l'identité, grâce au matériel dont il s'est servi. »

Aujourd'hui à midi, Hans mâchouille des épinards en salade, accompagnés d'un radis noir et d'une galette de maïs.

« Bon appétit, Birgit !

– Merci, Hans… »

Birgit regarde les doigts de Hans… Une empreinte et elle saurait… Non, elle ne saurait pas, seule la police peut comparer : la police a une empreinte. En admettant qu'elle en ait une aussi, sur un objet quelconque, cela reviendrait à dénoncer Hans, alors qu'elle n'a pas la moindre preuve de quoi que ce soit… Difficile d'accuser ainsi, simplement sur une impression. Une histoire de chapeau, de soudeur maladroit… Combien y a-t-il de soudeurs maladroits porteurs d'un chapeau à la Humphrey Bogart à Zurich et dans les environs ?

« Quelles nouvelles aujourd'hui, Birgit ?

– Vous ne lisez jamais les journaux, Hans ?

– Très peu. J'ai fait une partie de ma scolarité à Genève, en français, l'allemand n'est pas une langue familière pour moi.

– Ah bon ? Vous le parlez bien, pourtant ?

– Oralement, ça va… J'ai des problèmes avec la grammaire… Mais je lis tout de même. En fait, j'attends le soir, le concierge me garde le journal, ça m'évite de l'acheter.

– Vous avez vu cette histoire d'attaque à main armée ? C'est terrible… Ce malheureux policier était père de deux enfants…

– Ah oui ! L'attaque du bureau de poste, tout le monde en parle en effet. C'est terrible. »

Birgit a un frisson nerveux. L'impression que Hans la regarde avec un peu trop de fixité, comme s'il cherchait à savoir quelque chose…

Elle replonge dans le journal et dit un peu trop vite : « Ils disent qu'ils vont l'arrêter, il a laissé une empreinte… »

Silence dans la pièce, Birgit n'entend plus que le bruit des épinards mastiqués. Puis Hans avale un verre d'eau, range son pique-nique macrobiotique et demande : « Vous venez prendre un café ?

– Euh… non, je vais au supermarché, j'ai des courses à faire.

– Tiens, moi aussi… je vous accompagne, c'est le meilleur moment, il y a moins de monde. »

Elle a peur, Birgit. Elle est en train de réaliser tout à coup qu'elle en a trop dit, qu'elle a eu l'air de le soupçonner, et un plan défile dans sa tête à toute vitesse. Il veut m'accompagner, il va m'entraîner quelque part, il va me tuer…

« À moins que cela ne vous ennuie ? Après tout, je ne suis que le gardien ici, le patron n'aimerait peut-être pas vous voir en ma compagnie… J'ai l'habitude… J'irai ce soir. »

Là, Birgit s'en veut ! Il faut arrêter ce cinéma ridicule qui lui trotte dans la tête depuis deux jours. Ce pauvre Hans…

« Mais non, voyons, quelle idée… »

Et les voilà tous les deux, traversant la cour, franchissant la grille, où la soudure est toujours visible, en perles recouvertes de peinture verte… Puis les voilà au carrefour, dans le supermarché, chacun faisant ses courses de son côté. Birgit ne pense presque plus à l'histoire. Elle se présente à la caisse dans la file d'attente : quatre personnes. Hans est passé le premier, il n'a pas pris grand-chose, comme d'habitude. Ce garçon mange comme un rat – des graines et des légumes crus…

La caissière se lève, arrête sa caisse, va voir le patron derrière son bureau vitré, lui dit quelque chose et revient s'asseoir tranquillement.

Birgit attend son tour et observe machinalement le patron se diriger vers la sortie et mettre la main sur l'épaule de Hans…

« Monsieur… voulez-vous me montrer votre sac, s'il vous plaît… »

Hans proteste, Birgit s'étonne, mais le patron emmène Hans jusqu'à son bureau ; déjà, l'homme du service de sécurité s'empare du sac du client, poliment mais fermement, et en sort les marchandises. Un paquet de riz complet, des boîtes de maïs, du lait, des fruits secs… Rien de scandaleux.

Mais il demande à Hans de vider ses poches. Hans renâcle, puis met la main dans la poche de sa veste et tente maladroitement de se débarrasser de… de quoi ?

D'un tube de dentifrice, qui ne figure pas sur sa liste ! La caissière dit : « Je l'ai vu le mettre dans sa poche avant de passer à la caisse. »

Birgit paie sa note, s'approche de Hans, étonnée : « Hans ? C'est une erreur ? Vous avez oublié de le montrer à la caisse, c'est ça ?

– Évidemment… Pour un tube de dentifrice, vous pensez… »

Mais le propriétaire ne veut rien savoir, la caissière non plus. Hans a été repéré, la police est appelée… Qui vole un dentifrice vole un bœuf…

Le surveillant du magasin ajoute : « Je l'ai repéré depuis quelque temps, je me doutais qu'il piquait des trucs, mais sûrement des tout petits trucs. Cette fois il a pris le grand modèle de dentifrice, la caissière l'a mieux vu que moi… »

Ainsi s'en est allé Hans, au commissariat… Et il n'est jamais revenu à l'atelier.

Le gangster, c'était lui. Le meurtrier, c'était lui. Birgit a déposé, raconté ses soupçons, on est venu dans son capharnaüm récupérer l'outillage qui avait servi à bricoler la vieille mitraillette. Il y en avait d'autres, ainsi que le montant du coffre cambriolé. Un joli paquet de francs suisses…

Birgit avait donc vécu trois jours en face d'un meurtrier, et en le sachant…

À quoi s'en est-elle aperçue en fait ?

« En fait, monsieur le commissaire, c'est au moment où il a ôté son nouveau chapeau… Un geste de gangster de cinéma, vous voyez ? Une désinvolture soudaine… Une sorte de morgue prétentieuse… C'est difficile à expliquer, ça n'a duré qu'une seconde, mais je l'ai vu en gangster ! Avant, je le voyais en gardien avec sa casquette ; ce jour-là, je l'ai vu vraiment en gangster. »

Moralité : le chapeau fait le gangster, et le gangster est stupide. Cambrioler des milliers de francs suisses et piquer un tube de dentifrice...

Quotient intellectuel : à revoir !

La dernière heure

C'est une cellule de prison autrichienne. Un assassin célèbre y a tourné en rond pendant des années. Il en est sorti, il y est retourné. Il y vit sa dernière heure.

C'est étonnant, un assassin qui prend des vacances hors de sa prison. Dix-sept ans de prison, trois ans de vacances… C'est que Jack Unterwegger n'est pas un assassin comme les autres. Sa vie se passe en deux actes.

Premier acte : condamné à perpétuité à l'âge de vingt-quatre ans, il va sortir de prison avant la fin de son temps. Il a quarante et un ans.

En prison, ce garçon bizarre, intelligent et même brillant a fait une ascension spectaculaire sur l'échelle sociale. Ce n'est plus un assassin minable, un délinquant de dernier ordre, c'est un écrivain ! D'abord, il a fait des études, il s'est inscrit à des cours par correspondance pour apprendre à écrire. Se familiariser avec les techniques littéraires, avec l'écriture. Puis il a passé son bac. Puis il a écrit sa vie, comme presque tout le monde. Et, fait exceptionnel, il a été édité. Évidemment, toute la presse en a parlé. La presse autrichienne, mais aussi la presse française, italienne, américaine.

L'auteur, en prison, de cette œuvre intitulée *Le Purgatoire* est donc devenu très célèbre. Et très riche. À tel point que tout le monde a fini par mettre de côté, sinon par oublier, le fait qu'il avait étranglé une jeune fille de ses mains, après l'avoir violentée… en 1974. On ne s'intéresse plus qu'à son talent d'écrivain, à son enfance malheureuse, à sa mère prostituée, à ses expériences homosexuelles. Bref, il est devenu la coqueluche de l'intelligentsia viennoise...

Danger. Il y a toujours danger à déformer un personnage, à le mettre en lumière comme un papillon, à l'encourager à voleter dans le vedettariat, s'il est fragile. Tout le monde n'est pas capable de se réinsérer dans la société avec calme et sérénité. Avec repentir aussi.

Or, il a écrit un livre qui parle de purgatoire, mais pas de repentir. Qui parle de son crime, de son arrestation, de sa punition, mais pas de ses mobiles. Qui parle des femmes, mais pas de sa mère. Une mère prostituée, qui a pourtant horriblement marqué son enfance et son adolescence, et qu'il n'a vue en tout et pour tout que deux fois dans sa vie. Une fois nue dans l'exercice de son métier, une autre fois pour lui dire bonjour et lui prendre le peu d'argent qu'il avait... Elle est donc importante, cette mère de trottoir, dans le mental du garçon.

Mais ce jeune garçon enfermé dans une prison sinistre, qui s'avère poète, écrivain de talent, directeur de sa propre revue littéraire... c'est intéressant et juteux pour les médias. Au diable les détails psychopathologiques : il fascine. Il est le seul auteur édité en prison et avec succès. Il donne des interviews, il fait l'artiste sur les photos, tant et si bien que les intellectuels dits de gauche en Autriche font pression sur la justice afin qu'il soit libéré. Libération accordée en 1990.

Jack sort donc de la prison de Graz après dix-sept ans de peine accomplis, s'achète un appartement luxueux et roule en Mercedes.

La galère est finie. Modèle de réinsertion sociale, fêté et invité partout, Jack fait des conférences, devient journaliste, voyage énormément. Il a maintenant publié onze livres et peut vivre de ses droits d'auteur sans problème. On le reçoit dans les salons. Plus personne ne lui demande pourquoi, en 1974, il a étranglé une jeune lycéenne. Plus personne ne lui parle de sa mère prostituée, de sa haine des femmes, de son besoin de les humilier et de les dominer. Son côté sadique est devenu presque mondain. Il se sert de menottes pour aimer une dame ? Mais le monde et la sexualité en ont vu d'autres...

Il existe pourtant des rapports psychiatriques de son procès de 1976 : ceux-ci parlent de pulsions meurtrières, de tendances psychopathes, et il a avoué ce crime... mais le passé est le passé.

Deuxième acte : 1992, un policier autrichien se retrouve face à une série de meurtres de prostituées qui ressemblent au premier meurtre de Jack l'écrivain. Il ose demander à Jack l'écrivain si, par hasard, il ne serait pas redevenu Jack l'étrangleur…

Huit femmes, peut-être onze, prostituées ou filles légères comme on dit, ont payé de leur vie une rencontre fortuite avec un tueur en série, qui utilise toujours le même procédé. Il entraîne la victime dans sa voiture, ou dans un fourré, et l'étrangle avec un de ses sous-vêtements… Le soutien-gorge en général.

Et ces huit ou peut-être onze femmes ont toutes – toutes, curieusement – croisé sur leur chemin Jack l'écrivain… Il était là à proximité des lieux de tous les crimes, faisant, dit-il, une enquête sur le milieu de la prostitution pour une série d'articles, ou pour un nouveau livre…

Le policier dit au procureur : « Ma main au feu que c'est lui… »

Grand scandale dans les médias. À nouveau, Jack l'écrivain commence par crier son innocence, donne une conférence de presse, parle de complot contre lui… Il dit en résumé : « J'accomplis maintenant mon métier de journaliste, je cours le pays pour une enquête sur les prostituées, et l'on veut m'imputer cette série de crimes sous prétexte que j'étais dans les mêmes endroits que le tueur ! On ne fait pas une enquête sur la prostitution dans les salons littéraires ! Il n'y a aucune preuve contre moi ! C'est une cabale ! »

Pourtant il disparaît de Vienne juste avant son arrestation. En compagnie de sa dernière fiancée en date, une jeune fille nommée Bianca. La cavale les mène à Paris où ils abandonnent une voiture, puis à Los Angeles où ils s'installent officiellement.

Jack, l'écrivain-journaliste, y a déjà fait un séjour l'année précédente et, bizarrement, durant ce séjour quatre prostituées y ont été étranglées, selon le « style Jack ».

Les Américains commencent à s'intéresser eux aussi à ce visiteur gênant dès qu'il a mis le pied chez eux.

Partant du principe que, pour avoir l'air innocent, il vaut mieux se faire voir et parler que se cacher honteusement, Jack pose pour des magazines américains et, n'ayant plus d'argent, accepte n'importe quoi pour empocher quelques dollars. Y compris des photos pornographiques.

L'une d'elles porte même une légende de style « provoc » : « Bonjour ! Hello ! C'est moi le Serial Killer ! »

Douteux...

Pendant ce temps, l'enquête se poursuit en Autriche.

Ne disposant d'aucune preuve directe sur les huit ou onze meurtres, le procureur déclenche toute une série d'analyses et de tests ; on parle d'un cheveu retrouvé dans sa voiture, de fibres textiles sur les cadavres ; et peu à peu, lentement mais sûrement, l'intime conviction du procureur devient certitude, avec preuves à l'appui.

Une demande d'extradition est présentée aux États-Unis. Et les intellectuels autrichiens livrent encore un combat d'arrière-garde. Il y a toujours au sujet de Jack l'écrivain des partisans de la réinsertion miracle et du talent justifiant l'innocence...

Bien au-delà de ce fatras médiatique, la justice a suivi son cours et reconnu aussi ses erreurs. Erreurs qui consistent essentiellement à n'avoir écouté qu'un psychiatre lors de sa demande de libération. Il affirmait, ce spécialiste, que Jack n'était pas et ne pouvait pas être un récidiviste ! Donc qu'il était humain de le relâcher dans la nature. « L'homme est normal. Erreur de jeunesse. » La pétition des intellectuels fut donc prise en considération, assortie de cette affirmation comminatoire de l'expert, et huit femmes, peut-être onze, sûrement onze, sont mortes en deux ans, entre 1990 et 1992, en vertu de cette unique affirmation.

Jack le tueur est donc ramené en Autriche, livré par la police de Los Angeles, laquelle attend l'issue de son procès en Europe pour en entamer un autre.

Et, en 1993, les commentateurs se posent la question : son avocat sera-t-il assez habile pour le sortir de là une fois de plus ? Son cas est désormais difficilement défendable.

1994. C'est le procès. La défense a effectivement des problèmes. Pour chacun des meurtres dont on l'accuse, Jack n'a pas d'alibi. Par contre sa présence est prouvée, toujours non loin des lieux du crime, et systématiquement. Il ne s'agit là que de soupçons, ayant entraîné la conviction du procureur, mais ce n'est pas tout. Un cheveu, un seul et unique cheveu, se dresse contre Jack l'étrangleur. Il a été retrouvé dans sa voiture, il appartient à une prostituée tchèque, assassinée à Prague, lors d'un séjour de Jack, le conférencier-journaliste.

Outre les témoignages qui le situent sur les lieux du crime, outre les similitudes du crime de 1974 avec ceux des années quatre-vingt-dix…, outre les nouvelles expertises psychiatriques qui le définissent comme une personnalité narcissique, sadique et demandent l'internement à vie, il y a donc ce cheveu.

Il est irréfutable, ce cheveu.

Jack vient d'achever son treizième livre intitulé *Quatre-vingt-dix-neuf Heures*. Dans lequel il raconte les péripéties de sa cavale et de son extradition.

Nous sommes le mardi 28 juin 1994. Il va affronter son deuxième procès, les journalistes sont là.

Il n'a pas avoué. Depuis qu'il est à nouveau en cellule à Graz, dans la même prison qu'avant, il est dépressif. Il a quarante-trois ans et ne supporte plus l'enfermement. Les murs, les grilles, les gardiens le rendent malade. « Je ne supporterai pas la prison à vie. Plus jamais. Si je suis condamné, je me tuerai ! »

Le directeur de la prison de Graz, qui a retrouvé son pensionnaire et avait déclaré lors de sa libération anticipée : « Je n'ai jamais vu un meurtrier aussi bien préparé à retrouver la liberté », cette fois est volontiers dubitatif : « Je pense qu'il ira dans une prison spécialisée pour les criminels souffrant de troubles mentaux. »

On avait dit dans la presse : « L'écriture l'a libéré définitivement de ses pulsions agressives. » Cette fois, on est plus pragmatique : l'accusation présente certaines expertises, dont une analyse génétique en particulier, effectuée par un expert suisse, sur un cheveu. L'expert explique que seule « une femme sur 2,1 millions » pourrait présenter des caractéristiques identiques à ce cheveu. Autrement, à 2,1 millions contre un, ce cheveu appartient à la victime… Et si Jack n'est condamné formellement que pour un seul crime, c'est la prison à vie de toute façon.

Effectivement, contre ce cheveu Jack ne peut rien. Les jurés sont fascinés par ce cheveu. Et aussi par d'autres éléments de l'enquête bien sûr, mais ce cheveu est une preuve qui soulage, devant cet être insaisissable, brillant, qui n'a cessé de mentir et de faire le beau, de séduire, de raconter des histoires, d'occuper le devant de la scène.

Ce cheveu, c'est la faille qui permet d'avoir une certitude…

Alors les jurés sont convaincus de la culpabilité de Jack. Cinq jurés sur sept. La majorité est large.

Dans le box des accusés, Jack écoute à peine le verdict et déclare, hors de lui : « C'est une erreur judiciaire ! Je vais faire appel ! J'ai payé ma dette ! » En sortant du tribunal, son avocat s'adresse à ses gardiens : « Faites attention à lui, il va se suicider. Il me l'a dit et il le fera. » Et Jack confirme aussitôt aux gendarmes autrichiens qui l'emmènent : « Je le ferai ! »

En prison, à Graz comme ailleurs, on ne dispose en général de rien pour se suicider. On vous enlève votre ceinture, vos lacets, votre cravate, tout ce qui pourrait servir à se pendre ou s'étrangler… Pas de couteau, pas d'objets métalliques pouvant provoquer des blessures. Pas de médicaments autrement qu'au compte-gouttes.

À Graz, qu'il connaît par cœur, Jack attend son transfert dans un établissement pour détenus malades mentaux. Et il n'a rien sous la main pour mettre fin à ses jours. Rien. Ses gardiens passent devant la cellule toutes les demi-heures et vérifient ses occupations.

Entre le mardi 28 juin, jour de sa condamnation, et le jeudi 30 juin, jour de son transfert chez les « malades mentaux », il est donc sous surveillance quasi constante.

En principe. C'est oublier la volonté maladive de cet homme d'accomplir ses désirs. Certaines femmes, qui l'ont connu sans en mourir, ont dit de lui au procès : « Il est impossible de lui résister. Il obtient toujours ce qu'il veut. » D'autres ont dit aussi : « Il aime souffrir et faire souffrir. »

Jack sait qu'à l'heure où il sera transféré dans cet établissement pour malades mentaux, toute existence sera finie pour lui, il n'en sortira jamais plus.

Mais ce n'est pas de cette souffrance-là qu'il veut. Dans cet établissement, on va le traiter comme le malade qu'il est, creuser sa psychose, tenter de la lui extirper ! Alors qu'elle lui sert à vivre. Il ne veut donc pas y entrer. Et son unique échappatoire est la mort. Une mort annoncée. Il doit mourir avant qu'on l'enferme définitivement dans le monde des fous, puisqu'il l'a dit, et qu'il fait toujours ce qu'il dit.

On lui a donné comme vêtement, en prison, un survêtement. Et des chaussures de sport. Une faveur. Car Jack tient beaucoup à sa forme physique, il fait du jogging dans la journée. L'assassin tient à ses muscles.

Dans la nuit de mardi à mercredi, il ne dort pas. La ronde précédente est passée à trois heures trente, la suivante passera à quatre heures.

À trois heures trente-cinq, Jack a réussi à défaire l'élastique de son pantalon de jogging. À trois heures quarante, il a défait les lacets de ses chaussures de sport.

Personne dans cette prison n'a songé aux élastiques ?

Il est vrai que l'élastique du pantalon est cousu dans le tissu et qu'il est difficile en principe de l'en extraire. Il est vrai aussi que les lacets de ses tennis sont courts.

Mais l'élastique plus les deux lacets mis bout à bout en dix minutes seront suffisants pour Jack. Suffisant, car il a la volonté folle de mourir à tout prix. Et il en faut pour s'étrangler soi-même avec si peu, en quelques minutes.

Le transfert était prévu à six heures du matin.

À quatre heures, la ronde des deux gardiens s'arrête devant sa cellule, on ouvre le judas.

Jack l'étrangleur a tiré sa révérence aux médias, en s'étranglant lui-même. Comme il l'avait annoncé.

Le mort fait fortune

Un hôtel borgne à Hambourg dans les années 1925. On entre, on sort un peu comme on veut. La propriétaire est occupée dans sa cuisine à préparer les boulettes de pommes de terre dont elle se régale. Comme elle est sourde, elle n'entend pas le coup de feu qui vient de retentir dans une des chambres et elle ne voit pas l'homme qui quitte l'hôtel peu après.

De toute manière elle ne connaît pas non plus l'homme qu'elle va retrouver mort sur le plancher, le visage littéralement explosé par la balle qui lui a été tirée en plein visage. La cervelle a jailli sur le papier qui tapisse le mur.

Pour comprendre cette histoire il faut revenir quelques mois en arrière.

Horst Friedmanblatt est nerveux. Dehors, une pluie froide de septembre ne fait rien pour lui arranger le moral. En face de lui, assis sur le lit en fer de sa pauvre chambre d'hôtel, un autre homme attend. Sa tenue modeste et élimée dit qu'il se débat mal dans la crise économique qui secoue l'Allemagne. Il est blond, comme Horst, il a sensiblement la même corpulence et la même petite moustache raide. Il se nomme Elmar Wurmser, chômeur.

Elmar pose un regard interrogateur sur Horst. « Alors qu'est-ce qu'on fait ?

– Attends, il faut que je t'explique.

– Et l'argent ? Quand est-ce que je vais le toucher ?

– Ne t'en fais pas pour ça. C'est du sûr. Tu n'as pas de famille, tu m'as dit ? »

Elmar confirme, l'air ennuyé : « Mais oui, je te l'ai déjà dit : mon père est resté à Verdun pendant la guerre et ma mère est morte il y a trois mois, de tuberculose. C'est pour ça que j'ai dû quitter l'appartement.

– Et tu n'as rien trouvé comme boulot ?

– Mais non, combien de fois faut-il que je le répète ? Si j'ai accepté de te suivre dans ta chambre, c'est que je suis vraiment au bout du rouleau. »

Horst s'est brusquement retourné, il tient à la main un gros revolver d'ordonnance comme ceux que les officiers allemands avaient pendant la guerre, sur le front des Ardennes.

« Tu n'as pas peur des armes ? »

Elmar marque un imperceptible mouvement de recul : « Non !

– Je n'en suis pas certain ! N'aie pas peur, il n'est pas chargé. C'est juste pour voir si tu as les nerfs assez solides.

– Mais il ne s'agit pas de tuer quelqu'un, tout de même ?

– Non, c'est simplement pour savoir si tu es capable de te promener avec ça dans ta poche. »

Le lendemain, quand la logeuse vient frapper à la porte de la chambre 13 et n'obtient aucune réponse, elle sort son passe-partout et ouvre. Sur le plancher, auprès du lit, un homme est étendu. À côté de lui un gros revolver.

« *Mein Gott !* Quelle catastrophe ! » La logeuse referme la chambre. Elle appelle la police au coin de la rue.

Les policiers ont vite fait le tour de la question : « Suicide, il ne risquait pas de se rater. Une balle dans la bouche. »

Dans le costume trois-pièces du mort on trouve un portefeuille : Horst Friedmanblatt, comptable à la société KKZ, une grosse entreprise de matériel agricole. Aucune difficulté pour retrouver la famille.

« Herr Friedmanblatt, reconnaissez-vous le corps de votre fils ? »

Le père Friedmanblatt, dont la moustache tremble d'émotion, fait un signe de tête. Il a de la peine à murmurer : « Reconnaître ! Reconnaître, c'est beaucoup dire. Il ne reste rien de son visage. Mais c'est bien lui, et puis il y a sa petite chevalière d'argent. »

Quelqu'un retire la chevalière et la remet au père. Derrière lui sa fille, Renate. Elle est accompagnée de son mari, Julius Rumpel, un gros homme au teint rubicond et à la panse rebondie. Il fait partie de la maison car lui aussi est policier. Il appartient au poste de police du quartier et c'est même lui qui, par le plus grand des hasards, a fait les premières constatations dans la chambre d'hôtel. Tous les trois sortent de la morgue l'air accablé.

Les années passent.

Nous sommes à présent de l'autre côté de l'Atlantique, bien des années plus tard : « Tout va bien, monsieur Friedmanblatt, puis-je me retirer ?

– Mais oui, merci Henry, vous m'avez préparé mon lait de poule ?

– Il est sur votre table de nuit, avec votre carafe d'eau, comme d'habitude. J'y ai posé aussi le *New York Times* de ce matin.

– Très bien, alors bonne nuit et à demain. »

Le fidèle Henry, en gilet rayé, se retire silencieusement. Il va sortir les trois airedales dans le parc pour leurs petits besoins. Les autres domestiques sont déjà couchés et le calme règne sur Walnut Mansion, la splendide propriété de Horst Friedmanblatt. Au bout du parc, le lac Michigan vient lécher les pelouses. Friedmanblatt, Américain de fraîche date, a les moyens, il est millionnaire en dollars et grand spécialiste de l'importation de fruits exotiques en provenance d'Amérique centrale.

Le lendemain, Henry est très étonné de ne pas obtenir de réponse quand il souhaite le bonjour à son maître. Comme chaque matin il pose le plateau du petit déjeuner, orné d'une rose, sur le guéridon au pied du lit. Il ouvre les lourds rideaux de velours damassé. Le soleil levant pénètre dans la pièce et vient éclairer le visage de Horst Friedmanblatt. Mais celui-ci ne réagit pas. Il est mort. On est le 21 juin 1948.

Une fois les funérailles terminées, les hommes d'affaires s'inquiètent de savoir qui va hériter de la fortune de Friedmanblatt. Car il est resté célibataire depuis des années, depuis son arrivée en Amérique, dans l'entre-deux-guerres. À vrai dire, personne ne sait vraiment d'où il vient. Et cette montagne de dollars qui n'ira à personne…

« Je me présente, Douglas La Rocca, je suis spécialiste en généalogie. Si vous me confiez le dossier Friedmanblatt, je me fais fort de dénicher les ayants droit. Mon pourcentage sera de quinze pour cent, je pense que vous serez d'accord. »

Après avoir examiné la carte de La Rocca, M. Carson, le responsable de la succession, donne son assentiment en précisant : « Voici mille dollars d'avance mais je ne vous donnerai rien d'autre tant que vous n'aurez pas présenté les premiers indices intéressants.

– OK ! Que sait-on au juste de ce Friedmanblatt ?

– Il laissait entendre à ses relations d'affaires qu'il était hollandais. »

Henry, le maître d'hôtel, en sait un peu plus : « Je crois qu'il est arrivé en Amérique à bord du *Wilhelm Friedrich*, un paquebot de Hambourg, en 1925. Ce devait être pendant l'hiver car il m'a raconté un jour qu'il y avait une tempête de neige qui a retardé le débarquement pendant quarante-huit heures. »

Douglas La Rocca connaît son métier. Il fait preuve d'acharnement et de patience et consulte toutes les arrivées de bateaux au port de New York pour l'année 1925, soit vingt-trois ans plus tôt. Le *Wilhelm Friedrich*, immatriculé à Bremerhaven, a effectué cette année-là trois voyages à New York, dont un au mois de novembre. Il avait quitté l'Allemagne pour rejoindre les États-Unis après une escale à Copenhague. Douglas La Rocca se lance alors dans la liste des passagers et y découvre, assez vite, qu'un passager nommé Horst Friedmanblatt est monté à bord à Copenhague, justement.

La Rocca part alors pour Bremerhaven afin d'y consulter les archives, heureusement épargnées par la guerre, de la compagnie maritime. Il y retrouve l'adresse donnée par Friedmanblatt. À Hambourg.

Là, en consultant l'état civil de la mairie, La Rocca découvre la trace de Renate, la sœur du millionnaire américain. Il se rend chez elle. « Madame Julius Rumpel ?

– C'est moi. À qui ai-je l'honneur ? »

La Rocca, avec son grand chapeau de feutre et ses semelles de crêpe, a bien l'air de ce qu'il est : un Américain. Et dans l'Allemagne de 1948 ce type de personnage n'inspire qu'une confiance mitigée aux Allemands de la vieille génération, à ceux qui, bon gré, mal gré, ont perdu la guerre et souffrent encore de restrictions en tout genre.

Dans un allemand approximatif, La Rocca entre dans le vif du sujet : « Madame, j'ai une bonne nouvelle à vous apprendre.

– Par les temps qui courent, la chose est plutôt rare. Mais permettez que j'appelle mon mari, Julius Rumpel. Je ne veux pas profiter seule de votre bonne nouvelle. Voulez-vous une tasse de thé ?

– Offre-lui donc plutôt un verre de schnaps ! »

C'est Julius qui vient d'entrer. Il n'est plus le bon vivant d'autrefois et sa bedaine d'avant-guerre a fondu sous les bombes de la débâcle et les années.

« Nous vous écoutons, monsieur… ?

– La Rocca, Douglas La Rocca, voici ma carte, je suis expert en recherches généalogiques.

– Quel drôle de métier. Alors, cette bonne nouvelle ?

– Vous héritez de trois millions de dollars ! »

Renate pâlit un peu. Elle enlève ses lunettes : « Comment ça ? Nous héritons de qui ?

– Votre frère, Horst Friedmanblatt, vient de décéder aux États-Unis où il était arrivé en 1925 et, comme il n'a pas fondé de famille, vous êtes sa seule héritière… Ainsi que votre époux, comme de bien entendu. »

Julius Rumpel vient de glisser dans son fauteuil. Évanoui. Renate s'empresse pour le ranimer. Sans regarder La Rocca elle proteste avec véhémence : « Si c'est une plaisanterie, je la trouve de très mauvais goût !

– Mais pas du tout ! J'ai été chargé de l'enquête par M. Carson, l'homme d'affaires de votre défunt frère, selon la loi américaine. Je prélèverai donc quinze pour cent sur la valeur de l'héritage. Je pense que vous serez d'accord ?

– Mais, monsieur, on vous a trompé ! Sachez que mon frère Horst est mort depuis 1925 ! Il s'est suicidé ici, à Hambourg, dans un hôtel de troisième catégorie. Mon pauvre père, Dieu ait son âme, a reconnu formellement le corps.

– Vous faites erreur, M. Horst Friedmanblatt est décédé il y a un an, à Gary, Indiana. On l'a trouvé mort dans son lit. J'ai moi-même fait l'enquête en partant du navire qui l'avait amené aux États-Unis. Le *Wilhelm Friedrich*.

– Mais que me chantez-vous là ? » Renate est furieuse à présent. Tout son corps d'allure fragile tremble de colère : « Non seulement mon père l'a reconnu. Mais c'est mon époux, ici présent, Julius Rumpel, qui a fait les premières constatations d'usage quand mon frère a mis fin à ses jours. Le malheureux s'était tiré une balle en plein visage.

– Absolument pas. D'ailleurs, tenez, regardez, j'ai apporté son passeport. La photo n'est pas récente mais je suis certain que vous pourrez le reconnaître. »

Julius semble sortir peu à peu de son évanouissement. « Inutile, Renate, autant dire tout ce que nous savons. »

La Rocca s'est figé sur place : « Que s'est-il passé en réalité ? »

C'est Renate qui parle en regardant droit devant elle comme si elle voyait défiler sous ses yeux le film des événements de 1925. Tout est encore si proche dans sa mémoire…

« Renate, je suis fichu !

– Qu'est-ce que tu racontes, Horst ? Fichu. Pourquoi ?

– Tu sais que j'aime bien jouer un peu… aux cartes. Au casino aussi. Eh bien j'ai eu une déveine infernale ces temps derniers. J'ai même tenté ma chance au baccara. Rien à faire. Une poisse inimaginable. J'ai perdu jusqu'à mon dernier mark.

– Même l'argent que je t'avais prêté ?

– Oui, même celui-là. Mais je me disais que la chance devait tourner un jour. Qu'il s'agissait simplement d'un peu de patience. Alors j'ai voulu m'obstiner. Continuer à jouer mon chiffre, tu sais, le 22, le jour de ta date de naissance.

– Et alors, si tu avais tout perdu, où as-tu trouvé de quoi jouer encore ?

– J'ai fait une bêtise. Une très grosse bêtise. J'ai pris de l'argent dans la caisse de la KKZ. D'abord une petite somme, puis une plus importante. Je me disais que je remettrais tout en place avant le contrôle de fin du mois. Mais à présent il est trop tard. Le contrôle est pour lundi matin et je n'ai pas récupéré un seul pfennig.

– Et que vas-tu faire ?

– Je me livrerais bien à la police. Après tout, une dette d'argent n'est pas le déshonneur.

– Tu es fou, il ne s'agit pas d'une dette mais d'un véritable vol dans la caisse de ton employeur. Si père apprend ça ! À la KKZ, l'entreprise où il a travaillé toute sa vie ! L'entreprise qui t'a embauché parce que tu étais son fils. Avec son cœur fragile, il en mourra. »

Horst Friedmanblatt est accablé. Sans lever les yeux il marmonne entre ses dents : « Et ce n'est pas tout. Voyant que j'étais de toute manière perdu, j'ai encore puisé dans la caisse ce matin. Cette fois-ci le trou est énorme : dix mille marks. Il faut que je disparaisse et que je refasse ma vie à l'étranger…

– Je vais en parler à Julius. Il saura quoi faire, lui ! »

Mais Julius, le beau-frère, le policier jovial, se gratte le crâne sans savoir quoi dire. Lui aussi est bien d'accord : le vieux Friedmanblatt est capable de casser sa pipe s'il apprend l'inconduite de son fils. Ou de vendre la maison pour rembourser les dettes.

« Où irons-nous loger s'il vend tout ? demande Renate.

– Ça ! fait Julius. Et ma carrière ! Un policier, beau-frère d'un voleur. Je n'aurai plus qu'à donner ma démission. »

La Rocca interrompt le récit de Renate : « Mais pourtant, vous dites qu'on a trouvé son cadavre dans un hôtel ?

– Justement, on a retrouvé un cadavre. Mais ce n'était certainement pas celui de mon frère. Mon pauvre père, dont la vue était déjà bien faible, a reconnu la bague de Horst sur le cadavre, mais Julius et moi, nous avons remarqué que l'inconnu de l'hôtel n'avait pas du tout la même forme de main que Horst. Ce n'était pas lui. »

Julius intervient alors : « Discrètement, de mon côté, j'ai fait une enquête et je suis arrivé à identifier le malheureux dont Horst avait pris l'identité. Il s'agissait d'Elmar Wurmser, un chômeur de trente-cinq ans, justement l'âge de Horst. Sans famille, sans domicile, traînant d'asiles de nuit en petits boulots. C'était la crise. Je ne sais sous quel prétexte Horst a réussi à l'attirer dans cet hôtel borgne. Sans doute lui a-t-il fait miroiter un travail bien payé. En tout cas, pas de doute, Wurmser ne s'est pas suicidé. C'est Horst qui l'a assassiné d'une balle en plein visage pour empêcher l'identification. »

Renate approuve d'un mouvement de tête : « Il avait glissé dans la poche de Wurmser des papiers personnels, sa carte du club de tir, celle de son amicale d'étudiants. Mais il avait gardé son passeport. Pour fuir à l'étranger : personne ne rechercherait plus Horst Friedmanblatt pour le détournement de fonds puisqu'il venait de se suicider.

– Oui, ajoute Julius, mais nous avons eu du mal à empêcher le vieux Friedmanblatt de vendre sa maison pour rembourser les dettes de son fils !

– Nous avons eu chaud. »

La Rocca est perplexe mais il réagit vite : « De toute manière, crime ou pas, c'est vous qui héritez !

– Qu'allons-nous devenir ? » gémit Julius, effondré dans son fauteuil.

La question trouve bientôt une réponse heureuse : il y a prescription pour le crime de Horst, et par conséquent pour la présomption de complicité de Julius et Renate.

Mais celle-ci, pour mettre son âme en accord avec le ciel, refuse de toucher un centime de l'héritage. Après tout c'est la KKZ qui devrait être dédommagée. Ou la famille du pauvre Wurmser s'il avait eu le loisir d'en fonder une… L'argent ira au Secours catholique.

Lady en sabots

« Loïc ! Loïc ! C'est une fille ! Une fille ! »

La Bretonne qui s'époumone en perd ses sabots tellement elle court vite dans le pré. Loïc, qui pousse la charrue derrière sa vieille jument, lâche les mancherons pour se précipiter vers la ferme. En arrivant il trouve la maison pleine de femmes. Dans le lit clos, Anne, sa femme, tient dans ses bras la petite.

« On l'appellera Marie-Thérèse. »

Et il embrasse la petiote comme s'il voulait la manger. Dehors, les cinq garçons qu'il a déjà attendent la permission d'entrer pour voir cette curiosité : une petite sœur. Elle ira loin peut-être...

Dix ans plus tard, Marie-Thérèse, que tout le monde nomme Maï, pousse bien. Elle est jolie comme un cœur et chante toute la journée les vieilles chansons bretonnes, les *gwerziou* et les *soniou* lancinants. Parfois elle va jusqu'au château des Versigny-Bellange, les maîtres du pays, pour y porter les œufs récoltés par sa mère. La vieille marquise prend plaisir à sa visite : « Alors Maï, tu chantes encore ? Viendras-tu chanter dans la chapelle du château pour ma fête ?

– Oui, madame, quand vous le voudrez.

– Elle est charmante cette enfant. Et toujours si propre, si soignée, si bien élevée. » La marquise douairière jette un coup d'œil à la gamine à travers son face-à-main. « Je dirais même qu'elle est distinguée. Elle finira par épouser un gros fermier. Ça se voit déjà. »

Ce que la marquise ne voit pas c'est qu'un jour la petite

Maï dormira dans son propre lit, sous son baldaquin de soie pompadour.

En partant, Maï aperçoit son reflet dans les vitres du salon. Elle ne peut s'empêcher de s'arrêter un instant pour corriger un faux pli dans son petit fichu bien propre.

À l'école, l'instituteur, lui aussi, apprécie Maï qui travaille avec beaucoup de sérieux et d'énergie : « Je te félicite, Maï, continue comme ça et tu arriveras. »

Où cette petite Bretonne qui vit dans une ferme au sol en terre battue peut-elle espérer arriver ? Au chef-lieu de canton si le bon Dieu veille sur elle. Plus loin peut-être…

Justement, on inaugure le chemin de fer qui vient d'arriver à Lannion et Maï, qui a bien travaillé en classe, est autorisée à aller passer la journée à la ville. Elle est chaperonnée par Erwan, Gildas, Jakez, Corentin et Malo, ses cinq frères aînés. Elle ne risque rien. Si ! Elle risque d'être éblouie par la ville. C'est ce qui arrive.

« Vous savez la nouvelle ?

– Non, qu'est-ce qui se passe ?

– Victor Hugo est mort !

– Ah, le pauvre homme ! »

Cette mort du grand poète va changer la vie de Maï. En effet elle est invitée avec les meilleurs élèves de sa classe à un voyage fantastique. Par le chemin de fer justement. Un voyage à Paris. Deux jours, par train spécial. Pour permettre au bon peuple de France de venir rendre hommage au génie national.

« Alors, c'était comment ces funérailles ? »

Maï n'a pas vu grand-chose du catafalque géant couvert de fleurs, des cohortes officielles. Elle n'a pas entendu les fanfares lugubres qui exécutaient les grands airs du répertoire.

« Ah, Paris ! Si vous saviez… Les magasins, les monuments, la Seine, les dames élégantes, les gardes républicains sur leurs chevaux. » Les mots lui manquent. Maï conclut son récit en décidant : « J'irai vivre à Paris. »

Son père, Loïc, n'est pas trop content de cette idée. On raconte tant d'histoires sur les jeunes Bretonnes qui vont dans la capitale dans l'espoir d'entrer dans des maisons bourgeoises et qui finissent dans des maisons qui n'ont rien de bourgeois.

Mais la petite Maï est si convaincante, si obstinée, qu'un jour elle part. Elle est loin de deviner ce qui l'attend.

« Alors, Maï, tu veux gagner cinq francs faciles ?

– Si c'est pour du travail honnête !

– Bien sûr, il s'agit de poser pour des peintres.

– Mais je n'ai pas de robe convenable à me mettre...

– Que tu es bête, quand on pose on n'a pas besoin de robe. Avec ton allure, tu feras une déesse superbe.

– Et comment elles sont habillées les déesses ?

– Mais, espèce de bécasse, elles sont toutes nues ! N'aie pas peur, le professeur est là et les rapins sont bons garçons. »

Et c'est ainsi que Maï devient modèle pour les peintres. Renoir, Monet et d'autres que personne ne connaît encore l'immortalisent. Il faut bien vivre.

« Maï, tu vas à la fête demain ?

– Quelle fête ?

– Le marquis de Villemont invite deux cents femmes et leurs hommes à un dîner sur la Butte. »

Maï participera à la fête. Le foie gras trône sur les buffets et les poulardes rôties aussi. Le champagne coule à flots. Un des organisateurs réclame le silence et annonce : « Vingt louis pour celle qui se mettra toute nue. » L'assistance se fige. Qui aura l'audace de relever un tel défi ?

« Pari tenu ! »

Tous les regards se tournent vers la jolie Maï. Sans rougir, comme à l'atelier, elle est déjà dans la tenue d'Ève. Elle tend la main et l'audacieux qui a lancé le défi lui remet les vingt louis d'or. Maï, triomphante, fait le tour de la salle à califourchon sur les épaules du monsieur. On scande son nom. Et on l'entend jusqu'au poste de police tout proche.

« Maï Le Guivinec, la cour vous condamne à deux mois de prison et deux cents francs d'amende pour scandale et attentat à la pudeur dans un lieu public.

– Mais monsieur le président, j'ai été déshabillée de force. On a manqué me violer ! » Rien n'y fait, la jolie Maï connaît la paille humide de Saint-Lazare, la prison de femmes. C'est une leçon qu'elle n'oubliera pas.

« Loïc ! Loïc ! Une lettre de Maï.

– Faudra demander au recteur de nous la lire. » Et c'est donc le curé de la paroisse qui donne des nouvelles :

« Bien chers parents,

« Je vous écris de Londres où je suis installée depuis deux mois avec mon mari, Maurice Schumacher. Il a laissé son emploi de fort des Halles et nous avons ouvert un commerce de fruits et légumes. »

Maï ferait-elle une fin ?

Dorénavant la famille reçoit très régulièrement des nouvelles de notre voyageuse. La vie à Londres doit être moins chère qu'en Bretagne car, très régulièrement, ses lettres sont accompagnées de petites sommes d'argent pour montrer qu'elle participe à toutes les fêtes de famille : le mariage d'Erwan, celui de Gildas, celui de Jakez, celui de Corentin et celui de Malo. Et les naissances aussi : Maï a les moyens d'être généreuse.

Un jour, de mauvaises nouvelles arrivent : « Maurice est mort, de tuberculose disent les médecins, et aussi de cirrhose du foie. Je reste ici, j'y ai mes amis. Je me débrouille. »

Elle se débrouille en effet fort bien. Jugez plutôt : « Auriez-vous l'amabilité de me prêter vos jumelles un instant ?

– Mais je vous en prie, mademoiselle. » Maï scrute la pelouse… avec grâce. « Mademoiselle, vos jolies mains manipulent si bien mes jumelles que j'aurais scrupule à les reprendre. Gardez-les. »

Et c'est ainsi, sur le terrain de courses d'Epsom, que la jolie Maï, à qui le noir va si bien, rencontre… l'ancien prétendant au trône d'Espagne. Un descendant direct de Louis-Philippe, le roi des Français. Un Bourbon authentique. C'est le coup de foudre immédiat. Maï, qui a fait bien du chemin depuis sa lande natale, éblouit littéralement ce descendant de Louis XIV. Pas mal pour une petite Bretonne en sabots…

« Nous devrions rentrer à Paris, ma chère. C'est la seule ville digne de notre amour.

– Comme vous voudrez, mon ami. Je suis prête à tout pour vous rendre heureux. »

Maï, ancien modèle nu, retrouve donc Paris, ses fêtes, ses mondanités, les plaisirs d'une époque un peu folle… pour ceux qui possèdent l'argent nécessaire. Mais son amant titré, riche et généreux est une cible de choix pour toutes les jolies femmes qui rêvent de finir leurs jours somptueusement dotées.

« M'êtes-vous fidèle, mon ami ? »

L'altesse royale esquive la question : « Ma chère Marie-Thérèse, je vous suis fidèle par le cœur ! »

Maï ne répond rien mais, à partir de cet instant, elle surveille de près son amant presque couronné.

C'est ainsi qu'un jour elle le voit sortir d'une grande maroquinerie. Son valet le suit, et elle assiste au transport jusqu'à la voiture princière de toute une série de malles ornées d'un monogramme très féminin. Elle reconnaît celui d'une rivale, bien connue dans le demi-monde.

Maï, oubliant toutes ses manières distinguées, n'hésite pas et, pour marquer sa désapprobation, brise son parapluie sur le crâne du descendant des rois de France…

« Madame Marie-Thérèse Le Guivinec, le tribunal vous condamne à cent francs d'amende. »

L'altesse royale sort du palais sans un regard pour celle qui partageait sa vie avec tant d'élégance. Finie la vie de château. Mais notre petite Bretonne ne se laisse pas surprendre par l'adversité. Elle a fait sa pelote en prévision de jours pénibles.

« Voilà tante Maï ! Voilà tante Maï ! »

Les innombrables petits-neveux et nièces de Marie-Thérèse se précipitent vers l'automobile, la première que l'on voit dans le village. Et les anciens condisciples de Maï n'en croient pas leurs yeux. La gamine qu'ils ont connue en sabots ou même pieds nus dans les prairies d'été apparaît dans une tenue à la dernière mode, le cou enfoui dans des fourrures précieuses. Un chapeau splendide, tout en soie et en dentelle, met en valeur son teint de rose et ses grands yeux bleus. Un collier de perles fines achève le tableau. La métamorphose est incroyable. Maï annonce à sa famille : « Je crois que je vais voyager un peu, pour me changer les idées.

– Où comptes-tu aller ? À Lannion ? À Guingamp ? »

Maï éclate de rire. « Mais non, je vais aller un peu à Monte-Carlo, puis à Baden-Baden. Je pousserai peut-être jusqu'à

Budapest où la baronne Skorzeny m'invite pour l'été. Et puis je rentrerai à Londres, pour l'ouverture de la saison. »

Les neveux et les nièces se précipitent sur l'atlas de l'école pour savoir où se trouvent ces pays merveilleux, qui, pour tante Maï, semblent être la proche banlieue.

C'est à Londres, lors d'une garden-party donnée par le duc de Cumberland, que Maï Le Guivinec, très lancée dans la haute société, fait la connaissance de William Grant, héritier d'une fortune construite sur le zinc. William Grant, bel homme distingué, est veuf.

Il est aussi le père de deux grandes filles, Gwendoline et Mirella. Désormais, Maï, l'ancienne petite paysanne du Trégor, va leur servir de maman de remplacement. Elle devient la maîtresse de maison, appréciée du Tout-Londres et de la haute société internationale. Les duchesses et les princesses, presque sans exception, l'estiment et la respectent pour sa parfaite distinction.

Maï est une des reines de Londres. Elle est présente quand Gwendoline et Mirella deviennent à leur tour les épouses de jeunes gens titrés qui siégeront un jour à la Chambre des lords. C'est le moment qu'attend son cher William pour lui dire avec son accent anglais rigolo : « Ma chère Marie-Thérèse, voulez-vous devenir la nouvelle Mme Grant ? »

Maï, en faisant une révérence de cour, répond : « Je suis votre servante. »

William la relève et lui passe au doigt un diamant étincelant. C'est ce diamant qui allumera un éclair d'intérêt dans l'œil de la reine Mary lors de la présentation officielle du couple à la cour.

Qu'ils sont loin les sabots de Bretagne ! Maï, photographiée par les meilleurs artistes de son époque, apparaît dans les magazines internationaux comme l'image même de l'élégance la plus parfaite. Rien de clinquant, tout en discrétion et bon ton.

« Ma chérie, que diriez-vous d'un voyage en Égypte ?

– J'en rêve. Mais vos affaires vous appellent-elles là-bas ?

– C'est une surprise. Vous l'apprécierez certainement. »

La surprise est de taille car, là-bas, au bord du Nil, William Grant se livre à une autre de ses passions : les fouilles archéologiques. Et voici Maï qui côtoie quotidiennement les pharaons de la Ve dynastie et les autres. Comme de bien entendu, elle se révèle une collaboratrice hors pair pour son archéologue de mari : « Je me demande, ma chère, si vous n'êtes pas une réincarnation de la célèbre Néfertiti. » Maï répond en souriant : « Après l'Égypte, j'aimerais tellement retourner avec vous en Bretagne. Il faut que je vous fasse découvrir mon pays.

– Mais, chère amie, j'ai déjà fait un projet qui va vous surprendre et, je l'espère, vous plaira. »

Et c'est ainsi que Maï, lors de son séjour suivant en Bretagne, se voit conduire au château des Versigny-Bellange. William Grant, son mari multimillionnaire, vient de l'acheter, tout meublé. Quelques jours plus tard Maï, la fille de Loïc Le Guivinec, dort dans le lit à baldaquin de la marquise.

« Ma chère amie, très bientôt vous serez Lady Grant.

– Que voulez-vous dire ?

– Sa Majesté George V a décidé de m'anoblir et vous aussi par le fait même. »

Pour le coup Maï se sent défaillir. La vie est un rêve, comme dit le poète espagnol… Mais son cher et tendre William quittera trop tôt ce bas monde. Maï mène le deuil, entourée de l'affection de Gwendoline, de Mirella, de leurs époux et de leurs enfants. La cour de Buckingham envoie ses condoléances. Qu'ils sont loin les sabots de son enfance !

Dix ans plus tard, en 1940, Maï, qui passe une grande partie de son existence à couvrir de bienfaits sa patrie bretonne, est surprise dans son château par l'arrivée des Allemands. « Madame, vous êtes de nationalité anglaise. Considérez-vous comme prisonnière de guerre. »

La chance semble tourner puisque Maï se retrouve, pour la seconde fois de son existence, sur la paille humide des cachots. Mais aujourd'hui, en 1940, c'est pour le bon motif. Les Allemands la prennent pour une dangereuse ennemie. Malgré ses cheveux blancs et le ruban de velours noir qui souligne discrètement l'élégance de son cou. Heureusement sa bonne fée est toujours avec elle…

« Madame, vous avez été victime de l'excès de zèle d'un officier imbécile. Vous êtes libre. »

Lady Grant respire en recevant les excuses d'un officier de Paulus qui vient lui annoncer, pratiquement dans la même phrase, deux faits notoires : « Vous pouvez vous rendre librement à Paris. Mais je vous avertis que nous réquisitionnons votre domaine pour en faire le quartier général du Reich dans votre région. »

Et c'est ainsi que Maï s'enferme dans son grand appartement de la rue de Rivoli pour y voir, quatre ans durant, les forces nazies qui défilent dans la ville à laquelle elle doit tout.

1944 : la libération de Paris. L'âge de Lady Grant ne lui permet pas de se mêler à la liesse populaire. Pourtant elle sait encore sortir ses meilleures bouteilles de champagne et ses réserves de foie gras pour recevoir dignement le général Burking, un des libérateurs de la capitale et l'époux de la chère Mirella.

Encore quelques années. Maï rejoint son château en Bretagne. Les brevets déposés par la famille Grant lui rapportent suffisamment d'argent pour qu'elle puisse arroser la région de ses largesses et bâtir des bâtiments utiles à la communauté : mairie, salle des fêtes.

« Et si je construisais un nouveau château, plus moderne, plus confortable que le vieux domaine des Versigny-Bellange ? »

Sitôt dit, sitôt fait. Du coup les petits-neveux, les petites-nièces se demandent si tante Maï ne devient pas folle. Elle n'ira pas au bout de son projet. La mort la rejoint.

Aujourd'hui, au terme d'un destin fabuleux, Maï, devenue Lady William Grant, demeure pour l'éternité sculptée dans le marbre blanc, aux côtés de son mari, dans la chapelle qu'elle a construite pour cela.

Le remplaçant

Tout s'est passé dans le secret le plus absolu, durant la période du 13 août 1977 au 30 octobre 1979. Plus de deux années de silence. Mais le 30 octobre 1979, ce fut le jour crucial.

Manfred D. Industriel, la quarantaine dynamique dans une Allemagne de l'Ouest en pleine expansion économique. L'homme fait de la bicyclette tous les matins pour se rendre à son usine. Arrivé dans son bureau, il s'offre un petit déjeuner diététique léger, céréales et fruits. Il est environ sept heures lorsqu'il s'attaque à une demi-heure de gymnastique, dans une salle spécialement aménagée pour les cadres de son entreprise. Il est seul, car il est toujours le premier. Après sa douche, chaude puis froide, il revêt l'uniforme de la journée : costume-cravate. Manfred exporte ses produits dans le monde entier, ses journées sont rudes et longues, il ne rentre chez lui que vers dix-neuf heures, lorsqu'il n'a pas de dîner d'affaires.

Chez lui, c'est une vaste maison moderne, construite sur ses propres plans, à environ cinq kilomètres du centre-ville. Son épouse Magdalena, trente-cinq ans, sans profession, s'y ennuie luxueusement, entre un jardin à l'anglaise, un atelier de tapisserie, une bibliothèque, une salle de musique et deux chiens.

Les deux domestiques, un homme et une femme, quittent le domicile de leurs employeurs après le dîner de madame. Un en-cas est préparé pour monsieur, qui n'a pas d'heure fixe. Magdalena a quelques amies, une mère qui vit en Suisse et qu'elle voit rarement.

Magdalena s'ennuie à en mourir. Mariée depuis neuf ans, elle n'a pas d'enfant. Cette année a été la consécration, si l'on peut dire, de son état de mère frustrée.

Manfred, qui jusque-là renâclait à subir les examens nécessaires, s'est vu confirmer qu'il était stérile. Un grand silence a suivi dans ce couple apparemment doué pour une vie heureuse. Personne n'est au courant de leur problème. Manfred ne parle jamais de progéniture, il n'a pas de famille proche. Quant à Magdalena, elle répond régulièrement à sa mère : « Je ne suis pas décidée. Manfred est terriblement occupé, il voyage énormément, et je ne le vois pas s'occuper de l'éducation d'un enfant. »

À trente-cinq ans, Magdalena voit filer ses chances d'être mère à une vitesse vertigineuse.

Donc, nous sommes le 13 août 1977, aux environs de dix-neuf heures, et Manfred rentre chez lui. Magdalena est allongée dans le jardin sur un rocking-chair. Jolie femme, sans grand éclat, mais élégante. Lorsque Manfred l'a épousée, elle s'occupait des relations publiques dans une chaîne de grands hôtels internationaux. La tapisserie, même la tapisserie d'art, ce n'est pas la même chose.

Manfred s'installe aux côtés de son épouse, dénoue sa cravate, et annonce : « J'ai pris une décision. Tu vas faire un enfant.

– Un enfant ? Tu es fou !

– Si nous n'avons pas d'enfant toi et moi, nous finirons par divorcer. Je vois bien que tu supportes mal cette situation, il faut en finir. »

Les démonstrations de tendresse ne sont pas le fort de cet homme. À sa manière froide de décideur, il s'explique : « Je t'aime. C'est un point sur lequel je ne reviendrai pas. Je ne veux pas te perdre, donc tu vas faire un enfant. »

Magdalena est choquée. « Si tu penses à recourir aux services d'une mère porteuse, ou à la fécondation in vitro, je te signale que le médecin est absolument pessimiste. Il est clair que la stérilité est *ton* problème. Pas le mien.

– Justement. J'y ai bien réfléchi, la solution est ailleurs. Je voudrais te présenter quelqu'un.

– Comment ça quelqu'un ? J'ai peur de comprendre…

– Un garçon tout à fait bien. Je l'ai engagé comme responsable de ma succursale en Angleterre. Ingénieur, trente-huit ans, extrêmement responsable, et discret.

– Tu lui en as parlé ?

– Pas encore. Je voulais d'abord que nous soyons d'accord toi et moi.

– Mais lui ? Comment peux-tu imaginer qu'un homme soit disposé à me faire un enfant dont il ne sera pas le père ? Car il ne sera pas le père officiel, c'est ça ?

– Bien entendu.

– C'est ridicule. Tu ne peux pas faire une chose pareille. Il n'y a qu'à adopter un enfant !

– J'y ai pensé aussi. Je trouve préférable d'en adopter un qui soit de toi.

– Tu ne te rends pas compte de ce que tu me demandes ? Me retrouver en face d'un inconnu, et *hop !* juste pour ça… c'est, c'est de la prostitution ! Non ?

– Magdalena ! Si le rapport que tu as avec cet homme n'a lieu qu'une fois, ou un minimum de fois, et dans le seul but de faire un enfant, je n'appelle pas cela de la prostitution.

– Et tu supporterais ?

– Non seulement je supporterais mais j'en ai envie. Tout comme toi. Tout autant que toi. J'ai de la fortune, une entreprise, quelque chose à léguer. Sans enfant, je travaille pour qui ? »

Cette conversation entre époux ne sera connue que bien plus tard. De même que la suivante, entre Manfred et son employé, Karl, ingénieur, vivant à Londres, et soudain convoqué dans le bureau du boss, avec dîner en tête à tête, deux jours plus tard.

Comme à son habitude, Manfred est direct, concis, et organisé. Après avoir expliqué son problème, arguments à l'appui, il va droit au but : « J'ai donc choisi la solution qui nous convient le mieux. Ma femme est d'accord, il ne reste plus que vous. Bien entendu vous renoncez à tout recours en paternité, et la somme que je vous propose me paraît confortable. Vous débutez dans la vie, voilà qui vous permettra d'aller un peu plus vite que les autres. Dix mille marks pour une nuit avec ma femme – la date est fixée, c'est dans une semaine.

Elle connaît parfaitement les meilleurs jours de l'ovulation, elle est suivie depuis plus de trois ans dans ce but. J'y ajouterai, à la naissance, dix mille marks pour une fille, et quinze mille si c'est un garçon. Nous établirons un contrat. J'exige le silence total sur cette affaire. »

Estomaqué, Karl refuse d'abord de participer à une « opération » aussi scabreuse. Mais le patron ne lui donne guère le choix : « Vous devez comprendre que, si vous refusez, nous devrons nous séparer. Je ne peux pas me permettre de garder dans l'entreprise quelqu'un qui soit au courant, et serait peut-être tenté un jour de se servir de cet argument contre moi. Que tout ceci soit clair : j'ai besoin d'un héritier, je paie, et vous retournez en Angleterre. Nous envisagerons un poste plus éloigné et plus rémunérateur dans l'avenir, afin de vous éviter des rencontres gênantes. Je crois savoir que la filiale de New York vous intéresse ? »

Accord conclu. L'organisation prévue est parfaite. Week-end de travail dans un hôtel de montagne en Suisse. Une suite est réservée pour M. et Mme D., avec un salon contigu à la chambre de l'ingénieur.

Le trio s'installe pour trois jours du vendredi au lundi matin. On imagine l'ambiance. Présentation : « Bonjour madame… – Bonjour monsieur… »

Le vendredi soir, Magdalena est indécise. Un sursaut de gêne. « Je ne vais pas pouvoir, Manfred. Surtout en ta présence !

– Je vais prendre un somnifère. Tu n'auras qu'à rester dans le salon et filer dans sa chambre dès que je serai endormi ! Bon sang, fais un effort ! Tu le désirais tant, cet enfant ! Il est là, à ta portée !

– Faire l'amour avec cet homme, tout de même…

– Tu ne fais pas l'amour ! Tu nous fais un enfant ! Magdalena, je t'en prie, nous sommes allés trop loin pour reculer maintenant ! Il a eu ses dix mille marks !

– Tu l'as payé d'avance ?

– Stratégie de prise de risque. J'ai tablé sur le fait qu'il n'oserait pas reculer une fois l'argent sur son compte. Mais toi ? Je n'ai pas de stratégie pour toi ! Je suis démuni, sans défense ! Il n'y a que toi pour accomplir la chose. Ta décision !

– Laisse-moi attendre demain !

– Je ne préfère pas. Vous n'avez aucun intérêt à faire connaissance tous les deux. Moins vous en saurez sur vous, plus ce sera anonyme. Crois-moi, j'y ai bien réfléchi.

– Mais demain, je n'oserai pas le regarder en face !

– Il ne te plaît pas ? C'est ça ? J'ai mal choisi ?

– Je t'en prie, Manfred ! C'est ridicule ! Ce garçon est tout à fait correct !

– Alors vas-y ! »

Dans la nuit du vendredi au samedi, Magdalena D. s'est rendue deux fois dans la chambre de Karl, à deux heures d'intervalle.

Explication : « La première fois j'étais trop nerveuse, c'était impossible. Je suis retournée dans notre suite. Manfred dormait, abruti de somnifères. J'ai encore réfléchi, j'ai décidé de boire du champagne avec Karl et de me jeter à l'eau. »

Aucun commentaire particulier sur le samedi et le dimanche. Karl a travaillé dans sa chambre, Manfred est parti faire une randonnée en montagne, Magdalena a profité du soleil, de la piscine, elle a ensuite dîné en tête à tête avec son mari. De même le dimanche. Le lundi, ils ont repris la route.

Et l'aboutissement normal et attendu s'est produit neuf mois plus tard. Magdalena a mis au monde un superbe enfant de huit livres. Un garçon. Karl le remplaçant a évidemment touché sa prime de quinze mille marks supplémentaires.

La naissance du petit héritier a transformé Magdalena. Un bonheur pareil était visible pour tout le monde. Ses amies, sa mère, les domestiques, chacun s'accordait à dire que la jeune femme était dans une forme éblouissante. Fini l'ennui ! Elle était loin la tapisserie ! La nursery prenait toute la place dans cette maison jadis sans vie.

Teddy a eu un an en août 1978. La famille a pris des vacances aux Antilles.

Teddy a eu deux ans en août 1979. Magdalena et son fils ont pris des vacances à Genève avec la grand-mère. Manfred avait du travail.

Seul dans sa grande maison désertée, face à lui-même, il a fait le bilan. Moral en baisse, rendement médiocre, dépression grave à l'horizon.

Il est allé consulter le médecin de famille, un ami. « Je n'y arrive pas. Je craque.

– Qu'est-ce qui se passe, Manfred ? Je ne t'ai pas vu depuis la naissance de ton fils, tu avais l'air en pleine forme ! Un miracle pareil, c'est une bénédiction pour toi !

– Parlons-en du miracle. J'ai fait tous les efforts possibles, je n'y arrive pas. Hier, quand j'ai accompagné Magdalena à l'avion, il s'est passé quelque chose, un déclic. J'ai compris. Il faut que je t'avoue quelque chose. Teddy n'est pas mon fils. J'ai loué les services d'un type pour que nous ayons un enfant ! Tout s'est bien passé, bien mieux que je ne l'espérais moi-même, sauf que le jour de sa naissance, j'ai pris un coup à l'estomac. Impossible de le prendre dans mes bras. J'ai dû me forcer. Une répulsion terrible. Le visage de cet enfant, cette réalité soudaine, c'était insupportable. Il n'était pas de moi, ni à moi, et je ne le supportais pas. Alors j'ai fait des efforts. Ces deux dernières années, j'ai essayé de jouer au papa, de faire des guili-guili, et à chaque instant, je pensais : "Regarde-le, il est à ce type, il porte la marque de ce type, c'est un étranger pour toi !" À en devenir fou. Plus j'essayais de me convaincre, plus ce gosse me devenait insupportable. Magdalena a fini par s'en rendre compte. Nos relations se sont complètement détériorées. Et hier, quand elle a pris l'avion et que j'ai vu cet enfant dans ses bras, accroché à son cou, qui lui ressemble, qui ressemble à l'autre, je me suis senti soulagé. J'ai dit : "Magdalena, je divorce. Tu auras une pension alimentaire, j'autorise Karl à faire une demande de paternité, je veux que tout soit clair, au grand jour. Il y aura sûrement un procès, ce que nous avons fait est illégal, mais je préfère payer, avouer, et ne plus supporter ce poids moral."

– Tu fais une dépression ! C'est une histoire de fou ! Pourquoi ne pas m'en avoir parlé plus tôt ? Je te connais bien, ton caractère, ton comportement, je t'aurais mis en garde immédiatement ! C'était inévitable que tu ne le supportes pas. Tu es trop entier, trop orgueilleux, trop possessif… Ça ne pouvait que provoquer un désastre ! »

Finie la belle histoire… ou la vilaine histoire. Le remplaçant en paternité assistée a dû reconnaître son fils, mais il n'est pas tombé amoureux de la mère… Ce n'était pas prévu, ni dans le contrat, ni dans le procès, ni dans la vie…

Magdalena a obtenu un divorce plus qu'honorable. Son fils a changé de nom. À charge pour elle d'instruire son rejeton sur ses véritables origines lorsqu'il aura atteint l'âge de raison.

Quel âge ? Quelle raison ? Les hommes atteignent-ils jamais l'âge de raison ? Aux jeux qu'ils inventent on pourrait légitimement en douter.

Néfertiti

Nous sommes le 13 décembre 1984. Dans son bureau du quai des Orfèvres, le commissaire Bouvier, un des policiers les plus en vue à l'époque, considère avec un certain scepticisme la personne qu'il a en face de lui.

« Voyons, monsieur, résumons-nous : vous vous appelez Théodore Rouannet et vous venez me faire part de la disparition de votre sœur Caroline, qui a trente et un ans, qui est mariée… et qui s'appelle ? »

L'homme s'agite nerveusement. « Wagner… Elle a épousé un Allemand il y a deux ans, Franz Wagner, une espèce de brute, il la battait. Toute notre famille était contre le mariage et Caroline elle-même voulait rompre. Elle était d'accord pour le divorce. Elle me l'a dit au mois de juillet dernier.

– Alors elle est partie, voilà tout. »

L'homme semble de plus en plus nerveux. « Je vous comprends, monsieur le commissaire, ma sœur est majeure, elle peut aller où elle veut et quand elle veut, et la police n'a pas à intervenir. Et pourtant, on ne part pas comme cela, pas de cette façon-là.

– Expliquez-vous.

– Eh bien voilà. Caroline m'avait donné un double des clefs de chez elle. Elle avait peur de son mari. Elle m'avait dit : "Comme ça, si jamais il arrive quelque chose, tu pourras venir." Et il est arrivé quelque chose. À partir du mois de septembre dernier, on ne l'a plus vue, plus aucune nouvelle. J'ai attendu deux mois et puis, au début décembre, j'ai été dans son appartement rue d'Aligre. Tout était en désordre. Dans la salle à manger il y avait une planche à repasser avec une chemise dessus et le fer à côté, débranché ; deux verres sur la table. Dans l'évier de la cuisine, des assiettes pas lavées, le réfrigérateur était plein. »

L'homme regarde le commissaire avec un air presque implorant.

« Enfin, quand on part de chez soi, on ne laisse pas une chemise à moitié repassée ! Et puis ça veut dire que mon beau-frère également a disparu. Ni lui ni Caroline ne sont retournés dans leur appartement. Monsieur le commissaire, cela n'est pas normal, il faut faire quelque chose. »

Le commissaire hoche la tête. « Vous avez raison, il faut faire quelque chose. »

Les premiers éléments de l'enquête confirment exactement les dires du frère de Caroline. Les inspecteurs qui se rendent le jour même dans l'appartement du couple, rue d'Aligre à Paris, dans le 12e arrondissement, le trouvent exactement tel qu'il l'a décrit. Ils ont une impression étrange : tout semble s'être arrêté à un moment précis de la journée, comme si les occupants s'étaient absentés quelques minutes et allaient revenir. C'est une impression de vie et en même temps, curieusement, une impression de mort.

Et d'ailleurs, il y a bien d'autres détails troublants. Car tout est resté dans l'appartement, y compris les papiers d'identité de Caroline Wagner, ses robes, ses chaussures et même ses bijoux. Une femme qui s'enfuit de chez elle, même si elle oublie ses papiers, emporte au moins ses bijoux. Et puis il y a aussi les affaires du mari, de Franz Wagner : deux complets qui sont là dans la penderie et même sa mousse à raser et son rasoir.

La gardienne, que les inspecteurs interrogent, confirme qu'elle a vu Caroline Wagner pour la dernière fois début septembre ; pour le mari, elle ne se souvient plus.

Voilà donc un couple qui disparaît comme cela, en plein milieu de la journée, en abandonnant tout derrière lui.

Mais au fait, quel est-il ce couple ? se demande le commissaire Bouvier quand il reçoit le rapport de ses inspecteurs. Il donne des instructions à ses hommes. Il veut tout savoir du passé, des activités et de la personnalité de Caroline et de Franz Wagner.

Et quelques jours plus tard, le commissaire Bouvier a sur son bureau un rapport complet. Oui. Un couple peu ordinaire…

Caroline Wagner d'abord, née Rouannet en avril 1953. D'après la photo qu'il a devant lui, il n'y a pas l'ombre d'un doute : c'est une belle femme, brune aux yeux noirs, un peu forte peut-être, ce qu'on appelle une beauté plantureuse. Caroline, avant de rencontrer Franz, était barmaid dans un bar de Pigalle. Le rapport atteste qu'elle a eu plusieurs liaisons avec des gens du milieu et pas n'importe qui, pas des petits truands.

Et puis, en 1978, c'est le grand événement dans la vie de Caroline : la rencontre avec Franz Wagner. Une personnalité lui aussi, ou tout du moins un personnage. Sa photo, jointe au rapport, est plus éloquente que tous les discours. Une morphologie hors du commun, une stature de colosse avec des épaules de déménageur, un cou de taureau, un visage carré comme taillé à coups de serpe. Oui, une force de la nature décidément : un mètre quatre-vingts et cent deux kilos de muscles. Il a d'ailleurs été boxeur professionnel, avant d'abandonner à la suite d'un grave KO.

Contrairement à ce que disait son beau-frère, Franz Wagner n'est pas allemand. C'est le fils d'un prisonnier allemand resté en France après la guerre. Lorsqu'il a abandonné la boxe, il s'est remis à étudier. Il était attiré par les métiers du bois et il a fini par trouver un emploi de vernisseur dans un atelier de meubles du faubourg Saint-Antoine.

Entre Caroline et lui, c'est le coup de foudre. Certainement un amour physique, une question de peau. C'est du moins ainsi que le commissaire l'imagine entre cet athlète et cette brune appétissante. Le mariage a lieu quelques mois plus tard et il tourne mal. Franz Wagner bat sa femme, surtout quand il est ivre, ce qui lui arrive de plus en plus fréquemment. Elle se réfugie plusieurs fois dans sa famille, puis elle revient au domicile conjugal.

Le rapport qu'a sous les yeux le commissaire Bouvier s'arrête là. Il s'arrête à ce mois de septembre 1984 où l'on perd à la fois la trace de la femme et du mari, qui laissent derrière eux un réfrigérateur plein, des assiettes sales, deux verres sur la table et une chemise à moitié repassée à côté du fer débranché.

Cette mystérieuse affaire provoque la curiosité de la presse qui diffuse largement la photo du couple et cela va amener du nouveau. Une lettre anonyme ne tarde pas à arriver sur le bureau du commissaire : Franz Wagner n'a pas quitté la région parisienne. Il vit dans un petit hôtel minable de Courbevoie en compagnie d'une caissière de supermarché.

Deux inspecteurs s'y précipitent, font irruption dans sa chambre. Il est là, allongé sur le lit, en bras de chemise, les doigts croisés derrière la nuque.

« Monsieur Wagner, veuillez nous suivre. »

L'homme est encore plus impressionnant que sur les photos : un véritable hercule. Et surtout, il est d'un calme invraisemblable. Il fixe tranquillement les deux inspecteurs de ses yeux bleus : « J'ai vu dans les journaux qu'on me recherchait. J'allais venir vous voir. Vous avez été plus vite que moi. »

Dans son bureau, le commissaire Bouvier est frappé lui aussi par la force de Franz Wagner, et pas seulement sa force physique. Cet homme-là est un roc, pense le commissaire, et il s'y connaît.

« Monsieur Wagner, savez-vous où est votre femme ? »

L'homme déplie ses bras de catcheur et pose ses mains bien à plat sur ses cuisses. « Non, monsieur le commissaire.

– Vous savez qu'elle a disparu ?

– Oui, j'ai lu ça dans le journal.

– Quand l'avez-vous vue pour la dernière fois ?

– En septembre dernier. Nous nous sommes disputés. Je l'ai quittée.

– Comme cela, en laissant derrière vous toutes vos affaires personnelles ?

– Nous nous sommes disputés, je vous dis. J'étais en colère.

– Vous n'êtes jamais revenu au domicile conjugal pour les récupérer ?

– Non.

– Et depuis maintenant plus de trois mois, Caroline ne s'est jamais manifestée auprès de vous, ne vous a jamais écrit ?

– Non.

– Monsieur Wagner, avez-vous une idée de ce qui lui est arrivé ? »

Pour la première fois, l'homme s'anime un peu : « Ah, c'est pas difficile à deviner. Vous savez, avant de me connaître, Caroline avait plutôt de mauvaises fréquentations. C'est moi qui l'avais arrachée à tout ça. Mais dès que j'ai eu le dos tourné, elle a dû aller retrouver ses petits copains. »

Ce n'est pas impossible et une enquête approfondie est menée dans le milieu parisien, mais sans résultat. Malgré l'acharnement du commissaire Bouvier, à qui cette affaire tient particulièrement à cœur, sans doute parce qu'elle n'est pas comme les autres, rien ne se passe. Toutes les pistes échouent, toutes les demandes d'informations reçoivent des réponses négatives.

Et trois ans s'écoulent, oui, trois ans ! Franz Wagner est toujours surveillé par la police. Il a repris son métier de vernisseur sur bois, il vit toujours avec sa caissière de supermarché ; il semble avoir une vie régulière. Caroline, de son côté, reste introuvable.

Et puis, le 24 août 1987, alors que le dossier Wagner, recouvert d'une épaisse poussière, dort quelque part dans les archives de la PJ, un rebondissement extraordinaire va donner à cette affaire une ampleur que personne, pas même le commissaire Bouvier, n'avait imaginée.

Ce jour-là, le nouveau locataire de la rue d'Aligre, qui a repris l'appartement du couple, a décidé d'entreprendre des travaux de peinture. Armé de son pinceau, il se met en devoir de repeindre sa bibliothèque. C'est en fait une succession d'étagères dans un renfoncement, une sorte d'alcôve dans le mur. C'est alors qu'il constate que la planche du bas rend un son creux. Il y a sans doute là-dessous un placard condamné. Il soulève la planche. D'abord, il croit voir un tas de vieux vêtements et puis il distingue un pied.

Quelques heures plus tard, la police est sur les lieux. Le faux placard a été défoncé, le corps en a été extrait et c'est bien celui de Caroline Wagner. Le cadavre est momifié. Elle est vêtue d'une robe noire, la seule qui manquait à sa garde-robe, et elle a un bas autour du cou, serré comme une cravate.

Le médecin légiste confirme que la mort remonte sans doute, pour autant qu'on puisse être précis après une si longue période, au milieu 1984. La victime a été étranglée à l'aide du bas.

Mais pourquoi le corps de la malheureuse, qui a été enfermé près de trois ans dans un placard, s'est-il momifié ? Pourquoi ne s'est-il pas décomposé en dégageant une odeur qui l'aurait fait certainement découvrir ?

Tandis qu'un mandat d'arrestation est lancé contre Franz Wagner, qui est alors en vacances, le commissaire Bouvier a le jour même la réponse à sa question. Le spécialiste du quai des Orfèvres, chargé d'examiner la victime, a les yeux brillants d'excitation scientifique.

« C'est intéressant, très intéressant... Le corps a été enduit, du sommet du crâne jusqu'à la plante des pieds, d'un vernis qui a empêché la décomposition. Je n'en suis pas certain, mais je penche pour du vernis à bois. »

Arrêté, Franz Wagner n'a pas pu, malgré son flegme, nier longtemps devant cet indice accablant. C'était un vernisseur sur bois qui avait fait le coup, pas un des truands que connaissait autrefois Caroline, et comme il était vernisseur sur bois...

Il a été condamné peu après à quinze ans de prison. Mais sa destinée est sans intérêt, comparée à celle de sa victime.

Quoi de plus déroutant, en effet, que le sort de Caroline Wagner, étranglée après une banale scène de ménage qui a mal tourné ? Statufiée par son meurtrier, la dépouille de cette serveuse d'un bar de Pigalle va traverser les siècles, peut-être les millénaires, comme Néfertiti et les pharaons de l'ancienne Égypte !

Arthur la mouette

Dans une ferme isolée près des Grands Lacs américains, une vieille demoiselle qui vit avec sa sœur se prend d'amitié pour une mouette blessée et affamée. Un jour d'hiver, la vieille demoiselle part faire des courses au village voisin. C'est le début d'une aventure…

« Mary ! Mary ! Viens donc voir par ici. »

La voix qui s'élève est celle de Florence Murrow. Apparemment elle est au fond du parc ; enfin, elle est au bout du terrain qui descend en pente douce jusqu'au bord du lac Michigan. Un endroit bien agréable. Très isolé, avec tout le charme de la campagne et aussi celui de la mer. Car le lac Michigan, au cœur du continent américain, est une véritable mer… d'eau douce.

« Qu'est-ce qu'il y a encore ? »

La voix de Mary, comme d'habitude, exprime une certaine lassitude. Mary Worthing a soixante-quinze ans passés et, pour l'instant, elle est en train de tricoter sous la véranda de leur confortable bungalow de bois. Voilà vingt ans qu'elle vit avec sa sœur Florence, soixante-quatorze ans. Depuis que celle-ci, devenue veuve, est arrivée de Chicago pour s'installer avec elle. Et la vie à deux, plus on vieillit, plus c'est difficile.

« Mary ! Viens voir par ici, je te dis !

– Si tu me déranges encore pour rien, tu vas m'entendre. »

Mary s'extrait péniblement du fauteuil à bascule et se met debout. « Où es-tu d'abord ?

– Mais là, derrière le puits, arrive vite !

– Tu n'es pas blessée au moins ?

– Mais non. Tiens, apporte donc la trousse d'urgence en venant. »

Du coup Mary presse le pas. Elle rentre dans la maison, attrape la mallette d'osier qui contient l'alcool à 90°, les compresses, le sparadrap, le mercurochrome et ressort rapidement sur la véranda.

Quand Mary rejoint Florence près du puits, celle-ci est à genoux auprès d'une grosse masse blanche. Mary a compris : « Encore un de tes foutus bestiaux ! C'est quoi cette fois ?

– C'est une mouette ! Elle doit avoir une aile brisée. À mon avis elle a dû se faire attraper par un chien. »

À terre, le gros oiseau d'un blanc sale ne semble pas particulièrement décidé à se laisser approcher. Dès que Florence tend la main vers elle, la mouette lance à tout hasard son grand bec pour se défendre.

« Et qu'est-ce que tu comptes en faire ?

– La soigner, évidemment. Aide-moi, on va la transporter à la maison.

– C'est pour ça que tu m'as dit d'apporter la trousse d'urgence ? »

Florence essaie d'attraper l'oiseau mais la chose semble difficile. Mary prend les choses en main. « Pousse-toi de là, sinon on y sera encore pour Thanksgiving ! » Elle défait son gros tablier de toile et le jette sur la mouette. En un tournemain elle la transforme en un paquet gigotant qu'elle fourre sous son bras. « Prends la trousse et on y va. »

Quelques minutes plus tard, les deux femmes déballent la mouette sur la table de la cuisine. « C'est vrai, elle a l'aile cassée. Et la patte aussi. Ce n'est pas joli, joli.

– Il faut lui donner à manger.

– Tu permets ? Chaque chose en son temps. D'abord réduire les fractures.

– Tu ne crois pas qu'on devrait l'emmener chez le docteur Wilson ?

– Écoute ! Je veux bien rafistoler ce volatile qui n'est même pas comestible, mais je ne dépenserai ni argent ni énergie pour ça. Sinon je lui tords le cou et ça sera vite réglé. »

Florence soupire d'un air résigné : Mary, qui a l'habitude des animaux, opère avec des gestes précis. Avec des petits morceaux de bois et du fil de cuisine elle confectionne des attelles et, après avoir soigneusement remis la patte et l'aile de la mouette dans une position naturelle, elle la ligote du mieux qu'elle peut.

« Bon, maintenant il n'y a plus qu'à attendre et à prier le bon Dieu. »

Florence s'inquiète : « Comment va-t-on l'appeler ?

– On va l'appeler Arthur, comme ça on aura au moins l'impression d'avoir un homme à la maison.

– Et si c'est une femelle ?

– Tant pis, il faudra qu'elle s'y fasse ! »

La mouette semble légèrement abasourdie et elle tente de se libérer, mais les attelles sont solides. Florence s'approche avec un reste de viande hachée. « Tu crois que je peux lui en donner ?

– Faute de caviar il faudra qu'il s'en contente ! »

Le lendemain Arthur, affamé, se laisse tenter par le hachis. Il se laisse d'ailleurs tenter par tout ce qui est comestible dans la maison. C'est une vraie poubelle vivante. Avec une digestion de canard. Tous les matins il faut nettoyer en dessous de lui. Mary déclare, péremptoire : « Ça sera ton petit boulot ! C'est normal, c'est toi qui es sa mère adoptive. »

Au bout de trois semaines Mary décide : « Bon ! Arthur n'ayant pas crevé, nous allons voir ce qu'il en est. »

Et les deux femmes procèdent au démaillotage du volatile. Dans les premiers temps celui-ci semble assez ankylosé. Mais très vite, il commence à faire quelques pas, prudents, sur le carrelage de la cuisine.

« Eh bien, ça n'a pas l'air d'aller si mal.

– Mary, tu ne crois pas qu'il faudrait lui faire faire de la rééducation ?

– Tu peux t'en charger, c'est toi sa mère ! »

Mais Arthur ne semble pas apprécier qu'on lui bouge trop les pattes ni qu'on lui déplie l'aile. Enfin, tout ça a l'air de fonctionner normalement. Maintenant qu'il a retrouvé une sorte d'autonomie, l'oiseau se déplace dans toute la maison, semant partout des preuves du parfait fonctionnement de son système digestif.

« Mary, regarde : Arthur s'est envolé sur le buffet !

– Heureuse nouvelle. J'espère qu'il va s'envoler bientôt jusqu'à Chicago.

– Tu n'as vraiment pas de cœur. Mon bel oiseau, tu vas mieux, n'est-ce pas ? »

Un beau jour de printemps, Arthur, après avoir, depuis la véranda, considéré la nature en fête, prend son envol et part. Oh, pas très loin. Jusqu'au puits. Florence le suit en courant du mieux qu'elle peut, mais la mouette semble prendre un malin plaisir à éviter qu'on ne la saisisse. Puis elle s'élance et va se poser sur les eaux toutes proches du lac Michigan.

Florence rentre à la maison toute mélancolique : « Je suis heureuse qu'Arthur se soit enfin envolé. Mais d'un autre côté il va me manquer. Je m'étais habituée à le voir picorer les petits bouts de nourriture dans ma main. »

Mary prend les choses avec plus de philosophie : « Il va te manquer ? À mon avis, pas tellement ! Regarde qui est derrière la fenêtre de la cuisine. »

En effet, debout derrière la vitre, Arthur est là qui regarde à l'intérieur de la demeure.

« Oh ! Il est revenu. Tu vois, je n'aurais pas cru qu'une mouette puisse être fidèle.

– Fidèle au garde-manger. C'est de la nourriture qu'il attend. Il ne faut pas se faire d'illusion. »

En attendant, Arthur tourne la tête sur le côté comme pour mieux voir ce qui se passe à l'intérieur. Et il se manifeste : il frappe d'un petit coup de bec sur la vitre.

« Tu vois, il demande à ce qu'on lui ouvre.

– Oui, j'en ai bien peur. »

Arthur redonne un petit coup sur le carreau. Plus fort.

« Il va bien finir par nous casser une vitre, ton animal. »

Florence va ouvrir et Arthur saute carrément dans l'évier de la cuisine. Ses petits yeux noirs semblent sourire.

« Oh, mon Arthur, tu t'ennuyais de ta maman ! Tu es venu nous dire bonjour ! Attends une seconde, je vais te donner un peu de bifteck. »

Et Arthur suit Florence jusqu'au réfrigérateur. Mais ce soir Mary ne l'entend pas de cette oreille. Elle attrape Arthur et, puisque la fenêtre est encore ouverte, le jette dehors sans ménagement.

Hélas, on ne se débarrasse pas si facilement d'une mouette pratiquement apprivoisée. Désormais, tous les jours, qu'il pleuve ou qu'il vente, Arthur, deux fois par jour, aux heures des repas, vient frapper à la fenêtre. Ce petit malin, à présent, ne frappe plus à la fenêtre de la cuisine. Il a compris que Mary tient plus souvent un balai qu'un steak à la main.

Arthur vient donc frapper tous les jours à la fenêtre de la chambre de Florence. Et celle-ci, qui a mis de côté quelque gourmandise, lui distribue gentiment des morceaux de choix. Les saisons passent. L'automne enflamme les frondaisons. Arthur est encore là. L'hiver arrive, avec les tempêtes de neige et les routes encombrées de congères. Arthur est toujours fidèle au poste.

« Mary je n'ai plus une seule goutte d'alcool de menthe !

– Eh bien on verra ça samedi en faisant les courses.

– Mais tu sais bien que j'en prends tous les soirs sur un sucre. C'est la seule chose qui me fasse digérer et bien dormir.

– Pour une fois tu boiras un coup de whisky jusqu'à samedi.

– Non, je vais jusqu'au village. D'un coup de bicyclette.

– Tu ne vas pas faire deux miles pour de l'alcool de menthe !

– Mais ce n'est rien : j'en ai pour une heure. Juste le temps de m'arrêter chez Vivienne. Elle doit me donner deux pots de confiture de coings. C'est la meilleure que je connaisse.

– Comme tu veux, mais couvre-toi bien et rentre avant la nuit.

– N'aie pas peur. De toute manière j'ai rendez-vous avec Arthur, comme tous les jours. »

Florence enfourche sa bicyclette et disparaît au tournant de la route.

La nuit tombe vite, surtout ce soir-là, car la brume qui monte du lac envahit tout le paysage. Mary, après avoir mis au four un superbe plat de patates douces farcies à l'ananas, se plonge dans la contemplation de son feuilleton favori : « I love Lucy ». Le ciel s'obscurcit.

Toc ! Toc ! Toc !

Mary ne réalise pas ce qui se passe. On frappe au carreau de la cuisine. Elle jette un coup d'œil : « Encore toi. Ce n'est pas vrai ! Tu n'as pas eu assez avec ce que Florence vient de te donner ? Mais au fait, c'est vrai : Florence n'est pas rentrée. Il est huit heures, elle devrait être là au moins depuis une heure ! »

Dehors, la neige tombe, drue, cotonneuse, étouffant tous les bruits.

Mary se précipite sur le téléphone, décroche le combiné, tourne la manivelle : « Esther ! ici Mary Worthing. Passez-moi le drugstore de Mackinac, s'il vous plaît. Je suis à la recherche de ma sœur Florence qui n'est pas rentrée. » La demoiselle des postes fait le nécessaire. « Allô, le drugstore ? C'est M. Krasniak ? Ici Mary Worthing. Ma sœur Florence est partie chez vous pour se procurer de l'alcool de menthe. L'avez-vous vue ? Elle est passée vers cinq heures ? Bon, merci. » Mary raccroche le combiné, puis elle tourne à nouveau la manivelle : « Esther, pouvez-vous me donner Vivienne Greenfield ? Ma sœur s'est peut-être arrêtée chez elle. Ici la neige tombe très fort. Je n'aurais pas dû la laisser partir. »

Vivienne Greenfield ne donne pas de bonnes nouvelles : « Mais si ! Florence est passée vers six heures, nous avons pris une tasse de thé et je lui ai donné deux pots de la confiture de coings à la mode de ma grand-mère. Il y a longtemps qu'elle est repartie, elle devrait être chez vous depuis au moins une heure. Voulez-vous que j'appelle la police ?

– Merci, je vais le faire moi-même. Il y a des moments où je regrette vraiment que les voitures soient interdites à Mackinac. C'est bien joli la préservation du paysage mais tout de même. »

Toc ! Toc ! Derrière la fenêtre Arthur est toujours là et, de temps en temps, il donne un petit coup sur le carreau.

« Ah, toi, la bestiole, ce n'est vraiment pas le moment ! J'ai d'autres chats à fouetter qu'à te remplir le gosier. Aujourd'hui, tintin, pas de gueuleton. Tu jeûneras ! »

Toc ! Toc ! Arthur, qui semble obsédé par son repas, tape plus fort.

« Ah, mais tu commences à m'agacer, espèce de palmipède ! Tu vas voir si je m'énerve ! »

Mary ouvre brutalement la fenêtre. Arthur la regarde et prend son envol. Pas très loin, juste au-delà de la véranda. Il est là, sous la neige qui tombe, à la limite de l'auréole de lumière qui vient de la lanterne du porche.

Mary referme la fenêtre et repart vers le téléphone. À nouveau Esther, la standardiste, fait son travail et Mary prévient la police de la disparition de Florence. Mais la police est à vingt miles de la maison. Ils vont venir… dès qu'ils pourront. Avec la neige qui tombe, la route est très mauvaise dans leur secteur. Et en plus le brouillard bouche toute visibilité.

Toc ! Toc ! Mary jette un coup d'œil vers la fenêtre de la cuisine. Dehors, Arthur, qui suit son idée, continue de frapper à petits coups réguliers.

« Ah ! Ça commence à bien faire ! »

Mary enfile un gros caban et ouvre la porte qui donne sur la véranda. Arthur, en la voyant apparaître, abandonne son poste sur l'appui de la fenêtre et saute sur le plancher. À un mètre des pieds de Mary. Et il la regarde… D'une drôle de façon.

« Allez, ouste ! Du balai. Sinon gare à tes fesses. »

Arthur fait un saut en arrière. Quand il voit que Mary va rentrer dans la maison, il prend son envol et vient se poser presque sur ses pieds. Elle le regarde. Il prend son élan et s'envole juste en bas des marches. Mary pose la main sur la poignée de la porte : Arthur revient, à quelques centimètres d'elle.

« Mais qu'est-ce que tu veux, à la fin ? » Mary sort ses lunettes et elle se met à fixer les petits yeux noirs d'Arthur. Avec une intensité extraordinaire. D'autant plus qu'Arthur, lui aussi, semble fixer Mary dans le blanc des yeux.

« Qu'est-ce qu'il y a ? Qu'est-ce que tu veux ? » Arthur s'est éloigné de quelques pas dans la neige. Puis il revient vers les marches, puis il repart, et il se met à exécuter une sorte de petit ballet d'avant en arrière entre Mary et le jardin.

Mary, presque sans réfléchir, a descendu les marches. À chacun de ses pas, Arthur s'éloigne un peu plus. Au bout d'un moment le mouvement s'accélère. Arthur, à présent, fait de plus grands bonds, d'un coup d'ailes puissant. Mary a presque de la peine à le suivre. Heureusement elle a toujours une lampe électrique dans la poche de son caban.

« Mais où est-ce que tu m'emmènes ? Non, ce n'est pas vrai ! » Mary vient de comprendre. Dans l'épaisseur ouatée de la neige qui tombe, elle suit Arthur.

« Florence ! Florence ! Tu es là ? » Mary lance des cris dans la nuit noire. Soudain, au tournant du chemin, sa lampe électrique accroche une forme blanche qui remue vaguement dans le fossé.

« Florence ! Ma pauvre vieille. C'est toi ? Mais qu'est-ce que tu fous là-dedans ? »

Florence, étalée à côté de sa bicyclette, geint faiblement : « J'ai glissé. Je crois bien que je me suis cassé quelque chose. Ne m'enguirlande pas, je t'en supplie.

– Mais non, mais non. Je vais te sortir de là. Ne t'en fais pas. » Arthur, perché sur le haut du fossé, contemple la scène avec une sorte de petit sourire.

La police a sorti Florence de sa mauvaise posture. Au printemps elle était tout à fait remise et, pour fêter sa convalescence, Arthur a déposé devant sa fenêtre… un œuf.

Caïn et Abel

Qu'ils sont mignons les petits Alain et Didier Gautier ! Ils ont cinq ans et dans tout le quartier, une banlieue ouvrière de Marseille, ils font l'admiration des voisins. Certes, il y a bien d'autres petits garçons charmants, mais les petits Gautier, eux, ne sont pas comme les autres.

Il est rare, en effet, de voir des jumeaux qui se ressemblent à ce point. Quand ils vont faire les courses, habillés de la même manière, avec leurs longs cheveux bouclés, on ne peut s'empêcher de les remarquer.

En les voyant passer, les braves gens déclarent en hochant la tête : « Comme c'est adorable à cet âge-là ! Ça ne devrait pas grandir. »

Paroles banales, comme on en dit tous les jours, sans les penser vraiment. Et pourtant personne ne se doute à quel point elles sont vraies. Non, jamais les petits Alain et Didier Gautier n'auraient dû grandir !

Le temps a passé. Nous sommes au milieu des années soixante-dix. Les jumeaux, Alain et Didier Gautier, ont douze ans. Naturellement, ils fréquentent la même école. En grandissant, ils n'ont pas cessé de se ressembler, bien au contraire. Ils sont maintenant si semblables qu'il faut les regarder longtemps alternativement l'un et l'autre pour saisir une petite différence.

Les instituteurs ont d'ailleurs tellement de mal à s'y retrouver qu'ils leur ont imposé de porter deux brassards de couleur différente. Alain a un brassard rouge et Didier un vert ; c'est la seule manière de les reconnaître.

C'est un jour d'avril 1976 que commence vraiment l'histoire des jumeaux Gautier. Ce jour-là, par jeu, ils ont décidé d'échanger leurs brassards et personne ne s'est aperçu de rien.

À la récréation, Didier est surpris par le directeur de l'école en train de fumer dans les toilettes. Celui-ci, en voyant le brassard rouge, est persuadé d'avoir affaire à Alain. Il est un peu surpris car, si les jumeaux sont absolument semblables sur le plan physique, il n'en est pas de même pour le reste. Autant Alain est bon élève et sérieux, autant Didier est brouillon et dissipé.

Mais de toute façon, il faut sévir. Le directeur s'emporte : « Alain, je ne m'attendais pas à ça de ta part ! »

En entendant prononcer le prénom de son frère, l'enfant sourit. Il semble pris d'une brusque inspiration. Il relève la tête et bombe le torse : « Et alors ? C'est pas la première fois. »

L'incident se termine, dans le bureau du directeur, par un sévère avertissement. En sortant, Didier apprend, tout goguenard, à son frère, le bon tour qu'il vient de lui jouer. « J'en avais assez que tu sois toujours le bon élève et moi le cancre. Comme ça, on sera pareils. »

Il s'ensuit une bonne bagarre entre eux, mais depuis ce jour, ils n'ont plus échangé leurs brassards. Quelque chose s'est brisé entre eux. Jamais Alain n'a oublié ce qu'avait fait son frère et jamais Didier n'a oublié l'inspiration qu'il avait eue face au directeur.

Les années passent encore. 1984 : Alain et Didier Gautier ont vingt-deux ans. Ils ont terminé depuis longtemps leurs études. S'ils se ressemblent toujours autant physiquement, ils n'ont cessé de s'éloigner l'un de l'autre par leur comportement.

Alain s'est marié très jeune, à dix-huit ans, sans doute pour couper les ponts avec son frère. Il a passé son brevet d'ouvrier qualifié et il est employé dans un atelier de tôlerie. C'est un travailleur consciencieux, il s'est acheté un petit appartement qu'il paie par traites, bref, le jeune homme bien, l'ouvrier modèle, désireux de réussir.

Mais Didier a suivi une tout autre voie. Après des études bâclées, il s'est engagé comme docker. En fait, il ne travaille qu'épisodiquement. Il traîne le plus souvent dans le port et ses relations ne sont pas toutes recommandables.

24 avril 1984. Les jumeaux ne se voient plus que rarement. Malgré le lien du sang, tout les oppose. Ce jour-là, Alain et sa femme sont sur le point de déjeuner, quand on sonne à leur porte : « Police, ouvrez ! »

Alain va ouvrir. Deux inspecteurs sont là. « Vous êtes bien, monsieur Alain Gautier ?... Suivez-nous. »

Alain proteste, demande ce qu'on lui veut. Mais il est bien obligé de suivre les policiers au commissariat.

On l'introduit dans le bureau d'un inspecteur. Dans la pièce, il y a un homme d'un certain âge qui s'écrie, dès qu'il l'aperçoit : « C'est lui ! Je le reconnais. »

Alain tombe des nues. L'inspecteur s'énerve. « Allons, ne niez pas l'évidence. Monsieur vous a reconnu. Vous êtes parti de son restaurant sans payer l'addition. »

Le restaurateur précise. « Et ce n'est pas la première fois que je vous vois. Je vous connais bien. Vous m'avez dit votre nom un jour. »

Alors Alain comprend. La cigarette dans les toilettes de l'école, le brassard rouge : Didier a recommencé. Il a d'abord pris soin de se faire passer pour lui et il est parti sans payer.

Alain a toutes les peines du monde à expliquer qu'il a un frère jumeau et que c'est lui qui a fait le coup. Il passe tout de même la nuit au poste et ce n'est que le lendemain, quand son employeur vient témoigner de son alibi, qu'il est relâché.

Didier, entre-temps, a pris le large et la police ne parvient pas à mettre la main sur lui.

Alain et sa femme oublient l'incident. Didier a sans doute quitté Marseille. On n'entendra plus parler de lui.

Pourtant, ils se trompent.

En octobre 1985, un an et demi après, le même scénario se reproduit. La police vient frapper à la porte du couple Gautier. Malgré ses protestations, Alain est de nouveau conduit au poste. Cette fois, l'inspecteur lui apprend qu'il est coupable de coups et blessures. D'ailleurs sa victime est dans la pièce. Et l'homme le reconnaît formellement. « C'est lui ! »

Alain Gautier nie désespérément, parle de son frère jumeau. Il cherche un argument, une preuve. Enfin, il a une inspiration. « Monsieur, si nous nous sommes battus, vous avez dû, à un moment ou à un autre, me porter un coup.

– Je crois bien ! En plein sur la joue.

– Eh bien, regardez si vous voyez une marque sur ma joue. »

La victime et l'inspecteur doivent bien convenir qu'il n'y a aucune marque. Alain est relâché. On recherche Didier, sans plus de résultat que la première fois.

Désormais, Alain et sa femme vivent dans la crainte du prochain coup de Didier. Et si, la fois suivante, c'était plus grave, s'il s'agissait d'un vol important ou même… d'un crime ?

Alain et sa femme ne vivent plus. Ils s'attendent à tout instant à entendre à leur porte des coups de sonnette impérieux accompagnés de « Police ! Ouvrez ! ». Alain a une hantise, c'est de se trouver seul. Et si c'était précisément à ce moment que Didier commettait l'irréparable, quelle preuve aurait-il ?

Pour ses moindres déplacements, il essaie de se faire accompagner par un collègue, un voisin ou un ami, afin d'avoir un alibi inattaquable. Mais ce n'est pas toujours possible.

Didier, qu'il n'a pas vu depuis le début des événements, empoisonne chaque minute de son existence. Et Alain sait parfaitement que c'est précisément ce qu'il voulait. Ce n'est pas par hasard que Didier s'est mis à commettre tous ces délits. C'est uniquement pour l'atteindre lui, Alain, pour se venger de lui, parce qu'il a toujours été le meilleur, parce qu'il travaille et pas lui.

D'ailleurs, dans son travail, Alain est de plus en plus acharné et consciencieux. Il semble qu'il veuille racheter par sa conduite exemplaire la déchéance de son jumeau. À moins que ce ne soit pour tenter de marquer de cette manière la différence qui les oppose, s'éloigner à tout jamais de lui.

16 octobre 1986. Il est sept heures du soir. Alain et sa femme vont se mettre à table. Soudain, on sonne à la porte,

plusieurs coups. Ils sursautent. Qui cela peut-il être ? Ils n'attendent personne. Ce n'est tout de même pas la police ?

Alain va ouvrir et pousse un cri. Non, ce n'est pas la police, c'est… lui.

C'est Didier ! Il parle d'une voix goguenarde, mais un peu traînante. Il est visible qu'il a bu. « Salut, frangin ! Ça fait longtemps qu'on s'était pas vus, pas vrai ? J'peux entrer ? »

Devant Alain et sa femme, qui ne sont pas encore revenus de leur surprise, il s'installe dans un fauteuil comme s'il était chez lui. Il allume une cigarette. « Faites pas cette tête-là. J'suis venu vous faire une proposition, une proposition honnête. J'arrête de jouer à mon petit jeu et vous entendez plus parler de moi. Seulement, ça vaut bien quelque chose ? Qu'est-ce que t'en dis, Alain ? T'as les moyens, toi… T'es honnête, travailleur et tout. T'as dû faire des économies. Alors, d'après toi, combien ça vaut ma disparition ? »

Alain ne répond pas. Tête baissée, il se jette sur son frère. Celui-ci, d'abord surpris, attaque à son tour.

Alors, sous les yeux de la femme d'Alain, horrifiée, c'est un spectacle de cauchemar. Car les deux hommes qui sont en train de se battre avec sauvagerie sont exactement semblables.

Elle voit le visage d'Alain et celui de Didier défigurés par le même rictus de colère, de haine. Elle les entend se lancer des cris, des injures et ils ont exactement la même voix, les mêmes intonations. Ils roulent sur le tapis dans un corps-à-corps furieux. Oui, elle a l'impression que c'est la même personne, une sorte d'être monstrueux à deux têtes, qui est en train de se détruire lui-même avec frénésie dans un suicide hallucinant.

Les jumeaux se sont lâchés. Didier poursuit Alain, une bouteille à la main. Celui-ci se réfugie dans la cuisine. On entend un cri, un choc.

Quand Alain ressort, un instant plus tard, il est livide. Il tient un couteau, il est couvert de sang. Il balbutie : « Didier… Il est mort… »

Quelques minutes plus tard, les policiers, prévenus par les voisins, sont dans l'appartement. Alain Gautier est hébété. Il pourrait se défendre, invoquer la légitime défense, mais au contraire, il s'accuse. Il répète comme une mécanique : « Didier... Il est mort... Je l'ai tué... »

Et les jours suivants, devant le commissaire chargé de l'enquête, c'est la même chose. Alain Gautier est prostré. Il répond d'une manière indifférente aux questions. Le commissaire tente de le raisonner. « J'imagine ce qu'un jumeau doit ressentir à la perte de son frère..., mais vous devez réagir. Si, comme je le pense, la légitime défense est établie, vous serez bientôt libre. Vous devrez continuer à vivre. Vous avez votre famille, votre travail. »

Alain Gautier bénéficie d'un non-lieu et il est libéré quelques jours plus tard. Seulement, à partir de ce moment, sa femme, sa famille, son employeur assistent à un changement complet dans sa conduite.

Lui qui était sobre commence à boire. À la maison, il fait des scènes continuelles à sa femme, il se met même à la battre. À son travail, il devient paresseux et brouillon. Il ne supporte pas la moindre remarque de ses collègues et même de son patron.

C'est comme si Didier reparaissait en lui. Comme si, pour nier ce qui, malgré la légitime défense, restait pour lui un crime, il refaisait vivre son frère à travers lui. Non, Didier Gautier, le fainéant, le mauvais, le pervers, n'était pas mort : une gifle à sa femme, un mot de travers à son employeur, un verre de trop et le voilà qui renaissait ; le drame, l'insupportable drame n'avait jamais existé !...

Alain Gautier a perdu son travail et, à partir de là, il s'est enfoncé dans une déchéance rapide. Il a même eu plusieurs fois affaire à la police et, cette fois, ce n'était pas une erreur.

Seule sa femme, malgré l'enfer qu'était devenue sa vie, ne l'a pas abandonné. Elle l'a accompagné jusqu'au bout de son calvaire.

Alain Gautier s'est suicidé avec un mélange d'alcool et de barbituriques, le 16 octobre 1988, deux ans jour pour jour après avoir tué son frère. On vous l'avait dit : les jumeaux Gautier n'auraient jamais dû grandir !

Sir Percival

13 juin 1985. Une femme d'une quarantaine d'années se présente au poste de police central d'Aberdeen, en Écosse. Elle demande à voir l'officier responsable, mais elle ne veut pas préciser à quel sujet. Elle lui parlera à lui et à lui seul.

Une heure plus tard, le lieutenant McGall la reçoit dans son bureau. La femme est habillée d'une manière courante : elle n'est ni jeune ni vieille, ni jolie ni laide. Elle affiche une contenance modeste. Elle a l'air très intimidée.

Le lieutenant lui adresse la parole sans trop de ménagements :

« Vous vouliez me parler personnellement ? Eh bien, je vous écoute et j'espère que vous ne me ferez pas perdre mon temps. »

La femme commence d'une voix hésitante : « Je m'appelle Johanna Winters. Je suis employée de maison chez Sir Charles-Benett. »

Le lieutenant change brusquement d'attitude. Sir Percival Charles-Benett, soixante-dix-sept ans, est le personnage le plus considérable de son district. Il évoque mentalement tous les titres qui le désignent au respect de ses concitoyens : propriétaire foncier richissime, ancien député conservateur, membre du « Reform Club », le plus sélect du royaume, et par-dessus tout ancien capitaine des gardes de la Reine.

La femme semble avoir du mal à s'exprimer. « Ce matin, je suis venue au château. Je sais bien, normalement je n'aurais pas dû venir. M. Pierce m'avait dit de ne pas y aller jusqu'à nouvel ordre.

– Exprimez-vous clairement. Qui est ce M. Pierce ?

– Le majordome du château, monsieur. C'est lui qui me donne mes ordres. Il m'a dit, à la fin du mois dernier, que Sir Percival et Lady Margaret partaient en voyage sur le Continent et qu'il les accompagnerait lui-même. En conséquence, le personnel du château devait prendre ses vacances lui aussi. Mais je ne sais pourquoi, j'ai eu la curiosité de faire un tour. Et j'ai vu, monsieur le lieutenant, j'ai vu !

– Quoi ? Qu'avez-vous vu ?

– Eh bien, le parc semblait à l'abandon. Il y avait… des mauvaises herbes ! »

Le lieutenant McGall sent une inquiétude subite monter en lui. « Des mauvaises herbes, dites-vous ? Mais où était le jardinier ? Vous l'avez cherché ?

– Mais oui. Il loge dans un pavillon au fond du parc. J'y suis allée. J'ai frappé, j'ai appelé. Je n'ai eu aucune réponse. Il semble être parti lui aussi. Enfin, monsieur le lieutenant, ce n'est pas normal ! Quand on part en vacances, on n'emmène pas son jardinier et on ne laisse pas sa pelouse à l'abandon. »

Le lieutenant McGall ne répond pas, mais il est exactement du même avis. Pour qu'un homme comme Sir Percival Charles-Benett, ancien capitaine des gardes de la Reine, laisse des mauvaises herbes dans sa pelouse, c'est qu'il a dû se passer quelque chose de très grave.

Dès que sa visiteuse est sortie, l'un des adjoints vient le trouver. « J'attendais que vous soyez seul pour vous le dire, lieutenant. Nous venons d'identifier le cadavre qui a été retrouvé avant-hier dans une voiture en face de la gare d'Aberdeen. Il s'agit d'un certain Donald Pierce.

Le lieutenant bondit. « Vous avez bien dit Pierce ? Renseignez-vous immédiatement pour savoir s'il avait un degré de parenté avec le majordome des Charles-Benett.

– C'est déjà fait, lieutenant. C'était son frère. »

Le lieutenant McGall fait la grimace. L'affaire commence très mal. Ce cadavre découvert il y a deux jours, et qu'on croyait lié à un quelconque règlement de comptes, aurait-il un rapport avec l'affaire Charles-Benett ? Décidément, il devient urgent de faire un tour au château.

Il fait rappeler Johanna Winters, qui n'avait pas encore quitté les locaux et se rend, avec elle et plusieurs de ses hommes, au manoir des Charles-Benett.

C'est un château comme l'Écosse en a le secret : de style purement médiéval, avec des tours rondes très étroites, surmontées de créneaux et de merlons. L'ensemble du bâtiment, en pierre sombre, est recouvert de lierre. Les tours sont environnées d'un nuage de corbeaux croassants. Le lieu est aussi peu engageant que possible.

Pourtant, il presse le pas et se dirige rapidement vers le lourd portail du château. Non, la bonne n'avait pas menti : la pelouse est dans un état lamentable. Il n'en aurait pas voulu lui-même pour son petit pavillon.

Johanna Winters possède un double des clefs. Suivi de ses hommes, le lieutenant traverse rapidement le hall. Il se sent mal à l'aise. Cette intrusion dans une propriété privée n'est pas légale. Ces armures, ces panoplies aux murs, ces portraits des Charles-Benett des siècles passés, tous plus impressionnants les uns que les autres, lui semblent comme autant d'incitations à faire demi-tour. Mais il n'a pas le choix.

Johanna Winters le guide à travers les salles. « Il faut aller voir dans la bibliothèque. C'est là que Sir Percival garde ses collections. »

Le lieutenant hoche la tête. Les collections d'œuvre d'art de Sir Percival Charles-Benett sont célèbres, à juste titre, dans les milieux artistiques.

Johanna, qui a précédé les policiers, pénètre dans la bibliothèque et pousse un cri. McGall se précipite et ne peut que constater avec elle : les nombreuses vitrines qui occupaient la vaste pièce sont brisées. La bonne le renseigne approximativement sur la nature des vols : « Toutes les porcelaines chinoises ont disparu. Et les pièces d'un shilling en or à l'effigie d'Édouard Ier aussi ! Il y en avait cent soixante-dix : je les ai comptées. »

Le lieutenant laisse deux de ses hommes sur les lieux pour prendre les empreintes éventuelles et dresser l'inventaire des pièces volées, puis retourne dans son bureau faire le point. La première chose est de retrouver Sir Percival Charles-Benett et sa femme Margaret, qui seraient en vacances sur le Continent. Pourtant, un nouveau rebondissement va se produire. Son adjoint fait irruption dans son bureau. « Lieutenant, on vient de découvrir le corps d'une jeune femme dans la lande près de Dumfries. Sur elle, on a retrouvé une pièce ancienne : un shilling à l'effigie d'Édouard Ier. »

Le corps est identifié peu après par Johanna Winters. « C'est Sheila Scott. Elle a été employée au château comme cuisinière, il y a deux ans. Elle n'a pas fait l'affaire et elle a été rapidement renvoyée. Seulement elle a continué à voir M. Pierce, le majordome. Je crois même savoir qu'ils étaient intimes. »

Le mystère s'épaissit et le majordome semble jouer un rôle central dans l'affaire. Coup sur coup, on retrouve les cadavres de son frère et de sa maîtresse, lui-même restant introuvable, tout comme ses maîtres et le jardinier.

Les recherches se poursuivent avec acharnement. Pendant plusieurs jours encore, des équipes de policiers creusent tout autour du château, explorent les bois, les landes, les rivières et les lacs de la région. Le lieutenant McGall est pessimiste. Il s'attend malheureusement à faire une autre macabre découverte. Car, comment expliquer que Sir Percival ne se manifeste pas ? Les journaux anglais font leurs gros titres sur l'affaire, même la presse étrangère en parle. Or, il n'y a pas la moindre nouvelle de sa part, pas une lettre, pas un coup de fil, pas une carte postale à ses relations, à sa famille, pas le moindre signe de vie : l'expression, hélas, parle d'elle-même.

C'est le 20 juin que son adjoint, qui dirige les recherches autour du château, l'appelle dans son bureau : « Lieutenant, nous venons de dégager un corps sous le potager. »

McGall a un cri : « Sir Percival ! »

Mais son subordonné le détrompe. « Non. Johanna Winters vient de l'identifier. Elle est formelle. C'est le jardinier. »

Le jardinier ! C'est la troisième victime de cette épouvantable affaire. Combien va-t-on en découvrir en tout ? Cinq, avec les corps de Sir et Lady Charles-Benett ? Six, avec celui du majordome, si celui-ci n'est pas, comme on peut penser, le coupable, mais lui aussi, une victime ? »

Cette fois, l'affaire secoue toute l'Angleterre. De Londres, Scotland Yard envoie des renforts policiers considérables. Des centaines d'hommes fouillent Aberdeen et sa région avec des chiens. Des hommes-grenouilles explorent toutes les étendues d'eau.

Et c'est dans l'une d'elles qu'ils font la découverte attendue et redoutée. Le 1er juillet, les policiers sortent du loch March, non loin d'Inverness, deux sacs en toile contenant les corps affreusement mutilés d'un homme et d'une femme âgés. Sans même attendre le résultat de l'expertise médico-légale, tout le monde a compris que Sir Percival Charles-Benett, vingt-huitième du nom, et son épouse Margaret ne sont plus de ce monde.

Le signalement d'Arthur Pierce est affiché dans tous les commissariats du pays. Les bureaux d'Interpol l'ont distribué dans le monde entier : « 53 ans, 1,72 m, yeux marron, cheveux bruns, légère cicatrice sur le menton. » Mais cela donnera-t-il des résultats ? L'homme est traqué. Il le sait. Il doit se terrer dans une cachette sûre.

C'est le 15 juillet que le lieutenant reçoit un appel de la police hollandaise. « Nous venons d'arrêter Arthur Pierce. C'est un coup de fil anonyme qui nous a alertés, un receleur d'Amsterdam effrayé par les proportions qu'avait prises l'affaire. »

L'affaire est terminée. Il n'y aura pas de sixième cadavre. Les policiers arrêtent leurs recherches autour d'Aberdeen. Les autorités anglaises n'ont plus qu'à formuler la demande d'extradition en attendant les aveux de cet homme. Car le mystère reste entier. Pourquoi Arthur Pierce et ses complices se sont-ils livrés à ce massacre épouvantable ? Pourquoi Pierce a-t-il tué ou laissé tuer son propre frère et sa maîtresse ?

Les aveux d'Arthur Pierce, le lieutenant McGall les recueille un peu plus d'un mois plus tard dans son bureau. Le majordome a gardé son allure stylée. Il parle avec netteté. Ses aveux sont comme devait l'être son service : précis et consciencieux. « C'est la malchance qui est responsable de tout, lieutenant. Je vous le jure, uniquement la malchance. Au départ, nous ne voulions tuer personne, seulement voler la collection d'antiquités. Mais il y a eu un imprévu. »

Et Arthur Pierce commence son extraordinaire récit. « Tout s'est passé le 26 mai. C'est ce jour-là que nous avions décidé d'agir. Je devais conduire les Charles-Benett en ville à Aberdeen. Je leur servais aussi de chauffeur. Les autres auraient tout le temps pour agir, car c'était le jour de repos du jardinier. Les autres, c'étaient mon frère Donald et Sheila Scott.

« Ils avaient plus de trois heures devant eux, car je devais, en plus, simuler une panne. Malheureusement, il y a eu un imprévu.

« Quand nous sommes rentrés, ils étaient encore là, en train d'essayer d'enterrer le corps du jardinier. Il était revenu au château contrairement à ce qui était prévu et ils l'avaient tué. Sir Percival et Lady Margaret ont tout vu. J'ai compris que, si je n'agissais pas, nous étions perdus. Alors, je les ai tués eux aussi.

– Et les autres ? Et votre frère ? Et votre maîtresse ?

– Ils n'avaient pas les nerfs solides. C'est Donald qui a craqué le premier. Il ne cessait de répéter que Dieu allait nous punir. Et Sheila a craqué à son tour. Elle passait son temps à dire : "Dieu nous punira tous !" J'ai compris qu'ils allaient se dénoncer. Alors, j'ai décidé d'écarter… ce risque. »

Arthur Pierce a été condamné aux travaux forcés à perpétuité. Quant au château des Charles-Benett, il est resté inoccupé : la famille n'a pas voulu l'habiter. Et les paysans de la région évitent même, depuis, d'aller dans ses parages. Car, après ces cinq morts violentes, il doit s'en passer des choses, à minuit, dans la salle des armures ou dans les tours médiévales qui servent de refuge aux corbeaux !

Il était un p'tit cordonnier

Corrado Dominguez a la « tête près du bonnet » comme on dit. Sa mère se demande de qui il tient ça. Heureusement Corrado a deux frères, Alvaro et Felipe, qui sont plus raisonnables que lui.

Souvent des disputes éclatent, qui se terminent par des coups de poing. Maman n'a plus qu'à passer de l'arnica sur tout ça. Mais Corrado est cordonnier. Il a, à portée de la main, des outils tranchants et coupants. La colère est mauvaise conseillère.

Ce soir-là Corrado explose : « Alvaro ! Fiche-moi la paix ! Je sortirai avec Adelina si ça me chante. De toute manière ça ne te regarde pas.

– Corrado, tu n'as pas le droit de faire ça. Adelina est la *novia* de Felipe. Tu ne peux pas sortir avec la fiancée de ton propre frère. Ça ne se fait pas !

– J'en ai plus que marre de mes frères, de toi, de Felipe et de tout le bazar. Je ferai strictement ce qui me plaît. Et si Adelina préfère sortir avec moi plutôt qu'avec Felipe, ce n'est pas ton affaire. »

Dans la petite boutique de cordonnier de Corrado Dominguez, la discussion bat son plein. Corrado n'est pas de bonne humeur mais il faut bien que le travail se fasse. Devant lui, tout un tas de chaussures d'hommes et de femmes qui attendent de nouvelles semelles ou des talons, des fers.

Corrado discute sans quitter son ouvrage des yeux. En face de lui, de l'autre côté de l'établi chargé de clous, de marteaux, de pots de colle et de morceaux de cuir, Alvaro. Alvaro, le frère aîné, la trentaine avantageuse et la moustache gominée, selon la mode de Buenos Aires au début du siècle.

« Corrado, c'est moi l'aîné. Je t'ordonne de laisser Adelina tranquille. Felipe a eu assez de mal pour la convaincre de sortir avec lui. Maintenant que ses parents sont d'accord, tu ne vas pas tout flanquer par terre !

– Eh oui, les parents sont d'accord. Felipe est employé du gouvernement, ça pose mieux qu'un petit cordonnier qui a toujours les mains noires de suif.

– Mais tu en trouveras bien une autre qui sera contente de t'épouser.

– C'est Adelina que je veux. C'est elle que j'aurai.

– Et si Felipe vient à l'apprendre ?

– Ça ne pourrait venir que de toi ! Il n'y a que toi qui sois au courant ! Ferme ta gueule, sinon il pourrait t'en cuire.

– Non ! Ne compte pas sur moi pour protéger tes manœuvres répugnantes. D'ailleurs j'ai déjà prévenu Felipe. Je lui ai même donné rendez-vous ici même, à une heure et demie.

– Tu as fait ça ! Espèce de... »

Corrado, malgré son tablier de cuir, a sauté par-dessus l'établi en bousculant les chaussures et les pots de colle. D'une main il saisit son frère Alvaro par la cravate. Mais Alvaro, qui exerce la profession de débardeur, en a vu d'autres. D'un magnifique direct il écrase le nez de Corrado. Celui-ci voit rouge, c'est le cas de le dire : il a du sang plein le visage.

Pendant quelques minutes les deux frères combattent sans dire un mot, renversant tout dans la boutique. Jusqu'au moment où, à travers un nuage écarlate, Corrado aperçoit sur l'établi un tranchet qui lui sert à découper d'un coup rapide le cuir inusable des bœufs argentins.

Alvaro, qui allait dire quelque chose, ne laisse échapper qu'un gargouillis sanglant. Sa gorge est soudain béante. Alvaro Dominguez ne plaidera plus pour protéger les amours de Felipe. Il est mort. Corrado reste un moment hébété devant la grande carcasse de son frère. Il marmonne : « C'est sa faute, après tout. Est-ce que je lui demandais quelque chose ? Ça lui apprendra. »

Il essaie de rassembler ses idées et de décider de ce qu'il doit faire. Mais il est interrompu dans le cours de ses pensées par la petite sonnette qui est au-dessus de la porte d'entrée. Quand Corrado lève les yeux, il voit, dans le carré de lumière, Felipe, son second frère, qui contemple la scène avec des yeux agrandis par l'horreur.

« Assassin ! C'est toi qui as fait ça ! »

Felipe n'a pas besoin de se pencher au-dessus du cadavre d'Alvaro pour comprendre qu'il n'y a plus rien à tenter pour le sauver.

« Oui, c'est moi. Mais aussi, est-ce qu'il avait besoin d'aller tout te raconter pour Adelina et moi !

– Comment ça, Adelina et toi ? Qu'est-ce que ça veut dire ?

– Il ne t'avais pas mis au courant ?

– Au courant de quoi ? Il m'a demandé de passer ici après le bureau pour que nous parlions d'elle. C'est tout.

– Ah ! Alors tu ne savais pas ? Eh bien maintenant tu sais. J'aime Adelina et j'ai l'intention de l'épouser. J'ai cru qu'il t'avait tout raconté. La discussion a dégénéré et voilà le résultat. »

Felipe, moins bien bâti qu'Alvaro, possède pourtant la susceptibilité chatouilleuse des Argentins.

« Jamais Adelina n'acceptera d'unir sa vie à celle d'un assassin. Tu ne comprends donc pas qu'en tuant Alvaro tu la perds définitivement ? »

Corrado n'a pas réfléchi à cet aspect des événements. Il tient toujours le tranchet sanglant qui vient d'égorger Alvaro : « Si je ne peux pas l'avoir, tu ne l'auras pas non plus ! »

Et d'un coup rapide il tranche la gorge de Felipe qui vient s'abattre sur le corps d'Alvaro. En dix minutes à peine Corrado Dominguez vient de se rendre coupable du double meurtre de ses deux frères.

Il ne lui reste plus qu'à s'enfuir. Vite et loin de tout. Il ferme la boutique, saute dans le premier tramway qui passe et prend le premier train qui quitte Buenos Aires.

Mais, très vite, on découvre le drame. Anna Dominguez-Arimburu, la mère des trois garçons, a besoin de tout le soutien moral des voisines et amies pour affronter la situation : un fils en fuite, recherché pour le meurtre de ses propres frères.

Corrado, très vite, est retrouvé par la police argentine. Le voilà en prison et, après une enquête rapide, il passe en cour d'assises.

Le procès attire une foule nombreuse qui contemple sans discrétion les mains noircies du cordonnier. Les mains qui ont tué. Le tranchet qui a servi d'« arme du crime » est là, orné d'une étiquette. Il est posé sur un drap rouge qui évoque assez bien le sang sorti des gorges de Felipe et d'Alvaro, répandu sur le sol de la boutique.

Les avocats de Corrado n'ont pas la tâche facile. L'assassinat de ses propres frères ne plaide pas pour lui. Non plus que ses projets pour détourner des voies du mariage Adelina, la fiancée de Felipe. Adelina est là. Elle avoue être sortie une ou deux fois avec le meurtrier, en cachette de Felipe.

La mère de Corrado est là aussi, triste statue de la douleur. La femme d'Alvaro, en longs voiles de deuil, réclame justice pour elle comme pour ses enfants.

L'avocat général, lui, ne fait qu'une bouchée de Corrado.

« Cet être sans cœur et sans pitié, qui n'a pas un seul instant pensé aux autres, qui n'a pas hésité à tuer ceux qui lui étaient les plus proches pour assouvir une passion malsaine et, disons-le, presque contre nature ! Je vous adjure, messieurs les jurés, n'ayez aucune pitié pour cet être au cœur de pierre, cet assassin indigne de continuer à vivre... »

Après une courte délibération, le jury unanime suit les réquisitions de l'avocat général et condamne Corrado à la peine de mort.

Quelques jours plus tard, la mère de Corrado tente l'impossible : « Monsieur le Président, je vous en conjure, ayez pitié d'une pauvre veuve. Je sais que mon fils Corrado est un criminel, un monstre. Mais peut-être suis-je coupable. Peut-être est-ce moi qui ai fait une erreur en essayant de l'élever du mieux que j'ai pu. Son père est mort depuis plus de vingt ans... »

Anna Dominguez, la mère de Corrado, a réussi à se faire recevoir en audience privée par le tout nouveau président de la république Argentine, un militaire couvert de décorations. Il faut dire qu'ils sont tous les deux originaires de la même région et du même village. Ils portent pratiquement le même nom.

« J'ai perdu mes deux fils le même jour. Si vous tuez Corrado, je perdrai le troisième. »

Le général-président, pour marquer d'un acte de bonne volonté son accession au pouvoir, accepte de commuer la peine de mort de Corrado en réclusion à perpétuité.

Derrière les hauts murs de la prison centrale, Corrado a tout le temps de réfléchir aux conséquences de ses actes. Étant donné son métier, on l'affecte à l'atelier de cordonnerie de la prison. Là, non seulement il rapetasse les souliers fournis aux gardiens par l'administration, mais il se fait aussi quelques relations utiles.

Il fait la connaissance d'un maître chausseur qu'une malheureuse passion amoureuse a conduit là pour dix ans.

« Corrado, si tu veux travailler avec moi, je vais t'apprendre le métier. Non seulement la cordonnerie, mais la création et le travail sur mesure.

– À quoi bon ? Je suis ici pour le restant de mes jours. Je n'aurai certainement jamais l'occasion de me faire une clientèle dans l'escarpin ou le richelieu.

– Mais si ! Tu devrais, on ne sait jamais ce que l'avenir réserve. »

Et Corrado, pour s'occuper, se met à suivre les conseils de l'artiste en empeignes et contreforts. Au bout de trois ans, une mutinerie éclate et quelques prisonniers, après avoir pris en otage une poignée de gardiens, parviennent à franchir les grilles. On en rattrape certains, on en tue d'autres mais Corrado Dominguez, lui, échappe à toutes les recherches.

On interroge Anna, sa mère :

« Avez-vous eu des nouvelles de votre fils ?

– Aucune, hélas. Je vous le jure. »

À tout hasard on met sa maison sous surveillance mais rien n'y fait. Jamais Corrado ne viendra lui rendre la moindre visite. Du moins pendant les premiers mois. Puis la police s'intéresse à d'autres cas plus nouveaux. Désormais le cordonnier assassin disparaît complètement de la circulation.

Trois ans plus tard la sonnette retentit dans la boutique de chaussures de l'avenida de la Libertad. Un monsieur élégant, monocle vissé dans l'œil, pénètre à l'intérieur. Le propriétaire de la boutique, un homme barbu, trapu et bien mis, se précipite pour l'accueillir. « Que puis-je pour vous ?

– Je désire quelques paires de chaussures en pécari. On m'a dit que les vôtres sont très confortables.

– Voici plusieurs années que j'en fait sur mesure. J'ose espérer qu'elles vous donneront satisfaction. Je vais vous faire voir les peaux afin que vous puissiez choisir celles qui vous conviennent. »

Le client s'installe sur une chaise de velours près du comptoir. Le chausseur le fixe un long moment mais l'autre ne se rend compte de rien. Il est occupé à examiner le décor de la boutique élégante, les modèles de bottines, d'escarpins, de bottes qui ornent la vitrine, les piles de crèmes et de boîtes de cirage pour l'entretien des cuirs précieux. Un décor qui inspire confiance.

Le chausseur, avec une expression perplexe sur le visage, s'affaire, passe dans l'arrière-boutique, revient avec une liasse de peaux de toute beauté. Le client au monocle fait son choix.

« Je vois que monsieur est connaisseur. Vous avez choisi les plus beaux spécimens. » Le client remercie d'un sourire. « Si vous êtes décidé pour les peaux, je vais prendre vos mesures et établir votre fiche.

– J'aimerais téléphoner, si vous le permettez.

– Mais je vous en prie. » Le fabricant de chaussures pousse le combiné vers le comptoir. En Argentine, à cette époque-là, le téléphone est gratuit. Tout le monde téléphone à tout le monde avec la plus grande facilité.

« Bonjour ! Ici le président Alvear-Cobo. J'aimerais réserver une table pour ce soir... »

Le chausseur, qui préparait son stylo et son carnet pour prendre les mesures, s'est figé un très court instant en entendant son client faire sa réservation.

« Président Alvear-Cobo. Vous êtes le fameux magistrat, je crois ?

– Si vous voulez mettre les choses ainsi. Effectivement mon nom a figuré dans un certain nombre d'affaires criminelles.

– Si vous voulez passer dans l'arrière-boutique. Vous y serez plus à l'aise. Je ne voudrais pas qu'un client vous surprenne en chaussettes dans la boutique. »

Le président Alvear-Cobo trouve l'idée excellente et le chausseur va pousser le loquet de la boutique. Il accroche derrière la vitre un petit écriteau sur lequel on lit : « Maison Anna Arimburu. Absent pour quelques instants. »

Dans l'arrière-boutique, le client ôte ses élégantes bottines à boutons qui brillent comme du cuir verni. Le chausseur s'agenouille. « Quittez vos deux chaussures. Les deux pieds sont rarement semblables.

– Voilà, je vous laisse faire. » Le chausseur manipule des pieds à coulisse en bois, note les différentes mesures.

« Maître, vous n'auriez pas, il y a quelques années, assisté au procès d'un certain Corrado Dominguez ?

– Mais si. J'étais l'avocat général et j'ai même demandé et obtenu sa tête. Un triste bonhomme qui avait égorgé ses deux frères pour une sombre histoire de fille. »

Le chausseur s'est déplacé vers le fond de la pièce. « Ne les avait-il pas égorgés avec un tranchet de cordonnier ?

– Effectivement.

– Un tranchet semblable à celui-là ?

– Oui, je crois bien. Mais pourquoi ? Vous le connaissiez ? »

Le chausseur élégant et barbu sourit à présent.

« Mais oui, je le connais. Pour une excellente raison. Car Corrado Dominguez c'est moi. Comme le monde est petit !

– Que me voulez-vous ?

– Je veux vous faire payer l'acharnement que vous avez mis à demander ma tête. Vous n'aviez aucune raison de m'en vouloir. Vous n'avez pas cherché à comprendre mes mobiles. Vous étiez si heureux de faire des effets de manches. Ma tête aurait bien fait sur votre cheminée ! »

Le président Alvear-Cobo n'a pas le temps de trouver un argument percutant. Dommage pour lui. D'un seul coup de tranchet Corrado Dominguez vient de lui ouvrir la gorge. Le sang gicle sur le gilet en laine anglaise, sur les chaussettes de soie de couleur tourterelle. Corrado murmure : « Justice est faite ! »

Quand, quelques heures plus tard, la police pénètre dans l'élégante boutique, une vision d'horreur les attend dans le petit salon d'essayage. Le corps de l'avocat général, raidi par la mort, est toujours assis sur l'élégante petite chaise en bois. Décapité.

La tête du magistrat, figée par un rictus horrible, est posée sur une cheminée de marbre noir. Corrado a soigneusement remis en place le monocle.

Cette fois-ci, les forces de police sont bien décidées à retrouver Corrado qui en est à son troisième meurtre. Personne ne s'explique comment, en plein centre de Buenos Aires, il est parvenu, quelques années après son évasion, à ouvrir une boutique élégante.

Après tout on recherchait un pauvre petit cordonnier. On ne recherchait pas un chausseur élégant. Personne n'avait remarqué que ce chausseur portait le nom d'Arimburu, le nom de jeune fille de la mère de Corrado.

C'est dans une course-poursuite sur les bords du Río de la Plata que Corrado, doublement artiste du tranchet, est abattu de plusieurs balles. Trois d'entre elles, curieusement, lui avaient déchiré la gorge. Une pour chacune de ses victimes.

Jeu de rôles

Minuit, le 14 août 1990. Il fait une chaleur pesante dans le petit village de San Stefano, sur la côte méditerranéenne, au sud de Naples. Un groupe d'une dizaine de jeunes gens gravit un sentier qui surplombe la mer. On les distingue parfaitement, car c'est une nuit de pleine lune. Celui qui marche en tête doit avoir dix-huit ans. Il a les cheveux longs très bruns, le visage émacié. Il est vêtu d'un pull-over et d'un pantalon noir. Il porte en bandoulière un sac de toile. Il y a dans toute son allure quelque chose de frêle et de romantique.

Le petit groupe longe un mur et s'arrête devant une grille : c'est l'entrée du cimetière. Le jeune homme en noir la pousse doucement. Une voix féminine retentit derrière lui : « N'y va pas, Franco ! J'ai peur.

– Un jeu de rôles, c'est un jeu de rôles, Claudia.

– Peut-être, mais je n'aime pas ce rôle-là. »

Franco se détourne de la jeune fille. Il s'adresse à l'un des garçons : « On est bien d'accord, Antonio ? Le convive de la mort. À la pleine lune, je dois passer une heure dans le caveau du comte Luni ?

– Exactement. Tu as ce qu'il faut ?

– Oui : une bouteille de marsala et deux verres. Si je vois le comte, je trinque avec lui. À tout à l'heure. »

Franco tire de son sac non la bouteille, mais une lampe de poche. Il s'avance d'un pas ferme à travers les allées et s'immobilise devant un caveau qui domine les autres : celui des comtes

Luni. Il ouvre la porte et la referme derrière lui. Une toute petite lumière est maintenant visible à l'intérieur.

Oui, c'est un jeu bien étrange et d'assez mauvais goût auquel se livrent ces jeunes Romains en vacances à San Stefano. Ils ont entendu parler au village de la légende du comte Luni, décédé l'hiver précédent. Un personnage mystérieux, qui vivait seul avec son frère et qui ne sortait que la nuit. Il se faisait fort, après sa mort, de quitter sa tombe par les nuits de pleine lune. Il avait, disait-il, trouvé le secret des comtes Luni auxquels ils devaient leur nom de famille.

De là, les jeunes gens ont bâti toute une histoire, un jeu de rôles où chacun devait interpréter l'un des personnages. Celui du convive de la mort a échu à Franco, qui a accepté sans hésitation. Franco n'a jamais eu peur de rien et surtout pas des cimetières.

Une heure dix du matin. Le petit groupe des jeunes gens se dirige à nouveau vers le cimetière. C'est le moment où ils doivent retrouver Franco, qui les attend après son heure passée dans le caveau.

La grille du cimetière est ouverte. Claudia pousse un cri : « Il est encore là ! »

En effet, la petite lumière est toujours visible à l'intérieur du tombeau des Luni. Claudia ajoute à mi-voix : « Pourquoi est-il resté ? »

Antonio hausse les épaules. « Pour nous faire peur, pardi ! Pour se donner de l'importance. »

Personne ne lui répond. Chacun a remarqué que son ton sonnait faux. Antonio lance : « Allons voir. »

Il prend la tête du groupe et s'avance sans bruit dans l'allée. Le cimetière est parfaitement silencieux, à part le vent dans les cyprès et les vagues en contrebas. Antonio arrive devant le caveau. Il pousse la porte entrebâillée. Il y a une exclamation générale ! « Ce n'est pas vrai !... »

Franco n'est pas là. Mais les traces de son passage sont bien visibles. Sur le sol de marbre, à côté de la lampe de poche, il y a le sac de toile, la bouteille de Marsala entamée, un verre plein et l'autre brisé ; plus que brisé même : il a été réduit en miettes, comme broyé par une main gigantesque. Antonio est le premier à revenir de sa stupeur. « Il faut prévenir les carabiniers. »

Une demi-heure plus tard, le lieutenant Cataneo est sur les lieux avec deux de ses hommes. Il grommelle à l'intention des jeunes gens : « Si c'est une plaisanterie, elle lui coûtera cher à votre petit ami ! »

C'est à ce moment qu'un des carabiniers, qui explorait le cimetière, lui crie : « Lieutenant, venez voir ! »

L'homme est au fond du cimetière, devant un muret. À cet endroit, le terrain surplombe la mer d'une vingtaine de mètres. Dans le faisceau de sa torche, on distingue une forme allongée sur la plage, une forme noire.

Tout le monde dégringole dans cette direction. Oui, c'est bien le jeune Franco. Il est face contre terre. Le lieutenant Cataneo le retourne avec précaution, l'examine et relève la tête. « Il est mort. »

16 août 1990. Le lieutenant Cataneo a commencé son enquête sur la mort – ô combien mystérieuse ! – du jeune Franco. De son nom Franco Brunelli, il était étudiant en lettres à la faculté de Rome. Cela faisait plusieurs années qu'il venait passer ses vacances à San Stefano où ses parents ont une maison et où il vient de trouver la mort.

Mais s'agit-il d'un crime ? Rien n'est moins sûr. Le médecin qui a examiné le corps est formel : le jeune homme ne porte aucune blessure due à une arme quelconque. La mort a été occasionnée uniquement par la chute. Alors, un suicide ? Un accident ? À moins qu'il ne s'agisse quand même d'un meurtre, mais pas d'un meurtre ordinaire. C'est en tout cas l'opinion des gens de San Stefano. Le jeune écervelé a payé de sa vie son défi insensé à l'âme du comte Luni.

Le lieutenant Cataneo, lui, garde la tête froide. D'abord, il doit en apprendre plus sur la victime et, pour cela, le meilleur moyen est d'interroger ses camarades. Claudia est très éprouvée par le drame. « Je l'aimais beaucoup. C'est affreux ce qui s'est passé !

– Quelles étaient vos relations avec lui ?

– Il n'y avait rien eu entre nous, si c'est cela que vous voulez dire, mais il me faisait la cour. Enfin… à sa manière.

– À sa manière ?

– Il m'écrivait des poèmes et il me donnait rendez-vous pour me les lire, la nuit, au cimetière. »

Le policier ne peut cacher sa surprise : « Drôle d'idée effectivement… Et vous y alliez ?

– Oui. Et pourtant, j'avais peur. La dernière fois, c'était l'avant-veille de sa mort. Et c'est là qu'il s'est passé quelque chose. »

La jeune fille s'arrête un instant, encore très impressionnée. « Nous étions assis sur le petit mur, là où… Enfin, il me parlait, comme d'habitude, de choses très compliquées à propos de ses lectures. Et c'est alors que j'ai vu de la lumière dans le caveau des Luni. J'ai poussé un cri et la lumière s'est éteinte aussitôt. Ensuite – mais je n'en suis pas certaine, car il faisait sombre à ce moment-là –, j'ai cru voir la porte s'ouvrir et une forme s'enfuir. »

Le lieutenant ouvre de grands yeux. L'affaire prend une tournure de plus en plus étrange. « C'est peut-être votre imagination. Vous aviez peur.

– Non. Car Franco a vu la lumière en même temps que moi. Et lui, il n'avait pas eu peur. Il s'est même précipité vers le caveau. Mais il n'y avait rien, sauf que la porte était ouverte.

– Qu'est-ce qu'il vous a dit ?

– Il était très calme. Pour lui, cela ne pouvait être qu'un mauvais plaisant. C'est à cause de cet incident qu'il a eu l'idée d'un jeu de rôles au sujet du comte Luni. Tout le monde a marché, même si, dans le fond, on n'était pas trop rassurés. »

Le lieutenant Cataneo essaie de cerner la déconcertante personnalité de la victime. « Selon vous, était-il capable de se suicider ?

– Certainement pas. Il adorait la vie.

– Pourtant, cette façon de s'habiller en noir, ces goûts morbides.

– Ce n'était qu'une façade, un rôle justement.

– Alors, il aurait fait cette chute à cause de quelqu'un ou de quelque chose qui lui aurait fait peur ? »

Claudia garde un instant le silence. « Tout ce que je peux dire, c'est que pour faire peur à Franco, il en fallait… beaucoup. »

Antonio semble tout aussi éprouvé que Claudia. Le lieutenant Cataneo pose les mêmes questions qu'à sa camarade. « A-t-il pu être la victime d'une mauvaise plaisanterie ?

– Non ! C'est impossible. Ce n'est pas l'un d'entre nous, en tout cas. Nous sommes restés ensemble après l'avoir quitté.

– Alors, que s'est-il passé ? »

Antonio baisse la tête. « Je pense… comme tout le monde à San Stefano… »

Le policier se tait et arrête là l'interrogatoire du jeune homme, mais il sait, évidemment, ce que tout le monde pense à San Stefano.

Car il y a une dernière hypothèse, qui est celle de tous les habitants du village : il ne s'agit pas d'un meurtre ordinaire. C'est le fantôme du comte Luni qui s'est vengé de cette profanation. Le comte Luni, que le jeune homme a invité à trinquer avec lui dans un geste de défi insensé, et qui a réduit en poussière le verre qu'il lui tendait.

Ercole Luni, le frère du comte Gregorio Luni, est un personnage presque aussi bizarre que lui. Il habite seul désormais dans la grande bâtisse à moitié en ruine qui surplombe le village. Il reçoit le lieutenant Cataneo avec un ricanement. « C'est bien fait !

– Vous dites ?

– Je dis que c'est bien fait ! Ce petit misérable a eu le sort qu'il méritait. Mon frère a eu mille fois raison ! »

Le policier n'admet pas cette attitude provocante : « Je vous ordonne de vous taire !

– Mais c'est la vérité ! Gregorio avait découvert le secret des Luni, qui permet de ressusciter à la pleine lune. Il me l'avait dit.

– Assez !… Si vous continuez à vous moquer de moi, je vous arrête sur-le-champ. Mais je pense en revanche que vous, vous étiez fort capable de vous substituer à votre frère. Vous avez entendu parler de ce jeu et vous ne l'avez pas supporté. Vous avez été tuer le jeune homme. »

Ercole Luni ricane de nouveau. Le survivant de la famille Luni est un septuagénaire tout voûté. Il se désigne lui-même du doigt : « Vous êtes comique dans votre genre, lieutenant. Vous me voyez, moi, jeter par-dessus le mur un garçon de dix-huit ans ?

– Vous pouviez avoir des complices.

– Vous n'avez pas le droit de m'accuser ainsi. Il faut des preuves. »

Le policier n'insiste pas davantage. Tout cela n'est effectivement qu'une hypothèse. Il a pourtant une dernière question à poser, celle qui lui semble la plus importante : « Est-ce que votre frère a été enterré avec un objet de valeur ?

– Oui. Son épingle à cravate.

– Qu'avait-elle de particulier cette épingle ?

– Elle était surmontée d'un diamant. »

Un voleur de sépultures : c'est l'explication qui semble la plus logique au lieutenant Cataneo. Cela expliquerait le témoignage de la jeune Claudia : la lumière qu'ils ont vue, deux jours avant le drame, dans le caveau des Luni. L'homme a été dérangé, il a préféré s'enfuir. Mais il n'en a pas été de même la nuit du 14 août. Franco Brunelli l'a surpris et a payé de sa vie cette découverte.

Le lieutenant, ayant conclu son enquête en ce sens, les autorités judiciaires décident l'exhumation du comte Luni. Elle a lieu dans l'excitation qu'on imagine. Et si le cercueil était vide ?

Mais non… Le défunt comte est toujours dans sa bière. Et il porte son épingle à cravate.

Voilà… C'est ainsi que se termine l'énigme de San Stefano. L'hypothèse d'un ou de plusieurs violeurs de sépultures meurtriers reste la plus vraisemblable. Mais on ne peut pas exclure un suicide ou un accident dû à la peur ou à toute autre raison.

Est-il besoin de dire qu'à San Stefano, on ne croit à rien de tout cela ? Depuis, sauf pour les enterrements, personne n'a osé se rendre au cimetière et le maire a décidé que la grille serait cadenassée la nuit.

Au cas où un jeune fou voudrait lancer un nouveau défi au fantôme du comte Luni…

Secret de famille

Les Marjorin forment une famille sans histoires. Le père est employé aux PTT, la fille aînée, Suzanne, est demoiselle des postes, la seconde, Eulalie, vient de passer son brevet et espère, elle aussi, devenir fonctionnaire. Le fils aîné, Albert, n'a pas autant d'ambition mais il entrera sans doute à la poste. Il n'a que dix-sept ans. Quant à Siméon, couvé par sa maman, il n'a que trois ans, toute la vie devant lui… Mais ce soir, 30 août 1944, la ville est muette. Les « boches » fichent le camp.

Derrière leurs volets clos, au 16 de la rue du Carmel, les Marjorin, comme toute la ville, écoutent les bruits extérieurs. Pas de doute, il se passe quelque chose : jamais on n'a entendu autant de *Schnell !* et de commandements gutturaux. Bruits de moteur, choc des caisses qu'on jette précipitamment dans les camions, bottes cloutées qui courent sur les pavés ronds. Ce n'est pas le moment de mettre le nez dehors.

Camille Marjorin, la mère, tient Siméon dans ses bras et lui chante une vieille berceuse qui lui vient de sa grand-mère. Le père, Anatole, est étendu sur le lit. Il attend l'heure de la soupe en écoutant les échos de la débâcle allemande. Eulalie révise. Albert, le fils aîné, prépare son matériel de pêche.

« Si les boches se font la malle, je n'ai plus à m'en faire pour le STO. »

Le père approuve : « Espérons ! Je te voyais mal parti en Allemagne, surtout qu'en ce moment ils en prennent plein la gueule, question bombardements. »

La mère intervient : « Toi tu as encore écouté la radio

anglaise. Un poil de plus et tu te mettais à faire de la Résistance. »

Le père hausse les épaules. Il n'éprouve pas le besoin de dire à toute la famille que la Résistance il la connaît un peu, qu'il rend des services, coupe des fils téléphoniques, transmet des messages. Des bricoles. Pas de quoi obtenir la Légion d'honneur. À peine de quoi se faire déporter…

En entendant parler de Résistance, Suzanne, la fille aînée, se ronge les ongles un peu plus que d'habitude. La Résistance elle la connaît, par une collègue de travail, Noëlle Laborit, une jolie brune dynamique qui est son chef de service. Qui « était » son chef de service car un jour, en plein service, la Gestapo est arrivée à la poste et a emmené Noëlle. Comme son frère Jean-Michel. Car lui aussi on l'a arrêté. Il paraît qu'il faisait vraiment partie d'un groupe de « terroristes ».

En tout cas, il aurait été torturé et déporté. Les mauvaises langues disent qu'ils ont été dénoncés tous les deux par une collègue de travail, une mauvaise qui aurait voulu prendre la place de Noëlle.

Suzanne soupire : « On sait ce qu'on perd, on ne sait pas ce qu'on gagne. »

Albert s'étonne : « Tu ne vas pas me dire que tu regrettes les boches !

– Non, mais au moins, tant qu'ils étaient là, on était tranquilles… »

Effectivement les Allemands quittent la ville. Dès le lendemain matin, les portes et les volets s'entrouvrent. Les plus hardis courent jusqu'aux entrepôts qui servaient de cantonnement aux « fridolins », à l'entrée de la ville. Plus un chat, des caisses éventrées, du matériel abandonné. Ils sont partis.

La nouvelle se répand comme une traînée de poudre et aussitôt des drapeaux tricolores fleurissent à toutes les fenêtres. Même celles de maisons où l'on appréciait plutôt la collaboration.

Sur la place de la Halle les plus rapides ont installé des tréteaux décorés d'un drapeau bleu-blanc-rouge. Avec une banderole : « Comité de libération et d'épuration ». On fait déjà la queue pour s'inscrire et recevoir des jolis brassards frappés de la croix de Lorraine. Et pour déposer des lettres de renseignements. On n'est déjà plus aux lettres anonymes.

« Il paraît qu'ils ont attrapé la Berthe Grandenot !

– Cette salope ! Bien fait pour elle. Il y a encore un mois je l'ai vue au bras d'un officier. Ils ont eu le culot d'aller dîner tous les deux à l'auberge du Mouton-Doré.

– J'espère qu'elle va comprendre sa douleur.

– Elle ne risque plus rien, ils l'ont fusillée auprès du cimetière. Et ils l'ont laissée à poil sur place. »

Les nouvelles et la justice expéditive vont vite. Suzanne n'aura pas l'occasion d'en savoir davantage. Dès le lendemain matin, des coups de crosse ébranlent la porte en chêne des Marjorin. Camille, la mère, demande : « Qui est là ?

– Comité de libération ! » Elle ouvre sans méfiance.

« Où est Suzanne ? »

Suzanne est là, aplatie le long du buffet Henri II, pétrifiée. D'une voix étranglée elle demande : « Qu'est-ce que vous me voulez ?

– Tu le sais bien, salope ! » Et voilà Suzanne empoignée. Elle en perd une de ses sandales et se retrouve dans la rue, claudicante. Déjà, dehors, une foule un peu hurlante et un peu hilare attend sa sortie. « À mort ! Fusillez-là. Elle les regrette ses copains boches ! » Suzanne sait ce que cela veut dire. On l'entraîne jusqu'à l'allée des Platanes. Là où, il y a quelques jours, elle se promenait avec ses copines. D'ailleurs, les copines, elles sont là, dans la foule. À travers ses larmes Suzanne croit bien qu'elles aussi hurlent avec les loups.

Suzanne se retrouve avec trois autres malheureuses. Il y a Désirée Planchard, la serveuse de la brasserie. Celle qui souriait aux Allemands quand ils lui pinçaient la taille ou quand ils lui glissaient un bon pourboire…

Devant Suzanne une femme s'est dressée. Ses cheveux grisonnants sont tout décoiffés, elle s'avance et gifle Suzanne à la volée : « C'est elle ! C'est elle ! C'est à cause d'elle que ma Noëlle et mon Jean-Michel sont partis. C'est elle qui les a dénoncés à la Gestapo ! » Et elle crache au visage de Suzanne.

Déjà M. Jermais, le coiffeur, réquisitionné par le comité, tend sa tondeuse et les boucles de Suzanne tombent sur le sol.

La foule rit, d'un rire nerveux et mauvais : « Laissez-lui une queue dans le cou. Ça lui rappellera des souvenirs ! »

Et Suzanne se retrouve avec un écriteau suspendu sur les seins : « J'ai dénoncé une collègue à la Gestapo. »

C'est la longue promenade à travers tout le centre de la ville, en boitillant avec une seule chaussure. Puis la prison. Suzanne l'a échappé belle. Elle aussi aurait pu se retrouver toute nue le long du mur du cimetière avec quelques balles dans la peau… Une attente sans fin commence…

« Suzanne Marjorin ! Prenez vos affaires : vous êtes libre. »

On est en février 1945. Suzanne vient de passer tout l'hiver derrière les barreaux. Heureusement pour elle, le nouveau préfet a réussi à calmer les fureurs épuratrices des résistants de la dernière heure.

En définitive, malgré les clameurs légitimes de Mme Laborit, personne n'a trouvé aucune trace de dénonciation signée par Suzanne. Après tout, les malheureux Laborit, déportés, ont peut-être été victimes de quelqu'un d'autre.

Suzanne rentre chez elle. La porte de chêne se referme sur elle. Elle ne s'ouvrira plus avant de longues années. La famille l'entoure et s'inquiète : « Ça n'a pas été trop dur ?

– Tes cheveux ont repoussé. Ça te va bien. »

Suzanne ne répond pas. Désormais la vie s'organise sans elle. Pas question de reprendre son travail à la poste. Dans quelque temps peut-être…

Elle n'a plus dorénavant pour horizon que le jardinet derrière la maison. Elle regarde la rue à travers les rideaux de macramé : la rue en pente qui descend jusqu'au mur aveugle du carmel, l'église qui ne s'anime que le dimanche matin…

Eulalie annonce un jour : « Le fils Burillot veut m'épouser. » La noce aura lieu chez les Burillot. La famille s'y rend, mais Suzanne reste invisible chez elle. Et Eulalie part pour vivre au loin. Siméon, le plus jeune, réussit bien à l'école. Suzanne dévore les livres de classe qu'il rapporte à la maison pour ses devoirs. Elle l'aide et, grâce à elle, Siméon devient un brillant élève. Au bout de quinze ans, il entre même à l'université. Lui aussi quitte la maison pour aller vivre au loin.

« Madame Marjorin ! Venez vite, votre mari a eu un accident. »

Camille, la mère, quitte son tablier et se précipite à l'hôpital avec Albert, le fils aîné. Le père est là, bien vivant mais la jambe prise dans le plâtre. Une mauvaise chute depuis le haut d'un poteau. Le bassin est atteint. À partir de cette époque, titulaire d'une pension, il ne quittera plus guère le 16 de la rue du Carmel. Et il est plus souvent couché que debout.

La mère se demande ce qu'elle a fait au bon Dieu pour mériter ça. À moins que quelqu'un ne lui ait jeté un sort... Désormais, devenue méfiante à l'égard du monde entier, elle ne croise plus personne dans la rue sans faire le signe de croix. Sauf bien entendu quand elle croise le curé. Mais les Marjorin ne fréquentent pas l'église. Pas plus que le reste.

« Je viens pour déclarer le décès de mon père. » C'est Albert qui s'est déplacé pour cette pénible démarche. « Il est mort lundi. »

L'employé rouspète un peu : « Vous auriez pu vous y prendre plus tôt ! Qu'est-ce qui vous a pris d'attendre cinq jours pour venir. »

Albert hausse les épaules.

« J'avais d'autres choses à faire... » Il faut dire que c'est lui qui se charge de tout en dehors de ses heures de travail : les courses, le jardin, etc. Siméon est loin, Eulalie ne donne plus de nouvelles. Son mari écrit qu'elle fait un séjour à l'hôpital psychiatrique. Ses nerfs ont craqué. Suzanne continue à lire et à regarder la rue vide à travers les rideaux. Quand quelqu'un passe, elle se met en colère : « Encore un qui vient m'espionner. Ça ne leur suffit pas de m'avoir tondue. Ils veulent savoir ce que je deviens. » Suzanne écrit à Siméon : « Reviens, ta place est auprès de nous. » Siméon, docile, abandonne ses études supérieures de chimie et vient, lui aussi, s'enfermer derrière le 16 de la rue Carmel. Il gratte le jardinet qui fournit des légumes.

« Albert, il faut que tu ailles à la mairie chercher ce qu'ils nous doivent. »

Albert s'en va. Mais pas question de s'arrêter sur le chemin du retour pour boire un coup au bistrot. La première fois où il s'y hasarde, il trouve Suzanne et Siméon qui l'attendent de pied ferme : « Toi aussi tu es avec eux ! Tu vas leur raconter ce qui se passe ici, peut-être. Tiens, ça t'apprendra ! » Et Albert reçoit un grand coup de crosse de fusil dans les côtes. C'est Suzanne qui tient l'arme. Siméon, lui, brandit un Remington pour la chasse au sanglier…

Depuis la mort du père, la famille a ressorti des placards tout l'armement familial. On ne sait jamais. S'ils allaient revenir… Cette fois-ci, même vingt ans plus tard, Suzanne n'est plus décidée à se laisser traîner sur l'allée des Platanes pour y être à nouveau tondue. Histoire de vérifier si les armes fonctionnent bien, les Marjorin entrouvrent parfois leur fenêtre et tirent sur le mur d'en face. Celui du Carmel. C'est le couvent qui est propriétaire de leur maison.

« Ça leur coupera l'envie de venir réclamer les loyers. » Un jour, même, le fusil des Marjorin ajuste une petite fenêtre qu'on aperçoit par-dessus le mur. La mère supérieure va se plaindre aux gendarmes. « J'ai retrouvé un de nos reliquaires fracassé. Deux minutes avant, une de nos sœurs était justement là en train de prier. » Les gendarmes frappent chez les Marjorin. On leur répond à travers la porte : « On n'y est pour rien… » Les gendarmes s'éloignent : « Ces Marjorin, ils sont bizarres. La fille a été tondue à la Libération. Une drôle d'affaire. » C'est tout…

Une fois de plus Albert se déplace pour aller à la mairie : « Je viens pour déclarer le décès de ma mère. »

À nouveau l'employé proteste : « Vous exagérez. Vous attendez une semaine pour déclarer la mort de votre pauvre maman ! » Le médecin qui vient constater le décès parvient à pénétrer dans la maison. La mort est naturelle et il repart. Rien à signaler…

Dix ans vont encore s'écouler. Le facteur apporte les mandats, le boulanger apporte le pain. Sans oublier les petits pâtés à la viande et les tartes pour le dessert. Après tout, aucune loi ne vous oblige à sortir de chez vous.

Les Marjorin se contentent de recevoir leurs provisions dans une sorte de sas qu'ils ont aménagé entre la porte d'entrée et celle de la cuisine. D'ailleurs on ne voit plus que Siméon, qui a de plus en plus l'allure d'un homme des bois. Albert, lui, est devenu complètement invisible. Suzanne se contente de pousser des cris perçants dès qu'elle est contrariée. Personne ne l'aperçoit.

Pourtant les voisins réagissent. Bien sûr ils ne croisent plus Camille Marjorin et ses éternels signes de croix, mais, il n'y a pas de doute, les enfants terribles le deviennent chaque jour davantage. Les insultes pleuvent sur ceux qui passent sous les fenêtres et les projectiles divers suivent. Les plus malodorants font aussi partie du lot. Et les coups de fusil sur les murs ne sont plus tellement rares. Il faudrait faire quelque chose.

C'est le tout nouveau préfet qui décide de crever l'abcès. On envoie les gendarmes. Ils reviennent avec des traces répugnantes sur leurs uniformes…

« Mais qu'est-ce qui se passe là-dedans ? » Le commandant de gendarmerie commence à en avoir assez. Il provoque une réunion de crise.

« Pas de doute, il faut aller voir où en sont les Marjorin. Voilà trois ans qu'ils n'ont pas payé leur loyer aux Carmélites mais elles ne réclament rien. Le plus grave c'est qu'hier encore ils ont tiré des coups de fusil dans le jardin des Sabouret, leurs voisins immédiats. »

Un matin de 1983, trente-neuf ans après la libération de la ville, les gendarmes du GIGN finissent par donner l'assaut à la petite maison étroite du 16 rue du Carmel. Pour éviter tout drame ils ont pris soin de se faire précéder de gaz lacrymogènes et c'est le visage recouvert de masques protecteurs qu'ils pénètrent dans la maison. Le spectacle qui les attend les cloue sur place.

Dans la pièce principale Suzanne et Siméon sont couchés sur le même lit. Tout habillés. Le lit, les meubles, le sol de la salle principale sont couverts de détritus, de restes de nourriture, de vieux morceaux de journaux, d'excréments… De toute évidence, pas un coup de balai n'a été donné dans la maison depuis… au moins dix ans. Depuis la mort de la mère.

Mais le pire est encore à venir. Quand Suzanne et Siméon, anesthésiés par les gaz, parviennent à se lever, ils ont un mouvement pour s'emparer des armes qui sont là, toutes prêtes, appuyées le long du mur. Le fusil de chasse d'Antoine, un fusil à canon scié, une hache, et le Remington pour le sanglier. Une balle est même glissée dans le canon, prête à tuer… Les gendarmes sont plus rapides qu'eux.

« N'entrez pas ! » D'une voix perçante, sur un ton rageur, Suzanne essaie d'interdire aux forces de l'ordre l'accès à la seconde chambre du rez-de-chaussée.

« Qu'est-ce que c'est que ça ? »

Dans son masque, le chef du commando a laissé échapper une question pour l'instant sans réponse. Sur le lit en fer de la pièce voisine, un cadavre momifié, encore revêtu d'un bleu de travail qui part en lambeaux… Il est à demi enveloppé dans un sac de couchage taché et déchiré. La tête du cadavre, réduite à l'état de squelette, ne permet pas de l'identifier du premier coup d'œil, mais une inscription faite avec un feutre sur le pied du lit révèle de qui il s'agit : « Albert Marjorin, assassiné au laser et aux drogues le mercredi 5 décembre 1979 à 14 h 30. » Le médecin, appelé à la rescousse, est formel : « Pas de doute : c'est bien Albert, le frère aîné. C'est pour ça qu'on ne le voyait plus. Le décès doit remonter effectivement à quatre ans. » Au pied du lit, une marguerite toute fraîche est plantée dans un verre à dents plein d'eau.

Suzanne admet que, depuis quatre ans, Siméon et elle continuaient, en dissimulant la mort de leur frère, à toucher sa petite retraite.

Le ventriloque

Wilfrid est un artiste qui remplit les salles. Les gens qui assistent à son spectacle ressortent avec des larmes plein les yeux. Les occasions de rire sont si rares.

Wilfrid est heureux car il met de l'argent de côté. Pour offrir à sa femme et à son fils une belle maison dans un jardin plein de fleurs. Mais pour l'instant ils vivent dans un appartement et Lorentz, le petit garçon de Wilfrid, est en train de pousser une petite voiture sur le plancher.

« Maman ! J'peux aller jouer ? »

Renate regarde par la fenêtre. Le ciel est menaçant mais pour l'instant il ne pleut pas. Lorentz insiste : « Maman ! J'peux aller dans la rue ? Il y a Karly et Beppi qui ont apporté leur nouvelle voiture à pédales.

– Oui, mais fais bien attention. Je te surveille par la fenêtre. Et vous ne sortez pas de l'impasse. Tu m'as compris ? Tu es un grand garçon à présent. Tu as cinq ans. »

Lorentz est déjà dans l'escalier en train de galoper. Sacré petit bonhomme, plein de vie. Et déjà une forte personnalité. Il veut être pilote automobile. Renate regarde sa montre. Elle crie par la fenêtre : « Et tu remontes vers cinq heures pour goûter. Tu peux dire à Karly et Beppi de venir avec toi. Je vais faire de l'orangeade et des crêpes. »

Lorentz, en bas des marches, lance un « Youpee ! » plein d'énergie.

Wilfrid entre alors dans la pièce en s'étirant. « Où est Lorentz ?

– Dans l'impasse. Il joue avec Karly et Beppi. Je lui ai dit de ne pas aller dans la rue et de rentrer pour le goûter. Tu as la forme ?

– Oui, en ce moment j'ai la pêche ! Ce soir je vais essayer de nouveaux textes. J'espère que ça va marcher.

– Tu me donnes un échantillon ? »

Wilfrid ouvre une grande valise posée dans un coin et il en extrait une poupée qui ressemble à un clown. Une veste multicolore et un visage recouvert d'un maquillage blanc, vert et rouge. Des sourcils dessinés en forme de Z, de grosses lèvres bleues. La mâchoire d'en bas est mobile.

Wilfrid enfile sa main droite dans le corps de la marionnette. Et aussitôt les lèvres bleues se mettent à remuer. Les gros yeux ronds roulent d'un air effaré et les sourcils en forme de Z montent et descendent.

« Bonjour Doumy ! Comment ça va aujourd'hui ? » Wilfrid se penche vers le bonhomme de bois qui a l'air de hausser les épaules. D'une voix nasale Doumy répond d'un air blasé : « Encore ! Ah, là ! là ! C'est vraiment la barbe de vivre avec un mec qui, tous les soirs, commence en vous posant la même question : comment ça va aujourd'hui ? Si vous étiez à ma place, vous auriez des envies de meurtre. »

Les grosses lèvres bleues remuent d'une manière parfaitement synchrone avec la voix grinçante que lui prête Wilfrid.

La présence de Doumy est extraordinaire. Et son agressivité aussi. Un vrai monstre. Sans pitié. Il ne laisse rien passer quand ce pauvre Wilfrid, son maître, se laisse surprendre en flagrant délit de naïveté. On plaindrait Wilfrid si l'on ne savait pas que c'est lui qui anime Doumy.

Elle est fière du petit personnage articulé, c'est elle qui a créé le costume et mis au point son maquillage clownesque. Parfois elle suggère à Wilfrid des thèmes de sketches, des répliques qu'elle entend dans la rue.

Elle rit à présent des dernières facéties de ce diable de bonhomme en carton. « Il faut que tu essaies ça sur Lorentz et les deux autres gamins. Tu sais qu'ils sont bons juges. Je suis certaine qu'ils vont adorer. »

Soudain, un bruit de freins retentit au-dehors. Comme un

cri. Suivi d'un choc. Renate s'est levée d'un bond. Wilfrid a laissé tomber Doumy.

« Lorentz ! » Ils ont hurlé tous les deux en même temps. En même temps ils se précipitent vers la fenêtre qui ouvre dans le toit mansardé. Ils se penchent à l'extérieur jusqu'à mi-corps.

« Lorentz ! Lorentz ! »

Mais dans l'impasse, pas un signe de vie. Ils regardent à gauche, vers l'endroit où l'on aperçoit la circulation dans la rue. Là-bas, deux petites silhouettes immobiles.

« Lorentz ! Lorentz ! » Les deux petites silhouettes se retournent lentement. Les lampadaires viennent de s'allumer. Dans la lumière blafarde, Renate et Wilfrid reconnaissent Karly et Beppi, transformés en statues de sel.

Wilfrid et Renate arrivent au bout de l'impasse comme dans un rêve.

Dans la rue plusieurs personnes sont déjà agglutinées autour d'un camion dont l'avant est écrasé sur le mur de la maison qui fait l'angle. Renate voit ce qu'elle ne devrait pas voir. Elle glisse lentement à terre, sans connaissance. Wilfrid, lui aussi, voit l'innommable. Il se précipite en hurlant, une fois de plus : « Lorentz ! Lorentz ! »

Heureusement on l'empêche d'approcher. On l'empêche de saisir le petit corps désarticulé et sanglant qui est là, écrasé entre le pare-chocs et le mur de pierre.

« Il n'y a plus rien à faire, mon pauvre monsieur ! C'est votre petit garçon ? »

Un homme entre deux âges, l'air hagard, descend de la cabine du camion. Une femme lui casse son parapluie sur la tête : « Assassin ! On va vous faire payer ! Et en plus vous avez brûlé le feu rouge. »

Déjà la sirène de la police retentit et la voiture blanc et vert s'arrête en faisant crisser ses pneus le long du trottoir. Wilfrid contemple ce qui reste de Lorentz, son adorable petit garçon. Renate est réanimée par des commerçants du voisinage. Les policiers posent les questions d'usage. À quoi bon toutes ces questions ? Est-ce qu'elles vont lui rendre son Lorentz ? Dans un coin, Karly et Beppi pleurent doucement.

Dans les jours qui suivent, Wilfrid et Renate remplissent des papiers et apprennent les détails du drame. Le chauffeur du camion avait 2,6 grammes d'alcool dans le sang. Le feu rouge grillé. Et l'ivrogne qui perd le contrôle, qui monte sur le trottoir où Lorentz, Karly et Beppi s'amusent sagement avec la nouvelle voiture électrique de ses deux copains de l'impasse. C'était le tour de Lorentz d'essayer la petite Mercedes toute semblable à une vraie.

Renate, la tête prise dans des compresses glacées, est au téléphone. À l'autre bout du fil, sa mère, qui habite à mille kilomètres de là, essaie de la calmer. Renate n'a même plus la force de répondre.

Wilfrid monte dans son atelier et s'enferme à double tour. Sur un canapé, dans un coin, Doumy, la marionnette, est étendu dans une position grotesque. Ses gros yeux de verre fixent le plafond.

Wilfrid se tient devant le grand miroir qui lui sert à répéter ses nouveaux sketches. Il gémit : « Lorentz ! Lorentz ! Où est-tu, mon gamin ? M'entends-tu ? Lorentz ! Ne nous quitte pas ! » Wilfrid se regarde dans le miroir. Les lampes qui éclairent la pièce mettent une lumière magique dans l'atelier. Il voit son propre visage, éclairé par dessous. Chaque ride est accentuée, comme un masque dans un film d'horreur…

Quand il ressort de l'atelier deux heures plus tard, Renate est occupée à préparer le repas du soir. Après tout il faut bien vivre. Malgré son désarroi elle remarque un changement presque physique dans la physionomie de son mari : « Tu es tout pâle ! Tu veux boire quelque chose ?

– Non merci. Je pense à Lorentz. Il est là, tout près. Je sens sa présence. »

Renate abandonne ses casseroles et vient se réfugier entre les bras de Wilfrid : « Oui, chéri. Je sais. Il est là. Il sera toujours là. La mort est un commencement. Nous continuerons à lui parler. Et si nous savons écouter, il nous répondra. J'en suis certaine. »

Le reste se perd dans les sanglots qu'elle ne peut réprimer. Wilfrid, lui, reste avec le regard fixé dans le vide.

« Demain, je mettrai toutes les affaires de Lorentz dans des cartons et…

– Non, Wilfrid. Pas encore. Ne les donne pas. Laisse-moi encore du temps. Pour m'habituer… Je n'aurai pas le courage de voir disparaître ses jouets, ses vêtements, ses livres… »

Deux jours plus tard Renate et Wilfrid, entourés de tous ceux qui les aiment, se retrouvent dans le petit cimetière d'Offenburg, devant une tombe toute fraîche. Les bouquets et les couronnes, blancs pour la plupart, sont déjà déposés auprès de la fosse béante.

Le petit cercueil peint en blanc attend que le pasteur ait prononcé les paroles de consolation qui ne consolent jamais personne. Des visages graves, des femmes qui se tamponnent le nez. Renate et Wilfrid ont l'air d'être ailleurs.

Le soir même, au théâtre municipal, une foule se presse dans le hall d'entrée tout illuminé. Au-dessus de la verrière une enseigne au néon annonce : « Grand gala de bienfaisance au bénéfice de Médecins sans frontières. »

Dans l'entrée, sur le tapis rouge, deux panneaux expliquent que ce gala est « Organisé par le Lion's Club d'Offenburg ».

C'est une soirée élégante et les robes longues, les habits, les nœuds papillons de soie brillent sous les lustres. Le programme est varié, bien construit. Les spectateurs tuent le temps en bavardant avec entrain avant le lever de rideau.

« Il y a le quatuor Van Moppel. Je les adore. Surtout dans la musique française.

– Et le ballet de l'Opéra de Munich.

– Moi, j'attends avec impatience la troupe d'Amparo Velez, je l'ai ai déjà vue à Séville ; même si l'on n'aime pas le flamenco, ils sont époustouflants.

– Moi je me réjouis de voir Wilfrid Schmerking, le ventriloque : vous connaissez son numéro ? »

La sonnette qui annonce le début du spectacle grésille. La foule gagne les fauteuils de velours bleu nuit. Les lumières baissent dans la salle.

Le régisseur s'inquiète dans la loge du ventriloque. « Ça va, monsieur Schmerking ? Besoin de rien ?

– Non merci. Ça va… »

En le voyant dans son smoking impeccable on ne soupçonnerait pas le drame qui le détruit.

Quand Wilfrid Schmerking entre en scène ce soir, les applaudissements crépitent et les premières facéties de Doumy, bien rodées, font hurler de rire aussi bien ceux qui les connaissent que ceux qui les découvrent.

Sacré Doumy : il a vraiment réponse à tout. Et une manière de voir l'actualité qui décape. Tout le monde politique et artistique en prend pour son grade. Doumy est aussi un obsédé sexuel complet. Avec la tête qu'il a, tout devient hilarant. Wilfrid entame un nouveau sketch : « Alors Doumy, qu'est-ce que tu vas faire cet été sur la plage ? »

Doumy roule des yeux effarés. « Je ne suis pas Doumy. Je déteste qu'on m'appelle comme ça ! »

Les rires fusent. On attend la suite avec délectation.

« Ah bon ! Tu n'es pas Doumy ? C'est nouveau. Tu es qui alors ? »

La voix de la marionnette change soudain. Elle perd son côté grinçant et devient tout à fait enfantine : « Je suis Lorentz. Je suis le petit Lorentz et je suis mort ! »

Le public murmure légèrement. Wilfrid enchaîne : « Mais non, tu n'es pas mon petit Lorentz. Tu es Doumy, le drôle de petit monstre qui m'en fait voir de toutes les couleurs.

– Si ! Je suis Lorentz et si je suis mort c'est la faute de mon papa, Wilfrid Schmerking. C'est lui qui m'a laissé jouer dans la rue et c'est pour ça que je suis mort. Je le déteste ! »

Devant la salle médusée, Doumy se met à frapper Wilfrid avec sa grosse main de carton.

Wilfrid met sa main devant les grosses lèvres en bois de la marionnette qui s'agite convulsivement.

« Tais-toi, tu n'es pas Lorentz ! »

L'effet est hallucinant. On a vraiment l'impression que Doumy est animé d'une vie propre et qu'il est très en colère contre le ventriloque. Il se met à mordre le bras de Wilfrid. La salle pousse un cri d'horreur. Pourtant tout le monde sait que c'est le propre bras droit de Wilfrid qui manipule Doumy.

La lutte continue, impressionnante de réalisme. Doumy crie comme un enfant de cinq ans en colère. Wilfrid se débat, lui répond. Il a le front en sueur. La bave lui coule au coin des lèvres.

Le dialogue continue. Wilfrid, l'air éperdu, se défend, argumente : « Mais non, Doumy, tu n'es pas Lorentz. Lorentz c'était mon petit garçon. Il avait cinq ans. Il n'est plus là.

– Oui, c'est moi, je ne veux plus vivre avec toi. C'est à cause de toi que je suis mort. Je vais aller vivre avec Olympio. »

Les spectateurs sont perplexes. Olympio est un autre ventriloque, le concurrent le plus direct de Wilfrid. Dans un style tout à fait différent, magique et poétique.

Soudain Wilfrid a un geste convulsif. Il jette Doumy sur le sol. Mais il continue le dialogue dément avec la voix de Lorentz qui insiste : « Je déteste mon papa. C'est à cause de lui que je suis mort. »

Dans les coulisses, le personnel ne comprend pas quel est ce nouveau gag. Faut-il intervenir ? Baisser le rideau ? Renate, qui était dans la salle, supplie le régisseur : « Baissez le rideau. Baissez ! Vous voyez bien qu'il devient fou. Vous ne pouvez pas le laisser se détruire comme ça. »

Mais non, on ne baisse pas le rideau : ce qui se passe sur la scène fascine tout le monde.

À présent Wilfrid piétine Doumy, les mâchoires de carton sautent, les yeux de verre sont pulvérisés. De la tête grotesque des ressorts s'échappent. En se détendant ils font remuer la pitoyable carcasse de Doumy qui a l'air d'être secoué par les sursauts d'une agonie horrible. Et Wilfrid continue à piétiner, à dialoguer, à baver.

Le public s'agite, mal à l'aise devant la lutte qui se déroule devant ses yeux. Est-ce un nouveau sketch ? Ce n'est pas possible. Quelques personnes se lèvent en courant et sortent de la salle. Wilfrid est-il devenu fou ?

Doumy est réduit à l'état de fragments lamentables répandus sur toute la scène. Mais Wilfrid continue son numéro infernal, alternant les répliques d'un dialogue insoutenable. Ses propos deviennent complètement incohérents : « Lorentz, mon petit, pardonne-moi.

– Tu es un monstre. Je te déteste. »

Il n'y a plus de marionnette, plus de partenaire. Mais Wilfrid enchaîne, alternant les phrases dites normalement et celles qui sortent de son diaphragme sans que ses lèvres bougent.

Il est à genoux, en larmes, il bafouille. On dirait qu'il pleure sur le cadavre de Doumy. Cela devient insupportable.

Jusqu'à ce qu'il s'écroule, d'un bloc, sur les restes de la marionnette.

Comme dans un final superbement dramatique.

On baisse le rideau. Mais la salle médusée reste silencieuse.

Quand il s'approche de Wilfrid, le médecin de service constate qu'il est mort, d'une crise cardiaque.

Par amour ?

Mentir serait un art de tous les instants. Mais que l'artiste défaille un seul instant… Et le voilà condamné.

Susanna Lang, quarante-cinq ans, mère de deux enfants, de famille bourgeoise depuis des générations à Vienne en Autriche, épouse de médecin, fille de médecin, future mère de médecin.

Susanna Lang observe son mari. Elle le connaît bien. Grand, bel homme, séducteur, grand professionnel dans sa spécialité, homme fort et droit, incapable de mentir.

Pourtant il est en train de mentir devant elle. Elle le sent. Car sa nouvelle infirmière a disparu depuis deux jours, et un inspecteur de la police viennoise vient de se présenter courtoisement à leur domicile pour demander des renseignements sur la jeune femme.

Or Frederik Lang répond avec une certaine gêne : « C'est exact, elle ne s'est pas présentée à son service lundi matin. Je n'en sais pas plus. »

Toujours courtois, l'inspecteur insiste : « Deux de ses collègues m'ont affirmé qu'elle avait rendez-vous avec un homme le samedi soir précédant sa disparition. Savez-vous avec qui ?

– Je suis désolé. La vie privée de mes collaboratrices ne m'intéresse pas. »

Susanna ne quitte pas son mari des yeux. Il se détourne avec impatience. L'inspecteur sort une photographie de sa poche, la tend au docteur Lang : « Il s'agit bien de cette jeune femme ?

– Oui. »

Susanna avance de quelques pas et demande au policier, très calmement : « Vous permettez ? Je ne crois pas la connaître. »

Elle regarde avec intensité le jeune visage. Assez jolie, fine, l'air rieur, trente ans tout au plus.

« En effet, je ne la connais pas. Frederik ?

– Ma chère ?

– La clinique l'a engagée récemment, je suppose ?

– Un mois ou deux… »

L'inspecteur range la photographie. Il a suivi le court dialogue avec intérêt. Il attend. L'habitude. S'il y avait une liaison entre cette fille et le docteur, et il en est presque sûr, vu les ragots de la clinique… normalement il devrait se passer quelque chose entre ces deux-là. Mais il ne se passe rien. Susanna lui offre tranquillement à boire. Il refuse. Elle s'assied toujours tranquillement et commente avec gentillesse : « J'espère qu'il ne lui est rien arrivé de grave. Une si jeune fille. N'est-ce pas, Frederik ?

– Je l'espère aussi. C'est tout, inspecteur ?

– Non. En fait, je suis chargé de vous emmener à la clinique. Mon patron s'y trouve en ce moment. Il désire vous interroger.

– Moi ? Je n'ai rien à lui dire ! »

Toujours calme, Susanna intervient : « Je suppose que c'est la routine, Frederik. Tu diriges cet établissement.

– Certes, mais j'ignore totalement les activités de cette jeune femme en dehors de la clinique, justement ! Je ne vois pas ce que je pourrais apporter à une enquête de ce genre ! »

Le policier insiste fermement : « Je vous demande de me suivre, monsieur, à moins que vous ne préfériez une convocation officielle dans le bureau de la Criminelle ?

– La Criminelle ? Pourquoi la Criminelle ?

– Parce qu'il s'agit d'un meurtre, monsieur. »

Frederik Lang devient pâle. Puis s'énerve :

« Vous auriez pu le dire tout de suite ! En voilà des manières !

– Je suis désolé, monsieur. J'ai des ordres. Nous y allons ? »

Susanna accompagne son mari et le policier jusqu'à la porte de l'appartement. Elle n'a pas réagi sur le moment, mais sur le pas de la porte, elle s'adresse à l'inspecteur : « Puisqu'il s'agit d'un meurtre, je pense que vous soupçonnez mon mari. Je vous en prie, soyez attentif. Je sais qu'il est incapable d'un geste meurtrier. J'en suis absolument certaine. Quoi que vous puissiez trouver, sachez que je suis au courant. Il a eu une liaison avec cette jeune femme, il me l'a dit. »

Frederik Lang sursaute avec indignation : « Susanna ! Enfin !

– Ce n'est pas grave, Frederik. Il vaut mieux dire les choses comme elles sont. L'inspecteur a besoin de savoir la vérité. Voilà qui est fait. »

Et Mme Frederik Lang referme la porte sur son mari et l'inspecteur sans se départir de son calme.

Et pourtant, elle ne savait rien. Il n'avait rien dit. Ce n'était qu'une supposition de sa part, l'instinct des femmes trompées. Le visage d'un époux que l'on côtoie depuis plus de vingt ans ne peut guère cacher ce genre de chose.

Et si Susanna Lang doit pleurer, elle le fera toute seule. Si elle se sent humiliée, elle ne le laissera pas transparaître. Par contre, elle décroche immédiatement un téléphone pour appeler un avocat.

Pendant ce temps, Frederik Lang est amené à la clinique, où le patron de la Criminelle l'accueille avec moins de courtoisie que son subordonné : « Suivez-moi dans le parc !

– Pourquoi dans le parc ? Que me voulez-vous ?

– On vous le dira plus tard ! Allons-y. »

Frederik Lang accompagne cet homme bourru dans les jardins de sa clinique, suivi par les regards stupéfaits du personnel. On le conduit dans une allée, à l'extrémité du parc, près d'une issue de secours. D'immenses buissons cernent une pelouse. Le patron de la Criminelle s'arrête à quelques mètres de la porte et demande brusquement : « Vous connaissez cet endroit !

– Comme tout le monde !

– Non, pas comme tout le monde ! Vous le connaissez particulièrement !

– C'est ridicule !

– Vous aviez donné rendez-vous à cette jeune fille exactement ici ! Samedi soir. Vous deviez quitter la clinique tous les deux en empruntant cette porte !

– Qui vous permet de dire une chose pareille ?

– On vous a vu ! Deux témoins.

– Moi ? On m'a vu, moi ? Écoutez... C'est inexact. En fait, j'avais donné rendez-vous à cette jeune femme samedi soir, mais j'ai été retardé, et je n'ai pas pu la rejoindre !

– Je sais. Vous y êtes allé plus tard.

– Pour la prévenir, mais... mais je ne l'ai pas trouvée. Elle était déjà partie.

– Elle n'était pas partie ! Avancez, docteur... Avancez ! Allez-y ! Que voyez-vous ? »

Frederik Lang avance, le visage décomposé, puis s'arrête, tend le bras et dit : « Oh, mon Dieu ! Elle est là ! »

Et à cet instant même le policier rétorque : « Vous l'avez dit un peu trop tôt, docteur Lang. Effectivement, nous l'avons trouvée là, derrière ce buisson que vous venez de montrer. Il n'y a que vous qui puissiez le savoir. Non ? Vous voulez voir le corps ? Abîmé. Elle a été assommée et violentée. Je vous arrête, docteur Lang.

– Ce n'est pas moi ! Je vous jure que ce n'est pas moi ! Je vais vous expliquer. Je suis venu la retrouver samedi soir, en retard, comme je vous l'ai déjà dit. Il était près de dix heures. J'ai vu la porte ouverte, j'ai regardé dehors, sa voiture n'était pas au parking, j'ai cru logiquement qu'elle ne m'avait pas attendu. Et au moment de repartir, j'ai vu quelque chose qui dépassait du feuillage... je me suis penché, j'ai aperçu son corps, j'ai eu tellement peur que je suis rentré à mon bureau aussitôt.

– Pourquoi n'avez-vous rien dit, rien fait ? Si vous étiez innocent, c'était si simple d'appeler la police ! Allons-y, docteur, ne perdons pas de temps. L'autopsie confirmera. »

Coincé le docteur Lang. Fait comme un rat. Tout contre lui. Allez donc expliquer à la Criminelle que vous êtes de bonne foi. Un type célèbre comme vous a tout intérêt à cacher sa liaison, et tout intérêt à se débarrasser de cette liaison pour peu qu'elle devienne encombrante. Or c'était le cas. Les ragots de la clinique allaient bon train. La jeune femme était enceinte, elle faisait du chantage au patron, il lui a donné rendez-vous pour la tuer froidement, d'un coup de cric !

Car il y a un cric dans l'histoire. L'autopsie le dit : objet métallique, du genre barre de fer, cric de voiture. Et le cric de la voiture du docteur Lang n'est plus dans sa voiture. Il ne sait pas où il l'a mis ! Donc...

Donc, il a beau nier, expliquer qu'il est stupide de le prendre pour un violeur assassin, on lui rétorque que « la violer pour faire croire au crime d'un sadique, c'est pas bête, mais ça ne marche pas ! ».

Et le docteur Lang, tout bourgeois qu'il est, tout séducteur qu'il est, se retrouve en cellule. Le procès est fixé, les charges sont lourdes.

Si seulement il n'avait pas dit, juste une seconde trop tôt : « Oh, mon Dieu ! Elle est là ! » Alors que le corps n'y était plus. Ce qu'il n'était pas censé savoir !

Susanna Lang vient rendre visite à son mari en prison. Elle a choisi le meilleur des avocats, engagé un détective privé, et elle tient le coup même s'il est dur. « Je t'aime, Frederik. Je sais que tu n'es pas coupable, comme j'ai su tout de suite que tu m'avais trompée avec cette fille. Tu es formidable dans ton métier, mais tu as trois grands défauts : un, tu ne sais pas mentir. Deux, tu es trop impressionnable. Trois, tu aurais dû me faire confiance. Quand tu es rentré ce soir-là, j'ai compris qu'il se passait quelque chose de grave. J'attendais que tu m'en parles. Tu ne l'as pas fait. Pourquoi ?

– Comment t'avouer en même temps que je t'avais trompée et que cette fille était morte ? Tout le monde croit que c'est moi ! Pourquoi pas toi ?

– Parce que je t'aime et que je te connais par cœur. Et parce que ce n'est pas la première fois que tu me trompes. Je le sais, même si je n'en ai jamais rien dit. Même si je n'en connais pas les détails. C'est ainsi, j'en ai pris mon parti. Je vais te sortir de là.

– Comment ? Ils prennent ma réaction comme un aveu ! Au moment où j'ai désigné ce buisson, j'étais fichu ! Je suis fichu !

– Pas si on trouve le vrai coupable, et il existe forcément ! »

Les journaux le tenaient, leur coupable. Frederik Lang, désignant stupidement le buisson du crime devant le photographe de la Criminelle ! Instant crucial s'il en est dans la vie d'un médecin célèbre, devenu la proie superbe d'un procès superbe !

C'était ne pas compter sur l'obstination de Susanna Lang. L'obstination amoureuse d'une femme fidèle et droite, lucide, affrontant la presse sans faiblir, avec ses deux enfants et sa certitude : « Il n'est pas coupable, je le soutiendrai jusqu'au bout ! »

Frederik Lang a pourtant été condamné une première fois. Son avocat a fait appel pour insuffisance de preuves directes. Susanna a dépensé une fortune pour sa contre-enquête.

Et finalement, un homme a été arrêté, un sadique, coupable de deux meurtres précédents, identiques – même arme, même viol, et aveux à l'appui.

Le tout a pris plus de trois années. Entre-temps la carrière de Frederik Lang s'était, on l'imagine, complètement effondrée. Fini le grand docteur, le chef de clinique arrogant et sûr de lui. Difficile de se recaser ensuite, même blanchi.

Fortune évanouie. Il est rentré chez son épouse, a retrouvé ses enfants, mais pas de travail à la mesure de ses capacités.

Puis on a appris par les journaux que le docteur Lang avait émigré à l'étranger, qu'il recommençait une carrière au bas de l'échelle, dans un pays sous-développé. Seul et sans sa famille.

Les ragots de Vienne ont laissé transpiré que Susanna Lang en avait décidé ainsi. Punition ? Ce combat qu'elle avait mené victorieusement, était-ce par amour ? Ou par vengeance ?

Elle a divorcé en 1972. Un mois après la libération de son mari.

Les femmes fidèles auraient-elles la fidélité intransigeante ?

Des aveux pas comme les autres

Avril 1988. Le lieutenant Arthur Brian prend ses fonctions au commissariat de police de Tallahassee, la capitale de la Floride.

À vingt-huit ans, le lieutenant Brian est le type même du jeune policier plein de dynamisme et, pour peu qu'il ne commette pas d'impair, plein d'avenir. Aussi, le chef de la police de Tallahassee, quand il l'accueille, a des projets bien précis en ce qui le concerne.

« Lieutenant, j'ai une mission pour vous. Et si vous vous en acquittez, je vous promets un bel avancement. Vous devrez mettre fin aux activités du gang de Dick Bertolino. »

Le jeune policier reste un instant silencieux. C'est un gros morceau. Le gang de Dick Bertolino, lié à la Mafia, est une des plus importantes organisations de malfaiteurs des États-Unis. Ses effectifs sont estimés à une centaine d'hommes. Il est spécialisé dans le trafic de drogue et opère le long des côtes de Floride, mais il ne dédaigne pas les autres formes de criminalité : vol à main armée, racket, prostitution. On lui impute au moins une dizaine de meurtres restés impunis. Car, bien que son chef et ses principaux lieutenants soient parfaitement connus depuis que le gang existe, aucun de ses membres n'a passé un seul jour en prison. À cela, il n'y a qu'une seule raison : la peur.

La voix du chef de la police de Tallahassee tire Brian de ses pensées. « Vous allez pouvoir vous mettre tout de suite au travail, lieutenant. Un viol a été commis hier soir ; une jeune femme enlevée dans une boîte de nuit par trois hommes. D'après un témoin qui est l'un de nos indicateurs, il s'agissait de Bertolino et de deux de ses hommes. Seulement son témoignage n'a aucune valeur. Il nous faut celui de la jeune femme. Elle est à l'hôpital municipal. Je compte sur vous.

Tandis qu'Arthur Brian se prépare à partir, son chef le retient. « Euh, lieutenant… si jamais la femme se décide à parler, vous devrez vous occuper personnellement de sa sécurité. Cela aussi fait partie de votre mission et ce n'est sans doute pas le plus facile. »

Le lieutenant Brian se penche au-dessus du lit que l'infirmière lui a indiqué. Il lui parle d'une voix douce. « Ne craignez rien, mademoiselle. Je suis lieutenant de police. Je suis là pour vous aider. Êtes-vous en état de répondre à mes questions ? »

La jeune femme prononce un petit « oui ». Arthur Brian sort alors de sa poche plusieurs photos d'hommes. La jeune femme les regarde et pousse immédiatement un cri : « Celui-là ! C'était l'un des trois. Je le reconnais. »

Le lieutenant Brian sourit intérieurement. Elle vient de désigner la photo de Dick Bertolino. Dans le fond, sa mission n'était peut-être pas aussi difficile qu'il y paraissait.

« Eh bien, mademoiselle, dès que vous serez remise, je vous demanderai de venir signer votre déposition. »

Et, quinze jours plus tard, la jeune femme se présente à son bureau. Le lieutenant l'accueille avec amabilité, mais il se rend compte immédiatement qu'il y a quelque chose de changé dans son attitude. « Asseyez-vous, je vous en prie. Si vous voulez bien confirmer la déposition que vous m'avez faite à l'hôpital. »

La jeune femme ne s'assied pas. « Je ne viens rien confirmer. Quand vous m'avez interrogée, j'étais encore sous le coup du choc nerveux. D'ailleurs vous n'auriez pas dû m'interroger dans cet état. »

Arthur Brian sort la photo de Dick Bertolino. « Mais enfin, vous aviez reconnu formellement cet homme.

– Eh bien je me suis trompée, c'est tout.

– Est-ce que vous avez été l'objet de pressions ? Nous sommes en état d'assurer votre protection. Vous n'avez rien à craindre, je vous le jure.

– Je ne comprends rien à ce que vous me dites. Je me suis trompée. Je n'ai rien d'autre à vous dire. Au revoir. »

Resté seul, le lieutenant Arthur Brian comprend toute la difficulté de sa mission. Qu'a-t-il pu se passer pour que cette jeune femme renonce à accuser son agresseur ? Quelles terribles menaces a-t-elle dû subir ? Décidément, l'adversaire est redoutable !

Pourtant, quelques jours plus tard, se produit un événement qui lui redonne tout à coup espoir. Deux de ses hommes, qu'il avait chargés de surveiller une boîte de nuit de Miami appartenant à Bertolino, sont retrouvés gisant dans la rue. Ils ont été roués de coups. Plusieurs témoins anonymes ont précisé que, parmi les agresseurs, il y avait Bertolino en personne. Cette fois le lieutenant Brian est sûr qu'il touche au but. Avec le témoignage de deux policiers assermentés, le gangster ne s'en sortira pas. Et quand il sera sous les verrous, il y a des chances pour que des témoins se décident à parler.

Comme pour la jeune femme, c'est à l'hôpital qu'il va les interroger. « Salut les gars. Ça va mieux ? Le toubib m'a dit qu'il n'y avait rien de grave. Ça vous fera quelques semaines de repos aux frais de l'administration. Alors, c'était bien lui, hein ? »

L'un des deux policiers a un regard étonné. « Qui ça lui ?

– Eh bien, Bertolino ! C'est lui que vous deviez surveiller non ? Agression contre des policiers, ça va lui coûter cher. »

Le second blessé se redresse sur son lit. « Écoutez, lieutenant, il ne faut pas vous monter la tête. On ne peut rien vous dire. Mon collègue et moi, on n'a rien vu. N'est-ce pas, Richard ? »

Le nommé Richard confirme. « Rien du tout. On a été attaqués dans le dos. »

Le lieutenant Brian blêmit. Peur ! Ils ont peur eux aussi. Même ses hommes n'osent pas témoigner. Il explose : « Vous mentez ! J'ai plusieurs témoins qui affirment qu'ils vous ont attaqués de face. Vous êtes des policiers. Votre devoir est de parler. C'est un ordre, vous m'entendez, c'est un ordre ! »

L'homme qui avait parlé le premier reprend la parole avec un sourire gêné. « Lieutenant, j'ai une femme et trois gosses. Je vous en prie, lieutenant. »

Arthur Brian est fou de rage. Il menace, il injurie. Mais les policiers ne fléchissent pas. « On ne dira rien, lieutenant. Vous pouvez nous sanctionner, vous pouvez nous révoquer, on ne dira rien. On n'a pas vu nos agresseurs. Ils nous ont attaqués de dos, on vous dit. »

Le lieutenant rentre dans son bureau, accablé. Non, jamais il n'obtiendra de témoignage puisque même ses hommes refusent de parler.

En fait, Arthur Brian n'a qu'un atout : lui, il n'a pas peur et il est décidé à aller jusqu'au bout. Pourtant, il sait à présent que la route sera longue et qu'elle risque d'être jalonnée de cadavres, dont éventuellement le sien.

Mai 1990. Cela fait déjà deux ans que le lieutenant Arthur Brian traque vainement le gang de Dick Bertolino. Ah, il en a vu défiler des muets dans son bureau depuis deux ans, le lieutenant Brian : des hommes et des femmes dont le regard apeuré démentait leurs propos faussement surpris ou indifférents.

Et, pendant ce temps, le trafic de drogue, le long des côtes de Floride, n'a cessé de croître. Le lieutenant Brian est proche du découragement. Sa carrière marque le pas. Son chef a eu tort d'espérer des miracles de lui. Il n'arrive pas à plus de résultats que les autres. Et le pire est qu'il ne voit absolument pas de quelle manière il pourrait réussir.

Et c'est le 13 juin 1990 que la chance lui sourit enfin. En prenant son service ce matin-là, il reçoit un appel urgent de la direction du port de Miami.

« Nous attendions impatiemment de vous joindre, lieutenant. Je crois que nous venons de marquer un point contre le gang Bertolino… Hier soir, il y avait gros temps. Un de nos gardes-côtes a remarqué un bateau de plaisance en difficulté. Il a mis le cap sur lui. Il est parvenu à recueillir ses occupants, et parmi eux, il y avait Jimmy Carducci.

– Ce n'est pas possible ! »

Carducci est en effet une grosse prise, la première. C'est, de notoriété publique, un des lieutenants de Bertolino.

« Si, lieutenant, Carducci en personne. Avec, en prime, deux cents kilos de cocaïne dans la cale ! »

Jimmy Carducci est amené quelque temps plus tard devant le lieutenant. C'est un petit homme râblé, très brun, qui doit avoir autour de la quarantaine. Le policier remarque tout de suite chez lui cet air buté qui caractérise les vrais durs. Ce ne sera sûrement pas un client commode. Pourtant Carducci va avoir une surprise. Car depuis le temps qu'il attend cet instant, le lieutenant a mis au point un plan aussi inattendu qu'imparable.

« Je suis heureux de saluer le premier lieutenant de Bertolino que je vois dans mon bureau ! »

Carducci prend un air faussement étonné. « Je ne comprends pas de quoi vous voulez parler.

– Vous n'êtes pas un lieutenant de Bertolino ? »

Devant cette attaque aussi naïvement directe, le gangster ne peut s'empêcher de rire. « Qui vous a dit ça ? Vous avez un témoignage contre moi ? »

Et c'est alors qu'Arthur Brian a une phrase inouïe, invraisemblable. « Bien, alors, dans ce cas, vous êtes libre. »

Jimmy Carducci ouvre de grands yeux. Il ne comprend rien… Il articule : « Libre… Comment ça, libre ?

– Libre… Vous êtes libre, un point c'est tout. »

Carducci a pâli. Il s'est mis à trembler légèrement. « Enfin, lieutenant, vous n'allez pas me relâcher comme ça… Je vais avoir des ennuis.

– Ah ! Des ennuis ? Quels ennuis ?

– Enfin, lieutenant, vous devez m'arrêter. Mon bateau était bourré de cocaïne. Vous n'avez pas le droit de me laisser partir. »

Arthur Brian sourit calmement. « Qui me dit que c'était votre bateau ? Je vais effectivement faire une enquête et je vous demande de ne pas vous éloigner. En attendant, je n'ai plus besoin de vous. Laissez-moi, j'ai du travail. »

Sur le visage du gangster, il y a maintenant de grosses gouttes de sueur. Si la police le relâche tout de suite, il sait très bien que Bertolino va croire qu'il a passé un marché avec elle. Et il sait très bien aussi quel est le traitement qu'on lui infligera dans ce cas-là. Il a lui-même fait exécuter plusieurs membres du gang suspects de trahison.

Brian le regarde du coin de l'œil. Il y a un silence tendu qui dure une minute ou deux et puis Carducci s'effondre. Il dit d'une voix blanche : « Ça va, vous avez gagné. Qu'est-ce que vous voulez ?

– Je les veux tous. Tous les chefs de la bande et vos aveux signés. »

Jimmy Carducci met encore plusieurs jours avant de se décider. Et puis il cède. Il dit tout ce qu'il sait : les noms des chefs, les cachettes, les contacts, les crimes dont s'est rendu coupable le gang depuis plusieurs années.

À la suite des aveux de Jimmy Carducci, la police de Tallahassee a opéré une série d'arrestations : Bertolino et tous les responsables de l'organisation se sont retrouvés sous les verrous. Dès qu'ils ont été en prison, la crainte s'est dissipée, comme par enchantement. Les témoins, les victimes qui s'étaient tus depuis des mois, des années, se sont précipités pour dire ce qu'ils savaient. Les plaintes ont afflué pendant des semaines entières sur le bureau du lieutenant Arthur Brian. Cette fois, c'était bien fini. Le gang Bertolino avait vécu.

À son procès, selon la loi américaine, qui cumule les différentes peines, Dick Bertolino a été condamné à deux cent quatre-vingt-dix-sept ans de prison. Ses principaux adjoints se sont vu affliger aux alentours d'un siècle chacun.

Quant à Jimmy Carducci, il avait demandé au lieutenant Brian de faire en sorte qu'il ne soit pas acquitté. Pour un certain temps, l'endroit le plus sûr pour lui était encore la prison. Il a été condamné à sept ans de réclusion.

Arthur Brian a été félicité par ses chefs. Sa carrière repartait de nouveau en flèche. Il faut dire qu'il fallait pas mal d'imagination et d'initiative pour obtenir des aveux d'un gangster en menaçant tout simplement de le libérer.

L'homme au regard perçant

Fritz Hermann, grand, blond, vingt-sept ans, ne passe pas pour un modèle de sagesse dans le quartier qu'il habite, à Kassel, en Allemagne. Il est célibataire et il mène, comme on dit, joyeuse vie. Tous les soirs ou presque, il sort dans les bars ou les boîtes de nuit et il en ramène souvent une nouvelle conquête dans son petit appartement du centre-ville.

Cela fait un peu jaser dans cette cité de province. Mais à part cela, on n'a rien à lui reprocher. C'est un garçon poli, honnête. Il a un travail sérieux de courtier chez un concessionnaire automobile. Dans le fond, on devine que, quand il se sera casé, il deviendra un parfait bourgeois.

Ce 5 septembre 1989, à trois heures de l'après-midi, Fritz Hermann est à son bureau. Sa secrétaire lui annonce que trois messieurs demandent à le voir. Il est un peu étonné car il n'attend personne, mais il s'empresse de les faire entrer. On ne sait jamais, il ne faut pas mécontenter d'éventuels clients.

Les trois hommes pénètrent dans le bureau. Ils sont en imperméable, ils ont un chapeau sur la tête qu'ils n'ôtent pas en entrant. L'un d'eux prend la parole. « Alors, monsieur Hermann, vous vous attendiez à notre visite ? »

Le jeune homme a un geste d'excuse. « Non, franchement, je suis désolé. À qui ai-je l'honneur ? »

Sans répondre à la question, l'homme reprend, toujours sur le même ton sarcastique : « Helga Steiner, cela ne vous dit rien ? »

Fritz Hermann réfléchit. Effectivement, Helga Steiner, c'est un nom qui lui dit quelque chose… Mais quoi ?

Mais il n'a pas le temps de réfléchir davantage. Son interlocuteur fait un signe aux deux autres. « Allez, embarquez-le… »

Et comme le jeune homme esquisse un geste de résistance, il lance d'un ton sans réplique : « Police criminelle. »

Dans la voiture de police qui l'emmène à vive allure, Fritz Hermann réfléchit intensément. Helga Steiner… Voyons, qui est Helga Steiner ?… Et soudain, la réponse lui vient, une réponse qui lui donne froid dans le dos.

Bien sûr… Maintenant il se souvient. C'est cette jeune prostituée qui a été assassinée il y a quinze jours. Un crime particulièrement odieux. La femme a été retrouvée nue, les mains attachées dans le dos, frappée sauvagement d'une douzaine de coups de couteau. Tous les journaux en ont parlé, il y a eu des gros titres pendant plusieurs jours et le meurtre a soulevé beaucoup d'émotion dans la région. Mais qu'a-t-il à voir avec tout cela ? Peut-être veut-on l'interroger comme témoin. Il essaie de se raccrocher à cette idée.

Mais l'attitude du commissaire devant lequel on le fait asseoir lui ôte ses dernières illusions. Le ton du policier est aussi dur que celui de ses inspecteurs. « Où étiez-vous le 23 août à vingt-deux heures ? »

Fritz Hermann pourrait refuser de répondre hors de la présence d'un avocat, mais il l'ignore. Il cherche dans ses souvenirs. « Eh bien… j'étais chez moi. Je regardais la télévision. Je me souviens même que c'était un western. »

Le commissaire a un sourire désagréable. « Et, bien entendu, vous étiez seul ? »

Fritz Hermann fait oui de la tête. Hélas, oui, ce soir-là, il était seul. Le commissaire prend un papier sur son bureau. Il parle d'une voix officielle. « Monsieur Hermann, j'ai ici la déposition d'une serveuse de l'American Bar qui dit vous avoir vu le 23 août dans l'établissement à dix heures du soir. Je vous la lis… "J'ai parfaitement reconnu M. Hermann, qui est un habitué. Ce soir-là, il m'a importunée par son regard perçant et lascif. J'ai pensé qu'il avait bu ou qu'il n'était pas dans son état normal…" »

Le commissaire arrête sa lecture et le regarde : « Si vous lisez les journaux, vous savez que le crime a eu lieu à deux cents mètres de là, aux environs de vingt-deux heures trente. »

Fritz Hermann est abasourdi. Il se trouble. Il bafouille. « Oui… Oui, je connais l'American Bar. J'y suis allé souvent, mais pas ce soir-là. »

Le commissaire ricane. « La serveuse affirme vous avoir vu. Pourquoi mentirait-elle ? A-t-elle une raison spéciale de vous en vouloir ? »

Fritz Hermann secoue la tête avec accablement. « Non, aucune. Je ne lui ai jamais adressé la parole en dehors de son service. »

Le policier prend un ton de fausse douceur qui semble plus insupportable encore au jeune homme. « Allons, monsieur Hermann, soyez raisonnable. Avouez tout de suite. C'est la meilleure manière d'obtenir l'indulgence des juges. Je suis sûr que vous êtes quelqu'un de sensé. »

Fritz Hermann explose : « Je n'ai rien fait. Je veux rentrer. Laissez-moi tranquille. »

Le commissaire met fin à l'entretien. « Très bien. Je vous arrête. Emmenez-le… Je sais ce que vous pensez, monsieur Hermann : que nous n'avons pas assez de preuves. Mais nous en trouverons, ne vous inquiétez pas, nous en trouverons. »

Le lendemain, la police, effectivement, emploie les grands moyens. On fouille avec acharnement sa voiture et son appartement. Dans la première, on découvre une tache rouge sur le siège avant droit. C'est le laboratoire qui se prononcera, mais il y a toutes les chances que le groupe sanguin soit celui de la victime. Et dans l'appartement on trouve un indice qui, aux yeux du commissaire, est tout aussi accablant : dans la bibliothèque figurent les œuvres complètes du marquis de Sade.

Ces découvertes sont généreusement communiquées à la presse locale qui en fait ses gros titres. La photo de Fritz Hermann s'y étale en première page. On parle de la tache de sang dans la voiture et des tendances sadiques que prouvent ses lectures.

En attendant le résultat de l'analyse, le commissaire continue à faire progresser cette enquête si bien commencée. Ses hommes interrogent tout le monde dans le quartier de Fritz

Hermann. Les gens, qui ont lu les journaux, sont unanimes. Sa concierge, par exemple : « Un regard perçant, qu'ils disent dans l'article. C'est vrai ça, perçant et cruel… Moi, c'est bien simple, cet homme-là, il m'a toujours fait peur. »

Les commerçants, les voisins pressés de questions y vont aussi de leur couplet. Il faut se montrer coopératif avec la police et puis, comme cela, ils auront leur photo dans le journal.

« Il menait une drôle de vie. Il n'était sûrement pas normal. »

Cette fois tous les éléments sont en place. L'enquête a été menée rondement. Il y a deux jours que Fritz Hermann a été arrêté. Maintenant il ne manque plus que la dernière preuve : le groupe sanguin de la tache de sang.

Le lendemain, dans sa voiture, le commissaire reçoit un appel du laboratoire d'analyses. Il décroche avec impatience. « Alors, c'est bien le même groupe sanguin, n'est-ce pas ? »

Mais, à sa surprise, le médecin lui répond d'un ton plutôt excédé : « Quel groupe sanguin ? C'est du stylo à bille. Je suis surpris que ni vous ni vos hommes ne vous en soyez aperçus… »

Le commissaire bredouille quelques mots et raccroche. Évidemment, il a commis une erreur, il vient même d'essuyer une humiliation sur le plan professionnel. Mais cela ne change rien au fond du problème. Cela prouve simplement que les assassins ont de la chance. Il faut continuer l'enquête dans la même voie. Un fait nouveau va bien survenir.

Effectivement, un fait nouveau survient, dix jours plus tard, alors que Fritz Hermann est toujours en prison. C'est un appel du commissariat de Göttingen, ville voisine. Au bout du fil, un inspecteur. « Monsieur le commissaire, il a remis ça.

– Qui ça "il" ?

– Le violeur assassin, monsieur le commissaire. C'est encore une prostituée, dix-huit ans également, une certaine Sigelunde Helden. »

Le commissaire a l'impression que tout s'écroule autour de lui. Ce n'est pas possible : toute sa construction, patiemment mise sur pied… Il doit y avoir une erreur quelque part. Et d'abord, comment ce policier peut-il être aussi affirmatif ? « Qu'est-ce qui vous fait dire que c'est le même homme ?

Son interlocuteur s'attendait à la question. « Justement, monsieur le commissaire, le médecin légiste qui a fait les constatations est celui qui avait examiné la première victime. Il faudra attendre son examen définitif, mais dès à présent, il est formel : les coups ont été donnés avec la même arme. »

Cette fois, il n'y a plus rien à répliquer. Le commissaire comprend brusquement qu'il est allé trop vite, qu'il a commis une erreur. Pourtant, ce n'est pas de sa faute. L'élément qui a servi de point de départ à toute l'enquête, il ne l'a pas inventé. La serveuse de l'American Bar est venue spontanément le trouver pour lui dire qu'elle croyait connaître l'assassin. Et elle a formellement accusé Fritz Hermann. Pourquoi ?... Il faut la convoquer immédiatement.

Quelques heures plus tard, la serveuse est assise dans son bureau. Est-ce une impression, elle a l'air mal à l'aise. Le commissaire attaque brutalement. « Pourquoi avez-vous menti ? »

La jeune femme se trouble et répond d'une voix mal assurée : « Mais j'ai dit la vérité, monsieur le commissaire, je vous le jure. »

Le commissaire hausse le ton. Alors, brusquement, elle s'effondre, elle fond en larmes. « J'avais besoin d'argent. Ma mère est malade. Alors, trois mille marks, vous comprenez, la prime. »

Oui, le commissaire comprend enfin : la prime. En Allemagne, certains journaux n'hésitent pas à offrir de l'argent aux personnes qui concourent, par leurs renseignements, à la capture d'un criminel. Cet appel à la délation publique encourage toutes les dénonciations et Fritz Hermann avait failli en être victime.

La jeune serveuse continue, au milieu des larmes. « C'est ma sœur qui m'a donné l'idée de faire ça. Comme le crime avait eu lieu tout près du bar, il était vraisemblable que l'assassin y ait pris un verre avant d'accomplir son crime. C'était une occasion à ne pas manquer. Monsieur Hermann, je l'avais déjà vu souvent chez nous. Je l'ai choisi, lui, parce que je lui ai toujours trouvé un air bizarre. Pour ça, au moins, je ne vous ai pas menti : c'est vrai qu'il a un regard perçant. »

Le commissaire est blême de rage. « Je vous arrête pour faux témoignage ! Vous avez failli faire condamner un innocent et vous vous êtes payé ma tête. J'espère que cela vous coûtera cher. »

Une heure plus tard, c'est Fritz Hermann qui se trouve dans son bureau. Pour le commissaire, c'est un des instants les plus pénibles de sa carrière. Il doit s'excuser devant cet homme avec lequel il s'était montré si arrogant. Il doit reconnaître son erreur. Il le fait, totalement, sans réticence. « J'ai commis une erreur, monsieur Hermann. J'avais oublié la prime de trois mille marks. J'ai eu tort d'accorder plus de poids à une dénonciation qu'à vos protestations d'innocence. »

Et devant Fritz Hermann qui n'ose y croire, il va chercher la fiche anthropométrique qui avait été établie à son nom, avec sa photo de face, de profil et ses empreintes digitales. Il sort son briquet, la brûle et écrase les résidus dans son cendrier.

En rentrant dans son quartier, Fritz Hermann a ignoré les effusions de ses voisins et de ses voisines qui l'assuraient de leur sympathie après l'avoir traîné dans la boue devant les enquêteurs.

Mais son premier geste, en arrivant dans son appartement, a été de se précipiter dans sa salle de bains et de se regarder dans la glace. Et il s'est longtemps demandé, perplexe : « Est-ce que j'ai réellement un regard perçant ? »

Pour tous ceux qui tombent

Armin Holgauer est en lutte contre la société. Lui qui a connu une jeunesse misérable est révolté par un monde où l'argent permet tout, achète tout, salit tout. Alors il monte une bande et, avec ses amis, il commet des hold-up de banques. De plus en plus audacieux. Jamais on ne met la main sur lui. Un jour il décide d'attaquer une des plus grosses succursales de la Deutsche Bank à Francfort.

« Haut les mains, personne ne bouge ! Couchez-vous sur le sol. »

Les hommes dont les visages se dissimulent sous des passe-montagnes gris n'ont pas l'air de plaisanter.

« Mettez tout l'argent dans ces sacs. »

Le personnel obéit. Le directeur de la banque, à qui l'on prouve que l'on tient sa femme et ses deux enfants en otage, ne résiste pas non plus : il ouvre le coffre. En partant les bandits tirent une balle dans le plafond, histoire de faire voir que leurs armes sont bien chargées.

C'est cette balle qui représente l'erreur fatale. On la récupère et, quelque temps plus tard, on découvre l'arme dont elle provient. Cette arme est en possession d'un malfrat bien connu des services de la police allemande : Kurt Eisheim.

« Avoue que tu étais dans le coup de la banque de Francfort ! »

Eisheim commence par nier, puis, Dieu sait au bout de quels arguments, il se met à table. « Oui, d'accord j'étais dans le coup. Mais je ne connais personne. »

Les policiers insistent sans doute car, soudain, Eisheim se souvient du nom du chef : Armin Holgauer. Et Armin se fait cueillir de bon matin, au lit, en compagnie d'une blonde ravissante et très étonnée.

De fil en aiguille, Armin Holgauer ne peut plus nier. C'est bien lui le chef de bande, celui qu'on recherche depuis près de dix ans. Il a commencé de bonne heure et la police elle-même est impressionnée par son sens de l'organisation. Sans cette malheureuse balle fichée dans le plafond de la banque, Armin pouvait continuer à couler des jours heureux. Le butin en valait la peine : trois cent mille marks.

On n'en retrouve qu'une partie. Mais Armin est un homme d'honneur. Il ne révèle pas les noms de ses complices.

L'avocat est bien ennuyé : « Mon cher ami, vous manquez de chance, vous allez comparaître devant le juge Müller. C'est le plus sévère de toute la juridiction. » D'autant plus que la cause d'Armin, mis à part une enfance malheureuse, n'est guère de nature à émouvoir quiconque.

« Armin Holgauer, vous représentez une espèce d'homme tout à fait nuisible. Pourtant vous n'êtes pas dénué de talent, vous êtes intelligent, vous l'avez démontré. Mais vous avez choisi, délibérément, vicieusement, de nuire à la société. Vous devez en être retranché. Et pendant assez longtemps pour vous donner le temps de réfléchir. Avez-vous quelque chose à dire pour votre défense ? »

Holgauer, plutôt joli garçon, le cheveu blond cendré, l'œil gris, n'a nullement l'air contrit de se trouver dans le box infamant : « Monsieur le président, je ne regrette rien. Je voulais vivre aux dépens des profiteurs. Je leur ai déclaré la guerre. » Son ultime déclaration, si elle fait les délices des journalistes, énerve considérablement le juge Müller.

C'est ainsi qu'Armin se voit condamner à treize ans de prison. Dès le lendemain il se retrouve derrière les barreaux de la prison de Bruchsval. C'est de loin celle qui a la pire réputation parmi les repris de justice.

Dès son arrivée à Bruchsval, Holgauer a de gros ennuis. Son caractère orgueilleux lui vaut d'être envoyé au mitard plus souvent qu'à son tour. Il passe de longues journées seul dans une petite cellule digne des oubliettes du Moyen Âge. Les autorités espèrent ainsi l'obliger à céder.

Elles craignent aussi qu'un personnage auréolé d'un tel panache n'ait une très mauvaise influence sur ses codétenus. Il suffit parfois d'un meneur pour déclencher des émeutes et des révoltes qui peuvent être lourdes de conséquences.

Pourtant, il faut le signaler, Armin Holgauer, malgré son brillant palmarès de détrousseur de banques, n'a pas de sang sur les mains. Seul l'argent l'intéressait et il s'est toujours arrangé pour n'attenter à aucune vie humaine.

Mais le juge Müller ne digère pas la morgue d'Holgauer. Il fait une véritable fixation sur ce « Robin des Bois » moderne et, souvent, à la table familiale, quand la discussion vient sur la criminalité, Holgauer est cité en exemple par le juge. Si l'on peut dire : « C'est une bête puante, un rebut de l'humanité. Je regrette que l'arsenal juridique ne m'ait pas permis de l'enfermer définitivement. »

Les enfants du juge écoutent leur père sans faire de commentaire. Mieux vaut ne pas le contrarier quand il enfourche son cheval favori : la punition méritée par Armin Holgauer…

Celui-ci, bon gré, mal gré, derrière les barreaux, subit son sort à sa manière.

« Monsieur l'aumônier, j'aimerais vous confier quelque chose. Pourriez-vous le garder jusqu'au jour où je sortirai de là ? »

L'aumônier ne répond pas. Il attend de savoir quelle est cette « chose » qu'Holgauer veut lui confier. Ça n'a pas l'air trop compromettant : il s'agit d'un paquet de papier hygiénique.

« J'espère que ça ne vous créera pas de problème. Excusez la présentation, mais c'est le seul papier que j'ai à ma disposition. »

L'aumônier examine la liasse. Elle est couverte d'une écriture très fine, au crayon. Holgauer explique : « Depuis que je suis ici, je réfléchis à la vie carcérale, aux multiples incidents qui opposent détenus et matons, aux faiblesses et aux injustices du système. Et tous les jours j'écris mes impressions et mes révoltes. Pouvez-vous simplement mettre ce texte de côté ?

– Vous pouvez compter sur moi.

– Merci, monsieur l'aumônier. De toute manière, vous savez, mon séjour à Bruchsval n'aura pas été stérile. J'ai réfléchi et mon attitude devant la vie a changé. Du tout au tout. Quand je sortirai, dans quelques années, j'ai décidé de vivre normalement. Je manquais sans doute de confiance en moi. À présent je suis certain que j'ai assez de talent pour vivre normalement. Même avec le handicap de mon casier judiciaire.

– Je ferai tout ce que je peux pour faciliter votre réinsertion. L'Allemagne a besoin de tous ses enfants de bonne volonté. »

La justice suit son cours et un jour Armin se retrouve libre. Il aurait bien la tentation de contacter ses anciens compagnons de délinquance mais l'aumônier qui, depuis des années, l'aide à sortir clandestinement des petites liasses de papier hygiénique, l'attend devant la prison : « Holgauer, j'ai une bonne nouvelle pour vous !

– Espérons-le, monsieur l'aumônier, parce que, malgré la joie d'être libre, j'ai vraiment besoin de bonnes nouvelles aujourd'hui. À propos, vous avez toujours mon manuscrit ?

– Justement, c'est de cela que je veux vous parler. Non seulement j'ai gardé votre manuscrit mais je l'ai fait dactylographier au fur et à mesure, en trois exemplaires. Je me suis permis d'en faire parvenir un exemplaire à la maison Robbing & Kassel, vous connaissez ?

– Le gros éditeur de Francfort ?

– Oui, et figurez-vous qu'ils sont très intéressés. Ils sont prêts à vous publier. Mais nous avons préféré attendre votre sortie de façon à ne pas impliquer l'administration pénitentiaire dans l'affaire. »

Armin Holgauer a, quelques semaines plus tard, l'immense satisfaction de mettre sa signature d'homme honnête au bas d'un contrat d'édition de son œuvre. L'éditeur suggère un titre, *3042* : c'est le matricule attribué à Holgauer lors de son séjour à Bruchsval. Et il ressort de chez Robbing & Kassel avec un confortable chèque, son premier chèque d'homme honnête : « En définitive, toutes ces années perdues n'auront pas été trop inutiles. »

Robbing & Kassel connaissent leur métier. *3042* devient très rapidement un best-seller. Une des vedettes de la Foire du livre de Francfort. « Mon cher Holgauer, la Gaumont est très intéressée par votre sujet. Ils sont prêts à en tirer un film. » Nouveau contrat, nouveau chèque pour Armin.

Celui-ci, cependant, ne se laisse pas griser par cette gloire et cet argent. Il cherche à assurer son avenir. Le livre se révèle un atout majeur, car il attire sur Armin la curiosité des journalistes, en particulier ceux qui sont spécialisés en matière criminelle : « Mon cher Holgauer, vous avez un joli brin de plume. Et vous connaissez particulièrement bien, il faut l'avouer, un certain milieu… disons "interlope". Que diriez-vous de vous intégrer à notre équipe rédactionnelle pour suivre les affaires criminelles en cours ? »

Armin hésite un peu. N'est-ce pas dangereux ? Ne risque-t-il pas de se retrouver en contact avec des malfrats et de renouer des relations peu recommandables ?

« Écoutez, depuis votre procès tout le monde a oublié votre visage. Si vous voulez, vous prendrez un pseudonyme pour vos reportages. »

Et c'est ainsi qu'Armin Holgauer, devenu Stephan Dolking, entre au *Stern*. Excellente idée car Armin-Stephan se montre une recrue hors pair. Ses reportages, ses interviews sortent vraiment de l'ordinaire.

C'est lui qui a le plus de talent pour démonter les motivations psychologiques des malfrats les plus tordus, pour faire comprendre aux lecteurs le « pourquoi » et le « comment » des affaires les plus compliquées. Grâce à lui les ventes augmentent.

« Stephan, bravo pour ton dernier papier. J'aurais bien voulu être capable de signer un tel article.

– Merci, Marlyse, tu es sympa. Je fais du mieux que je peux.

– Continue comme ça et bientôt tu ne seras plus stagiaire. Ils vont te nommer chef de rubrique. Ce qui était formidable dans ton dernier papier c'est la manière…

– Si tu voulais dîner avec moi ce soir, ma cocotte, je t'expliquerais comment je m'y prends. »

Marlyse et Stephan dînent ensemble. Ils sont déjà collègues de travail mais ils se rendent compte qu'ils partagent beaucoup d'idées sur l'avenir de l'humanité et sur les vraies valeurs qui font que la vie vaut la peine d'être vécue.

Bientôt leurs relations amicales prennent un tour plus sentimental. Les secrétaires du journal les plaisantent quand ils passent ensemble dans les couloirs de la rédaction. « Dites donc, c'est une affaire qui marche ! On sera invités à la noce, non ? »

Stephan attrape Marlyse par les épaules et lui dit : « Écoute, je ne sais plus trop bien où l'on va tous les deux. Il faut que je te parle sérieusement. Je crois bien que je suis amoureux de toi. Ça fait longtemps que ça ne m'était pas arrivé. Mais il faut que je t'explique pourquoi.

– Eh bien quand tu veux, mon gros poulet. En effet, moi aussi j'ai l'impression qu'on a des choses à mettre au point. »

Et le soir même Armin-Stephan explique à Marlyse d'où lui vient cette connaissance intime des malfrats. Il lui révèle tout de son passé peu glorieux, des hold-up, de ses longues années derrière les barreaux de Bruchsval.

« Alors, c'est toi le fameux Armin Holgauer ? » Marlyse prend une expression rêveuse. « Figure-toi que j'ai entendu parler de toi plus d'une fois à la table familiale. Mon père te citait tout le temps... Pas en exemple d'ailleurs. Mon père a joué un grand rôle dans ta vie. Mon nom ne te dit rien ?

– Marlyse Müller. Non ! Tu es la fille de Müller ? Le juge Müller ?

– Exactement. Je suis la fille du juge Müller, celui qui t'a expédié pour treize ans à Bruchsval. Tu ne m'en veux pas ? »

Armin-Stephan éclate d'un rire homérique. « Comme la vie est bizarre ! C'est incroyable. Tu ne penses pas que les dieux se fichent de nous depuis là-haut ?

– C'est bien possible. Mais pour l'instant je me demande quelle tête va faire mon père quand il va apprendre quelles sont nos relations.

– Et quand je vais lui demander ta main... »

En attendant la réponse, Marlyse et Stephan échangent un baiser silencieux qui a un arrière-goût d'angoisse.

« Père, j'ai une grande nouvelle à vous annoncer. » Marlyse se sent la bouche sèche. Comme si elle avait sucé de la chaux...

Heinrich Müller est appuyé à la grande cheminée de leur maison de campagne. Marlyse a attendu la détente du week-end pour essayer d'annoncer ses projets avec Armin.

« Depuis quelque temps je fréquente, professionnellement, notre nouveau journaliste, Stephan Dolking. C'est un garçon vraiment… hors du commun.

– J'ai lu quelques-uns de ses articles : effectivement ce garçon a l'air de connaître son sujet. La seule chose que je lui reprocherais, c'est cette sorte de philosophie sous-jacente : dans chaque malfaiteur il y a un honnête homme qui sommeille. C'est gluant de naïveté.

– Mais je crois qu'il est sincère. Et je dirais même qu'il est payé pour le savoir.

– Ma pauvre petite, tu n'es encore qu'une enfant. Si, comme moi, tu avais eu un Armin Holgauer dans le box des accusés, tu ne croirais pas n'importe quelle ânerie… »

Marlyse prend une grande respiration : « Père, si vous voulez bien m'écouter sans vous mettre en colère, j'ai deux choses importantes à vous dire. »

Heinrich Müller se fige : « Ça a l'air grave !

– À vous de juger. Premièrement je vais épouser Stephan. Nous sommes décidés.

– Et deuxièmement ?

– Stephan Dolking n'est pas son vrai nom. Ce n'est qu'un nom de plume. En réalité il se nomme… »

Le reste du week-end chez les Müller est électrique. Mais le juge accepte de rencontrer Armin Holgauer alias Stephan Dolking. Il se montre d'une extrême politesse, sans la moindre cordialité. Désormais, à chaque fois qu'il rencontre Marlyse, un voile de mélancolie tombe sur son front… Parfois il soupire. « Alors mes petits-enfants vont s'appeler Holgauer… »

C'est sans doute pourquoi, après avoir, avec réticence, donné son consentement, le juge Müller n'assiste pas au mariage. Il reste enfermé dans sa chambre pendant toute la journée.

Il y a maintenant trois ans que Marlyse et Armin sont mariés. Et le juge Müller considère avec une tendresse mêlée de méfiance les deux enfants du couple : Heinrich junior, deux ans, et Tania, un an…

Armin est maintenant titularisé et il est même chef de rubrique… Mais il a d'autres projets. Peu de temps après son mariage il s'inscrit en faculté. De droit.

« Je veux être avocat.

– Mais, mon chéri, tu ne pourras jamais être inscrit au barreau. Tu oublies que tu as un casier judiciaire qui manque un peu de discrétion.

– Mais si, justement, c'est pour ça que je veux devenir avocat. Je serai le premier qui sache vraiment de quoi il parle quand il évoque le passé de son client, ses motivations, quand il demande les circonstances atténuantes… »

De toute manière, quand Armin décide quelque chose, rien ne peut l'arrêter. Maintenant il compte fermement que son beau-père, en toute honnêteté, va reconnaître qu'il s'est amendé. Et plaider sa cause pour obtenir une amnistie bien méritée.

Un grand brun avec un gilet de soie noire

Dix secondes pour l'aboutissement d'un amour. C'est court, mais c'est crucial !

L'Inde et son mystère ! L'Inde mystérieuse, multiple, changeante, fascinante. Les Indiens peuvent nous paraître, à nous Occidentaux, des êtres à la culture inaccessible et compliquée.

L'amour et le mariage, par exemple. À Paris, France, une histoire d'amour commence en général par une rencontre de hasard. Dans les bureaux, dans les bals, dans les soirées entre amis, dans la rue, pourquoi pas, un homme rencontre une femme et vice versa.

Dans la culture indienne, l'amour est une autre histoire. Traditionnellement, un mariage est arrangé par la famille. Traditionnellement, le futur époux reçoit une dot de sa belle-famille, dont le montant varie selon l'état du marché des célibataires. Et toujours, traditionnellement, c'est d'abord la famille du futur qui rencontre la famille de la future, demande à l'examiner et donne son accord. Après quoi les deux futurs conjoints pourront éventuellement se rencontrer.

Mais tout change et la tradition finira par se perdre. Pour l'heure, en cette fin de XXe siècle, dans les communautés indiennes, les mariages se pratiquent avec une légère variante, qui s'efforce de coller à la tradition – que cette communauté vive au pays ou en Occident. C'est l'annonce matrimoniale. On en trouve dans tous les journaux en Inde. C'est une véritable institution. Le moyen normal, courant, de trouver chaussure à son pied. Et à Londres, en 1985, une famille indienne moderne la pratique également.

Ainsi, la famille de Vidya, professeur de langues, vingt-sept ans, a-t-elle décidé qu'il était temps de la marier. Et même si la famille vit à Londres depuis longtemps, il n'est pas question de laisser faire le hasard.

Papa a donc concocté une annonce, disant ceci : « Cherchons parti convenant à jeune fille indienne, diplômée, 27 ans, 1,58 m, excellente éducation, bon salaire, famille respectable, caste sans inconvénient. »

La dernière indication montrant la « modernité » de la famille en question, car le système des castes en Inde est d'une complication magistrale. Mais à Londres, tout de même...

Vidya est parfaitement au courant de la démarche de son père, le système est ainsi fait ; elle s'apprête donc, non pas à choisir elle-même, mais à accepter éventuellement le choix de ses parents, ce qui n'est pas tout à fait pareil, sentimentalement parlant.

Le père de Vidya est donc fort occupé durant plusieurs semaines à recevoir les impétrants. Il en élimine d'emblée un certain nombre dont la situation selon lui, ou la culture, n'est pas en rapport avec le diplôme de sa fille. Il en retient finalement deux, et prend le temps de réfléchir.

Vidya vient aux nouvelles. Jeune fille moderne, ayant abandonné le sari – qu'elle réserve pour les fêtes de famille ou les soirées de fête – au profit du jean comme tout le monde, elle demande à son père : « Alors ? Je peux voir les photographies ? »

Les photographies n'engagent à rien. C'est là, pourtant, une entorse à la tradition, car les futurs époux ne sont pas censés se rencontrer avant le jour de l'accord. Mais le père de Vidya, avocat d'affaires, moderne lui-même, n'en est plus là ; il montre donc les photographies, en souriant. Assez content de lui.

Vidya fait la moue : « Tu n'as pas celle du grand brun, celui qui portait un gilet de soie noire ?

– Comment sais-tu que j'ai rencontré un grand brun avec un gilet de soie noire ? En voilà des façons ! Tu regardes par les trous de serrure ? Vidya, je n'aime pas ces manières !

– Je suis désolée.

– Ce garçon ne convenait pas du tout. Tu n'en parleras plus ?

– Je te le promets.

– Parfait, à présent je t'autorise à me donner ton avis sur ces deux garçons.

– Celui que tu choisiras, papa, je fais confiance à ton expérience.

– Tu n'as pas une petite préférence ? Tu as tout de même le droit de donner ton opinion ! L'aspect physique d'un futur époux n'est pas négligeable !

– Je n'ai pas d'idée préconçue pour l'instant, papa, je t'assure.

– Bien. Dans ce cas, je vais organiser une première rencontre avec chacun de ces deux jeunes gens en présence de ta mère, pour le thé. Essaie de t'habiller en fille ?

– Bien entendu, papa. »

Et Vidya salue son père, souriante, l'air de rien, avant de le quitter.

En réalité, les deux prétendants photographiés qu'elle vient d'apercevoir ne lui plaisent absolument pas. Elle a effectivement fait une entorse à la tradition, en guettant chaque rendez-vous de son père et en examinant les individus sortant de son cabinet depuis le trottoir d'en face. Ce qui ne se fait pas dans les bonnes familles indiennes. Absolument pas. Mais si la jeune fille accepte de se conformer à la tradition et de ne pas tomber amoureuse d'un inconnu que son père n'aurait pas jaugé au préalable, sa vision personnelle du séducteur de rêve est très loin de celle de son père. Le beau grand brun au gilet de soie noire, dont elle ignore tout, lui a tellement plu de loin qu'elle le voudrait bien pour mari. Elle espérait que le choix de son père lui donnerait cette chance. C'est raté. Mais Vidya est obstinée. Très obstinée.

Dans un premier temps, il lui sera facile de récuser les deux prétendants, sous un prétexte quelconque. Son père n'ira pas jusqu'à lui imposer un mari de force. Et dans un deuxième temps, elle veut revoir le grand brun au gilet noir. Pas facile.

Le dossier des prétendants est bouclé dans le bureau de son père. Il va falloir ruser.

Elle ruse. Trouve la photo, la subtilise, en fait faire une copie pour elle, qu'elle cache soigneusement dans sa chambre. Et se met en quête de retrouver l'original en chair et en os. Elle dispose d'une adresse, ce devrait être relativement facile. Après quoi, elle improvisera. À l'université elle ne craignait pas d'adresser la parole aux étudiants, pourquoi craindrait-elle de prendre contact avec un homme, qui, après tout, l'a demandée en mariage, puisqu'il a répondu à l'annonce paternelle ?

Pour une jeune fille indienne, ce procédé est épouvantablement culotté, mais qui ne risque rien n'a rien. Il s'agit de sa vie, de son avenir, et elle vit à Londres, pas à Calcutta, Bombay ou Delhi. Cet homme a les yeux qu'elle aime, le teint clair, le nez fin et droit ; bref, elle se met en campagne.

À l'adresse indiquée, elle tombe sur un immeuble de bureaux. Immense, énorme. L'homme qu'elle recherche doit travailler pour une compagnie aérienne, ou un laboratoire pharmaceutique, ou encore une société immobilière. Allez savoir. Difficile de faire tous les étages en demandant à parler à M. Robert W. On va la regarder de travers.

Manifestement il est anglais, ce qui représente pour son père une raison majeure de l'écarter a priori. Il veut pour sa fille quelqu'un de sa communauté.

Elle fait le guet, chaque fois qu'elle le peut, à la sortie des bureaux. Sans rien découvrir.

Au bout de quelques semaines, lasse de demander au hasard, de questionner des secrétaires, voire de montrer la photo, il lui vient une idée magistrale : à l'entrée de l'immeuble, elle colle des reproductions de la photographie qu'elle possède, avec une petite note au-dessous : « Si vous vous reconnaissez, appelez au numéro de téléphone suivant. »

Pas bête du tout. Et, pour faire bonne mesure, Vidya choisit une journée de congé scolaire où elle n'a pas de cours, colle ses photos, et attend. Quelqu'un connaît sûrement ce Robert et le préviendra.

Vidya s'imaginait avoir longtemps à attendre, avec son sandwich et un soda, dans le hall de l'immeuble, mais les choses vont assez vite, au contraire. Beaucoup de gens s'arrêtent par curiosité, sauf un homme. La soixantaine, imperméable et chapeau. Il reste un long moment devant la photo, sort un carnet et note le numéro de téléphone. Vidya s'approche, ce n'est pas le Robert qu'elle cherche, évidemment, et elle hésite à aborder ce monsieur. D'un autre côté, elle est morte d'impatience. Alors elle se lance, en prenant des formes : « Curieuse manière de chercher quelqu'un, vous ne trouvez pas ?

– Si ! Mais de nos jours tout est possible.

– Vous le connaissez peut-être ?

– Et vous ?

– Non, bien entendu, simple curiosité, excusez-moi… »

Pas aimable, le monsieur. Intimidée, Vidya renonce à aller plus loin. Le ton était grognon, l'homme préoccupé. Et soudain elle a peur des retombées de sa tentative. Qui sait si des fous, ou des sadiques, ne vont pas utiliser ce numéro pour l'ennuyer. Or c'est le numéro d'une amie qu'elle a signalé sur la photo.

Elle court la prévenir. Trop tard.

« Un homme a téléphoné. Il m'a demandé qui j'étais, j'ai répondu évidemment que je rendais service à une amie, et il m'a donné un rendez-vous pour toi. Demain, six heures, voilà l'adresse, c'est un pub.

– Tu crois que c'est lui ?

– Je n'en sais rien ! Il a simplement dit : j'ai reconnu la photo !

– Rien d'autre ?

– Non, rien, je suis désolée… Tu verras bien. Après tout, ce type ne connaît pas ton visage, mais toi tu le connais, tu as l'avantage. Si ce n'est pas celui que tu cherches, c'est très simple, tu l'ignores. »

Lendemain soir, six heures. Un pub. Centre de Londres, fréquentation convenable. Vidya se rassure. Le rendez-vous n'a pas l'air d'un guet-apens. Arrivée en avance, elle s'installe à une table et commence à guetter la porte. Suspens insoutenable. Pas de grand brun au gilet de soie noire en vue. Des couples, des femmes, des vieux, des jeunes. Vidya se morfond. Seule devant sa troisième limonade, le cœur battant à chaque arrivée, elle commence à désespérer. Il est près de six heures et demie. Encore un quart d'heure, le quart d'heure de secours, pour la circulation, l'imprévu toujours possible.

En fait le quart d'heure s'allonge, et il est largement sept heures lorsqu'elle se décide à quitter sa table. Elle paie, va prendre son imperméable au vestiaire et, au moment de l'enfiler, une main sur son épaule l'arrête !

C'est l'instant ! C'est le moment, il est là, ça ne peut être que lui... Vidya ne se pose pas une seconde la question essentielle : pourquoi lui, puisqu'il ne me connaît pas ?

Non, l'attente était telle qu'elle a un sentiment de certitude.

Elle se retourne d'un bloc... face à une femme.

Grande, blonde, l'air agressif.

« Vous attendiez Robert, hein ?

– Euh... oui, enfin c'est-à-dire, pourquoi ? Qui êtes-vous ?

– Sa femme, ma cocotte ! Son épouse légale, depuis plus de dix ans, et deux enfants ! Et vous n'êtes pas la première ! Ce joli monsieur s'amuse à recruter ses maîtresses par petites annonces ! Je suis parfaitement au courant ! D'ailleurs je divorce, et vous, vous n'allez pas m'échapper. J'ai besoin d'un témoin ! Ça ne va pas se passer comme ça ! Non mais des fois ! Chaque fois que j'ai surpris des coups de téléphone, ou des rendez-vous, il a toujours inventé une histoire à la manque ! Mais pas cette fois ! Cette fois mon père a vu votre affiche, et il a téléphoné ! Je dois dire que pour une obstinée, vous êtes une obstinée ! Jamais je n'aurais pensé avoir cette chance-là ! Vous vous rendez compte ? D'habitude c'est lui qui leur court après, et voilà que c'est vous ! Bon c'est pas tout ça, asseyons-nous et discutons, parce que vous comprenez... je vous observe depuis un bon moment, je voulais être sûre, je vous voyais guetter la porte et tout ça, maintenant je ne vous lâche plus ! Vous allez m'aider à coincer ce lâche, cet hypocrite, ce malade ! Ah, il refuse de divorcer ? On va voir ! »

Pauvre Vidya. Pauvre, pauvre amoureuse éconduite en dix secondes !

Elle a eu bien du mal à se débarrasser de la harpie.

Et c'est papa, l'avocat, qui a fourni gentiment le témoignage réclamé. Robert W., spécialiste des petites annonces, don Juan à la gomme, s'était fait écarter dès la première entrevue. On ne trompe pas un papa hindou, respectueux de la tradition, cherchant pour sa fille le mari idéal ! Pas encore.

Mais l'histoire ne dit pas, et c'est dommage, qui a finalement épousé la jeune et aventureuse petite Vidya.

Peut-être personne, après tout. Chat échaudé…

La femme du milliardaire

Paola Ambrosio jette un regard sur le décor qui l'environne. Le luxe ne l'a jamais impressionnée, sans doute parce qu'elle a beaucoup de fortune elle-même, mais il faut dire que dans le genre, il est difficile de faire mieux. L'hôtel particulier de Carlo Albertini, dans lequel elle se trouve ce 18 mars 1988, est une splendeur. Rien d'étonnant, quand on sait que Carlo Albertini est un des magnats de l'industrie italienne.

Ce n'est pas sans une certaine appréhension que Paola Ambrosio a franchi le portail de la luxueuse propriété, située dans les environs de Vérone, mais elle essaie de se rassurer : normalement, cela devrait marcher puisque Carlo Albertini va la recevoir lui-même. La photo a produit l'effet escompté. La porte s'ouvre à cet instant : c'est lui !

Carlo Albertini est tel qu'il paraît sur les revues mondaines : un milliardaire quadragénaire, terriblement séduisant avec son allure sportive et ses tempes prématurément argentées. Mais pour l'instant, c'est lui qui semble le plus impressionné des deux. En voyant Paola Ambrosio, il a un mouvement de recul et il reste un long moment bouche bée.

« Madame Verga ?

– Oui, c'est moi. Pourquoi me regardez-vous ainsi ?

– Pardonnez-moi, madame Verga, mais la ressemblance est plus frappante encore que sur la photo que vous m'avez envoyée.

– Quelle ressemblance ? De quoi parlez-vous ? Je suis ici pour l'annonce demandant une femme de chambre.

– Je vous prie de me pardonner, mais vous ressemblez d'une façon étonnante à ma femme, qui est morte il y a six mois.

– Votre femme ? »

Paola Ambrosio ouvre de grands yeux surpris. C'est une bonne comédienne car elle sait tout ou presque du suicide d'Angela Albertini, née Ambrosio. Angela était sa sœur. Elle a dans son sac à main la dernière lettre qu'elle lui a écrite : « Carlo est un monstre. J'ai peur. Si je meurs, tout le monde croira que c'est un suicide ; mais c'est lui qui m'aura tuée. Dans ce cas-là, je te demande de me venger ! »

Venger Angela, c'est bien l'intention de Paola Ambrosio. C'est pour cela qu'elle a quitté les États-Unis où elle vivait et c'est pour cela également qu'elle a un petit flacon de cyanure dans son sac à main, à côté de la lettre.

Entre le milliardaire et la pseudo Mme Verga, le dialogue continue.

« Il n'est pas question d'emploi de femme de chambre, vous pensez bien. Vous valez mieux que cela…

– C'est pourtant ma fonction. J'ai des références. Je peux vous les montrer… »

Paola Ambrosio fait mine d'ouvrir son sac à main. Carlo Albertini l'arrête d'un geste :

« Je vous crois… Mais j'ai mieux à vous proposer. Voudriez-vous être en quelque sorte maîtresse de maison ?

– Qu'est-ce que cela signifie ?

– Je… reçois beaucoup. Voudriez-vous être à mes côtés pour vous occuper des invités ? Je pense que cela me redonnerait confiance en moi. J'en manque énormément malgré les apparences.

– Les gens vont s'imaginer que je remplace votre femme.

– Je mettrai les choses au point publiquement. Il n'y aura aucune ambiguïté, rassurez-vous.

– S'il n'y a pas d'ambiguïté et si c'est bien payé…

– Votre chiffre sera le mien.

– Alors j'accepte. »

20 mars 1988. Deux jours ont passé. Pour l'instant, Paola Ambrosio n'est pas passée à l'action. Elle s'est contentée

d'observer. Son but, en effet, n'est pas uniquement de supprimer Carlo Albertini ; elle veut d'abord savoir comment est morte sa sœur. Il est temps pour elle d'interroger la nombreuse domesticité, à commencer par Lidia, la gouvernante. Elle l'aborde dans le parc de la demeure.

« Cette pauvre Mme Albertini. Il paraît que je lui ressemble... De quoi est-elle morte ?

– Elle s'est suicidée. Cela a été un grand malheur pour nous tous.

– Mais pourquoi ? Elle était malheureuse ?

– Non. Une brusque dépression, a dit le médecin. Elle a avalé un tube de somnifères et elle ne s'est pas réveillée.

– M. Albertini ne la trompait pas ?

– Jamais de la vie ! Quelle idée ! »

Lidia, la gouvernante, prend un air soupçonneux :

« Qu'est-ce que c'est que toutes ces questions à la fin ? Où voulez-vous en venir ?

– Nulle part. C'était simplement de la curiosité.

– Eh bien, je n'aime pas les curieuses. »

Paola Ambrosio n'insiste pas. Et pourtant la gouvernante ment. Carlo Albertini, tout du moins dans les derniers mois de l'existence de sa femme, avait une maîtresse. Angela Albertini en a parlé longuement dans ses lettres. Paola connaît les passages par cœur. « Je ne sais pas son nom. Je sais seulement qu'elle se prénomme Josefa. C'est une créature ignoble et vulgaire, une brune aux cheveux longs, ridiculement fardée. Elle est d'une arrogance qui dépasse tout. Elle vient presque tous les jours ici. Hier, Carlo m'a dit : "Bientôt, ce sera elle la maîtresse de maison." »

Umberto, le chauffeur, est nettement plus disposé à parler que la gouvernante. La raison en est simple. Il a une réputation justifiée de coureur de jupons et le charme de Paola Ambrosio est loin de le laisser insensible.

« Cela vous dirait qu'on sorte ce soir ?

– Certainement pas. Je me méfie trop des hommes. Rappelez-vous ce qui est arrivé à Mme Albertini.

– Mme Albertini ? Quel rapport ?

– Eh bien, son mari la trompait avec cette fille, cette Josefa.

– Mais de qui parlez-vous ?

– Entre nous, vous pouvez tout me dire, Umberto. Vous n'avez pas confiance en moi ?

– Si, mais je ne vois pas…

– Une brune très maquillée. Vous n'avez pas pu ne pas la voir. Elle venait presque tous les jours. Vous avez même dû la conduire en voiture. »

Brusquement, le visage du chauffeur se ferme. Il n'a plus du tout le sourire engageant d'un homme à la recherche d'une bonne fortune. Il est devenu aussi hostile que la gouvernante. « Qu'est-ce que c'est que ces salades ? »

Paola Ambrosio n'insiste pas. Elle quitte Umberto désorientée. Les choses ne se présentent pas du tout comme elle l'espérait. Au contraire, elles prennent une très désagréable tournure. Non seulement elle n'a rien appris, mais elle est sur le point d'être démasquée. Lidia et Umberto, s'ils sont des employés de maison dignes de ce nom, vont rapporter ses étranges questions à leur patron et elle n'ose imaginer la suite. Alors, passer immédiatement à l'action ? Paola y pense en quittant le chauffeur et en regagnant la villa. Mais on ne supprime pas les gens comme cela. Elle s'était juré d'agir quand elle saurait. Et elle doit bien reconnaître qu'elle n'en sait pas plus que lorsqu'elle est arrivée.

Paola Ambrosio franchit le perron. Elle est dans le vestibule lorsqu'une voix dans son dos la fait sursauter. « Madame Verga ! Veuillez me suivre dans mon bureau. »

Paola Ambrosio sait qu'elle devrait fuir, mais la voix du milliardaire est sans réplique. Il a une autorité presque magnétique. Il la fait entrer dans une pièce garnie de rayonnages et ferme à clef derrière elle. « Asseyez-vous ici, je vous prie. »

Paola se sent terriblement mal à l'aise. Elle tente de se souvenir du plan de défense qu'elle a imaginé en pareil cas : elle est journaliste pour une revue américaine, chargée d'enquêter sur la disparition de la femme du milliardaire. Ses projets de vengeance se sont subitement envolés. Tout ce qu'elle demande, c'est qu'on la jette dehors, qu'elle quitte ces lieux où elle se sent en danger.

Carlo Albertini s'est assis en face d'elle et la fixe d'un regard dur.

« À présent, nous allons parler sérieusement. Je vais vous dire ce qui vous intéresse…

– Ce qui m'intéresse ?… Je ne comprends pas…

– Je vais vous dire comment est morte votre sœur. »

Carlo Albertini la fixe intensément sans mot dire. Elle finit par retrouver l'usage de la parole.

« Vous savez… qui je suis ?

– Bien sûr. Vous êtes Paola Ambrosio, la sœur d'Angela.

– La gouvernante vous a parlé ?

– Quelle gouvernante ? J'ai toujours su qui vous étiez. Dès que j'ai eu votre lettre avec la photo, j'ai fait faire une enquête par un détective privé. J'ai eu la réponse au bout de vingt-quatre heures seulement.

– Alors, quand vous m'avez reçue la première fois, vous saviez… ?

– Qui vous étiez et quelles étaient vos intentions ? Oui.

– Et vous avez pris quand même ce risque ? Mais pourquoi ?

– Depuis la mort d'Angela, mon sort personnel m'importe assez peu. Et puis, je pensais que vous ne passeriez pas à l'acte avant de savoir.

– Je ne comprends pas.

– Parce que vous avez tout pris de travers depuis le début. Pardonnez-moi, mais j'ai lu les lettres d'Angela que vous avez dans votre sac à main. Pauvre Angela ! Cette histoire de brune aux cheveux longs, quelle pitié !

– Vous n'allez pas me dire qu'elle l'a inventée ?

– Bien sûr que si. Vous êtes-vous demandé pourquoi nous ne nous sommes jamais vus, bien que nous soyons beau-frère et belle-sœur ?

– Parce que vous l'aviez interdit. Angela m'a écrit que vous ne vouliez pas voir votre belle-famille. Et elle m'a suppliée de ne pas insister.

– Elle vous l'a écrit. Et avec moi, elle a été plus radicale encore : elle m'a dit tout simplement qu'elle n'avait pas de famille. Avant que le détective ne me renseigne, j'ignorais votre existence. Je ne savais pas qu'elle vous écrivait. Elle devait le faire en cachette.

– Mais pourquoi ? Cela n'a aucun sens. »

Carlo Albertini pousse un profond soupir. Il a l'air brusquement accablé.

« Vous ne croyez pas si bien dire : cela n'a aucun sens ! Comment ce que faisait Angela aurait-il eu un sens, puisqu'elle était folle ?

– Folle ?

– Schizophrénie et délire de persécution… La maladie s'est déclarée peu après notre mariage. J'ai fait venir les professeurs les plus réputés d'Italie et même du monde entier. Aucun d'eux ne m'a laissé le moindre espoir : le mal d'Angela évoluerait jusqu'à son terme fatal, jusqu'au jour où elle mettrait fin à ses jours malgré les précautions prises.

– C'est impossible !

– Je sais ce que vous pensez : si telle était la vérité, on l'aurait sue. Eh bien justement pas. Angela aurait dû être internée, mais j'ai dépensé des fortunes pour qu'elle ait l'air normal. Elle avait en permanence auprès d'elle des médecins et des infirmières. Lorsqu'il y avait une réception, on lui donnait des médicaments appropriés et personne ne s'est aperçu de rien… À part les domestiques, bien entendu, qui sont tous au courant. Mais je les paie très cher pour qu'ils se taisent. Vous avez pu vous en rendre compte. »

Paola Ambrosio a du mal à retrouver ses esprits devant tant de révélations. Une question lui vient pourtant aux lèvres : « Pourquoi avez-vous fait cela ?

– Vous êtes libre de penser que c'était par crainte du scandale, en raison de ma position sociale. Mais je ne crois pas. Je voulais que l'image que les gens avaient d'Angela reste sans tache. J'aimais profondément votre sœur. »

Paola se tait. Il y a un long silence. Carlo Albertini parle d'une voix hésitante : « Excusez-moi, mais le détective m'a tout dit sur vous. Je sais en particulier que vous êtes divorcée et que vous n'avez pas d'enfant. Dans ces conditions, rien ne vous appelle rapidement en Amérique… Est-ce que vous consentiriez à rester quelque temps encore ? Votre présence me fait… beaucoup de bien. »

Paola Ambrosio a accepté de différer son retour aux États-Unis. Elle n'y est même jamais rentrée. Elle est restée à Vérone où elle a épousé Carlo Albertini. Après tout, c'était peut-être cela qu'avait pressenti la pauvre Angela en appelant sa sœur, sous prétexte de vengeance. Peut-être imaginait-elle la conclusion de l'histoire. Qui sait ce qui pouvait se passer dans sa tête troublée ?

Vie de famille

Les parents élèvent les enfants, parfois bien, parfois mal. Puis les années passent et les enfants se marient. Ils ont eux aussi des enfants… qu'ils élèvent. Et ils s'éloignent des parents. Mais quelquefois les parents vieillissent trop vite, tombent malades. Alors les enfants sacrifient leur avenir pour s'occuper des parents. Encore heureux si les parents n'abusent pas de la situation…

Dorothée Lejeune rentre chez elle, la journée a été dure. Être vendeuse dans les grands magasins au moment des fêtes de fin d'année, ça n'a rien d'une sinécure. Toute la journée elle est restée debout, hormis à la pause déjeuner qui est passée comme un éclair. Pendant de longues heures Dorothée a dû se battre, sourire aux lèvres, contre une meute de clientes déchaînées qui voulaient toutes le même article, dans une autre taille, dans une autre couleur, dans un autre tissu.

« Excusez-moi, madame, c'est tout ce qui nous reste, nous sommes littéralement dévalisées.

– Enfin, mademoiselle, c'est inouï, j'arrive d'Orléans sur la foi de vos réclames et vous voulez me faire croire que vous n'avez déjà plus de combinaison en crêpe de Chine !

– Si madame, nous en avons, mais pas en taille 52.

– Ah, je vous prie, ne soyez pas insolente en plus ! Est-ce que j'ai l'air d'un hippopotame ? Appelez-moi le chef de rayon… »

À la fin Dorothée ne sent plus ses jambes, ses yeux se brouillent à force de s'être fixés sur les feuillets de bons à remplir pour la caisse. Pour l'instant elle est dans le métro et se cramponne aux barres grasses de transpiration. Dans une demi-heure, après deux changements, elle se retrouvera chez elle. Ce n'est pas une perspective qui la réjouit beaucoup.

La jeune femme sort du métro dans la nuit froide, elle s'arrête chez l'épicière du coin de la rue. Elle a déposé son cabas ce matin en partant et l'aimable Mme Berton a tout préparé : le lait, les carottes, les pommes de terre, le jambon. Dorothée attrape ses emplettes. « Vous marquez tout, madame Berton, je passerai vous payer dimanche matin.

– Pas de problème. Et votre maman, toujours pareil ? »

Dorothée soupire : « Aucun espoir de la voir se lever. J'ai essayé hier de l'installer dans un fauteuil près de la fenêtre. Elle en pleurait de douleur. Inutile d'insister. Le pire c'est pour ses besoins. Comme je ne suis pas là de la journée...

– Et votre papa ?

– Ah, ne m'en parlez pas. Dès qu'il peut bouger un peu, il s'en va pour essayer de relancer quelques vieux clients et décrocher des commandes, mais forcément, dans son état, son chiffre diminue et son humeur ne s'améliore pas... Il s'en prend à moi quand il rentre... »

Dorothée monte à présent les cinq étages qui aboutissent au petit logement qu'elle occupe avec ses parents.

De toute manière il n'est pas question de déménager. Pour aller où ? Avec quel argent ? Le quartier est bien commode : les Lejeune, depuis vingt-cinq ans qu'ils vivent ici, connaissent beaucoup de monde. Le médecin de famille, le docteur Ducros, n'est pas loin et il ne rechigne pas à grimper les étages.

En arrivant dans le petit appartement, Dorothée se précipite vers la chambre de sa mère : « Alors, comment ça s'est passé aujourd'hui, Mamoune ? Tu n'as pas eu trop mal ?

– J'ai dû me lever pour aller jusqu'au seau. J'ai cru que j'allais m'évanouir. Il va falloir demander à Ducros d'augmenter mes doses. »

Mais sa fille est déjà partie vers la cuisine, pour éplucher les pommes de terre et mettre le dîner en route : saucisses et purée. Quand le père arrivera, il sera, comme de bien entendu, de mauvaise humeur d'avoir grimpé les cinq étages, et si, en plus, il doit attendre pour se mettre à table, il n'hésitera pas à déclencher une « gueulante » qui brisera les nerfs déjà fragiles de sa fille.

Justement on entend la clef qui tourne dans la serrure. Gaston Lejeune, un petit homme vieilli avant l'âge, voûté, entre. Il est vêtu d'un imperméable de couleur indéfinie et tient à la main une énorme sacoche en cuir noir qui doit peser au moins cinq kilos.

Dorothée, malgré la fatigue, s'efforce de prendre un ton enjoué pour détendre l'atmosphère.

« Bonsoir, papa, alors la journée s'est bien passée ?

– Tu te fous de moi ou quoi ? Mais enfin c'est invraisemblable ! Tu ne vois pas que je suis au bout du rouleau ? Tu t'imagines que j'ai trente ans comme toi ? Si tu avais pris un éclat dans la hanche comme moi en 40, tu verrais si la vie est facile ! J'ai signé un malheureux bon de commande aujourd'hui. Ah, ce n'est pas avec ça qu'on va pouvoir faire la faridon pour les fêtes… »

Sa fille se penche pour poser un baiser sur la joue paternelle. Il ordonne : « Verse-moi donc plutôt un petit verre de muscat. J'ai la bouche sèche à force de balancer mes boniments. »

Elle attrape la bouteille dans le buffet. « Ça ne te montera pas à la tête. Il en reste à peine. » Gaston Lejeune, comme s'il n'attendait que ce prétexte, explose littéralement : « Mais enfin tu n'es bonne à rien ! Tu sais bien que je bois tous les jours mon petit muscat ! Dans la vie il ne me reste pas grand-chose et voilà que tu n'es même pas capable de vérifier quand la bouteille se termine ! Non mais qu'est-ce qui m'a foutu une andouille pareille ! Allez, descends en vitesse chez la mère Berton pour en chercher une bouteille.

– Mais papa, tu en as assez pour ce soir. J'en ramènerai demain en rentrant des Galeries. » Elle supplie presque. Mais rien n'y fait, Gaston Lejeune hausse le ton. Dans ses yeux un éclair mauvais de haine laisse présager le pire : « Tu vas me faire le plaisir de descendre tout de suite, sinon je te casse ma canne sur le dos, sacrée bourrique ! C'est encore moi qui commande, ici !

– Dorothée ! Dorothée ! Qu'est-ce qui se passe ? » Du fond de son lit Mme Lejeune, qui entend les éclats de voix, s'inquiète. Comme si elle ne savait pas que son mari s'est lancé dans une de ses odieuses séances d'autoritarisme.

Et la pauvre Mlle Lejeune, enfilant son manteau, descend en vitesse les cinq étages pour aller chercher une nouvelle bouteille de muscat. Elle est si fatiguée qu'en arrivant en haut, sur le palier, elle rate une marche et manque de casser le précieux apéritif. Elle est en larmes en rentrant dans l'appartement.

« Dorothée, arrive ici ! Ta mère a besoin de toi ! » La voix du père arrive de la chambre. « Je crois que ta mère a besoin qu'on change ses draps. » Mme Lejeune, au fond de son lit, fait peine à voir : « Ma pauvre petite, qu'est-ce que je deviendrais sans toi… Excuse-moi, mais de vous entendre vous disputer, ça m'a remuée, je n'ai pas pu me retenir.

– Ce n'est rien, maman. De toute manière il fallait que je change tes draps demain.

– Et la chemise de nuit aussi ! » fait le père avec un ricanement méchant.

Quelques minutes plus tard, après avoir renouvelé la literie, terminé la préparation du dîner, Dorothée, en tête à tête avec son père, sous l'abat-jour de la salle à manger, prend son courage à deux mains : « Papa, ça ne peut plus durer comme ça. Il faut prendre une décision. Tu n'es pas là de la journée et moi non plus. Maman est à la merci du moindre incident. Elle non plus ne supporte plus cette situation. Je crois qu'il vaudrait mieux la faire hospitaliser. Au moins elle aurait du personnel pour intervenir à tout moment…

– Espèce de salope, tu foutrais bien ta mère à l'hôpital. Après tout ce qu'on a fait pour toi, pour te donner une bonne éducation. Mais, ma parole, tu es un monstre d'ingratitude. Tu te rends compte : tu veux sa mort.

– Papa, cesse de m'insulter. Je n'en peux plus. Le médecin des Galeries m'a prévenue : si je continue à ce rythme-là, je vais m'écrouler. Vous serez bien avancés tous les deux si c'est moi qui pars à l'hôpital !

– Il n'en est pas question.

– De toute façon, c'est maman qui m'en a parlé la première. Elle en a assez de vivre comme ça. Elle préférerait nous voir seulement une fois par semaine plutôt que de continuer ainsi.

– Moi vivant, jamais ta mère n'ira à l'hôpital, tu m'entends ? C'est bien compris ? Je ne veux plus en entendre parler. »

Mais Dorothée ne se laisse pas impressionner. Quinze jours plus tard, avec l'aide du docteur Ducros et l'accord de sa mère, elle prend un jour de congé et, profitant de l'absence de son père, elle fait admettre sa mère à l'hôpital du Kremlin-Bicêtre. Quand elle quitte la grande salle, elle éprouve un sentiment de remords, mais Mme Lejeune, dans son lit aux draps tout frais, lui murmure : « Tu vas voir, je serai très bien et je me sens déjà tellement mieux de savoir que tu vas pouvoir te reposer un peu. Ne t'en fais pas, je suis certaine que ton père va piquer une rogne, mais après il comprendra les avantages de la situation. Et puis vous viendrez me voir le dimanche, ça vous fera une promenade. Ce n'est pas trop loin de la maison… »

Dorothée, ce soir-là, prépare ce qu'on pourrait appeler un « dîner de gala », un poulet, pas bien gros, et des pâtes au beurre. Et elle n'a pas oublié de vérifier qu'il y a encore du muscat dans la bouteille.

Quand elle entend la clef dans la serrure, sur le coup de huit heures du soir, elle sent la sueur lui dégouliner le long de la colonne vertébrale. Mais elle est prête à l'affrontement : elle connaît par cœur le texte des crises habituelles. « Simone ! Aujourd'hui c'est le bouquet. Une journée infernale… » Gaston Lejeune entre dans la chambre. Il adore, quand il revient le soir, raconter sa journée à sa femme, spécialement quand celle-ci a été particulièrement mauvaise. Il ne s'aperçoit même pas de l'air atterré que prend son épouse en entendant, impuissante, le récit de ses déboires. Dans ces moments-là, elle se sent, plus encore que les autres jours, comme un boulet, un poids mort qui pèse sur l'existence de sa famille.

« Où est ta mère ? » La question vient d'éclater avec la sécheresse d'un coup de feu.

« Elle est à l'hôpital. Je t'avais prévenu. Ne t'en fais pas, elle est très bien installée, dans un grand lit. Elle a devant son lit une grande fenêtre qui donne directement sur le jardin et les fleurs. »

Gaston Lejeune, bizarrement, ne se répand pas en imprécations. Il n'insulte pas sa fille. Il va s'asseoir dans son fauteuil habituel et se perd dans ses pensées. Ce soir-là, il se sert une double ration de muscat. Juste avant d'aller se coucher, il ne fait qu'un bref commentaire : « Eh bien, maintenant que tu t'es débarrassée de ta mère, je pense que tu vas pouvoir me consacrer un peu plus de ton précieux temps libre… Mes chemises seront peut-être un peu mieux repassées ! »

Dorothée, au bout de quelques semaines, commence à ressentir le côté positif de sa toute nouvelle relative liberté. Elle est toujours fatiguée par ses longues heures de vente et par tous les soins du ménage, mais, parfois, en attendant que son père rentre du travail, elle peut profiter de quelques minutes de solitude… Celui-ci trouve pourtant bientôt un nouveau motif de récrimination : « Je m'ennuie. Y a pas, depuis que ta mère est partie, j'ai plus le moral.

– Mais papa, nous irons la voir dimanche. Je prendrai des tartelettes aux fraises chez Plouvenec. Elle adore ça. Tu sais bien que la semaine dernière elle nous a affirmé qu'elle se trouvait mieux à l'hôpital qu'à la maison. Au moins elle a des voisines de lit pour parler. Et tous les jours on la promène dans le jardin. Et puis, si elle avait le moindre problème, les médecins sont tout de suite là.

– J'm'en fous ! Moi je m'ennuie quand elle est pas là. Les jours où je reste à la maison, j'ai personne à qui parler. Ça peut plus durer. Il faut qu'elle rentre.

– Papa, elle doit rester là-bas. Je t'avertis, si maman revenait, je n'aurais plus la force de m'occuper de vous deux. C'est moi qui partirais, immédiatement. Pour moi c'est une question de vie ou de mort.

– Ah oui, c'est toi qui partirais ? Et pour aller où, s'il te plaît ? Mais si ça se trouve, tu as déjà préparé tes arrières. Ça m'étonnerait pas que tu aies fait la connaissance d'un petit maquereau aux Galeries. Si je comprends bien, tu es prête à aller laver ses chaussettes et ses caleçons en laissant tes pauvres parents crever la gueule ouverte. »

Gaston Lejeune écume de rage.

« Papa, un mot de plus et je quitte cette maison immédiatement. Tu ne sauras même pas où je suis allée. Après tout je suis largement majeure. »

Sur le coup le père Lejeune se calme. Il a son idée.

Trois jours plus tard, en rentrant d'une dure journée Dorothée s'arrête chez Mme Berton, l'épicière, qui lui dit : « Alors ça y est, votre maman est revenue ! J'ai vu l'ambulance cet après-midi. » Dorothée en est tellement saisie qu'elle laisse son cabas sur le comptoir et monte les cinq étages quatre à quatre. Elle a du mal à mettre la clef dans la serrure tellement ses mains tremblent.

En entrant dans l'appartement elle voit Gaston Lejeune, un rictus de victoire sur le visage. Dans la chambre, éplorée, au fond du lit, Mme Lejeune la regarde : « Ce n'est pas ma faute, Dorothée, c'est lui. Il est venu au Kremlin-Bicêtre cet après-midi. Je ne sais pas comment il s'y est pris, mais il a réussi à me ramener. Excuse-moi ! Ah, je voudrais être morte. »

Dorothée embrasse sa mère avec tendresse : « Ne t'en fais pas, Mamoune, tout ça va s'arranger. Je suis contente que tu sois là, tu le sais bien. C'est simplement que l'hôpital offrait plus de possibilités.

– Ramène-moi là-bas, je t'en supplie, Dorothée. Je ne veux plus vous entendre vous déchirer.

– Ne t'en fais pas, Mamoune. Dorénavant nous n'allons plus nous disputer. Je te le promets. Ce sera notre dernière discussion avec papa. À présent je suis décidée et je sais ce que je dois faire. »

Dorothée sort de la chambre et prend la précaution de fermer la porte qui donne sur la salle à manger.

« Papa, tu sais ce que je t'avais dit. Tu es content de toi ? Tu crois que je vais supporter cette situation ? Tu crois que j'en aurai la force ? » Gaston Lejeune garde un silence lourd de menaces.

« Tu ne réponds pas ? Eh bien moi je vais te dire ce qui va se passer. Dès demain je ramène maman au Kremlin-Bicêtre. J'ai des certificats du docteur Leroux. Puis je reviendrai ici, je ferai mes valises et je te laisserai, définitivement, avec ton égoïsme, ta mauvaise humeur et, disons-le, ta lâcheté. »

Gaston sursaute en entendant ce dernier mot. Lui, un lâche ? Personne dans sa vie n'a jamais osé lui décerner ce qualificatif.

« Moi, un lâche ? Comment oses-tu ? Tu oublies que j'ai pris un éclat d'obus dans la hanche en 40 !

– Comme si tu l'avais fait exprès. » Dorothée hausse les épaules et s'éloigne vers la cuisine. Comme elle est penchée sur les casseroles, elle ne voit pas son père qui s'approche avec son vieux revolver d'ordonnance. Elle s'écroule dans le petit salé aux lentilles, avec une balle en pleine tête. C'est en vain que Gaston Lejeune a essayé d'expliquer à la police que Dorothée le menaçait…

L'oreille coupée

Marinus Van Holden, cinquante-cinq ans, contemple le paysage ordonné qui s'étend sous les fenêtres de sa luxueuse villa des environs d'Amsterdam. Il ne se lasse jamais d'admirer les taches de couleur que font les massifs de tulipes sur les pelouses.

Marinus Van Holden a toujours pratiqué un certain art de vivre typiquement hollandais et il en a les moyens puisque ses activités d'industriel l'on rendu plusieurs fois milliardaire.

Un toussotement discret dans son dos l'arrache à sa rêverie : c'est Annlies, sa bonne, qui vient lui apporter son petit déjeuner, ses journaux et le courrier.

« Monsieur... Je me permets... Vous devriez regarder... Il y a une lettre... bizarre... »

Marinus Van Holden lève un sourcil interrogateur.

« Comment cela, "bizarre" ? »

La jeune bonne semble très contrariée.

« Le nom et l'adresse sont faits avec des caractères découpés dans le journal, monsieur... »

Effectivement ce genre de lettre mérite d'être ouverte en priorité. C'est souvent le prélude à une série d'événements qui peuvent aller de la simple contrariété au drame.

La lettre que Marinus Van Holden déplie fébrilement est composée comme sur l'enveloppe, en caractères de journal.

« Si vous voulez revoir votre fils Piet vivant, préparez-vous à verser deux millions de florins en petites coupures usagées. Rendez-vous cet après-midi à seize heures à la Nieuwe Kerk.

Entrez dans le troisième confessionnal de l'allée gauche et attendez. Si vous prévenez la police, Piet sera mis à mort dans d'affreuses tortures. »

Marinus Van Holden regarde sa montre : il est neuf heures du matin, ce 11 mai 1992. Il n'y a pas de temps à perdre. Il lance à Annlies qui reste là, figée, et qui n'a pu s'empêcher de lire par-dessus son épaule : « Apportez-moi le téléphone ! »

La petite bonne s'exécute en tremblant et disparaît. L'instant d'après, il est en conversation avec le capitaine Carl Hagen, un des responsables de la police judiciaire hollandaise. Celui-ci écoute en silence la lecture du message que lui fait le milliardaire.

« Monsieur Van Holden, je vous félicite pour votre courage. Nous vous assurons que nous agirons avec la plus grande discrétion et que la vie de votre fils ne sera pas en danger. »

Mais à la stupéfaction du policier, Marinus Van Holden a cette réponse extraordinaire : « Je ne crois pas que la vie de Piet soit en danger. »

Et le milliardaire explique au capitaine Hagen : « Il faut que je vous avoue que Piet ne vaut pas grand-chose, capitaine. Depuis la mort de ma femme, il a de plus en plus mal tourné. Il est soi-disant étudiant en sciences humaines, mais il ne fiche rien. Il se drogue, enfin, vous voyez le genre. Il y a trois mois, je lui ai coupé les vivres et je lui ai dit de ne plus remettre les pieds chez moi. Il m'a envoyé plusieurs lettres de supplications. Comme je n'ai pas répondu, je suppose qu'il essaie une autre méthode. »

Le capitaine Carl Hagen est confondu par le sang-froid de son interlocuteur. Il promet en tout cas qu'il va mettre au point un dispositif discret et efficace. Il n'y a plus maintenant qu'à attendre seize heures.

La Nieuwe Kerk est une des deux cathédrales d'Amsterdam. Marinus Van Holden sort de sa limousine à quatre heures moins cinq, demande à son chauffeur de l'attendre et s'engouffre sous le porche. Il a eu le temps, grâce à un coup d'œil circulaire, de remarquer le mendiant, le promeneur lisant son journal et la bonne d'enfant poussant son landau. Le capitaine Hagen a bien fait les choses.

Le milliardaire se dirige rapidement vers le troisième confessionnal, magnifique spécimen d'art baroque, soulève le rideau et s'agenouille… Une voix au timbre ecclésiastique s'élève derrière la cloison de bois ajourée : « Vous êtes M. Van Holden ?

– Oui. Et vous, qui êtes-vous ? Où est Piet ? »

La voix ne se départit pas de son calme : « Je suis religieux, mon fils. C'est par mon intermédiaire que les ravisseurs de Piet ont choisi de communiquer avec vous. Mais comme je les ai entendus en confession, je ne peux, hélas, rien faire d'autre que vous transmettre leur message.

– Bien. Racontez-moi votre histoire. »

La voix qui lui parvient en retour est émue : « J'ai peur, monsieur Van Holden. La personne m'a semblé farouchement déterminée. Voici ce qu'elle m'a chargé de vous dire : "Remettez la rançon à votre chauffeur qui lui-même la déposera dans la boîte aux lettres de son immeuble en rentrant chez lui". »

L'interlocuteur invisible semble à présent bouleversé. « Si vous ne faites pas cela, monsieur Van Holden, la personne a dit que votre fils allait être coupé en morceaux. Si vous n'avez pas versé la rançon demain à minuit, après-demain matin, vous recevrez son oreille droite, et ainsi de suite toutes les vingt-quatre heures. »

Marinus Van Holden se tait. Cette fois, il est troublé. Mais il ne veut toujours pas y croire. Piet est parfaitement capable d'avoir inventé une telle horreur. Il est capable de tout pour de l'argent.

« Je ne paierai pas ! Dites-leur bien que je ne paierai pas !

– Mais, mon fils ! »

Le milliardaire se lève sans écouter les paroles indignées qui s'échappent du confessionnal. La luxueuse limousine l'attend toujours sur le perron. Il se fait conduire aussitôt au siège de la police.

Le capitaine Hagen, qui était sur les lieux avec ses hommes, le rejoint quelques minutes plus tard. Il a une expression surprise et choquée en apercevant l'armateur. « Vous n'auriez pas dû venir ici, monsieur Van Holden. C'est provoquer les ravisseurs et mettre la vie de votre fils en danger. »

Marinus Van Holden secoue la tête d'un air buté. « Je n'y crois pas. »

Il lui explique ce qu'il vient d'entendre – la menace de couper Piet en morceaux en commençant par l'oreille droite – et poursuit : « Vous l'avez arrêté, ce faux religieux ?

– Non. Pour la bonne raison que c'est un vrai. Il s'agit de l'abbé Jan Kramers, prêtre à la Nieuwe Kerk.

– Curieux ! J'aurais juré que c'était un comparse. Et vous l'avez interrogé ?

– Oui... Il ne veut rien dire d'autre que ce qu'il vous a dit à cause du secret de la confession. »

Marinus Van Holden explique au capitaine Carl Hagen de quelle manière la rançon doit être versée. Il conclut sèchement : « Bien entendu, je ne céderai pas ! »

Rentré dans sa luxueuse villa des environs d'Amsterdam, le milliardaire attend la suite des événements sans trop d'inquiétude. Il reste persuadé que l'affaire est un coup monté par son fils. Quand il se sera fait arrêter, il retirera sa plainte, car il ne souhaite tout de même pas le voir en prison. La leçon sera suffisante.

C'est le lendemain matin que tout bascule. Tandis que Marinus Van Holden prend son petit déjeuner, Annlies, sa bonne, arrive, tenant avec répulsion un petit paquet de forme carrée. « Monsieur... ça... vient d'arriver au courrier. »

Le milliardaire lui arrache l'objet des mains et devient tout pâle : l'adresse a été composée avec des lettres découpées dans le journal. Il arrache la ficelle, le papier, mais avant même de soulever le couvercle, il sait déjà ce qu'il va trouver : presque aussi blanche que le coton sur lequel elle repose, une oreille droite parfaitement coupée, l'oreille de Piet ; sur le lobe est fixé le petit diamant qu'il portait.

Marinus Van Holden se précipite sur le téléphone. « Allô, capitaine ? Arrêtez tout ! Ils ont mis leur menace à exécution. Vous m'entendez : arrêtez tout ! Ils vont tuer mon fils ! »

L'officier de police répond d'une voix plus dure qu'il ne l'aurait voulu : « Moi, j'ai toujours pris cette affaire au sérieux, monsieur Van Holden. Il n'est pas question d'arrêter les recherches.

– Mais vous ne comprenez pas que, dans vingt-quatre heures, je vais recevoir l'autre oreille ? Ne faites rien, je vous en supplie, je vais payer. »

Et l'armateur saute dans sa voiture, prend lui-même le volant, et fonce à la Nieuwe Kerk retrouver l'abbé Kramers.

Il se précipite dans le troisième confessionnal de la rangée de gauche. Il tambourine contre la cloison ajourée : « Ouvrez ! Ouvrez ! C'est Marinus Van Holden. »

Le volet s'ouvre. Il reconnaît la voix de l'abbé Kramers : « Vous avez douté, mon fils… Repentez-vous de votre sécheresse de cœur. »

Le milliardaire interrompt ce prêche : « Je suis prêt à payer. La police ne sera pas au courant. »

L'abbé Jan Kramers murmure quelques chiffres et ajoute de sa voix bien timbrée : « C'est le numéro du compte en Suisse sur lequel vous devez verser les deux millions de florins. Faites vite, mon fils. »

Marinus Van Holden s'en va comme un fou. Il saute de nouveau dans sa voiture, fonce à sa banque, tandis qu'une voiture banalisée ne quitte pas sa trace.

L'industriel est dans le bureau de son banquier. Il est en train de lui donner ses instructions pour le transfert des deux millions en Suisse lorsque le téléphone sonne. C'est le capitaine Hagen : « J'espère que vous n'avez pas encore versé l'argent, monsieur Van Holden. On vient de retrouver près de l'autoroute d'Utrecht un jeune homme à l'oreille coupée. Il a été vraisemblablement drogué, mais il survivra. »

Marinus Van Holden a un cri : « Piet !

– Non, ce n'est pas lui. Le blessé ne ressemble à votre fils que par l'âge et la forme générale des oreilles. C'était vous qui aviez raison. Piet est un vaurien et pire encore. »

Le milliardaire n'a pas le temps de se remettre de ses émotions successives. L'officier de police lui assène un dernier choc : « Monsieur, je dois vous dire aussi que nous venons d'arrêter l'abbé Kramers au moment où il tentait de passer en Allemagne. Pour l'instant, il n'a pas encore avoué mais cela ne saurait tarder. »

Deux jours plus tard, dans le bureau du capitaine Carl Hagen, Marinus Van Holden apprend la vérité sur la dramatique série d'événements qu'il vient de vivre. « Nous avons arrêté votre fils, monsieur Van Holden. Il se cachait dans un squat d'Amsterdam. »

Le milliardaire a une expression amère. « C'est lui qui a eu l'idée de tout cela, n'est-ce pas ? Je ne m'étais pas trompé. C'est bien une crapule ? »

Le capitaine Hagen secoue la tête. « Sans doute pas. Ce sont les juges qui décideront, mais d'après nos premières constatations, votre fils a peut-être été plus manipulé qu'autre chose. C'est leur chef, l'abbé Kramers, qui est le principal responsable.

– L'abbé !...

– Un drôle d'abbé, entre nous. Il voulait fonder une secte satanique dont il aurait été le prophète. Mais pour cela, il avait besoin d'argent. C'est pourquoi il a demandé à votre fils de monter cette mise en scène.

– Et ce malheureux jeune homme, ce garçon à qui on a coupé une oreille ?

– Il vient de sortir du coma et il a pu parler. C'est un touriste anglais qui avait été pris en auto-stop par un des membres de la secte. Une fois arrivé chez eux, ils se sont chargés de le droguer. Malgré l'état dans lequel il se trouvait, il est parvenu à s'enfuir et à échapper à ses bourreaux. »

À partir de ce jour, Marinus Van Holden n'a plus voulu entendre parler de son fils. Mais il a payé le meilleur chirurgien de Hollande pour doter la victime d'un pavillon d'oreille artificiel et il a fait plusieurs donations à des centres de réadaptation de jeunes drogués.

En tout, il a dépensé exactement deux millions de florins, la somme qu'il avait failli consacrer, malgré lui, à l'édification d'une secte satanique.

L'œil du corbeau

Maître Corbeau sur un arbre perché,
Une nuit froide et sans lune,
Repéra pour la postérité,
Et sa photo à la une,
L'instant où ils furent enterrés.

C'est une histoire galloise. Dans ce pays de Galles à la lande sauvage et superbe. Et c'est une histoire déjà ancienne. Mais les histoires anciennes, lorsqu'elles sont formidables, n'ont pas d'âge. Et celle-ci est formidable.

1954. Vous en souvenez-vous… ou n'étiez-vous pas né ?

Les années cinquante, en matière de criminalité, c'est la grande époque de Scotland Yard. La célébrissime institution de police criminelle. Avec ses cracks, ses inspecteurs dignes d'Agatha Christie. En voici un, au nom imprononçable : « inspecteur principal Capstick ».

Il est basé à Londres bien entendu, et si l'on a fait appel à lui pour enquêter dans un endroit aussi reculé et aussi sauvage, c'est que les Gallois sont têtus.

Ronald Harris est particulièrement têtu. Fermier, gallois, vingt-sept ans, marié, un enfant, la casquette de travers sur un front large, le sourire éclatant au-dessus d'un cache-col de laine. Il a posé pour la photo dans le journal local, les deux mains appuyées sur sa bêche. Et il a déclaré à la police, locale elle aussi : « Mon oncle et ma tante sont partis à Londres. Ils voulaient prendre des vacances pour la première fois de leur vie. J'en sais pas plus. »

John et Phoebe Harris, l'oncle et la tante, vivaient seuls dans une ferme isolée, non loin cependant de la ferme du neveu Ronald.

Ici, les fermes sont de toute manière isolées par définition. Des hectares de lande sauvage, des moutons, et dans les années cinquante, le téléphone ne traverse pas la lande. L'information y est rare, la vie en général paisible.

Il y a donc trois mois, John et Phoebe, la cinquantaine, vieux durs à cuire du terroir, qui n'ont jamais pris de vacances, seraient allés comme ça à Londres brusquement, sans prévenir personne à part le neveu… Et n'auraient pas donné signe de vie !

Bizarre. La police du pays de Galles ayant enquêté auprès de tous les fermiers isolés des environs n'a trouvé que cette explication. Bizarre. Pas normal. Étrange. Mystérieux.

Personne ne croit à cette histoire de voyage à Londres, bien entendu. Un paysan ne quitte pas ses terres avec une pareille désinvolture.

Donc, le neveu Ronald est le suspect principal. À toutes les questions, il a répondu : « Je sais pas. Ils sont partis, je sais pas. »

Et l'inspecteur Capstick de Scotland Yard est appelé sur le terrain gallois, trois mois après cette disparition mystérieuse. Un crack, l'un des enquêteurs les plus renommés de la Grande Maison.

Au début, il a énormément de mal à se faire accepter. Il parle l'anglais de Londres, pas le gallois. Il porte un costume trois pièces, un imperméable et un chapeau. Plus un parapluie. Et des chaussures de citadin. Méfiance.

Capstick s'installe à l'auberge du coin, ainsi qu'il est de tradition. Il y dort, y prend ses repas, et le reste du temps bat la campagne avec son parapluie pour tenter de lier connaissance avec les fermiers. Pas facile. Le dialecte est redoutable. L'accent infernal pour un Londonien. Mais, à force de professionnalisme et de sens du contact humain, Capstick parvient à faire entendre le message suivant : « Signalez à la police toute parcelle de terre qui vous paraîtra bizarre. Remuée récemment, ou plantée récemment. Un officier de police viendra l'examiner. »

L'idée est simple. Il est dans un pays de terre, d'élevage, au milieu de paysans. La terre est probablement le mobile du crime, et si cadavres il y a, et qu'ils ont disparu, c'est probablement que quelqu'un les a enterrés quelque part.

Le « quelque part » fait tout de même des kilomètres carrés d'herbage à vaches ou à moutons.

Mais la technique de l'inspecteur Capstick n'est pas facile à organiser, car elle est double. D'une part, il organise systématiquement des battues chaque fois qu'un bout de terrain bizarre est signalé. Et, d'autre part, il concentre son enquête personnelle sur le dénommé Ronald, le neveu suspect.

Ce qui veut dire qu'il passe des heures en planque à proximité de la ferme et de ses champs, qu'il fait le tour des bosquets et des buissons, qu'il se promène dans les vergers et les pâturages, au milieu des vaches et des moutons.

Le neveu vaque normalement à ses occupations. Têtu et impassible. À peine s'il lève un bout de casquette en croisant l'inspecteur sur ses terres. À peine s'il a répondu aux questions classiques : où étiez-vous tel jour et à telle heure, quand les avez-vous vus pour la dernière fois ? Il a bougonné qu'il avait autre chose à faire qu'à surveiller l'oncle et la tante. Et qu'il avait déjà dit tout ce qu'il savait.

Sa femme est quasiment muette. Le bébé n'a rien à dire.

L'inspecteur planque. Pas facile en terrain pareil. Il a dans l'idée que si Ronald est l'assassin, il a enterré les cadavres à proximité. Il espère que les battues sur tous les autres champs des fermiers voisins vont inquiéter le suspect. Qu'il va se sentir cerné et que, s'il est inquiet, il ira, à un moment ou à un autre, vérifier l'endroit où il a enterré ses victimes.

C'est un style d'enquête qui n'a plus cours. De nos jours, il y a les chiens, et toute une panoplie d'instruments sophistiqués permettant des enquêtes moins « rurales ». Mais il est formidablement efficace, et finalement rien ne vaut l'observation. Patience, longueur de temps et observation. Il y a toujours un instant où la récompense arrive.

Car l'inspecteur Capstick n'est pas le seul être vivant à observer les allées et venues du suspect. Il a un double. En imperméable noir.

Planqué derrière une haie, il se rend compte en effet, par un matin brumeux, qu'un corbeau lui tient compagnie. Un bon et gros corbeau, croassant et plus têtu qu'un Gallois.

Nous avons donc un corbeau perché sur une branche, et un inspecteur assis sur un tronc d'arbre. Tout d'abord ils commencent par s'observer tous les deux. Le policier se dit simplement : « Tiens, un corbeau… »

Ce que pense le corbeau est du domaine de la supposition. D'ailleurs le corbeau ne s'intéresse pas outre mesure à l'observateur humain, il regarde dans une autre direction la plupart du temps. Toujours la même. Et, curieusement, il ne bouge guère de sa branche. Un petit vol de temps en temps, histoire de se dégourdir les ailes, ou de trouver pitance ailleurs, et il revient obstinément sur la même branche. La journée passe ainsi.

Le lendemain, le corbeau est toujours là. Et le policier aussi. Curieux, l'inspecteur se rapproche de la position du corbeau, sans le déranger pour autant. De plus près il note une chose plus importante que la simple présence de l'oiseau noir. Le regard de l'oiseau est fixe. Braqué sur un champ, environ à une centaine de mètres de son arbre. Capstick fait le tour du champ, en long en large, en biais, en croisillons, et n'y voit que l'herbe qui verdoie et le soleil qui poudroie. Mais le corbeau le suit du regard. Avec un intérêt non dissimulé.

De même lorsque le suspect gallois traverse son champ.

Le surlendemain, même manège. Dès l'aube, Monsieur le Corbeau s'installe dans un froissement d'ailes sur son perchoir, et le policier sans bruit sur son tronc d'arbre.

Et ils observent de concert Ronald Harris, le suspect, sortir de chez lui, emprunter le sentier, traverser son champ, et s'en aller mener son troupeau de moutons à l'enclos.

Ce corbeau attend quelque chose, se dit l'inspecteur. Le corbeau étant, comme chacun sait, un charognard, il attend donc une dépouille.

Cette déduction remarquable du policier l'amène à penser la chose suivante : si Harris a réellement éliminé son oncle et sa tante, et les a fait disparaître, il les a peut-être enterrés dans ce champ. Et le corbeau, ayant assisté à la cérémonie, surveille l'emplacement. Dans l'espoir de voir réapparaître les dépouilles.

Se fier au témoignage d'un corbeau ? Pourquoi pas ?

Mais si, tous les matins, Harris traverse le champ en question, il ne s'arrête nulle part. Si l'hypothèse du policier est exacte, il doit ressentir le besoin de vérifier régulièrement que la tombe improvisée est toujours inviolée. Car les battues n'ont pas cessé dans les environs. Régulièrement, la police locale vient examiner de près un morceau de terre signalé par un paysan. Harris doit se sentir en danger d'être découvert.

Le seul problème, c'est que l'inspecteur ne peut pas demander directement au corbeau de lui signaler l'emplacement exact. Et le champ ne semble pas avoir été retourné récemment. Le policier l'a examiné, et il a l'œil expert.

Au bout d'une semaine d'observation à deux, l'inspecteur décide une première expérience. Il avance lentement dans le champ, s'arrête, espérant que le corbeau va manifester un enthousiasme quelconque s'il approche de l'endroit convoité. Rien. Et c'est relativement lassant. Frustrant de se sentir observé par ce corbeau, qui a l'air de dire sans arrêt : « Tu brûles, mais c'est pas là. »

Les pensées du corbeau sont toujours du domaine de la supposition.

Alors le policier imagine un piège. Un soir à la nuit tombée, Harris étant enfermé pour la nuit, Capstick apporte avec lui de longues bobines de fil de coton noir à repriser. Ce genre de fil qui cède facilement à la moindre tension. Et il entreprend de faire le tour des haies bordant le champ en question, en y accrochant le fil, assez haut pour qu'un animal ne puisse pas le briser, et assez bas pour qu'un homme ne puisse l'apercevoir. Puis il s'apprête à passer une nuit blanche embusqué derrière un bosquet.

Si Harris surveille sa sépulture criminelle, il est possible qu'il le fasse de nuit, puisque dans la journée il ne se passe rien.

Minuit, deux heures, trois heures du matin, ce n'est qu'à quatre heures environ que, le coq ayant chanté, les vaches ayant meuglé, la lumière s'allume dans la ferme de Harris. Le jour n'est pas encore levé. De loin, l'inspecteur voit la porte de la ferme s'ouvrir et aperçoit une silhouette à la lumière d'une lampe tempête.

C'est Harris. Il sort de la ferme, emprunte le sentier, disparaît aux yeux de l'inspecteur, revient cinq minutes plus tard et rentre tranquillement chez lui.

Le corbeau est sur sa branche. Fidèle au poste.

L'inspecteur refait soigneusement le tour de son piège, en suivant le fil noir accroché dans la haie, et brusquement, parvenu à un angle du champ, il découvre la rupture. Harris est forcément passé par là. À quatre pattes sous la haie, l'inspecteur examine le terrain. Aspect anormal sur un bon mètre cinquante de long. La terre, les feuilles, l'herbe…

Il commence à gratter, et soudain un froissement d'ailes l'accompagne. Maître Corbeau n'est plus sur le même arbre perché. Il est venu examiner lui aussi le terrain de plus près. Juché sur un pommier, l'œil doré d'espoir. L'air de dire : « Cette fois tu brûles, inspecteur. »

À la lumière du jour, une équipe de terrassiers entreprend de creuser à l'endroit repéré de concert par l'inspecteur et le corbeau du coin.

Il fallait y penser : au lieu d'enterrer les cadavres dans son jardin, ou en plein champ, Harris avait eu l'idée de creuser la fosse sous la haie. Le terrain n'étant pas visible, à moins d'y aller voir à quatre pattes. Et Maître Corbeau avait assisté à toute l'opération. Il en avait gardé le souvenir visuel, et l'idée qu'un jour peut-être, un animal ayant déterré la chose, il pourrait y faire un festin.

La nature est ainsi faite…

Lorsque la fosse fut dégagée, les corps des deux victimes emportés en des lieux plus respectables, Maître Corbeau s'installa quelque temps devant ce trou béant, tout noir et l'air de dire : « Je me suis fait avoir comme un bleu. »

L'affaire du corbeau témoin fit tant de bruit en pays de Galles que, le jour du procès de Ronald Harris, six mille personnes, des paysans pour la plupart, venus de tous les coins du pays, s'étaient rassemblés devant le tribunal minuscule de la petite ville de Carmathen, pour attendre le verdict. Ronald Harris était accusé d'avoir tué son oncle et sa tante à coups de hache, pour des raisons sordides, évidemment. Comme il se prétendait toujours innocent, le verdict était attendu avec impatience.

Harris apparut au public sans casquette, et sans sourire. L'inspecteur Capstick vint témoigner et expliquer sa stratégie au jury. Le corbeau était absent. Mais sa photographie figurait dans les journaux !

Le tribunal étant réellement trop petit pour accueillir la foule, un émissaire avait été chargé d'annoncer le verdict par une fenêtre.

Si Harris était acquitté, il devait faire un signe avec les mains, imitant le vol d'un oiseau ; s'il était condamné à être pendu, les deux pouces en bas.

Après quatre heures de délibérations, le tribunal rendit son verdict.

L'informateur à sa fenêtre mit les deux pouces en bas.

Harris fut pendu. Mais les potences n'étant plus en plein champ depuis le Moyen Âge, on comprendra aisément l'absence de Maître Corbeau pour la fin de l'histoire.

Les billets qui tuent

13 juillet 1986. C'est un dimanche, ce qui explique que les rues soient presque désertes. Il faut préciser que nous sommes à Sydney, en Australie au cœur de l'hiver austral.

Ils sont trois à rouler dans les rues à bord d'une pimpante voiture blanche qu'ils ont volée la veille. Greg Hopkins, un grand brun, la trentaine, est au volant. Il pilote d'une main sûre. Il sait où il va : dans un garage de banlieue. Un de ses deux complices, Mario l'Italien, y a travaillé. Il a le double des clefs et il sait que les lieux sont vides le dimanche. On pourra opérer en toute tranquillité. Et dans le coffre, il y a toujours au moins dix mille dollars.

La voiture stoppe dans une rue triste. Les trois hommes en sortent rapidement. L'instant d'après, ils sont dans le garage. Greg Hopkins se tourne vers Mario. « Alors, ce coffre ? »

L'homme désigne une porte vitrée. « Là, dans le bureau. »

Effectivement, dans un coin de la pièce, on voit un coffre-fort massif. Greg Hopkins fait signe au troisième complice : « John… C'est à toi de jouer. »

Le dénommé John déballe tout son attirail. Lui, c'est le technicien. Il sort un chalumeau, met ses lunettes et commence son travail. La flamme bleue illumine le bureau, tandis qu'une odeur âcre de fer chaud emplit la pièce. Les minutes s'écoulent. Les deux autres, à l'affût de tous les bruits qui pourraient venir de l'extérieur, sont de plus en plus nerveux… À la fin, Greg Hopkins n'y tient plus. « Alors, tu y arrives ou quoi ? »

John arrête son chalumeau et relève ses lunettes noires. « C'est dur, Greg. Ce truc-là n'est pas récent, mais c'est du solide. Il me faudra peut-être encore une heure. »

Greg Hopkins réfléchit un instant et puis il prend sa décision. « Alors, il n'y a pas à hésiter. Fais sauter le coffre ! »

John ne discute pas. C'est Greg le chef. Il sait que cela va faire du bruit. Mais il a dû calculer les risques. Il sort de son sac un bâton de dynamite et se met en devoir de le placer de la manière voulue.

Une minute plus tard, il allume la mèche. D'un même mouvement, les trois complices quittent le bureau et vont se réfugier à l'autre extrémité du garage.

Une explosion assourdissante secoue tout le bâtiment. Les vitres du bureau ont volé en éclats et une couche de plâtre s'est répandue dans tout le garage. Greg Hopkins lance un ordre. « Allez, vite au coffre… Dépêchons-nous. Tout le monde a dû entendre. »

Fébrilement, ils ramassent les billets maculés et s'enfuient à toutes jambes. L'instant d'après, ils sont dans leur voiture. Greg Hopkins reprend le volant et démarre rapidement. Voilà un coup facile et qui va rapporter gros !

Comment pourraient-ils savoir que c'est la mort qu'ils emportent avec eux ? Et que ce « coup facile » a de quoi terroriser une ville entière ?

Lundi 14 juillet 1986. L'agent Smithson, qui fait sa ronde dans le quartier du port, repère tout de suite la voiture blanche, apparemment neuve, garée dans cette rue minable. Sans doute une voiture volée.

Il s'approche du véhicule. Les portes ne sont pas verrouillées. Il n'y a, a priori, rien de particulier à l'intérieur, mais en policier consciencieux, il va vérifier le contenu du coffre, et là, il retient un juron.

Dans le coffre, il y a un cadavre. Celui d'un homme brun, de type méditerranéen, espagnol ou italien. Il ne porte aucune blessure, ni par arme à feu ni par arme blanche, mais l'expression de son visage est atroce. Sa bouche est tordue dans une horrible grimace. Au cours de toute sa carrière, l'agent Smithson ne se souvient pas d'avoir vu un mort aussi impressionnant. Il signale sa découverte depuis la borne la plus proche et, quelques minutes plus tard, l'inconnu est conduit à la morgue, dans l'attente de l'enquête.

Au même moment, un coup de téléphone retentit dans un commissariat de Sydney. Au bout du fil, la voix est angoissée : « C'est horrible ! Mon garage a été cambriolé pendant le weekend. Des bandits ont fait sauter le coffre. Ils ont emporté dix mille dollars. »

Le policier de service tente de calmer son interlocuteur. « Ne vous inquiétez pas, monsieur. Nous allons venir. »

Mais l'homme l'interrompt : « Vous ne comprenez pas ! Ce ne sont pas mes dix mille dollars. Ils ont fait sauter le coffre à la dynamite et à l'intérieur j'avais mis une bouteille de cyanure de potassium qui me sert pour des recherches personnelles. La bouteille a été brisée par l'explosion. Son contenu a dû se répandre sur tous les billets. À l'heure actuelle, ils sont peut-être déjà dans le commerce ! »

L'agent alerte ses supérieurs qui comprennent immédiatement la gravité de la situation. Le commissariat central de Sydney est alerté et prend la direction des opérations. Le major Hendriks est chargé de l'enquête. Il se met tout de suite en rapport avec le département de toxicologie.

« Docteur, si des billets de banque imprégnés de cyanure de potassium se trouvaient en circulation, cela présenterait-il un danger ? » Le docteur est un peu surpris de la question, mais répond sans hésitation : « Évidemment. Le cyanure est un poison violent.

– Même par simple toucher ? »

Encore une fois, la réponse du docteur est nette : « Non. Mais il suffirait de se lécher les doigts après. Comme lorsqu'on compte les billets, par exemple. L'absorption de quelques milligrammes de cyanure est mortelle. »

Comme lorsqu'on compte les billets. Le major Hendriks réfléchit à toute vitesse. Une fois leur coup accompli, les bandits ont dû vraisemblablement compter leur butin. L'un d'eux a pu feuilleter les liasses et s'humidifier les doigts. Il téléphone à la morgue. « Avez-vous reçu le cadavre d'un homme mort d'empoisonnement ? »

L'employé va consulter ses registres d'entrée. « Oui, peut-être, major. Un inconnu retrouvé dans le coffre d'une voiture.

– J'arrive immédiatement ! »

Une heure plus tard, il est à la morgue en compagnie du spécialiste de toxicologie. Celui-ci se penche sur le cadavre et se relève aussitôt. « Il n'y a aucun doute possible. L'odeur et la coloration des lèvres sont caractéristiques : cet homme a été empoisonné au cyanure de potassium. »

Le major Hendriks pâlit. Jamais, au cours de toute sa carrière, il ne s'est trouvé face à une situation aussi dramatique. Le montant exact du vol lui a été communiqué entre-temps : il s'agit de dix mille dollars australiens en billets de dix dollars. Mille billets qui sont peut-être en ce moment en train de circuler à Sydney, dans les mains d'employés de banque, de commerçants, de ménagères, d'enfants.

Toute la population d'une ville est à la merci d'une mort atroce. C'est un problème qui le dépasse lui-même. Il doit en référer aux autorités gouvernementales.

Devant la gravité de la situation, les autorités hésitent à rendre la nouvelle publique. Il faut éviter le drame, mais il ne faut pas non plus provoquer de panique.

Pourtant, le soir, en l'absence de tout fait nouveau, elles se décident à prendre une initiative hors du commun. Au journal télévisé est diffusé le message suivant : « Les personnes qui ont pris dix mille dollars dans le coffre-fort d'un garage de Sydney, le 13 juillet, sont invitées à les restituer à la police. Les billets sont imprégnés de cyanure. Il sera tenu compte de leur geste… »

La matinée du 15 juillet est, pour le major Hendriks, un moment d'angoisse. Sa propre enquête n'a rien apporté de nouveau, mais le communiqué commence à provoquer la panique dans la population. Si on ne retrouve pas rapidement le produit du vol, la situation va devenir intenable. Le major imagine déjà les conséquences les plus folles : les étrangers n'osant plus venir en Australie, l'État se voyant contraint de retirer de la circulation tous les billets de dix dollars, des millions perdus pour l'économie nationale, sans compter la conséquence la plus prévisible et la plus tragique : des morts innocents.

Maintenant, le seul espoir est un geste de compréhension et d'humanité des bandits... Il est dix heures trente quand la secrétaire du major Hendriks lui passe une communication. « Un appel pour vous. Le correspondant ne veut pas dire son nom. »

Le major a un battement de cœur. Si cela pouvait être eux... Mais oui, ce sont eux ! L'homme parle rapidement, sans doute de crainte qu'on ne cherche à localiser l'appel. « Neuf mille cents dollars ont été expédiés ce matin à M. Jack Smith, poste restante, Sydney. Les neuf cents dollars restants ont servi, samedi, à l'achat d'une voiture au garage Parker, à Newton Green. »

C'est tout. L'homme a raccroché. Le major Hendriks donne déjà ses ordres. Il envoie plusieurs hommes à la poste centrale avec mission de récupérer le colis dès qu'il arrivera. Lui-même, accompagné du spécialiste en toxicologie, fonce vers le garage indiqué.

Le garagiste, un homme au physique épais, voit avec stupeur cette invasion de policiers dans son établissement. Le major Hendriks ne s'embarrasse pas de préambules : « Votre caisse, vite ! »

S'il n'était entouré d'agents en uniforme, le garagiste serait certain d'avoir affaire à un hold-up. En bafouillant quelques mots, il désigne son bureau. Le major et le docteur s'y précipitent. Avec précaution, le docteur trie les liasses. Il prélève quelques fragments de certains billets, sort des éprouvettes de la mallette qu'il a emportée et commence ses expériences. Au bout de quelques minutes, il hoche la tête. « Ces billets-ci contiennent du cyanure. L'homme n'avait pas menti. Il y a exactement neuf cents dollars. »

Le garagiste ouvre des yeux ronds. « Du cyanure !... »

Mais le major Hendriks le laisse à sa stupeur et file à son bureau. En arrivant, il y découvre le paquet postal qu'on vient d'apporter. À l'intérieur, des piles de billets de dix dollars. Le docteur refait ses expériences : aucun doute, ce sont les billets au cyanure. On les compte et les recompte : il y a bien neuf mille cent dollars, il n'en manque aucun. Sydney et l'Australie peuvent respirer.

Immédiatement, la police diffuse un communiqué : « Les billets imprégnés de cyanure volés à Sydney, le 13 juillet, ont été retrouvés. La population ne court plus aucun risque… » Il était temps. Nul ne sait quelles auraient été les réactions du public si l'attente s'était prolongée.

La police a bien sûr enquêté auprès du garagiste pour savoir quel type de voiture il avait vendu. Mais aucun barrage n'a été mis en place. C'est le major Hendriks qui en avait donné l'ordre. Les bandits avaient fait le geste qu'on leur avait demandé et il leur avait été promis qu'on en tiendrait compte.

Ce n'était pourtant que partie remise et le chef de la bande, Greg Hopkins, a fini par être pris pour une autre affaire, à Canberra, la capitale fédérale, trois ans plus tard, fin 1989. Encore une fois, il avait choisi d'agir un dimanche dans un garage. Il n'était, décidément, pas superstitieux !

Mais cela ne lui a pas porté malchance, car, à son procès, il n'a été condamné qu'à trois ans de prison avec sursis. La défense avait longuement insisté sur la restitution des billets au cyanure et cette évocation joua sans doute un grand rôle dans ce verdict d'indulgence.

Après tout, Greg Hopkins avait déjà chèrement payé son premier vol. Par la mort d'un de ses complices et par une terrible frayeur rétrospective.

Table

L'Empreinte de la bête
50 histoires où l'animal a le premier rôle

Je me vengerai
40 rancunes mortelles

Survivront-ils ?
45 suspenses où la vie se joue à pile ou face

Sans laisser d'adresse
Enquêtes sur des disparitions et des réapparitions extraordinaires

Destins sur ordonnance
40 histoires où la médecine va du meilleur au pire

Crimes dans la soie
30 histoires de milliardaires assassins

Ils ont osé
40 exploits incroyables

Complots
Quand ils s'entendent pour tuer

Mort ou vif
Les chasses à l'homme les plus extraordinaires

26 dossiers qui défient la raison

La Terrible Vérité
26 grandes énigmes de l'histoire enfin résolues

Sur le fil du rasoir
Quand la science traque le crime

Kidnappings
25 rendez-vous avec l'angoisse

Ils ont marché sur la tête
450 faits divers inouïs, impayables et désopilants

Instinct mortel
70 histoires vraies

www.pierre-bellemare.com

Composition Nord Compo
Impression CPI Bussière en mai 2012
à Saint-Amand-Montrond (Cher)
Éditions Albin Michel
22, rue Huyghens, 75014 Paris
www.albin-michel.fr

ISBN : 978-2-226-24028-6
N° d'édition : 09946/06. - N° d'impression : 121578/4.
Dépôt légal : juin 2012.
Imprimé en France.